Pompeji in seinen Gebäuden, Alterthümern und Kunstwerken für Kunst- und Alterthumsfreunde

Anatiposi

J. Overbeck

Pompeji in seinen Gebäuden, Alterthümern und Kunstwerken für Kunst- und Alterthumsfreunde

Unveränderter Nachdruck der Originalausgabe von 1856.

1. Auflage 2023 | ISBN: 978-3-38200-786-7

Anatiposi Verlag ist ein Imprint der Outlook Verlagsgesellschaft mbH.

Verlag: Outlook Verlag GmbH, Zeilweg 44, 60439 Frankfurt, Deutschland
Vertretungsberechtigt: E. Roepke, Zeilweg 44, 60439 Frankfurt, Deutschland
Druck: Books on Demand GmbH, In de Tarpen 42, 22848 Norderstedt, Deutschland

POMPEJI

IN SEINEN

GEBÄUDEN, ALTERTHÜMERN UND KUNSTWERKEN

FÜR

KUNST- UND ALTERTHUMSFREUNDE

DARGESTELLT

VON

Dr. J. OVERBECK,

A. O. PROF. IN LEIPZIG.

MIT EINER ANSICHT UND EINEM PLANE VON POMPEJI, ZWEI CHROMOLITHOGRAPHIRTEN BLÄTTERN UND GEGEN DREIHUNDERT HOLZSCHNITTEN.

LEIPZIG,

VERLAG VON WILHELM ENGELMANN.

1856.

MEINER LIEBEN SCHWESTER

LOTTE

ZUGEEIGNET.

Vorwort.

Was ich über mein vorliegendes Buch im Ganzen zu sagen habe, kann ich sehr kurz fassen: Als der kunstsinnige und besonders für das classische Alterthum begeisterte Herr Verleger mich vor zwei Jahren aufforderte, ein für Freunde der Kunst und des Alterthums bestimmtes Buch über Pompeji zu verfassen, welches die sehr kostbaren Prachtwerke, die nur in wenige Hände gelangen, bei einem grossen Kreise gebildeter Leser ersetzen sollte, war ich anfangs zweifelhaft, ob ich, ohne an Ort und Stelle gewesen zu sein, mich einer solchen Aufgabe unterziehn dürfe, oder nicht. Ein genaueres Studium der reichen Litteratur über die verschüttete Stadt am Vesuv jedoch hat mich gelehrt, dass der Stoff im Ganzen so vielfach durchgearbeitet und so unzweifelhaft bekannt sei, dass eigene Anschauung und dass Studien an Ort und Stelle denselben nur sehr im Einzelnen würden berichtigen und bereichern können, wofür nicht der geringste Beweis darin liegt, dass die neuesten Arbeiten von Verfassern, welche am Orte waren, nur in geringfügigen Dingen und nicht einmal immer mit Glück über ältere Werke und deren Mittheilungen und Ansichten hinausgehn. Andererseits sind der trefflichen Zeichnungen der Ruinen und Monumente Pompeji's, sowohl der zu wissenschaftlich-architektonischen Zwecken wie der in Absicht auf das Malerische angefertigten so viele vorhanden, stimmen sie unter einander so sehr überein und wurde mir ihre Treue von so manchen Reisenden, Gelehrten wie Künstlern bezeugt, dass ich annehmen durfte, in ihrer detailirten Vergleichung einen für meine Zwecke genügenden Ersatz für die eigene Anschauung zu finden. Hierauf gestützt, unternahm ich das Werk, welches ich jetzt nach seiner Vollendung mit Ruhe in die Hände eines gebildeten Leserkreises lege, nicht weil ich dasselbe für vollkommen oder fehlerfrei halte, sondern weil ich denke, dass man demselben auf den ersten Blick ansehn wird, es trete ohne alle gelehrten Prätensionen auf. Wer aber ohne solche und ohne Anmaassung überhaupt vor die Oeffentlichkeit tritt, darf sich einer billigen Beurteilung seiner Leistungen getrösten.

Der Leserkreis, für welchen dieses Buch bestimmt ist, wird mir eine detailirte Angabe und Besprechung meiner Quellen erlassen, und der Gelehrte, welcher dasselbe allenfalls durchblättert, wird die sorgfältige Benutzung der ihm ohnehin bekannten Quellen, so hoffe ich, nicht vermissen. In Bezug auf die Baulichkeiten bleibt das grosse Werk des französischen Architekten Mazois: *Les Ruines de Pompéi,* 4 vol. folio, Paris 1824—1828 das hauptsächliche Fundament, so sehr, dass man nicht allein Mazois' Zeichnungen, sondern auch seine Ansichten und Meinungen selbst bei Vielen der Neuern wiederfindet, welche ihn nicht als ihre Quelle nennen, sondern neue Abbildungen zu bringen und nach eigenen Studien und Anschauungen zu arbeiten vorgeben. Dass für die Malereien die Werke von Zahn (Die schönsten Gemälde und die merkwürdigsten Ornamente von Pompeji, Herculanum und Stabiä, 2 Bde. gr. Fol. zu 100 Tafeln, Berlin 1828 und 1842) und Ternite (Wandgemälde aus Pompeji und Herculanum), von welchem letzteren ich leider nur das erste Heft mit Text von O. Müller benutzen konnte, die Grundlage bilden, ist wohl allgemein bekannt. Für die übrigen Monumente bieten sowohl die Antichità di Ercolano wie das Museo Borbonico eine reiche und schöne Auswahl, während die Arbeiten von Gell, Millin, Rosini und vielen Anderen manche Ergänzung bieten.

Am nöthigsten scheint für eine genaue Kenntniss der alten Stadt in ihrer Gesammtheit eine neue und wirklich richtige Aufnahme ihres Planes. Denn die bisher bekannt gemachten grösseren

Originalpläne von Mazois, Zahn und dem topographischen Bureau des königlich neapolitanischen Kriegsministeriums weichen nicht allein in wesentlichen Dingen, wie z. B. in dem Laufe und der Richtung der Strassen von einander ab, sondern enthalten auch in sich geringere oder grössere Ungenauigkeiten und Unmöglichkeiten. Am meisten gilt dies von demjenigen Plane, von dem man es am wenigsten erwarten sollte, dem officiellen des königlich neapolitanischen topographischen Bureau's, am genauesten und in sich am consequentesten ist Mazois' Plan, der aber freilich am wenigsten weit reicht, und die Ausgrabungen seit 1828 nicht mit enthält. Der diesem Buche beigegebene Specialplan der ausgegrabenen Stadttheile sucht zwischen den drei genannten Plänen zu vermitteln, wobei aber Mazois' Aufnahmen das entscheidende, Zahn's Plane das zweite und dem officiellen das geringste Gewicht beigelegt wurde.

Demnächst wäre ein Gesammtabdruck der Ausgrabungsberichte und Fundprotocolle zu wünschen, durch welchen sehr viele schwankende Ansichten festgestellt und hoffentlich auch etliche Ungeheuerlichkeiten, denen man immer wieder begegnet, beseitigt werden würden.

Endlich wäre, da das S. 332 genannte Werk von Garucci nur in wenigen Exemplaren abgezogen wurde und vergriffen zu sein scheint, eine neue verständige Gesammtpublication der gemalten und eingekratzten Mauerinschriften ohne jene ganz unnöthige und selbst lächerliche Pracht und Ungefügigkeit der Fiorello'schen *Monumenta epigraphica Pompeiana* 1. Heft. Neapel 1855 (40 Thaler!) sehr zu wünschen und doch wohl auch durch einen deutschen Gelehrten zu erreichen.

Was nun endlich die äussere Ausstattung dieses Buches anlangt, wird keiner meiner Leser verkennen, dass der Herr Verleger auf dieselbe die grösste Sorgfalt verwendet hat. Sind nicht alle Holzschnitte gleich gut ausgefallen, so rührt das daher, dass verschiedene Hände zu ihrer Herstellung in Anspruch genommen werden mussten, falls die Herausgabe nicht gar zu sehr verzögert werden sollte. Der kunstverständige Leser wird die besseren und schlechteren Holzschnitte leicht von einander unterscheiden, hoffentlich aber des Verfehlten nur Weniges finden. Ist bei einigen der mit Tonplatten gedruckten Ansichten die Farbe und Gluth des süditalischen Himmels etwas zu stark aufgetragen, so muss sich der Verfasser verwahren, dass dies nicht nach seiner Angabe, sondern trotz seines Widerspruches so gemacht worden ist. Die grosse Ansicht der Stadt in der Vogelschau dürfte, für Deutschland wenigstens, auf Neuheit Anspruch machen und empfiehlt sich als im Allgemeinen sehr richtig, wenngleich Pompeji in ihr etwas zu gross erscheint. In Bezug auf die chromolithographischen Blätter ist noch zu bemerken, dass der Verfasser ein drittes mit einem mythologischen Hauptbilde gewünscht hätte, welches herstellen zu lassen der Verleger sehr bereit war, dass jedoch kein einziges sich finden liess, welches nicht zu sehr hätte verkleinert werden müssen, um ohne doppelten Bruch dem Buche eingeheftet werden zu können. Eine solche starke Verkleinerung, bei der von dem reizenden Detail und von dem eigenthümlichen Charakter dieser Wandgemälde nur Weniges hätte zur Anschauung kommen können, nur des schönen Scheines wegen veranstalten zu lassen, schien unzweckmässig. Wir müssen deshalb hoffen, dass diejenigen Leser, welche durch das vorliegende Buch etwa zu lebhafterem Interesse für die pompejanischen Gemälde angeregt werden mögen, sich durch eine Durchsicht der an den meisten Orten unschwer zugänglichen Zahn'schen und Ternite'schen Publicationen eine klarere und gründlichere Anschauung zu verschaffen suchen, als sie mit den uns zu Gebote stehenden Mitteln bildlich gegeben werden konnte, und als auch der Verfasser vermogte durch den Text zu vermitteln.

Leipzig, im November 1855.

Overbeck.

Inhaltsverzeichniss.

I. Einleitender Theil.

II. Erster oder antiquarischer Haupttheil.

III. Zweiter oder artistischer Hauptheil.

Verzeichniss der Holzschnitte.

I. Einleitender Theil.

II. Erster oder antiquarischer Haupttheil.

III. Zweiter oder artistischer Haupttheil.

I.

Einleitender Theil.

Einleitung.

Ueber das dauernde Interesse, welches das Studium und die Kenntniss des classischen Alterthums jedem Gebildeten gewährt, ausführlicher, als durch eine blosse Andeutung zu reden würde sehr überflüssig erscheinen. Denn da es eine feststehende und allgemein anerkannte Thatsache ist, dass unsere Bildung, wenn auch nicht durchaus, so doch zum grössten Theil auf dem Grunde ruht, den die Alten gelegt haben, so ist die Bedeutung, welche die Kenntniss dieses Fundamentes unseres geistigen Lebens für uns haben muss, an und für sich einleuchtend, oftmals entwickelt und dargestellt, und überdies durch die fortdauernde, ausgedehnte Theilnahme, welche die Alterthumsstudien unter uns finden, täglich auf's Neue bethätigt, eine Theilnahme, welche für die Naturwissenschaften kaum grösser ist, obgleich diese viel directer in das Thun und Treiben und Schaffen unserer Zeit eingreifen. Eben so gewiss aber ist es, dass das Interesse am Alterthum sich nicht auf diejenigen geistigen Hervorbringungen beschränkt, welche den Leistungen der Neuzeit in Kunst und Poësie, in Philosophie und den Naturwissenschaften den Boden bereitet haben, sondern dass dasselbe sich auf die Alten selbst und auf ihr Leben in Staat und Religion, in der Familie und im Verkehr und in allen den übrigen Richtungen ausdehnt, welche die Bedingungen ihres geistigen Schaffens und eben deshalb der Schlüssel zum Verständniss und der Massstab zur Würdigung des von ihnen Geschaffenen sind. Und so gingen von jeher die Studien der antiken Kunst und Poësie Hand in Hand mit der Erforschung des antiken Lebens, und noch heute folgt den einen wie den anderen Forschungen die allseitige Theilnahme aller Gebildeten.

Unsere Kenntniss des Alterthums beruht theils auf schriftlichen Ueberlieferungen, theils auf den monumentalen Resten, welche uns aus der Fluth der Jahrhunderte gerettet und bewahrt sind. Beide Arten der Ueberlieferung aber sind, um es mit einem Worte zu sagen, grössere oder kleinere Fragmente,

Einzelheiten, welche so, wie sie vorliegen, kaum irgendwo eine Verbindung unter einander, einen grösseren Zusammenhang, geschweige denn ein Ganzes bilden. Die Möglichkeit, in vielen, ja in den meisten Fällen das Bruchstückweise zu ergänzen, das Vereinzelte zu verbinden, aus den Theilen ein Ganzes zu bilden ist freilich vorhanden; diese Ergänzung, Verbindung, Totalisirung ist das Geschäft der philologischen und historischen Forschung, ein Geschäft, das freilich schwierig, zum Theil mühevoll, aber eben so reizvoll ist für denjenigen, welcher sich in diese vergangene Welt hineingelebt, welcher den Gesichtspunkt gewonnen hat, unter dem die einzelnen Glieder zu einer harmonischen Perspective zusammenrücken, welcher das geistige Band der vereinzelten Theile gefunden hat, und vor dessen Phantasie das Leben des Alterthums als ein in sich organisch gegliedertes erscheint. Für den Forscher hat das Trümmerhafte und Lückenvolle der Ueberlieferung nicht allein nichts Abschreckendes, sondern dies bedingt die schönste, die schöpferische, divinatorische Seite seiner Thätigkeit; für den Forscher ist die Forschung an sich fast eben so wichtig, jedenfalls eben so interessant, wie das erforschte und festgestellte Resultat. Anders für den gebildeten Laien, dem es vor Allem um die Resultate zu thun ist. Die Lückenhaftigkeit unseres Wissens und die Trümmerhaftigkeit unserer Ueberlieferungen vom Alterthum sind für ihn betrübend und schmerzlich, und zwar bei wachsender Theilnahme um so betrübender, während die oberflächliche Betrachtung leicht zur Geringschätzung und zu einer oft genug laut werdenden Verspottung des Stückwerks unseres Wissens und der vielen Widersprüche unter den Forschern, sowie zur Abwendung von den verstümmelten monumentalen Resten des Alterthums führt.

Sowie aber das Interesse sich am allgemeinsten an eben diese monumentalen Reste knüpft, so empfinden wir ihren zerstörten Zustand, ihre Vereinzelung und ihre Versetzung in eine unharmonische moderne Umgebung am unangenehmsten. Wer kann als begeisterter Freund antiker Architektur auf dem ragenden Burgfelsen Athens vor den Ruinen des Parthenon stehn, ohne dass ihn Wehmuth ergreift im Gedanken an die vergangene Herrlichkeit des erhabenen Tempels, welche seine Phantasie trotz der beredten Worte des Architekten und des Kunsthistorikers doch nimmer wiederzubeleben vermag; wer kann an die Zerstörungen des Prachtbaues gedenken, in dessen von der Zeit lichtgold gefärbten Säulen die von den türkischen Kanonenkugeln im Befreiungskriege getroffenen Stellen uns wie Wundenmahle entgegenstarren, ohne dass ihn ein bitteres Gefühl beschleicht, ähnlich dem, welchem gegenüber der jüngsten Zerstörung durch Lord Elgin, mag sie auch andererseits in der Versetzung der Bildwerke nach London mit der grössten Förderung der Wissenschaft verbunden gewesen sein, Lord Byron in seinem Childe Harold (canto 2 vs. 11 ff.) Worte leiht? Stelle den Liebhaber der Kunst vor einen Torso von Belvedere, vor eine sonstige beschädigte Statue ohne Kopf, ohne Arme, ohne Beine oder vor eine selbst durch eine geringere Verletzung entstellte; wird er es vermögen in rein geistiger Anschauung wie ein Winckelmann, das Fehlende zu ergänzen und in seiner Phantasie das Werk in der herrlichen Totalität zu erschauen, in der es die Werkstatt seines Meisters verliess? wird er sich nicht vielmehr in seinem Genuss an dem Vorhandenen durch das Fehlen des Uebrigen gestört fühlen, und immer Wunden und Mängel finden, die nur der Künstler und der Gelehrte zu übersehen weiss? Gewiss! Und eben diese Störung im Genuss der Kunstwerke durch ihre Verletzungen hat ja zu den Restaurationen der alten Monumente geführt, deren fast die meisten dem Kenner schlimmere Verletzungen scheinen, als die durch sie ersetzten waren. Nur das ganze Werk glaubte man geniessen zu können, und zog es vor sich irgend ein Ganzes hinstellen zu lassen, anstatt sich das Ganze in eigener Thätigkeit geistig zu erschaffen. Das war und ist so und das wird so bleiben, weil es im Standpunkte des Liebhabers der Kunst innerlichst begründet ist. —

Was von den Bauwerken und Sculpturen das gilt fast ebenso von den meisten sonstigen Resten des Alterthums, deren nur sehr wenige unverletzt auf uns gekommen sind, und die fast alle eine aus Wohlgefallen und Bedauern gemischte Stimmung im Beschauer hervorrufen. Um diese gemischte Stimmung noch mehr zu trüben, kommt zu der Fragmentirung die Vereinzelung der antiken Reste. Um den Parthenon gruppirte sich einst eine Fülle von architektonischen und plastischen Monumenten, welche fast alle verschwunden und deren Stellen selbst noch zum Theile streitig sind. Von der gewaltigen Gruppe des östlichen Giebels desselben Tempels sind alle Hauptfiguren verloren, nur die Nebenfiguren aus den Ecken liegen vor uns in einer Grösse und Herrlichkeit, welche uns mit ehrfurchtvollem Staunen vor dem Versuche einer geistigen Ergänzung der fehlenden Statuen in gleicher Erhabenheit als vor einer über moderne Künstlerkraft weit hinausgehenden Aufgabe zurücktreten lässt, selbst falls wir das grosse Problem zu lösen uns getrauen, wie der herrliche alte Meister das Mysterium der Geburt der Pallas aus Zeus' Haupte darstellte oder andeutete. Und wie mit diesem Tempel geht es fast mit allen Bauwerken des Alterthums, selbst in Rom, dem unsterblichen Mittelpunkte des antiken Lebens. Auch in Rom stehn die Gebäude des Alterthums als vereinzelte Trümmer vor uns, welche der Liebhaber nur in ihrer Vereinzelung zu geniessen im Stande ist, und deren Zusammenhang und gegenseitiges Verhältniss selbst der Forscher mehr ahnt, als begreift. Aber noch nicht genug der Störung unseres Genusses der antiken Monumente. Zu deren Vereinsamung gesellt sich die unharmonische Nachbarlichkeit moderner Umgebung, die in nur zu vielen Fällen dem von uns gesuchten Denkmal des Alterthums den Raum streitig macht oder dasselbe in der Art umrahmt, dass das Gemüth des in vergangene Zeit hinaus Sinnenden von hundert widersprechenden und abziehenden modernen Eindrücken zugleich bestürmt, immer wieder aus der Fluth der früheren Jahrhunderte auf den Strand der Gegenwart geworfen wird. Aehnliches gilt von den tragbaren Resten des Alterthums.

Statuen, Gemälde, Geräthe und Gefässe und was uns sonst geblieben ist, das ist in unsere Museen zusammengetragen, zusammengehäuft und zusammengewürfelt entweder im buntesten und störendsten Durcheinander oder in einer steif classificirten und schematisirten Ordnung, welche den Genuss fast eben so verkümmert wie jene Regellosigkeit. Unsere Museen sind nicht mit Unrecht Rumpelkammern der antiken Welt genannt worden, falls sie nicht, wie hie und da in neuester Zeit anstatt würdig ruhige Aufbewahrungsorte alter Kunstschätze zu sein, ihren Zweck so weit vergessen, dass sie mit ihrer modernen Herrlichkeit nur für sich da zu sein scheinen, dass sie mit ihrer glatten und glänzenden Ausschmückung von vorgestern und gestern den Preis gewinnen zu wollen scheinen über die armen, von den Wogen der Jahrhunderte zerschlagenen und zerbröckelten Reste des Alterthums. Dies Alles zusammengenommen sört und verleidet den Genuss des Liebhabers, oder, wo es ihn nicht stören und verleiden kann, da erschwert es ihn wenigstens in der Art, dass schon eine gewisse Willensstärke dazu gehört, um die Freude rein und voll zu empfinden, um das Interesse kräftig zu bewahren, um die Wissbegierde ausreichend zu befriedigen.

Diesem Zustande der alten Monumente gegenüber, der fast auf der ganzen Welt, so weit antike Cultur reichte, sich wiederholt, giebt es nur zwei Plätze, an welchen das Alterthum uns wenn auch nicht in ungestörter Ganzheit und Unverletztheit, so doch in einem Zustande der Erhaltung entgegentritt, welcher durch verhältnissmässig geringe Anstrengung in der geistigen Anschauung zur Ganzheit erhoben werden kann. Diese Plätze sind die verschütteten Städte am Fusse des Vesuv, Pompeji und Herculaneum, und von ihnen ist besonders wieder Pompeji derjenige Ort, welcher am Vollkommensten und Klarsten ein Stück der antiken Welt mitten in unsere moderne stellt. Herculaneum nämlich ist nicht allein ungleich tiefer verschüttet, als Pompeji, es ist fast ganz von einem mächtigen Lavastrome überfluthet, der zu einer felsenfesten Rinde erstarrt, und auf dem grossentheils die moderne Stadt Resina erbaut ist; demnach konnte Herculaneum nur zum kleinsten Theil aufgedeckt werden, es ist wie ein Bergwerk ausgegraben und wie ein solches durch Schachte und Stollen zu befahren, im Fackellichte zu betrachten. Pompeji dagegen liegt wieder offen unter dem freundlichen Lichte des campanischen Himmels, der ihm einst gelächelt hat, wir können die leichte Luft des Lebens athmend durch seine Strassen wandern, in seine Häuser eintreten, und seine Monumente im Strahle der glänzenden Sonne betrachten, die, Leben und Freude weckend, die Gedanken an Tod und Zerstörung aus unserer Seele verscheucht. Herculaneum ist eine dunkele Gruft, in der ein ganzes Geschlecht begraben liegt, Pompeji ist wie eine Stadt, die nach einem Brande von den Einwohnern verlassen ist, welche sich die Phantasie als wiederkehrend denken mag. Ein wunderbares Walten des Schicksals hat uns diese beiden Stätten des Alterthums in ihrer Ganzheit bewahrt. Hier pulsirte das Leben in frischester Fülle und Kraft, hier schuf und wirkte dasselbe nach allen Richtungen mit ganzer, reger Geschäftigkeit, hier trieb sich der lebhafte Verkehr eines sorglosen Völkchens durch die Strassen und Gassen, ja hier lag der Gedanke an Untergang und Zerstörung so fern, dass am Tage des Verhängnisses das Amphitheater von Pompeji von einer schaulustigen Menge erfüllt war; da plötzlich schnitt die Parze den Faden ab, da liess ein ungeahntes furchtbares Ereigniss das glühende Leben erstarren, oder versenkte es in einen Schlaf gleich dem, welchen Dornröschen schlief, bis der warme Kuss des Lebens sie aus ihm erweckte, da warf der flammende Berg Massen von Asche und Sand und glühenden Steinen aus, die mit einer gleichmässigen Decke die ganze Stätte dieses Lebens einhüllten, sie beschützend vor den langsam aber sicher wirkenden Zerstörungen kommender Zeiten, und Alles, was sie trug, geheimnissvoll bewahrend bis auf späte Jahrhunderte.

Diese Jahrhunderte sind gekommen; uns war es vorbehalten die bedeckende Hülle hinwegzuheben. Ohne grosse Mühe kann die höchstens 18—20′ starke, dabei leichte und lockere Masse vulcanischer Asche, Rapilli, Bimstein u. dgl. hinweggeräumt werden, bis man auf das Pflaster der alten Strassen gelangt, zu deren Seiten die Gebäude sich erheben, und, wenngleich die Ausgrabungen während des Jahrhunderts, das seit der Entdeckung verstrichen ist, meistens, und auch heutigen Tages wieder mit einer Säumigkeit und Lässigkeit betrieben werden, die gegenüber den wissenschaftlichen und künstlerischen Interessen der Funde nur aus einer gründlich schlechten Verwaltung erklärbar ist, so ist doch ein Drittheil der verschütteten Stadt wieder an den Tag gebracht, und zwar dasjenige Drittheil, welches neben dem Forum und noch ein paar Märkten die Hauptstrassen, die bedeutendsten öffentlichen Gebäude, Tempel, Basilica, Bäder, Theater und Amphitheater umfasst und daneben eine Fülle von Wohnhäusern, Läden, industriellen Anlagen, so dass kaum eine Seite des alten Lebens in seinen monumentalen Resten nicht vor unseren Blicken offen läge.

Freilich sind auch diese Gebäude zum grössten Theile Trümmer, die Tempel, die schönen weiten Säulenhallen, welche die öffentlichen Plätze umgeben, die Privatwohnungen sind unter der Last der verschüttenden Massen eingestürzt, in den oberen, meistens aus Holz construirten Stockwerken von der Hitze der glühenden Auswürflinge des Vulcans verzehrt, aber dennoch lassen sich diese Ruinen kaum mit irgend welchen anderen an Erhaltung vergleichen, und ausserdem fand man in ihnen eine solche Masse der beweglichen Reste des Lebens, welches in ihnen kreiste, wie an keinem anderen Orte der Welt. Des Erhaltenen ist so viel, dass es kaum möglich ist, dasselbe in Gedanken nicht zu ergänzen, zu verbinden, zu beleben, und dies Erhaltene ist nicht zerstreut, wie an anderen Orten, es steht oder liegt (lag wenigstens bei der Auffindung) an dem Orte seiner Bestimmung, begrenzt, nachbarlich umgeben von Gleichartigem, nicht von unserer modernen Welt, nicht zusammengetragen und classificirt in einem Museum. Kein Ort der Welt ist daher geeigneter, dem Liebhaber eine Uebersicht über das antike Leben zu gewähren, als Pompeji, kein Monumentenkreis lässt sich so leicht und völlig zum Ganzen verbinden, an keinen die Belehrung über Zweck und Bestimmung alles Einzelnen so leicht anknüpfen, und bei keinem Anlass ist die Gefahr der Monotonie des Vortrags über die Sitten und das Wesen einer vergangenen Zeit so gering, wie bei einer Beschreibung Pompejis.

Dies ist die eine Seite der Bedeutung, welche die alte wiederaufgegrabene Stadt für uns hat, wir wollen sie die antiquarische Wichtigkeit nennen; eine andere ist künstlerischer Art. Die Bauwerke Pompejis, welche einer von den tiefen und durchgreifenden Principien altgriechischer Architektonik bereits vielfach abweichenden Zeit angehören, bieten freilich nur einen Anhaltepunkt von zweifelhaftem Werthe, um dem Liebhaber das Wesen der alten Architektur zu demonstriren, müsste man doch in sehr vielen Fällen den Monumenten gegenüber sagen: so soll es nicht sein; auch die verhältnissmässig wenigen Sculpturwerke Pompejis (deren Herculaneum eine ungleich bedeutendere Reihe bietet) sind, obgleich sie ein paar vorzügliche Stücke enthalten, sehr wenig geeignet, einen Begriff von dem Wesen, namentlich von dem Umfange antiker Plastik zu geben oder selbst nur zu unterstützen. Um so wichtiger sind dagegen die Malereien, sowohl die eigentlichen wie die Mosaïken. Auch die Malereien Pompejis sind freilich nur geringe Vertreter der alten Malerkunst, gehören schon als Wandmalereien derjenigen Gattung an, in welcher die alte Malerei nicht ihr Höchstes leistete, denn alle wirklich grossen Maler waren Tafelmaler, sind aus sinkender Kunstzeit wie die Bauwerke, sind nicht die Arbeiten namhafter Meister selbst dieser Zeit; dennoch aber und trotz allen diesen Mängeln sind die Gemälde von Herculaneum und Pompeji die Grundlage unserer Vorstellung von der antiken Malerei, da ausser einigen zum Theil noch späteren Wandgemälden ähnlicher Art und ausser den Vasenbildern, die kaum Schattenbilder der alten Gemälde sind, Alles von alter Malerei unwiederbringlich verloren ist. So vertreten uns die herculanensischen und pompejanischen Wandgemälde fast allein die ganze alte Malerkunst, vertreten sie nach einer sehr bedeutenden Seite ihrer Technik, nach dem Wesen der Form- und Farbgebung, nach dem der Composition, nach dem der Gegenstände. Und mögen auch diese Bilder, hätten wir die Werke der Meister, als schwache Nachklänge der eigentlichen Herrlichkeit der Kunst erscheinen, es liegt in ihnen eine Welt von Schönheit, es sind vortreffliche, reizvolle, anmuthige, in jedem Betracht interessante Kunstwerke in grosser Zahl unter ihnen.

So tritt neben die antiquarische Bedeutung Pompejis eine künstlerische, und so werden wir neben die Abtheilung unserer Beschreibung, welche es mit den Resten des Lebens und mit deren Erklärung und Neubelebung zu thun hat, eine zweite künstlerischen Interesses zu stellen haben, deren Gegenstände besonders die Gemälde Pompejis und die durch sie vertretene antike Malerei bilden.

Sowie wir aber der Hervorhebung der Bedeutung der pompejanischen Gemälde gleich eine Einschränkung hinzugefügt haben, so müssen wir eine ähnliche für die oben angedeutete antiquarische Wichtigkeit der alten Stadt und eine Warnung vor Ueberschätzung hier zum Schlusse nachtragen. Pompeji ist, wenngleich eine reiche, handeltreibende Stadt mit lebhaftem Verkehr, dennoch nur eine kleine und eine Landstadt ohne alle politische Bedeutung gewesen; allen ihren Resten ist nicht der Stempel des Wesens einer Haupt- und Weltstadt aufgeprägt, und wenn man Pompeji ein Miniaturbild Roms genannt hat, so kann das, abgesehn von den griechischen Elementen, denen wir in ihr begegnen werden, nur in Beziehung auf die Denkmäler des communalen und privaten Lebens gelten. Was Rom darüber hinaus besass, was die ewige Stadt zur Hauptstadt nicht allein Italiens, sondern der Welt machte, was von den Monumenten, welche diese weltbeherrschende Stellung geschaffen, in Rom geblieben ist, das fehlt nicht allein in Pompeji, das lässt sich an den Monumenten von Pompeji auch nicht nachweisen, so wenig wir Jemandem an Städten wie Bonn oder Zwickau die Einrichtungen und das Eigenthümliche von Städten wie London und Paris oder selbst wie Berlin und Dresden klar machen können. Mit der blossen Vergrösserung durch die Phantasie ist's hier eben nicht gethan. Vergleichende Blicke auf das Leben der Welthauptstadt können wir wohl von dem vor uns befindlichen Monumentenkreise des Landstädtchens werfen, aber nur dagegen mögte sich der Verfasser gleich hier verwahren, dass es nicht in seiner Absicht liegt, die Beschreibung Pompejis zum Anlass einer encyclopädischen Darstellung der römischen Antiquitäten zu machen, dass ihm vielmehr Pompeji der wirkliche und eigentliche Gegenstand der Beschreibung, Darstellung und Erklärung ist, und, wenn er seinen Zweck nicht verfehlen will, sein muss. —

Erstes Capitel.

Campania felix, der Golf von Neapel, der Vesuv, Pompejis Lage, Heerstrassen in Campanien.

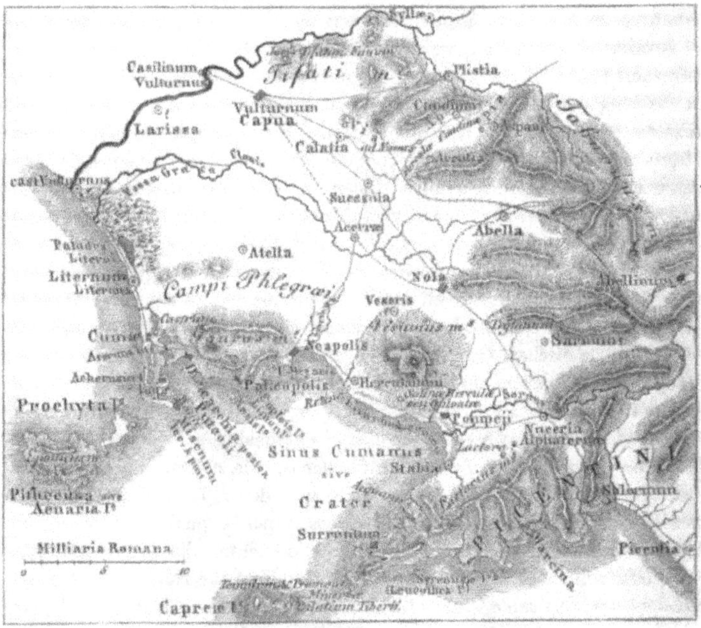

Figur 1. Karte von Campanien.

Die ganze Küstenlandschaft, in der Pompeji liegt, zwischen den Flüssen Liris und Seranus, welche in der augusteischen Zeit unter dem Namen Campania begriffen wurde und seit dem 5. Jahrhundert n. Chr. Campagna di Roma (*Campania Romae*) heisst, gehört zu den glücklichsten und reichsten Strecken der ganzen Erde, so dass ihr der antike Beiname der glücklichen (*Campania felix*) mit Recht beigelegt ist. Besonders ist die Strecke am Meeresufer selbst, zwischen den beiden Vorgebirgen, welche den heutigen Golf von Neapel, im Alterthum der Krater genannt, umschliessen, dem von Misenum mit den vorliegenden Inseln Prochyta und Ischia und dem der Minerva mit der Insel

Capri von einer Fruchtbarkeit und von einer landschaftlichen Schönheit zugleich, welche ihr im Munde aller Reisenden den Namen eines Paradieses verschafft und sie zum unzählige Male wiederholten Gegenstand unserer Landschaftsmalerei gemacht haben. Die Gegend ist eine Ebene, aber keineswegs eine weitausgedehnte flache, wie unsere norddeutsche, sondern eine fast ganz von Bergen umgrenzte, nur westlich nach dem Meere hin offene und deshalb den feuchten und kühlenden Seewinden zugängliche. In ihrer Mitte steigt nicht fern vom Meeresstrande der gewaltige Kegel des Vesuv empor, der damals vor dem ersten geschichtlich bekannten Ausbruche, der Pompeji verwüstete, bis hoch an seinen Gipfel vom herrlichsten Laubwalde bedeckt war. Die Vulcanität des Bodens, welche bekanntlich überall die Quelle grosser Fruchtbarkeit ist, erkannte für unsere Gegenden um den Vesuv, obgleich man diesen für längst erloschen und ausgebrannt hielt, bereits der unter August schreibende Geograph Strabon als den Grund des Reichthums an den edelsten Producten der Vegetation, Getraide, Wein und Oel an; Olivenwälder bedeckten namentlich die ansteigenden Höhen der südlichen und mittleren Gegend, während aus der nördlichen zwischen dem Liris und Vulturnus, aus dem Gebiete von Teanum, dem ager Falernus der bekannte Falernerwein und der kaum minder edele Massiker stammte. Wir brauchen übrigens nur an die heutigen Tages an allen Abhängen des Vesuv producirten Weine zu erinnern, um es wahrscheinlich zu machen, dass auch im Alterthum der uns zunächst interessirenden südlichen Gegend manch edles Gewächs nicht gefehlt haben wird, obgleich Plinius angiebt, der Wein Pompejis sei erst in beträchtlichem Alter ohne unangenehme Folgen geniessbar gewesen. Reben vielleicht weniger vorzüglicher Gattung haben sich aber unstreitig damals, wie heute, fast wild in die Bäume emporgerankt und wie Festons von Stamm zu Stamm geschlungen. Zu der Fruchtbarkeit der Gegend gesellt sich deren hohe landschaftliche Schönheit, welche in dem bekannten »vedère Napoli e puoi muorir« sprichwörtlich geworden, aber keineswegs auf Neapels Aussichten allein beschränkt ist.

Es dürfte sehr die Frage sein, ob nicht Pompejis Lage namentlich damals, als vielleicht das Meer seine Wellen bis nahe an die Stadtmauern rollen liess, als ein schiffbarer Fluss, der Sarnus, dicht neben ihr ins Meer ausmündete, sich mit der Neapels messen durfte. Auch heute noch ist die Aussicht von den freien Höhepunkten der Stadt, von dem Podium des Jupitertempels, von dem Steinsitze auf dem Forum triangulare, der offenbar dort der Aussicht zu Liebe gegründet wurde, endlich von den oberen Rängen des Theaters und namentlich des Amphitheaters eine überaus entzückende. Stellen wir uns auf dem letzteren Punkte so, dass wir den leichte schwarze Wolken ausstossenden, nur ½ Meile entfernten Vesuv zur Rechten haben, so schweifen unsere Blicke über die schöne, gewellte, grüne, von Pappel- und Maulbeer- und Piniengruppen unterbrochene, mit Dörfern und Städtchen reich übersäete Ebene hinaus auf den klarblauen Golf von Neapel, den Schiffe mit weissen Segeln wie Schwäne durchfurchen, und finden jenseits desselben einen fernen Ruhepunkt für das Auge an den Höhen des Cap Misenum und an den flachen Gipfeln der Inseln, während rechts davon Neapel uns herüberschimmert und von ihm aus am Meeresufer hin die Strasse mit einer fast ununterbrochenen Reihe von Villen, Dörfern und Städten gesäumt ist. Links fassen die viel bedeutenderen Höhenzüge des Hirpiner Gebirgs das Bild des herrlichen Meeres ein mit dem weit in dasselbe vorspringenden Steilcap der Minerva und der vor diesem liegenden Felseninsel Capri, während auch hinter uns in geringer Entfernung die Höhen des Apennin dem Augè eine mannigfaltige und schöne Abgrenzung der reizenden Ebene bieten. Auch an Flüssen, wenn auch kleinen, fehlt es nicht, um die Landschaft zu beleben; unmittelbar südlich an Pompeji vorüber ergiesst sich der Sarnus in's Meer, noch heute ein immer strömender, im Alterthum weit landeinwärts schiffbarer Fluss, nördlich in geringer Entfernung ein unbedeutendes Flüsschen. Wie aber um Pompeji, so ist Campanien in allen Theilen wasserreich, selbst im höchsten Sommer, weshalb, sowie wegen der Seewinde die Hitze dort lange nicht die dörrende Wirkung hat, wie im nachbarlichen aber trockenen Latium und wie namentlich in der näheren Umgebung Roms.

Dass ein in jeder Weise so gesegneter Landstrich wie Campanien von alter Zeit her reich bevölkert war, ist leicht begreiflich. Die Namen vieler Städte sind uns bekannt, beträchtliche Ruinen mancher derselben nachweisbar, und zwar gehören diese Städte, wenn wir von den Pelasgern, Thyrrhenern und Ausonen absehn, die dort gehaust haben sollen, ohne dass wir diese Nachrichten als historisch aufnehmen können, theils der einheimischen oskisch-sabellischen Bevölkerung, theils griechischen, namentlich jonischen Colonieen an. Absolut sichere Merkmale, um nachzuweisen ob eine Stadt der einen oder der anderen Art, einheimischer Gründung oder griechischer Colonisirung angehöre, besitzen wir allerdings nicht, da uns die Namen der Städte aus doppeltem Grunde nicht sicher leiten können. Denn einmal kann ein ältester einheimischer Name durch einen späteren griechischen verdrängt worden und vergessen sein, andererseits gehören die griechische und die oskische Sprache einem Stamme an, so dass es schwer ist, zu entscheiden, aus welcher Wurzel ein in späterer Umgestaltung uns überlieferter Name entsprungen sei. Als ein Merkmal zur Unterscheidung ursprünglich oskischer von ursprünglich griechischen, später von den oskisch redenden Samniten eroberten Orten hat einer unserer trefflichsten Forscher, Mommsen in s. Unteritalischen Dialecten S. 106 den Grundsatz aufgestellt, dass diejenigen samnitischen Städte, welche auf ältere griechische basirt waren, oder solche, deren Philhellenismus schon die Alten bemerkten, Münzen und damit zugleich immer Vasen aufzeigen, während rein samnitische Städte (oskisch-einheimischer Gründung) stets ohne Münzen wie ohne Vasen sind. Denn schon das Münzprägen an sich ist Annahme griechischer Sitte, die Vasenmalerei aber ist eine so durchaus rein griechische Kunstübung, dass das Vorhandensein von gemalten Thongefässen griechische Elemente in der Bevölkerung voraussetzt. Nach diesem Grundsatze und zum Theil nach verbürgter Ueberlieferung haben z. B. Capua, Dikäarchia (Puteoli), Sorrent, Cumae u. a. Griechen ihren Ursprung zu verdanken und kamen erst später in die Gewalt der Samniten, während Abella, Herculaneum und unser Pompeji einheimischer Gründung anzugehören scheinen, worauf wir weiter unten zurückzukommen haben. Die meisten der einheimischen Städte liegen im Binnenlande, Pompeji ist nebst Herculaneum fast die einzige am Meer erbaute, Pompeji zugleich allein an einem wie schon bemerkt ziemlich weit landeinwärts, bis Nuceria (Nocera) schiffbaren Flusse gelegen, woher ihre Bedeutung für das Land und der Reichthum sich datirt, der für Pompeji aus dem Alterthum bezeugt ist, und der uns in der Stadt überall entgegen treten wird.

Pompeji war nämlich der gemeinsame Hafen für Nuceria, Nola und andere Binnenlandsstädte, welche ihre Waaren und Producte, namentlich Getraide und Oel, theils auf dem Sarnus, theils über Land dorthin zur Verladung in die Seeschiffe brachten. Spedition also war der Haupterwerbszweig der Pompejaner und es ist schwer, sich von dem Gedanken loszumachen, dass der Name der Stadt von eben dieser Spedition abzuleiten sei. Denn *πέμπειν*, senden, und *πόμπη*, Sendung, d. h. Spedition bietet sich als eine sehr nahe liegende Erklärung, welche ich auch dann nicht für unmöglich halte, wenn die Stadt von Ursprung an oskisch, nämlich Pümpaijo benannt gewesen ist. Auf die Wurzel *πέμπω* schliesst auch Mommsen Unterital. Diall. S. 289, denkt aber dabei an die Bedeutung der Aussendung, der Colonie, was mir nicht zwingend scheint, auch wenn die Popidier, das zahlreichste und bedeutendste Geschlecht in Pompeji, mit dem Namen der Stadt gleichstammig waren, wie Mommsen annimmt. Wir würden sie, die Mommsen als die Ausgesendeten ansieht, als die Versender, als die den Speditionshandel Treibenden und durch ihn zu Reichthum und Ansehn Gelangten zu betrachten haben.

Für eine Hafenstadt scheint die Lage unmittelbar am Meere so natürlich, fast so nothwendig, dass man beinahe ganz allgemein eine solche Lage auch für Pompeji angenommen hat. Heutigen Tages freilich ist das Meeresufer eine starke Viertelmeile von Pompeji entfernt, aber man glaubt, dass dies Verhältniss erst ein Erfolg desselben vulcanischen Ausbruches sei, welcher die Stadt verschüttete und durch Hebung des Ufers das Meer entfernte und dem Sarnus eine neue weiter südlich gelegene Mündung gab. Die Thatsachen, welche man hiefür anführt, nämlich dass man Schalen von Seemuscheln nahe bei Pompeji findet, sowie dass man grosse eiserne Ringe am Fusse des westlichen Abhangs des Hügels gefunden haben will, die zur Befestigung der Schiffe gedient haben sollen, sind keineswegs durchschlagend, und andere Umstände, wie namentlich die Andeutung einer zweiten Gräberstrasse, just an der auf unserem kleineren Plane mit *x* bezeichneten Stelle, wo der Hafen hätte sein müssen, sprechen gegen die erwähnte Annahme, die schon Winckelmann in s. Sendschreiben v. d. hercul. Entdeckungen § 17 bezweifelte. Dazu kommt, dass ein eigenthümliches Terrainverhältniss, welches auch für Pompejis Erhaltung in der Verschüttung wichtig werden sollte, für die Anlage der Stadt ¼ Meile vom Meer entscheidend sein musste, falls die Configuration des Landes vor dem Ausbruch des Vulcans so war, wie sie jetzt erscheint. Pompeji nämlich ist auf einem ganz isolirt in der Ebene liegenden, freilich sehr mässigen, aber doch markirten, oblongen Hügel erbaut, dessen Abhänge ausserhalb der Stadtmauer liegen. Dieser Hügel ist nichts Anderes, als ein uralter Lavastrom des Vesuv, der lange vor Menschengedenken sich in dieser südwestlichen Richtung dem Meere zuwälzte, ohne dasselbe zu erreichen. Er erstarrte auf seinem Laufe, indem er sich gegen den Endpunkt desselben aufstauhete, und so den zur Gründung einer antiken Stadt wünschenswerthen Platz in seltener Vollkommenheit darbot. Denn eine Hügellage wurde für antike Städte unbedingt jeder anderen vorgezogen, und zwar aus naheliegenden fortificatorischen Rücksichten, deren Bedeutung wir bei der Betrachtung der Mauern Pompejis kennen lernen werden. War das Terrain bei Pompejis Gründung so wie es heute vorliegt, so durfte man doch die Stadt nicht unmittelbar an das Meer bauen, indem man einen leicht zu befestigenden Hügel in nächster Nähe hinter sich liess, von dem aus jede feindliche Macht die Unabhängigkeit der Stadt in jedem Augenblicke hätte vernichten können. Hier blieb keine Wahl, und es ist kaum anzunehmen, dass der Sarnus nicht bis Pompeji auch für grössere Schiffe Wasser genug gehabt hat, dass er folglich nicht den ausgesuchtesten Hafen bot. — Die Hügellage Pompejis war aber auch bei dem Ausbruch des Vesuv im Jahre 79 von entscheidender Wichtigkeit, denn vermöge dieser war Pompeji gegen das Schicksal Herculaneums gesichert, ein Lavastrom konnte die Stadt nicht überfluthen, ähnlich wie bekanntermassen das Camaldulenserkloster (Camaldoli della Torre) am westlichen Abhange des Vesuv vermöge seiner Lage auf einer durch einen alten Lavastrom gebildeten Erhöhung vor der Ueberfluthung durch einen späteren gesichert ist.

Sowie die natürliche Wasserstrasse des Sarnus Pompeji mit den Binnenlandsstädten verband, war dasselbe, freilich erst später, erst als die römische Herrschaft sich über diese Gegend verbreitet hatte, durch die via Campana, eine jener gewaltigen Heerstrassen, welche man mit Recht die Adern des römischen Reiches genannt hat, und durch deren municipale Fortsetzungen mit mehren der umliegenden Städte und schliesslich über Herculaneum, Neapel, Puteoli, Capua und die via Appia mit Rom verbunden. Diese grossen römischen Heerstrassen, welche die Hauptstadt mit den entferntesten Grenzen des unermesslichen Reiches verbanden, über Berge und Thäler und Ströme wegliefen, an vielen Orten, selbst in entfernten Provinzen nicht allein erkennbar erhalten, sondern fahrbar und wirklich befahren sind, waren der Gegenstand der eifrigsten Sorge der Machthaber Roms sowohl in den Zeiten der

Republik wie in denen des Kaiserreichs, und sind diejenigen Monumente, welche uns neben den gewaltigen, oft viele Meilen langen Aquaeducten den stärksten Begriff von der Grösse des römischen Reichs und seiner Verwaltung zu geben geeignet sind. Diese Heerstrassen haben die sorgfältigste Construction, welche man für den Strassenbau überhaupt anwenden kann. Sie besteht aus drei Lagen; das Fundament, statumen, wurde gebildet durch eine mächtige Lage grösserer durch Mörtel verbundener Steine; die mittlere Lage besteht aus Kies oder kleineren Steinen, auch Scherben und Sand, rudera, bestimmt, ein völlig ebenes Niveau zu bilden und, in einandergearbeitet und festgewalzt wie unsere Chausséen, die oberste Lage, die eigentliche Fahrstrasse zu tragen, welche aus grossen, wohl in einander gefugten Steinplatten gebildet ist. Die so hergestellte Fahrstrasse, agger, wurde in der Nähe von Städten zu beiden Seiten mit Fusswegen (Trottoirs, *margines*) eingefasst, welche sich bis zu 10″ über das Niveau des agger erheben und durch Prellsteine, die in mässigen Entfernungen von einander angebracht sind, geschützt werden. Die Erhebung und glatte Einfassung der Fusswege durch behauene Steine bildet gegen den flachgewölbten Rücken des agger die Rinnsteine oder Gossen, in welche das Wasser von der Fahrstrasse abfliesst, um durch eigene in mässigen Zwischenräumen angebrachte Abzugsröhren unter den Trottoirs hindurch von der Strasse ganz entfernt zu werden. In der Nähe Pompejis zeigt die Heerstrasse nicht drei, sondern nur zwei Lagen, die zweite und dritte, indem der felsige Untergrund die Errichtung eigener Substructionen (*statumina*) unnöthig machte. An der ganzen Länge der Hauptstrassen hin standen Meilenzeiger, milliaria, sowie seit Augustus stationes und mansiones, Stationen und Einkehre für die von ihm organisirten Postanstalten, während in der Nähe der Städte die Strassen zu beiden Seiten mit Tempeln oder kleineren Heiligthümern, mit Villen und mit Grabmählern eingefasst waren, welche letztere man unmittelbar vor dem Thor anzubringen liebte, seitdem das Zwölftafelgesetz die Bestattung innerhalb der Stadtmauern verboten hatte. An den Seiten der Hauptstrassen vor dem Thor schienen die Ruhestätten der Verstorbenen von dem Leben nicht abgetrennt, und der lebhafte Verkehr, der sich hier bewegte, musste diesen Ort als den wünschenswerthesten für die Denkmäler verdienter Bürger erscheinen lassen. Wie reich und anmuthig diese Einfassung der Hauptstrasse war, werden wir bei der Gräberstrasse Pompejis kennen lernen, obgleich auch diese nur ein schwaches Abbild des Glanzes und Geschmacks der Hauptstadt bietet.

Zweites Capitel.

Geschichtliche Notizen über Pompeji bis zur Verschüttung.

Von einer Geschichte Pompejis kann nicht die Rede sein, denn kaum ein halbes Dutzend kurzer Notizen über die Schicksale der Stadt sind auf uns gekommen; Pompeji hat offenbar das glücklichste Loos gehabt, welches kleinen Landstädten fallen kann, die zu grossen Rollen in der Geschichte nicht berufen sind, das Loos unbeachteten und ungestörten Daseins, bei dem Handel und Wandel blühen, und bei dem unter Campaniens glücklichem Himmel die Pompejaner es sich gewiss eben so wohl sein liessen wie ihre Nachbarn in den grösseren, wegen ihres Luxus und ihrer Ueppigkeit bekannten Städten. Nach dem was wir schon im vorigen Capitel über die wahrscheinlichste Namensdeutung Pompejis sowie über seine Gründung bemerkt haben, erscheint es als unnütz, hier die Gründungssagen anzuführen, die in's Gebiet der Fabel gehören, oder die Namensableitungen zu besprechen, welche so wenig Gewähr haben, wie jene. Wie lange Pompeji gestanden haben mag, als es uns im Jahre 310 v. Chr. Geb. zuerst genannt wird, vermögen wir nicht zu entscheiden, aber auf ein beträchtliches Alter weist die einheimischen Baumeistern angehörende Construction der Mauer in ihren unteren Partien und weisen die Ruinen des sogenannten Herculestempels hin, welcher von griechischen Künstlern in einer Zeit erbaut sein muss, die von der Zeit der berühmten altdorischen Tempel von Selinus und Paestum, d. h. dem 7. Jahrhundert nicht gar weit absteht. Ueber die Verfassung, unter welcher Pompeji stand, so lange es eine freie oskisch-samnitische Stadt war, müssen wir uns auch mit wenigen Andeutungen genügen lassen. Zunächst ist es bemerkenswerth, dass, so wenig wir jemals von einem einheitlichen Volke der Campaner lesen und so wenig die nach und nach alle Städte Campaniens erobernden Samniten daheim eine staatliche Einheit bildeten, was ihr endliches Unterliegen gegen Rom bedingte, dieselben eben so wenig in Campanien zu einer Gesammtverfassung oder selbst zu einer dauernden Eidgenossenschaft, die sich über den Heerbann im Momente der Noth erhoben hätte, zusammentraten. In den Inschriften ist wenigstens keine Spur von einer Centralgewalt, welche gemeinsame Anordnungen für mehre Städte getroffen hätte, und in ihnen sowohl wie in den Schriftstellern werden immer nur städtische Localbehörden genannt. Der gemeinsame oskische Name dieser ist M e d d i x oder in der Grundform mĕdix von dem Stamm des lat. Verbums mĕderi, welchen wir mit »walten« übersetzen können, die oskischen Behörden hiessen also »Walter« im Sinne von »Herrscher«, aber mit dem Nebenbegriff der vom Volke eingesetzten und einer republicanischen Gemeinde gegenüber ausgeübten Gewalt, im Gegensatze der im Worte »Herrscher« ausgedrückten königlichen. Zu dieser Bezeichnung medix tritt dann ein den Amtskreis bezeichnendes Beiwort, und der höchste Magistrat wird durch medix-tutikus (meddiss-toutiks) als öffentlicher oder »Staatswalter« bezeichnet.

Neben diesem fungirten andere niedere Beamten in bestimmten Amtskreisen, wie z. B. zwei etwa den Aedilen entsprechende Decetasii in Nola (Mommsen, Unterit. Diall. S. 254, 278.) und in Pompeji ein in zwei Inschriften genannter Kvaistur d. i. Quaestor (das. S. 183) sowie ein Kùmbennieìs d. i. conventus oder auch senateìs, senatus genannter Senat, in dessen Händen die Wahl der Magistrate und die oberste Staatsgewalt gelegen zu haben scheint. —

Die schon berührte erste geschichtliche Erwähnung Pompejis bei Livius 9. 38. fällt in das Jahr 310 v. Chr. Geb. Im zweiten Samnitenkriege landete, während der Consul C. Marius Rutilus den Samniten die Bergfeste Allifae und die Herrschaft im Vulturnusthal entriss, der Flottenführer P. Cornelius mit seinen Kriegsschiffen in der Mündung des Sarnus, von wo die Bemannung, ohne Widerstand zu finden, den Fluss und seine Nebenflüsse hinauf bis nach Nuceria drang, wo Cornelius durch einen kühnen Handstreich die Herrschaft der beiden Meerbusen nördlich und südlich vom Hirpinergebirg an sich zu bringen hoffte. Die Bewohner des schluchtenreichen Gebirgs aber und die Bewohner der Städte des Sarnusthals rotteten sich zusammen, griffen die Römer an, entrissen ihnen das Gewonnene, hieben die Meisten derselben nieder und jagten die Uebrigen mit ihrem Führer in ihre Schiffe, mit denen sie schleunig den Ort ihrer Niederlage verliessen. Von den Städten betheiligte sich neben Stabiä wahrscheinlich das ausdrücklich erwähnte Pompeji am meisten an diesem kühnen und wohlgelungenen Aufstande. Aber so wenig dieser locale Sieg über eine römische Heerabtheilung wie die vielen und glänzenden Erfolge der Samniten über die römischen Eroberer im ersten und zweiten samnitischen Kriege (343—304 v. Chr.) konnte das endliche Schicksal Samniums und der von Samniten abhängigen und besetzten Landstriche entfernen. Der sechs Jahre nach dem Ende des zweiten, 298 v. Chr. ausbrechende dritte samnitische Krieg wurde von den Römern in der richtigen Erkenntniss, dass sich die kühnen, kriegsgeübten und freiheitliebenden Samniten nicht demüthigen lassen würden, als ein Vernichtungskrieg geführt. Der Ausgang ist bekannt; ein Ort und ein Gau nach dem anderen wurde nach langem Widerstande von den Römern erobert, verwüstet, die Städte und Dörfer verbrannt, die Bevölkerung grösstentheils vernichtet, bis im Jahre 290 v. Chr. der überlebende Theil der Samniten unter verschiedenen Bedingungen unter das römische Joch sich beugte. Die von Samnium abhängig gewesenen Landstriche, unter ihnen Campanien, erhielten Municipalverfassung und das römische Bürgerrecht, jedoch ohne Stimmrecht in den Comitien Roms. Auch Pompeji trat in dieses Verhältniss zu Rom und musste römischer Sitte und römischem Recht die Thore öffnen, obgleich nach freilich vereinzelten, aber ziemlich sicheren Spuren, von denen wir weiter unten reden werden, oskische Sprache und mit ihr wohl auch manches Element altoskischer Sitte sich noch lange in dem mehr und mehr romanisirten Städtchen erhielt. Bei der grossen Mannigfaltigkeit der den einzelnen Municipien ertheilten Rechte ist es unmöglich, das nirgends ausdrücklich angegebene Verhältniss Pompejis zu der herrschenden Hauptstadt genau zu bezeichnen. Gewiss ist es, dass Pompeji, wie alle Municipien, seine communale Selbständigkeit, mit Volksversammlung und Senat und von diesem gewählten Behörden, als deren oberste die Quatuorviri fungirten, behielt; ob die Stadt ihr eigenes Recht bewahrte oder dasselbe gegen das römische vertauschte, ist nicht zu sagen. Von Abgaben an Rom war Pompeji frei, dagegen zum Kriegsdienste im römischen Heere genöthigt. —

Diese Zustände dauerten bis im zweiten punischen Kriege nach Hannibals glänzendem Siege bei Cannä die Samniten und fast alle anderen Stämme und Städte Unteritaliens von den Römern abfielen und sich dem karthagischen Sieger zuwandten. Auch Pompeji suchte, Capua's Beispiele folgend, wo die Volkspartei Hannibal die Thore geöffnet hatte, mit Hilfe karthagischer Waffen seine Unabhängigkeit von Rom zu begründen. Vergebens. M. Marcellus Sieg über Hannibal bei Nola im Jahre 215 v. Chr. nöthigte den Letzteren, sich weiter südlich zu ziehen und die campanischen Städte sich selbst zu überlassen. Bekannt ist, dass Capua nach hartnäckigem Widerstande im Jahre 211 v. Chr. wiedererobert und strenge bestraft wurde, und dass trotz des im Einzelnen zwischen Römern und Puniern wechselnden Kriegsglückes in Unteritalien vor Ablauf des Jahrhunderts Roms neue Herrschaft in diesen Gegenden begründet war und dieselben fester umschloss, als zuvor.

Noch einmal erhob sich Pompeji nebst den anderen italischen Städten im J. 91 v. Chr., als in Folge der harten Gesetze wider das Einschleichen in das römische Bürgerrecht und der Verweigerung und Entziehung desselben, nach den unglücklichen Ausgleichungsversuchen des Tribuns M. Livius Drusus und seiner Ermordung die seit einigen Jahren vorbereitete Rebellion der italischen Stämme gegen Rom zum offenen Kampfe ausbrach, an dessen Spitze die Samniten und die Marser standen. Es galt bekanntlich die Gründung eines von Roms Hoheit unabhängigen Bundesstaates und war bis zur Verabredung einer Verfassung und zur Bestimmung des Sitzes einer Centralgewalt gekommen, als Rom sich entschloss, einem Theil der Italiker das volle Bürgerrecht zu ertheilen und durch diesen Schritt ausser den Latinern die Umbrer und Etrusker gewann, aus denen es seine Heere gegen die südlichen Stämme bildete. In dem ausgebrochenen s. g. Bundesgenossenkriege kämpften die Pompejaner unter der Anführung des Samniten Pontius von Telesia, dem jedoch der furchtbare Sulla gegenüberstand, welcher jenen kaum drei Stunden vor Pompeji bei Stabiä schlug und diese Stadt verwüstete. Die Pompejaner kämpften für ihre Stadt unter Cluentius so wacker, dass sie die Römer zweimal von ihren Thoren zurückwarfen; zuletzt mussten sie aber doch der überlegenen Kriegskunst weichen und Cluentius erlag vor Nola, wohin ihm Sulla gefolgt war, indem er sich bei dem kleinen Pompeji aufzuhalten nicht für nöthig fand. Der Kriegssturm mit den Schrecken der Einnahme, Plünderung und Zerstörung war freilich so vor Pompejis Mauern, deren theilweise zerstörten Zustand übrigens mehre Forscher nicht allein auf Rechnung des Erdbebens vom Jahre 63 n. Chr., sondern auf die der sullanischen Angriffe stellen, vorübergegangen, aber die Unabhängigkeit von Rom war für unsere Stadt wie für alle anderen Städte und Stämme des Bundes für immer verloren. Nachdem mit wechselndem Glücke von beiden Seiten gekämpft war, ertheilte Rom den meisten sich unterwerfenden Städten das Bürgerrecht, so dass nur die Samniten und Lukaner unter den Waffen blieben, bis Sulla im Jahre 82 v. Chr. die letzten Reste ihrer Schaaren vernichtete. Geschont hatte Sulla Pompeji, aber nicht vergessen. Nachdem im Jahre 88 die empörten Völker mit Rom Frieden geschlossen hatten, der auch Pompeji mit begriff, sandte Sulla, damals Dictator, eine Soldatenabtheilung nach Pompeji, der er mittels Decrets den dritten Theil der pompejanischen Flur anwies. Diese unerwünschte Besatzung von Eindringlingen war den Pompejanern begreiflicher Weise wenig willkommen und lebte mit den Bürgern in mancherlei Reibereien und Streitigkeiten. Einen Vortheil hatten die Pompejaner aber doch von dieser sullanischen Besatzung, Sicherheit nämlich gegen die Plünderungen, mit welchen während des ersten Bürgerkrieges (zwischen Marius und Sulla) Pontius von Telesia, der alte Feldherr der Pompejaner, der, wie die meisten italischen Neubürger, auf der marianischen Partei und im Jahre 82 an der Spitze eines aus Samniten, Campanern und Lukanern gebildeten Heeres stand, bei der Recrutirung die Landschaften Campaniens heimsuchte, sowie gegen die Streifereien der Bande des Spartacus, welcher (nach Florus 3. 20, 21.) in dem damals noch nicht gefürchteten Krater des Vesuv sein Lager aufgeschlagen hatte.

Der Zustand des Unfriedens mit der Besatzung dauerte jedoch in Pompeji nicht lange. Im Jahre 64 v. Chr. wurde P. Sulla, ein Neffe des Dictators, Präfect der römischen Truppen in Pompeji, ein Mann, welcher die Pompejaner so begünstigte, und in dem Grade bei ihnen beliebt war, dass er in Rom beschuldigt werden konnte, die Pompejaner gegen Rom aufzuwiegeln. Es ist bekannt, dass gegen diese Anklage Sulla von Cicero vertheidigt und in Folge dieser Vertheidigung im Jahre 62 freigesprochen wurde. —

Pompeji erscheint seit dieser Zeit ganz romanisirt und blieb bis zu seinem Untergang ohne bemerkenswerthe Ereignisse im ruhigen Besitze seiner von Roms Oberhoheit wenig behelligten städtischen Verwaltung und eines wachsenden Wohlstandes, welcher auf dem Handel und auf mannigfaltiger Industrie beruhte und nicht wenig dadurch erhöht wurde, dass Pompeji in die Zahl derjenigen Landstädte eintrat, in welche, wie nach Bajä, Neapel, Puteoli, vornehme Römer sich zurückzogen, wenn sie des Staatslebens und des Geräusches der Hauptstadt müde geworden waren, oder wenn sie aus anderen Gründen Erholung und Ruhe unter dem schönen Himmel Süditaliens und inmitten griechischer Kunst und Sitte aufsuchten.

Die erste namhafte Person, von der wir eine solche Ansiedelung in Pompeji wissen, ist Cicero, welcher, obgleich nicht unbeträchtlich verschuldet, sich neben seinem Landsitze in Puteoli noch einen solchen in Pompeji kaufte, von dem er in seinen Briefen (epp. ad. div. 7. 1.) zu erzählen weiss. Dass freilich die jetzt unter dem Namen der Villa des Cicero bekannten, dicht vor dem Herculanerthor gelegenen, 1763 aufgegrabenen und bald wieder zugeschütteten Ruinen einer Villa wirklich dem Pompeianum des grossen Redners gehören, wie fast allgemein angenommen wird, ist schon deshalb zweifelhaft, weil Cicero in seinen Briefen ganz besonders die stille Zurückgezogenheit seines Landsitzes rühmt, was sich mit der Lage der in Rede stehenden Villa kaum verträgt. Ebenso wenig ist es erweislich oder selbst nur wahrscheinlich, dass ein Standbild in der Toga praetexta, welches in dem vielleicht von einem Verwandten Cicero's erbauten Fortunentempel gefunden wurde, trotz einer oberflächlichen Aehnlichkeit das Porträt des Redners sei, der als Feind der neuen Staatsordnung starb, ganz zu schweigen von der sicherlich unrichtigen Annahme, dass Cicero selbst der Gründer jenes Tempels, Duumvir Pompejis und vom Volke ernannter Tribunus militum gewesen sei, als welcher der Erbauer des Fortunentempels in der Weihinschrift am Architrav genannt wird.

Auch Augustus hegte grosse Vorliebe für Pompeji und sandte römische Ansiedler dahin, welche eine rasch erblühende Vorstadt nördlich von der Stadt an der heute sogenannten Gräberstrasse unter dem Namen pagus Augustus felix suburbanus mit eigener Verwaltung unter einem magister pagi gründeten. Kaiser Claudius besass in Pompeji eine eigene Villa, in der ihm sein Söhnchen Drusus an einer Birne erstickte, die der Knabe in die Höhe geworfen und mit dem Munde aufgefangen hatte. Winckelmann glaubt in seinen Nachrichten v. d. neuesten hercul. Entdeckungen § 58 in einer der beiden Villen links an der Gräberstrasse, der s. g. des Arrius Diomedes und der eben besprochenen, für die Cicero's gehaltenen, die Villa des Claudius annehmen zu dürfen, worin allerdings keine Gewähr liegt. Auch Personen weniger hohen Ranges und Hofleute der Kaiser scheinen der Mode, sich in Pompeji anzusiedeln, gefolgt zu sein, von einem röm. Senator Livineius Regulus werden wir es unten noch näher sehen, von dem bereits genannten M. Arrius Diomedes, den man nach einer nicht ganz klaren Stelle seiner Grabschrift für einen Freigelassenen der Julia hält, der Vorsteher der Vorstadt (*magister pagi suburbani*) war und dem man die grosse erhaltene Villa vor dem Herculanerthor zueignet, ist es zweifelhaft, von anderen Personen dagegen aus alten Nachrichten und aus ihren Grabschriften anzunehmen. —

Als Municipium oder als Colonie (*Colonia Romana*), wie Pompeji consequent auf allen Inschriften heisst, welche seine Stellung andeuten, hatte dasselbe eine nur in der höheren Instanz von dem römischen Kaiser und Senat abhängende Verwaltung bei einer der römischen nachgebildeten Communalverfassung. Durch den Sieg der Römer und die Ertheilung der Civität an alle Italiker nach dem Bundesgenossenkrieg wurde die oskische Sprache officiell durch die lateinische, wurden zugleich die oskischen Behörden durch römisch benannte ersetzt. Die eingeborenen oder von eingeborenen Pompejanern adoptirten Bewohner waren Bürger, und als solche römische Vollbürger mit Stimmrecht in den Comitien des römischen Volkes. Durch Eingehung dieses Verhältnisses erkannte eine Stadt Rom als Oberhaupt und Vaterland an, übernahm die Lasten, welche römischen Bürgern auflagen, z. B. den Kriegsdienst in den Legionen, und führte das römische Recht bei sich ein oder modelte das alte Stadtrecht nach den Normen und Principien des römischen Civilrechts um. Die Bürger zerfielen, wie die römischen, nach Rang und Stand in verschiedene Classen, decuriones, welche dem römischen Senat, augustales, welche den Rittern entsprachen und populus oder plebs, das gemeine Volk; sie wählten in ihren Comitien ihre eigenen Magistrate, sowie sie auch ihre eigenen Culte und selbstgewählten Priesterschaften hatten, erliessen Verordnungen und Gesetze (*leges municipales*), Belohnungen und Auszeichnungen. Auch der Census wie die Aushebung zum Kriegsdienste wurde in den Municipien von den höchsten Magistraten gehalten. An der Spitze der Verwaltung standen richterliche Zweimänner, *duumviri iuri dicundo*, ähnlich den römischen Consuln, und Vorsitzer des Senats, der *decuriones*, neben ihnen Aedilen, ein Quaestor u. a. geringere Beamte. Den nächsten Zusammenhang mit Rom scheint ein in mehren Inschriften erwähnter *patronus coloniae* aufrecht erhalten zu haben, während ein Statthalter die Oberaufsicht führte. So bildete denn Pompeji wie andere Städte nach Vermögen ein Kleinrom (*parva Romae imago*), und zwar, trotz den sich einzeln erhaltenden oskischen und trotz den beigemischten griechischen Elementen, begreiflicher Weise auch in Gebräuchen, Einrichtungen und Moden.

Während, so viel wir wissen, das Verhältniss Pompejis zu Rom durchaus ein freundliches war, und durch keinen Ungehorsam einerseits, keine Bedrückung andererseits getrübt wurde, sollten die Pompejaner im Jahre 59 n. Chr. noch kurz vor dem grossen Erdbeben vom Jahre 63 n. Chr., welches die Stadt zum ersten Male verwüstete, auf empfindliche Weise ihre rechtliche Abhängigkeit von der Hauptstadt fühlen (siehe Tacitus Ann. XIV. 17.). Der aus Rom verstossene Senator Livineius Regulus hatte in Pompeji, wohin er sich zurückgezogen, Gladiatorenkämpfe im Amphitheater veranstaltet. Das pompejanische Amphitheater, viel zu gross für die Zahl der Einwohner der Stadt allein, wie wir noch genauer sehn werden, war auf Besuch von den Nachbarstädten berechnet und pflegte auf diese Weise stark gefüllt zu sein. Auch bei dieser Gelegenheit waren zahlreiche Nuceriner nach Pompeji gekommen, zwischen denen und den Pompejanern es, wie schon früher, zu Sticheleien, Reibereien, dann zu Steinwürfen und zum Gebrauch der blanken Waffe gekommen war. Die Pompejaner waren zahlreicher und stärker und siegten in dem ausgebrochenen Kampfe, aber die Nuceriner wandten sich klagend nach Rom, gaben ihre zahlreichen Verwundungen und den Tod von Kindern oder Eltern an. Der Kaiser schob die Sache dem Senat, dieser den Consuln zu, und nachdem sie von diesen wieder an den Senat gelangt war, lautete der Urtheilsspruch, alle ähnliche Schau sei in Pompeji auf 10 Jahre zu verbieten, die gegen das Gesetz gebildeten Collegien aufzulösen, Livineius und die Theilhaber an dem Crawall zu verbannen. Bedenkt man die unendliche Lust, ja Sucht namentlich für die Spiele und Kämpfe des Circus und des Amphitheaters, nach denen das Volk bekanntlich gleich nächst dem Brode rief (*panem et circenses*), so begreift man die Härte dieses freilich nicht ungerechten Spruches für Pompeji. Nach der Meinung mancher Schriftsteller besitzen wir ein volksthümliches Monument dieses Streites mit den Nucerinern in der folgenden äusserst rohen Zeichnung nämlich, welche nebst einer Inschrift an einem Hause in der Strasse des Mercur in den Bewurf eingeritzt sich fand. Offenbar stellt die besser gezeichnete Figur rechts, zur Vergegenwärtigung von Ort und Zeit der Begebenheit, einen siegreichen Gladiator dar, der mit der Palme in der Hand von den Stufen des Amphitheaters herniederstürzt; die Gruppe links, die kaum erkennbar ist, scheint einen Mann darzustellen, der einen anderen mit gebundenen Armen eine Treppe hinauf sich nachzieht, wohl einen Gefangenen. Die Inschrift folgenden Wortlauts: *Campani victoria una cum Nucerinis peristis*, welche der Zeichner kluger Weise seinem ohne sie unverständlichen und für uns unbedeutenden Kunstwerke beigefügt hat, soll nach der angeführten Meinung aussagen, dass die Campaner (Pompejaner), obgleich siegreich, zugleich mit den Nucerinern umgekommen seien.

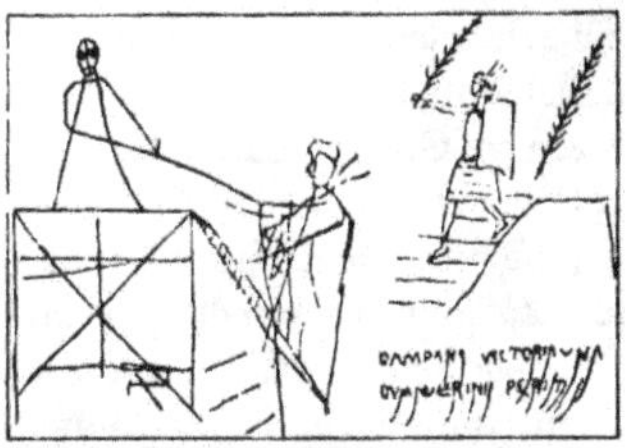

Fig. 2. Griffelzeichnung in der Strasse des Mercur.

Lange bevor die Zeit der Strafe für Pompeji abgelaufen war, im Jahre 63 n. Chr. und zwar am 5. Februar, betraf Pompeji das erste grosse Unglück und eine entsetzliche Zerstörung durch ein von tödtlichen Erdaushauchungen begleitetes Erdbeben, welches die wiedererwachten Kräfte des seit Jahrhunderten, vielleicht seit Jahrtausenden schlummernden und für erloschen geltenden Vesuvs ankündigte und in allen umliegenden Städten, in Neapel, Herculaneum, Nuceria mehr oder minder bedeutende Verheerungen anrichtete, am schwersten aber Pompeji heimsuchte. Zahlreiche Gebäude stürzten ganz oder theilweise zusammen, der Tempel des Jupiter, der s. g. des Quirinus, der Tempel der Isis, die Basilica sowie die Säulenhallen des Forum und des Theaters; Statuen wurden von ihren berstenden Piedestalen herabgestürzt und zerbrochen und manches Privathaus und Grabmahl beschädigt. Wie gross der Schade im Ganzen gewesen sei, können wir nicht angeben, dass aber die Stadt bedeutend gelitten habe, zeigt die Berathung des römischen Senats, ob man den Wiederaufbau Pompejis gestatten oder das Verlassen der Stätte befehlen sollte, sowie der Umstand, dass mehre Familien das Werthvollste ihrer beweglichen Habe, darunter auch Gemälde und Marmorstücke mit sich nehmend Pompeji verliessen und den campanischen Boden verschworen. (Winckelmann, Nachrichten § 7 und Gesch. d. Kunst. VII. 3. § 15—18.)

Diese Zerstörung Pompejis ist für uns in mehr als einem Betracht wichtig, sie hat unter den älteren Monumenten der Stadt stark aufgeräumt und so ist uns statt dieser wenngleich nicht durchgängig, so doch vielfach die Restauration des ersten nachchristlichen Jahrhunderts überliefert worden. Nachdem nämlich von Rom die Erlaubniss zum Wiederaufbau der Stadt ertheilt war, und bei Weitem die Mehrzahl der Pompejaner sich bei derselben betheiligte, beschlossen die Decurionen diese Gelegenheit nach Möglichheit zu einer durchgreifenden Verjüngung der Stadt zu benutzen. Der alte Baustil wurde durch den modernen ersetzt. Das Forum erhielt einen neudorischen Säulenumgang, der korinthisch-römische Stil wurde als der durchgehende bei öffentlichen und Privatgebäuden in Anwendung gebracht, wenngleich nicht selten auf die barbarischeste Manier, indem man die alten structiven Glieder durch Tünche in die neue Ordnung brachte; an den meisten Orten wurde ein nicht unbeträchtlicher Luxus in den Materialien entfaltet, obwohl die leidige Tünche, diese Verderberin aller echten Kunst, nur zu häufig in Verwendung kam. Auch einige Aenderungen im Plane der Stadt, namentlich in der Gegend des Forum, sind wahrnehmbar, und zugleich wurde ein guter Theil der Reste und Monumente der früheren Autonomie, die oskischen Inschriften an manchen Monumenten entfernt und nebst anderen Werkstücken der älteren Gebäude zu den Neubauten, auch zu deren Fundamenten verwendet. — Auf der einen Seite ist dies gewiss zu beklagen, denn ohne Zweifel ist manches ehrwürdige Denkmal altitalischer oder griechischer Kunst und Sitte bei dieser Gelegenheit beseitigt, verschleppt oder vergraben und so auch uns verloren gegangen, wie es denn die nur durch die Zerstörungen des Erdbebens und die Renovation der Stadt in seinem Gefolge zu erklärende Thatsache ist, dass die Denkmäler des älteren und des blühendsten Stiles in Architektur und Sculptur in Pompeji zu den Seltenheiten gehören, während das Vorhandene fast durchgängig den kunsthistorisch ohnehin zur Genüge bekannten Stil der neronischen Epoche zeigt. Auf der anderen Seite lässt sich wieder nicht läugnen, dass wir durch diese Restauration und Renovation Pompejis gewonnen haben, und zwar indem wir durch sie jetzt in dieser Stadt das vollständige und fast ungetrübte Bild einer römischen Colonie oder Municipalstadt besitzen, anstatt des Bildes eines eigentlich nichtrömischen, dem römischen Wesen nur nach und nach accommodirten Ortes.

Der Neubau Pompejis schritt mit wunderbarer Raschheit vorwärts. Die Tempel des Jupiter, der Venus, der Fortuna, der Isis waren, zum Theil durch die Freigebigkeit von Privaten, ganz vollendet und dem gottesdienstlichen Gebrauche zurückgegeben, dem s. g. Quirinustempel fehlte nur noch die Vollendung des marmornen Hauptaltars, fast vollendet waren auch die Theater, jedoch scheint es, dass sie noch nicht wieder gebraucht worden waren, fast vollendet der elegante Säulenumgang des Forum, dem noch der Statuenschmuck gefehlt zu haben scheint, wenn nicht das Fehlen der Statuen auf eine andere, unten zu erwähnende Ursache zurückgeht, auch an dem Chalcidium der Eumachia sowie an mehren Privathäusern, in deren Wände noch nicht überall die aus dem Erdbeben geretteten älteren Gemälde wieder eingelassen waren, wurde noch gearbeitet, aber schon bewegte sich aufs Neue ein reges und unbesorgtes Leben durch die Strassen der verjüngten Stadt, schon waren Handel und Gewerbe wieder in schwunghaftem Betrieb, schon hatte der Luxus und die Ueppigkeit sich aufs Neue mannigfach entfaltet, auch die Zeit des Verbotes theatralischer und gladiatorischer Spiele war seit fast 10 Jahren abgelaufen, und schon manches Mal war das Volk der Stadt und der Umgegend voll Eifer zu der alten heissgeliebten Schau der Kämpfe des Amphitheaters zurückgekehrt; da plötzlich schlug Pompejis zwölfte Stunde. Es war der 24. August des Jahres 79 n. Chr., eben war das Amphitheater Pompejis mit einer schaulustigen Menge erfüllt, da erfolgte der Ausbruch des Vesuv. Dunkele Nacht, nur von den zuckenden vulkanischen Blitzen grauenvoll erhellt, hüllte die Gegend ein, über welche das Verderben sich dahinwälzte; und als nach drei langen und fürchterlichen Tagen die Aschen- und Rauchwolken die Sonne durchbrechen liessen, waren die Reste des im Bürgerkriege zerstörten Stabiä, waren die blühenden Städte Herculaneum und Pompeji nebst den umliegenden Orten Oplontis und Teglana vom Erdboden verschwunden, versenkt in das dunkele Grab für mehr als anderthalb Jahrtausende. —

Drittes Capitel.

Die Verschüttung Pompejis.

Mit der grössten Lebhaftigkeit hat Bulwer in seinem Roman »Die letzten Tage von Pompeji« die Scenen der Verschüttung, das nicht Ueberlieferte durch Phantasie ergänzend, geschildert. Ein Gleiches zu versuchen, liegt ausser unserer Aufgabe, nur das muss hier seine Stelle finden, was aus alten Schriftstellern über das furchtbare Ereigniss entnommen und aus Spuren desselben an Ort und Stelle geschlossen werden kann. Wie unvorbereitet die Pompejaner ihr Schicksal treffen musste, sehen wir daraus, dass man den Vesuv, wie bereits erwähnt, für völlig erloschen hielt, so dass ein Strabon unter Augustus Folgendes schrieb: »Oberhalb dieser Orte liegt der Berg Vesuvius, bis an den Gipfel von herrlich angebauten Feldern umgeben. Dieser aber ist grösstentheils flach und ganz unfruchtbar, dem Ansehn nach aschig, und man sieht daselbst Höhlungen in porösen Steinen von russiger Farbe, als wären sie vom Feuer zerfressen, so dass man schliessen mögte, der ganze Ort habe einmal gebrannt, enthalte Feuerkrater, und sei erloschen, nachdem ihm der Stoff ausgegangen. Vielleicht ist grade das der Grund der ihn umgebenden Fruchtbarkeit, wie man sagt, dass bei Katana die Gegend so vorzüglichen Wein hervorbringe, seitdem ein Theil derselben mit der vom Aetna ausgeworfenen Asche bedeckt ist.« —

Ueber den Ausbruch des Vesuv ist es von Interesse, wenigstens die auf dies Naturereigniss bezüglichen Stellen der Briefe des jüngeren Plinius zu lesen, welche freilich nicht Pompejis Untergang, sondern den Tod des älteren Plinius und die Begebenheiten in und um Misenum zum Hauptgegenstande haben. Ohne die in allen Sprachen oft abgedruckten Briefe*) hier nochmals ganz zu wiederholen, ziehen wir die den Vesuvausbruch betreffenden Stellen aus. »Am 24. August gegen 1 Uhr Nachmittags (nach unserer Tagesrechnung) machte meine Mutter ihn (meinen Oheim, den älteren Plinius) auf eine Wolke aufmerksam, welche von sehr eigenthümlicher Gestalt und Grösse erschien.... Er stand alsbald auf und begab sich auf eine Höhe, von der man die sehr ausserordentliche Erscheinung genauer übersehn konnte. Es war damals in dieser Entfernung nicht möglich, zu entscheiden, von welchem Berge diese Wolke aufsteige, später fand es sich, dass sie sich vom Vesuv erhebe. Ich kann keine genauere Beschreibung ihrer Gestalt geben, als indem ich sie mit der eines Fichtenbaums vergleiche, denn sie schoss zu einer bedeutenden Höhe grade und glatt empor wie ein Stamm, welcher sich an der Spitze in Zweige auszubreiten schien. Entweder wurde, meiner Ansicht nach, die Wolke durch einen plötzlichen Windstoss emporgetrieben, der nach oben hin abnahm, oder das Gewicht der Wolke selbst drückte sie wieder abwärts, so dass sie sich in der angegebenen Weise ausbreitete. Sie erschien bald glänzend, bald dunkel und gefleckt, so wie sie mehr oder weniger mit Erde und Asche erfüllt war.« Darauf folgen die Angaben über das, was der ältere Plinius zur Rettung seiner Freunde unternahm, welche nahe am Fusse des Vesuv wohnend, der dringendsten Gefahr ausgesetzt waren, und welche er zur See zu retten hoffte, wobei der dicker werdende und mit Bimsteinstücken und glühenden Steinen untermischte Aschenregen in sein Schiff stürzte, wobei ein Schwanken der See, welche sich von den Ufern zurückzuziehen drohte und mächtige Felsblöcke, die vom Vesuv herabrollten, seine Gefahr vergrösserten. »Mittlerweile,« fährt der Briefsteller fort, »flammte der Ausbruch des Vesuv an verschiedenen Orten mit vermehrter Heftigkeit empor, und die eingetretene nachtgleiche Finsterniss trug dazu bei, alle Schrecken sichtbarer zu machen und zu erhöhen.« In dem zweiten Briefe wird noch Folgendes erwähnt, was für uns Interesse bietet. »Schon mehre Tage vor dem Ausbruch hatten verschiedene Erdstösse stattgefunden, die aber wenig beachtet wurden, da sie in Campanien äusserst gewöhnlich sind; in der Nacht aber nach dem Ausbruch waren sie so besonders

*) Plin. Epist. VI. 16. 20.

heftig, dass sie nicht allein Alles um uns her erschütterten, sondern wirklich gänzliche Zerstörung zu drohen schienen.« Am nächsten Morgen war das Licht äusserst matt und unbestimmt und die Gebäude zitterten und schwankten noch immer; ebenso wurden die Wagen, in denen Plinius mit seiner Mutter die Stadt verliessen, von den dauernden Erdstössen vorwärts und rückwärts geworfen, so dass sie nur durch die Unterstützung mit grossen Steinen stehend gehalten werden konnten. Die See schien sich von den Ufern zurückzuziehen, getrieben von den krampfhaften Bewegungen der Erde; gewiss ist es, dass das Ufer beträchtlich erweitert wurde, und dass man Seethiere auf demselben liegend fand. Jeder sieht ein, dass dieser Umstand für die Ansicht derer in die Wagschale fällt, welche annehmen, auch von Pompeji sei damals das Meer weiter entfernt worden, als es früher war. »Auf der andern Seite warf eine furchtbare schwarze Wolke, die mit Brandgeruch hervorbrach, grosse Flammen aus, die Blitzen glichen, aber viel grösser waren. Bald darauf schien sich die Wolke zu senken und das ganze Meer zu bedecken, und wirklich entzog sie die Insel Capri sowie das Vorgebirg Misenum unseren Blicken. Aschenregen, obgleich nicht sonderlich dick, begann auf uns herabzufallen, und als ich mich umwendete, bemerkte ich hinter uns einen dicken Rauch, der hinter uns herrollte wie ein reissender Strom.« Das war der auf Herculaneum fliessende Lavastrom. »Wir wichen von der Strasse auf die Felder aus, um nicht im Gewühl der Menschen erdrückt zu werden, aber kaum hatten wir den Weg verlassen, so umgab uns eine Finsterniss, die nicht mit der einer mondlosen Wolkennacht im Freien, sondern nur mit der in einem verschlossenen Zimmer ohne Licht verglichen werden kann. Man hörte Nichts, als das Geschrei von Kindern, das Jammern von Weibern und die Rufe von Männern, indem die einen nach ihren Kindern, die anderen nach ihren Eltern riefen und sich nur an der Stimme erkennen konnten, Einige beklagten ihr eigenes Schicksal, Andere das der Ihrigen, Einige wünschten aus Todesfurcht zu sterben, Andere erhuben ihre Hände zu den Göttern, aber die Meisten glaubten, die letzte und ewige Nacht sei gekommen, welche die Welt und die Götter zusammen vernichten würde. Unter diesen waren Einige, welche die wirklichen Schrecknisse durch eingebildete vermehrten und die entsetzte Menge glauben machten, Misenum stehe in Flammen.« Wir haben die Schilderung dieser Scenen beigefügt, weil sie uns ein Bild dessen geben, was, und wahrscheinlich in erhöhtem Masse, unter der unglücklichen Bevölkerung Pompejis vorging. »Nach langer Zeit erschien ein glimmendes Licht, welches wir eher für den Vorboten eines neuen Flammenausbruchs hielten, wie es auch wirklich war, als für das Nahen des Tages; das wieder ausbrechende Feuer stürzte sich aber in einiger Entfernung von uns nieder und ein schwerer Schauer des Aschenregens bedeckte uns, den wir von Zeit zu Zeit abschütteln mussten, um nicht in dessen Anhäufungen erdrückt und begraben zu werden.... Endlich lichtete sich diese fürchterliche Finsterniss nach und nach, wie sich eine Rauchwolke lichtet, der Tag kehrte zurück und selbst die Sonne erschien wieder am Himmel, obgleich nur sehr blass, so als solle eine Sonnenfinsterniss beginnen. Jeder Gegenstand, der sich unseren Blicken bot, war verändert, indem er mit weisser Asche wie mit einem tiefen Schnee bedeckt war.« —

Wichtiger noch als dieser wenigstens zum Theil subjectiv gefärbte Bericht ist der des Historikers Cassius Dio*), der um 200 n. Chr. unter Commodus aus den besten Quellen erzählt wie folgt: »In Campanien folgten schreckliche und seltsame Ereignisse. Nämlich gegen den Herbst desselben Jahres brach auf ein Mal ein grosses Feuer aus. Der Berg Vesuvius liegt nah am Meere bei Neapolis, und hat reichliche Feuerquellen. Früher war er überall gleich hoch und das Feuer stieg mitten aus ihm empor. Denn nur hier ist er in Brand gekommen, die ganze Aussenseite aber ist auch bis jetzt feuerlos geblieben. Darum weil sich diese nie entzündet hat, der innere Theil aber am Feuer verdorrt und zu Asche wird, so haben die Gipfelwände rings umher noch jetzt die ursprüngliche Höhe, die ganze Brandstätte aber ist von der Zeit verzehrt und durch das Zusammenfallen hohl geworden, dergestalt, dass der ganze Berg, wenn man Kleines mit Grossem vergleichen darf, einem Schauplatze für Thiergefechte ähnlich ist. Und zwar enthält seine Höhe viele Baum- und Weinpflanzungen, der Kreis aber ist dem Feuer überlassen und giebt am Tage Rauch von sich, bei Nacht aber eine Flamme, so dass es aussieht, als würde in ihm viel Räuchwerk aller Art angezündet. Und das geschieht immer so, bald stärker bald wieder schwächer; oft stösst er auch Asche aus, wenn viel auf einmal eingesunken ist, und wirft Steine empor, wenn er vom Dampfe überwältigt wird, dann tost und brüllt er, weil er nicht feste, sondern schmale und verborgene Luftöffnungen hat. Das ist die Beschaffenheit des Vesuvius und solches geschieht auf ihm fast jedes Jahr. Alles andre aber, was sich in früherer Zeit zugetragen hat, mag es auch denen, die es täglich sehen, ungewöhnlich gross erschienen sein: dennoch möchte es alles zusammengenommen, in Vergleich mit dem, was sich in dem Jahre begab, von dem wir sprechen, gering zu achten sein. Es geschah nämlich Folgendes. Man glaubte viele grosse übermenschlich gewaltige Männer, wie man die Riesen malt, bald auf dem Berge, bald in dem umliegenden Lande und in den Städten, bei Tag und bei Nacht auf der Erde herumwandeln und in der Luft einherschweben zu sehen. Darauf folgte eine furchtbare Dürre und plötzliche heftige Erdstösse, so dass dort der ganze Boden aufgeschüttelt wurde und die Höhen emporsprangen. Und Töne vernahm man, theils unter der Erde donnerähnlich, theils über derselben wie Gebrülle; und zu gleicher Zeit brauste das Meer auf und hallte der Himmel wieder. Nach diesem hörte man plötzlich einen ungeheuern Knall, als ob auch die Berge zusammenstürzten, und es fuhren zuerst übergrosse Steine empor, so dass sie bis zum Gipfel selbst gelangten, dann vieles Feuer und entsetzlicher

*) Cass. Dio l. 66. c. 21 sq.

Rauch, so dass die Luft ganz verdunkelt und die Sonne ganz verhüllt wurde, als wenn sie sich verfinsterte. So verwandelte sich der Tag in Nacht und das Licht in Schatten, und manche wähnten, die Giganten stünden auf (denn es erschienen wiederum allerlei riesige Gestalten im Rauch, und man vernahm Schall wie von einer Posaune): andere aber, die ganze Welt vergehe in Nichts oder in Feuer. Darum floh Alles, die Einen aus den Häusern auf die Strasse, andere von draussen in die Häuser, noch andere von der See auf's Land und von diesem auf's Meer, bestürzt und jede Entfernung sicherer wähnend als die Nähe. Während dies geschah, stürmte ungeheurer Aschenregen einher, welcher Land und Meer und die ganze Luft erfüllte. Dieser that an vielen Orten Schaden, wie und wo es sich gerade traf, an Menschen, Land und Vieh, tödtete sämmtliche Fische und Vögel und verschüttete sogar zwei ganze Städte, Herculaneum und Pompeji, da eben die Bevölkerung der letzteren im (Amphi-) Theater sass. Denn die Menge der Asche war überhaupt so gross, dass ein Theil davon bis nach Afrika, Syrien und Aegypten gelangte, sogar bis nach Rom kam und hier die Luft erfüllte und die Sonne verdunkelte. Daher entstand denn auch in dieser Stadt eine nicht geringe, viele Tage anhaltende Furcht, denn keiner wusste, was geschehen war und keiner konnte es vermuthen; vielmehr meinte man auch hier, die ganze Welt kehre sich um und die Sonne sinke in die Erde und erlösche, die Erde aber erhebe sich in den Himmel. Damals that indess diese Asche dort keinen grossen Schaden, später aber brach in Folge dessen eine furchtbare Pest aus.«

Untersuchen wir aber die localen Spuren über den Act der Verschüttung Pompejis, so klärt uns zunächst die Natur des Materials, welches der Vesuv über die Stadt ausschüttete, über Manches auf. Es muss aber hiebei bemerkt werden, dass die Decke Pompejis nicht in ihrer ganzen Stärke der ersten Verschüttung, sondern zum Theil mehren späteren angehört, was eine genaue Untersuchung ergiebt, wie denn auch in der neuesten Zeit wiederholte Aschenregen die Veranlassung gaben, manches werthvolle Monument in das in Portici gegründete Museum in Sicherheit zu bringen. Untersuchen wir die 18—20 Fuss starke Decke Pompejis, so finden wir zu unterst eine fusshohe Schicht feiner, schwarzer, vulkanischer Asche, papamonte genannt, dann folgt eine 7—8 Fuss dicke Schicht von Rapilli, kleineren und grösseren Bimsteinbrocken; auf diese ein paar Zoll Asche wechselnd mit ein paar Zoll Rapilli, wodurch ungefähr die erste, etwa 10′ tiefe Verschüttung angezeigt sein wird. Darüber liegt eine dickere Aschenlage von gegen 2 Fuss und wiederum eine 1½ Fuss starke Schicht von Rapilli, endlich eine etwa 7′ dicke Lage von Asche, von der die obere Hälfte allmählig in fruchtbare Erde umgewandelt ist. Mit Aschenauswürfen also begann der Ausbruch des Berges, welche ebenso verwirrend durch ihre Verdunkelung der Luft sein mussten, wie sie an sich wenig gefährlich waren. Es ist sehr begreiflich, dass dieser Beginn der Verschüttung die meisten Einwohner Pompejis hat entkommen lassen, während er zugleich Viele veranlasst haben mag, an die

Rettung des Ihrigen zu denken, da anscheinend die Gefahr nicht so schnell hereinbrach, dass man mit der Rettung des nackten Lebens zufrieden gewesen wäre. Das Verderben kam aber doch schneller, als man geglaubt haben mag, die auf die Asche folgenden glühenden Steine, welche in beträchtlicher Masse schnell gefallen zu sein scheinen, machten Vielen von denen, welche ihre Flucht zur Rettung von Hab' und Gut verschoben hatten, sowie Allen, welche sich im Inneren von Gebäuden, namentlich in Kellern befanden, dieselbe unmöglich, während mit ihnen auch diejenigen umkamen, welche die Pflicht zurückgehalten hatte. Im Ganzen zählt man 400, nach Anderen gegen 600 in Pompeji aufgefundene Gerippe, eine verhältnissmässig geringe Zahl, selbst wenn man sie für die noch unaufgegrabenen Theile der Stadt mit 3 multiplicirt; denn die auf diese Weise zu berechnenden 1200—1800 Gebliebenen bilden etwa den zehnten bis achten Theil der muthmasslichen Bevölkerung der Stadt. Es ist allerdings möglich, dass spätere Grabungen in anderen Theilen der Stadt noch verhältnissmässig mehr Gerippe liefern und uns das Schicksal der Pompejaner an jenen Unglückstagen noch viel furchtbarer erscheinen lassen werden.

Nicht ohne Interesse sind die in den meisten Fällen noch erkennbaren Situationen, in welchen der Tod die Einzelnen ereilte. Ein paar Beispiele mögen hier Platz finden. Einen Soldaten, vielleicht die Schildwacht im Herculanerthor, fand man, den Speer in der Rechten, die Linke vor den Mund gehalten, in der ersten kleinen Grabnische links vor dem Thore, welche man nach diesem Umstande trotz ihrer Inschrift zum Schilderhause gemacht hat. Auf die schräge gegenüberliegende überwölbte Halbkreisbank hatte sich, vielleicht um eine kurze Zeit von ihrer Flucht zu rasten, eine Mutter mit drei Kindern gesetzt, welche nicht mehr von dort aufstand. Nicht fern davon ereilte mehre Männer das Schicksal, welche einen kurz vorher verstorbenen Freund oder Verwandten zu seiner letzten Ruhestatt geleitet hatten und im Triclinium funebre das Leichenmahl, auch ihr Leichenmahl feierten. Die Keller des neben diesem Triclinium am Ende der Gräberstrasse gelegenen Landhauses (des s. g. des M. Arrius Diomedes) zeigen uns das Bild eines jener vergeblichen Rettungsversuche im Inneren der Häuser. Am Eingang und am Fusse der Treppe der als Keller dienenden Krypta, in der viele Amphoren an den Wänden standen, fand man 18 Personen, Frauen und Mädchen. Ihre Gebeine waren unter mehre Fuss hoch liegender feiner Asche begraben, welche durch die eingedrungene Feuchtigkeit verbunden eine gypsartig feste Masse bildete, in der die bedeckten Gegenstände abgeformt waren. Leider war es nur möglich, einen solchen Abdruck von dem Halse, den Schultern und der Brust eines jungen, nach dem Zeugniss des Abdrucks tadellos schönen, mit ganz feinem Gewande bekleideten Mädchens zu gewinnen, welcher im Museum bewahrt und in Gyps ausgegossen wird. Sie hatte sich im ersten Schrecken mit ihrer Mutter, welche ein Kind auf dem Arme, ein grösseres neben sich hatte, und vielen anderen Familiengliedern in diese unterirdische Gallerie zurückgezogen und dort von der fallenden Asche und den Steinen verrammelt worden. Sie scheinen in ihr Schicksal ergeben gestorben zu sein, man fand sie mit verhülltem Haupte. Der Hausherr dagegen, von einem Sclaven begleitet, hatte die Flucht für sicherer gehalten, und in Hoffnung auf Rettung im Freien die Seinen verlassen. Aber nicht einmal den Umkreis seiner Besitzung erreichte er, man fand sein Gerippe, den Schlüssel zur Gartenthür in der Hand und einen schlangenförmigen Ring (amphisbaena) am Finger, nahe bei dem hinteren Ausgang aus dem Garten, neben ihm den Sclaven, der allerlei in Leinen gewickelte Münzen mitgenommen hatte. Ein paar Isispriester waren länger als rathsam in den Nebengebäuden des Tempels zurückgeblieben; den einen fand man unfern eines Tisches mit Speiseresten (Hühnerknochen) und er scheint plötzlich erstickt zu sein, den anderen hatte die Verzweiflung der Todesangst zu einem gewaltsamen Rettungsversuch getrieben: mit einer Axt hatte er, da die Thür versperrt war, bereits zwei Wände durchhauen, um sich einen Ausweg zu bahnen, vor der dritten sank er erschöpft oder ebenfalls erstickt zusammen. Ein dritter hatte allerlei Tempelkostbarkeiten zusammengerafft und war mit ihnen geflohen, aber er erreichte nur das *Forum triangulare,* wo man das Gerippe mit allerlei Gegenständen des Isiscultus fand. Es verdient übrigens schon hier bemerkt zu werden, dass Isis die einzige Gottheit gewesen zu sein scheint, an welche man sich in den letzten Augenblicken mit religiösem Vertrauen wendete; auf den Altären des Isistempels wie auf keinem anderen fand man halbverbrannte Opfer. Das kann freilich auch Zufall sein, und berechtigt wenigstens nicht zu dem vielfach mit grosser Sicherheit gemachten Schlusse, dass der neueste, fremdeste und abstruseste Aberglauben des sinkenden Heidenthums der zäheste gewesen sei. Aehnlich wie der erwähnte Isispriester sind die meisten übrigen Bewohner Pompejis, mit Kostbarkeiten beladen, umgekommen; aus den Dieterichen in den Schlüsselbunden Einiger hat man schliessen wollen, dass unter den Rettern auch unberufene gewesen seien (Finati: Musée Bourbon, Naples 1843. 2. S. 117.). Ein rührenderes Bild als die Gerippe der bei der Flüchtung ihres Mammon vom Schicksal Ereilten sehen wir in den Gerippen eines jungen Paares, welche man in fester Umarmung neben einander in der Strasse von den Theatern zum Forum fand. Um unseren Lesern wenigstens eine Anschauung von der Art zu geben, wie man die Gerippe fand, theilen wir in der nebenstehenden Zeichnung aus Mazois' grossem Werke die Darstellung der Auf-

Figur 3. Auffindung eines Gerippes.

findung eines Skelettes in den Bädern eines Privathauses nahe am Forum triangulare mit.

Die im Amphitheater versammelte Menge, welche nur sich selbst zu retten hatte, entkam glücklich durch zwei nahe gelegene Thore (Sarnus- und Stabianerthor); innerhalb des Amphitheaters sind nur 6 Gerippe gefunden worden, welche möglicherweise bereits vor der Katastrophe getödteten Gladiatoren angehören. Dass man ausserdem dort die Gerippe von acht Löwen gefunden habe, welche zur Thierhatz verwendet werden sollten, ist eine Fabelei der Ciceroni im heutigen Pompeji.

Ueber das Schicksal der überlebenden Bevölkerung der verschütteten Stadt sind wir nicht genauer unterrichtet. Sichere Spuren an mehr als einem Orte der Stadt weisen darauf hin, dass bald nach der Verschüttung nicht unbeträchtliche Nachgrabungen gemacht worden sind, um dem Grabe der Stadt an Schätzen und an kostbaren Werkstücken zu entziehen, was etwa noch zu erlangen war. An mehren Orten sind auch wirklich Baumaterialien, namentlich Marmorstücke und Marmortafeln gehoben worden, und die verhältnissmässig immerhin geringe Zahl nicht allein von Werken der Sculptur, sondern auch von Kostbarkeiten, sowie das wenige Geld, welches in Pompeji gefunden ist, zeigt, dass die Ausbeute der ersten Grabungen nicht gering war. Bei der damals unbedeutenden Tiefe und bei der Lockerkeit der Verschüttung ist dies auch recht wohl begreiflich, besonders da wir gar nicht bestimmen können, wie lange dort gewühlt worden sein mag. Sind doch selbst in dem tief verschütteten und lavaüberflossenen Herculaneum Ausgrabungen vorgenommen worden. Man hat dort mühsam gehauene Gänge unter der festen Lavarinde gefunden, durch welche manches schätzbare Kunstwerk entfernt worden sein mag*).

Der Kaiser Titus fasste den Plan, die zerstörten Städte wieder herstellen zu lassen, und beauftragte zwei römische Senatoren mit einer Rundreise und Durchmusterung der verwüsteten Plätze. Was für Pompeji das Ergebniss gewesen sei, ist unbekannt. Der Name Pompejis soll auf ein in der Gegend der alten Stadt gegründetes Dorf übergegangen sein, welches aber im Jahre 472 n. Chr. das Schicksal des älteren Pompeji erlitt**) und dessen Trümmer unter dem Landvolke den Namen *la Cività* erhielten. Jedenfalls blieb das alte Pompeji verschwunden, der grösste Theil der Bewohner mag sich zerstreut oder nach der Hauptstadt gezogen haben; Alles was der Boden und die bald auf demselben wuchernde Vegetation deckte, gerieth nach und nach mit Pompejis Namen in völlige Vergessenheit. —

*) Winckelmann Sendschreiben § 25. Nur sollte man nicht die oft gedruckte neapeler Inschrift: *signa translata ex abditis locis in celebritatem thermarum Severianarum cet.* (Winckelmann a. a. O.), in der Herculaneum weder genannt noch auf das Ausserordentliche des Fundorts dieser in den Thermen des Caracalla aufgestellten Bildwerke irgend genügend hingewiesen ist, auf die antiken Ausgrabungen von Herculaneum beziehen. Wären diese gemeint, so müsste die Inschrift ganz anders lauten. Vgl. auch Müller, Handb. d. Archäol. d. Kunst. § 251. 5.

**) Mommsen Inscript. p. 112.

Viertes Capitel.

Andeutungen über die Geschichte der Wiederentdeckung und der Ausgrabungen Pompejis.

Diese Vergessenheit dauerte bis zum Jahre 1748, wo, 30 Jahre nach der ersten, unbenutzten Entdeckung Herculaneums, ein Zufall auf Pompejis Wiederauffindung leitete. Dies ist um so bemerkenswerther, als die verschüttete Stadt als solche eigentlich nie ganz unkenntlich gewesen sein kann, und da namentlich das Amphitheater deutlich genug als eine kraterförmige Vertiefung im Boden sich zu erkennen gab. Wenn wir aber die Nichtbeachtung dieser Anzeichen daraus erklären können, dass der Name und die Existenz Pompejis in den früheren Jahrhunderten eben ganz vergessen war, dass ferner weder die Zeit der rohen Longobardenherrschaft, noch die glückliche, mit ihrer Gegenwart allein beschäftigte Zeit der Herrschaft der schwäbischen Kaiser Interessen antiquarischer Forschung geneigt sein konnte, so bleibt es immerhin auffallend genug, dass man in den späteren Jahrhunderten, in denen mancher zufällige Fund gemacht wurde, nicht zu einer weiteren Nachforschung sich anschickte, zumal da seit dem Ende des 15. Jahrhunderts Pompejis Name in der Litteratur wieder auftaucht, und man auf Karten die Orte der verschütteten Städte freilich unrichtig ansetzte. Am unbegreiflichten aber ist es, dass die Entdeckungen des Architekten Dominico Fontana so ganz ohne Folgen blieben. Dieser baute nämlich im Jahre 1592 einen unterirdischen Canal, um das Wasser des Sarno nach Torre dell' Annunziata zu schaffen, und zwar führte dieser Canal mitten durch die Stadt Pompeji in der auf dem unten folgenden kleineren Plane angegebenen Richtung. Fontana stiess auf Mauerwerk, ja zwei Inschriften (Mommsen 2253, 2300.) wurden zu Tage gefördert, aber dennoch liess man diesen seltsamen Umstand ohne Beachtung. Fernere Spuren von Bauwerken wurden, wiederum nebst zwei Inschriften, die, so scheint es aus den Worten des Berichterstatters Bianchini*), selbst Pompejis Namen enthielten, in der auf demselben kleinen Generalplan der Stadt bezeichneten Gegend 1689 entdeckt, aber ebenfalls nicht weiter verfolgt. Endlich im Jahre 1748 unter der Herrschaft Karl's von Bourbon (später Karl III. von Spanien) stiessen Bauern bei der Bearbeitung eines Weinbergs auf altes Gemäuer, und, weitergrabend, auf eine Anzahl werthvoller Gegenstände, welche die durch die Auffindung des herculanischen Theaters erregte Aufmerksamkeit auf diese Entdeckungen wendete.

Es ist leicht begreiflich, dass die Ausgrabungen im Anfang mit grossem Eifer betrieben wurden, und zwar so, dass der König selbst sich mehrfach bei denselben als Augenzeuge betheiligte. Aber weder war der Plan der Aus-

*) Istoria universale. Roma 1697. 4. p. 246: .... »*Due iscrizioni, le quali dimonstravano quella esser stata la villa di Pompei.*« Die Inschriften selbst sind nicht bekannt. S. Mommsen I. l. S. 112. a.

grabungen ein wohldurchdachter, noch blieb der Eifer für dieselben anhaltend. Man begann mit den Punkten, die sich äusserlich durch die Hülle auszeichneten, und die errathen liessen, was hier begraben sei; so wurde gleich 1748 die Ausgrabung des Amphitheaters begonnen, aber erst nach langer Pause in der Arbeit 1816 vollendet; bald nach der Entdeckung 1754 und 55 legte man das kleine Quartier nordwestlich vom Amphitheater, das Forum boarium und das grosse Haus der Julia Felix bloss, welches letztere aber wieder verschüttet wurde. Das ähnlich wie das Amphitheater äusserlich erkennbare grössere Theater wurde 1764 in Angriff genommen, und das um dieses belegene Quartier, welches ausser dem kleineren, bedeckten Theater und dem Isistempel das Forum triangulare und die Gladiatorencaserne nebst mehren Privatwohnungen umfasst, war bis 1769, also in fünf Jahren, wiedergewonnen. Gleichzeitig von 1763 an begann man am entgegengesetzten Ende der Stadt bei der in ihrer Längenerstreckung erkennbaren Gräberstrasse. Man grub zuerst in der Nähe des herculaner Thors, fand 1768 die s. g. ciceronianische Villa, die wieder verschüttet wurde, und bis 1770 eine Reihe der zunächst an der Stadt gelegenen Grabdenkmäler. Die folgenden Jahre 1771—1774 brachten die s. g. Villa des M. Arrius Diomedes nebst den gegenüberliegenden Grabmälern seiner Familie an's Tageslicht. Dennoch aber war der Eifer bereits so erkaltet, dass im Jahre 1762 Winckelmann nur acht Arbeiter in der ganzen Stadt in Thätigkeit fand (Sendschreiben § 31), deren Zahl freilich 1764 wieder auf dreissig, meistens tuneser Sclaven gestiegen war, welche aber das Werk so langsam förderten, dass Winckelmann behauptet, man würde in Rom in einem Monat mehr ausgraben, als in Pompeji in Jahresfrist, und bei gleicher Schläfrigkeit werde für die Nachkommen im vierten Gliede noch zu graben und zu finden übrig sein (Sendschreiben § 36). Wahrhaftig, das sind wir, und wir können diese Voraussagung getrost wiederholen! Von dem um den Anfang der sechsziger Jahre gewonnenen Thor von Herculaneum drang man langsam in die Stadt südöstlich vorwärts, aber die Mitte der siebziger Jahre fand die Arbeit noch nicht über den ersten Brunnen am Kreuzwege fortgeschritten. Die folgenden vierzig Jahre geschah nun vollends fast gar Nichts, nur gelegentlich, wie auch heutzutage wieder, wurde gegraben, und nur einzelne Entdeckungen kann man aus diesem Zeitraum anführen. So wurde 1767—69 in der Gegend des Theaterquartiers das nach dem Kaiser Joseph II. von Oesterreich genannte Haus aufgegraben, und 1795—98 räumte man abermals in demselben Quartier und fand die Bildhauerwerkstatt; so brachte das Jahr 1799 durch die Bemühungen des franz. Generals Championnet die nach ihm benannten Häuser südlich am Forum zu Tage. Das ist aber auch fast Alles, was in dieser ganzen Zeit gethan wurde. Reger wurde der Eifer seit dem Anfange dieses Jahrhunderts; unter Joachim Murat namentlich wurde Bedeutendes geschafft. Man arbeitete von allen genannten Punkten einander entgegen die Strassen entlang in der Art, wie es uns die folgende Darstellung einer Ausgrabung aus dieser Zeit des Eifers dar-

Figur 4. Ansicht einer Ausgrabung.

darstellt, und der Erfolg war, dass man im Laufe von etwa 17—18 Jahren, bis 1823, ausser einer bedeutenden Zahl von Privathäusern das ganze Herz der Stadt, das Forum civile mit allen umliegenden Gebäuden, sowie den grössten Theil des Umfanges der Stadtmauern und die ganze Erstreckung der Gräberstrasse zu Tage gefördert hatte. Mit abnehmender Anstrengung arbeitete man bis um die Mitte der dreissiger Jahre fort, und brachte ausser den Thermen (1824) und dem Tempel der Fortuna (1825) wesentlich nur Privathäuser zum Vorschein. Seit der Zeit bis auf die unsere erkaltete der Eifer immer mehr, und obwohl in der zweiten Hälfte der dreissiger und in den vierziger Jahren mancher hochwichtige Fund gemacht, manche Aufklärung über den Gesammtplan der Stadt gewonnen wurde, obgleich ferner jährlich 7000 Ducati = 8200 Thaler angewiesen sind, so sind die Ausgrabungen in neuester Zeit fast nur zu Festlichkeiten geworden, mit denen man die Anwesenheit vornehmer Gäste zu feiern pflegt, so dass Reisende heutzutage meistens nicht eine Hacke oder Schaufel in Thätigkeit finden.

Durch diese kurze Vergegenwärtigung der Geschichte der Ausgrabungen wird es begreiflich, wie bisher nicht viel mehr geschehen ist, als wirklich geschah. Bei dem Grade der sehr mässigen Anstrengung, der von 1806—1823 stattfand, müsste jetzt fast die ganze Stadt blosliegen, während wir ein grosses Viertheil oder ein kleines Drittheil derselben kennen, abzusehen von der Vorstadt Augustus felix, mit deren Ausgrabung eigentlich erst der Anfang gemacht worden ist. Trotzdem dürfen wir annehmen, dass theils obenerwähnte Umstände, theils der mit ihnen in Verbindung stehende günstige Zufall und die hauptsächlichsten und wichtigsten Theile der Stadt hat finden lassen, was von den öffentlichen Gebäuden mit ziemlicher Sicherheit gesagt werden kann. Was freilich von Privathäusern, was in ihnen von Gemälden, Utensilien, Sculpturen und Kostbarkeiten noch für vielleicht ein Jahrhundert unter der mit Maulbeer- und Weinpflanzungen bestandenen Decke des Restes der Stadt liegt, wer könnte das errathen oder voraussagen? —

Wenden wir uns, ehe wir zur Einzelbetrachtung übergehn, zu einer allgemeinen Uebersicht über die bisher aufgegrabenen Theile der Stadt.

Fünftes Capitel.

Uebersicht über den Plan und die Monumente Pompejis.

Auch hier sind noch ein paar vorgängige Worte über den Zustand der pompejanischen Monumente im Allgemeinen zu sagen.

So reich die Funde sind, und so vollständig sich die aufgegrabenen Theile im Grundriss zeigen, so darf doch nicht übersehn werden, dass nur ein verhältnissmässig geringer Theil der beweglichen Habe wirklich auf uns gekommen ist, wovon die Gründe oben angegeben sind, und dass diese fast ohne Ausnahme, höchstens mit der von ein paar geringen Gemälden und Mosaiken, sich nicht mehr an Ort und Stelle befindet, sondern in dem aus den Ausgrabungen der verschütteten Städte grösstentheils gebildeten Museum, welches 1758 in Portici gegründet wurde, und seit dem Anfang unseres Jahrhunderts in Neapel *ai Studj* ist. Die beweglichen Monumente aus Pompeji fortzuschaffen und sie in einem Museum zu vereinigen, gab es verschiedene sehr triftige Gründe. Einerseits erforderte der Schutz der Denkmäler, namentlich der Gemälde gegen die Unbilden des Wetters und verschiedener Aschenregen dès Vesuv ihre Verpflanzung, andererseits hatte man sehr dringende Veranlassung, sie gegen unberufene Liebhaber, besonders auch gegen die Custoden selbst in Sicherheit zu bringen, durch deren Hände manches kleinere Stück in Besitz von Vornehmen und Gelehrten anderer Länder gekommen ist. Endlich glaubte man der Wissenschaft mehr durch eine systematische Zusammenstellung, als durch ein Belassen der Gegenstände an ihrem Fundorte zu nützen, worüber sich allerdings streiten lässt. Ob nicht selbst der Wunsch, der Hauptstadt auch noch den Glanz dieser Monumente zuzuführen, im Geheimen zu der Uebersiedelung von den Fundorten nach Neapel mitgewirkt habe, kann hier unerörtert bleiben. Genug, es ist Thatsache, dass Pompeji gründlich ausgeräumt ist, und dass fast nur die kahlen Häuser- und Tempelmauern zurückgeblieben sind. Zum Glück sind die Fundorte fast aller Gemälde und der meisten übrigen Gegenstände amtlich protocollirt und genau genug bekannt, um sie in unserer Phantasie aus dem Museo Borbonico wieder an ihre alten Stellen schaffen zu können, was wir in den folgenden Theilen unserer Darstellung vielfach zu thun Veranlassung haben werden.

Was aber die unbeweglichen Monumente, die Bauwerke und Anlagen betrifft, so dürfen wir uns diese insgesammt nur als Ruinen denken. Zum grössten Theile sind sie durch die Verschüttung zertrümmert, zum kleineren durch die antiken und modernen Ausgrabungen und nach ihrer Wiedergeburt durch den nagenden Zahn der Zeit beschädigt, dem die verschleppende Habsucht nur zu sehr zu Hilfe gekommen ist. Von allen Privathäusern Pompejis mit wenigen Ausnahmen stehen ungefähr nur die Erdgeschosse, welche, wenn auch nur leicht, so doch durchweg massiv aus vulcanischem Bruchstein, Tuff und Lava, seltener aus Ziegeln erbaut sind, während die leichter und dünner gebauten, zum Theil mit Fachwerk durchzogenen oberen Geschosse, sowie die aus Holz construirten Dachstühle fehlen, entweder unter der Wucht der Verschüttung zusammengestürzt, oder von den glühenden Auswürflingen des Vulcans verkohlt und verzehrt. Diese oberen Geschosse zu restauriren, würde sehr schwer sein, da sich begreiflich von den Holzbauten der Alten so gut wie Nichts erhalten hat, wenn uns hier nicht Herculaneums Ruinen zu Hilfe kämen, welche uns wenigstens einige Muster des Zimmerhandwerks erhalten haben, und zwar zum Theil in verkohlten Balken und Streben, zum Theil in Abdrücken der Holzconstruction in den sie umgebenden und jetzt erhärteten Schlammströmen. Durch diese Muster sind wir in den Stand gesetzt, die fehlenden, an sich einfachen Gallerien, Dächer und sonstigen Theile der oberen Geschosse mit einiger Sicherheit zu reconstruiren, und in gezeichneter, wenn auch nicht ausgeführter Ergänzung die bedeutenderen Häuser uns vorzuführen. Es ist übrigens hiebei nicht zu vergessen, dass bei weitem die wichtigsten Räumlichkeiten des antiken Hauses im Erdgeschoss liegen, während das obere Stockwerk meistens nur kleine Schlaf- oder Esszimmer oder Miethswohnungen enthält, die nicht selten zu den ebenfalls vermietheten Läden im Erdgeschoss gehören. Da nun auch die Ornamente von Marmor oder Stucco grösstentheils wenn auch nicht mehr vorhanden, so doch bekannt sind, so vermögen wir uns ein ziemlich vollständiges Bild von dem architektonischen Ensemble der pompejanischen Gebäude zu entwerfen. Von den öffentlichen Gebäuden stehen auch meistens nur noch die zerbrochenen Säulen und Mauern bis zu der durchschnittlichen Höhe der Erdgeschosse der Privathäuser. Aber auch für die öffentlichen Gebäude sind die Werkstücke noch bekannt oder am Platz, so dass wir fast überall die Reconstruction mit Sicherheit vornehmen können. Und so werden wir es nicht versäumen, neben dem Bilde der Denkmäler in ihrem heutigen Zustand uns dasjenige ihres ursprünglichen Ansehens zu vergegenwärtigen. —

Nach dieser Einleitung beginnen wir mit einer Uebersicht über die Anlage der Stadt.

Der erste Blick auf den nebenstehenden Plan der Stadt genügt, um uns zu zeigen, dass die Anlage im Allgemeinen ein unregelmässiges und etwas verschobenes Oval darstellt, in welchem das Thor von Herculaneum (1) und das Amphitheater (2) die entferntesten Punkte (3,950′) bilden. Sehen wir von dieser Diagonallinie ab, so finden wir, dass die Längenachse *a — b* von der Seite des Amphitheaters bis zu derjenigen gegen das Meer hin in der Richtung von NO. nach SW. liegt. Die Länge dieser Linie beträgt 3,300′. Die kurze Achse *c — d*, rechtwinkelig durch die Längenachse gezogen, bezeichnet die grösste Breitenausdehnung der Stadt von NW. nach SO. als 2,300′ betragend, während wir den ganzen bekannten Mauerumfang nach Ergänzung des fehlenden Stückes nach der Seeseite hin auf 9,700′, also in runder Summe auf gegen 10,000′ anschlagen können. Hiernach erscheint uns Pompeji als eine Stadt

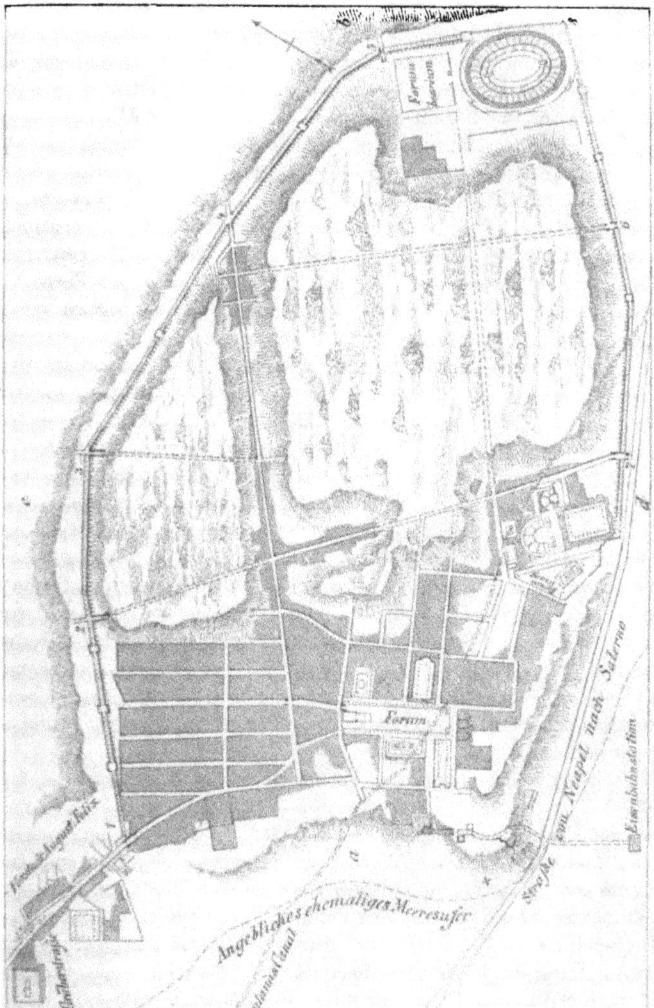

Figur 5. Gesammtplan der Stadt Pompeji.

von sehr mässigem Umfange, deren Reichthum an öffentlichen Gebäuden uns um so mehr in Erstaunen zu setzen geeignet ist.

Das System der Stadtanlage folgt im Wesentlichen den beiden von uns bezeichneten Achsen des Ovals, freilich mit einigen Abweichungen in der einen wie in der anderen Richtung, so dass die Strassen entweder von NW. nach SO. oder von NO. nach SW. laufen. Ebenso sind die öffentlichen Plätze orientirt, deren Längendimension meistens in der Richtung der kurzen Achse liegt.

Wegen der topographischen Beschreibung der Stadt müssen wir den Leser auf den grossen Plan der bisher ausgegrabenen Theile Pompejis verweisen, welcher dem Schlusse dieses Werkes beigegeben werden wird; hier wollen wir nur versuchen, im Voraus auf die bedeutendsten und interessantesten Punkte hinzuweisen, welche wir in den folgenden Theilen in systematischer Ordnung besuchen werden, und welche aufzufinden der kleine Gesammtplan Fig. 5 genügen wird, auf welchem die Massen der Privathäuser durchschraffirt und nur die öffentlichen Gebäude einzeln ausgezeichnet sind. Der heutige Reisende, welcher auf der Eisenbahn von Neapel nach Nocera nach Pompeji gelangt, betritt die Stadt gewöhnlich an der südlichen Ecke des Forum neben der Basilica; wir wählen zu dem raschen Gange durch die Strassen, welche wir mit nach verschiedenen Anlässen erfundenen Namen bezeichnet finden, einen andern Ausgangspunkt, nämlich die antike Hauptstrasse von Neapel über Herculaneum, die heute so genannte Gräberstrasse, welche mit Unrecht in manchen neuen Büchern als die Vorstadt-Augustus Felix bezeichnet wird, während sie doch nur die an dieser hin oder durch diese hindurch führende Heerstrasse ist. Mehre Strassen, deren Anfänge aufgedeckt sind, zweigen sich nördlich von der Hauptstrasse in die Vorstadt ab, über deren etwaige Erhaltung unter bedeckendem Erdreich wir noch nicht mit Sicherheit urteilen können. Die Gräberstrasse führt in einer nicht ganz unbeträchtlichen, wenn auch sanften Steigung, bedingt durch die Hügellage Pompejis, zu dem bedeutendsten Thore, dem von Herculaneum. Der erste Gegenstand von Interesse, der uns auf unserer Wanderung begegnet, ist die rechts an der Gräberstrasse, etwa 300 Schritte vom Thore belegene s. g. Villa des M. Arrius Diomedes, welche bekanntlich König Ludwig von Bayern bis ins kleinste Detail bei Aschaffenburg hat nachbilden lassen, und welche, wie sich das bei der Betrachtung der Privathäuser zeigen wird, weder die Norm eines grossen Wohnhauses, noch selbst die einer ländlichen oder pseudourbanen Villa, wohl aber ein interessantes Beispiel der Anwendung normaler Anlage auf local gegebene Verhältnisse bietet. Gegenüber beginnen die Grabmonumente, welche sich zu beiden Seiten der Strasse fortsetzen und die von uns einer eigenen Specialbetrachtung vorbehalten bleiben. Sind wir etwa halbwegs zur Stadt gelangt, so finden wir links ein ausgedehntes Gebäude, das erste vollständig ausgegrabene der Vorstadt. Es ist dies eine mit einer Reihe von Kramläden verbundene Schenke, welche den gewöhnlichen Bedürfnissen der Reisenden entsprach, und die wir vielleicht am Treffendsten mit dem modernen Ausdruck als eine Fuhrmannseinkehr bezeichnen könnten. Zunächst an der Strasse liegt ein 1813 ausgegrabener Bogengang, der den Gästen und Käufern Schutz gegen Sonne und Regen bot, hinter diesem die Kramläden, deren geringe Bauart und rohe Malereien den wenig vornehmen Zweck der Anlage darthun. Innerhalb des Gebäudes, welches Ställe nebst einer steinernen Tränke einschliesst, fand man ausser dem Gerippe eines Maulesels und den Fragmenten eines Karrens eine Fülle von Hausrath aller Art: bronzene Eimer, Mörser aus Kalktuff, Flaschen, Gläser, Schüsseln von Thon, Spindeln, Würfel, Wagen, Töpfe und Kasserolen. Zwei kleine Heerde an der Strasse, auf denen, wie noch heute in Neapel, für das gemeine Volk gekocht wurde, vollenden das Bild dieser antiken Kneipe, welche im oberen Geschoss Schlafzimmer enthielt. Neben diesem ersten sind die Anfänge eines zweiten Gebäudes der Vorstadt ausgegraben, welches ebenfalls Läden, aber viel sorgfältiger bemalte, an der Strassenfront zeigt. Auch gegenüber rechts an der Strasse sind die Reste eines Bogenganges und hinter demselben Läden. Vor dem Bogengang stehn steinerne Bänke, und viereckige Löcher im Trottoir weisen darauf hin, dass man diese Sitze durch ein Holzdach oder einen Laubgang zu beschatten suchte. Diese Läden liegen an der Strassenfront der 1763 ausgegrabenen und wieder verschütteten s. g. Villa Cicero's, deren Einfahrtsthor etwas weiter nach der Stadt hin liegt. Gegenüber hat man 1837 und 1838 ebenfalls eine Villa auszugraben begonnen, die von 4 Mosaiksäulen oder richtigen Pfeilern den Namen der *Villa alle quattro colonne a musaico* erhalten hat. Indem wir sodann rechts und links noch an einer Reihe von Grabmonumenten vorbeigeschritten sind, stehn wir am herculaner Thore. Die erste Strasse der Stadt, welche wir durch dies Thor betreten, trägt die augenscheinlichsten Spuren lebhaften Verkehrs und des Handels, der sich hier bewegte. Sie ist nicht allein ausgezeichnet durch eine beträchtliche Zahl von Wirthshäusern und Schenken (Thermopolien), deren Gäste aus Inschriften an den Wänden als Sackträger, Kärrner und Maulthiertreiber erscheinen, sondern an ihr liegt auch das Gebäude, welches man für die Poststation (*mansio*) hält, und dasjenige, in welchem man das Zollhaus (*ponderarium*) mit Sicherheit erkannt hat. An ihrer rechten Seite beginnen die grössten, am Hügelabhange und auf der hier eingerissenen Stadtmauer erbauten, zum Theil dreistöckigen Häuser, welche grosse Lagerräume enthalten und nicht mit Unrecht für Kaufmannshäuser gelten. In den kleinen Strassen, welche links im spitzen Winkel von der Hauptstrasse abzweigen und bis an die Stadtmauer führen, sowie in dem ganzen Stadtviertel nördlich von dieser Hauptstrasse, welche, die ganze Stadt durchschneidend, das Thor von Herculaneum und das von Nola verbindet, stehn nur Wohnhäuser, die wir hier nicht aufzählen können; an den Ecken finden wir öffentliche Brunnen, welche man an Strassenscheiden und Dreiwegen (*in triviis*) anzulegen liebte. Die vierte dieser nördlich abzweigenden Strassen giebt sich als die vornehmste Pompejis zu erkennen, einmal durch ihre Breite, sodann durch den Umstand, dass die in ihr stehenden Häuser im Erdgeschoss nicht von Läden umgeben sind, endlich dadurch, dass an ihrem Anfang ein eigener Thorbogen, eine Art von Triumphbogen steht. Diese Strasse, welche den Namen *Strada di Mercurio* trägt, ist es denn auch, welche, freilich nicht durchaus gradlinig, auf das

Forum leitet, dessen Ruinen wir durch einen zweiten Triumphbogen südlich vor uns liegen sehen. Indem wir auf diesen zuschreiten, lassen wir rechts die ganz ausgegrabenen Bäder Pompejis, nicht die einzigen, welche die Stadt besass, links das Tempelchen der Fortuna liegen. Das Forum, welches die bedeutendsten öffentlichen Gebäude umgeben, wird uns noch zu einem wiederholten Besuche nöthigen, und so durchschreiten wir die zertrümmerte Säulenhalle dieses in der That prächtigen Platzes ohne Aufenthalt in südlicher Richtung, um an der südöstlichen Ecke eine mit dem Namen der Strasse der Goldschmiede bezeichnete Strasse und durch sie das am wenigsten regelmässig gebaute und wahrscheinlich älteste Quartier Pompejis zu betreten, welches sich so um das *Forum triangulare* gruppirt wie die neueren Stadttheile um das neue Forum oder *Forum civile*. In die vielen Wohnhäuser dieses Quartiers einzutreten, haben wir jetzt keine Zeit, wir begeben uns durch mehre Gassen und Gässchen auf den dreieckigen Platz am Südrande des Stadthügels, wo die Ruinen des griechischen Tempels stehn, und nachdem wir, auf der halbkreisförmigen Bank an seiner westlichen Ecke ausruhend, die köstliche Aussicht genossen haben, betreten wir durch den Haupteingang der antiken Zuschauer von diesem Forum aus den mittleren Rang des grösseren Theaters. Vor uns liegen die Ruinen des Bühnengebäudes und hinter denselben sehen wir den viereckigen säulenumgebenen Hof der Gladiatorencaserne, welche irrthümlich für den Wochenmarkt (*Forum nundinarium*) gehalten wird. Neben dem grossen haben wir die Ruinen des kleineren Theaters oder Odeums und hinter den Theatern die Tempel, deren kleinerer an der Ecke dieses Viertels belegene nicht bestimmt zu benennen, deren grösserer der Isis geweiht ist. In dem Quartier östlich vom Forum und nördlich vom Theaterviertel stehn an verschiedenen Strassen wieder nur Privathäuser. Getrennt von allen bisher genannten Gebäuden liegt im südöstlichen Winkel der Stadt an die Mauer gelehnt das Amphitheater, zu dem uns der Weg über unausgegrabene Stadttheile durch Kornfelder, Maulbeer- und Weinpflanzungen führt. Nördlich vom Amphitheater finden wir einen freien Platz, den man für das *Forum boarium*, den Viehmarkt, hält, und neben diesem endlich die wieder verschütteten Ruinen eines grossen, der Julia Felix gehörenden Hauses, welche wir mit denen der beiden Villen vor dem herculaner Thor zu vergleichen haben werden. —

Nach dieser kurzen orientirenden Wanderung beginnen wir unsere Einzelbetrachtung der Monumente Pompejis in systematischer Ordnung, durch welche freilich der Reiz der Mannigfaltigkeit verloren, jedoch Uebersicht und Verständniss gewonnen wird.

Druck von Eduard Kretzschmar in Leipzig

Figur 6. Restauration des herculaner Thores.

II.
Erster oder antiquarischer Haupttheil.

Erstes Capitel.
Die Befestigungswerke, Mauern, Thürme und Thore.

Der erste Gegenstand von Bedeutung und Interesse, den wir in's Auge zu fassen haben, sind die Befestigungswerke, die Mauern nebst den Thürmen und den Thoren der Stadt. Die jetzt vollständig aufgegrabene Mauer Pompejis umgiebt die Stadt nicht vollständig, sie reicht nur vom herculaner Thor nördlich und westlich, dann südlich fortlaufend bis an die Theater, auf dem Stücke vom *Forum triangulare* bis beinahe zum herculaner Thore ist die Mauer eingerissen und ihre Stelle nehmen die am Abhange des Stadthügels erbauten grossen, terrassenförmig dreistöckigen Häuser ein. Pompeji war also in der letzten Zeit seiner Existenz eine offene Stadt, was zur Erklärung eines lange bemerkten, aber für räthselhaft geltenden Umstandes, dessen wir bei der Beschreibung des herculaner Thores gedenken werden, wichtig ist. Die Mauern sind auf ihrer ganzen Erstreckung, bedeutende Reparaturen abgerechnet, von einer Bauart, aus grossen, wohlbehauenen Steinen (in den untersten Lagen Travertin, nach oben Piperin), deren Verticalfugen nicht perpendiculär, sondern schräge abfallen, ohne Mörtel aufgeführt, was allerdings für ein beträchtliches Alter derselben spricht, ohne dass jedoch ein Grund vorhanden wäre, an die Urzeit zu denken und kyklopische Mauern Griechenlands und Etruriens zu vergleichen, wie aus der folgenden genaueren Beschreibung hervorgeht. Die beträchtlichen Reparaturen der wahrscheinlich durch Sulla im Bundesgenossenkriege beschädigten und ihrer äusseren Steinlage entkleideten Mauern bestehen wie die unten zu beschreibenden Thürme aus *opus incertum*, kleineren Bruchsteinen, meistens Tuff und Lava, welche mit Mörtel verbunden und nach aussen mit Stucco überkleidet sind, in welchem man die ursprünglichen Hausteine nachzubilden suchte. Wenn hienach das Alter der Reparaturen und der Thürme wenigstens einigermassen bestimmt ist, so kann man Gleiches von den älteren Theilen der Mauer nicht sagen; dass sie in der Zeit oskischer Autonomie errichtet sind, unterliegt wohl keinem Zweifel, obgleich diejenigen buchstabenähnlichen Zeichen, welche im Innern auf die Steine eingehauen, und die wahrscheinlich Steinmetzzeichen sind, keineswegs, wie auch vielfach gesagt worden ist, dem oskischen Alphabet entsprechen.

Die Construction der Mauern Pompejis entspricht in allen wesentlichen Theilen den Vorschriften, welche Vitruv (1. 5.) für den Befestigungsbau giebt. Zunächst warnt er, nirgend die Mauerlinie im spitzen Winkel zu brechen, weil diese spitzen Winkel durch Sturmböcke und andere Belagerungsmaschinen am leichtesten zu zerstören seien. Demgemäss finden wir wirklich im Umkreis der Mauern Pompejis alle spitzen Winkel vermieden, falls wir nicht die linke Seite am Eingange des Thores von Nola ausnehmen wollen, wo übrigens durch vorgelegte mächtige Strebepfeiler für Verstärkung des schwachen Punktes gesorgt ist. Aehnliches finden wir an der rechten Seite des Thores von Capua, aber auch hier ist durch vorgelegte Strebepfeiler für Verstärkung gesorgt.

Ferner verordnet Vitruv für den Aufbau der stärksten Mauern: zuerst ziehe man ausserhalb der zu errichtenden Werke einen möglichst tiefen und breiten Graben und häufe die aus demselben gewonnene Erde als Wall (*agger*) zwischen zwei aussen und innen aufzuführenden Mauern auf. Ist dieser Wall fest genug gestampft, um auch, falls in die äussere Mauer Bresche gelegt ist, für sich zu stehen, so hat man die stärksten Mauern, gegen die weder mit Sturmböcken, noch mit anderen Maschinen, noch endlich durch Minen erfolgreich operirt werden kann. Pompejis Werke sind fast ganz in dieser Weise erbaut; freilich fehlt der äussere Wallgraben, und es kann zweifelhaft sein, ob derselbe nur in späterer Zeit ausgefüllt und planirt worden, oder wirklich nie vorhanden gewesen ist, in welchem letzteren Falle die den Angriff erschwerende und die Vertheidigung wesentlich erleichternde Hügellage der Stadt als hinreichender Ersatz für den Graben betrachtet worden sein mag. — Betrachten wir den Grundriss der Mauer, so finden wir zwischen der äusseren

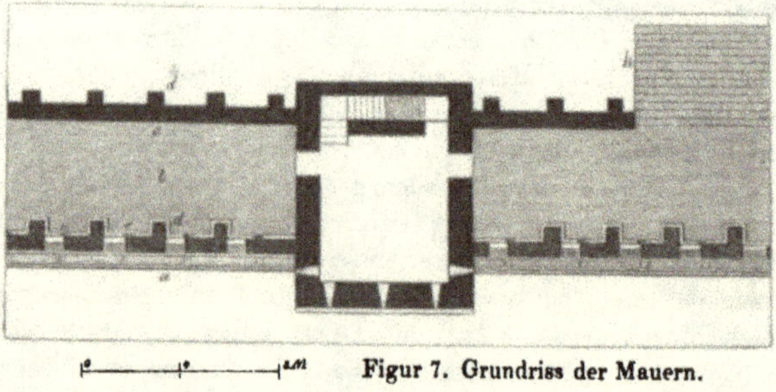

Figur 7. Grundriss der Mauern.

Mauer (Escarpe) *a* und der inneren (Contrescarpe) *c*, welche beide durch nach innen gelegte Strebepfeiler *d* verstärkt sind, den aufgeschütteten Wall (*agger*) *b*. Beide Mauern sind in ihren Fundamenten etwa 9′ dick und verjüngen sich nach oben so, dass sie auf der Höhe des Bodens etwa 7′, auf der Höhe des Walles 5′ stark sind.

Die äussere Mauer steht nach aussen hin nicht ganz senkrecht, sondern

Figur 8. Durchschnitt der Mauern.

ist nach oben un ein Geringes (1¼′) eingezogen. Diese äussere Mauer und der Erdwall in der Mitte ist, einige Abweichungen durch Unebenheiten des Terrains abgerechnet, im Mittel etwa 8 M. — 8 M. 50 hoch, letzterer zwischen der Brustwehr der vorderen und der höheren hinteren Mauer gemessen 6 M. dick, so dass die Mauer in ihrer Gesammtheit am Boden 8 M. 70, unter der Brustwehr 8 M. dick ist. Der Wall ist auf seiner oberen Fläche ein wenig nach vorn geneigt, um dem Regenwasser einen Abfluss durch unter dem Zinnenkranz von 8 zu 8′ angebrachte Ausgussrohre von Stein (siehe die Ansicht Fig. 10) zu gewähren. Ueber dies Plateau des Walles steigen die Brustwehren der vorderen Mauer um 5′ empor, indem sie zwischen sich 3′ breite und 2′ tiefe Oeffnungen zum Abschleudern der Wurfgeschosse lassen. Diese Brustwehren, welche auf den Strebepfeilern der Mauer sich von 3 zu 3 M. erheben, sind zum Schutze des hinter ihnen aufgestellten Vertheidigers sinnreich construirt.

Figur 9. Brustwehren der Mauer.

Dieselben springen nämlich, wie unsere Abbildung einer Innenansicht und der kleine Grundriss zeigt, auf der Höhe der Brustwehr im rechten Winkel nach innen um 3′ vor, und bilden auf diese Weise von zwei Seiten einen festen steinernen Schild des hinter ihnen stehenden Postens, der zum Wurfe seines Speeres sich nur auf einen Augenblick nach rechts vor die Oeffnung (Schiessscharte) zu bewegen hatte, und gleich darauf wieder seinen Platz hinter der schützenden Wehr einnehmen konnte, die ihm grade einen freien Blick auf die Angreifer gestattete. Ueber das Plateau des Walles erhebt sich nun die innere Mauer noch um 5 M. 30, so dass diese die Gesammthöhe von 41—42′ erreichte, genügend, um jeden Wurf aus Balisten oder anderen Maschinen abzuwehren. Breite, aber ziemlich steile Treppen (*h*. Fig. 7) führten aus der Stadt auf die Wälle, und konnten mindestens von in neun Mann breiter Front anrückenden Truppen erstiegen werden.

Figur 10. Ansicht der Mauer.

Alles bisher Gesagte wird durch die nebenstehende Abbildung klar werden. *a.* äussere Mauer, *c.* innere Mauer, *e.* Brustwehr mit den Oeffnungen zum Wurfe, *f.* Ausgussröhren für das vom Walle abfliessende Regenwasser, *g.* Zinnen der oberen Mauer.

Was nun die Thürme betrifft, so schreibt Vitruv vor, dieselben nicht mehr als einen Pfeilschuss von einander zu entfernen, damit sie bei einer Erstürmung der Mauer sich gegenseitig vertheidigen können. Dies an sich sehr einleuchtende Princip ist in Pompeji nicht streng eingehalten worden, wenigstens sind die Thürme in sehr ungleichen Entfernungen von einander angebracht. An der nördlichen Mauer stehn die ersten drei Thürme allerdings nur etwa 85 M. von einander entfernt, beim Amphitheater etwa 100—135 M., Entfernungen, welche durch einen Pfeilschuss gewiss erreichbar waren. Der Thurm aber zwischen dem nolaner und capuaner Thor ist von beiden 275 M. entfernt, ebenso der nächste zwischen dem nolanischen Thor und dem des Sarnus. Diese Entfernungen sind für wirksame Pfeilschüsse offenbar zu gross und erklären sich nur aus der Natur des Terrains, welches an dieser Seite am steilsten abfällt, also dem Angriff die grössten Schwierigkeiten entgegenstellte, während dasselbe dort, wo die Thürme dichter stehn, in sanfterer Böschung abfällt, also schwieriger zu vertheidigen war. Auch in einem anderen Punkte weichen die Thürme Pompejis von Vitruv's Rath und Vorschrift ab, nach welcher dieselben entweder rund oder polygonal aus Hausteinen zu bauen sind, weil durch den von aussen auf die keilförmig gehauenen Steine wirkenden Sturmbock diese schwer oder gar nicht aus ihrer Fügung zu treiben sind. Die Thürme Pompejis sind viereckig und zeigen durch ihre Construction aus mörtelgebundenen

Figur 11. Ansicht eines Thurms.

Druck von Eduard Kretzschmar in Leipzig.

Figur 14. Aussenansicht des herculaner Thors.

und mit Stucco überkleideten kleinen Tuffsteinen, dass sie aus derselben Zeit mit den Ausbesserungen der Mauer stammen. (Fig. 11.)

Die innere Einrichtung dieser 8 M. ins Geviert haltenden und etwa 14 M. hohen Thürme ist die folgende.

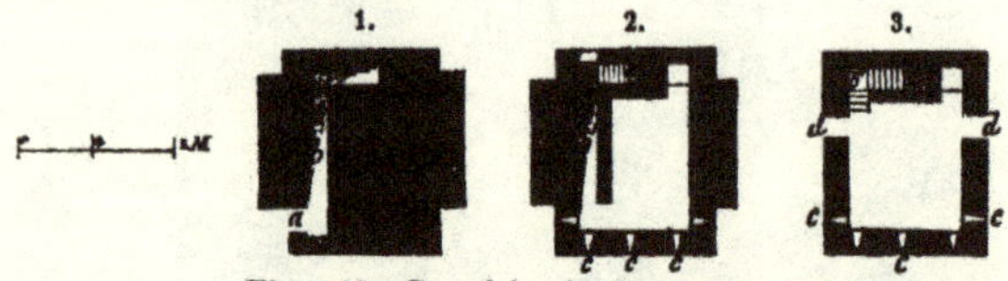

Figur 12. Grundriss der Thürme in drei Geschossen.

Sie bestehen aus drei bedeckten Stockwerken, 1, 2, 3 Fig. 12; das unterste 1. hat an der einen Seite in der Flucht der Mauer ein Ausfallsthor *a*, welches durch ein Fallgatter geschlossen wurde. Der Fussboden des Thurmes ist geneigt und zwar nach hinten erhoben, wie der Durchschnitt zeigt. Ueber diesen geneigten Boden und durch den Gang *b* (Figg. 12 u. 13) gelangte man in den zweiten, 8′ höheren Stock des Thurmes (2. Fig. 12), welcher mit Schiessscharten (*c* Fig. 12 u. 13) versehen ist, und ebenfalls einen geneigten Boden hat, über den und durch den gewölbten Gang und die Treppe *b*′ (Fig. 12 u. 13) man in das dritte (3. Fig. 12) Geschoss emporstieg, das im Niveau des Walles liegt und dessen grader Fussboden auf der gewölbten Decke des unteren Stockwerks (siehe Fig. 11) ruht. Hier hat der Thurm nach drei Seiten Schiessscharten *c* (Fig. 12 u. 13) und nach den beiden Seiten des anstossenden Walles hin Thüren *d* (Fig. 12 u. 13), durch welche eine freie Communication mit allen Theilen der Wälle aufrecht erhalten wurde. Endlich erhebt sich über diesem ebenfalls überwölbten (casemattirten) Stockwerk noch ein oberstes offenes, mit einem Zinnenkranz umgebenes, zu dem man auf der Treppe *b*″ (Fig. 12 u. 13) emporstieg. —

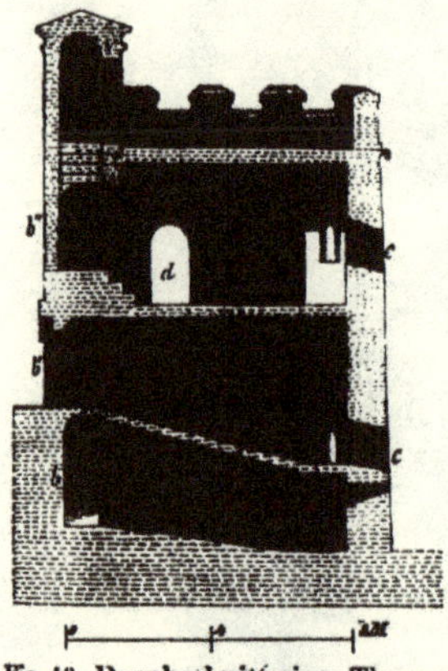

Fig. 13. Durchschnitt eines Thurms.

Durch den Umfang der Mauern führen acht bekannte Thore, deren Zahl vielleicht um eines nach der Seite der See hin vermehrt werden muss, wenngleich dasselbe mit der Mauer an dieser Seite der Stadt verschwunden sein mag, denn es ist schwer glaublich, dass man den Verkehr nach und von aussen auf der ganzen Strecke von den Theatern bis an das herculaner Thor auf einen Eingang, das s. g. Seethor beschränkt haben sollte. Die übrigen sieben Thore hat man (im NW. beginnend) mit folgenden Namen belegt (s. d. kleinen Plan): 1 herculanisches, 2 vesuvisches, 3 capuanisches, 4 nolanisches Thor, 5 Sarnusthor, 6 stabianisches und 7 Theaterthor. Sie sind bis auf das nolanische von römischer Construction, wie die Thürme, und vermuthlich aus derselben Zeit, aus Tuffbruchstücken mit Mörtel aufgeführt und mit einem Bewurfe bekleidet, der sich durch seine Feinheit und Glätte auszeichnet. Von diesen Thoren bieten nur das herculanische und das nolanische bemerkenswerthe Besonderheiten dar, indem die anderen einfache Schwibbögen darstellen. Das herculanische Thor ist das relativ grösste und schönste, obwohl an sich weder sehr gross, noch sehr schön. Es ist 14 M breit, mit einer 4 M. 70 breiten Einfahrt und zwei nur 1 M. 30 breiten und 4 M. 70 hohen Nebeneingängen für Fussgänger versehen.

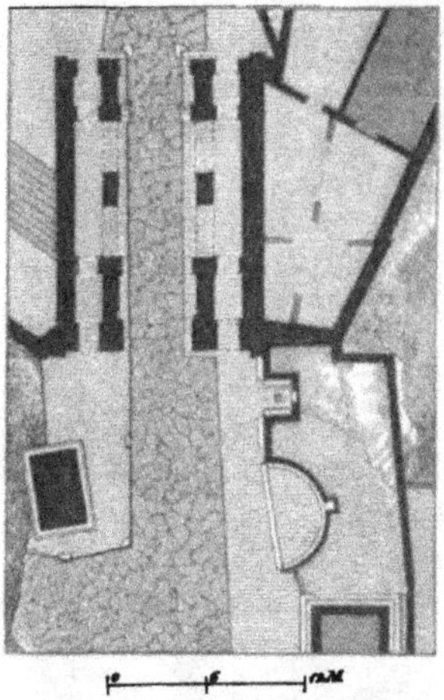

Figur 15. Plan des herculaner Thors.

Seine gesammte Tiefe beträgt 16 M. 80, jedoch ist der mittlere grosse Thorweg, dessen Wölbung eingestürzt ist, nicht als bedeckter Gang durchgeführt wie die Nebeneingänge, sondern er bildet vielmehr eine Art von Doppelthor, welches einen inneren von beiden Seiten der Wälle zu bestreichenden Hof einschliesst, in welchem die Feinde, falls sie das äussere Thor forcirt hatten, vor dem inneren den allseitigen Angriffen der Vertheidiger ausgesetzt waren. Auf diesen inneren Hof haben auch die Nebenwege für Fussgänger seitliche Ausgänge. Das doppelte Thor wurde durch Fallgatter geschlossen, deren vorderstes 2 M. 35 von der vorderen Front entfernt war, während die Nebeneingänge durch gewöhnliche Thüren, deren Zapfen noch vorhanden sind, geschlossen wurden. Erhalten ist auch der Falz, in welchem das Fallgatter herabgelassen wurde; dieser Falz aber ist sorgfältig mit weissem Stucco ausgestrichen, ein Umstand, der seit Winckelmann Vielen als ein Räthsel erschienen ist. Denn dieser Stucco musste doch bei der ersten Bewegung des Fallgatters abgestossen werden. Ich glaube, dass dieses Räthsel sich sehr einfach löst, wenn man nicht vergisst, dass Pompeji, wie oben bemerkt, in seinen letzten Jahren eine offene Stadt war, deren Thore wie die gebrauchter Festungswerke zu verschliessen sehr thörigt gewesen sein würde. Offenbar war in den Zeiten, von denen wir reden, gar kein Fallgatterverschluss mehr im Herculanerthor, und so konnte man die Falze, wie das ganze übrige Thor ruhig übertünchen und überweissen. — Den heutigen Zustand dieses offenbaren Hauptthores von Pompeji, durch welches die beiderseits mit Gräbern geschmückte Heerstrasse in die Stadt einmündete, stellt unsere Abbildung Figur 14 (vor Seite 43) in der Aussenansicht dar. Die kleine Nische rechts ist es, in der man das Skelett eines Soldaten fand, sie heisst danach gewöhnlich ein Schilderhaus, obgleich sie, wie wir unten sehn werden, ein unzweifel-

Druck von Eduard Kretzschmar in Leipzig.

Figur 16. Innere Ansicht des herculaner Thores.

haftes Grabmahl ist. Links steht ein grosses Postament, das wahrscheinlich eine Reiterstatue oder auch eine Statuengruppe trug. Unsere hier beiliegende Abbildung Figur 16 giebt die innere Ansicht, auf welcher die Seiteneingänge von den Nebenthoren in den inneren Hof deutlich sichtbar sind. Das Gebäude gleich links ist das sogenannte Wirthshaus des Albinus, gegenüber befindet sich ein Thermopolium, eine Schenke.

In unserer dritten Ansicht endlich Figur 6, welche diesem Capitel vorgeheftet ist, geben wir die einfachste und deshalb wahrscheinlichste Restauration der äusseren Ansicht. Die breiten Pfeiler zwischen dem Haupteingange nach aussen und den Nebeneingängen dienten als Album, d. h. als der für Placate und Anzeigen dienende Ort. Sie waren mit weissem Stucco überkleidet, auf den man die Anzeigen mit schwarzer oder rother Farbe malte; war das Album voll, so wurde es nur überweisst und auf's Neue beschrieben. Halbverstandene Nachrichten der Alten über diese Einrichtung sind durch die Auffindung dieses pompejanischen Album, übrigens nicht des einzigen in der Stadt, plötzlich ins klarste Licht gesetzt.

Neben diesem Thore ist bemerkenswerth nur noch das nolanische.

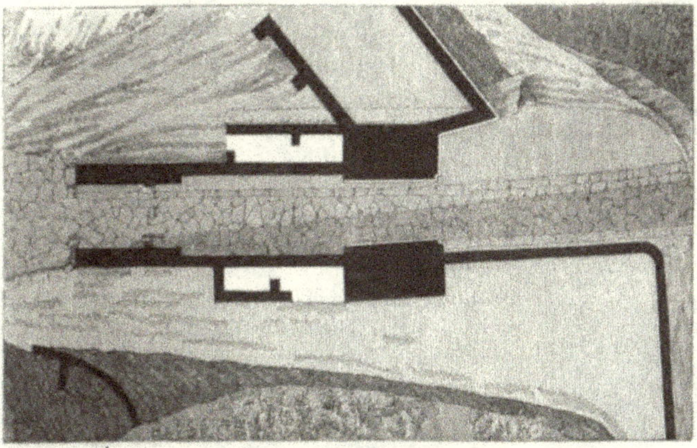

Figur 17. Grundriss des nolaner Thors.

Zunächst bemerken wir, dass dies Thor die Mauer nicht rechtwinkelig, sondern spitzwinkelig durchschneidet, um der Linie der auf dasselbe ausmündenden Hauptstrasse zu entsprechen. Sodann sehen wir, dass dasselbe nicht wie das herculanische bis an die äussere Flucht der Mauerlinie vortritt, sondern im Hintergrunde eines zwischen vorspringenden Mauerwinkeln liegenden Ganges angebracht ist, der nur wenig mehr Breite bietet, als der Thorweg selbst, wie dies auch unsere Aussenansicht Figur 20 am Schlusse dieses Capitels darstellt. Durch diese Construction wurde den Vertheidigern ein bedeutender Vortheil gegen die Angreifer geboten, welche nur in verhältnissmässig schmaler Colonne gegen das Thor anrücken konnten und von beiden Seiten den Speeren und Pfeilen der Mauerbesatzung preisgegeben waren. Wir finden Aehnliches in griechischen Befestigungswerken, und zwar bereits den ältesten, wieder. Auch dies Thor ward durch ein Fallgatter geschlossen, dessen Falze in unserer Abbildung sichtbar sind.

Figur 18. Innenansicht des nolaner Thors.

Auf der nebenstehenden Innenansicht bemerken wir zunächst verschiedene Constructionen, theils aus (älteren) Hausteinen, theils aus (jüngeren) Ziegeln. Sodann gewahren wir, dass der Schlussstein der Wölbung mit einem ziemlich verwitterten Kopf in Hochrelief geschmückt ist, was vielfach bezeugter etruskischer Sitte entspricht. Ich glaube, dass kein wesentliches Bedenken der Annahme entgegensteht, dieser verzierte Schlussstein gehöre ursprünglich diesem ältesten Thor Pompejis an. Neben demselben befindet sich die folgende oskische Inschrift, von der es

Figur 19.
Oskische Inschrift.

allerdings wahrscheinlich ist, dass sie erst bei der Restauration des Thores an diesen ihr eigentlich nicht gebührenden Platz gekommen ist. Diese Inschrift, auf der man namentlich zwei Worte völlig missverstand, hat zu einer zweiten, ziemlich seltsamen Bezeichnung dieses Thores geführt. Man übersetzte nämlich in der Inschrift, deren richtiger Wortlaut ist: »Vibius Popidius, Sohn des Vibius, Meddix tuticus hat (dieses Gebäude) errichten lassen und derselbe hat es gebilligt«, die beiden letzten Worte *isidu pruphatted* (lateinisch *idem probavit*) mit »der Isis Prophet« und nannte das Thor das der Isis, deren Bild man in dem Kopfe des Schlusssteins erkannte. Glücklicher Weise hat die neue Sprachforschung diese Annahme als einen ziemlich lächerlichen Irrthum nachgewiesen, und hat damit auch die Geschichte von einem so bedeutungsvollen Falsum befreit, wie der volleingebürgerte Dienst der ägyptischen Isis im oskischen Pompeji sein würde.

Druck von Eduard Kretzschmar in Leipzig.

Figur 20. Aeussere Ansicht des nolaner Thors.

Zweites Capitel.

Die Strassen und Plätze Pompejis.

Wenn wir nach der Betrachtung der Befestigungswerke die Stadt Pompeji betreten, so wird der Habitus der Strassen im Allgemeinen unsere Aufmerksamkeit fesseln und auch die Einrichtung derselben als Wege bald unser Interesse erregen. Eine Schilderung des Aussehns der Strassen und der Art ihrer Herstellung und Pflasterung, an welche sich eine Darstellung der öffentlichen Plätze naturgemäss anlehnt, möge deshalb weiteren Betrachtungen vorangestellt werden.

Die Strassen Pompejis bieten keineswegs einen besonders mannigfaltigen oder schönen Anblick dar, indem die Façaden der Häuser, weit entfernt von dem Reichthum und der Abwechselung des mittelalterlichen oder modernen Façadenbaus, fast nur glatte Wände mit der wenig verzierten Eingangsthür und kleinen Fenstern im oberen und ausnahmsweise im unteren Geschoss bilden. Es hangt dies mit der bezeichnendsten Eigenthümlichkeit des antiken Hauses zusammen, welches wir als einen Innenbau kennen lernen werden, der mit dem Verkehr der Strasse wesentlich nur durch die Eingangsthür zusammenhing, während unsere Wohnhäuser mit ihren nach Möglichkeit zahlreichen Fensterreihen den steten Bezug zur Strasse darstellen. Am meisten Mannigfaltigkeit gewähren den pompejanischen Häuserfronten die zahlreichen Läden, welche die Häuser gewöhnlich im Erdgeschoss umgeben und, indem sie zu Kauf und Verkauf allezeit weit geöffnet sind, die Einförmigkeit der kahlen Façaden unterbrechen und Abwechselung von Licht und Schatten in denselben hervorrufen. Zu einer Belebung der Strassen und Gassen tragen ferner die zahlreichen Brunnen und sonstige kleinere Monumente, von denen unten ins Besondere zu handeln sein wird, bei, während das Ganze durch die helle Tünche und vielerlei Malerei auf den Aussenwänden wenn auch nicht einen schönen und grossen, so doch einen überaus heiteren Eindruck macht.

Die meistens nach der Schnur gezogenen und einander rechtwinkelig durchschneidenden Strassen und Gassen sind von verschiedener, aber niemals von bedeutender Breite, indem man enge Strassen des reichlicheren Schattens wegen für gesünder hielt (Tacit. Ann. 15. 43). Die grösste Breite einer Strasse beträgt mit Einschluss der Trottoirs nicht mehr als 7 Meter, viele haben nur 4 und mehre nur 2½ — 3 Meter Gesammtbreite, von der noch ein nicht Unbeträchtliches für die Trottoirs (*margines*) abgeht, so dass die Fahrstrasse (*agger*) sehr eng erscheint. Ueberall aber sind die Fahrstrassen sanft gewölbt und mit grossen Lavablöcken auf's Sorgfältigste gepflastert. Die Platten, in welche die darüber gegangenen Wagen Rillen bis zu 1 und 1½" Tiefe eingeschliffen haben, sind mit grosser Genauigkeit in einander gefugt und durch zwischengetriebene Eisenkeile, kleine Steine, Granit und Marmorstücken, deren man sich nebst

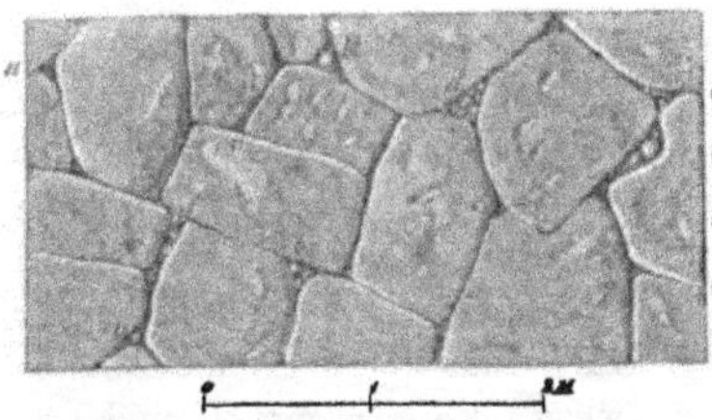

Figur 21. Pflaster mit Reparaturen.

Kiesfüllung zugleich zur Reparatur schadhafter Stellen bediente, noch fester mit einander verbunden.

Für die Bequemlichkeit der Fussgänger, welche von einem Trottoir auf das andere überkreuzen wollten, ist durch mässig grosse flache Steine gesorgt, welche sich über das Niveau des Pflasters erheben und so ein Uebertreten ohne Beschmutzung der Füsse ermöglichten. Es giebt kaum eine Strasse ohne diese Bequemlichkeit, welche zur Zeit der heftigen Winterregen mehr als nur dies sein mogte; in engeren Gassen genügte ein Stein, der in der Mitte sich erhebt und rechts und links für die Räder der Wagen, deren ohnehin nur einer zugleich durch die enge Gasse fahren konnte, Raum lässt; in breiteren Strassen wurden mehre Steine, drei oder auch fünf angebracht, welche jedoch immer so liegen, dass ihre Zwischenräume den richtigen Platz für die Wagenräder bieten. An ein rasches Fahren war begreiflich dennoch nicht zu denken, ohnehin fuhr man im Alterthum nicht so viel wie bei uns; schwere Lastwagen durften in Rom die Strassen nicht passiren und der persönliche Verkehr zu Wagen war auf eine geringe Anzahl bevorzugter Personen der höheren Stände gesetzlich beschränkt. In Pompeji scheint man vollends wenig gefahren zu sein, denn es sind nur sehr wenige Reste von Wagen gefunden und fast gar keine Räume entdeckt worden, die als Ställe und Remisen gedient haben.

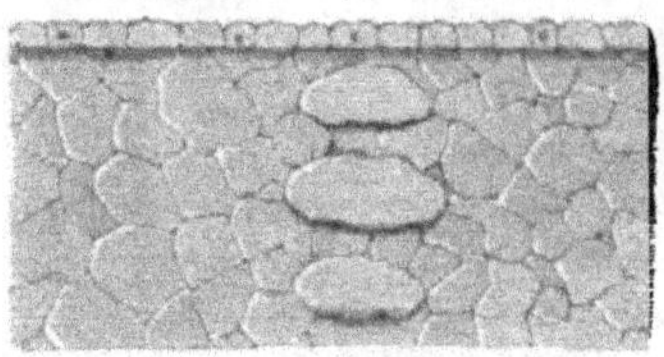

Figur 22. Pflaster mit Trittsteinen.

Zu beiden Seiten wird der Fahrweg durch ein 2—5′ breites Trottoir (*margo, margines*) eingefasst. Dieses besteht nach der Gosse zu aus 12—18″ breiten Hausteinen, über welche sich in geringer Entfernung gestellte Prellsteine erheben. Letztere sind oftmals, namentlich vor Läden, durchbohrt, wahrscheinlich um Pferde oder anderes Vieh festzubinden. Innerhalb der Hausteine besteht das 8—12″ über das Niveau der Fahrstrasse erhobene Trottoir aus festgestampfter Erde, welche verschieden, bald mit Sand, bald mit Ziegeln, mit Steinplatten, mit Asphalt, mit der *opus signinum* genannten rohen Art von Ziegelmosaik, gelegentlich auch mit Marmorplatten bedeckt ist, jenachdem ein Hauseigenthümer, dem die Sorge für das Trottoir in der Breite seines Grundstückes oblag, ein geringeres oder besseres Material zu wählen für gut fand. An den Trottoirs entlang führen die Gossen, in welche das Regenwasser der Fahrstrasse zusammenfloss, das dann durch Abzugsöffnungen, die an verschiedenen Orten im Trottoir angebracht sind, in grössere Canäle und durch

Figur 23. Ansicht eines Emissars.

diese unterirdisch aus der Stadt entfernt wurde. Die nebenstehende Abbildung vergegenwärtigt uns einen dieser Emissare. In ähnlicher Weise sind auch die öffentlichen Plätze der Stadt gepflastert; nur das Forum war mit Marmorplatten belegt, die jetzt zerstört und ausgebrochen sind, und hatte eine rings unlaufende bedeckte Gosse. —

Der ausgegrabene Theil Pompejis hat drei grössere öffentliche Plätze, das *Forum civile,* das s. g. *Forum triangulare*, innerhalb dessen die Ruinen des griechischen Tempels stehn, und das *Forum boarium,* den Ochsenmarkt, nahe beim Amphitheater.

Das ungleich grösste Interesse nimmt das *Forum civile* als das eigentliche politische Centrum der Stadt in Anspruch, und zwar sowohl durch die Bedeutsamkeit der um dasselbe vereinigten öffentlichen Gebäude, wie auch durch die architektonisch schöne Gesammtansicht, welche dieser nur von öffentlichen Gebäuden nach einheitlichem Plan umgebene Platz vor seiner Zerstörung dargeboten haben muss. So wenig wie einer mittelalterlichen fehlt einer antiken Stadt ihr Marktplatz, denn das ist die ursprüngliche Bedeutung des Forum; es ist der Platz für Handel und Wandel und für den ganzen bürgerlichen Verkehr sowie für die Gerichte, wie ja auch in unseren Städten die Gebäude der städtischen Verwaltung und Gerichte am Marktplatze zu liegen pflegen. In Italien gesellte sich zu dieser Bestimmung des Forum noch diejenige für die Gladiatorenkämpfe, nachdem diese zu allgemeinen Volksfesten geworden waren, und deshalb sind die Fora meistens mit einer durch Gitterwerk abtrennbaren Colonnade umgeben, welche häufig eine obere Gallerie für die den Kämpfen zuschauenden Frauen trug. Später wurden Handel und bürgerlicher Verkehr getrennt und für ersteren eigene Marktplätze, die *Fora venalia* geschaffen, so dass das ursprüngliche Hauptforum wesentlich den politischen Angelegenheiten vorbehalten blieb und demgemäss den Namen des *Forum civile* erhielt. Denn auch die Gladiatorenkämpfe wichen von demselben in die eigens für dieselben erbauten Amphitheater. Die *Fora venalia,* die Marktplätze für Kauf und Verkauf, wurden nun je nach der Grösse der Städte und den Bedürfnissen des Verkehrs den Hauptgegenständen des Handels nach vervielfältigt, so dass sie als Viehmärkte, Gemüse-, Fisch-, Krammärkte u. s. w. unterschieden wurden. Die politischen oder communalen Angelegenheiten aber erschufen wieder um das *Forum civile* eine Reihe von Gebäuden, welche den verschiedenen Interessen der Verwaltung und der Rechtspflege gewidmet waren.

So auch in Pompeji, wo wir ausser einer Reihe von Tempeln fast alle die öffentlichen Gebäude wiederfinden, denen Vitruv am Forum ihren Platz anweist. Wir fassen zunächst das Forum in seiner Gesammtheit in's Auge und werden auf die einzelnen jetzt zu nennenden Gebäude gehörigen Ortes zurückkommen.

Vitruv schreibt für das römische Forum eine länglich viereckige Gestalt vor, welche unser pompejanisches Forum uns zeigt. Dasselbe ist innerhalb der Colonnade von der Frontlinie des Basaments des Jupitertempels an gerechnet 111 m lang, 29 m breit, dagegen mit Einrechnung der Colonnade vor den Curien bis an das Eingangsthor 160 m lang und hat mit dem Säulenumgang 42 m mittlere Breite. Dieser Säulenumgang, von dem einige Schriftsteller, Gell folgend, irrthümlich annehmen, er habe die Stelle einer älteren Pfeilerstellung eingenommen, deren angebliche, aber anders zu erklärende Reste vor dem Gebäude der Eumachia erhalten sind, ist dorischer Ordnung und die 2′ 2″ dicken, 11′ 8″ hohen und 7′ 5″ von einander entfernten Säulen sind theils aus Casertastein, theils aus Tuff, theils aus stuccobekleideten Ziegeln erbaut und stehn auf zwei Stufen über das Niveau des mittleren Platzes erhoben, deren untere die Gosse, durch welche das Regenwasser abfloss, verbirgt. Die Colonnade bildete in ihrer ganzen Ausdehnung einen ununterbrochenen Gang, der neben dem Einfahrtsthor, sowie am entgegengesetzten Endpunkte neben dem Jupitertempel seine eigenen Auswege für Fussgänger hatte. Nicht auf gleiche Weise ununterbrochen war ein oberes Stockwerk, welches freilich ganz verschwunden, aber mit Sicherheit anzunehmen ist, und zwar, theils weil Vitruv ein solches oberes Geschoss für die Colonnade des Forum vorschreibt, theils und besonders weil an mehren Stellen Treppen erhalten sind, welche, wenngleich eng und steil, wie die nebenstehende Abbildung zeigt, doch nur die Aufgänge zu der oberen Colonnade bilden können, indem sie aussen an öffentliche Gebäude, in dem in unserer Abbildung dargestellten Falle an eine der drei Curien, angelehnt sind. Zweifelhaft kann es scheinen, ob wir uns den Säulenumgang in seinen zwei Geschossen so zu denken haben, wie ihn nach Mazois' Reconstruction mit jonischen Säulen über den erhaltenen dorischen die folgende Abbildung zeigt,

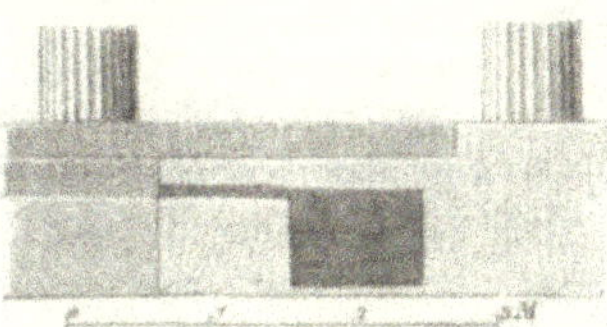
Figur 24. Gosse am Forum.

Fig. 25. Treppe am Forum.

unwahrscheinlich aber ist diese elegante Reconstruction wegen der häufig vorkommenden Verbindung der genannten beiden Ordnungen in zweistöckigen Säulenstellungen nicht, wohl aber sehr geeignet, uns einen Begriff von der

Figur 26. Colònnade des Forum.

heiteren und anmuthigen Pracht dieser das Forum umgebenden Colonnade zu verschaffen. Ununterbrochen lief der obere Umgang an der westlichen Langseite und an der Schmalseite im Süden hin, an der östlichen Langseite wird er durch die vorspringenden Portiken der hinter ihm liegenden Gebäude unterbrochen, schwerlich jedoch so völlig, dass nicht für eine schmalere Verbindung auf dieser Seite Sorge getragen worden wäre.

Um eine Uebersicht über die das Forum umgebenden öffentlichen Gebäude zu gewinnen, wenden wir unsere Blicke zunächst auf die nördliche Schmalseite.

Der Anblick, der sich uns darbietet, ist der der folgenden Abbildung (Figur 27). Ganz links unter dem Säulenumgange sehn wir in der Mauer, welche zwischen dem Jupitertempel und dem Gebäude, welches gewöhnlich die Poecile heisst, und welches ich für die Lesche halte, den Platz abschliesst, eine kleine viereckige Thür, durch welche über fünf Stufen von der höher gelegenen Strasse ein der Colonnade entsprechender Nebeneingang des Forum ist, unmittelbar daneben finden wir einen auf den mittleren Theil des Forum selbst führenden grösseren und gewölbten Eingang durch dieselbe Mauer, durch welchen man ebenfalls auf fünf Stufen von der Strasse herabsteigt. Vor diesem Eingange erhebt sich auf gleicher Linie mit der Säulenflucht des Jupitertempels noch ein gewölbtes Thor, welches, durch eine niedrige Mauer mit dem Basament des Jupitertempels verbunden, die Symmetrie der architektonischen Anlage dieser Seite des Forum auf seltsame Weise unterbricht, ohne dass der besondere Zweck dieses inneren Thorwegs recht klar wäre. Dass durch die erwähnten beiden Thore nicht der Haupteingang auf das

Figur 27. Ansicht der nördlichen Seite des Forums.

Forum sei, zeigt ihre verhältnissmässig geringere Höhe und Breite und beweisen die Stufen, welche das Passiren zu Wagen unmöglich machen. In der Mitte dieser Schmalseite, den ganzen Platz beherrschend und seine Hauptansicht bietend, erhebt sich das prächtige Basament des Jupitertempels mit seiner schönen breiten Freitreppe, der mächtigen Balustrade und den zur Aufnahme von Statuengruppen bestimmten Treppenwangen, den unteren Enden der schlanken korinthischen Säulen, seiner Vorhalle und den unteren Theilen der Cellamauern. Rechts von ihm steht das Triumphthor, welches freilich jetzt nur noch in seinem Ziegelkern vor uns steht (s. Figur 28), nichtsdestoweniger aber durch seine Breite und Höhe, sowie durch den Umstand, dass der Eingang hier im Niveau der Strasse liegt, durch seitwärts angebrachte Nischen, Reste von Marmorbekleidung und von Halbsäulen, welche nach innen vorsprangen, sich deutlich genug als den Haupteingang zu erkennen giebt und die nöthigen Elemente zur Reconstruction bietet, welche in der unten folgenden Ansicht gewiss mit Glück versucht ist. Endlich sehn wir rechts innerhalb der Colonnade noch einen durch seine Höhe und Wölbung vor dem gegenüberliegenden ausgezeichneten Eingang für Fussgänger.

Figur 28. Aeussere Ansicht des Triumphbogens.

Von dem ursprünglichen Totaleindruck, welchen diese Seite des Forum gemacht haben muss, können wir uns aus der folgenden reconstruirten Gesammtansicht (s. Figur 29) eine Vorstellung bilden.

Weniger ansehnlich erscheint in ihren Ruinen die anstossende Ostseite, obgleich sie wichtige Gebäude enthält und in ihrer ursprünglichen Gestalt einen sehr bedeutenden Anblick gewährt haben muss. Die Gebäude dieser Seite, welche wir nachher einzeln besuchen werden, sind: das s. g. Pantheon mit den vorliegenden Wechslerbuden, *tabernae argentariae*, denen wir diesen Namen nicht allein deshalb geben, weil ihnen Vitruv einen Platz am Forum anweist, sondern mehr noch deshalb, weil eigentliche Verkaufsläden, denen sie ihrer Einrichtung nach ähneln, hier sehr unwahrscheinlich sind. Sodann das Sitzungsgebäude der Decurionen, welches man *Senaculum* genannt hat, ein Tempelchen, welches die Namen des Mercur und des Quirinus mit gleich grossem Unrechte trägt, und das Chalcidicum der Eumachia. Auf dieses folgt eine Strasse, welche durch ein Gitter gesperrt wurde, während die zwischen dem s. g. Pantheon und dem Senaculum, sowie die zwischen dem s. g. Quirinustempel und dem Chalcidicum auf das Forum hinführenden Strassen durch diese Gebäude durchaus verbaut und in Sackgassen verwandelt sind, ein Beweis,

Figur 29. Restauration der nördlichen Seite des Forums.

dass das Forum eine Anlage jüngeren Datums ist, als die anderen Theile der Stadt, und in seiner jetzigen, wie bereits bemerkt, ganz Vitruv's Vorschriften entsprechenden Gestalt, wahrscheinlich erst aus der Zeit der römischen Colonisation, wenn nicht aus derjenigen nach dem Erdbeben vom Jahre 63 stammt.

Jenseits der gesperrten Strasse macht ein Gebäude den Schluss dieser Seite, welches man einestheils nach der Anleitung zweier Inschriften, welche sich auf dem Album des gegenüberliegenden Chalcidicums befinden, andererseits nach der Analogie orientalischer Schulen für eine öffentliche Schule gehalten hat. Dasselbe bildet einen ziemlich geräumigen viereckigen Saal mit mehren Nischen, denen man verschiedene Schulzwecke ohne sonderliche Gewähr zugewiesen hat. — Jenseits dieser Schule mündet eine zweite vergitterte Strasse von Süden her auf den Säulenumgang, in deren Mitte sich ein öffentlicher Brunnen befindet. Von dieser Strasse aus bestieg man auf einer oben (Figur 25) abgebildeten Treppe die obere Gallerie der Forumcolonnade.

Auch die südliche Schmalseite des Forum bietet einen lange nicht so bedeutenden Anblick wie die nördliche. Vor dem Säulenumgange finden wir zunächst in der Mitte einen isolirt stehenden ziemlich engen und niedrigen Schwibbogen, der vermuthlich einmal eine Quadriga oder ein sonstiges grösseres Denkmal trug. Zu seinen Seiten erheben sich gewaltige Fussgestelle für Reiterstatuen, jetzt rohe Ziegelmassen, einst mit Marmorplatten zierlich bekleidet. Solche Fussgestelle für Reiterstatuen sind auch die beiden bedeutenden Ziegelbauten auf der Mitte des Forums, dem genannten Schwibbogen und der Façade des Jupitertempels gegenüber, während die kleineren Basen, deren eine auf der östlichen Seite steht, und deren sich vier auf der südlichen und elf auf der westlichen Seite befinden, für gewöhnliche Ehrenstatuen verdienter Bürger bestimmt waren, von denen freilich nur noch die Inschriften zum Theil erhalten sind. Die Statuen selbst scheinen bei den antiken Nachgrabungen herausgehoben und entfernt worden zu sein.

Hinter der auf der südlichen Seite doppelten Säulenreihe des Umgangs sehn wir drei neben einander liegende Gebäude, welche, fast gleich, je einen grossen Saal mit einer geräumigen Nische im Hintergrunde bilden und mit Wahrscheinlichkeit für drei Gerichtshöfe oder Curien erklärt werden. An der südwestlichen Ecke des Forum mündet eine dritte mit einem Gitter verschliessbare Strasse, an welcher einerseits die Basilica, andererseits die vom General Championet ausgegrabenen und nach ihm benannten Häuser liegen. Das erste Hauptgebäude der westlichen Langseite ist die Basilica, das Hauptgerichtsgebäude Pompejis. Neben demselben mündet, jedoch ebenfalls und zwar zwischen Säulen vergittert, eine breite Hauptstrasse auf das Forum, auf welcher heutigen Tags der Reisende von der hier zunächst liegenden Eisenbahnstation aus die Stadt Pompeji betritt. Von dieser Strasse aus ist der Haupteingang in den mit einem grossen Säulenumgang prächtig geschmückten Tempel, den man ohne genügenden Grund der Venus beilegt, und welcher mit seiner Langseite den grössten Theil des Forums begränzt, von diesem aus jedoch nur durch eine Thür zu betreten

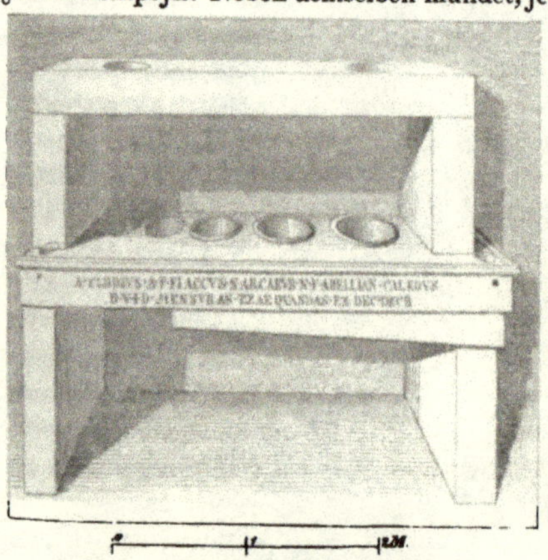

Figur 30. Oeffentliche Normalmasse.

war. Dicht neben dieser Thür findet sich in einer eigenen Nische eines der interessantesten Monumente Pompejis, der Aichungsblock nämlich oder das öffentliche Normalmass (s. Figur 30). Dasselbe bildet einen schweren steinernen Tisch auf zwei durchgehenden und hinten verbundenen Füssen, dessen 2^m30 zu 0^m75 grosse Tuffplatte nach vorn die Inschrift:

A. CLODIVS. A. F. FLACCUS. N. ARCAEVS. N. F. ARELLIAN. CALEDVS
D. V. I. D. MENSVRAS. EXAEQVANDAS. EX. DEC. DECR

trägt, welche aussagt, dass die Genannten, Clodius Flaccus und Arellianus Caledus, richterliche Zweimänner, nach Decurionendecret die Aufsicht über die Aichung der Masse führten, ein Amt, welches in Rom in den Amtskreis der Aedilen fiel.

In diese Platte sind in der Mitte in einer Reihe von links nach rechts an Grösse zunehmend fünf Normalmasse eingehauen, runde, etwas gebauchte Höhlungen, welche im Grunde ein durch einen Schieber verschliessbares Loch haben, wie dies der folgende Durchschnitt nebst Ansicht des Schiebers deutlich machen wird.

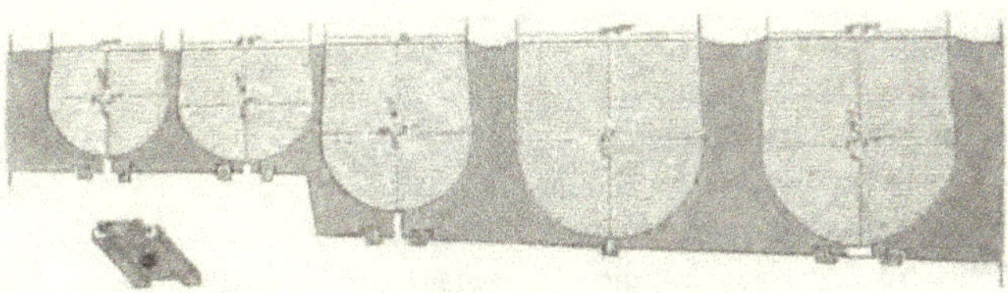

Figur 31. Durchschnitt der Normalmasse.

Diese Löcher scheinen für Messung trockener Gegenstände bestimmt gewesen zu sein, nur das zweite von rechts her, welches ein kleineres, mit einem Pfropfen schliessbares Loch am Grunde hat, mag zur Vermessung von Flüssigkeiten gedient haben, für die ausserdem noch seitwärts ein paar kleinere Löcher eingehauen sind, aus denen die Flüssigkeiten durch einen Hahn nach vorn her abgezogen wurden. Ueber diesem unteren Haupttisch erhebt sich ein ähnlicher zweiter, der jedoch nur zwei eingehauene Höhlungen zeigt. Sichere Spuren auf der Fläche der unteren Platte lassen annehmen, dass die grossen Oeffnungen mit in Scharnieren drehbaren Metalldeckeln verschlossen wurden. Den einzelnen Massen, deren Normalgrösse durch die geschilderte Vorrichtung unwandelbar fixirt ist, waren auf der Fläche der Platte die Namen beigeschrieben, welche jedoch heute nicht mehr lesbar, vielmehr, wie man annimmt, bereits im Alterthum absichtlich zerstört sind. Das Originalmonument ist in das königliche Museum von Neapel geschafft und an Ort und Stelle durch eine rohe und unvollständige Nachbildung ersetzt worden. —

Nach ein paar kleinen überwölbten Zimmern, deren Bestimmung nicht festzustellen ist, folgt dann ein grosses, freilich nur etwa 10^m tiefes, aber fast volle 34^m breites, mit eigener Pfeilerstellung auf die Arkaden geöffnetes Gebäude, welches einen langen, vorn offenen Saal bildet. Nachdem dasselbe in älterer Zeit den seiner Beschaffenheit nach ganz unpassenden Namen eines öffentlichen Getraidemagazins getragen hatte, hat man es neuerdings mit dem einer Gemäldegallerie (*stoa poecile*) belegt, für den ich nicht anstehe den einer Lesche zu substituiren, d. h. eines öffentlichen Versammlungsortes zu jeglicher Art von Unterhaltung und Gespräch. Die Lage konnte nicht besser gewählt sein, geöffnet nach Osten, also nur der Morgensonne ausgesetzt, bot der luftige Raum fast den ganzen Tag kühlen Schatten und zugleich die Aussicht auf das bewegte Leben des Forum, von dem er jedoch vermöge seiner Lage in einem Winkel wieder so weit abgetrennt war, wie dies für ruhige Unterhaltung wünschenswerth scheinen mogte. Dass die Wand dieser Lesche bemalt gewesen sein mag, will ich gewiss nicht in Abrede stellen, namentlich nicht in Pompeji, wo fast Alles bemalt war; bot sich ja doch der Raum wie von selbst dar. Dass aber die Aufnahme von Malereien »aus der Geschichte der Vorzeit« den Hauptzweck dieses Gebäudes gebildet habe, kann ich nicht wahrscheinlich finden. —

Hinter diesem Gebäude endlich, jedoch mit eigenem zweitem Ausgange auf die Strasse hinter dem Forum, liegt die Baulichkeit, in der man die Gefängnisse erkennt, welchen Vitruv gemäss eine Stelle am Forum gebührt. Die Auffindung einiger gewölbter Zimmer ohne Fenster und einiger Skelette in denselben hat diese Annahme wesentlich bestärkt, ohne sie freilich beweisen zu können; im Uebrigen ist dies Gebäude ohne alles Interesse und sehr schlecht erhalten.

Der zweite Hauptplatz der Stadt ist das nach seiner dreieckigen Gestalt so genannte *Forum triangulare* neben dem grossen Theater, welches er mit seiner westlichen Langseite begrenzt. Derselbe liegt am südwestlichen Rande des Stadthügels auf dem höchsten Punkte, sein Boden ist reine Lava von

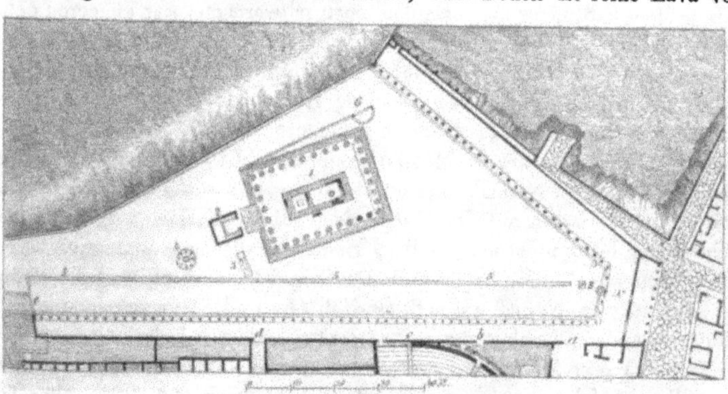

Figur 32. Plan des *Forum triangulare*.

geringer Härte, welche mit der grössten Sorgfalt geebnet ist, den Abhang bekleidet eine starke und aus Quadern schön gebaute Mauer von 11^m Höhe. An den anderen Seiten ist der Platz durch Mauern abgeschlossen, so dass er nur durch die in diesen Mauern gelassenen Thüren betreten werden kann.

Fragen wir zunächst nach der Bedeutung und Bestimmung dieses Platzes, so werden wir antworten müssen, dass die Ansicht, welche in ihm das älteste Forum des freien Pompeji, oder wenn wir etwas uneigentlich reden dürfen, die Akropolis oder Burg der ältesten Stadt erkennt, viel Wahrscheinliches hat. Thatsache ist es wenigstens, dass der Platz nicht allein selbst das bei weitem älteste Monument Pompejis, den griechischen Tempel, umfasst, sondern dass sich an ihn dasjenige Quartier der Stadt anlehnt, welches mit seiner weniger regelmässigen Anlage den Eindruck des ältesten Kerns macht. Auch stimmt die schöne und freie Lage mit der köstlichen Aussicht auf das Meer und die verhältnissmässig bedeutende Höhe des Stadthügels an dieser Stelle sehr wohl zu dieser Annahme, obgleich auch die andere Berücksichtigung verdient, nach der der Platz wesentlich die geheiligte Stätte des ältesten Tempels, ähnlich der ebenfalls rein sacralen Akropolis von Athen, ist. Auf diese Heiligkeit des Platzes kann sich wenigstens eben so gut wie auf den unten zu erwähnenden Grund, die Verschliessbarkeit der Thüre, gründen.

Der Haupteingang dieses Platzes ist an dem abgestumpften spitzen Winkel seiner beiden langen Schenkel. Vor diesem Haupteingang, der aus zwei verschliessbaren Thüren besteht, liegt eine Säulenhalle von acht jonischen Säulen, welche zu den besten Monumenten Pompejis gehört und von der wir in der folgenden Abbildung eine aus sicheren Elementen gemachte Restauration bringen.

Figur 33. Propyläen des *Forum triangulare*.

Die Eingangsthüren in der Hinterwand dieser Säulenhalle liegen seltsamer Weise sowohl zu ihrer Säulenstellung wie auch zu den Hauptdimensionen des Platzes unsymmetrisch. Es ist schon erwähnt, dass dieselben durch Gitterthüren, von denen Reste gefunden worden sind, verschlossen werden konnten, und es ist möglich, obgleich nicht bewiesen, dass sich auf unseren Platz und seine Thüren, nicht auf das neuere Forum jener Streit zwischen den Bürgern Pompejis und den sullanischen Colonisten bezieht, von dem uns Cicero in seiner Rede *pro Sulla* § 21 erzählt. Die Bürger wollten nämlich den Colonisten die Mitbenutzung der Ambulatio, der Promenade, die wir in der Colonnade unseres Forum zu erkennen haben würden, nicht einräumen, bis nach jahrelangem Streit die Sache dem römischen Senat zur Entscheidung übergeben wurde.

Tritt man durch die Thüren ein, so befindet man sich unter einem Säulengange, welcher sich an den beiden langen Schenkeln des Platzes hinzieht und aus 100 fast insgesammt erhaltenen dorischen Säulen mit leichtem Gebälk besteht. An der Seite des Theaters hat der Säulengang 117^{m} 80 Länge, an dem anderen Schenkel 65^{m}, so dass er, die kleine Seite des Eingangs von 16^{m} 60 eingerechnet, bei 5 Meter Breite fast genau 200 Meter Gesammtlänge hatte. An der dritten Seite des Dreiecks nach dem Abhang zu ist diese Säulenhalle nicht durchgeführt, vielmehr ist hier die Aussicht ganz frei gelassen. Auf den längeren Schenkel der Säulenhalle öffnen sich mehre Eingänge. Der erste (*a*) führt in die sogenannte *Curia isiaca*, von deren zweifelhafter Bedeutung wir unten reden werden, der zweite (*b*) in die zweite Cavea des Theaters, der dritte (*c*) auf die Treppe zur *summa cavea* desselben, der vierte (*d*) über eine breite wohlerhaltene Treppe hinter dem Bühnengebäude des Theaters auf das s. g. *Forum nundinarium*, von dem wir später zu reden haben werden. Eine ähnliche, aber nur in geringen Spuren erhaltene noch breitere Treppe (*e*) führt am Ende des Säulenumganges den Abhang des Stadthügels hinunter.

Die auf der Mitte des *Forum triangulare* gelegenen Denkmäler sind leicht zur Uebersicht zu bringen und werden wenige Worte zu ihrer Erklärung genügen. Den Hauptplatz nimmt der griechische Tempel (1) ein, den wir mit den andern Tempeln besprechen werden, vor demselben steht eine niedrige Umfassungsmauer (2), von zweifelhafter Bestimmung, in der die Einen einen Verschluss für Opferthiere vor dem Opfer, Andere den Aufbewahrungsort für die Asche der Opfer erkennen wollen.

Ich kann mich weder zu der einen noch zu der anderen Ansicht bekennen, sondern glaube, dass wir die nach Art der Ustrinen (Verbrennungsstätten) bei Gräbern erbaute Umfassungsmauer des Brandaltars zu erkennen haben. Gegen die früheren Ansichten spricht schon die Lage des fraglichen Monuments grade vor der Mitte der Tempelfront, wo einzig und allein der Platz für den Altar ist, während man den Verschluss für die Opferthiere und den Aschenbehälter schwerlich hier und sicher zweckmässiger abseit angebracht haben würde. Und da der Platz, auf dem sich der Tempel findet, ein im Uebrigen ganz offener ist, so lässt sich eine Umhegung der Brandstätte als wohl motivirt denken. Zur Seite stehn drei Altäre (3). Hinter dieser Umfassungsmauer des Hauptaltars sind die Ruinen (4) entweder eines Brunnens puteal oder eines bidental, d. h. eines Gebäudes, welches über einer durch das Einschlagen des Blitzes

Figur 34. Puteal oder Bidental.

geweihten Stelle errichtet zu werden pflegte. Unsere Abbildung zeigt die Ruinen in ihrem gegenwärtigen Zustande, in der Mitte die Brunnenmündung (puteal) in Form eines runden, auf einer Stufe erhöhten Altars, umher acht dorische Säulen auf rundem Unterbau (bidental). Ob diese eine Kuppel oder nur einen Epistylbalken trugen, ist ungewiss, und ob man das Eine oder das Andere annehmen will, hangt davon ab, ob man das puteal für einen wirklichen Brunnen hält oder nicht. Da dasselbe ein glatt ausgebohrtes, 1¼ Meter weites Brunnenrohr umschliesst, ist die Bestimmung als Brunnen sehr wahrscheinlich, wenngleich sein Wasser heutzutage versiegt ist. —

An den zuletzt genannten Monumenten vorbei zieht sich parallel mit der Säulenhalle des längeren Schenkels über den ganzen Platz eine niedrige Mauer (5), welche von zwei Durchgängen durchbrochen ist. Dieselbe ist mit schwarzem Stucco überzogen, in welchen in ziemlich weiten Zwischenräumen weisse Marmorstücke incrustirt sind. Wahrscheinlich ist diese niedrige Mauer ursprünglich eine Schranke gewesen, welche den geweihten Boden des Platzes um den Tempel und seine Altäre von dem Profanterrain längs der Säulenhalle abgrenzte, ohne zugleich ihn abzuschliessen und die Aussicht zu rauben. Dass diese Mauer zugleich als eine Bank zum Sitzen gedient haben mag, soll nicht bestritten werden, nur ist sie schwerlich zu diesem Zwecke auf den freien Platz hingebaut, wo keinerlei Schutz gegen die Sonnengluth ist oder war und wo zu der Zeit, als der Tempel noch aufrecht stand, nicht viel von der Aussicht auf die Gebirge und das Meer zu geniessen gewesen sein kann. Die damit zusammenhangende Ansicht, welche in dem abgegrenzten Stücke zugleich eine Art von Stadium, eine Bahn für gymnastische Uebungen erkennt, denen man auf der Bank sitzend zugeschaut hätte, lässt sich auch nicht erweisen.

Durchaus der Aussicht zu Liebe ist dagegen ein halbrunder Sitz (*schola* [6]) an der nordwestlichen Ecke des Tempels erbaut und zwar sammt der Sonnenuhr (*horologium*), welche auf seiner Lehne steht, nach der Inschrift auf eben dieser Lehne (Mommsen, Inscr. 2227) von den richterlichen Zweimännern Sepunius Sandalianus und Herennius Epidanus auf eigene Kosten. Wir werden ähnlichen Sitzen in der Gräberstrasse begegnen, an diesem, welcher der bezauberndsten Aussicht auf Meer und Gebirge gegenüber sich öffnet, und von dem aus eine Schranke wie die oben beschriebene nach der vorderen Ecke der Tempelbasis läuft, ist die Sonnenuhr das Merkwürdigste, welche wir später genauer besprechen werden.

An der Säulenhalle entlang finden wir mehre Cisternen zur Aufbewahrung des Regenwassers, während eine grössere Rinne in der Mauer des kürzeren Schenkels (7) das überflüssige Wasser aufzunehmen und abfliessen zu lassen bestimmt war. Die Säule *x* dem Eingange gegenüber ist von einer Brunnenröhre durchbohrt, wie eine ähnliche den Brunnen an der Vorhalle dieses Platzes (Figur 33) speisete. Von diesen Brunnen wird weiter unten insbesondere zu reden sein. Endlich sehn wir an dem Ende der langen Schranke dem Eingange gegenüber in (8) die Basis einer Ehrenstatue, welche nach ihrer Inschrift (Mommsen a. a. O. No. 2228) dem Patron der Colonie M. Claudius Marcellus gewidmet war. —

Da ich das Bauwerk hinter dem Bühnengebäude, auf welches die Treppe (*d*) vom *Forum triangulare* hinabführt, nach der neuesten Arbeit über dasselbe von P. Garucci im Januarheft des Bullettino arch. Napolitano von 1853, gegen welche bisher keine stichhaltigen Argumente vorgetragen sind, nur für die Gladiatorenschule oder Gladiatorencaserne (*lusus gladiatorius*) halten kann, nicht aber für das *Forum nundinarium*, noch auch für das Soldatenquartier, wie es gewöhnlich heisst, so kann ich dasselbe erst unter den öffentlichen Gebäuden, nicht unter den öffentlichen Plätzen besprechen, so sehr auch beim ersten Blick auf den Plan für diesen weiten Hof mit der Säulenhalle umher der Name eines Platzes geeignet scheinen mag. Casernenhöfe aber wird Niemand zu den öffentlichen Plätzen der Stadt rechnen, seien sie so gross sie mögen. —

Ueber den nördlich vom Amphitheater belegenen, *Forum boarium*, Ochsen- oder Viehmarkt benannten Platz ist so wenig Specielles bekannt, dass wir denselben nach dieser Erwähnung mit Stillschweigen übergehen können.

Wir wenden deshalb unsere Aufmerksamkeit den einzelnen öffentlichen Gebäuden Pomjejis zu und beginnen mit den Tempeln, welche in mannigfachem Betracht ein überwiegendes Interesse in Anspruch nehmen.

Drittes Capitel.

Die öffentlichen Gebäude.

Erster Abschnitt.

Die Tempel und Capellen.

Bevor wir uns zur Betrachtung der pompejanischen Tempel und Capellen wenden, müssen wir einige allgemeine Bemerkungen über Zweck und Bedeutung, Anlage, Raumvertheilung und bauliche Construction in den verschiedenen Erscheinungsformen der Tempel, sowie über den an sie geknüpften Cultus voransenden, welche allein der Betrachtung der einzelnen Monumente Interesse und Leben verleihen werden. Und zwar müssen wir hier von der griechischen wie von der römischen Tempelanlage reden, nicht allein weil diese in manchem Bezug aus jener hervorgegangen ist, sondern auch weil wir neben der in allen Tempeln von Pompeji hervortretenden römischen Bauform in dem s. g. Tempel des Hercules, der neben den Theatern auf dem *Forum triangulare* steht, ein Beispiel des griechischen Tempelbaus haben.

Der Gedanke, welcher der christlichen Kirche von Anfang an zu Grunde liegt, ist, dass sie Bethaus, Versammlungsort der Gemeine sein soll. Es folgen aus diesem einfachen Grundsatz die wichtigsten Consequenzen; denn es begreift sich, dass beim Wachsen der Gemeine auch der innere Raum der Kirche, welche die Gemeine umfassen sollte, wachsen musste, so dass das Christenthum, als es zur anerkannten Geltung gelangte, zu seinen Cultzwecken diejenigen heidnischen Gebäude weihte, welche für die Aufnahme vieler Menschen bestimmt waren, nicht die Tempel, sondern die Markt- und Gerichtshallen, die Basiliken. Denn dass sich die ältesten Christen nicht etwa davor scheuten, heidnische Tempel zu Häusern des Einen Gottes umzustempeln, zeigen die nicht seltenen Fälle, wo dies wirklich geschehen ist und bei einer kleinen Gemeine und verhältnissmässiger Grösse des Tempels geschehen konnte. — Aus dem Raumbedürfniss der wachsenden Gemeine gehn auch die Erweiterungen der Kirchen durch Hinausrücken der Wände und die Vermehrung der inneren Schiffe und Pfeilerstellungen zum Tragen der Decke hervor, aus diesem Bedürfniss der grösstmöglichen Raumumspannung ergiebt sich die Einführung der Wölbung, kurz aus ihm erklärt sich fast die ganze Grundform der christlichen Kirche. Aus dem Grundcharakter derselben als Bethaus aber ergiebt sich andererseits, dass die Kirche wesentlich Innenbau ist, d. h. dass sie den architektonischen und den mit diesem verbundenen bildnerischen und malerischen Schmuck wesentlich nach innen wendet, während die Ausschmückung des Aeusseren verhältnissmässig spät nachfolgt und selbst in der höchsten Leistung christlicher Kirchenbaukunst dem gothischen Dome gegen den Schmuck des Innern zurücksteht.

Holzschnitt und Druck von Eduard Kretzschmar in Leipzig.

Figur 35. Ruinen des Isistempels.

In ähnlicher Weise beruht der antike Tempelbau auf einem Grundcharakter, aus dem alle Entwickelung folgt, welcher aber einen bestimmten Gegenstand zum christlichen Princip bildet. Denn der antike Tempel, ausgenommen den Weihetempel, in welchem die Mysterien gefeiert wurden, war nie Versammlungsort für die Gemeine, nie Bethaus für eine Menge Menschen, welche gemeinsamer Gottesdienst vereinigte, sondern der antike Tempel war in seiner Grundbestimmung entweder Umzirkung eines durch ein Wunder oder Zeichen geheiligten Ortes und dessen Abtrennung von der profanen Aussenwelt, oder das Haus des in seinem Bilde persönlich anwesend geglaubten Gottes. Daher im Griechischen im ersteren Falle der allgemeine Name »Temenos« (das Abgegrenzte), im anderen »Naos« (das Haus), im Lateinischen im ersteren Falle *templum* (d. i. Temenos), im letzteren Falle *aedis*, Haus, gleich dem griechischen Naos.

Aus diesem Grundprincip folgt nun erstens, dass der eigentliche Tempel der Naos oder die Cella selbst in den grössten Gebäuden nie von einer solchen Bedeutung im Massstabe oder von einer solchen Anordnung der Räumlichkeiten ist, dass sie viele Menschen fassen sollte oder konnte; denn es giebt bei Griechen und Römern keinen Cultusact, welcher für die Theilnahme und gleichzeitige Anwesenheit einer grossen Menschenmenge im Tempel berechnet wäre; auch da wo an grossen Festtagen der Tempel offen stand und von vielen tausend Menschen besucht wurde, geschah doch der Besuch nur im Zu- und Abgang. Die grossen Festopfer und Festschmäuse, an denen das Volk gemeinsam Theil nimmt, werden nicht im Tempel, sondern vor demselben gehalten, wo die grossen Brandopferaltäre stehn, während in der Cella sich nur kleine Altäre für unblutige Opfer, Früchte, Kuchen und Räucherwerk befinden.

Aus demselben Grundprincip folgt zweitens, dass bei einer Erweiterung und Vergrösserung des Heiligthums es nicht sowohl auf ein weites Hinausrücken der Wände ankam, als vielmehr darauf, die zum äusseren Schmuck der Cella bestimmten Bautheile zu erweitern und zu vermannigfachen.

Und drittens ergiebt sich aus demselben Grundprincip, was schon in dem eben Gesagten mitenthalten ist, dass wie die christliche Kirche wesentlich Innenbau, so der antike Tempel wesentlich Aussenbau ist. Nicht etwa als sei das Innere der Cella ohne Schmuck gelassen, das ist nicht der Fall; aber der nach aussen gewendete Schmuck der Architektonik und der mit ihr verbundenen Schwesterkünste überwiegt den inneren Schmuck des Tempels in demselben Masse, wie umgekehrt bei der christlichen Kirche das Innere über das Aeussere an Schmuck und Pracht den Sieg davonträgt.

Die folgende Darstellung der Entwickelung des antiken Tempels von seiner kleinsten Form bis zu seiner grössten wird das hier im Allgemeinen Vorgetragene klarer machen.

Es ist hervorgehoben, dass die Entwickelung des antiken Tempels von der Cella ausging. Diese enthielt ursprünglich das Cultusbild, welches in der

Regel im Hintergrunde stand, und vor demselben den Räucheraltar. Auf diesem ersten Stadium der Entwickelung war die Cella ein länglich viereckiger Raum in folgender Gestalt:

Figur 36.

a. Cella, *b.* Cultusbild, *c.* Räucheraltar.

Durch die Aufnahme des geweihten Cultusbildes und des Altars wurde die Cella ein geheiligter Raum, der nur von demjenigen betreten werden durfte, der sich einer symbolischen Reinigung durch Besprengung mit dem vor dem Eingang aufgestellten Weihwasser, fliessendem Quell- oder Salzwasser (*aqua viva*) unterzogen hatte. Um die Cella als geweihten Raum vom Profanen abzuschliessen, wurde sie in der Regel bedeckt und erhielt bei ganz kleiner Anlage das nöthige Licht nur durch die Thür. Wuchs das Heiligthum, so wurden Fenster, zunächst neben der Thür, sodann auch an den Langseiten zur Beleuchtung hinzugefügt. Sowie in der Regel der Cultus die Abschliessung des Heiligen vom Profanen gebot, so war bei einzelnen Gottheiten (z. B. Jupiter fulgurator, Terminus) ein Cultus unter freiem Himmel gefordert. Um nun aber das Tempelbild nicht allen Unbilden des Wetters auszusetzen, griff man hier zu dem Auskunftsmittel, einen Theil der Cella unbedeckt zu lassen, oder in die Decke und das Dach eine Oeffnung zu legen. Es entstanden so die vielbesprochenen und bestrittenen Hypaethraltempel, welche keineswegs erst als letzte Stufe der Tempelvergrösserung auftreten, wie es aus Vitruv scheinen muss, sondern die vollständig ursprünglich sind, wie u. A. das uralte pelasgische Tempelchen auf dem Berge Ocha in Euböa (siehe Welcker's kleine Schriften Band 3. S. 376 ff. und die Abbildung im 3. Bande der Monumenti ined. dell' Instit. di Corr. arch. tav. 37.) beweist. War die hypaethral geöffnete Cella nur klein, so konnte die Decke so eingerichtet werden, wie das s. g. toscanische Atrium des römischen Wohnhauses, indem zwei über die ganze Breite der Cella gelegte Balken vor der Oeffnung und hinter derselben die Decke trugen:

Figur 37.

a. b. c. wie in Figur 36. *d.* Deckenbalken. *e.* Hypaethralöffnung.

War aber die Cella grösser angelegt, so mussten innere Stützen der Decke, zunächst vier an den vier Ecken der Hypaethralöffnung angebracht werden:

Figur 38.

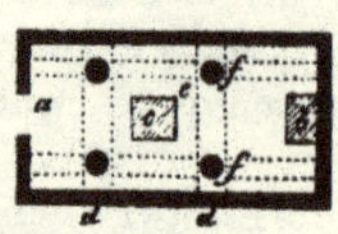

a—e wie in Figur 37. *f.* Stützen der Deckenbalken.

zu denen leicht noch ein Paar sich gesellte, um die hinteren Balken der Decke zu tragen, und welche sich je mit dem Wachsen der Cella und der hypaethralen Oeffnung bis zu einer grösseren Zahl vermehrten.

Figur 39.

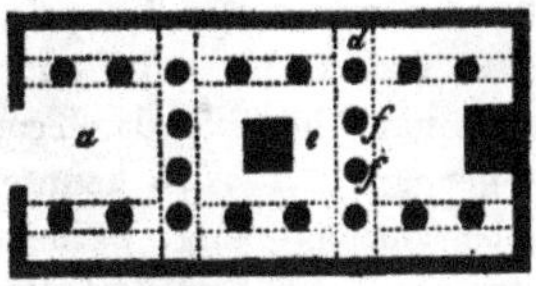

a – *f* wie in Figur 38.

Durch die Einrichtung der hypaethralen Oeffnung war nun zugleich für alle Zeit und für alle möglichen Erweiterungen des Tempels nach aussen Licht gewonnen und zwar das zur Beleuchtung der im Innern aufgestellten Kunstwerke günstigste Oberlicht. Nun erst konnte man daran denken, äussere Säulenhallen um die Cella zu führen, welche ohne die hypaethrale Oeffnung das Licht zu sehr abgeschnitten haben würden. Doch begann man nicht mit diesen. Die erste Veranlassung, eine Tempelcella zu erweitern, war gegeben, wenn neben dem eigentlichen Cultusbilde, welchem der Tempel gehörte, mehre andere geweihte Bilder von solchen Gottheiten in der Cella aufgestellt wurden, welche mit der Hauptgottheit in mythischem oder Cultuszusammenhang standen. Diese erhielten ihren Platz an den Langwänden. Da aber der Platz, wo ein Cultusbild stand, heilig und unbetretbar und deshalb von Gittern oder Schranken umgeben war, so musste für die Bewegung der Menschen Raum geschafft werden, was nur durch Erweiterung der Umfassungsmauern möglich war. Und da ferner der Tempel ausser solchen Weihebildern noch eine grössere oder geringere Zahl von Tempelgeräth und von Weihgeschenken besass, so war auch für diese, welche man nicht füglich in der Cella aufstellen konnte, ein passender Raum zu schaffen, der zugleich als ein Heiliges vor dem Allerheiligsten der Cella erschien. Dies ist die Veranlassung zum ersten organischen Anbau der Cella, dem Vorhause oder Pronaos,

Figur 40.

a. Cella (Naos). *b*. Vorhaus (Pronaos).

welcher zunächst durch eine Verlängerung der Langmauern der Cella und durch eine Wiederholung des Eingangs gewonnen wurde. Um aber den Anblick des Cellaeingangs nicht zu maskiren und um dem Pronaos den Charakter einer heiteren und offenen Vorhalle zu geben, liess man die vordere schliessende Mauer weg und ersetzte sie durch zwei Säulen, welche man zwischen die als Stirnpfeiler (Anten, *antae*) behandelten Enden der vorspringenden Langmauer setzte:

Figur 41. 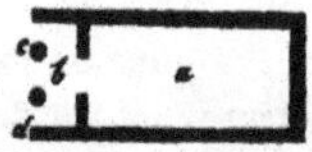

a. b. wie Figur 40. *c.* Säulen. *d.* Anten.

Dies ist die einfachste Form des erweiterten Tempels, *aedis in antis* genannt. Die Zwischenräume zwischen den Anten und Säulen wurden durch Gitterthüren verschlossen. Wuchs nun die Zahl der Tempelschätzė, namentlich solcher, welche leicht weggenommen werden konnten, so musste für einen festeren Raum zu ihrer Aufbewahrung gesorgt werden. Man schuf diesen, indem man die Vorhalle hinten am Tempel wiederholte, d. h. indem man den sogenannten Opisthodom anbaute,

Figur 42. 

a—d wie Figur 41, *e.* Hinterhaus (Opisthodom).

welcher zunächst mit Wänden umgeben wurde und eine fest verschliessbare und zu versiegelnde Thür bekam. Aus diesem Opisthodom führte nun der Regel nach eine eigene Thür in die Cella; wurde diese angebracht, so musste das Tempelbild von der Stellung an der Hinterwand vorrücken, woraus sich ergiebt, dass auch die hypaethrale Oeffnung weiter vorgeschoben wurde, so dass diese und der Altar unter ihr keineswegs immer in der Mitte der Celle war.

Figur 43. 

1. Cella, 2. Pronaos, 3. Opisthodom, 4. Thür in die Cella, *a.* Tempelbild, *b.* Altar, *c.* Hypaethralöffnung.

Durch diese erste organische Erweiterung der Tempelräume waren alle weiteren gegeben oder angezeigt. Bei wiederum wachsender Zahl der Weihebilder und Weihgeschenke wurde zunächst die Vorhalle nochmals erweitert, indem ihr eine ganz freie Säulenhalle vorgelegt wurde.

Figur 44. 

1. Cella, 2. Pronaos, 3. Vorhalle (Prostyl).

Der auf diese Weise erweiterte und zugleich an seinem Eingang reicher geschmückte Tempel hiess Prostylos (mit einer Säulenvorhalle); die nächste Erweiterung war, dass man diese Säulenhalle vor dem Hinterhause wiederholte,

Figur 45. 

1—3 wie Figur 44, 4 Hinterhalle.

wodurch der Tempel Amphiprostylos (mit doppelter Vorhalle) wurde. Die griechische Tempelbaukunst liess es bei dieser Erweiterung der Vorhalle bewenden, die römische dagegen vergrösserte die Vorhalle nach dem Mass der Cella, wovon der Grund unten angegeben werden soll, und stellte demnach Gebäude in der folgenden Form hin:

Figur 46. Römischer Tempel.

wie sie die meisten unserer pompejanischen Tempel zeigen.

Der einmal gefasste fruchtbare Gedanke der vorzulegenden Säulenhalle wurde nun bei wiederum wachsendem Erweiterungsbedürfniss in der Steigerung ausgedrückt, dass die Säulenvorhallen in einen Säulenumgang um den ganzen Tempel verwandelt wurden.

Figur 47. Peripteros.

Der Tempel wurde peripteros (mit Säulenumgang), und zwar ergab die oblonge Gestalt der Cella, dass die Säulenzahl an den Seiten, die Ecksäulen zweimal gezählt, doppelt so gross war, wie diejenige der Frontseite, was aber dahin modificirt erscheint, dass sie der Regel nach in ungrader Zahl errichtet wurden, also, abgesehn von manchen bedeutenderen Schwankungen, meistens entweder eine Säule mehr oder eine Säule weniger zählten als die doppelte Zahl der Säulen in der Vorhalle. Der so gewonnene Säulenumgang diente nun keineswegs, wie man nach Vitruv annehmen könnte, zum bedeckten Gang für Menschen, unter den man sich bei plötzlichem Regen flüchten konnte; einen so äusserlichen Zweck verband man nicht mit der Anlage des Heiligthums; sondern dieser Gang diente zu demselben Zweck, zu dem die Vorhalle, aus der er hervorgegangen ist, gedient hatte, zur Aufstellung von Statuen und von anderen Weihgeschenken. Die Intercolumnien (der Raum zwischen den Säulen) wurden demnach vergittert und auch die Säulen mit der Langwand der Cella durch leichte und niedrige Mauern verbunden, wie folgt,

Figur 48.

so dass eine ganze Reihe von Capellen um den Haupttempel entstand. Aehnliches ging im Innern vor, wenn, was bei allen grösseren Tempeln unausweichliche Regel ist, die Decke durchbrochen und eine innere Säulenstellung angebracht war. Die Intercolumnien wurden auch hier zur Aufstellung von geweihten Bildern und anderen geweihten Gegenständen benutzt und demgemäss abgegittert und durch Schranken getrennt:

Figur 49.

a. Schranken zwischen der Langwand und den Säulen, *b*. Vergitterung der Intercolumnien, *c*. Weihebilder.

Ueber diesen inneren Capellen wurde bei grösseren Tempeln, welche viele Weihgeschenke zur Schau zu stellen hatten, eine Gallerie angebracht, zu der eine Treppe, gewöhnlich an der Eingangs-, aber auch an der Hinterwand, emporführte. Diese Gallerie stützte sich auf die inneren Säulen und zum Tragen der Decke wurde über diesen unteren Säulen auf einem leichten Zwischengebälk eine Reihe leichterer und kleinerer Säulen erhoben.

Figur 50.

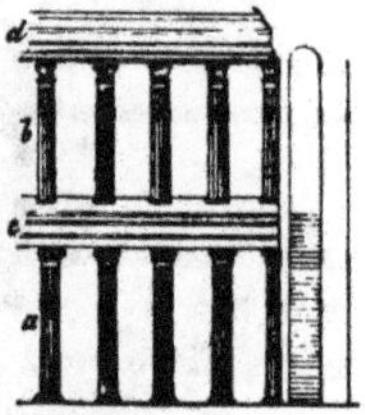

a. Capellen und untere Säulenstellung, *b*. Gallerie und obere Säulenstellung, *c*. Zwischengebälk, *d*. Deckbalken.

Wenden wir uns nun wieder dem Aeussern zu, so bemerken wir zunächst als eine Nebenart der peripteren Tempel die s. g. pseudoperipteren (mit scheinbarem Säulenumgang), welche anstatt eines wirklichen Säulenumgangs Halbsäulen um die Cellawand hatten. Der grosse Jupitertempel in Girgenti mit sieben Halbsäulen in der Fronte und vierzehn an der Langseite und demgemäss mit zwei Eingangsthüren anstatt einer in der Mitte, welche die mittelste Halbsäule decken würde, ist für diese Art ein Beispiel.

Sollte aber der Tempel noch mehr erweitert werden, so wurde der Säulenumgang verdoppelt.

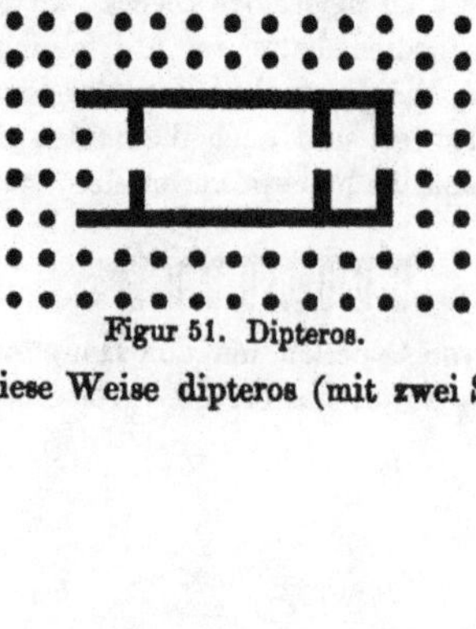

Figur 51. Dipteros.

Der Tempel war auf diese Weise dipteros (mit zwei Säulenflügeln oder Umgängen) geworden, und dies war die grösste Erweiterung, welche man dem Tempel gab. Der Umstand aber, dass die innere Säulenstellung viel Platz wegnahm, führte dazu, sie zu unterdrücken oder vielmehr, sie in eine Reihe von Halbsäulen an der Wand, wie beim pseudoperipteros, zu verwandeln, wodurch fast derselbe Anblick erreicht wurde, wie der, welchen zwei Säulenreihen gewährten und wobei zugleich viel Raum gewonnen wurde.

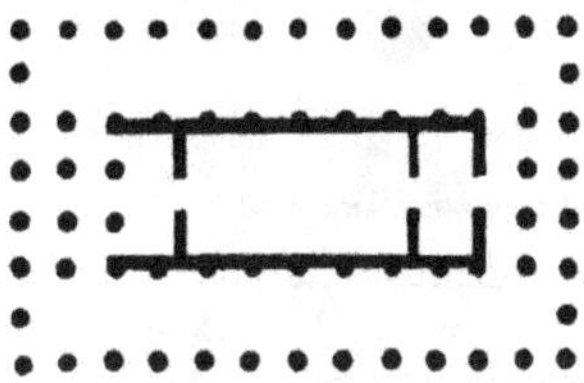

Figur 52. Pseudodipteros.

Dieser Tempel hiess pseudodipteros (scheinbarer dipteros). — Es muss hier noch bemerkt werden, dass nach der Zahl der Säulen (Styloi) der Fronte, nach welcher die Zahl der Säulen an den Langseiten bestimmt war, der Tempel seinen schulmässigen Namen erhielt als tetrastylos (viersäulig), hexastylos, oktastylos, dekastylos (sechs-, acht-, zehnsäulig). Aus dem oben Gesagten geht hervor, dass der tetrastyle Tempel prostylos und amphiprostylos, der sechssäulige peripteros und der achtsäulige dipteros oder pseudodipteros sein muss. Jedoch können auch achtsäulige Peripteraltempel vorkommen, z. B. der Parthenon in Athen, wenn nämlich entweder zwischen die Anten vier anstatt zwei Säulen gestellt wurden, oder wenn man nach vorn ein Prostyl und vor dieses erst den Säulenumgang legte, was bei grossen Tempeln wegen der geringen Spannweite bei graden Marmorbalken geschehen musste, also:

Figur 53. 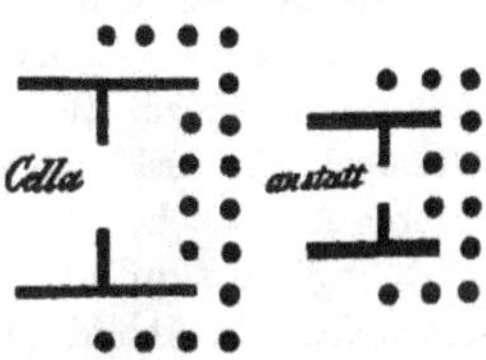

Indem hier erst die sechsten Säulen vor den Anten stehn, greifen erst die achten zum Beginne des Umgangs über. Sollte bei diesem Verhältniss des Pronaos ein Tempel dipteros oder pseudodipteros werden, so musste man ihn dekastyl, mit zehn anstatt acht Säulen in der Fronte bilden.

Eine andere Schulbestimmung Vitruv's bezieht sich auf die Weite der Intercolumnien; war das Intercolumnium $1\frac{1}{4}$ Säulendurchmesser weit, so nannte man dies pyknostylos u. s. w., wie folgende Uebersicht zeigt:

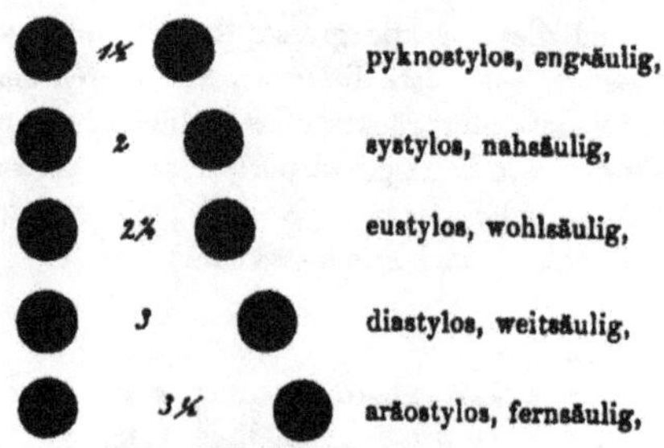

Figur 54. Intercolumnialweiten.

so dass offenbar der Intercolumnialweite von $2\frac{1}{4}$ in dem Namen eustylos der Preis zuerkannt wird, wobei nur zu bemerken ist, dass die Intercolumnialweiten mit den Stilen wechseln, so dass man für die korinthische Ordnung mit ihren leichten und hohen Stützen und ihrem leichten Gebälk nahsäulig genannt haben müsste, was für die schwere dorische Ordnung weitsäulig war. Dass diese ganze Bezeichnung sehr oberflächlich ist, leuchtet ein, kaum für den dorischen Stil allein hat sie Geltung, für die drei Ordnungen im Ganzen ist sie werthlos.

Wir haben bisher von der Grundform griechischer Tempel gesprochen und müssen uns jetzt zur Betrachtung der abweichenden Anlage römischer Tempel wenden. Das ganze Areal, welches ein römischer Tempel einnehmen sollte, war wie das des griechischen, ein oblonges Viereck, aber dieses wurde anders eingetheilt und anders orientirt (vgl. Fig. 46).

Der griechische Tempel lag mit seiner Längenachse von West nach Ost, wo man den Sitz der Götter annahm, das Tempelbild stand im Westen mit dem Gesicht nach Osten und im Osten war der Eingang des Tempels. Vor diesem Eingang stand der Opferaltar, man erblickte das Tempelbild während des Opfers durch die geöffnete grosse Tempelthür und wandte sich nach dem Opfer zum Gebet nach Osten herum, dem Sitze der Götter zu. Bei den Römern gab es zwei Weisen der Orientirung der Tempel, die tuskische und die griechische. Die Tempel, welche nach der ersteren Art, nach echt italischer Auguraldisciplin orientirt waren, hatten die Richtung von Nord nach Süd. Denn nach der tuskischen Anschauung war das *templum* ein Abbild des himmlischen Sitzes der Götter, welchen man im Norden annahm, und deshalb musste der Tempel so orientirt werden, dass der Standort des Götterbildes im Hintergrunde der Cella gleichfalls im Norden war. Hatte man den Ort des Heiligthums bestimmt, so begann der Bau damit, dass der Augur (der den Vogelflug beobachtende Priester) mit seinem Lituus (Krummstab) am Himmel ein viereckiges Stück bezeichnete und dieses auf der Erde abzeichnete. Dies ist die Area des Tempels, welche sogleich mit Pfählen abgesteckt und mit Leinwand verhängt wurde. Der Augur stand in der Mitte dieses Raumes und theilte ihn nach dem Auguralkreuz, d. h. nach den beiden Linien, welche Nord und Süd, Ost und West verbinden, zunächst der Quere nach in zwei gleiche Hälften, von welchen die südliche dem Vorhause, die nördliche der Cella bestimmt ward. Der Schneidepunkt der beiden Linien, da wo der Augur stand, ward zur Thür bestimmt, unter deren Schwelle der Grundstein gelegt wurde. Dies Alles wurde bei brennenden Lampen vollzogen und erst nachdem diese Orientirung vollendet war, weihte der Pontifex maximus die Area des Tempels, welche von diesem Augenblick an so unverrückbar feststand, dass bei einer Zerstörung des Tempels der Neubau nur auf dem alten Fundament ohne jede Veränderung oder Erweiterung erhoben werden durfte. So orientirte und eingeweihte Tempel hiessen eigentlich *templa*, die nach griechischer Sitte orientirten, und die runden, welche der tuskischen Ordnung widersprachen, nannte man *aedes*, was, wie gesagt, eine Uebersetzung des griechischen *Naos*, Haus des Gottes, ist.

Soviel vom eigentlichen Tempelgebäude nach seinem Zweck und seiner Anlage. Ein Wort muss noch über die Umgebung des Tempels gesagt werden. Da der Tempel in seiner Gesammtheit ein Heiliges, also eigentlich Unbetretbares ist, dem nur derjenige nahen darf, der ohne Sünde und Makel ist, und sich durch ein Bad physisch, durch die Besprengung mit Weihwasser symbolisch gereinigt hatte, da ferner der ebenfalls geweihte und deshalb unbetretbare Altar vor dem Tempel stand, so musste man streben, die ganze heilige Anlage durch irgend ein Mittel gegen die Aussenwelt abzuschliessen. In der Regel geschah dies durch eine Umzäunung oder Ummauerung eines grösseren Stückes Landes um den Tempel; dies nannte man den Peribolos (die Umfassung) des Tempels, und dieses zum Theil (wie z. B. in Olympia) sehr beträchtliche Stück Land, welches selbst von einer solchen Ausdehnung sein konnte, dass es mehre Nebenheiligthümer und Cultusgebäude mit umfasste, war profanem Gebrauche entzogen und diente höchstens um ausser den heiligen Bauwerken die Priesterwohnungen aufzunehmen. Wir finden diesen heiligen Peribolos bei mehren unserer pompejanischen Tempel, als hohe Mauer z. B. beim Tempel der Venus und dem der Isis, als niedere Schranke, wie wir bereits angedeutet haben, bei dem griechischen Tempel auf dem *Forum triangulare*. Um ferner das Tempelgebäude von der profanen Welt und dem gemeinen Erdboden abzutrennen, wurde es auf einen eigenen Unterbau gestellt, der es gleichsam vom Boden emportrug. Dieser Unterbau erscheint bei griechischen Tempeln als eine rings umlaufende Stufenreihe, die übrigens nicht zu betreten war, was schon die Grösse der oft 3—4′ hohen Stufen zeigt, so dass vorn eigene Treppen angelegt wurden, wie bei dem genannten griechischen Tempel in Pompeji, während alle übrigen pompejanischen Tempel die bemerkenswerthe Abweichung bieten, dass sie auf einem stattlichen, nur durch Vordertreppen zugänglichen Podium oder Fundament schön und feierlich erhoben stehn.

Nach diesen allgemeinen einleitenden Betrachtungen wenden wir uns unserem Hauptgegenstande, den Tempeln und Capellen von Pompeji zu. Wir beginnen billig mit dem ältesten dieser Gebäude, dem einzigen von rein griechischer Anlage.

1. Der Tempel auf dem Forum triangulare.

Von diesem Tempel ist Nichts erhalten als der Unterbau, der im Profil als fünf grosse Stufen behandelt ist, zwei Säulenstümpfe, die Spuren anderer Säulen, die Ansätze der Cellamauer und ein Capitell. Diese dürftigen Reste zeigt unsere folgende Ansicht.

Figur 55. Ruinen des griechischen Tempels.

Offenbar ist dieser solide steinerne Tempel nicht durch die Verschüttung in diesen Zustand versetzt, er muss schon vor derselben eine Ruine gewesen sein und hat wahrscheinlich im Erdbeben vom Jahre 63 n. Chr. am meisten gelitten. Dazu kommt, dass da der Tempel, wie wir gesehn haben, auf dem höchsten Punkte der Stadt liegt, er durch die Asche des Vesuv am wenigsten bedeckt wurde, so dass seine Säulen und sein Gebälk diese überragten. Nur daraus und indem man annimmt, dass die zu Tage stehenden Werkstücke von den Alten entfernt worden sind, erklärt es sich, dass man nicht mehre seiner Materialien umher gefunden hat. Uebrigens sind Spuren vorhanden, dass man die Cella neu erbaut hatte, so dass wir annehmen dürfen, der Tempel wäre ganz wieder hergestellt worden, wenn nicht die grosse Katastrophe aller Bauthätigkeit für immer ein Ende gemacht hätte.

So geringfügig nun auch die Reste dieses Bauwerks erscheinen, so genügen sie doch, um über seine Anlage und Construction sowie über seinen Stil wenigstens einigermassen bündig zu urteilen, sowie den Plan festzustellen, den unsere Figur 32 innerhalb der ganzen Umgebung des *Forum triangulare* darstellt. Denn indem wir das Fundament des Tempels mit seinen fünf Stufen haben, auf ihm die Spuren der Säulenstellung und der Cella, ferner die beiden Säulenstümpfe und das Capitell, können wir schliessen, dass der Tempel ein oktastyler Pseudodipteros dorischer Ordnung war.

Er ist nach griechischer Sitte wenn auch nicht ganz genau von Ost nach West orientirt, bedeckt in seiner Gesammtheit einen Flächenraum von 20×31 m, die Cella ist 7×15 m gross. Die Entfernung der Säulen von der Cellawand um ganze 3 vordere Intercolumnialweiten und die Zahl seiner acht Frontsäulen bezeichnet ihn als pseudodipteros, obwohl die Spur der inneren Halbsäulenreihe fehlt. Sehr bemerkenswerth ist die starke Abweichung von der gewöhnlichen Regel im Verhältniss der Säulenzahl seiner Langseite von der der Fronte, denn anstatt der doppelten Zahl + oder — 1, also anstatt 15 oder 17, hat unser Tempel nur 11 Säulen an der Langseite. Die Veranlassung zu dieser Abweichung können wir nicht ermessen, interessant aber ist es zu bemerken, dass der Baumeister das richtige Verhältniss der Länge zur Breite des Tempels (ungefähr 2.1) dadurch herzustellen gesucht hat, dass er die Säulen an den Langseiten weitläufiger stellte als in den Fronten. Das Intercolumnium vorn beträgt nur einen Säulendurchmesser (an den Ecken nur $\frac{4}{5}$, wie in vielen griechischen Tempeln die letzten Intercolumnien enger waren), das Intercolumnium an den Seiten aber $1\frac{1}{4}$, so dass im Ganzen bei 10 Intercolumnien $^{10}/_4 = 2\frac{1}{2}$ Intercolumnien an Ausdehnung gewonnen sind, welche der Länge des Gebäudes im Verhältniss zu seiner Breite zu Gute kommen.

Die messbaren Verhältnisse der Säulen (unten 3′ 10″, oben 3′), die kühne Profillinie des Capitells (Echinos) und die Schwere seines Plinthos (4′ 11″ breit) in Verbindung mit der engen Stellung der Säulen lassen uns nicht zweifeln, dass wir es mit einem beträchtlich alten Monumente zu thun haben, das in seiner Gesammtheit etwa den Stil des grossen Tempels von Paestum zeigen würde. Das Podium ist aus einem Stein voll von versteinerten Pflanzenresten, das Material der Säulen ist vulcanischer Piperin, die Capitelle sind aus grobem Kalktuff gehauen. Das Ganze war mit feinem und hartem Stucco leicht überzogen, jedoch nicht so bekleidet, dass der Stucco irgendwo zum Träger auch nur des geringsten Gliedes benutzt wäre, und der Tempel muss ursprünglich in seinen feineren Gliedern bemalt gedacht werden.

Von der Umhegung vor der in der Front des Tempels angebrachten Treppe von sieben Stufen, und über ihre wahrscheinliche Bestimmung, den Brandopferaltar gegen aussen abzuschliessen, ist oben gesprochen worden.

Ueber den Namen der Gottheit, der dieser Tempel geweiht gewesen sein mag, ist viel unnützes Rathen gewesen, welches wir hier nicht fortsetzen wollen. Der gewöhnliche Name, Tempel des Hercules, ist ganz unbegründet und unwahrscheinlich, die Benennungen, welche ihn bald dem Jupiter, bald dem Neptun, bald dem Bacchus zuschreiben, sind in sich möglicher, aber die für dieselben aufgestellten Argumente erweisen sich bei näherer Prüfung als wenig stichhaltig. Da nur ein griechischer Tempel in Pompeji steht oder stand, so genügt diese Bezeichnung zur Verständigung über denselben, und wir können es jedem Reisenden, der in seinen Ruinen steht, überlassen, seine Gedanken an die Gottheit zu wenden, welche ihm am meisten zusagt.

Die übrigen Tempel Pompejis tragen den Gesammtcharakter der eigentlich tuskisch-römischen Anlage, innerhalb dessen sie jedoch Verschiedenheiten darbieten, welche sie einer Einzelbetrachtung durchaus würdig machen. Voran sei bemerkt, dass sie sämmtlich in korinthischer Ordnung oder in jenem korinthisirenden Stil gebaut sind, welcher die römische Mischgattung charakterisirt. —

2. Der Tempel des Jupiter.

Ich habe schon oben bei der allgemeinen Beschreibung des Forum dieses an seiner nördlichen Seite gelegene Gebäude als Jupitertempel bezeichnet und stehe nicht einen Augenblick an, diesen Namen zu wiederholen, obgleich ich weiss, dass achtbare Forscher den eines Senaculums oder einer Curie vorgezogen haben. Für die Bedeutung des Gebäudes als Tempel aber spricht nicht allein seine Lage auf dem schönsten Bauplatze der Stadt, seine Orientirung nach der tuskischen Auguraldisciplin, seine Anlage, die Säulenhalle mit der hinter ihr liegenden Cella, das Vorhandensein der gewölbten Favissae (Kellerräume) zur Aufbewahrung des Tempelgeräths, sondern es kommen bestimmte einzelne Thatsachen hinzu, um die Bestimmung des Gebäudes als Tempel und zwar speciell als Jupitertempel deutlich zu machen. Namentlich ist die Auffindung der Fragmente einer colossalen Statue, deren Kopf unzweifelhaft der des Jupiter ist, wichtig. Denn durch ihre Grösse und ihren ganzen Charakter giebt sie sich deutlich genug als Tempelbild zu erkennen und unterscheidet sich wesentlich von den ebenfalls im Tempel gefundenen Fragmenten kleinerer Sculpturen. Von entscheidender Bedeutung aber war die Auffindung einer Reihe von Votivgliedmassen von Stein und Erz. Die Alten pflegten nämlich als Dank für die Heilung eines kranken Gliedes durch die Hilfe eines Gottes dessen Abbild in den Tempel zu weihen, ein Gebrauch, dessen Fortsetzung in der katholischen Kirche bekannt genug ist. Diese Votivglieder unterscheiden sich von den Fragmenten von Statuen auf's Bestimmteste dadurch, dass sie an ihrem Ende nicht einen Bruch, sondern einen glatten Abschnitt zeigen und meistens mit einer Vorrichtung zum Aufhängen versehen sind. Solche Votivglieder kann man aber nur an einer Cultusstätte, in einem Tempel, nicht in einer Curie oder in dem Sitzungslocal eines städtischen Magistrats annehmen, und so ist durch sie der Charakter unseres Gebäudes schlechthin bewiesen. Als Heilgott wurde aber Jupiter wie Zeus verehrt, und ihm geweihte Votivglieder mit Inschriften fehlen uns nicht. — Halten wir also nun einerseits fest, dass unser Gebäude einen religiösen Hauptzweck hatte, so wollen wir damit keineswegs in Abrede stellen, dass ein profaner Nebenzweck damit verbunden war. Vielmehr erkennen wir in den drei kleinen Kammern im Hintergrunde der Cella von äusserst solider Construction mit der grössten Wahrscheinlichkeit die Stadtcasse und das Archiv. Die Verwendung sacraler Baulichkeiten zu profanen Nebenzwecken kehrt mehrfach wieder, und die Römer liebten es besonders, die Cassen in Tempeln unterzubringen, um ihnen so eine erhöhte Sicherheit durch die religiöse Scheu zu geben. In Rom selbst befand sich der Staatsschatz im Tempel des Saturnus und schon bei den Griechen waren die

Opisthodome der Tempel nicht immer zur Aufbewahrung der Tempelschätze allein bestimmt, wie z. B. im Opisthodom des Parthenon von Athen der von Delos nach Athen versetzte Bundesschatz der attischen Hegemonie aufbewahrt wurde.

Aehnliches für unseren Jupitertempel anzunehmen liegt sehr nahe und Jeder muss sehn, dass sich die genannten drei kleinen festen Kammern mit starken Thüren versehen zu Archiv- und Cassenzwecken vortrefflich eignen.

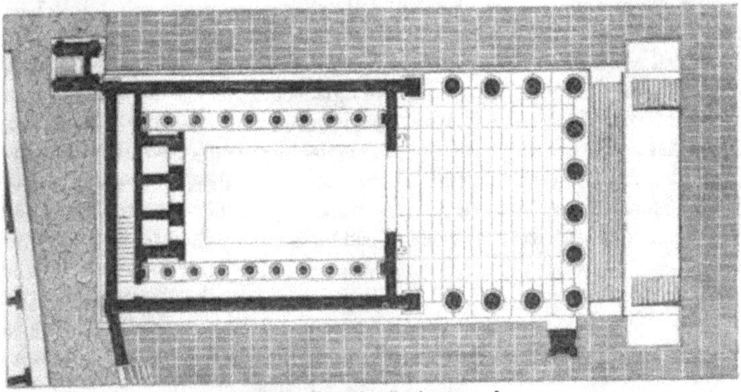

Figur 56. Plan des Jupitertempels.

Der Jupitertempel bildet ein Rechteck von 46×114′ Grundfläche. Von der Länge kommen 19′ auf die Treppe, 38 auf die Vorhalle und 57 auf die Cella, so dass offenbar die Schwelle der Cella nach dem oben mitgetheilten Gesetz die ganze Area des Tempels genau halbirt. Die Treppe besteht aus zwei Abtheilungen, die untere hat zwischen zwei grossen, als Piedestale für Gruppen oder Reiterstatuen behandelten Treppenwangen zwei specielle Stufenaufgänge, welche eine grosse und breite Platform einfassen, die von der letzten Stufe der Seitentreppen aus betreten werden kann. Man hat, unter der Voraussetzung unser Gebäude sei das Senaculum, diese Platform zum Pulpitum, zur Bühne für die Redner gemacht, welche zur Volksversammlung sprachen, indem man hiebei die Sitte der Hauptstadt viel zu unbedingt auf die Municipalstadt übertrug und dabei den nächsten und augenfälligen Zweck der grossen Platform ganz übersah, welcher nur der gewesen sein kann, den Opferaltar zu tragen. Hier musste dieser stehn, da der Jupitertempel keinen Peribolos hat und man den Altar doch nicht auf den Profanboden des Forums stellen konnte, und an grade dieser Stelle steht wirklich der Altar beim benachbarten Fortunentempel, der unter ganz ähnlichen Verhältnissen der Lage ohne Tempelhof an der Strasse erbaut ist. Auf diese Platform folgt die zweite Abtheilung des ganzen Tempelbaus, eine prachtvolle, von zwei kleineren Piedestalen flankirte Freitreppe von sieben Stufen. —

Ueber diese Treppe gelangen wir durch die Frontsäulen hindurch in den Pronaos oder das Vestibul des Tempels. Die Pracht dieses Platzes ist fast ganz verschwunden, es stehn nur die kurzen Stümpfe der zwölf Säulen, welche ihn einst umgaben, aus Lava gearbeitet und mit Stucco überkleidet (s. Figur 27), nur in der Phantasie können wir diese $3\frac{1}{2}'$ dicken korinthischen Säulen etwa $40'$ emporschiessen lassen (s. Figur 29) und nur in der Phantasie sehn wir die von ihnen getragene leichte und farbig strahlende Decke über unsern Häuptern schweben.

Aber einen anderen prachtvollen Anblick geniessen wir mit leiblichem Auge, ehe wir die heilige Schwelle des eigentlichen Tempels überschreiten; noch einmal umgewandt sehn wir das Forum mit allen seinen bedeutenden Ruinen vor uns, darüber hinaus die mannigfachen Trümmer der Stadt, links den griechischen Tempel und das Theater neben ihm, entfernter links die dunkele Masse des Amphitheaters, dann weiter hinaus die herrliche Gegend, in der Stabiä liegt und das blauschimmernde Meer und als Abschluss das kühne Profil des Mons aureus, der sich als mannigfaltig gestaltete Bergwand vor unseren Augen lang hinstreckt und sich allmählig zum Cap der Minerva und der vor ihm liegenden Insel Capri mit seiner blauen Grotte hinabsenkt. —

Jetzt betreten wir die Cella, deren Boden mit weissem Mosaik belegt ist. An beiden Seitenwänden und zwar nur 1^m von denselben entfernt bemerken wir zwei Reihen von Resten von je acht jonischen Säulen, welche ursprünglich etwa 3^m hoch eine Gallerie getragen zu haben scheinen, zu der die Treppe in der Hinterwand emporführt und welche an den beiden Seitenwänden, aber auch nur an ihnen hinlief. Ueber den jonischen Säulen werden etwa 5^m hohe korinthische gestanden haben, deren Capitelle gefunden sind. Diese trugen die auch hier leicht aus Holz construirte und farbenstrahlende Felderdecke. Denn die Annahme, dass der Tempel hypaethral gewesen sei, ist aus nahe liegenden Gründen durchaus unhaltbar. Indem wir nun vor den drei kleinen Kammern stehn und sie in ihrer Gesammtheit überblicken, werden wir gewahr, dass sie neben ihrem erwähnten Hauptzweck noch einem zweiten auf sinnreiche Weise dienen, der, architektonisch betrachtet, als der oberste erscheint. Sie bilden nämlich offenbar in ihrer Gesammtheit die passendste Basis für ein kolossales sitzendes Tempelbild, welche man sich vorstellen kann, namentlich wenn man Neben-

Figur 57.
Wand aus dem Jupitertempel.

götter auf derselben Basis aufgestellt annimmt. Auf diese können mehre der gefundenen Fragmente wohl hinweisen. Es würde eine leichte Mühe sein, das allein übrige Mauerwerk der drei Kammern so mit Ornament in Stucco zu überkleiden, dass sie die prächtigste Statuenbasis abgäben, ohne an ihrem Nebenzweck als Kammern das Geringste einzubüssen. Indem wir diese einen Augenblick betreten, überzeugen wir uns von der überaus festen Construction ihrer aus Bruchstein, nicht aus Ziegeln erbauten 1 m dicken Wände.

Die Wände der Tempelcella sind, so weit sie erhalten, geschmackvoll auf feinstem Stucco bemalt. Die untere Abtheilung, welche unsere Figur 57 zeigt, hat einen schwarzen Sockel, ist darüber felderweise roth mit gelben Zwischengliedern, die obersten Theile sind grün und violett gefärbt und den Schluss des Ganzen bildet ein perspectivisch und mit Schlagschatten gemalter, aus phantastischen Kragsteinen gebildeter Fries, vielleicht das einzige Beispiel in Pompeji.

Figur 58. Seitenansicht des Jupitertempels.

Figur 59. Durchschnitt des Jupitertempels.

Die vorstehenden Abbildungen geben den Tempel im wahrscheinlichen Aufriss von der Seite, wobei die durchgehende Linie Erhaltenes und Ergänztes trennt (s. Figur 58); und im Längendurchschnitt, welcher die doppelte Säulenstellung im Innern zu vergegenwärtigen bestimmt ist (s. Figur 59). In letzterer Abbildung sehn wir zugleich, wie das 3m 80 hohe Basament als Kellergeschoss (*favissae*) benutzt ist, dessen Eingang auf den Langseiten des Tempels liegt. Die Hauptfrontansicht des Tempels in gegenwärtigem Zustand und in der Restauration ist bereits oben Figur 27 u. 29 gegeben.

Diesem Jupitertempel in jeder Weise am ähnlichsten ist

3. Der Tempel der Fortuna.

Wir brauchen nicht weit zu gehn, um den Vergleich anzustellen; haben wir den Triumphbogen des Forum durchschritten, so sehn wir uns vor jenem zweiten an der Ecke der Strasse des Mercur und der Fortuna, rechts ihm gegenüber liegt unser Tempel, 1823 ausgegraben, mit der Facade gegen die Strasse (gegen Westen), also nicht in richtiger Orientirung, weder nach griechischer noch nach römischer Sitte, nach welcher letzteren er im Uebrigen ganz angelegt ist. Je grösser, wie ein Blick auf den Plan zeigt, die Uebereinstimmung dieses Tempels mit dem Jupitertempel ist, um so weniger Veranlassung haben wir, sein Detail zu beschreiben. *A* ist die Platform mit dem Opferaltar, auf der man noch die Reste eines Gitters sieht, welches die heilige Stätte gegen das Treiben der Strasse vertheidigte; *B* Freitreppe, *b* Treppenwangen als Piedestale für Statuen behandelt, *C* Vestibul von acht korinthischen Säulen umgeben, *c* Schwelle, *D* Cella, *E* Nische für das Bild der Göttin, eingefasst von zwei korinthischen Säulen. Die Grösse des Tempels giebt der beigefügte Massstab. — Einen Augenblick müssen wir noch bei dem Fundberichte dieses Tempels verweilen. Der erste Gegenstand von Bedeutung und Interesse, den wir zu erwähnen haben, sind die in ihm gefundenen Inschriften. Auf dem Architravbalken liest man:

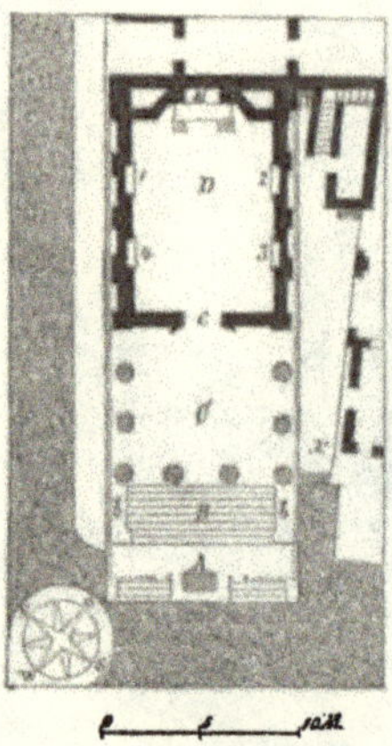

Figur 60.
Plan des Fortunentempels.

M. TVLLIVS. M. F. D. V. I. D. TER. QVINQ. AVGVR.
TR. MIL. A. POP. AEDEM. FORTVNAE. AVGVST. SOLO. ET. PEQ. SVA

(Mommsen Inscriptt. No. 2219) zu Deutsch: »Marcus Tullius, des Marcus Sohn, zum dritten Male fünfjähriger richterlicher Zweimann, Augur und vom Volk erwählter Militärtribun, hat diesen Tempel der *Fortuna Augusta* vom Boden aus und von seinem Gelde erbaut.« Hierdurch ist der Name des Tempels bestimmt, den vier andere Inschriften (Mommsen a. a. O. No. 2223—6)

Holzschnitt und Druck von Eduard Kretzschmar in Leipzig.

Figur 60 a. Ruinen des Fortunentempels.

bestätigen, welche man in seinem Innern fand, und welche der Priester der Fortuna Augusta Erwähnung thun. Eine andere Frage von Interesse ist, ob man in dem Erbauer Marcus Tullius ein Mitglied der Familie des grossen Redners M. Tullius Cicero zu erkennen habe, was jedoch trotz der Auffindung einer mit der obrigkeitlichen *toga praetexta* bekleideten und mit reichlichen Farbspuren versehenen Statue, welche eine starke Familienähnlichkeit mit Cicero haben soll, in Nische 1 des Heiligthums aus mancherlei Gründen verneint werden muss, namentlich weil ausser dem Redner nur Vater und Grossvater desselben die Namen Marcus Tullius trugen, in denen man theils wegen des jungen Stils des Tempels, theils wegen des Beinamens Augusta der Fortuna die Gründer nicht erkennen darf. In der Nische 2 fand man eine ebenfalls mit Farbspuren versehene weibliche Gewandstatue, deren Gesicht jedoch abgesägt ist, wahrscheinlich um dasselbe durch das einer anderen Person zu ersetzen. Die Statuen, welche in den Nischen 3 u. 4 gestanden hatten, fand man nicht mehr vor. Neben dem Tempel fand man eine Inschrift (Mommsen No. 2221), durch welche das schmale Stück Land x neben dem Tempel als M. Tullius' Privateigenthum (*M. Tullii area privata*) bezeichnet wird.

Schliesslich geben wir noch eine Ansicht des Tempels nach Gell's Reconstruction, ohne jedoch für alle Details haften zu wollen.

Figur 61. Restaurirte Ansicht des Fortunentempels.

4. Der s. g. Tempel des Aesculap.

(T. des Jupiter und der Juno, T. des Neptun.)

Figur 62. Ansicht des s. g. Aesculapstempels.

Dies Tempelchen liegt in dem Viertel der Theater, unmittelbar vor dem Isistempel. Sein ganzes Areal beträgt nur 7×21^{m}, von welchen letzteren 9 auf den Tempelhof, 12 auf den eigentlichen Tempel, 5 auf die Cella kommen. Die ganze Baulichkeit liegt an der Ecke zweier Strassen, griechisch von W. nach O. orientirt, und hat von beiden her einen Eingang. Treten wir durch den östlichen Haupteingang, so befinden wir uns unter einer kleinen bedeckten Halle (1), welche sich vorn auf zwei Säulen stützt und hinterwärts wie an den Seiten sich an die Umfassungsmauer lehnt. Auf dem Tempelhof (2), unmittelbar vor der in

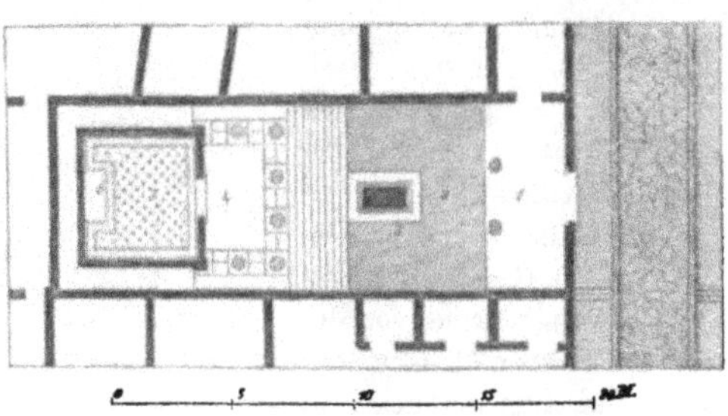

Figur 63. Plan des s. g. Aesculapstempels.

der ganzen Breite des Raums zum Heiligthum hinaufführenden Treppe steht der Hauptaltar (3), welchen als ein gut gearbeitetes Stück, auf das wir im artistischen Theil zurückkommen werden, die folgende Abbildung zeigt.

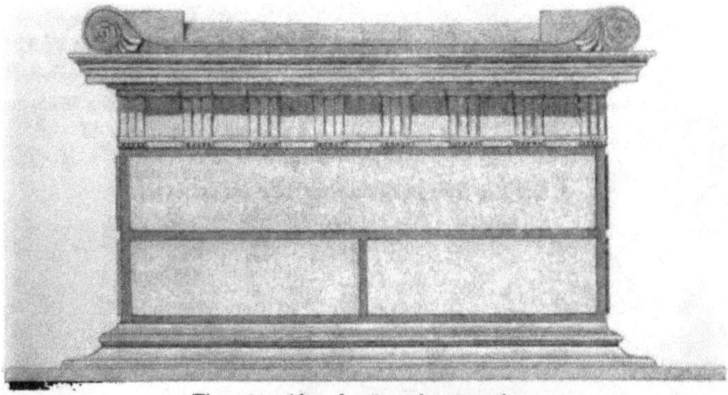

Figur 64. Altar des Aesculapstempels.

Die Treppe besteht aus neun Stufen, die Vorhalle (4) hat vier Säulen in der Front, eine zu jeder Seite, der Boden der Cella (5) ist mit Mosaik belegt, das Piedestal für das Tempelbild oder die Tempelbilder (6) steht in der Hinterwand.

Ueber den Namen des Tempels lässt sich wiederum nicht absprechen. Der an Ort und Stelle gewöhnliche Name, der ihn als ein gemeinsames Heiligthum des Jupiter und der Juno bezeichnet, hat keinerlei Gewähr; derjenige eines Neptunstempels gründet sich auf die Eigenthümlichkeit der Capitelle. In dem in der Mitte dieses phantastisch korinthisirenden Capitells mit einem Blätterschmuck nach einer Kohlart anstatt nach dem gewöhnlichen Akanthus angebrachten Gesicht will man einen Neptun erkennen. Der Name »Tempel des Aesculap« stammt von der rechterseits stehenden Statue aus gebranntem Thon, welche man nebst noch einer männlichen und einer weiblichen in den Ruinen des Tempels gefunden hat. Schon Winckel-

Figur 65. Capitell.

Figur 66. Aesculap.

mann (G. d. K. I. 2. 2. V. 1. 32) erkannte in zweien Aesculap und Hygiea, ohne die dritte zu nennen; nach Anderen soll diese ein Jupiter sein. Leider ist nur die eine, welche unsere Abbildung Figur 66 zeigt, bisher veröffentlicht und so vermögen wir über die beiden anderen nicht zu urteilen. Diese Statue erscheint allerdings als ein Aesculap, was aber für den Namen des Tempels um so weniger bestimmend ist, als, abgesehn von den anderen Statuen, es nicht feststeht, ob wir in derselben überhaupt das Tempelbild oder ein Weihebild zu erkennen haben. Zu bemerken ist endlich noch, dass die Breite der Basis darauf hinweist, dass sie mehre Bilder neben einander getragen hat. —

5. Der s. g. Tempel des Mercur oder des Quirinus.

Figur 67. Ansicht der Ruinen des s. g. Quirinustempels.

Bei seiner Aufgrabung erhielt dies kleine Heiligthum den durch Nichts motivirten Namen eines Tempels des Mercur, jetzt kennt man dasselbe unter dem eines Tempels oder besser einer Capelle (*sacellum*) des Quirinus (Romulus), welche Benennung sich auf eine Inschrift stützt (Mommsen No. 2189), in der ein kurzer Abriss des Lebenslaufes und der Thaten des Romulus gegeben ist. Da man aber diese Inschrift nicht etwa im Innern der Umfassungsmauern des Heiligthums, sondern in ein Fussgestell an einer Säule vor der Front im Säulenumgang des Forum und ihr gegenüber eine ganz ähnlich abgefasste, auf Aeneas bezügliche (Mommsen No. 2188) fand, da endlich dieselbe ihrer Abfassung nach sich zu der Inschrift eines Cultusbildes nicht im Geringsten eignet, so ist es klar, dass der neuere Name des kleinen Tempels grade so gut und so schlecht wie der ältere fundamentirt ist, nämlich gar nicht. Die Inschrift kann nur einer Ehrenstatue des Quirinus-Romulus so wie die entsprechende einer gleichen des Aeneas angehören, die beide nicht aufgefunden sind.

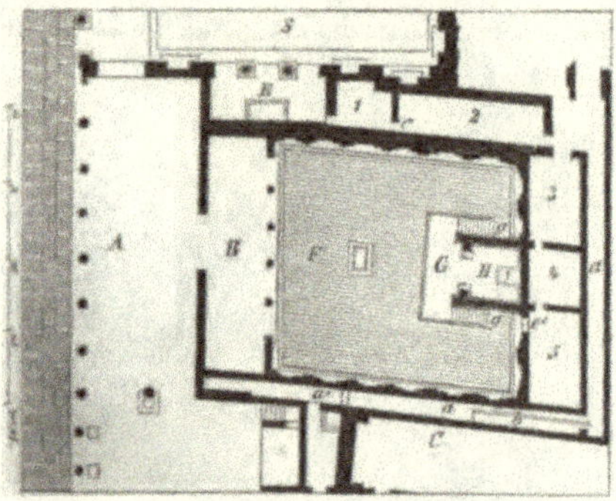

Figur 68. Plan des s. g. Quirinustempels.

Das schiefwinkelig oblonge Areal der Umfassungsmauern von 23 × 30 M. Flächenraum stösst mit seiner Hauptfront an die Colonnade des Forum *A*. Links ist es von dem Senaculum *S* begrenzt, aus dessen rechter Seitennische *E* durch *e* ein Verbindungsweg in unser Gebäude, durch 5 Zimmer desselben (1—5), die wahrscheinlich der Priesterschaft gehörten, bei *e'* in den Hof des Heiligthums gelangt. An dreien dieser Zimmer (3 — 5) vorbei kommt man durch einen wie geheimen zweiten Ausgang (*a a a'*) in das Gebäude der Eumachia (*C*). Bei *b* ist der Boden in diesem Gange erhöht und an dieser Stelle ist ein schmales Fenster nach dem Hofe angebracht, welches zur geheimen Ueberwachung des dort Vorgehenden gedient haben mag. Der Haupteingang ist von der Colonnade des Forum aus. Man gelangt zunächst in eine vom Hofraum durch vorspringende Mauerpfeiler und durch vier Säulen getrennte Vorhalle *B*, sodann auf den Hof *F*, in dessen Mitte der merkwürdigste Theil des ganzen Gebäudes, der kaum vollendete, wohlerhaltene Marmoraltar mit reichlichem Reliefschmuck sich befindet, dessen vier Seiten unsere Abbildung Figur 69 zeigt. Das Hauptrelief der Vorderseite stellt ein Stieropfer dar. Unter Flötenbegleitung nimmt eine obrigkeitliche Person mit verschleiertem Kopfe die Vorweihe vor, während der Opferknecht, *Victimarius*, mit dem Beile in der Hand das Opferthier vor dem kleinen Altar festhält. Hinter dem Weihenden steht ein Knabe als *Camillus* mit dem Weihwasser in einer Kanne. Das Relief der Hinterseite, welches unsere Zeichnung halb darstellt, zeigt eine *corona civica* von Eichenlaub zwischen zwei Lorbeerbäumen, die Seitenreliefe enthalten verschiednes priesterliches und Opfergeräth unter reichen Guirlanden von Laub und Obst. —

Im Hintergrunde des Tempelhofs findet sich die Cella *H* erhoben auf einem breit vorliegenden Unterbau *G*, auf den zu beiden Seiten von hinten Treppen *g g* führen. Dies, die Platform vor dem Vestibul und die Lage der

Treppen ist die bemerkenswertheste Abweichung von der Anlage des vorigen Tempels. Sodann muss auch bemerkt werden; dass die Platform unbedeckt ist

Figur 69. Altar des s. g. Quirinustempels.

und dass Halbsäulen an der Cellawand die Säulenstellung vertreten. In *i* sehn wir die Basis für das Tempelbild. Mit Geschick hat der Architect die Schiefheit der Grundfläche seines Gebäudes auszugleichen und zu verbergen verstanden, dagegen hat er in der Decoration der Umfassungsmauern des Hofes durch abwechselnd mit flachen Giebeln und flachen Wölbungen abgeschlossene Mauerfelder (s. Fig. 67) einen geringen Geschmack bewiesen, obgleich wir diese Art von Ornamentirung in Pompeji noch einige Male und an vielen modernen Häuserfacaden wiederzufinden Gelegenheit haben.

Die beiden Tempel endlich, welche der Betrachtung das meiste und interessanteste Detail bieten, sind der s. g. Tempel der Venus am Forum und der Tempel der Isis hinter den Theatern.

Holzschnitt und Druck von Eduard Kretzschmar in Leipzig.

Figur 70. Ansicht des Venustempels.

6. Der s. g. Tempel der Venus oder des Bacchus.

Nachdem man, gestützt auf ein paar Gemälde bacchischen Inhalts in den Nebenräumen dieses reichbemalten Tempels, denselben dem Bacchus zugeeignet hatte, zog man nach der Entdeckung einer Inschrift (Mommsen No. 2201), welche aussagt, »dass M. Holconius Rufus und C. Egnatius Postumus, beide zum dritten Male richterliche Zweimänner, auf Befehl der Decurionen das Recht die Fenster zu verbauen, für 3,000 Sesterzen (150 Thaler) erkauft und die dem Collegium der Venerei als Privateigenthum gehörende Mauer bis zu den Pfannen aufgeführt haben«, in den Ruinen des Tempels, den Namen eines Venustempels vor. Der Umstand aber, dass diese Mauer Privateigenthum des Collegiums der Venuspriester genannt wird, stellt die Bedeutung der Inschrift zur Bezeichnung des Tempels wieder in Frage. Dagegen kommt die Auffindung einer marmornen Statue der Venus ungefähr in der Art der mediceischen, und eines Kopfes derselben Göttin der gangbaren Nomenclatur wieder einigermassen zu Hilfe, obgleich auch der bronzene Kopf einer Diana mit emaillirten Augen und ein angeblich ziegenohriger Hermaphrodit hier gefunden worden sind.

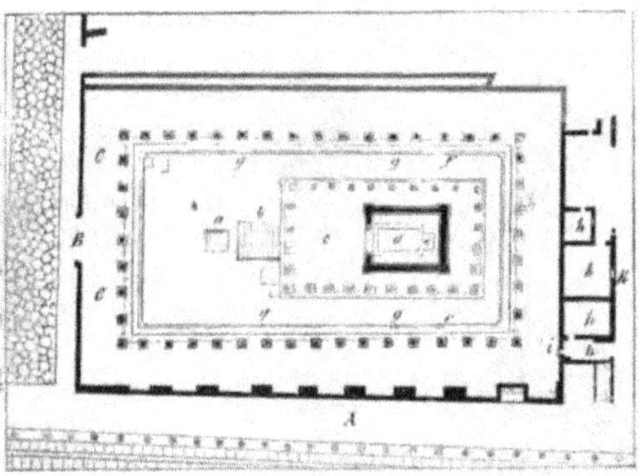

Figur 71. Plan des Venustempels.

Es ist schon oben in der allgemeinen Beschreibung des Forum bemerkt, dass unser Tempel den grössten Theil seiner Westseite begrenzt. Auf unserem Plan ist die Colonnade des Forum, welche sich an die Umfassungsmauer des Tempelhofs anlehnt, mit *A* bezeichnet. Der Eingang in den Tempelhof *B* ist jedoch nicht vom Forum, sondern von der vergitterten Strasse aus, welche zwischen der Basilica und dem Tempel auf das Forum mündet. Treten wir durch diesen Eingang *B* in den Peribolos *C*, so stehn wir unter einem im Durchschnitt 4 M. breiten ringsumlaufenden, bedeckten Säulenumgang von 48 Säulen, ein paar Schritte vorwärts und nach rechts bringen uns auf den Standpunkt, von dem aus unsere Ansicht (Fig. 70) aufgenommen

Figur 72. Restaurirte Ansicht des Venustempels.

ist. Vor uns haben wir zunächst den Hauptaltar *a*, welcher seiner Form nach nicht für blutige oder Brandopfer, sondern nur für Spenden von Früchten, Kuchen und Weihrauch geeignet ist, was die Bezeichnung als Venustempel unterstützt. Denn auch an anderen Orten waren und zwar gewöhnlich die Opfer der Venus unblutig. Dahinter erhebt sich mit vorliegender Freitreppe *b* von dreizehn Stufen die bedeutende Basis des Tempelhauses *c*. In seinem erhaltenen Zustande muss dieser Tempel einen überaus prächtigen und eleganten Anblick gewährt haben, den unsere nebenstehende Restauration nicht völlig wiedergeben kann, da die Ansicht geometrisch anstatt perspectivisch ist, so dass die Säulen des Pronaos einander decken.

Dies ist unbedingt der prächtigste Tempel Pompejis, denn er ist der einzige periptere; 28 Säulen umgeben die Cella, die Decke der Vorhalle wird von 6 Säulen in der Front und ausserdem von 4 zu beiden Seiten getragen. Ueberschreiten wir die Schwelle der Cella, in welcher die Löcher der Angeln einer wahrscheinlich hölzernen Flügelthür erhalten sind, so finden wir die Cella *d* ebenfalls geräumiger, als die eines der bisher besuchten Tempel. Der Standort für das Tempelbild *e* ist nicht ganz an der Hinterwand, so dass ein Umgang um dasselbe frei bleibt. Der von diesem Umgang eingeschlossene

Figur 73. Fussboden der Cella.

mittlere Theil des Fussbodens ist mit einem farbigen Marmormosaik bedeckt, von dem hier eine Probe folgt. Die Wände der Cella sind in einfachen Feldern bemalt. Indem wir die Cella wieder verlassen und die Treppe hinuntersteigen, sehn wir links neben derselben einen kleinen Nebenaltar nebst einer Art von etwas erhöhter Platform vor demselben. Sodann bemerken wir, dass rund um den Hof eine Regenrinne *f* läuft, deren Wasser an mehren Orten in kleinen Brunnen *g* aufgefangen wurde. Diese Einrichtung, die sich mehrfach in Pompeji wiederholt und die man dahin zu erklären sucht, dass in den Brunnenlöchern sich die Unreinigkeiten des Wassers niederschlagen sollten, dient hier offenbar, um zur Reinigung des Tempels immer das nöthige Wasser bei der Hand zu haben. Ehe wir uns durch den rechten Flügel des Säulenumgangs in die kleinen Gemächer begeben, welche hinter dem Peribolos gelegen sind und wohl als Priesterwohnungen betrachtet werden können, werfen wir noch einen Blick auf die an einer Säule dieser Seite aufgestellte Statue, welche unsere folgende Abbildung zeigt. Sie läuft nach unten in Hermenform aus, ihre Bedeutung steht aber nicht fest und nach der Zeichnung ist nicht einmal das Geschlecht mit voller Sicherheit zu bestimmen. Ihr gegenüber haben wir eine ähnliche anzunehmen, aber unbegründet ist die Annahme Einiger, dass ähnliche Bilder an allen Säulen oder an mehren derselben gestanden haben, denn nirgend sind die Spuren ihrer Piedestale erkennbar. Sehr reich sind die malerischen Decorationen unseres Tempels. Schon die Säulen und das über ihnen liegende Gebälk zeigt lebhafte Bemalung. Die Art, wie diese ursprünglich dorischen Säulen mittels Tünche in korinthische verwandelt worden sind, um mit den Säulen des Tempels zu harmoniren, werden wir unten besonders zu betrachten haben. Die Wände des bedeckten Umgangs, welche nach der Seite des Forum hin Nischen von verschiedener Tiefe bilden, sind mit geschmackvollen architektonischen Perspectiven bemalt, von denen wir in Fig. 75 eine in doppelter Rücksicht merkwürdige Probe ausheben. Denn einerseits ist die grade Ansicht architektonischer Perspectiven, wie sie sich uns hier darstellt, in Pompeji

Figur 74.
Statue im Peribolos.

selten, andererseits zeigt uns das in der Mitte in einen eigenen Rahmen eingeschlossene Viereck, welches ein bei der Verschüttung verbranntes Tafelgemälde auf Holz enthielt, dass die beiden Arten der Malerei auf den Kalk und

Figur 75. Wand aus den Gemächern im Peribolos des Venustempels.

auf einzulassende Tafeln in Pompeji wenn auch nur ausnahmsweise in gemischtem Gebrauch waren. Das gegenüber im Säulengange rechts befindliche Gegenstück dieses Gemäldes hat dasselbe eingerahmte Viereck, welches aber hier mit einem auf den Stucco gemalten Bilde gefüllt ist.

Die schönsten Malereien finden wir in den ausserhalb des Tempelhofs befindlichen Gemächern, welche auf unserem Plan mit *h* bezeichnet und, durch die Thür *i* zugänglich, als Priesterwohnungen zu betrachten sind. Zu bemerken ist, dass auf dieser Stelle in älterer Zeit eine Colonnade gewesen ist, deren Säulen bei der Erbauung der Priesterzimmer wahrscheinlich bei der Restauration nach dem Erdbeben in die Wände eingemauert sind (s. d. Plan Fig. 71 bei *h'*).

Von den schönen Gemälden können wir hier nur eins, vielleicht das vorzüglichste von der Wand des ersten Zimmers ausheben. Es stellt den auf Silen gestützten jugendschönen Bacchus dar; während dieser auf seinen Panther den Weinbecher ausgiesst, spielt Silen die Leier, so dass musikalische Begeisterung mit der bacchischen verbunden ist. — Die Ilias hat den Stoff zu mehren anderen Bildern hergegeben, wir sehn Achills Zorn gegen Agamemnon, Hektors Schleifung und den vor dem Mörder Hektors um die Leiche seines Sohnes flehenden Priamus. Noch ein Gemälde heroischen Gegenstandes stellt nach einem späteren Gedichte, der kleinen Ilias von Lesches von Lesbos, den aus Virgil's Aeneis allgemein bekannten Raub des troischen Palladiums durch Ulisses und Diomedes dar. — Bemerkenswerth ist es noch, dass das Bacchusbild schon von den Alten aus seinem ursprünglichen Orte herausgenommen, an den jetzigen eingelassen und sehr geschickt mit eisernen Klammern befestigt ist. Noch interessanter aber ist es zu sehen, dass man hinter demselben einen leeren Raum gelassen hat, um die Circulation der Luft zu befördern und den Einflüssen der Feuchtigkeit vorzubeugen, ein Verfahren, welches im Museo borbonico in Neapel bekanntlich nachgeahmt wird, um die aus den Ausgrabungen gewonnenen und von den Wänden gesägten Bilder zu erhalten. —

Figur 76. Gemälde aus den Priesterzimmern.

7. Der Tempel der Isis.

Nördlich vom Theater finden wir diesen letzten der bekannten Tempel von Pompeji, 1765 ausgegraben und nach der unten anzuführenden Inschrift mit Sicherheit als Tempel der Isis erkannt, als welchen ihn ausserdem eine Reihe von anderen Umständen bezeichnet. Der Haupteingang in den Tempelhof ist von der Strasse aus, die vom Theater nach dem Thor des Sarnus führt. Unsere folgende Abbildung stellt ihn dar, man bemerkt vorn das Trottoir der Strasse, dann zwei Stufen, welche in die erhöhte Area führen. Die Säulen

Figur 77. Der Tempel der Isis, Haupteingang.

rechts gehören dem bedeckten Gange um den Tempelhof, in der Mitte, der Tempelfronte gegenüber, ist ein breiteres Intercolumnium, zu dessen Seiten Pfeiler mit angelehnten Halbsäulen anstatt der Säulen stehen. Hinter diesem breiteren Intercolumnium befindet sich in der Wand eine kleine Nische mit einem Bildchen des Harpocrates. Die Thür im Hintergrunde des Ganges führt in die Priesterwohnungen; rechts durch die Säulen sehn wir das unten zu besprechende Purgatorium und den vor demselben befindlichen Altar. Ueber dem in unserer Ansicht dargestellten Eingang befand sich die Weihinschrift (Mommsen No. 2243), welche aussagt: »Numerius Popidius, Numerius Sohn, hat den durch ein Erdbeben (nämlich das vom Jahre 63 n. Chr.) eingestürzten Tempel der Isis von Grund aus auf eigene Kosten wieder hergestellt; ihn haben die Decurionen zur Belohnung seiner Freigebigkeit, als (oder obgleich) er 60 Jahre alt war, kostenfrei ihrem Collegium adjungirt.« Die Altersbezeichnung des Popidius ist abgekürzt geschrieben (*quum esset annorum SEXS.* statt *sexaginta*), was mehren Schriftstellern die wunderlichsten und lächerlichsten Schwierigkeiten gemacht hat, indem sie annahmen, Popidius sei 6 anstatt 60 Jahre alt gewesen. Anstatt einfach zu bedenken, dass der Regel nach ein unmündiges Kind kein eigenes Vermögen (*pecunia sua* in der Inschrift), und selbst in dem Falle, dass der *pater familias* todt und der Sohn deshalb schon als Kind im Besitz des Vermögens war, doch keine freie Verfügung über dasselbe hatte, also in keinem Falle einen Tempel erbauen konnte, abgesehn, dass für einen Knaben kein Motiv abzusehn ist, einen solchen Bau zu unternehmen, hat man sich die erdenkliche Mühe gegeben zu begründen, wie ein sechsjähriger Junge dem obersten Magistratscolleg adjungirt worden sein kann. Denn auch das »obgleich er sechszig Jahre alt war, *quum esset annorum sexaginta*« findet seine Begründung darin, dass man der Regel nach nur zwischen dem 30. und 50. Jahre in das Collegium der Decurionen gewählt werden konnte, so dass hier eine Ausnahme stattfand und hervorgehoben ist. —

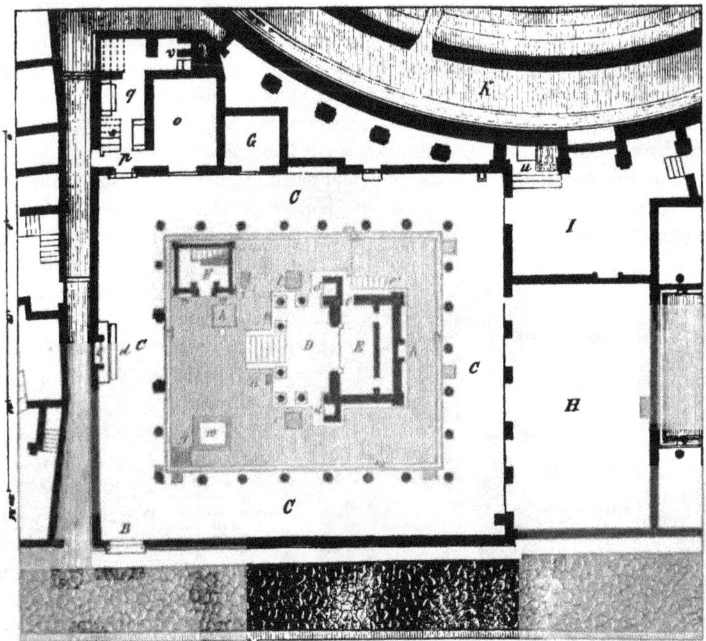

Figur 78. Plan des Isistempels.

Ueber den Plan des Gebäudes können wir uns kurz fassen. *A* Strasse, *B* der besprochene Eingang, *C* Säulenumgang um den Tempelhof, *c* Harpokratesnische, vor derselben befand sich eine halbverkohlt aufgefundene Bank *d*, welche restaurirt ist. Eine Treppe von sieben Stufen führt aus dem Tempelhof in den Pronaos *D*, welcher durch sechs korinthische Säulen gebildet wird. Rechts und links neben dem Eingang in die Cella sehn wir eine Nische für ein Weihebild *d, d* ausserhalb der Ante angebaut, hinter dem linken Anbau finden wir eine Nebentreppe *e'*, über welche die Priester durch den Seiteneingang *e* den Tempel betraten. Im Hintergrunde der Cella *E* bemerken wir ein eigenes, durch eine Mauer mit zwei Eingängen abgetrenntes Gemach; dasselbe ist nur von geringer Höhe, gewölbt, und hat wohl unzweifelhaft als Aufbewahrungsort heiliger Geräthschaften gedient, vielleicht zugleich als Basis des Tempelbildes wie die kleinen Kammern im Jupitertempel. Dass dies Gemach als Apparat des Priestertruges gebraucht worden wäre, indem sich derjenige in demselben verbarg, der im Namen der Gottheit Orakel verkündigte, ist schon deshalb ganz unwahrscheinlich, weil Alles so ganz offen vór den Blicken Aller daliegt. Nach Einigen soll vor diesem Gemach eine Isisstatue gefunden sein, als deren Fundort Andere das mit einer Inschrift (Mommsen No. 2246) versehene Piedestal *g* in der rechten Vorderecke des Tempelhofs angeben.

In der Hinterwand der Cella nach aussen ist noch eine Nische *h*, in welcher eine von N. Popidius Ampliatus dem Vater geweihte marmorne Bacchusstatue (abgeb. Mus. Borb. 9. 11.) stand, was manche Schriftsteller natürlich benutzt haben, um über Identität des Osiris mit Bacchus zu schwärmen.

Von den übrigen im Tempelhof befindlichen Gegenständen sind folgende die interessantesten. Zumeist das kleine Gebäude, welches auf dem Plan mit *F* bezeichnet ist und dessen Ansicht hier folgt. Dasselbe bildet einen ungetrennten Raum, in dessen Hintergrunde eine Treppe zu einem unterirdischen Wasserbehälter führt, dessen Brunnenöffnung auf dem Plane mit *i* bezeichnet und dessen Umfang durch eine punktirte Linie angedeutet ist. Es unterliegt kaum einem Zweifel, dass wir hier einen Waschungs- und Reinigungsort vor uns haben, den der Cultus bedingte und den wir füglich ein Purgatorium nennen können. Vor der Facade des Gebäudes steht rechts und links ein kleiner Altar; dicht vor demjenigen rechts befindet sich der grosse Hauptaltar *k*, auf dessen Fläche die Reste und Spuren von Brandopfern gefunden sind. Zwei

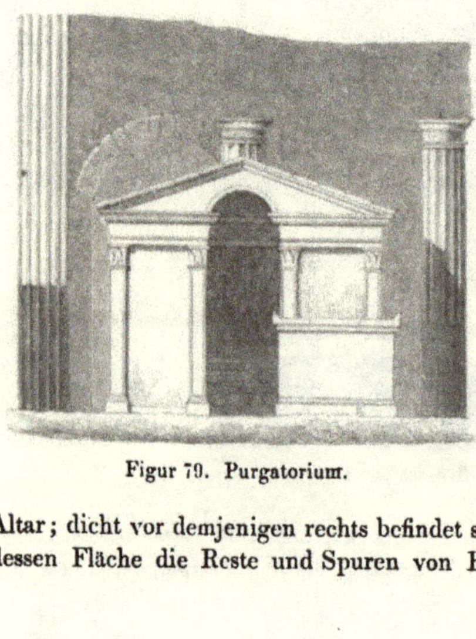

Figur 79. Purgatorium.

andere Altäre *l*, *l'* scheinen sich auf die Bilder in den Nischenanbauten der Cella zu beziehen. Auf dem mit *n* bezeichneten Postament rechts neben der Treppe, dem ein gleiches links entspricht, fand man eine Tafel mit Hieroglyphen, die sich im Museo Borbonico befindet, aber mit dem Isiscult weder im Allgemeinen, noch im Besonderen mit dem pompejanischen zu thun hat. Also ein echtes Scheinstück und Blendwerk. Bei *w* ist eine niedrige viereckige Mauer, vielleicht der Aschenbehälter; *G* ist eine Art Stall zur Aufbewahrung der Opferthiere, *o*, *p*, *q* sind Gemächer der Priesterwohnung, neben denen die Küche *v* einen den unsrigen sehr ähnlichen Heerd zeigt, neben dem man Fischgräten fand. In dem Zimmer *o* fand man das Gerippe des Priesters, der sich, wie bereits früher erwähnt, mittels eines Beiles einen Ausgang durch die Wand zu öffnen versucht hatte, andere waren über die Treppe *s* in das obere Geschoss geeilt und hier umgekommen. Der grosse nach vorn offene Saal *H* im Hintergrunde des Tempelhofes muss zu Cultuszwecken, die wir nicht mehr nachweisen können, gedient haben, auf dem Piedestal im Hintergrunde fand man zwei Granitstatuen. Der Saal *I* neben dem grossen wird zur Aufbewahrung von Tempelgeräth bestimmt gewesen sein, dessen man mancherlei in demselben fand. Gleich links neben seiner Thür vom Tempelhof her ist ein Wasserbehälter *x*, zu dem man auf drei Stufen emporsteigt. *K* ist die oberste Cavea des grossen Theaters. Wir geben auf der diesem Abschnitt vorgehefteten Tafel (Fig. 35) eine Generalansicht der Ruinen im gegenwärtigen Zustande; der Standpunkt ist ein fingirter hinter der weggelassenen Wand der Harpokratesnische. In der folgenden Abbildung geben wir eine Probe der etwas schwerfälligen Malereien

Figur 80. Gemälde aus dem Purgatorium.

aus dem Innern des Purgatoriums, indem wir uns vorbehalten, auf den Stil des Tempels sowohl im Architektonischen wie im Decorativen im artistischen Theil unserer Betrachtungen zurückzukommen.

Zweiter Abschnitt.
Municipalgebäude.

Der folgende Abschnitt umfasst diejenigen öffentlichen Gebäude, welche der Verwaltung und Rechtspflege, dem Handel und Verkehr in Pompeji dienten; die ihnen gegebene Bezeichnung ist deshalb nicht im strengsten Wortsinne zu fassen, und ist nur gewählt, weil sich schwer eine andere finden lässt, welche erschöpfend und doch gleich kurz diese Classe öffentlicher Bauwerke von den anderen Classen unterscheidet.

Wir haben unsere Betrachtung mit dem räthselhaftesten Gebäude Pompejis zu eröffnen, fast dem einzigen, welches mit einer festen Benennung nicht versehn werden kann. —

1. Das s. g. Pantheon.
(Collegium der Augustalen, Serapeum, Hospitium, Macellum.)

Dies merkwürdige Gebäude, von dessen Ruinen in ihrem gegenwärtigen Zustande die beiliegende Ansicht eine Anschauung giebt, und welches sowohl wegen seiner Grösse, wie wegen seines eigenthümlichen Planes und seines überreichen Bilderschmuckes zu den bedeutendsten Monumenten Pompejis gehört, wurde 1821 entdeckt und 1822 vollständig ausgegraben. Um diejenigen Bilder, welche nicht entfernt werden konnten, gegen die Einflüsse der Witterung thunlichst zu schützen, hat man die Wände mit der kleinen Ziegelbedachung versehen, welche unsere Abbildung erkennen lässt, jedoch den Zweck nur sehr unvollkommen erreicht, so dass die glänzenden Farben der Gemälde bereits stark verblichen sind. Bevor wir über die mögliche Bestimmung dieses Gebäudes reden, werden wir dessen Plan im Ganzen zu überblicken und die Bedeutung der einzelnen Räumlichkeiten so viel wie möglich festzustellen haben.

Das Gebäude steht, wie schon oben bemerkt, an der Nordwestecke des Forum, unmittelbar am Triumphbogen, dessen einen Pfeiler wir links unten auf dem Plane Fig. 82 sehn, und an dem gewölbten Eingang für Fussgänger 1. Es liegt ganz rechtwinkelig gegen das Forum, wie die wenigsten Gebäude Pompejis nicht in rechten Winkeln gegen einander orientirt sind. In seiner Front begrenzt es die Colonnade des Forum, deren Säulen hier durch viereckige Pfeiler 2 ersetzt sind. Anscheinend hat die vorspringende Facade den oberen Umgang der Colonnade unterbrochen, dass dies jedoch nicht wirklich der Fall war, zeigt die Treppe 3, welche nicht zum Innern des Gebäudes in Bezug steht, sondern einen der früher erwähnten Aufgänge zur Gallerie des Forum bildet. Links führt die s. g. Strasse der getrockneten Früchte vorüber, und mit 4 sind jene Läden bezeichnet, von deren reichem Inhalt an allerlei Früchten, welcher der Strasse den Namen gegeben hat, wir oben berichtet haben. Von dieser Strasse her führt ein auch in der Ansicht erkennbarer gewölbter Nebeneingang *b* auf den

Holzschnitt und Druck von Eduard Kretzschmar in Leipzig

Figur 81. Ansicht der Ruinen des Pantheon.

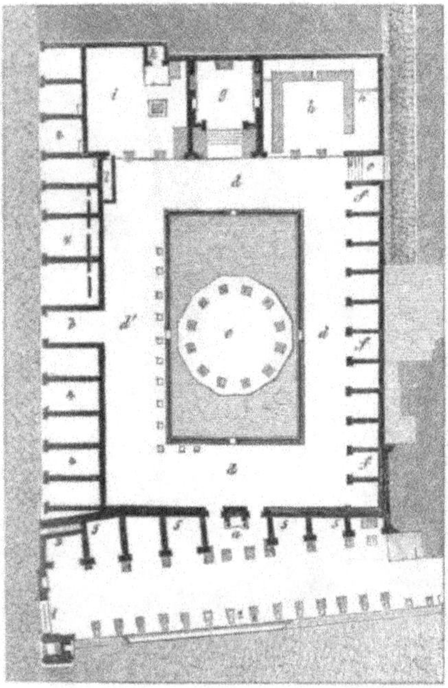

Figur 52. Plan des s. g. Pantheon.

Hof unseres Gebäudes. Ein zweiter *c* führt aus der durch das angrenzende Senaculum zur Sackgasse verbauten kleinen Strasse durch ein kurzes Vestibul und über sechs Stufen in das s. g. Pantheon. Nach hinten stösst dasselbe an nicht zu bestimmende Privathäuser.

Vor seiner Front unter der Colonnade liegen die mit 5 bezeichneten, als Wechslerbuden, *tabernae argentariae*, benannten kleinen Läden, welche ihren Namen mehr der Passlichkeit der Lage als dem Umstand verdanken, dass man in einem dieser Läden 93 Münzen gefunden hat, was offenbar nicht schwer wiegt. Durch die verschiedene Tiefe dieser Läden ist für das Hauptgebäude die Rechtwinkeligkeit hergestellt. In der Mitte derselben ist der Haupteingang *a*, eine Doppelthür, zwischen der sich eine von zwei korinthischen Säulen eingefasste Nische für eine verlorene Statue befindet. Die Capitelle dieser Säulen zeigen in ihrem Ornament einen Adler, worauf diejenigen Gewicht gelegt haben, welche in unserem Gebäude einen Tempel des Augustus erkennen wollen. Treten wir durch den Haupteingang ein, so befinden wir uns unter einer breiten bedeckten Porticus *d*, welche wahrscheinlich den ganzen Hof umgab, deren Pfeilerstellung jedoch nur in *d'* sicher zu erkennen ist. Im Innern dieser Porticus bleibt also ein offener Hofraum von 16×25 M., in dessen Mitte wir auf einem zwölfeckigen etwas erhöhten Fussboden zwölf Fussgestelle von Stein erblicken, die zu der augenscheinlich unrichtigen populären Benennung des Gebäudes als Pantheon den Anlass gegeben haben, indem man sich auf ihnen die Statuen der zwölf grossen Götter errichtet dachte. Nach der richtigen Ansicht trugen diese zwölf Fussgestelle einen mit einer leichten Kuppel gedeckten Centralbau von Holzconstruction, welchen die glühenden Auswürflinge des Vulcans verzehrt haben. Unmittelbar bei diesem Centralbau, aber nicht in seiner Mitte, ist eine Senke, in der man Fischgräten auffand. Rechts dem Nebeneingang *b* gegenüber lehnen sich elf kleine Cellen *f* von $2\frac{3}{4} \times 3\frac{1}{8}$ M. an die Mauer des Gebäudes. Die beiden Abbildungen Fig. 83 zeigen deren Hinter- und Seitenwand; man bemerkt den nach vorn leise geneigten Fussboden und die Löcher zur Aufnahme der Deckenbalken. Dass sich

Figur 83. Cellen im s. g. Pantheon.

die Mauer über diese Löcher nicht unbeträchtlich erhebt, zeigt deutlich, dass die Cellen zweistöckig waren. Der Eingang in das obere Stockwerk kann nur durch eine äussere Gallerie vermittelt gewesen sein, wie eine solche in der unten zu besprechenden Gladiatorenschule (dem s. g. Soldatenquartier oder dem *Forum nundinarium*) erhalten ist. Diese, sowie die Treppe ist, als von Holz, gänzlich verschwunden. Auf diese Zweistöckigkeit und auf die wenngleich bescheidenen Malereien an den Wänden dieser Cellen ist besonders deshalb aufmerksam zu machen, weil hiedurch die Ansicht widerlegt wird, welche in diesen Cellen Ochsenställe des vermeintlichen Schlachthauses erkennen will. Ochsenställe mit Wandmalereien sind doch selbst in Pompeji, der Stadt der Malerei, nicht annehmbar!

Figur 84. Hintergrund des s. g. Pantheon.

Im Hintergrunde des Gebäudes, dem Haupteingang gegenüber, sind drei grössere Räumlichkeiten *g, h, i*, von denen Figur 84 eine Gesammtansicht bietet. Das mittlere dieser Zimmer von $6\frac{1}{2}$ □M. ist ein ganz unzweifelhaftes Heiligthum. Dasselbe ist auf fünf Stufen, die in einer eigenen Vorhalle liegen, über den Boden des Gesammtbaus erhoben, hat im Hintergrunde eine grosse Basis für das geweihte Bild und in seinen Seitenwänden je zwei Nischen für andere Statuen. Zwei derselben fand man, wie Figur 85 zeigt, an Ort und Stelle, und erkennt in ihnen Livia, August's Gemahlin und Drusus. Gegenüber werden demnach die Statuen zweier anderen Glieder der Kaiserfamilie gestanden haben. Von dem Hauptbilde fand man nur einen die Weltkugel haltenden

Figur 85. Sacellum im s. g. Pantheon.

Arm, aus dem man auf eine Kaiserstatue, die des Augustus schliesst, welchem dies Sacellum geweiht gewesen wäre.

Auch das Gemach links *i*, welches im Hintergrunde eine erhöhte Nische für ein Weihebild und vor derselben einen niedrigen Opferaltar enthielt, diente Cultuszwecken, welche aber nach ihrem Wesen durchaus nicht zu errathen sind.

Weniger klar ist die Bedeutung des Gemaches rechts *h*. Dasselbe enthält eine an drei Wänden hinlaufende steinerne Bank, die 1 M. von der linken und der hinteren Wand, 3 M. von der rechten Wand entfernt und 1 M. breit ist. Man würde in derselben eins jener mehrfach in Pompeji vorkommenden gemauerten Triclinien erkennen, wenn die Fläche derselben nicht von aussen nach innen geneigt und die Breite zu gering wäre. Beide Umstände verbieten jeden Gedanken an ein Speisesopha, auf dem die Gäste entweder mit dem Gesicht gegen die Wand oder mit den Füssen höher als mit dem Kopf gelegen hätten. Auch spricht gegen diese Bedeutung ferner noch das Vorhandensein einer im Innern der Bank in den Fussboden eingehauenen Rinne, die offenbar bestimmt ist, etwa vom Tische rinnende Flüssigkeiten aufzufangen und durch eine Oeffnung hinten abzuführen. Aber welche Flüssigkeiten? Unter der Annahme, welche in dem Gebäude das Schlachthaus (*macellum*) erkennt, hat man an das Blut der hier geschlachteten Thiere gedacht, unter anderen Annahmen ein Büffet erkannt. Am wahrscheinlichsten ist es, dass wir eine Küche vor uns haben, deren Heerd transportabel von Bronze war, wie manche andere Heerde in Pompeji, und dass die geneigte Steinbank zum Anrichten der Speisen und Getränke, die Rinne zum Abführen des zur Reinigung gebrauchten Wassers diente.

Nachdem wir so die einzelnen Räumlichkeiten des räthselhaften Gebäudes durchwandert haben, müssen wir uns nach einem möglichen Gesammtnamen umsehn. Zuvor aber ist noch des Gemäldeschmuckes nach den Gegenständen der Bilder Erwähnung zu thun. Unter ihnen finden wir freilich eine beträchtliche Zahl bedeutender mythologischer Stoffe behandelt: Phrixus auf dem Widder, Ulisses und Penelope, Aethra und Aegeus, Romulus und Remus, Amor und Psyche u. A., dann eine Victoria, die einen Sieger bekränzt, eine Bacchantin und eine Reihe allegorischer Figuren, die z. B. das Leierspiel und die enkaustische Malerei darstellen (Abbildungen Mus. Borb. 1, A. B; 2, 12, 19; 4, 19. Zahn 1, 2.). Ferner an untergeordneten Stellen, wie mehrfach sonst, Landschaften, Seestücke, Thierkämpfe, Jagden u. dgl. m. Auffallend aber ist es, dass fast durch das ganze Gebäude hin, namentlich aber an den Eingängen Bilder angebracht sind, welche sich auf Nahrung, Speise und Gastmahl beziehen und von denen wir mehre im artistischen Theile näher betrachten werden. So ist im nördlichen Eingange auf der einen Wand ein anmuthiges Bildchen (Mus. Borb. 6. 51), in welchem das Mühlenfest Vestalia durch Liebesgötter gefeiert wird, gegenüber ein ganz ähnliches (Mus. Borb. 4. 47), in welchem Amoretten für den Schmuck des Speisezimmers Kränze winden. An den Wänden des südlichen Nebeneingangs und noch reichlicher an denen des Haupteingangs finden wir sogenanntes Stillleben darstellende Bilder (Mus. Borb. 6. 38, 8. 26 u. 57), allerlei Geflügel, Kalkuten, Enten, Gänse, Rebhühner, bestens gerupft und gereinigt, Wild, Fische, Früchte in verschiedenen Gefässen, Eier in Glasschalen, Amphoren für Wein, allerlei Fleisch, Schinken, Schweinsköpfe, Brod und Kuchen, verschiedene Geräthe, z. B. Vorlegemesser und dergleichen mehr.

Die Benennung unseres Gebäudes als Pantheon bedarf keiner Widerlegung; sie ist allgemein als grundfalsch erkannt; ebenso wird es nach dem, was wir bereits gesagt haben, unnöthig sein, gegen die Bezeichnung des Baues als Schlachthaus, *macellum*, Einsprache zu erheben; für dieselbe spricht eigentlich Nichts. Gegen die von Bonucci in seinem Buche *Pompeii descritta* (1826) aufgestellte Ansicht, nach der das Sacellum dem Augustus geweiht, die übrigen Räume zu Festgelagen bestimmt sein sollen, welche die Augustalen dem Volke gaben, eine Ansicht, welche in dem Centralbau die Küche (!), in den elf kleinen Cellen die Speisezimmer (!) erkennt, lassen sich die wesentlichen Gründe, so schlagend sie sind, nicht kurz darstellen. Auch die von Becchi aufgestellte Erklärung, welche sich auf die Aehnlichkeit des bekannten s. g. Serapisheiligthums in Puzzuoli stützt und demnach ein Serapeum erkennen will, ist hinfällig. Das Serapeum von Puzzuoli ist durch die neuere Forschung als Gebäude für eine Heilquelle erkannt, welche unter dem Centralbau sprudelte, während die hinteren Räume dem Cult, die kleinen Cellen zur Incubation (Traumorakel) dienten. Eine solche Heilquelle ist aber in Pompeji nicht nachzuweisen, denn wenn wir die erwähnte Senke, in der die Fischgräten zufällig liegen konnten, als Fassung der bei der Eruption des Vesuv versiegten Quelle betrachten sollten, so müsste sie in der Mitte des Centralbaus liegen. Auch weisen die Malereien, namentlich die vielen Esswaren in denselben, eher auf Alles hin als auf ein Brunnenhaus. Bei dem Genuss von Heilquellen pflegt man Diät zu halten, die vielen Leckerbissen an den Wänden hätten also die armen hungernden Curgäste arg tantalisirt.

Manches Plausibele hat die Annahme, unser Gebäude sei ein Hospitium, ein unter Götterschutz stehendes Gebäude zur gastlichen Aufnahme angesehener Reisender. Aber auch hiebei bleiben wesentliche Schwierigkeiten übrig, und namentlich wird der Centralbau nicht erklärt, wenn auch die kleinen Cellen als *cubicula* (Schlafzimmer) und der Raum *h* als Küche seine annehmbare Bestimmung erhält. —

Einstweilen dürfte es rathsam sein, die fernere Nomenclatur des Gebäudes zu unterlassen, über dessen Bestimmung uns vielleicht in Zukunft ein übersehener Umstand oder eine neue Analogie aufklären wird. —

2. Das Sitzungslocal der Decurionen (Senaculum).

Dieses neben dem Pantheon am Forum stehende Gebäude, von dem Nichts als die aus Ziegeln, meist in dem s. g. *opus reticulatum*, einem netzförmigen Mauerwerk, aufgeführten Umfassungsmauern stehn, welche früher mit Marmor und Stucco bekleidet waren, ist freilich seiner Bestimmung nach nicht absolut sicher, jedoch ist es durchaus wahrscheinlich, dass wir in ihm das Sitzungslocal der Decurionen (des Municipalsenats) zu erkennen haben, für welches kein antiker Ausdruck bekannt ist, wie für das Sitzungslocal des Senats in Rom der Name *senaculum*. Zu einem solchen Versammlungslocal eines Collegiums eignet sich unser Gebäude vortrefflich, indem es hinter einer bis an die Flucht der hier wieder durch Pfeiler ersetzten Säulen des Forum vorspringenden Vorhalle *a* einen grossen viereckigen Saal *b* von 20×18 M. bildet, an welchen sich hinten eine halbkreisförmige Nische oder Absis *c* von 11 M. Oeffnung und 6¼ M. Tiefe anschliesst. In dieser steht eine breite Basis *d*, welche entweder selbst die Sitze der Präsides der Versammlung (die *duoviri* auf zwei Bisellien sitzend) trug, oder zu deren Fusse die Sitze derselben gestanden haben werden, während die Basis etwa die Bilder schützender Gottheiten trug. Zu beiden Seiten des Saales finden wir zwei andere grosse viereckige Nischen *e* von 7¼×4 M., in denen ebenfalls Basen, wohl auch für Götterbilder stehn; an denselben Wänden sind noch je drei viel kleinere Nischen *f*, *h*, dergleichen sich an den Seiten der Absis in *g* wiederholen. Diese werden entweder für Ehrenstatuen verdienter Bürger oder für Kaiserbilder gedient haben, und so finden wir in diesem Saale eine reiche Decoration bedeutsamer geheiligter und profaner Sculptur.

In der Mitte des ganzen Raumes steht ein Altar *i*, auf dem wahrscheinlich vor Beginn der Berathungen geopfert wurde, vielleicht nach dem Muster

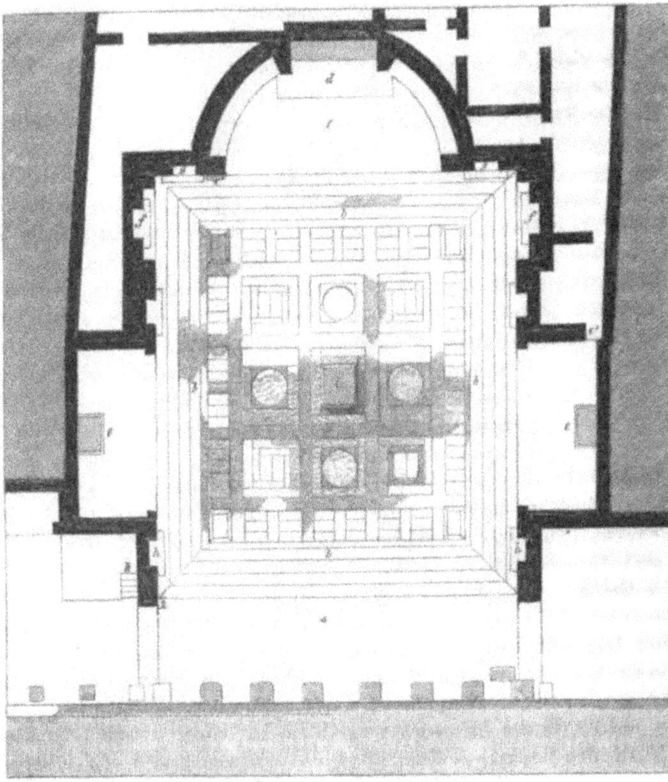

Figur 86. Plan des Sitzungssaales der Decurionen.

der römischen Curie ein Altar der Victoria. Der Fussboden ist mit verschiedenfarbigen Marmorplatten, wie unser Plan angiebt, bedeckt, und von dem Marmorschmuck der Wände hat sich eine Halbsäule und eine Pfeilerbasis erhalten. Die Decke muss aus Holzbalken bestanden haben, welche ein bemaltes und vergoldetes Getäfel trugen, denn eine steinerne Decke ist nicht anzunehmen, weil jede Spur einer inneren Säulenstellung fehlt, und eine Wölbung ist unmöglich, weil die Wände viel zu schwach sind, um deren Druck und Seitenschub auszuhalten. Ueber den kleinen und geheimen Verbindungsgang *e'* aus der Nische *e* rechts um den s. g. Quirinustempel ist oben bei Gelegenheit dieses gesprochen.

3. Das Gebäude der Eumachia.

Dieses nächst der grade gegenüberliegenden Basilica grösste und bedeutendste Gebäude am Forum wurde von 1819—1821 ausgegraben. Ueber dem Nebeneingang von der Strasse der Goldschmiede steht eine Inschrift, welche über dem Haupteingang auf dem Architravbalken der Forumcolonnade wiederholt war und auf dessen Blöcken in Fragmenten erhalten ist (Mommsen No. 2204 u. No. 2205), aus der wir lernen, »dass Eumachia des Lucius Tochter, Erzpriesterin (*sacerdos publica*) in ihrem Namen und in dem ihres Sohnes M. Numister Fronto dies Gebäude, welches ein Chalcidicum, eine Porticus und eine Crypte enthält, auf eigene Kosten erbaut und der Pietas und Concordia Augusta geweiht hat.« Zu dieser gesellt sich eine andere auf dem Fussgestelle der erhaltenen Statue der Stifterin in der Nische *k* (Mommsen No. 2208), aus der wir lernen, dass die Tuchwalker (*fullones*), deren eine Werkstatt wir kennen und betrachten werden, diese Statue der Eumachia geweiht haben. Obgleich wir aber aus der ersteren Inschrift die Namen für die einzelnen Theile des Gebäudes kennen und aus der zweiten ersehen, dass die Tuchwalker bei der Errichtung derselben ein ganz besonderes Interesse haben, so dürfen wir doch nicht behaupten, über die Bedeutung und Bestimmung des ganzen Gebäudes oder über alle Einzelheiten seiner Ruinen zweifellos aufgeklärt zu sein. Selbst die Zurückführung der in der Weihinschrift genannten drei Theile des Bauwerks auf die Räumlichkeiten der Ruinen hat ihre Schwierigkeiten; denn wenngleich die Worte Porticus und Crypta in ihrer Bedeutung feststehen und danach mit Sicherheit in dem offenen Säulengange *B* (Porticus) und dem bedeckten, verborgenen, nur durch Fenster erleuchteten äusseren Umgange *C* (Crypta) wiedererkannt sind, so ist doch die Bedeutung des an sich unbezeichnenden Wortes Chalcidicum allerlei Zweifeln und verschiedenen Erklärungen unterworfen. Es würde hier zu weit führen, diese Zweifel und Erklärungen vorzutragen und muss genügen, wenn wir angeben, dass nach überwiegenden Gründen die neuere Forschung sich dahin geeinigt hat, in dem Chalcidicum die dem ganzen Gebäude vorgelegte geräumige Säulenhalle *A* zu erkennen.

Ueber die Bedeutung des Gebäudes im Ganzen hat sich nach einigem Schwanken die Ansicht dahin festgesetzt, dass in demselben eine Art von Börse zu erkennen sei, ein Gebäude für Verkehr und Handel, vielleicht und wahrscheinlich ganz besonders für den Tuchhandel, wie uns die in der erwähnten Inschrift der Stifterin ausgesprochene Dankbarkeit der Fullonen anzunehmen nahe legt. Unter dieser Voraussetzung erklären sich die Einzelheiten ziemlich genügend. Das Chalcidicum, die grosse Vorhalle *A*, welche nach den Seiten hin vergittert war, mag für Besprechungen der Handelsleute bestimmt gewesen sein, in den Nischen *a a*, welche noch einen Rest ihrer Marmorbekleidung erhalten haben, vermuthet man den Platz für Ausrufer von Bekanntmachungen oder auch bei Auctionen, was freilich nicht zu erweisen ist. Die kleinen Nischen *b* in der Hinterwand des Chalcidicums sind für Statuen bestimmt gewesen. Diese Hinterwand ist doppelt und zwar, wie man sieht, um

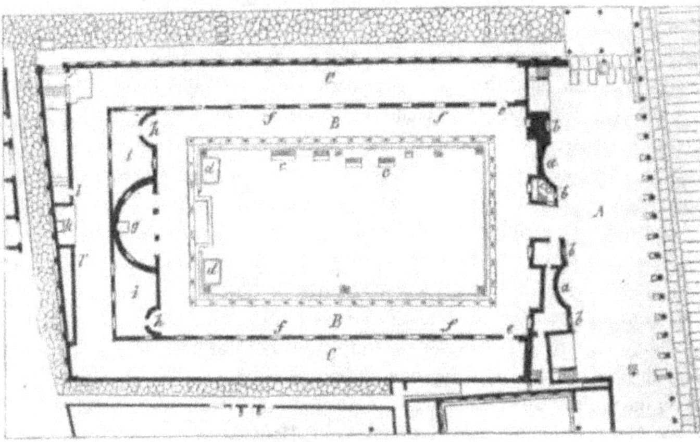

Figur 87. Plan des Gebäudes der Eumachia.

die mangelnde Rechtwinkeligkeit des Gebäudes gegen das Forum herzustellen. Die Zwischenräume zwischen den beiden Mauern wurden als Magazine benutzt, in demjenigen rechts vom Eingange fand man viele Marmortafeln, mit denen die Wände bekleidet werden sollten, aufgespeichert, ein Zeichen, dass auch dies Gebäude bei der Katastrophe Pompejis noch in der Reparatur begriffen war. Zu diesem gesellt sich das andere, dass man im Innern einen Marmorblock gefunden hat, auf dem mit Kohle eine Linie für die Steinsäge oder den Meissel vorgezogen war. Der Eingang in der Mitte der Vorderwand führt in die Porticus, einen Säulengang von 58 Säulen, welcher einen in der Mitte offenen Hof umfasst. Unter dem Boden dieses Hofes befindet sich eine grosse Cisterne, in welche man durch eine aufzuhebende Steinplatte in der Mitte, deren Ring noch beweglich ist, gelangte. An der rechten Seite dieses Hofes sehen wir bei *c* eine Reihe einfach behauener niedriger Steinblöcke, deren zwei viel grössere am hinteren Umgange bei *d d* stehen. Man hält sie für die Füsse steinerner Tische, auf deren Platten die feilgebotenen Waaren (Wollenstoffe) zum Verkauf ausgelegt worden seien. Andere haben hiemit die Cisterne verbunden, und unter Hinweis darauf, dass noch heute in Italien vielfach, wie auch anderswo die Wäsche durch Ausklopfen auf flachen Steinen gereinigt wird, unser Gebäude zum öffentlichen Waschhaus gemacht, was mit dem benachbarten Schlachthaus prächtig stimmt und gewiss eine äusserst würdige Begrenzung des Forum abgiebt, jedoch durch die Betrachtung der Apparate in dem wirklichen Wasch- und Walkhause Pompejis, der Fullonica, widerlegt wird. In diesem offenen Säulengange und dem von ihm umschlossenen Hofraum wird sich bei gutem Sommerwetter der Tuchhandel bewegt haben, vielleicht nebst anderen Geschäften, bei schlechtem und bei Winterwetter zog man sich in die Crypta *C* zurück, in die man durch die Eingänge *e e* gelangt, und welche durch Fenster *f* von dem Hofe aus ihr Licht empfing. Diese Fenster waren um eine in ihrer Mitte befestigten Achse, deren Loch in den Brüstungen erhalten ist, drehbar. Aus dem Hofe gelangt man über zwei niedrige Stufen vor die grosse Nische im Hintergrunde des Säulenumgangs, in welcher eine grosse Statuenbasis *g* steht, und in der man eine Statue, leider ohne Kopf, im bemalten Gewande fand, in welcher man die Pietas oder die Concordia, der das Gebäude geweiht war, vermuthet. Vor der Basis mag der Platz für den Sitz einer richterlichen Person gewesen sein, welche aus dieser Absis heraus den Verkehr überwachte und bei demselben entstandene Streitigkeiten schlichtete. Die Bestimmung der kleineren Nischen zu beiden Seiten *h*, *h* ist so wenig auszumachen, wie die Verwendung bestimmt werden kann, welche die beiden unregelmässigen, durch zwei Fenster aus dem Säulenumgang erleuchteten Räume *i*, *i* zu den Seiten der grossen Nische gefunden haben, falls man nicht annehmen will, dass darin die Waaren gespeichert gewesen sind. Hinter der grossen Nische, also im Hintergrunde der Krypte und des ganzen Baus, steht (jetzt in einem Gypsabguss) die Statue der Stifterin in einer viereckigen Nische *k*. Rechts von derselben ist eine Thür *l*, um mit dieser die Symmetrie herzustellen, ist links auf die Wand eine blinde Thür *l'*, gelb, also in Holzfarbe gemalt, welche uns bei dem Untergange fast alles Holzwerkes in Pompeji die Form der hölzernen Thüren vergegenwärtigt. Sie zeigt drei lange und schmale Pannele (Spiegel) neben einander, und in der Mitte ist der kleine Ring zum Anziehn nicht vergessen.

Figur 88. Statue der Eumachia und blinde Thür.

Die Decoration des Gebäudes ist ziemlich einfach; die Wände der Krypte sind in abwechselnden gelben und rothen Feldern gemalt, in deren Mitte ein kleines, meist landschaftliches Bild angebracht ist. Der Sockelstreif ist schwarz und auf ihm sind Pflanzen dargestellt. Die Wände der Porticus waren mit Marmortafeln bekleidet, deren Eindruck im Stucco man sieht, die selbst aber grösstentheils fehlen und wahrscheinlich von den Pompejanern bald nach der Verschüttung ausgegraben sind. Bei dieser Nachgrabung sind denn auch wohl die korinthischen Marmorsäulen der Porticus entfernt worden, von denen man nur einzelne Reste an Ort und Stelle gefunden hat. Die Hauptthür hatte eine schöne Einfassung von Marmor in geistreicher Arabeskenmanier, von der noch unten die Rede sein wird, ebenso wie von dem Giebel der Nische, bei dem die Geschmacklosigkeit von Kragsteinen unter der Giebelschräge hervorgehoben werden muss.

Figur 89. Album am Gebäude der Eumachia.

Die äussere Mauer nach der Strasse der Goldschmiede zu ist durch flache Pfeiler in eine Reihe von Mauerfeldern zerlegt, die wie die gleichen im s. g. Quirinustempel abwechselnd flachdreieckig und flachgewölbt gekrönt sind. Diese Mauerfelder dienten als Album (s. Figur 89), und es sind auf diesen Alben viele interessante Inschriften gefunden worden, welche später zu besprechen sein werden. —

Ueber die angebliche Schule gegenüber dem Chalcidicum an der Strasse der Goldschmiede und an der Ecke des Forum ist oben bei der allgemeinen Beschreibung des Forum das Nöthige gesagt.

4. Die drei Tribunalien (Gerichtshöfe).

Dieser Name, welchen man, wie bereits bemerkt, den drei unverbunden neben einander an der Schmalseite des Forum gelegenen Gebäuden gegeben hat, ist allerdings ein problematischer, aber von allen übrigen Bezeichnungen (Basiliken, Tempel, Curie, Senaculum und Schatzhaus) immerhin noch der wahrscheinlichste.

Es sind nämlich drei mässig grosse oblonge Säle mit einer runden oder polygonalen Nische im Hintergrunde, ganz bedeckt, wie man aus den Balkenöffnungen in den Wänden des dritten Gebäudes schliessen darf, ohne Fenster, ohne abgetrenntes Sacellum, eine bauliche Beschaffenheit, welche zunächst den Gedanken an Heiligthümer ausschliesst; für Basiliken sind die Gebäude

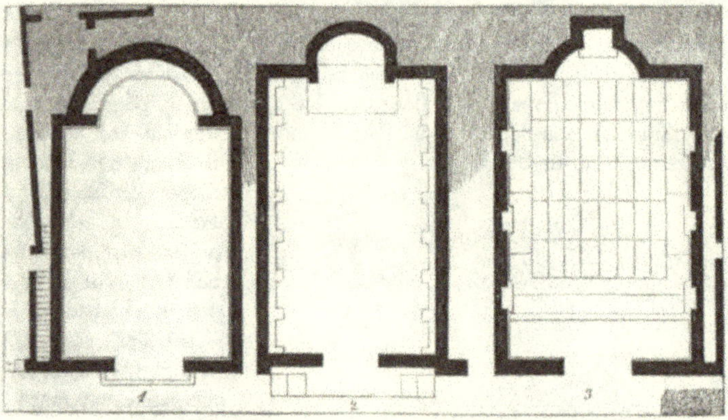

Figur 90. Plan der Tribunalien.

offenbar zu klein, die Bezeichnung zweier derselben als Curie und Senaculum lässt sich nicht direct widerlegen, aber auch nicht vertheidigen, die Bezeichnung des mittelsten als Schatzhaus ist, naïv genug, darauf gestützt, dass man in demselben ein paar hundert lose Münzen gefunden hat. Als ob die Alten in ihren Schatzhäusern die Münzen so auf den Boden gestreut oder gelegt hätten. Auch ist der Eingang für eine solche Bestimmung des Gebäudes viel zu gross und den unzweifelhaft passendsten Platz für Casse und Archive haben wir in den festen kleinen Zellen des Jupitertempels kennen gelernt. Es bleibt also nur die Ansicht, welche hier Gerichtshöfe für Bagatellsachen oder Privatstreitigkeiten erkennt. Passend genug, das lässt sich nicht läugnen. Nach Vitruv soll das Tribunal die Gerichtsstätte am Markt und doch von seinem Treiben so viel wie möglich getrennt errichtet und deshalb auch in der Basilica von den anderen Räumen getrennt werden. Beide Zwecke sehn wir in unseren Gebäuden erreicht, welche hinter der hier doppelten Säulenreihe des Marktes liegen, und bei denen ferner die Nischen im Hintergrunde als Absiden für den Platz des Richters zweckmässig angebracht erscheinen. — In dem ersten Saale erkennt man noch die schwachen Reste einer abwechselnd schwarzen und gelben Malerei auf weissem Grunde. Reicher verziert war der mittlere Saal, in welchem sich an den beiden Langseiten eine Reihe von Fussgestellen für Statuen finden, während wir in dem dritten an beiden Seitenwänden je drei Nischen bemerken, welche wohl ähnlicher Bestimmung gedient haben. Auch erkennt man in diesem Raum den Abdruck von Marmorgetäfel im Stucco der Wände.

5. Die Basilika.

Die Basiliken, wie auch der Name *basilike stoa* d. i. königliche Halle zeigt, griechischen Ursprungs, wurden in Rom erst nach der genaueren Bekanntschaft mit Griechenland eingeführt. Die erste Basilika in Rom baute P. Cato im Jahre 570 d. Stadt (184 v. Chr.), später wurden die Basiliken zu den ausgedehntesten selbst fünfschiffigen Prachtbauten, deren mehre hochberühmte (B. Aemilia, B. Iulia) am Forum in Rom standen. Ihrem Grundprincip nach waren sie nur bedeckte Hallen, welche Schutz gegen Sonne und Regen boten und dem Handel und Verkehr bestimmt waren; später verband man mit diesen antiken Börsen sehr zweckmässig eine Gerichtsstätte (Tribunal), welche am hinteren Ende irgendwie erhöht und abgetrennt angebracht wurde, häufig in einer eigenen herausgebauten Nische, der Absis, in welcher der Sitz des Prätors mit seinem Personal war, der von hier aus das ganze Treiben des Verkehrs überblicken konnte. Die so eingerichtete Basilica erschien den Christen zur Zeit der ersten öffentlichen Anerkennung ihrer Religion mit Recht als das geeignetste Gebäude für ihre Kirche; die mehrfachen Schiffe fassten eine bedeutende Menschenmenge und die Nische oder Absis erschien in ihrer Auszeichnung und Abtrennung, welche die Christen durch Vorsetzung des s. g. Triumphbogens noch vermehrten, als ein natürlicher Platz für den Hochaltar. Demnach wurden mehre antike Basiliken in Rom zu christlichen Kirchen, das Christenthum erbaute ähnliche neue Gebäude mit einigen Veränderungen,

Figur 91. Ansicht der Basilika.

namentlich der Erweiterung der Absis und der Durchlegung eines Kreuzschiffes, und dieser Plan ist das Grundschema aller originell abendländischen kirchlichen Architektur bis auf unsere Zeit geblieben.

Unsere Kenntniss des Basilikenbaus beruht wesentlich auf der Beschreibung Vitruv's (V. 1.) von der von ihm in Fanum errichteten Basilika, sodann auf der Basilika in der umbrischen Stadt Ocriculum, auf den ältesten christlichen und endlich auf dem pompejanischen Gebäude, von dessen Ruinen wir eine Ansicht vor uns haben, vorausgesetzt nämlich, dass dies Gebäude wirklich eine Basilika sei. Die Uebereinstimmung der meisten Schriftsteller, die allgemeine Disposition des unten folgenden Planes und die fast zur Identität aller Theile gesteigerte Aehnlichkeit eines Gebäudes in Herculaneum, das nur die Basilika sein kann, stimmt gewiss dafür, mancherlei Detail macht Schwierigkeiten, welche einige neuere Forscher bewogen haben, anstatt einer Basilika ein Comitium zu erkennen, das soll nach diesen Auctoren das Gebäude für die Volksversammlungen sein. Dass ein solches Gebäude unter diesem Namen, der mit dem Namen der souveränen Volksversammlung übereinstimmt, für die Versammlungen des Volks zur Erlassung oder Aufhebung von Gesetzen, zur Verleihung von Ehrenämtern, zur Aburteilung von Capitalverbrechen in Rom vorhanden war und zwischen dem Forum und der Curia Hostilia stand, ist freilich gewiss, aber es fragt sich, ob eine Municipalstadt wie Pompeji allein und wesentlich für die Volksversammlungen mit den geringfügigen Geschäften, welche derselben zustanden, ein eigenes und so ansehnliches Gebäude nöthig hatte. Dass in diesem Gebäude auch die Volksversammlungen gehalten worden sind, ist möglich und sogar wahrscheinlich, aber das bestimmt den Namen nicht, den wir ihm zu geben haben, während der Bezeichnung als Basilika noch der Umstand zur Unterstützung gereicht, dass unter den mancherlei von müssigen Händen in die Wände eingekratzten Inschriften

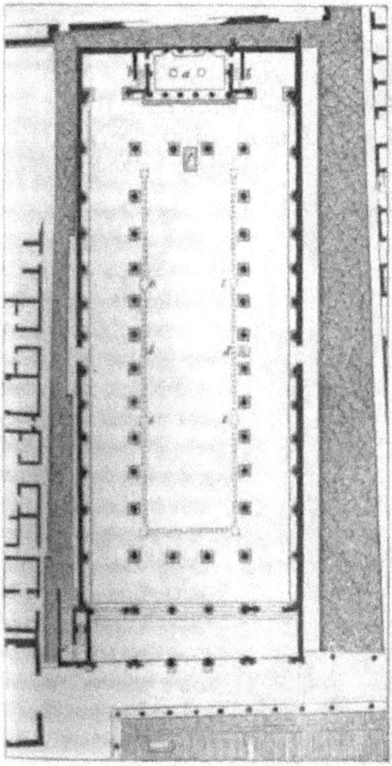

Figur 92. Plan der Basilika.

sich zweimal das Wort BASSᵀLICA (*Basilica*) fand, was doch ein seltsames Spiel des Zufalls genannt werden müsste, wenn das Gebäude einen anderen Zweck und Namen gehabt hätte.

Vitruv schreibt vor, dass die Basiliken am Forum und zwar in der wärmsten Lage errichtet werden sollen, Bedingungen, welche unser an der südwestlichen Ecke des Forum liegendes Gebäude so gut wie möglich erfüllt, sowie es auch die von Vitruv geforderte Grundform des oblongen Vierecks von einer Breite von nicht unter $\frac{1}{3}$ und nicht über $\frac{1}{2}$ der Länge in seinem Areal von 27 M. 35 × 67 M. ($= 1 : 2\frac{8}{18}$) bestens einhält. Das im Hintergrunde anzubringende erhöhte Tribunal sehn wir in unserem Gebäude in *a*; vor demselben war bis zu der Säulenstellung ein freilich nicht grosser, aber immerhin genügender Raum für das Auftreten der Parteien, so dass eine Absis nicht angebaut zu werden brauchte, welche schwerlich so wesentlich ist, dass man ihr Vorhandensein zum Kriterium der Basilika zu machen hätte. Auf die 2 M. hohe Tribüne führten hölzerne Treppen, die kleinen im Plan bei *b b* sichtbaren leiten hinab in einen kellerartigen Raum unter der Tribüne, von dem wir sogleich reden werden. Zu beiden Seiten ist die Tribüne durch Mauern abgeschlossen, durch welche jenen verlorenen Treppen entsprechende Thüren gebrochen sind, nach vorn tragen ihr Dach sechs korinthische Säulen, deren mittelstes Intercolumnium etwas weiter ist, als die zur Seite, offenbar um auf den Sitz des Duumvirs eine freiere Aussicht zu gewähren. Die Bestimmung des Raums unter der Tribüne, von dem wir einen Durchschnitt sehen, ist nicht sicher. Gewiss ist, dass er einen gefängnissartigen Eindruck macht, der durch die beiden kleinen vergitterten Lichtöffnungen *a* u. *a'* nicht wenig vermehrt wird. Räthselhaft aber sind zwei Oeffnungen *b* in seiner Wölbung und dem Boden der Tribüne (s. den Plan Figur 92). Man hat, abgeschmackt genug, diesen Oeffnungen die Bestimmung beigelegt, zur Inquisition der Gefangenen gedient zu haben, während doch der römische Gerichtsgebrauch auf Oeffentlichkeit beruhte und die Parteien in der Processverhandlung frei vor den Richter und vor das Volk stellte.

Figur 93. Raum unter der Tribüne.

Der Haupteingang in die Basilika ist vom Forum aus durch fünf weite, durch Fallgatter verschliessbare Thorwege zwischen sechs Pfeilern hindurch, in denen die Falze für die Thore erhalten sind. Zuerst gelangt man in eine zur Ausgleichung der Rechtwinkeligkeit des ganzen Baus gegen das Forum um ein Geringes schiefwinkelige offene Vorhalle, eine Art von Chalcidicum. Gegen das Innere öffnen sich wieder fünf Thorwege zwischen zwei Eckpfeilern, zwei an Pfeiler angelehnten und zwei freien Säulen in der Mitte, und über vier Stufen von der ganzen Breite des Gebäudes tritt man in die eigentliche Basilika ein, in welche auch noch zwei Seiteneingänge in den Langwänden führen. Im Innern steht eine um alle vier Seiten umlaufende hohe Säulenreihe, welche den ganzen Raum in drei Schiffe zerlegt. Nun stimmt diese Einrichtung nicht ganz mit der Vorschrift Vitruv's, welcher im Innern der Basilika zwei Säulenstellungen über einander anzubringen räth, deren untere zugleich einer über den Seitenschiffen fortlaufenden Gallerie zur Stütze zu dienen habe. Es ist aus manchen Gründen gewiss, dass unsere Basilika eine Gallerie nicht hatte; die grossen Säulen des Umganges erhoben sich gewiss bis zur Decke und es ist undenkbar, dass man ihre frei aufstrebende Linie durch eine unorganisch zwischen ihnen angebrachte Gallerie unterbrochen habe. Auch ist nirgend eine Treppe zu einer solchen Empore vorhanden, denn die Treppe bei *c* liegt ausserhalb des Gebäudes und gehört zur Gallerie des Forums. Aber eine solche Gallerie im Innern der Basiliken ist schwerlich ein unumgängliches Erforderniss gewesen, wie uns das mehre der ältesten zu christlichen Zwecken benutzten Basiliken Roms bewiesen, denen sie ebenfalls fehlt. Unerklärt bleibt dabei freilich das Vorhandensein der dünneren Halbsäulen in den Langwänden und dasjenige von gekoppelten Halbsäulen in den Ecken des Gebäudes, welche uns zugleich das älteste Beispiel der in romanischer und gothischer Architektur durchgehenden Säulen- oder Pfeilerkoppelung darbieten.

Eine andere nicht mit Sicherheit zu entscheidende Frage ist die, ob das Gebäude ganz bedeckt oder in dem Mittelraum unbedeckt gewesen ist. Für das Erstere spricht die an und für sich grössere Wahrscheinlichkeit, für das Letztere aber scheint der Umstand in die Wagschale zu fallen, dass unmittelbar innerhalb der grossen Säulen eine Wasserrinne um das Gebäude führt. Diese scheint allerdings zur Abführung des in den mittleren offenen Raum hineinfallenden Regenwassers gedient zu haben. Vergessen wir aber nicht zu bemerken, dass, wie der Durchschnitt des Fussbodens in unserer restaurirten Ansicht (Figur 94), in der ein Mann wie Mazois einen solchen Umstand unmöglich erfunden haben kann, zeigt, diese Rinne b e d e c k t und nur hier und da mit kleinen Oeffnungen *e* versehen war, so muss sich ein anderer Zweck als der, Regenwasser aufzufangen, für diese Rinne als wahrscheinlich ergeben. Vielleicht war sie zur Reinigung des Gebäudes um so zweckmässiger angebracht, als das Niveau des Hauptsaales eine Stufe niedriger als das Niveau der Eingangsstufen liegt. Zum Zwecke der Reinigung mögen auch die Wasserbe-

sich zweimal das Wort BASSILICA (*Basilica*) fand, was doch ein seltsames Spiel des Zufalls genannt werden müsste, wenn das Gebäude einen anderen Zweck und Namen gehabt hätte.

Vitruv schreibt vor, dass die Basiliken am Forum und zwar in der wärmsten Lage errichtet werden sollen, Bedingungen, welche unser an der südwestlichen Ecke des Forum liegendes Gebäude so gut wie möglich erfüllt, sowie es auch die von Vitruv geforderte Grundform des oblongen Vierecks von einer Breite von nicht unter ⅓ und nicht über ½ der Länge in seinem Areal von 27 M. 35 × 67 M. (= 1 : 2 $\frac{8}{15}$) bestens einhält. Das im Hintergrunde anzubringende erhöhte Tribunal sehn wir in unserem Gebäude in *a*; vor demselben war bis zu der Säulenstellung ein freilich nicht grosser, aber immerhin genügender Raum für das Auftreten der Parteien, so dass eine Absis nicht angebaut zu werden brauchte, welche schwerlich so wesentlich ist, dass man ihr Vorhandensein zum Kriterium der Basilika zu machen hätte. Auf die 2 M. hohe Tribüne führten hölzerne Treppen, die kleinen im Plan bei *b b* sichtbaren leiten hinab in einen kellerartigen Raum unter der Tribüne, von dem wir sogleich reden werden. Zu beiden Seiten ist die Tribüne durch Mauern abgeschlossen, durch welche jenen verlorenen Treppen entsprechende Thüren gebrochen sind, nach vorn tragen ihr Dach sechs korinthische Säulen, deren mittelstes Intercolumnium etwas weiter ist, als die zur Seite, offenbar um auf den Sitz des Duumvirs eine freiere Aussicht zu gewähren. Die Bestimmung des Raums unter der Tribüne, von dem wir einen Durchschnitt sehen, ist nicht sicher. Gewiss ist, dass er einen gefängnissartigen Eindruck macht, der durch die beiden kleinen vergitterten Lichtöffnungen *a* u. *a'* nicht wenig vermehrt wird. Räthselhaft aber sind zwei Oeffnungen *b* in seiner Wölbung und dem Boden der Tribüne (s. den Plan Figur 92). Man hat, abgeschmackt genug, diesen Oeffnungen die Bestimmung beigelegt, zur Inquisition der Gefangenen gedient zu haben, während doch der römische Gerichtsgebrauch auf Oeffentlichkeit beruhte und die Parteien in der Processverhandlung frei vor den Richter und vor das Volk stellte.

Figur 93. Raum unter der Tribüne.

Der Haupteingang in die Basilika ist vom Forum aus durch fünf

durch Fallgatter vers[illegible] EIS
in denen die Falze [illegible]
zur Ausgleichung d[illegible]
ein Geringes schie[illegible] ...ere Basi-
Gegen das Innere ö[illegible] ...bäude an
lern, zwei an Pfeiler [illegible] ...t des re-
vier Stufen von der [illegible]
Basilika ein, in we[illegible] ...a über die
führen. Im Innern st[illegible] ...haben wir
welche den ganzen [illegible]
tung nicht ganz mit [illegible]
zwei Säulenstellungen [illegible]
einer über den Seite[illegible]
Es ist aus manche[illegible]
hatte; die grossen [illegible]
und es ist unde[illegible] ...in dem wir
ganisch zwischen [illegible] ...palgebäuden
nirgend eine Trepp[illegible] ...ssen Theater
bei *c* liegt ausser[illegible]
Aber eine solche [illegible]
gängliches Erforde[illegible]
lichen Zwecken [illegible]
Unerklärt bleibt [illegible]
den Langwänden [illegible]
Gebäudes, welche [illegible]
gothischer Archite[illegible]
bieten.

Eine andere [illegible]
Gebäude ganz be[illegible]
das Erstere sprich[illegible]
Letztere aber sche[illegible]
innerhalb der gros[illegible]
scheint allerdings [illegible]
fallenden Regenwa[illegible]
ken, dass, wie de[illegible]
sicht (Figur 94), [illegible]
lich erfunden ha[illegible]
mit kleinen Oeff[illegible]
der, Regenwas[illegible] ...wenigen Wor-
Vielleicht war [illegible] ...n glatten vier
bracht als das [illegible] ...r andere *b* von
Eingangsstufen [illegible] ...ich unter einer

hälter unter einigen der Oeffnungen *e* angebracht sein. Dass man im Innern der Basilika Löwenköpfe und andere Antefixe gefunden hat, welche gewöhnlich den Rand (die Traufe) des Daches umgeben, spricht nicht mit Sicherheit dafür, dass das Dach nach innen geneigt und folglich in der Mitte offen war, denn leicht konnten Stücke von so geringem Gewicht von ihrer ursprünglichen Stelle verrückt worden sein, namentlich bei einem Gebäude, welches durch das Erdbeben in dem Grade gelitten hat, wie die Basilika von Pompeji. Bei der Annahme völliger Bedachung werden wir zu vermuthen haben, dass die Mauern in ihrem nicht erhaltenen oberen Theile von einer Reihe Fenster durchbrochen war, von denen unsere Restauration (Figur 94) eine Anschauung giebt. — Die Basilika war reich decorirt, in *f* sehen wir ein grosses Fussgestell für eine sitzende Statue, deren Füsse man gefunden hat, zwei andere Statuenbasen sind an die mittelsten Pfeiler der Eingangshalle gelehnt und im Innern der Basilica hat man mehre Fragmente von Statuen, selbst von Reiterstatuen gefunden, deren ursprünglicher Aufstellungsort aber nicht mehr zu bestimmen ist. Der Fussboden war mit Marmor geplattet, die Wände waren ziemlich einfach marmorartig in verschiedenen Farben bemalt. Auf die Wände

Figur 94. Restaurirter Durchschnitt der Basilika.

waren viele Inschriften eingekratzt, die heutigen Tags fast alle unleserlich geworden sind. Ausser manchen Aeusserungen des Volkswitzes, von denen wir noch reden werden, ist von diesen Inschriften besonders die folgende nicht uninteressant:

C. PVMIDIVS DIPILVS HEIC FVIT AD NONAS OCTOBREIS
M. LEPIDO Q CATVLO COS.

denn sie enthält das Datum 77 v. Chr. Geb. und zeigt also, dass unsere Basilika älter als dies Datum, und deshalb vielleicht eins der ältesten Gebäude am Forum von Pompeji ist. Schliesslich geben wir Figur 94 die Ansicht des restaurirten Durchschnittes nach Mazois.

Unter Hinweis auf das, was oben in der Beschreibung des Forum über die vermuthliche Lesche wie über das Gefängniss gesagt worden ist, haben wir endlich nur noch

6. Ein räthselhaftes Gebäude

(s. g. *Curia isiaca*, s. g. Tribunal, s. g. Markthalle, s. g. Schule).

zu betrachten, welches wahrscheinlich dem Abschnitt angehört, in dem wir stehen, welches aber allein von allen bisher bekannten Municipalgebäuden nicht am Forum, sondern am *Forum triangulare* hinter dem grossen Theater und dem Isistempel gelegen ist.

Figur 95. Ansicht der s. g. *Curia isiaca.*

Der Plan dieses Gebäudes ist äusserst einfach und mit sehr wenigen Worten zu erläutern. Zwei Eingänge führen durch die nach aussen glatten vier Wände dieses Gebäudes, der eine *a* vom *Forum triangulare,* der andere *b* von der Strasse des Isistempels aus. Tritt man ein, so befindet man sich unter einer

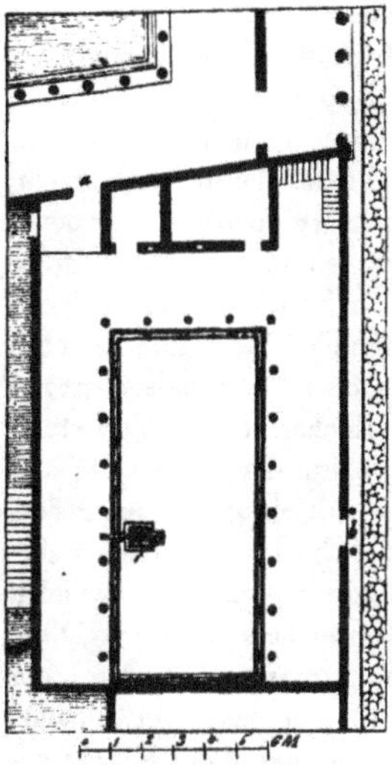

Figur 96.
Plan der s. g. *Curia isiaca.*

um drei Seiten eines offenen Hofes umlaufenden Colonnade dorischer Säulen, die grösstentheils heutigen Tages noch unverletzt aufrecht stehen.

An der einen Schmalseite nach dem Isistempel zu fehlt der Säulenumgang, auf der entgegengesetzten liegen hinter den Säulen einige Zimmer, über denen sich, wie die Reste einer Treppe zeigen, wohl ein zweites Geschoss befand, über deren etwaige Bestimmung aber abzuurteilen, ehe wir über die Gesammtheit des Gebäudes eine Ansicht gefasst haben, sehr thöricht sein würde. Erwähnen wir nun noch, dass eine der Säulen zunächst dem Eingange *b* als Brunnen durchbohrt ist, und dass die Platten des Bodens umher offenbar durch den vielfachen Gebrauch dieses Brunnens stark ausgenutzt sind, so wären wir mit unserer Beschreibung fertig und könnten versuchen das Gebäude zu taufen, wenn nicht noch ein Gegenstand in demselben stände, der offenbar für die Bestimmung von der grössten Wichtigkeit ist.

Jene doppelte Basis nämlich am Säulengang rechts in unserer Ansicht, mit einer steinernen Treppe hinter derselben, *c* im Plane. Dies merkwürdige Stück besteht aus einem mit eleganter Cornische gekrönten 2 M. 15 hohen Fussgestell *c* von 0 M. 90 Fläche, in welche eine 0 M. 14 tiefe, 0 M. 55 breite und 0 M. 60 lange Vertiefung eingehauen ist. Auf dies Fussgestell gelangt man über eine nur 0 M. 38 breite, sechs Stufen hohe, aus drei Steinblöcken erbaute Treppe. Vor dem höheren Fussgestell steht ein niedrigeres, von 1 M. 20 Höhe, dessen Oberfläche durch vielfache Reibung wie von Füssen abgeschliffen erscheint. Was bedeutet dieser ganze, offenbar die Bedeutung des Gebäudes bestimmende Apparat? Offen gesprochen, wir wissen es nicht, und noch Niemand hat eine nur halbwegs plausibele Erklärung, wohl aber Mancher eine sehr abgeschmackte aufgestellt. Da wollen die Einen aus dem Gebäude ein Local für isische Einweihungen machen, welches sie seltsam genug *Curia isiaca* taufen; ihnen ist das vordere Fussgestell ein Altar, das hintere die Basis einer Statue und die Treppe diente um diese Statue zu bekränzen oder sogar um einen Gaukelpriester zu tragen, der in ihrem Namen sprach! Sehr zweckmässig im einen wie im andern Falle, namentlich im letzteren ein hübsch offen gespielter Betrug! Schade nur, dass diese *Curia isiaca* mit dem angrenzenden Isistempel gar keine, wohl aber mit dem *Forum triangulare* und mit einer der lebhaftesten Strassen eine doppelte Verbindung hat und dass es ein ganz offener Hof ist, in den man von den umliegenden höheren Gebäuden bequem hineinsehn kann, so dass die hier gefeierten Einweihungen recht öffentliche Geheimnisse gewesen sein müssten. Andere nennen das Gebäude eine Schule und machen aus dem höheren Fussgestell das Katheder; wobei man nur hoffen muss, dass der Schulmeister, um nicht von seinem erhabenen Stande herunterzupurzeln, nie weder in Lehreifer noch in Aerger über seine Schüler gerathen sei, deren Aufmerksamkeit durch die Wasserholenden am Brunnen auf eine starke Probe gestellt worden sein mag. Beinahe eben so geistreich ist die Annahme derer, welche ein Tribunal, eine Gerichtsstätte erkennen wollen. Sie trauen dem auf dem hohen Fussgestell sitzenden Richter wie jene dem Schulmeister grosse Ruhe zu, sind aber wenigstens so vorsichtig, sein Stühlchen in jene Vertiefung zu stellen, damit es nicht heruntergleite. Wenn aber nun der Richter die steinerne Treppe heraufkam und dann über seinen Stuhl mit einiger Lebensgefahr steigen musste, denn herumzugehn war kein Platz, »höchst lächerlich wahrlich musst' es aussehn.« Das kleinere Fussgestell, dessen Oberfläche von vielen Fusstritten abgeschliffen sein soll, machen diese Herren zum Altar der Dike, wobei man sie nur an ein altes Dichterwort erinnern muss: Weh dem, der frech mit Füssen Dikes Altar tritt! — Noch Andere machen aus dem Gebäude eine Markthalle. Auf dem höheren Fussgestell soll eine Statue des Mercur gestanden haben, auf dem niedrigen sollen die zu verauctionirenden Waaren ausgelegt worden sein (um die Abschleifung durch Fusstritte zu erklären, müssten diese Waaren Sclaven gewesen sein!) und auf der Treppe hinter der Mercursstatue soll der Ausrufer gestanden haben, der freilich so die Waaren nicht sehn konnte, die er unter den Hammer brachte. Genug; es ist zu bedauern, dass alle diese unpassenden Erklärungen sich nicht kürzer anführen und widerlegen liessen; gegen jede derselben wäre noch Viel zu sagen, aber das Beigebrachte wird genügen, um zu zeigen, dass wir bisher nicht im Stande waren, die bestimmende Eigenthümlichkeit des Gebäudes irgendwie genügend nachzuweisen. Lassen wir also einstweilen dasselbe ohne Namen.

7. Das Zollhaus.

Als solches gilt ein in der Strasse des herculaner Thors, also in der lebhaftesten Geschäftslage Pompejis belegenes Gebäude, welches nur einen geräumigen Saal mit sehr breitem Eingange von der Strasse enthält. Im Hintergrunde des Saales ist die Basis für eine Statue angebracht und in demselben fand man eine grosse Zahl von meistens marmornen, aber auch aus Serpentinstein gefertigten Gewichten nebst einigen Maassen aus Basalt. Auch an Wagen verschiedener Art, namentlich an Schnellwagen nach dem System der Decimalwagen, welche wir später genauer betrachten werden, fehlte es hier nicht.

Eine dieser Wagen trägt auf dem langen Schenkel des Wagebalkens in punktirten Buchstaben die Inschrift:

IMP. VESP. AVG. IIX. C. IMP. AVG. T. VI. C. EXACTA. IM. CAPITO.

durch welche sie sich als eine auf dem römischen Capitol officiell geaichte Normalwage zu erkennen giebt, für die ein öffentlicher Gebrauch wahrscheinlicher ist, als ein privater. Da nun ausser den Wagen und Gewichten nicht eine Spur von Verkaufsgegenständen oder Waaren in diesem Gebäude gefunden worden ist, so erscheint die Bezeichnung desselben als Zollhaus plausibel genug.

Dritter Abschnitt.

Das Theater und das Odeum.

Figur 97. Eine Reihe Masken.

Pompeji besitzt zwei neben einander am südlichen Abhang des Stadthügels gelegene Theater, ein grösseres für dramatische Aufführungen und ein kleineres bedeckt gewesenes (*theatrum tectum*) für musikalische und kleinere dramatische Productionen, aber keineswegs, wie auch gesagt worden ist, für Komödiendarstellungen wie des grössern für die Tragödienaufführungen. Beide Gebäude gehören zu den besterhaltenen Theatern des Alterthums und sind vollkommen geeignet, als Grundlage des Nachweises der baulichen und scenischen Eigenthümlichkeiten, als Anknüpfungspunkte einer gedrängten Darstellung der wesentlichsten Eigenthümlichkeiten theatralischer Aufführungen bei den Alten zu dienen, obwohl wir besonders die Einrichtung des grösseren Theaters nicht als ganz normal betrachten können, und obwohl noch mancherlei Fragen in Bezug auf dasselbe ihrer Erledigung harren. So gleich voran die wichtige Frage, ob wir ein griechisches oder ein römisches Theater vor uns haben, mit der die zweite nach dem muthmasslichen Alter dieser Baulichkeiten zusammenhangt. Sowohl für die eine Ansicht wie für die andere sind theils architektonische, theils selbst technische, aus dem Material entnommene, theils endlich historische Gründe geltend gemacht worden. Gehen wir von diesen aus, so muss denjenigen beigestimmt werden, welche die Wahrscheinlichkeit bezweifeln, dass die oskische Stadt Pompeji in der Zeit vor der römischen Colonie bereits zwei steinerne Theater der Art besass, denn, mögen die Spuren griechischer Bildung, namentlich aber griechischer bildender Kunst zahlreich in Pompeji sein, immerhin ist ihr über die römische Besitzergreifung hinaufreichendes Alter unerweislich, wenn wir von den Ruinen des Tempels auf dem *Forum triangulare* absehn, und schwerlich lässt sich auf Grund aller Spuren des Griechenthums demonstriren, dass die griechische Bildung in dem oskischen Pompeji mächtig genug gewesen sei, um das Bedürfniss zweier Theater für dramatische und musikalische Aufführungen zu erzeugen. Hiergegen sind nun freilich verschiedene architektonische Bedenken laut geworden, welche dem Theater von Pompeji das Schema und die Einrichtung des griechischen Theaters mehr als des römischen zuschreiben. So namentlich die Anlehnung an einen Hügelabhang, welche allerdings griechischem Brauch entspricht, während die Theater in Rom sich frei vom Boden erhoben. Diejenigen, welche diese Ansicht vertreten, müssen nach dem gegenwärtigen Zustande des Theaters einen Umbau in römischer Zeit und nach römischen Principien annehmen, weil offenbar, um Geringeres zu übergehn, die unten zu besprechende Beschaffenheit der Orchestra wie auch die geringe Höhe der Bühne über diesem Parterre dafür spricht, dass das Theater zuletzt in römischer Weise construirt war und zu Aufführungen nach römischem Brauche verwendet wurde. Inschriftlich bezeugt ist der Bau beider Theater aus römischer Zeit (s. Mommsen a. a. Orte No. 2229 u. 2241), für das grössere ist sogar der Name des Baumeisters, Marcus Artorius Primus, der Freigelassene des Marcus (Mommsen No. 2238), bekannt, und mit Recht ist bemerkt, dass die Vermischung der Schemata des griechischen und des römischen Theaterbaus keineswegs für die vorrömische Construction der Theater, eher gegen dieselbe zeuge. Es bleibt deswegen immerhin am wahrscheinlichsten, dass der Bau wirklich erst in die römische Zeit fällt, und dass die Abweichungen von dem reinen Plane des römischen Theaters localen Einflüssen zuzuschreiben sind, einer zu der Zeit, wo Pompeji römische Municipalstadt war, unbestrittenen und überall noch erkennbaren mannigfaltigen griechischen Bildung.

Wenn wir die engen Grenzen der Darstellung in einem Buche mannigfaltig gemischten Inhalts nicht gar zu sehr überschreiten wollen, so müssen wir gewisse Grundverhältnisse des antiken Drama und Theaterwesens als bekannt voraussetzen oder doch mit Hinweglassung alles dessen, was nicht zu unserem nächsten Zwecke, der Erklärung der pompejanischen Theater gehört, in der gedrängtesten Kürze andeuten.

Das griechische Drama, Tragödie sowohl wie Komödie, ist aus einer religiösen Festfeier im Culte des Bacchus hervorgegangen und hat durch die ganze Zeit seiner Entwickelung diese Entstehung und den Charakter einer religiösen Festlichkeit bewahrt. Der Träger dieser ursprünglich ländlichen Festlichkeit war ein beim Weinlesefest umherschweifender Chor, der tanzbegleitete Chorlieder zu Ehren des Gottes sang, welche wir uns nach der wechselnden Stimmung der Weinlese bald ernster in Bezug auf den Segen des Gottes, bald heiter und ausgelassen denken dürfen, wenn es galt der berauschten Lust Aus-

8*

druck zu leihen und dieselbe an allen Unbetheiligten auszulassen. Erst in späterer Folge trat dem Chor ein Einzelner als Redner gegenüber, indem er von den Thaten und Erlebnissen des Bacchus erzählte, welche der Chor in seinen die Erzählung unterbrechenden Tanzliedern feierte. Schon wenn wir diesen ersten Keim des Drama betrachten, können wir uns vorstellen, wie seine Bedürfnisse einen Raum schufen, der etwa ebenso die Elemente des späteren Theaterbaus enthielt, wie jene von Rede unterbrochnen Tanzlieder eines bacchisch schwärmenden Chors die Elemente einer vollendeten Tragödie. Den Redenden, Erzählenden auf ein Gerüst zu stellen, damit er besser gesehn und gehört werden möge, lag zu nahe, als dass wir nicht annehmen sollten, dies sei fast von Anfang an gethan. Ist ja doch der vielbekannte Karren des Thespis Nichts, als ein auf Räder gestelltes Bretergerüst, und dies wieder Nichts als die erste Bühne. Der Chor dagegen brauchte weder einen erhöhten Standort, noch wäre derselbe für eine irgendwie zahlreiche Menge von Choreuten so leicht zu beschaffen gewesen, für ihn ist der natürliche Boden der zureichende Tanzplatz. Dass sich die Tänze des Chors, sobald sie zu der Erzählung des Redenden im leisesten Bezug standen, wie von selbst in einem Verhältniss zu der Urbühne bewegten, begreift sich; denkt man sich aber die zuschauende Menge in der natürlichen Kreisstellung um Redenden und Chor versammelt und diesen Menschenkreis an der einen Seite durch das Bühnengerüst abgeschnitten, so hat man das Grundschema des griechischen Theaters in seinen drei Theilen, der Skene (Bühne), der Orchestra (Tanzplatz des Chores) und dem um diesen Halbkreis geschlossenen Theatron (Zuschauerraum) vor sich und sieht, wie diese Form des Raumes mit den Bedürfnissen der Darstellung zusammen entstanden ist. Man braucht eigentlich nur den Zuschauerraum, wie wir sagen, amphitheatralisch erhoben zu denken, und das Theatergebäude ist bis auf die Decorationen fertig, die nie eine grosse Rolle im Alterthum gespielt haben.

Doch zurück zum Drama. Einer ferneren Entwickelungsstufe gehört es an, dass an die Stelle der Rede oder Erzählung des Einzelnen Rede und Gegenrede, der Dialog trat und damit das eigentlich Dramatische, welches die Begebenheit aus erzählter Vergangenheit in handelnde Gegenwart rückt. Hiezu gesellte sich in natürlichster Weise bald, dass die von Anfang an beliebte Mummerei bis zu einer wenn auch nur angedeuteten Costumirung der Dialogisten im Sinne und Charakter der von ihnen dargestellten Personen erweitert und gesteigert wurde.

Der auf diese Weise entstandenen dramatischen Handlung wurde bei ihrem Erstarken der ursprüngliche Kreis von Gegenständen des dionysischen (bacchischen) Mythus zu eng; es ist uns als ein Act der Entwickelung der Tragödie überliefert, dass sie diesen Kreis verliess, freilich zunächst zum nicht geringen Erstaunen der dionysischen Festversammlung, die plötzlich »Nichts vom Dionysos« mehr in der dramatischen Aufführung fand. Sowie aber der erste Stoff der Tanzlieder mythisch gewesen war, so blieben durch alle Entwickelung der Tragödie hindurch die Stoffe mit wenigen Ausnahmen mythisch. Der Chor aber, wenngleich seine Personen in die Fabel verflochten wurden und sein Auftreten bis zu einer Theilnahme an der auf der Bühne sich entwickelnden Handlung sich steigerte, erhielt wesentlich die ursprüngliche religiöse Bedeutung der ganzen Festlichkeit aufrecht.

Hieraus ergiebt und erklärt sich die Haltung der Chorgesänge, die entweder als religiöse Lieder oder in einer reflectirenden Haltung der eigentlichen Handlung gegenüber erscheinen, in die der Chor verhältnissmässig selten dialogisirend oder gar thätig eingreift; hieraus erklärt sich ferner, dass während allmälig die Handlung und der eigentliche Dialog in die Hände von fachmässigen Schauspielern überging, deren Zahl sich auf drei, aber nicht höher steigerte, unter welche die Rollen vertheilt wurden, der Chor fortdauernd aus Bürgern bestand, welche zu den aufzuführenden Liedern und Tänzen eigens eingeübt wurden. Und sowie der Chor von Anfang an nicht auf dem Schaugerüste des Redners oder der Dialogisten erschienen war, so betrat er in Griechenland nie dauernd die eigentliche Bühne, sondern behielt seinen Platz vor derselben, zwischen Bühne und Auditorium in der halbrunden Orchestra, in der ihm, um die Tanzbewegungen zu erleichtern, eine eigene niedrige Bühne, die Thymele, erbaut wurde, die man bis in die neueste Zeit sehr irrthümlich für einen Altar in der Mitte der Orchestra gehalten hat.

Aus den angedeuteten Verhältnissen geht nun auch hervor, dass die dramatischen Aufführungen als öffentliche religiöse Festlichkeiten keineswegs allabendlich wie bei uns stattfanden, sondern in Griechenland nur an den Festen des Gottes, dem sie ursprünglich galten, in Rom an unbestimmten Festen, welche meistens beim Amtsantritt oder um sich zu einer Wahl zu empfehlen, aber auch bei Leichenfeiern reiche und ehrgeizige Bürger dem Volke gaben. An den Bacchusfesten aber füllten dafür auch die dramatischen Aufführungen nicht ein paar Abendstunden, sondern den ganzen Tag, eine ganze Reihe von Dramen wurde nach einander aufgeführt und zwar im Wettkampf mit einander um drei Ehrenpreise, welche eigens verordnete obrigkeitliche Preisrichter zuerkannten. Die Consequenzen dieser Tagesaufführungen, die aus anderen Gründen auch in Rom Sitte waren, greifen viel weiter in das ganze Theaterwesen ein, als man auf den ersten Blick glauben sollte, wie wir dies unten anzudeuten versuchen wollen. Aus dem religiösen und festlich-öffentlichen Charakter der dramatischen Aufführungen erklärt sich auch das Bedürfniss weit grösserer Theater als wir sie kennen. Griechenland hat Theater, welche 60—80,000 Menschen fassten, und selbst das Theater eines Städtchens wie Pompeji fasste 5,000 Zuschauer, was sich genau angeben lässt, da die Sitze von 16″ Breite einzeln abgegrenzt sind. Aus dieser Grösse der Theater und aus den Tagesaufführungen ergiebt sich nun wieder die Unthunlichkeit der Bedeckung der Theatergebäude, dieselben waren also offen oder doch nur, nach einer in Campanien gemachten Erfindung, durch ein an aufgerichteten Masten übergespanntes Zeltdach (*velum, vela*) gegen den Brand der Sonne und einen plötzlichen nicht zu starken Regenguss geschützt. Wir werden unten von dieser Einrichtung, deren Reste deutlich an unserem grösseren Theater (Fig. 98 u. 103) enthalten sind und die man trotz der immensen Grösse der Gebäude selbst auf Amphitheater wie das Colosseum in Rom anzuwenden wusste, einiges Nähere nachtragen. Aus derselben Grösse der Theater und aus dem Tageslichte, welches den Aufführungen leuchtete und jede eigentliche auf künstlicher Lampenbeleuchtung beruhende Theaterillusion namentlich im Decorationswesen fast ganz aufhob, endlich aus dem erhabenen Stil der tragischen Darstellung erklärt sich eine Vermummung und Verkleidung der Schauspieler, welche sich mit der bei uns gebräuchlichen gar nicht vergleichen lässt. Namentlich der Gebrauch der Masken, welche theils den Charakter der Person in scharfen und grossen Zügen darstellten und auf grosse Entfernungen hin sichtbar machten, für die jedes Mienenspiel verloren gegangen sein würde, theils zur Verstärkung des Schalles der Stimmen durch ein im geöffneten Munde angebrachtes kleines Sprachrohr dienten, theils endlich verwendet wurden, um durch einen hohen Haaraufsatz (den Onkos) das Maass der handelnden Personen zu erhöhen, was wir durch kleinere Verhältnisse der decorativen Umgebung vermöge unserer künstlichen Beleuchtung erreichen können. Demselben Zwecke dienten ausserdem dicksohlige Schuhe, die bekannten Kothurne, während auch der Umfang der Person, welche durch blosse Vermehrung ihrer Höhe schmächtig und hager erschienen wäre, durch Ausstopfung und Auspolsterung, mit der eine Verlängerung der Arme durch Handschuhe verbunden war, nachgeholfen wurde, welche endlich reichfaltige, bis auf die Sohlen reichende Gewänder umhüllten. Eine nothwendige Folge dieser Costumirung war die geringe Beweglichkeit der handelnden Personen und die damit übereinstimmende maasshaltende Ruhe und geringe Bewegtheit der Handlung der griechischen Tragödie. Die beweglichere Komödie hatte eine ungleich geringere Ausstaffirung der Person.

Soviel wird als allgemeine Einleitung genügen, da manches Andere sich füglicher an die Betrachtung der Theatergebäude Pompejis anknüpfen lässt, zu der wir uns wenden.

a. Das grosse Theater.

Wir haben drei Hauptheile des Theaters zu unterscheiden: 1. den Zuschauerraum, das Theatron im engeren Sinne, das Koilon der Griechen, *cavea* der Römer, 2. den Platz des Chores, die Orchestra, und 3. den Platz der Schauspieler, die Bühne, *scena*.

Wenden wir unsere Aufmerksamkeit zuerst auf den Zuschauerraum. Der Zuschauerraum bildet in der Regel einen Halbkreis oder einen etwas grösseren Kreisausschnitt, dessen Schenkel aber bei unserem Theater hufeisenförmig in einer fast graden Linie gegen die Bühne verlängert sind. Derselbe ist in eine

Holzschnitt und Druck von Eduard Kretzschmar in Leipzig.

Figur 98. Ansicht der Ruinen des grossen Theaters.

Folge ganz umlaufender Sitzstufen zerfällt, welche, wie schon bemerkt, bei griechischen Theatern an den Abhang eines Hügels angelehnt werden, während

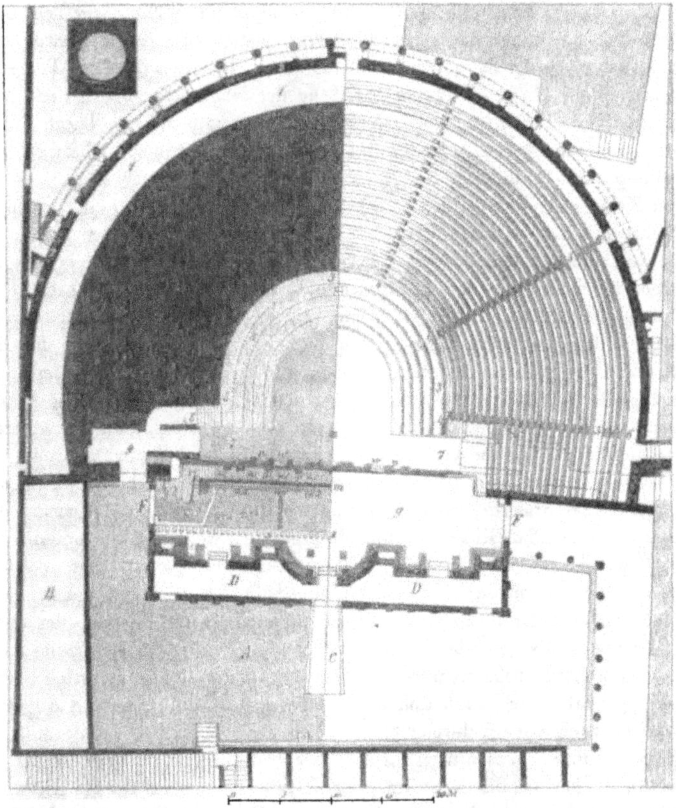

Figur 99. Plan des grossen Theaters.

(Der Plan ist in zwei Hälften getheilt, diejenige rechts zeigt alle Sitzreihen und die Bühne mit dem Fussboden bedeckt, diejenige links durch Hinwegnahme der zweiten und der *summa cavea* die Gänge und Treppen im Innern und die Substructionen der Bühne.)

das römische Theater dieselben auf mächtigen Bogen- und Gewölbconstructionen, wie wir sie bei dem Amphitheater kennen lernen werden, über den ebenen Boden zu erheben pflegt. In unserem Theater finden wir beide Bauweisen vereinigt; so weit die linke Seite unseres Planes schraffirt ist, lehnen sich die Sitzstufen an den Abhang des Stadthügels, während die obersten vier Sitzreihen, welche auf dem Plane links fehlen, auf einem daselbst mit 1 bezeichneten gewölbten Corridor ruhen und nach hinten durch eine doppelte Mauer, die wieder einen gewölbten Gang 2 zwischen sich fasst, abgeschlossen erscheinen (vgl. auch die Ansicht Figur 98 und den Durchschnitt Figur 103). Die sämmtlichen Sitzstufen werden nun in doppelter Weise eingetheilt und zerfällt. Erstens durch eine Anzahl breiterer Umgänge (*diazomata, praecinctiones*) im Sinne unserer Ränge, und zweitens durch eine Anzahl kleiner Treppen, welche von der Orchestra bis zu der Höhe der Sitzreihen emporlaufend dieselben in Keile (*kerkides*, *cunei*) zerfällen. Das pompejanische Theater wird durch eine Praecinction 3 hinter den ersten vier Sitzreihen und durch den gewölbten Gang 1 in drei Ränge (*caveae*) und durch sechs Treppen 4 in sieben Keile (*cunei*) getheilt. Der Zweck dieser Eintheilung ist ein doppelter. Zunächst und hauptsächlich diente sie, um die Zuschauer zu ihren Plätzen zu leiten und selbst bei eiligem Verlassen des Theaters, z. B. bei plötzlichem Regen die versammelte Menge ohne zu starkes Gedränge rasch hinauszuführen. Jede der erwähnten sechs Treppen entspricht nämlich einer Ausgangsthür (*vomitorium*) auf den gewölbten Umgang 1 5 (vgl. Figur 98 und 103), so dass die mittleren Sitzreihen von der ersten Praecinction bis zu der Hintermauer sechs Ausgänge haben, während diesen für den obersten Rang eine gleiche Anzahl in den Corridor 2 ausmündender Ausgänge 6 entsprechen, und der unterste Rang sich theils in die Orchestra und durch deren Ausgänge (Parodos) 7, theils durch zwei eigene an den Enden der Sitzreihen angebrachte Thüren 8 (s. Figur 103) entleerte, welche ebenfalls auf den gewölbten Ausgang der Orchestra (9 im Plan links) führten. Der zweite Zweck der Eintheilung der Sitzplätze entspricht dem der Rangtheilung in unsern Theatern. Die untersten Reihen, der Bühne am nächsten gelegen, sind natürlich die vorzüglichsten, und schon in Griechenland waren diese für die Preisrichter und die Behörden reservirt, ohne dass über eine bestimmte Abtrennung dieser reservirten Reihen von den übrigen Etwas bekannt wäre. In Rom war anfangs keine derartige Unterscheidung vorhanden, nach und nach aber wurde sie ein- und von Augustus mit der grössten Strenge durchgeführt. Nach der kaiserlichen Theaterordnung in Rom, die ihrem Wesen nach für das Theater der Provinzen galt, waren die untersten Reihen für die Senatoren, die folgenden vierzehn für die Ritter bestimmt, während die *media cavea*, der mittelste Rang, den Bürgern vorbehalten war und dem gemeinen Volke sowie den Frauen die *summa cavea*, die Gallerie, übrig blieb. In unserem Theater können wir sehr deutlich die drei Ränge unterscheiden. Der unterste, die *infima cavea*, hat vier Stufen. Diese sind jedoch nicht Sitzstufen der Art wie die unten zu besprechenden der *media cavea*, sondern sie sind nicht unbeträchtlich breiter und nur von der halben Höhe dieser, dienten also offenbar nur, um die Ehrensessel, die Bisellien der Behörden und der vornehmen Begünstigten zu tragen. Abgeschlossen wurden sie nach hinten durch eine niedrige Mauer (s. 3′ Figur 103) und auf ihr durch eine dünne Schranke oder Brüstung von Marmor, welche, wie die meisten Stufen, die ebenfalls von

Marmor waren, verschwunden, aber ihrem Platze nach sicher zu erkennen ist. Auf diesen Plätzen werden wir uns in Pompeji die Duumvirn, die anderen Beamten, die Decurionen und die Augustalen sitzend zu denken haben. Drei kleine Treppen von je drei Stufen führten durch Oeffnungen in der Brüstung auf die erste Praecinction, welcher der erwähnte gewölbte Ausgang 8 entsprach. Der zweite Rang, die *media cavea*, für die Bürgerschaft bestimmt, enthält zwanzig Sitzreihen. Ueber die Einrichtung der Sitzstufen werden wir bei der Besprechung des kleinen Theaters, in dem sie besser erhalten sind, reden, hier bemerken wir nur, dass die Stufen der Treppen in die Sitzstufen der Art eingehauen sind, dass sie deren halbe Höhe haben; es müssten ihrer also bei zwanzig Sitzstufen vierzig sein, von denen aber vier in Abzug kommen, da die beiden obersten Sitzreihen (s. Figur 103) höher liegen als der Fussboden des Corridors 1 und deshalb, anstatt in Treppenstufen zerlegt zu sein, den Vomitorien gegenüber ganz dorchbrochen sind. Auf den Sitzreihen der *media cavea* waren die einzelnen Plätze durch leichte Linien von einander geschieden, auf den Einlassmarken (*tesserae*) war nun *cavea*, *cuneus* und Platz für jeden Zuschauer angegeben und nach dieser Anweisung nahmen die Zuschauer ihre Plätze ein oder wurden sie von den Billeteuren (*locarii*) auf dieselben geführt. In der Mitte der untersten Stufe der *media cavea* stand eine Statue, welche auf Decret der Decurionen dem M. Holconius Rufus, Rechtsduumvir, Militärtribunen und Patron der Colonie, errichtet war. Die vier Löcher, in denen der Fuss der Erzstatue befestigt war, sind erhalten und neben ihnen steht die durch die Statue unterbrochene Dedicationsinschrift (Mommsen No. 2232). Etwas links von diesen vier Löchern auf der erhöhten nächsten Stufe sind vier andere, deren Bestimmung jedoch nicht mehr auszumachen ist. Endlich der dritte Rang, die *summa cavea*, hatte vier Sitzreihen hinter einem schmalen Umgang auf der Vordermauer des gewölbten Ganges, der gegen die *media cavea* abgegittert war, um das Herabstürzen der diesen Gang Betretenden zu verhindern. Vielleicht befand sich auf der Platform über dem Corridor 2 noch ein Rang, auf dem jedoch nur zwei hölzerne Bänke gestanden haben könnten. Wahrscheinlicher aber war diese Platform frei und bot den Raum für diejenigen Arbeiter, welche das *velum*, das Zeltdach, aufzuziehn hatten. In der Hinterwand der *summa cavea* nämlich sind die mächtigen Steinringe erhalten, durch welche die in der obersten Sitzstufe befestigten Masten gesteckt waren, an denen das Zeltdach hing. Diese Steinringe und ein beispielsweise in einem derselben aufgerichteter Mast ist schon aus der Ansicht Figur 98 und dem Durchschnitt Fig. 103 bei *a* ersichtlich, zur näheren Betrachtung bieten wir in Figur 100 die besondere Abbildung eines dieser mächtigen Steinringe mit dem in ihm steckenden Mastbaum. Ueber die Art, wie an diesen Masten das Zeltdach aufgezogen wurde, sind wir nicht unterrichtet, und, wenn-

Figur 100. Steinring und Mastbaum.

gleich man sich wohl ungefähr vorstellen mag, wie dies beschafft wurde, so bleibt es doch immerhin ein Räthsel, wie es möglich war, ohne mittlere Stützen, die sicher nicht vorhanden waren, Zeltdächer von der Grösse auszuspannen, wie sie schon das Theater in Pompeji, das Amphitheater daselbst oder gar ein Amphitheater wie das Colosseum in Rom erforderte. Uebrigens ist nur noch zu bemerken, dass, nachdem man in Rom anfangs den Gebrauch der von den weichlichen Campanern erfundenen Zeltdächer verschmähte, dieselben später dort nicht allein aufgenommen, sondern mit dem fabelhaftesten Luxus hergestellt wurden, z. B. aus Seide, die damals mit Gold aufgewogen wurde, oder von Nero aus purpurnem Zeuge, in welches der Sonnengott auf seinem Gespann eingestickt war. Das Aufziehn und Ausspanpen des Zeltdaches über dem Amphitheater in Rom besorgten Matrosen, und dass auch in Pompeji Seeleute hiezu angewendet wurden, ist so natürlich, dass man es fast als sicher annehmen kann. —

Gegen die Bühne zu bildete eine schräg herablaufende Mauer (β Fig. 103) den Abschnitt der Sitzplätze, während die Umfassungsmauer auf gleicher Höhe mit der Platform des Zuschauerraums bis an die ebenfalls gleich erhobene Hinterwand der Bühne fortgeführt wurde (Figur 103). Auf diese Weise war das Theater rings von einer starken Mauer eingeschlossen, durch welche die Vomitorien führten, und die nach aussen von einer durch Bogen verbundenen Pfeilerstellung zum Tragen der Corridore verstärkt wurde, wie die folgende Abbildung, eine äussere Ansicht des Theaters von der Seite des *Forum triangulare* her deutlich machen wird.

Figur 101. Aeussere Ansicht des Theaters.

Wir sehn grade vor uns den jetzt zugemauerten Haupteingang und nach rechts in beiden Stockwerken die Wölbung, in welcher die auf dem Plan angegebene Treppe zur *summa cavea* emporführte.

Nächst dem Platze der Zuschauer ist es die Orchestra, der wir eine kurze

Besprechung zuzuwenden haben. Es ist die Orchestra, welche unserem Parterre entspricht, wie wir in der Einleitung gezeigt haben, der von Anfang an den Tänzen des Chores bestimmte Ort, der eben daher seinen Namen hat. Begrenzt einerseits von den Sitzstufen und andererseits von der Bühne, stellt die Orchestra vermöge der verlängerten Schenkel der Sitzreihen im Theater von Pompeji die Hufeisenform dar, und ist ein durchaus ebener mit Marmorplatten gedeckt gewesener Raum, in welchem in griechischen Theatern die Thymele genannte niedrige Bühne für den Chor errichtet wurde. Der römischen Tragödie fehlten die Chortänze in der Orchestra und deshalb wurde in Rom zuerst wie bei uns die Orchestra zu Sitzplätzen für Zuschauer und zwar zu Sitzplätzen für die ausgezeichnetsten Personen, namentlich für den Kaiser verwendet. Mit dieser Veränderung in der Bestimmung der Orchestra hangt eine Veränderung in der Anlage der eigentlichen Bühne zusammen, welche in griechischen Theatern 7—8 Fuss über die Orchestra sich erhob. Diese Höhe musste natürlich gemindert werden, wenn das Schauspiel aus der Orchestra ungehindert gesehn werden sollte. Nun finden wir die Bühne in Pompeji, soweit sich aus dem allein übrig gebliebenen steinernen Unterbau mit ziemlicher Gewissheit abnehmen lässt, nur $1^{m}50$ über den Boden der Orchestra erhoben. Es scheint hieraus hervorzugehn, dass im Theater von Pompeji wenigstens in der Zeit, aus der seine letzte Gestalt herrührt, nicht griechische Tragödien mit Chören, sondern römische ohne dieselben gegeben wurden, dass folglich die Orchestra wesentlich bereits als Parterre benutzt wurde, womit natürlich die Möglichkeit nicht bestritten werden soll, dass auch griechische Stücke aufgeführt und bei diesen Chöre in die geräumte Orchestra geführt wurden. In diesem Falle dienten die Eingänge, deren einer auf der linken Hälfte des Plans mit 7 bezeichnet ist, zum Einmarsch des Chores und zwar aus einem hinter der Bühne gelegenen offenen Hofe *A* oder aus dem mit *B* bezeichneten grossen Saale, den wir als Garderobe betrachten können. Hier müssen wir gleich eines Umstandes Erwähnung thun, der anscheinend erst bei der Besprechung der eigentlichen Bühne berücksichtigt werden sollte. Aus dem Hofe *A* führt eine sanftgeneigte Rampe *C* von 3 Meter Breite bei 8 Meter Länge durch ein breites Thor in der Hinterwand des Bühnengebäudes auf die Bühne. Diese Rampe kann unmöglich nur dazu gedient haben, um dem einzelnen Schauspieler zur Bühne Zugang zu schaffen. Selbst wenn wir nicht annehmen wollten, was gewiss anzunehmen ist, dass die Schauspieler vor und nach ihrem Auftreten sich in dem mit *D* bezeichneten Raume unmittelbar hinter der Scenenwand aufhielten, würde eine einfache Treppe genügen, um denselben vom Saale *B* aus Zugang auf die Bühne zu verschaffen. Die Rampe aber, welche eine solche Treppe ersetzt, kann nur den Zweck haben, allerlei chorartigen Aufzügen ein wohlgeordnetes und effectvolles Auftreten zu ermöglichen. Solche Aufzüge kennt auch das griechische Theater, wir brauchen nur an den Siegeszug Agamemnon's in Aeschylus' gleichnamigem Stücke zu erinnern, aber sie hatten hier ihren Platz in der Orchestra, in welche sie durch die Parodos des Chores einzogen. Das Vorhandensein der Rampe *C* also ist ein Argument mehr für die Annahme, dass unser pompejanisches Theater wesentlich zu Aufführungen nach römischer Sitte benutzt wurde.

Was nun endlich drittens die Bühne selbst anlangt, so haben wir hier die stärksten Abweichungen von den Vorstellungen zu bemerken, welche uns geläufig sind. Der erste Blick auf unseren Plan zeigt uns eine starke Abweichung, die Bühne ist ungleich weniger tief und im Verhältniss viel breiter als unsere Bühnen. Bei der geringen Zahl von Schauspielern, welche im antiken Drama zugleich auftraten und bei der Gemessenheit der Handlung wäre eine grosse Tiefe der Bühne durchaus überflüssig und sie wäre bei dem Mangel der Decke zugleich akustisch schädlich gewesen. Die Bühne in Pompeji von 33×6m 50 Grösse erscheint als ein schmaler Streifen, und doch hat sie, mit anderen Bühnen des Alterthums verglichen, noch eine verhältnissmässig nicht unbedeutende Tiefe, um den erwähnten Aufzügen Raum zu gewähren. Die vollständig erhaltenen Substructionen zeigt die linke Hälfte unseres Planes unbedeckt. Der Fussboden ruhte hinten auf einem Vorsprung der Scenawand *s*, in welcher die Oeffnungen für die Aufnahme der Balken vorhanden sind, vorn auf einer mit dem Proscenium *p* parallel laufenden niedrigen Mauer *m* und auf den das Proscenium stützenden Strebepfeilern *p'*, und wurde in der Mitte seiner grossen Länge wegen durch kleine querlaufende Verbindungsmauern *v* getragen. Der Raum zwischen *m* und *s* ist in der Mitte zwischen den Verbindungsmauern *v* ganz leer; man hat angenommen, dass aus ihm durch Versenkungen die Geistererscheinungen aufstiegen, was aber wegen der sehr geringen Tiefe des Raumes (s. Figur 103) und wegen der Trennung durch die Mauern *v* unstatthaft ist. In den Räumen rechts und links von der Mitte hat man auf dem Plane mit *t* bezeichnete starke Steinblöcke gefunden, in welche ein grosses mit Eisen ausgeschlagenes Loch gehauen ist. In diesem Loch will man bei der Entdeckung die mit einem eisernen Zapfen endenden Reste starker Balken aufrecht stehend gefunden haben. Ist dieser Fundbericht authentisch, so kann über die Bestimmung jener Steinblöcke kein Zweifel sein, sie müssen gedient haben, um die unten bei Besprechung der Decoration näher zu erwähnenden, unsern Coulissen entsprechenden prismatischen Trigonen zu tragen, welche auf jenem Zapfen gedreht den Decorationswechsel bewirkten. Zu diesen Maschinen gelangte man auf der kleinen Treppe *x*, welche unser Plan zeigt. In dem ebenfalls leeren Raum zwischen *p* und *m*, in den von beiden Seiten Treppen hinabführen und der durch eine namentlich in Figur 103 in *p* deutlich erkennbare gewölbte Rinne nicht unbedeutend vertieft ist, steht eine Reihe von gemauerten viereckigen Behältern *c*, deren Zweck nur durch die Annahme erklärt werden kann, dass in ihnen die Maschinen zum Aufziehn des Vorhanges angebracht waren. Da nämlich, wie schon vielfach erwähnt, die Bühne unbedeckt war, konnte der Vorhang nicht wie bei uns von oben herabgelassen und nach oben emporgezogen werden, er musste also bei beginnendem Spiel sich senken, wie dies männiglich aus den Aufführungen der Antigone auf unseren Bühnen bekannt ist. Um ihn aber zu heben, musste eine von unseren Vorrichtungen ganz verschiedene Maschinerie erdacht werden. Nun nimmt Mazois an, und wir werden kaum umhin können, ihm zu folgen, dass eben die erwähnten gemauerten Behältnisse den Apparat enthielten und dass dieser folgendermassen eingerichtet war. In dem gegen 12′ tiefen gemauerten Behältniss *a*, meint der genannte Architekt, habe ein fast gleich hohes hölzernes Rohr *b*, in diesem ein zweites *c* und in diesem letzteren ein dünner, gleich langer Balken *d* gesteckt. Durch einen nicht näher zu bestimmenden Windeapparat seien nun der Balken und die hölzernen Rohre fernrohrartig aus einander emporgezogen worden. An der Spitze des Balkens, der also vermöge der angegebenen Windevorrichtung einige 30 Fuss emporgehoben werden konnte, sei an einer über die ganze Breite der Bühne reichenden Stange *e*, die nach der Zahl der gemauerten Behälter von acht Balken unterstützt worden wäre, der Vorhang *f* befestigt worden. Indem nun auf ein gegebenes Zeichen alle acht Maschinen zugleich auseinander geschoben worden seien, habe sich mit ihnen der Vorhang langsam gehoben, der, nachdem er durch die umgekehrte Bewegung wieder gesenkt war, von einer zufallenden Klappe des Bühnenfussbodens *g*, ähnlich der Klappe, durch welche wir die Lampen des Prosceniums emporheben, völlig bedeckt worden wäre, so dass eine freie Communication zwischen der Bühne und der Orchestra über die Treppen (*w* im Plan) hergestellt war.

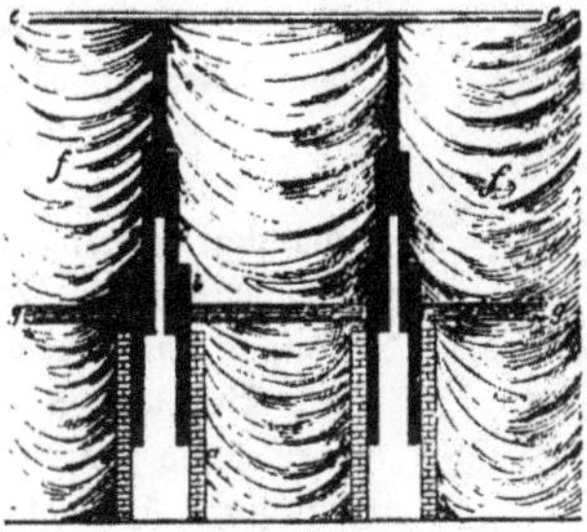

Figur 102. Vorrichtung zum Heben des Vorhanges.

Um das über den Zuschauerraum, die Orchestra und das Bühnengebäude Gesagte und noch zu Sagende zu recht klarer Anschauung zu bringen, theilen wir in der 103. Figur einen Durchschnitt des grossen Theaters mit, auf welchem die Buchstaben und Zahlen den im Plane gebrauchten grösstentheils entsprechen. Es ist demnach bezeichnet mit *A* die *infima*, *B* die *media*, *C* die *summa cavea*, mit 1 der gewölbte Corridor hinter der *media cavea*, auf dem die vier Sitzreihen der *summa cavea* ruhen, mit 2 der gewölbte Umgang hinter der *summa cavea*, mit 3 die erste Praecinction hinter der *infima cavea*, mit 3′ die Mauer hinter derselben; mit 4 sind die Treppen, welche die *cunei* trennen, mit 5 die Vomitorien der *media cavea* bezeichnet, welche in den Corridor 1 führen; 6 sind die Vomitorien der *summa cavea*, 7 ist die Parodos der Orchestra, bei 8 finden wir eine der Thüren der *infima cavea*, welche der ersten Praecinction entspricht; mit *β* ist die schräge herablaufende Mauer, welche den Zuschauerraum von der Bühne trennt, bezeichnet und *α* steht neben dem

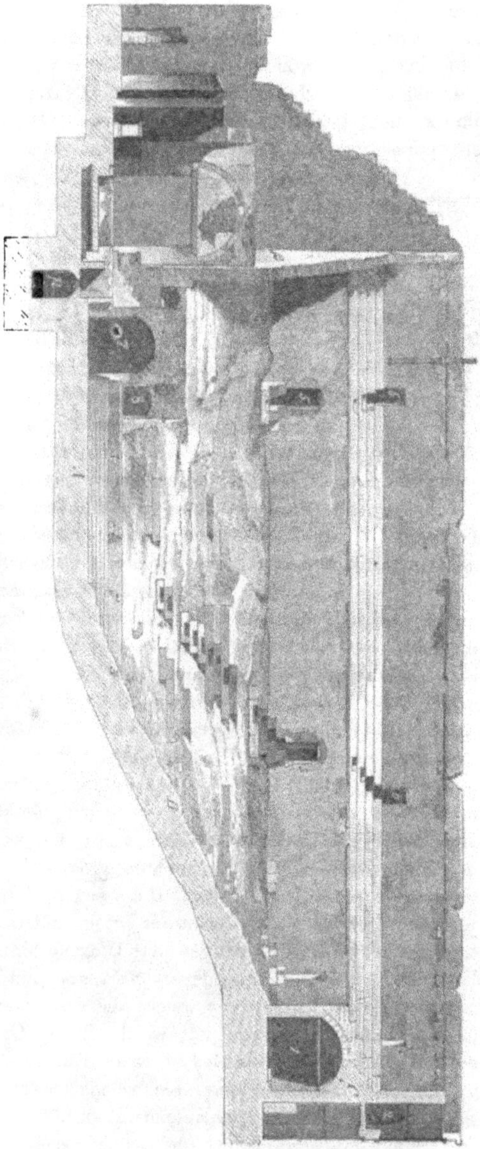

Figur 103. Durchschnitt des grossen Theaters.

ersten Steinring (s. Figur 100) nebst dem in ihm steckenden Mastbaum für das Velum, weiter rechts sieht man auf gleicher Höhe eine Reihe dieser Steinringe. An dem Bühnengebäude ist mit *p* der Raum bezeichnet, in den sich der Vorhang zusammenlegte. Die übrigen Einzelheiten mit Buchstaben zu bezeichnen und dadurch die Ansicht zu entstellen, ist überflüssig erschienen; Jeder kann sich nach dem Plan leicht selbst orientiren.

Betrachten wir jetzt die eigentliche Bühne und ihre Decorationen. Dass die Alten schon zu Aeschylus' Zeit ein sehr entwikkeltes Decorations- und Maschinenwesen hatten u. dass die Decorationsmalerei der Bühne bedeutende Künstler beschäftigte, ist freilich eine sichere Thatsache. Aber trotzdem unterscheidet sich ihr Decorationswesen nicht unbeträchtlich von dem unsern. Da zunächst in der überwiegenden Mehrzahl aller Tragödien, deren handelnde Personen der Regel nach heroische Fürsten waren, der Ort der Handlung der Platz vor der königlichen Burg oder dem Palast des Fürsten war, so gestaltete man diese überwiegend häufige Hauptdecoration der Hinterwand nicht durch Malerei, sondern man bildete die Hinterwand der Bühne selbst, welche, wie oben bemerkt, die Höhe der *summa cavea* hatte, realer Weise als Facade des Königspalastes. Im römischen Theater hiess diese als Palastfacade gestaltete Hinterwand die *scena stabilis*, die »ständige Decoration.« Diese reale Decoration aus Stein und Marmor finden wir auch in Pompeji, und die 104. Figur zeigt die Ruinen derselben. Ein vergleichender Blick auf den Plan lässt uns die Schönheit und den Reichthum dieser Facade ahnen. Dieselbe ist gedacht als ein Mittelgebäude mit zwei Seitenflügeln. Das Mittelgebäude ist der eigentliche Palast, in ihn führt die Hauptthür, die *regia porta*, durch welche diejenigen Personen des Stückes die Bühne betraten, welche zu der fürstlichen Familie gehörten. Der rechte Flügel stellt die Räume der Frauenwohnung und der Wirthschaft dar und demgemäss pflegten Weiber und dienende Personen aus der rechten Nebenthür aufzutreten, während der linke Flügel die Gastwohnung darstellte und deshalb fremde Personen durch dessen Thür die Bühne betraten. Alle drei Eingänge liegen im Hintergrunde von

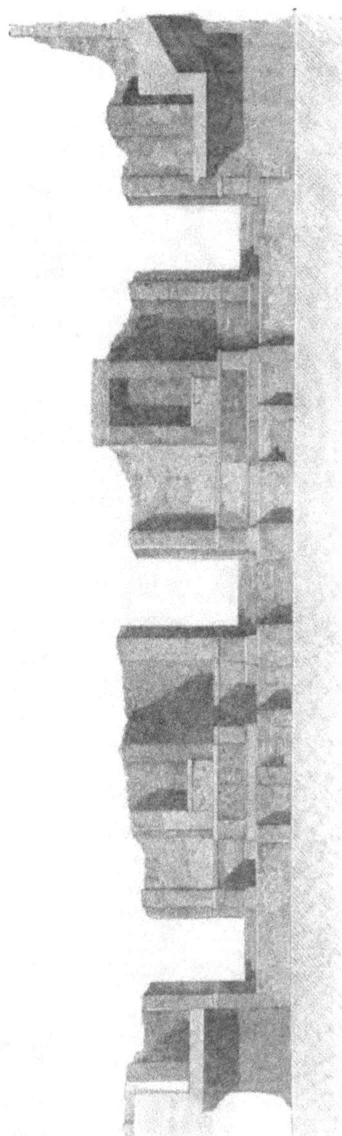

Figur 104. Ruinen des Bühnengebäudes des grossen Theaters.

Figur 105. Restaurirte Ansicht der *scena stabilis* von Herculaneum.

Nischen, die ***regia porta*** in einer grossen halbrunden Nische, in der links und rechts von der Thür eine Statuenbasis erhalten ist, die Nebeneingänge sind in kleineren viereckigen Nischen angebracht. Die Mauerflächen zwischen den Eingängen waren mit Statuen geziert. Einen vollständigeren Eindruck von der Pracht einer derartigen *scena stabilis*, als die meisten Leser sich durch Phantasieergänzung der Ruinen Pompejis werden machen können, erhalten sie durch die nebenstehende restaurirte Ansicht der *scena stabilis* von Herculaneum (s. Figur 105).

So überwiegend häufig nun aber auch der Schauplatz der Tragödien vor dem Königspalast war, so sind doch auch, vom Satyrspiel ganz abzusehn, zahlreiche Fälle vorhanden, in denen der Schauplatz ein anderer war und in denen folglich zunächst besonders für die Hinterwand andere Decorationen gefordert wurden. Diese anderen Decorationen konnten nur gemalte sein, und wir werden sie unter dem zu verstehen haben, was lateinisch die *scena ductilis* genannt wird, d. h. eine von beiden Seiten durch eine nicht nachweisbare Vorrichtung über die *scena stabilis* vorzuschiebende Decoration, welche natürlich in der Mehrzahl vorhanden sein konnte und durch Wegziehn der vordersten nach beiden Seiten verwandelt wurde. Die Möglichkeit des Decorationswechsels selbst innerhalb des Stückes bei offenem Vorhang ist damit gegeben, und dass ein solcher Decorationswechsel wirklich vorkam, dafür zeugt, um nur ein unzweifelhaftes Beispiel anzuführen, Sophokles' Aias, dessen Schauplatz im Anfang das Griechenlager, am Ende der einsame Meeresstrand des Hellespont ist. Hier muss eine doppelte gemalte Hauptdecoration vorhanden gewesen sein. So viel von der Decoration der Hinterwand, welche im Alterthum noch mehr als bei uns von der überwiegendsten Wichtigkeit war. Was aber nun die Seitendecorationen betrifft, so leuchtet von selbst ein, dass diese bei der geringen Tiefe der Bühne bei Weitem nicht die Bedeutung hatten, welche sie auf dem modernen Theater haben. Wir haben schon bei Besprechung der Substructionen auf die Vorrichtung zur Herstellung der Seitendecoration hingewiesen, und es werden hier wenige Worte genügen, um den sinnreich einfachen Apparat zur Anschauung zu bringen. Derselbe bestand aus prismatischen Maschinen, auf deren drei Flächen *a b c* drei coulissenartige Decorationen gemalt waren und welche, mit dem Balken *d* in die oben beschriebenen Steinblöcke eingezapft, in ihnen durch eine Kurbel gedreht werden konnten, so dass man auf die einfachste und schnellste Art, durch eine Umdrehung von 120° die Fläche *a* oder *b* oder *c* den Blicken der Zuschauer darbietend, den Decorationswechsel bewerkstelligte, während die *scena ductilis* eben so rasch zur Seite gezogen wurde. Diese Coulissenprismen hiessen Trigonoi (Dreiecke) oder lateinisch *versurae*, und die ganze Seitendecoration wegen ihrer Drehbarkeit die *scena versilis*. Es versteht sich wohl von selbst, dass die Malereien auf den drei Flächen des Prisma so gut nach dem Bedürfniss des darzustellenden Schauplatzes wechselten, wie die *scena ductilis* nach demselben gestaltet wurde, und dass daher die Annahme, die Fläche *a* habe die Decoration der Tragödie, *b* die der Komödie, *c* die des Satyrspiels enthalten, unrichtig sein muss. Ob die *versurae* in der Mehrzahl vorhanden waren, ist eine schwebende Frage; die Mehrzahl der Steinblöcke in den Substructionen unseres pompejanischen Theaters scheint dafür zu sprechen, doch bleibt es immerhin möglich, zwei derselben für andere Maschinerien bestimmt zu denken, da der Maschinenapparat des Alterthums nicht wenig entwickelt war. —

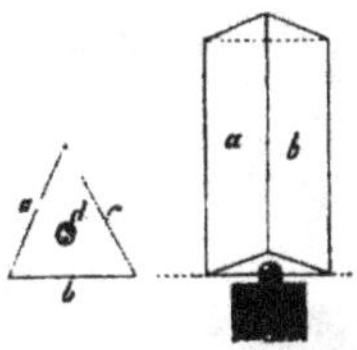

Figur 106.

Nach Besprechung der Decorationen bleiben uns nur noch wenige Punkte zu erledigen. Dass der Verkehr zwischen der Bühne und der Orchestra durch die kleinen fünfstufigen Treppen *w* im Plane ermöglicht wurde, ist schon bemerkt. Während manches Andere uns zu der Annahme gedrängt hat, dass wesentlich Aufführungen nach römischer Sitte im Theater von Pompeji stattfanden, weisen diese Treppen wiederum auf Chöre und damit auf griechische Aufführungen hin; denn wozu einen Verkehr zwischen der Bühne und der Orchestra herstellen, wenn die letztere nur Zuschauersitze enthielt? Die viereckigen Nischen in der Prosceniumsmauer waren nicht sowohl, wie man angenommen hat, für Statuen als zum Aufenthalt der Theaterpolizei bestimmt, welche an diesen Orten sitzend die ganze Zuschauermasse auf's Bequemste überblicken konnte. Zur Seite der Bühne (des Proscenium, Pulpitum oder Logeion nach antikem Ausdruck) sind zwei grosse Fenster *F* angebracht, um die Bühne, namentlich die Decoration der Hinterwand lebhaft zu beleuchten. Während in der Mehrzahl der Fälle die handelnden Personen durch die drei Thüren der *scena sta-*

bilis auftraten, konnten doch auch manche Fälle vorkommen, in denen ein Schauspieler als von aussen, sei es aus der Stadt, sei es aus der Fremde kommend gedacht wurde; für diese waren die Treppen 9 an der Seite des Proscenium angebracht, auf welche man durch den gewölbten Gang 8 von dem Hofe hinter der Bühne gelangte. — Durch die drei Thüren der *scena stabilis* betritt man über zwei Stufen das Postscenium *D*, den Raum, in welchem die Schauspieler ihren Auftritt erwarteten. Im Plane sehen wir ausser der Mittelthür, in welche die Rampe leitet, zu den Seiten in der Hinterwand noch zwei Thüren angebracht, welche jedoch vermauert sind, so dass der einzige Eingang durch die Mittelthür und über die Rampe ist.

b. Das kleine Theater.

Figur 107. Ansicht des kleinen Theaters.

Das kleinere Theater links vom grossen, wenn man aus dem Hofe hinter der Bühne tritt, war ein bedecktes, ein *theatrum tectum*, wie uns dies eine über der in unserer Ansicht dargestellten Thür angebrachte und im Innern auf der Mauer wiederholte Inschrift (Mommsen No. 2241) bezeugt, die von der Erbauung dieses Theaters durch zwei von den Decurionen ernannte Zweimänner (Duoviri) erzählt. Diese Bedachung des Theaters kann jedoch nur von Holzconstruction gewesen sein, indem die Umfassungsmauern für eine Wölbung viel zu schwach sind, und weil sich schwer begreifen lässt, wie man, falls das Theater überwölbt gewesen wäre, demselben das nöthige Licht verschafft hätte. Wir werden deshalb annehmen müssen, dass auf den Umfassungsmauern eine Reihe von Säulen sich erhob, deren Plätze noch erkennbar sein sollen, auf denen der Dachstuhl ruhte, und welche das nöthige Licht einliessen. Diese das ganze Gebäude viereckig einschliessenden Mauern, welche die Bedachung bedingt, bieten die erste und auffallendste Abweichung von der gewöhnlichen Form der Theater, welche nach hinten mit der Rundung der Sitzreihen abschlossen, und diese Mauern schneiden zugleich die Hörner der Sitzreihen dergestalt ab, dass nur die vier Stufen der *infima cavea* und die neun untersten der *media cavea* einen vollen Halbkreis bilden.

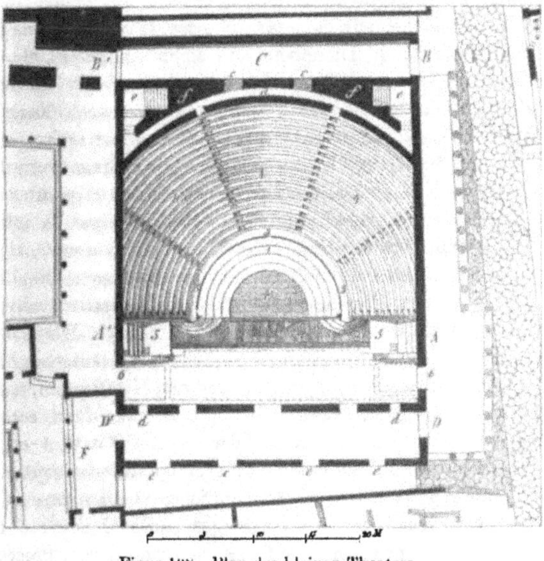

Figur 108. Plan des kleinen Theaters.

Zur Erläuterung des Planes werden unter Verweisung auf die Beschreibung des grossen Theaters wenige Worte genügen. Die Strasse rechts führt von dem s. g. Aesculapstempel auf ein Thor hin, welches man wegen der Nachbarschaft der Theater das Theaterthor genannt hat. Von dieser Strasse, an der viele

Läden, zum Theil Thermopolien (Schenken) liegen, wie sich das aus der Nähe des Theaters leicht begreift, führen die Eingänge in das kleine Theater, zunächst der in unserer Ansicht dargestellte, auf dem Plane mit *A* bezeichnete in die Orchestra zu den Stufen der *infima cavea* und zu der ersten Praecinction nebst den beiden zur Seite auf dieselbe mündenden Treppen, denen nach oben keine Vomitorien entsprechen; sodann der im Plan mit *B* bezeichnete Eingang in einen gewölbten Gang *C*, aus dem zwei neben einander liegende Thüren *c c* in den Corridor *d* hinter den Sitzen und durch diesen zu beiden Seiten zu zwei Treppen *e e* führen, auf welchen man zu einem oberen Corridor (über *d*) und zu den beiden Vomitorien der zweiten Cavea *f f* gelangt.

Den beiden genannten Eingängen in das kleine Theater entsprechen zwei gegenüberliegende Ausgänge *A'* und *B'*, deren ersteren wir auf der Ansicht bemerken; durch diese gelangt man in das grosse Theater und zwar durch *A'* in den Säulenhof hinter der Bühne, durch *B'* in die gewölbte Parados der Orchestra und zu den Sitzen der *infima cavea*. Die Einrichtung des Zuschauerraums entspricht bis auf die bemerkten Abweichungen und bis auf den Umstand, dass eine dritte Cavea nicht vorhanden war, derjenigen des grossen Theaters. Auch hier finden wir eine *infima cavea* 1 von vier breiteren Sitzstufen für die Honoratioren. Dieselben sind an ihren Enden schmaler über den Halbkreis hinausgebaut und hakenförmig zurückgebogen 2, und dienten so zugleich als ansehnliche Treppe zur Praecinction 3, welche durch eine hier erhaltene Marmorbrüstung mit drei Durchgängen von der *infima cavea* abgetrennt ist. Diese Brüstung wird an ihren Enden von den kräftig gehauenen geflügelten Löwenfüssen Fig. 109 gestützt und abgeschlossen, während die an den Sitzreihen gegen die Bühne herablaufende Mauer an ihrer Stirn durch eine knieende Atlantenfigur abgeschlossen wird, welche auf den Ellenbogen eine Platte trägt, auf der eine Vase oder eine sonstige Decoration, vielleicht auch ein Candelaber gestanden haben mag Fig. 110. Die Arbeit an dieser Figur, die mit der Masse des Theaters gleichzeitig zu setzen ist, gehört zum Besseren, wenigstens zum Kräftigsten, was Pompeji an Sculptur aufzuweisen hat. Ausser den durch sechs Treppen zu besteigenden Sitzreihen der zweiten Cavea 4 zeigt uns das kleine Theater Pompejis noch einige Zuschauerplätze, welche unseren Prosceniumslogen verglichen werden können, die s. g. Tribunalien über den Eingängen in die Orchestra, 5 5 auf dem Plan, zu denen man auf eigenen Treppen vom Proscenium aus gelangte. Der Eingang kann nur durch die Thür *D* von der Strasse aus gewesen sein, so dass der Weg für die Zuschauer, denen diese Sitze reservirt waren, über die Bühne führte und durchaus von den Wegen der übrigen Zuschauer getrennt ist. Dieser Umstand in Verbindung mit dem, dass in Rom diese Plätze

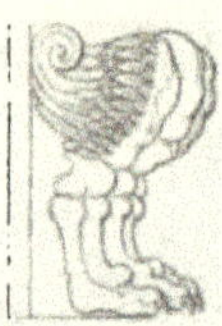

Figur 109.

Figur 110.

den vestalischen Jungfrauen bestimmt waren, lässt uns annehmen, dass sie in Pompeji für die Priesterinnen vorbehalten waren, deren wir zwei oberste (*sacerdos publica*), Eumachia aus der Inschrift an ihrem Gebäude am Forum und Mamia aus ihrem Grabmahl, sowie eine Priesterin der Diana ebenfalls aus einer Grabschrift kennen, während wir ihrer eine grössere Zahl unzweifelhaft voraussetzen dürfen.

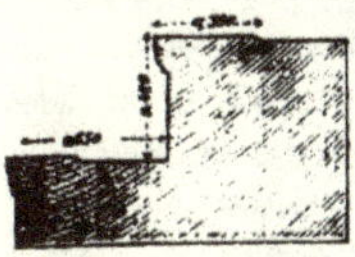

Figur 111. Sitzstufen.

Bevor wir den Zuschauerraum verlassen, müssen wir uns noch die Sitzstufen von Marmor, welche in diesem kleineren Theater fast vollständig erhalten sind, genauer betrachten. Die nebenstehende Abbildung zeigt einen Querdurchchnitt zweier Stufen, bei dem die Maasse angegeben sind. Man sieht, wie die Sitzstufe nach vorn etwas höher als nach hinten ist, oder wie hinten eine um die ganze Sitzreihe eingehauene Vertiefung läuft. Diese diente den Füssen derer zur Unterstützung, welche auf der zweiten Stufe sassen, während der eigentliche Sitz auf der vorderen Hälfte der Stufe erhöht ist, um die Kleider der unten Sitzenden vor Beschmutzung durch die Füsse der oben Sitzenden zu bewahren, was um so nothwendiger war, da man das Theater im durchaus weissen Anzug zu besuchen pflegte, wovon allein das gemeine Volk der *summa cavea*, welches in grau ging, eine Ausnahme machte. Uebrigens brachte man sich entweder Sitzkissen mit, oder man faltete seinen Mantel als Polster zusammen, denn pure Marmorstufen würden bei der Dauer der Aufführungen dem enragirtesten Theaterbesucher die Lust verdorben haben. Dass die einzelnen 16″ breiten Sitze durch leicht eingehauene Linien getrennt waren, ist schon bemerkt. Die Zahl derselben, die hier durch unmittelbares Zählen ermittelt werden konnte, ist 1500.

Die sorgfältig mit wohlerhaltenen mehrfarbigen Marmorplatten belegte Orchestra bietet kaum einen anderen besonders zu bemerkenden Umstand, als dass in den Streifen, welcher die Sehne der untersten Cavea bildet, der ganzen Breite nach mit grossen bronzenen Buchstaben die Inschrift (Mommsen No. 2242)

M. OLCONIVS. M. F. VERVS IIVIR. PRO. LVDIS

eingelegt ist, welche einen Marcus Olconius Verus als Zweimann zur Oberaufsicht der Spiele nennt, ohne dass sich recht klar einsehn liesse, welcher Grund vorgelegen haben mag, ihn auf diese sehr ausgezeichnete Weise allein zu nennen. Dass der halbkreisförmige Theil der Orchestra *E* bis zu der Inschrift zu Sitzplätzen gedient habe, ist sehr wahrscheinlich.

Die Substructionen des Bühnengebäudes sind einfacher und weniger gut im Detail erhalten, als bei dem grossen Theater. Gegen die Orchestra schneidet eine glatte Mauer ohne Nischen ab, diese, eine Mittelmauer, kleine Verbindungsmauern und die Mauer der *scena stabilis* trugen hier wie im grossen Theater den Fussboden der Bühne. Von den Maschinen für Vorhang und Versuren ist Nichts vorgefunden. Die Scenenwand zeigt die bekannten drei Thüren nebst zweien kleinen *d*, welche nur als Durchgänge zu den Tribunalien gelten können und hinter die vorauszusetzende Seitendecoration fallen. Das Vorhandensein der drei Thüren in der Scenawand wie im grossen Theater macht es fast gewiss, dass wir in unserem Gebäude nicht ein reines Odeum für musikalische Aufführungen vor uns haben, sondern ein Theater, in dem dramatische Spiele gegeben wurden, sei dies nun bei schlechtem Wetter, sei es vor einem beschränkteren Publicum. Auf dramatische Aufführungen weisen auch die Reste von Decoration der Scenawand hin, welche freilich nicht durch Architektur und Sculptur, sondern durch Malerei hergestellt waren. Beleuchtet wurde die Bühne durch die Fenster 6 6, deren wir eines vergittert auf unserer Ansicht wahrnehmen. Dass diese Fenster von so ansehnlicher Grösse sind, erklärt sich aus der viel Licht wegnehmenden Bedachung des Theaters. Das Postscenium erhält durch vier Fenster in der Hinterwand *e* Licht und hat seinen Eingang in *D'* aus der Gladiatorencaserne, und zwar zunächst aus einem offenen von drei Säulen getragenen Saal *F*, den wir in Ermangelung einer besseren Erklärung, entsprechend dem Saale *B* hinter dem grossen Theater, als Garderoberaum betrachten mögen. — Erwähnt werde schliesslich noch die Säulenhalle vor den Eingängen *B*, *A*, *D* über dem sehr erbreiterten Trottoir der Strasse. Mazois allein hat diese Säulenhalle, aber er giebt nicht allein auf's Bestimmteste die Existenz der einen, dunkeler gehaltenen Säule an, sondern beschreibt diese so ausführlich, dass an einen Irrthum nicht zu denken ist. Dass der Raum eine Säulenhalle beinahe fordert, leuchtet ohne Weiteres ein.

Nachdem wir die wesentlichen und erhaltenen Theile der beiden Theater Pompejis betrachtet und erläutert haben, bleibt uns noch ein Blick auf den Fundbericht. Im Allgemeinen wird nur von den offenbaren Spuren antiker Nachgrabungen im grossen Theater und von den deutlichsten Anzeichen gesprochen, dass die Theater, welche im Erdbeben vom Jahre 63 stark gelitten hatten, bei der Verschüttung noch nicht wieder so weit hergestellt waren, dass sie zu Vorstellungen hätten benutzt werden können. Schon hieraus ergiebt sich die Unwahrscheinlichkeit, dass in dem Theater *tesserae*, Einlassmarken, gefunden worden sind; diese Unwahrscheinlichkeit wird aber zur Unmöglichkeit

Figur 112. *Tesserae.*

durch den Umstand, dass Winckelmann die *tesserae* schon vor der Ausgrabung der Theater kannte. Nichtsdestoweniger bleiben dieselben, die jedenfalls in Pompeji gefunden sind, interessant genug, indem sie einen Beleg bieten, dass

Holzschnitt und Druck von Eduard Kretzschmar in Leipzig.

Figur 113. Ruinen des Amphitheaters.

die griechische Sprache in Pompeji in Gebrauch war, wenngleich keineswegs einen Beweis für die Aufführung griechischer Tragödien, welchen man namentlich aus der ersteren Tessera hat entnehmen wollen, auf der ausser dem auf die Sitzreihe bezüglichen griechisch und lateinisch wiederholten Zahlzeichen 12 der Name des Aeschylus im Genitiv enthalten ist. Man hat diesen Namen, besonders verleitet durch eine unechte Tessera, auf der die Casina des Plautus genannt ist, auf eine Aufführung einer aeschyleischen Tragödie oder Trilogie bezogen, ohne sich an das Wunderliche, um nicht zu sagen Absurde der Ausdrucksweise zu stossen. Die richtigere Erklärung (von Wieseler) erkennt in dem Namen des Aeschylus ebenfalls nur einen Hinweis auf den Platz oder die Sitzreihe unter der Annahme, dass die Sitzreihen mit den Statuen grosser Dichter geschmückt waren. Zum Wenigsten wird man unter dieser Annahme die Ausdrucksweise verständig finden. Die andere Tessera stimmt in der Localbezeichnung (elfter Halbkreis) mit dieser Annahme überein. Beide haben auf der Rückseite eingekratzte Zeichnungen, von denen namentlich die der zweiten offenbar eine missglückte Darstellung der Cavea eines Theaters giebt. — Fast auf allen Wänden sind eingekratzte Inschriften gefunden, die aber sämmtlich heutzutage unleserlich sind; eine von ihnen enthielt das Datum 751 Roms = 3 v. Chr. Geb. — Zwei Thonstatuen, einen Schauspieler und eine Flötenspielerin darstellend, welche im Odeum gefunden worden sein sollen, stammen nicht aus diesem, sondern aus einem benachbarten Hause. —

Vierter Abschnitt.

1. Das Amphitheater.

Von den Schauplätzen edler musischer Kunst führt uns unser Weg zu dem Schauplatze jener blutigen und grausamen Spiele, vor denen selbst das abgehärtetste moderne Gemüth schaudernd zurückbebt, und welche uns in ihrer Ausbildung eine der dunkelsten Nachtseiten des sinkenden Heidenthums zeigen, zum Amphitheater, in welchem die Thierhetzen und die Gladiatorenkämpfe stattfanden. Auch diese sind nicht in Rom heimisch; sowie die dramatischen Spiele grösstentheils aus Griechenland, kamen die Gladiatorenkämpfe den Römern aus Etrurien zu, in welchem Lande des finsteren Aberglaubens und blutiger Cultusübung sie in ihrem Keime, aber auch nur in diesem mit religiösen Anschauungen zusammenhingen, deren Analoga wir freilich auch bei anderen Völkern, namentlich bei den Griechen wiederfinden. Aus Menschenopfern auf dem Grabe der Edlen zur Verherrlichung des Todten und zur Sühnung der Manen gingen die Gladiatorenkämpfe hervor, indem man die Schlachtopfer, zunächst gefangene Feinde, anstatt sie von Priesterhand erwürgen zu lassen, paarweise mit einander um Tod und Leben kämpfen liess. Dass diese Kämpfe zu einem Schauspiel wurden, welches sich den übrigen Schauspielen zur Ehre des Bestatteten einreihte, begreift sich, und eben so leicht verständlich ist es, dass dieses einer weiten Entwickelung Thor und Thür öffnete, in

Figur 114. Das Amphitheater, innere Ansicht.

der das anfängliche religiöse Element mehr und mehr zurück, das des Schauspiels mehr und mehr in den Vordergrund trat. Natürlich hangt hiemit ein Wechsel des Locals zusammen, und es ist schon oben bemerkt, dass zunächst das Forum der Schauplatz der Gladiatorenkämpfe wurde, bis deren häufige Wiederholung und der massenhafte Zudrang des Volkes, welches in den Säulengängen und auf der Gallerie des Forum nicht mehr Platz fand, zur Errichtung eigener Gebäude für diese Kämpfe nöthigte. — Aus Rom werden die ersten Gladiatorenkämpfe vom Jahre 488 d. Stadt (266 v. Chr.) gemeldet, Marcus und Decius Brutus gaben sie zu Ehren der Manen ihres Vaters, indem sie drei Paare mit einander kämpfen liessen. Aber schon im Jahre 537 d. St. (217 v. Chr.) gaben die drei Söhne des M. Aemilius Lepidus zu Ehren ihres Vaters dem Volke das Schauspiel von 11 Einzelkämpfen, welche drei Tage auf dem Forum dauerten, und bald darauf 552 d. St. (202 v. Chr.) liessen die Söhne des Valerius Laevinus bereits 25 Paare gegen einander kämpfen. Seit dieser Zeit war der Geschmack an diesen blutigen Spielen so allgemein geworden, dass ziemlich jede Verbindung mit der ursprünglichen Veranlassung zerrissen ward und man dieselben wie andere Volksbelustigungen mit Triumphen, Gebäudeeinweihungen und anderen Gelegenheiten verband, und dass ehrgeizige und reiche Männer dem Volke diese Schauspiele wie andere gaben, um sich für eine Wahl zu empfehlen oder um für eine solche ihre Dankbarkeit zu bezeigen. Ja in Campanien ging man so weit, bei Gastmählern wie Tänzer und andere Kunststückmacher auch Gladiatoren einzuführen, die auf Tod und Leben kämpften, während die Gäste schmausten, und deren Blut nach des Dichters Silius Italicus (11. 51.) Ausdruck die Tische besudelte. Trotz der wachsenden Lust an diesen Kämpfen blieb Rom lange ohne ein Amphitheater; erst Julius Caesar liess ein eigenes hölzernes Gebäude auf dem *campus Martius* errichten und zwar nicht sowohl für Gladiatorenspiele, als für die früh mit denselben in Verbindung gebrachten Thierhatze, die s. g. Jagden (*venationes*), welche eine Zeit lang im Circus (in der Rennbahn) veranstaltet waren, aber etwa vom Ende der römischen Republik an mit den Gladiatorenkämpfen zusammen als Ergänzung blutiger Schau im Amphitheater stattfanden. Zu dieser Zeit fixirte sich auch der Name, welcher daher abzuleiten ist, dass, wie ein Blick auf den unten stehenden Plan zeigt, das Amphitheater gleichsam aus zwei mit der Oeffnung der Halbkreise gegeneinander gestellten Caveen besteht, denen das Scenengebäude fehlt. Da aber, wie bereits früher bemerkt, im engeren Sinne die Zuschauerräume allein den Namen Theatron führten, so heisst Amphitheatron wörtlich Ringsumtheater, bezeichnet also ein Gebäude, welches rings von Zuschauerplätzen umgeben ist. Um aber für die Bewegung der Kämpfe und Jagden mehr Raum zu gewinnen, baute man die Amphitheater anstatt kreisrund als ziemlich gedehnte Ovale. Das erste bleibende, zum Theil aus Stein, zum Theil aus Holz bestehende Amphitheater baute in Rom unter August Statilius Taurus; dasselbe brannte unter Nero ab und wurde von diesem restaurirt. Der Folgezeit aber erschien dasselbe nicht gross und prachtvoll genug, Vespasian unternahm und Titus vollendete das *Amphitheatrum Flavium*, das heute Colosseum oder Coliseo genannte gewaltige Gebäude, welches über 80,000 Zuschauer fasste. Die auf dasselbe verwendete Summe soll so enorm gewesen sein, dass sie zum Bau einer ansehnlichen Stadt genügt haben würde, 12,000 Juden arbeiteten an demselben und bei seiner Einweihung sollen nach der geringsten Angabe 5,000 wilde Thiere getödtet worden sein, worauf der Schauplatz durch hineingeleitetes Wasser in einen See verwandelt wurde, auf welchem man ein Schiffsgefecht, eine sogenannte Naumachie veranstaltete. —

Die Municipalstädte folgten dem Beispiel der Hauptstadt, und wenngleich in einem sehr verjüngten Maassstab im Vergleich zum Colosseum, wurden an vielen Orten Amphitheater erbaut, deren Ruinen vielfach noch vorhanden sind, unter denen aber an Grösse unser pompejanisches Amphitheater einen nicht geringen, an Erhaltung den ersten Rang einnimmt. Es ist schon früher bemerkt, dass dasselbe, wie es sich äusserlich am leichtesten erkennen liess, zu den ersten Entdeckungen in Pompeji gehört; aber erst in den Jahren 1812 und 1813 wurde die Ausgrabung vollendet, welche das Gebäude in fast unversehrtem Zustande wieder an das Tageslicht brachte. Ein Blick auf den kleinen Stadtplan (Figur 5 S. 35) genügt, um über dessen Lage sich zu orientiren. Wir finden es im östlichen Winkel der Stadt und zwar so hart an die Stadtmauer gelehnt, dass die äussere Platform auf der Höhe der mittleren Cavea nur um $\frac{2}{3}$ des Gebäudes umlaufen kann, und auf dem Reste seines Umfangs von der Stadtmauer unterbrochen wird. Wenn man auf der Strasse von den Theatern her dem Amphitheater naht, so präsentirt sich dasselbe in der Ansicht, welche diesem Abschnitt vorgeheftet ist. Links haben wir den Eingang zu dem als *Forum boarium* (Viehmarkt) betrachteten Platz, neben dem die wieder zugeschüttete Villa der Julia Felix liegt, rechts liegen unausgegrabene Theile der Stadt unter ihrer Aschendecke. Grade vor uns dehnt sich das weite Oval des Amphitheaters, nach aussen von einer Reihe Bogen getragen, deren mehre als Vomitorien der mittleren Cavea durchbrochen sind, während wir in der Mitte eine der vier Treppen sehen, auf denen man zu der auf der Höhe der mittleren Cavea umlaufenden Gallerie oder Platform gelangt. Ueber diese erhebt sich die oberste Cavea auf einer zweiten Bogenstellung, innerhalb deren eine Anzahl von Treppen auf die oberste Platform und die Höhe der *summa cavea* führt. In dieser Ansicht erscheint das Gebäude, obwohl von bedeutendem Umfang, so doch von verhältnissmässig geringer Höhe. Der Grund hievon ist, dass dasselbe fast eben so tief in die Erde hineingegraben wie über den Boden erhoben ist. Erst wenn wir durch einen der beiden stark geneigten Haupteingänge das Innere betreten, sehen wir das Gebäude in seiner ganzen Höhe vor uns, wie es die zweite Ansicht (Figur 114) zeigt; und da zugleich die geringere Weite des Innern die Höhendimensionen scheinbar wachsen lässt, macht das Amphitheater einen wirklich imposanten Eindruck. Das Auge überfliegt den weiten ebenen Platz der Arena, auf welchem jene grausen Kämpfe ausgefochten wurden, jene wilden Thierhatze und Thiergefechte stattfanden; an den zahlreichen wohlerhaltenen, nur ihrer Marmorbekleidung beraubten Sitzreihen steigt es empor, auf denen Tausende in blutdürstiger Neugier den Scenen wilder Tapferkeit und Geschicklichkeit, den Scenen blutiger Niederlagen und resignirten Todes zuschauten, den Sitzreihen, welche Jahrhunderte leer standen, bis vor wenigen Jahren der aus Rom flüchtige Papst hier dem versammelten Volke den apostolischen Segen ertheilte. Ueber die Platform der obersten Cavea aber erblicken wir endlich den Vesuv, der jetzt leichte schwarze Rauchwolken emporwirbelt, und der am letzten Tage Pompejis seinen ersten Aschenregen auf die Köpfe des Volkes niederwarf, das auf diesen Sitzen dichtgeschaart von der Katastrophe überrascht wurde.

Die beiden Haupttheile sind hier die Arena, der Kampfplatz 1. 1 Fig. 116, und die Cavea, der Zuschauerraum 1. 2 Fig. 116. Betrachten wir uns zuerst die Arena in ihren Einzelheiten. Ueber den Kampfplatz an sich, der seinen Namen von der Sanddecke hatte, mit welcher man ihn belegte, und welche die Blutströme aufsog, wie das heute noch bei spanischen Stiergefechten bekannt ist,

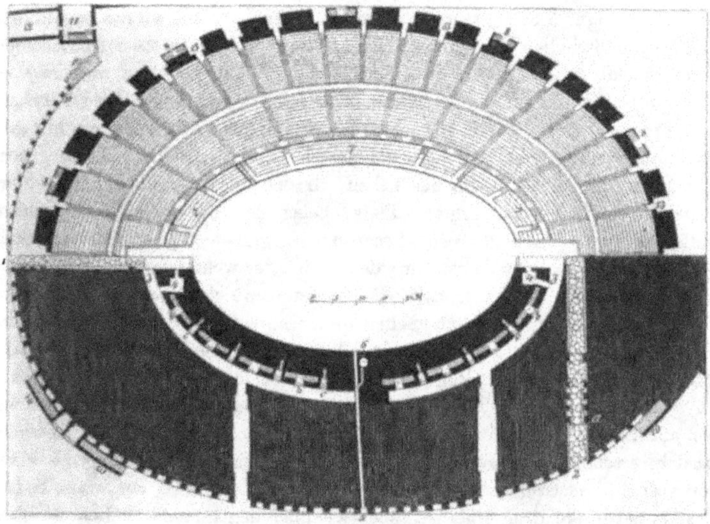

Figur 115. Plan des Amphitheaters.
[Obere Hälfte: alle Sitzreihen, untere Hälfte: die Substructionen.]

ist freilich Nichts zu sagen. Wir bemerken nur zunächst die beiden grossen Eingänge in denselben von Nordwest und von Südost in der Längsachse des Gebäudes, deren unsere Ansicht Figur 114 den letzteren (3 Figur 116) als Standort des Beschauers zeigt. Beide Eingänge sind gewölbt und ihr stark geneigter Boden ist gepflastert, an den Seiten nimmt eine Gosse das etwa hineinlaufende Regenwasser auf. — Der nordwestliche Eingang 1 im Plane führt in grader Linie in die Arena, der südöstliche 2 musste im rechten Winkel gebrochen werden, weil er sonst ausserhalb der Stadtmauer ausgemündet sein würde. Die Wölbung dieses Ganges wird auf seinem langen Schenkel von sechs Bogen verstärkt, die unser Plan bei *a* zeigt, eine Vorsicht, die bei der Last der Sitzreihen, welche auf der Wölbung ruhen, sehr zu billigen ist. Diese Eingänge führten, wie gesagt, in die Arena, freilich erst nachdem sie den Corridor 3 durchschnitten haben, den unsere Ansicht zu beiden Seiten als eine Wölbung, und der Durchschnitt Figur 116 bei 4 zeigt. An diesem Corridor erweitern sich die Eingänge, so dass sie beim Ausmünden in die Arena die ansehnliche Breite von 4 Metern haben. Durch diese weiten Thore zogen zu Anfang der Spiele die Gladiatoren, zum Theil beritten, zum Theil zu Fuss in ihrem vollen und mannigfaltigen Waffenschmuck in geschaarten Gliedern unter kriegerischer

Figur 116. Querdurchschnitt des Amphitheaters.

Musik feierlich in die Arena ein, oft in bedeutender Zahl, wie ein Anschlag am Album des Gebäudes der Eumachia dreissig Paare Gladiatoren anzeigt. Nach vollendetem Umzug zogen sie sich wieder zurück, um dann nach der Kampfordnung in einzelnen Paaren oder in grösserer Anzahl den Kampfplatz wieder zu betreten, der mittlerweile gegen die Eingangsthore mit mächtigen Gitterthüren abgeschlossen worden war. Auf unserer Ansicht Figur 114 sehn wir ausser dem gewölbten Corridor rechts noch eine viereckige Thür näher an der Arena. Diese öffnet sich hier wie bei dem nordwestlichen Eingang auf zwei kleine viereckige Zimmer, 4 auf dem Plan, welche einen zweiten Ausgang auf den Corridor haben. Noch heute sind die Reste starker eiserner Gitter erhalten, durch welche beide Eingänge geschlossen wurden, und welche uns deutlich zeigen, dass in diesen Zimmern die wilden Bestien eingeschlossen waren, bis man sie durch das eine geöffnete Gitter in die Arena losliess. Endlich sehn wir auf dem Plane noch einen Eingang in die Arena bei 5; er ist eng und führt auf einen langen Gang, von dem rechts eine Treppe in ein auf dem Plane in den Substructionen angedeutetes rundes Zimmer 6 abzweigt. Das ist aller Wahrscheinlichkeit nach die Pforte des Todes, die *porta libitinensis*, durch welche man die Leichen der gefallenen Gladiatoren an eingeschlagenen Haken aus der Arena schleifte, um sie in dem *spoliatorium*, welches wir in dem runden Zimmer erkennen, ihrer Waffen und Rüstungen zu entkleiden.

Die Arena selbst ist 36×68 Meter gross und gegen die Sitzplätze durch eine 3 Meter hohe Brüstungsmauer (5 Figur 116) abgeschlossen; auf deren oberer Kante bemerkt man noch die Löcher, in denen auf derselben ein Gitter oder ein Netzwerk von starkem Draht errichtet war, welches die Zuschauer gegen das etwaige Ueberspringen der Tiger und Panther schützte. In Rom liess Nero in jede Masche dieses Netzes ein Stück Ambra hängen und man dachte daran, den Draht aus Gold zu ziehen. In grossen Amphitheatern befand sich innerhalb der Brüstungsmauer ein Wassergraben, Euripus genannt, besonders bestimmt, die wilden Thiere abzuhalten, namentlich die Elephanten, von denen man sich einbildete, sie scheuten das Wasser. In Pompeji ist die Brüstungsmauer der Arena mit Gemälden bedeckt gewesen, die freilich jetzt beinahe

Figur 117. Gemälde an der Brüstungsmauer. Thierkampf.

erblichen sind. Eine Probe giebt Figur 117; es ist die Darstellung eines der Kämpfe von Thieren gegen einander, hier eines Stieres mit einer gewaltigen Molosserdogge. Dergleichen Bilder von Thierkämpfen sind noch einige vorhanden; diese Bilder werden durch Zwischenfelder getrennt, auf denen umkränzte Hermen zwischen Säulen gemalt sind, dann folgen Felder, die mit einem schuppenartigen Ornament versehen und von schmalen Zwischenfeldern mit verschiedenen Ornamenten, besonders aus dem Pflanzenreich, begrenzt werden. In den Hauptfeldern sind aber Thierkämpfe nicht die einzigen Darstellungen, auch Scenen der Gladiatorenkämpfe, von denen uns Figur 118 eine

Figur 118. Gemälde an der Brüstungsmauer. Gladiatorkampf.

Probe bietet, treten für jene ein. Hier sehn wir den Augenblick der grausen Entscheidung. Dem rechts stehenden Gladiator ist das Schwerdt krumm gebogen und deshalb unbrauchbar geworden, er ist im linken Arm verwundet, besiegt, sein Leben hangt von der Gnade des Volkes ab, aber nur dann darf er hoffen dasselbe zu retten, wenn es ihm gleichgiltig und er bei dem drohenden Tode ganz unbewegt erscheint; deshalb hat er seine Schutzwaffe, seinen Schild hingeworfen und steht ruhig da, indem er mit erhobenem Daumen der linken Hand die Menge stumm um Gnade anfleht, denn der emporgerichtete Daumen war das Gnaden-, der gesenkte das Verdammungszeichen. Seine Bitte scheint nicht erhört zu werden, wir dürfen uns das Volk mit gesenkten Däumen sitzend denken; denn der siegreiche Gegner dringt heran, um seinem wehrlosen Schlachtopfer das Schwerdt durch die Gurgel zu stossen.

Figur 119. Gemälde an der Brüstungsmauer. Waffnung.

Figur 119 zeigt uns eine andere Scene, die, wenngleich sie in Einzelheiten dunkel ist, doch offenbar dem Beginne des Kampfes, der Waffnung der Gladiatoren angehört. In der Mitte der Kampfordner, mit langem Stabe den Kreis des Kampfes bezeichnend, rechts ein Gladiator, der halb gerüstet dasteht, und dem zwei andere Schwerdt und Helm bringen, gegenüber ein ebenfalls halb gerüsteter, der das Schlachthorn bläst (nicht der bei den Kämpfen unbetheiligte Tubicen, der wie der Kampfordner ungerüstet sein würde), während zwei hinter ihm an einem der Victorienbilder, die die Scene einfassen, hockende Genossen auch für ihn Helm und Schild bereit halten.

Auch Inschriften hat diese Brüstungsmauer der Arena aufzuweisen, und zwar solche, die sich trotz einer noch nicht durchaus sicher erklärten Abkürzung, die in allen an gleicher Stelle steht, doch sicher auf den Bau oder auch auf eine Renovation des Amphitheaters nach dem Erdbeben beziehen. Man findet sie, sechs an der Zahl, die erste unvollständig, links vom nördlichen Haupteingange (Mommsen No. 2252). Das sichere Ergebniss ihrer Aussagen ist, dass der und der zu einem obrigkeitlichen Amte Erwählte einen Cuneus, respective mehrere Cunei (d. h. die Keile der Sitzplätze zwischen zwei Treppen) nach Decurionendecret hat machen lassen. Die in der Erklärung unsicheren abgekürzten Worte sind PRO LV. (oder LVD.) LVM., welche Garucci *pro ludorum luminatione*, Mommsen *pro ludorum luminibus*, ein französischer

Epigraphiker, Herr Léon Rénier, in dem neuesten Werke über Pompeji von Breton (Pompeia décrite et dessinée par E. Breton. Par. 1855. S. 175. Note) *pro ludis, luminatione* lieset. Die Erklärung der ersteren beiden Gelehrten geht dahin, dass der in der Inschrift Genannte (also z. B. in der letzten M. Gantrius Marcellus, Marcus Sohn, Rechtsduumvir) anstatt der Beleuchtung der Spiele drei Cunei habe machen lassen, während Herr Rénier versteht, er habe anstatt der Spiele und der Illumination, die er bei seinem Amtsantritt hätte veranstalten müssen, auf Befehl der Decurionen drei Cunei erbauen lassen. Sei die eine oder die andere Erklärung die richtige, was hier nicht erörtert werden kann, so steht das fest, dass man in Pompeji die Gelder, welche auf eine vorübergehende Schau verwendet worden wären, zum Bau oder zur Restauration des Amphitheaters zweckmässig anlegte. Da wir grade von Inschriften reden, die sich auf den Bau des Amphitheaters beziehen, so mag gleich hier eine solche ihre Erwähnung finden, welche (Mommsen No. 2249) sich auf die Gründung bezieht. Sie war doppelt auf zwei Marmortafeln rechts und links vom nördlichen Haupteingange, die jetzt im Museum in Neapel sind, eingehauen und sagt aus, dass Caius Quinctius Valgus und Marcus Porcius, Rechtsduumvirn, zu Ehren der Colonie auf ihre Kosten [die ersten] Spiele veranstaltet und den Ort auf ewige Zeiten der Colonie zu eigen gegeben haben.

Was nun den Zuschauerraum, das eigentliche Amphitheatrum anlangt, so sieht Jeder bei einem Blick auf den Plan wie auf den Durchschnitt Fig. 116, dass derselbe durch zwei Praecinctionen (*a b* Figur 116) in drei Ränge oder Caveen getheilt ist, welche wieder durch Treppen in Cunei zerfällt werden. Der Sitzreihen sind im Ganzen 34, nämlich *infima cavea* 4 (6 Figur 116), *media cavea* 12 (7 Figur 116), *summa cavea* 18 (8 Figur 116); die unterste Cavea ist nicht in eigentliche Cunei getheilt, doch können wir auch bei ihr vermöge der Eingänge und kleinen Treppen aus dem grossen Corridor eine Zerfällung in 18 Logen von verschiedener Breite (7 auf dem Plan) wahrnehmen. Der mittlere Rang ist durch 20 Treppen in Cunei zerlegt, der oberste durch ihrer 40, welche offenbar hier in der doppelten Zahl angebracht sind, um das Auffinden der nach oben immer zahlreicheren Sitzplätze zu erleichtern und alles Gedränge beim Aus- und Eingang der Menge zu vermeiden. Die Einrichtung der Sitzstufen ist durchaus die, welche wir bei dem kleinen Theater beschrieben haben. Hinter der obersten Cavea läuft eine von Vomitorien durchbrochene Umfassungsmauer um das ganze Amphitheater; sie bildet eine mässige Platform, auf welche eine Anzahl von Treppen (8 im Plan, 9 im Durchschnitt Figur 116) führen, und von der wir es wieder wie beim grossen Theater dahingestellt sein lassen müssen, ob dieselbe zu Plätzen für die Proletarier oder nur dazu bestimmt war, um zum Manövriren des Velum, des Zeltdaches zu dienen, von dessen einstiger Existens in Steinringen in der Umfassungsmauer auch hier deutlich erkennbare Spuren vorhanden sind.

Von besonderem Interesse ist das Arrangement der Eingänge und der Zugänge zu den verschiedenen Rängen. Es ist schon bemerkt, dass die *infima* und der grösste Theil der *media cavea* unter dem Niveau des äusseren Bodens liegen (siehe Figur 116) und dass die Eingänge in den untersten Rang theils mit den grossen Eingängen in die Arena zusammenfallen, theils in vier eigenen gewölbten Gängen bestehen, deren die untere Hälfte unseres Planes zwei darstellt. Diese Eingänge münden auf einen weiten gewölbten Umgang oder Corridor (3 im Plan), der mit Ausnahme eines kleinen Stückes am Spoliatorium das ganze Amphitheater im Niveau der Arena umgiebt (siehe Fig. 114 und Fig. 116 bei 4). Dieser Corridor, an dessen Wand man eine Reihe von gemalten Inschriften gefunden hat, die sich auf Scenen der Schauspiele beziehen, ist gegen die Cavea durch eine Reihe von Bogen (*b* im Plan) geöffnet, durch welche er sein Licht empfängt, und durch welche die Zugänge zur ersten und zweiten Cavea sind. In die erste gelangt man auf den im Plan mit *c* bezeichneten kleinen Treppen, welche, im Ganzen fünf Stufen hoch, auf die Höhe der zweiten Sitzreihe führen. Zwischen diesen Treppen zur ersten Cavea liegen die zur zweiten (*b* auf dem Plan); man schreitet über zwei Stufen durch den Bogen und findet sowohl rechts wie links eine Treppe von zehn Stufen, welche auf die Höhe der ersten Praecinction, also an die unterste Sitzstufe der *media cavea*, hinter die Brüstung führt, welche sie von der untersten trennt. Ist man oben angelangt, so steht man auf einer quadraten Platte (*e* im oberen Theil des Planes) und hat vor sich die Treppe, welche an den Sitzstufen bis zur zweiten Praecinction emporführt. Auf der Höhe der *summa cavea* läuft aussen um das Gebäude bis auf den Theil desselben, der an die Stadtmauer stösst, die erwähnte breite Gallerie, 9 im Plan (vgl. Figur 116 10), von der aus die Eingänge in die *summa cavea* sind. Man gelangt, wie auch bereits erwähnt ist, auf diese Gallerie vermöge zweier Doppeltreppen (11 Figur 116), deren eine unsere Ansicht Figur 113 zeigt, und zweier einfachen an den Punkten, wo die Stadtmauer angrenzt, 10 auf dem Plan, der zugleich bei 11 einen der Thürme der Stadtmauer und in 12 die äussere und innere Linie dieser selbst zeigt. Auf diese Gallerie münden die 40, den 40 Treppen der *summa cavea* entsprechenden Vomitorien, 13 im Plan, zwischen denen die Treppen 8 zur obersten Platform in der Mauerdicke angebracht sind. — Man wird bei genauer Erwägung dieser ganzen Einrichtung begreifen, wie vortrefflich für freie Bewegung gesorgt ist, selbst wenn das Volk zu Tausenden heranfluthete oder wenn es nach Schluss des Schauspiels in grausamer Aufregung wogend das Amphitheater verliess; und zugleich wird man es hieraus um so leichter erklärbar finden, dass, obgleich das Amphitheater während des Beginns der Eruption des Vesuv von Menschen erfüllt war, so wenige in demselben umgekommen sind, wenn überhaupt nur einer der Zuschauer getödtet wurde, und die aufgefundenen Gerippe nicht früher gefallenen Gladiatoren angehören. —

Ueber die Kämpfe und Spiele des Amphitheaters ist Viel und Vielerlei geschrieben, die schriftlichen Quellen sind reichlich genug, und auch nicht wenige Kunstdenkmäler, freilich an Kunstwerth gering, sind auf uns gekommen, welche uns die schriftlichen Ueberlieferungen erläutern und manche Einzelheit der Kämpfe und der Rüstungen der Gladiatoren auf's Klarste anschaulich machen. Je ausgedehnter aber hier der Stoff ist, um so mehr müssen wir uns in unserer Darstellung auf das Nöthigste und Nächste beschränken, wobei uns unser eigentliches Thema, die Erklärung der pompejanischen Monumente, den Anhalt bietet und zugleich die Grenze weist. Eine der wichtigsten bildlichen Darstellungen von Gladiatoren- und Thierkämpfen findet sich in den Reliefen eines pompejanischen Grabmahls, welches freilich jetzt zu Grunde gegangen, aber in der Zeit der Auffindung fast unverletzt von Mazois und von Millin gezeichnet worden ist. Der Erklärung dieses Reliefs senden wir nur einige allgemeine Bemerkungen voran.

Kriegsgefangene und nach antiker Sitte in Sclaverei gefallene Feinde waren die ersten Opfer auf den Gräbern und in Folge dessen die ersten gezwungenen Gladiatoren. Aus Kriegsgefangenen, Sclaven und verurteilten Verbrechern bestand auch in der Folgezeit die eine Hälfte der Kämpfer des Amphitheaters, nämlich die gezwungenen, denen durch ausgezeichnete Tapferkeit und Geschicklichkeit die Möglichkeit gegeben wurde, Entlassung von den Kämpfen und selbst die Freilassung zu erringen. Es wird überflüssig sein, ausführlicher über die tiefe Barbarei zu reden, welche sich darin ausspricht, dass man den Verbrecher dem strafenden Arme der Gerechtigkeit entzog, um ihn zur Lust des Volkes für sein verfehmtes Leben kämpfen zu lassen, oder dass man den im ehrlichen Kampfe Gefangenen und den schuldlosen Sclaven jenem gleich behandelte. Ist doch hiermit die Grenze der Infamie nicht erreicht, wissen wir doch, dass man Verurteilte, unter denen mancher der ersten Christen gewesen ist, der für seinen Glauben dulden musste, in der Arena den reissenden Thieren entweder schwach oder gar nicht gewaffnet entgegenstellte, oder sie selbst gefesselt von den Bestien zur Lust des Pöbels zerfleischen liess, wissen wir doch, dass schon vor der Zeit der Kaiser römische Schlemmer ihre Fische mit Menschenfleisch, dem Fleische geschlachteter Sclaven fütterten, um sie zarter und wohlschmeckender zu machen. Wo dergleichen bestand, musste es ja als ein Geringes erscheinen, Verbrecher, Gefangene, Sclaven wohlgerüstet mit einander kämpfen zu lassen. Und wie sollte sich hiegegen das Gewissen eines Volkes empört haben, aus dessen Mitte freiwillige Klopffechter in grosser Zahl hervorgingen, und zwar nicht allein aus den niedersten Classen, die Mangel und Habsucht und ein bestialischer Ehrgeiz treiben mochte, sondern aus dem Ritter- und Senatorenstande, ja bei dem selbst Frauen in der Arena erschienen. So finden wir neben den gezwungenen freiwillige Gladiatoren, welche ihre Kunst gewerbmässig trieben und ihr Leben um Geld und um den Beifall des Pöbels feilboten, und wohl verdient es besonders hervorgehoben zu werden, dass während einerseits Gesetze nöthig wurden, welche dem Senatorenstande Roms die Arena verboten, andererseits ein Gesetz, das petronische, erlassen wurde, und zwar unter Nero's Regierung, welches verbot, den Sclaven ohne richterlichen Spruch zum Kampfe zu zwingen. Auch Pompeji bezeugt uns das Vorhandensein dieses Gesetzes; zu beiden Seiten des nördlichen Haupteinganges in die Arena ist eine Nische für je eine jetzt verlorene Statue, deren Inschriften erhalten sind; die eine derselben (Mommsen No. 2250) nennt den Rechtsduumvirn C. Cuspius Pansa als Aufseher über die Spiele des Amphitheaters nach dem petronischen Gesetz (*lege Petronia*). —

Die zunftmässigen Gladiatoren lebten in Truppen (*familia*) zusammen, vielfach, wie auch in Pompeji, in eigenen Casernen, standen oft im Solde eines Reichen, und erlernten die Hand- und Kunstgriffe der Klopffechterei in eigenen Gladiatorschulen unter einem Vogt (*lanista*), nach dem sie genannt wurden, wie z. B. in einer pompejanischen Mauerinschrift, der Anzeige von Kämpfen im Amphitheater, *A. Suettii Cerii familia gladiatoria* erscheint, in einer anderen die Truppe des N. Festus Ampliatus. Die Kämpfe selbst waren sehr verschieden, theils indem die Gladiatoren entweder paarweise oder indem sie in grösserer Zahl gegen einander fochten, theils durch die Verschiedenartigkeit der Bewaffnung und die dadurch bedingte Verschiedenartigkeit der Kampfweisen. Unser pompejanisches Grabrelief wird uns Gelegenheit geben, eine Reihe der verschiedenen Rüstungen und Kämpfe kennen zu lernen, obwohl immerhin nur eine beschränkte Zahl derselben. Man focht zu Ross und zu Fuss, mit Lanzen und mit Schwerdtern, in schwerer und in leichter Rüstung, deren manche nationaler Sitte unterworfener Völker entsprach und demgemäss bezeichnet wurde, so dass z. B. eine Art von Gladiatoren (die schwergerüsteten) den Namen der Samniten trugen, eine andere als Gallier, wieder eine andere als Thraker bezeichnet wurde; zu den Waffen, welche aus der Kriegführung civilisirter Völker entnommen wurden, gesellten sich andere, welche man fernen, halbbarbarischen Stämmen entlehnte, so namentlich das Fangnetz, welches der Schlinge des amerikanischen Gaucho, der Kirgisen und mancher Kosakenstämme ungefähr entspricht, und das nach vielfachen Spuren auch unter die auf dem Schlachtfelde gebrauchten Waffen aufgenommen wurde. Im Amphitheater handhabte es der ausserdem mit einem der Harpune nachgebildeten Dreizack bewaffnete Retiarius (Netzmann) gegenüber dem Mirmillo, auf dessen Helme ein Fisch gebildet war. Wenn der Retiarius den Mirmillo verfolgte, so rief er ihm zu: ich will ja dich nicht, ich will nur deinen Fisch, was fliehst du mich! — Genug um anzudeuten, wie mannigfaltiger Art die Kämpfe der Arena waren, die mit stumpfen Waffen eröffnet und, nachdem die Kämpfer sich erhitzt hatten, mit schneidenden ausgefochten wurden, und zwar entweder »bis zum ersten Blut«, oder, und zwar meistens, bis zum vollständigen Unterliegen der einen Partei (*sine missione*), deren Leben von der Gnade des Volks abhing. Schon aus dem wenigen hier Gesagten wird man sich eine Vorstellung davon bilden können, welche Fülle von Kraft und Muth und Gewandheit sich in der Arena entwickelte, welcher Reichthum der verschiedensten Scenen und Stadien der Kämpfe von dem Scheingefecht am Anfange bis zum Unterliegen und der Tödtung des Besiegten vor den Augen der Menge sich entfaltete, wie tief alle die verschiedenen Momente kunstvoller Kampfübung, wilden Muthes, verzweifelter Gegenwehr, gefassten Sterbens die Herzen des blutdürstigen Pöbels bewegen mussten. Vergegenwärtigen wir uns einige dieser Scenen nach der Anleitung unseres Grabreliefs, welches die Kämpfe darstellt, die zu Ehren des hier Bestatteten die Gladiatorenfamilie des N. Festus Ampliatus gefochten hat, dieselbe, deren abermaliges Auftreten in Verbindung mit Thierhatz bei ausgespanntem Zeltdach eine Mauerinschrift an der Basilika ankündigt, die also lautet: *N. Festi Ampliati familia gladiatoria pugnabit iterum*, *pugnabit* 16. *Kal. Iunias, venatio, vela.*

Figur 120. Gladiatorenkämpfe von einem Grabrelief.

Die erste Gruppe Fig. 120 links stellt den noch nicht entschiedenen Kampf zweier berittenen Gladiatoren (*equites*) dar, welche, wie alle Uebrigen bis auf die Netzkämpfer, mit dem geschlossenen Visirhelm, mit der Lanze, *hasta*, und dem runden Schilde, *parma*, bewaffnet, im Uebrigen leicht gerüstet sind, so dass besonders nur der rechte Arm, der die Lanze führt, mit Binden oder glatten Metallringen umgeben ist. Die Namen *Bebrix* und *Nobilior* sind den Kämpfern mit rohen schwarzen Buchstaben beigeschrieben und auf die Namen folgt nach dreien, wohl TVL, d. h. *tulit* mit ausgelassenem *victorias* zu lesenden Buchstaben, eine Ziffer, welche die Zahl der Siege angiebt, die ein jeder derselben davontrug. *Bebrix*, ein barbarischer Sclavenname, der an die Bebryker erinnert, mit denen die Argonauten kämpften, hat nach der Zeichnung Millin's 15 Siege erfochten, jetzt erscheint er im Nachtheil gegen *Nobilior* mit 11 Siegen, wenigstens ist dieser offenbar der Angreifer und es ist fraglich, ob *Bebrix* sich seiner wird erwehren können. Alle folgenden Gruppen zeigen die Kämpfe verschiedner Paare auf dem Stadium der Entscheidung, den einen Gladiator so oder so besiegt im Augenblick, wo er sich an das Volk um Gnade wendet, seinen Gegner in Erwartung des gegebenen Befehls ihn zu tödten. In der ersten Gruppe sehn wir zwei ungefähr, wenn auch nicht ganz gleich Gerüstete; der Besiegte, dessen Namen verloren ist, der aber 16 frühere Siege zählt, ist etwas leichter gerüstet als sein Gegner, dagegen mit einem grösseren Schilde versehen, hinter den sich der Mann ganz zusammen kauern kann; er ist entwaffnet und blutet aus einer Brustwunde, aber mit der äussersten Ruhe auf den Rand seines Schildes gestützt, erwartet er den Entscheid der Menge über sein Leben, so ruhig, dass andere Erklärer, die Wunde übersehend, ihn für einen Zuschauer des Reitergefechts ausgeben. Die Zahl der Siege seines Gegners, der mit gleicher Ruhe den Executionsbefehl erwartet, ist unsicher. Binden oder Metallringe um die Oberschenkel und Beinschienen (*ocreae*) zeichnen seine Rüstung aus. Bewegter ist die folgende Gruppe. Ein Lanzenkämpfer, dessen Namen verwischt ist, der aber 15 frühere Siege zählt, hat gegen seinen schwergerüsteten Gegner, den wir wohl als Samniten bezeichnen dürfen, Lanze und Schild verloren, er scheint gestürzt zu sein, und hat von dem Gegner einen breiten Schwerdthieb über die Brust erhalten. Auf dem Knie liegend, richtet er weniger ruhig als der erste Besiegte seine Bitte an das Volk, indem er zugleich an seine schmerzende Wunde zu greifen scheint, und ziemlich ängstlich auf den Sieger zurückblickt, der freilich auch schon zum Todesstreiche ausholt. Dieser scheint ein alter ausgedienter Fechter zu sein, denn 34 Siege sind neben seinem Kopfe verzeichnet. Hinter der Siegeszahl des hier Besiegten stehn noch zwei Buchstaben, ein *M* und ein griechisches Θ; wahrscheinlich ist der erstere die Initiale von *Mors* und der zweite der Anfangsbuchstab von *θάνατος*, so dass beide den Besiegten als dem Tode verfallen bezeichnen.

Die folgende Gruppe von vier Personen ist etwas complicirter. Sie bezieht sich auf die Kämpfe der *retiarii* und *secutores*. Der Netzfechter, Retiarius, war ganz leicht gerüstet, seine Waffen bestanden in dem Netze, in das er seinen Gegner zu verwickeln suchte und in einem leichten Dreizack; der *secutor*, mit glattem Helm, kleinem Schild und dem Schwerdt bewaffnet, hat seinen Namen daher, dass er den Retiarius, der sein Netz fehl geworfen hatte, verfolgte. In der Gruppe unseres Reliefs scheint der Retiarius *Nepimus*, der 5 Siege zählt, allerdings sein Netz vergebens geworfen zu haben, denn sein *secutor*, dessen Name fragmentirt ist, der aber 6 Siege zählt, ist nicht in ein solches verstrickt, bei der Verfolgung aber hat ihm sein gewandterer und durch keine Rüstung gehemmter Gegner verschiedene Wunden beigebracht, er blutet aus zweien am Bein und einer im Unterarm, und der Blutverlust mag ihn ermattet auf's Knie gestürzt haben. In dieser Lage hält ihn Nepimus fest, indem er ihm auf den Fuss tritt und ihn in der Leibbinde ergriffen hat; das Verdammungszeichen des Volkes ist erfolgt, aber der leichte Trident ist keine tödtliche Waffe, deshalb ist ein zweiter *secutor* Hippolytus, fünf Mal Sieger, herbeigeeilt, Henkersdienste zu thun, sein Schwerdt ruht auf dem Halse, seine Hand auf dem Kopfe seines gleich gerüsteten Cameraden, der in vergeblicher Bitte seine Knie umfasst. Im Hintergrunde erwartet Hippolytus den Retiarius, der mit ihm kämpfen und ihm vielleicht ein gleiches Schicksal bereiten wird. Bei den Kämpfen der fünften Gruppe wiederholt sich die Bewaffnung derer der zweiten, das Motiv der Handlung aber ist nicht durchaus klar, es ist möglich, dass der Besiegte, der seinen Schild verloren hat, flieht, warum und wonach aber sein siegreicher Gegner umblickt, ob nach der Execution in der vorigen Gruppe oder etwa nach einem Zuruf des Volks oder des Festgebers ist nicht zu entscheiden. Die bisher beschriebenen Gruppen befinden sich auf der Umfassungsmauer des Grabmahls, ihre Fortsetzung ist über der Thür dieser Umfassungsmauer eingelassen, zum Theil erhalten, und enthält Einzelheiten, um derentwillen wir auch diese noch kurz zu betrachten haben.

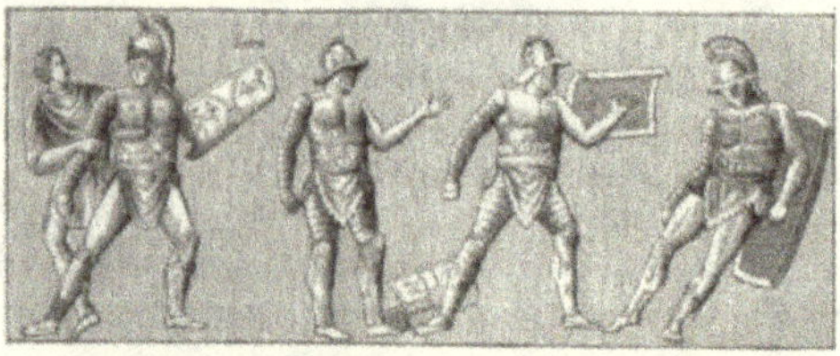

Figur 121. Fortsetzung des vorigen Reliefs.

Wir sehn zwei Paare ziemlich gleich gerüsteter, nur durch die Verschiedenheit der Helme unterschiedener Gladiatoren in zwei Gruppen, in deren ersterer der Gladiator mit dem Buschhelm der Sieger, derjenige mit dem glatten Flügelhelm der Ueberwundene ist, was sich in der zweiten Gruppe umkehrt. Buschelme haben nämlich nach der vorliegenden Zeichnung Mazois', der den Helm noch gross eigens abbildet, der erste Sieger und der zweite Besiegte, doch soll nicht verschwiegen werden, dass diese Kämpfer von mehren Gelehrten als Mirmillonen bezeichnet werden, wonach der scheinbare Busch ihres Helmes ein von Mazois verkannter Fisch sein müsste. Der erste Besiegte scheint tapfer gestritten zu haben, obwohl er entwaffnet ist, ruhig wendet er sich an das Volk, während sein Gegner so erbittert scheint, dass er die Entscheidung nicht abwarten will. Ehe er jedoch gegen die Kampfordnung den Todesstreich führen kann, ist ein Lanista oder Herold (*praeco*) ihm in den Arm gefallen. Wir dürfen annehmen, dass hier ein Gnadenact sich vorbereite. Bei dem Besiegten der letzten Gruppe würde Gnade zu spät kommen, er ist im Kampfe tödtlich getroffen und es bleibt ihm Nichts, als mit Anstand zu sterben, wie das in jener ergreifenden Scene des »Fechters von Ravenna« der Vogt dem Thumelicus empfiehlt. Unser Gladiator hält seinen Schild hinter sich, um auf dasselbe zurückzufallen. —

Den zweiten Theil der Spiele des Amphitheaters bildeten die sogenannten

Jagden, *venationes*, Thierhatze und Thierkämpfe entweder von Thieren unter einander oder mit mehr oder weniger bewaffneten Menschen (*bestiarii*). Dergleichen liegt unserem Verständniss vermöge der spanischen Stiergefechte näher und in der That werden wir sogleich durch einzelne Umstände in der Darstellung der Reliefe von demselben Grabmahl, welche *venationes* darstellen, an Gebräuche des Stiergefechts erinnert werden. Freilich, so begeistert der Spanier für Stiergefechte sein, einen so grossen Aufwand er an Schlachtopfern, Stieren und Pferden machen mag, dem alten Römer muss er in der einen wie in der anderen Rücksicht weichen. Namentlich ist die Mannigfaltigkeit der Jagden und Kämpfe hervorzuheben, denn nicht blos Stiere wurden getödtet, sondern alles jagdbare Wild wurde gehetzt, und mit allen streitbaren Thieren, selbst mit Elephanten wurde gekämpft. So weit wird man nun wohl in Pompeji mit dem Luxus nicht gegangen sein, und auch die Reliefe, die wir zu betrachten haben, und welche sich zum Theil an der Umfassungsmauer des besprochenen Grabmahls, zum Theil an dem Stufenuntersatz befanden, der den Inschriftstein trägt, wie wir es bei Betrachtung der Gräberstrasse sehn werden, bieten uns eine verhältnissmässig beschränkte Auswahl von Scenen der Venationen, aber auch diese haben Mannigfaltigkeit genug.

Figur 122. Fortsetzung desselben Reliefs. Uebung eines Bestiarius.

Wir beginnen mit einem Reliefstreifen, der die Einübung eines Bestiarius zu enthalten scheint. Es gilt einen Panther oder ein sonstiges katzenartiges Raubthier zu bekämpfen, dem der leicht aufgeschürzte Lehrling, mit zwei Wurfspiessen bewaffnet, zu Leibe geht. Der Panther ist an einen Strick, aber dieser nicht an einen festen Gegenstand befestigt, was alle Gefahr des Bestiarius aufheben würde, sondern an den Gurt, der einem frei laufenden Stier um den Leib befestigt ist. Ihre gefährlichsten Sprünge kann so die wilde Katze nicht machen, aber der Bestiarius kann eben so wenig berechnen, wie schnell der Stier dieser nachgeben oder selbst gegen ihn heranstürmen wird. Er muss also bestens auf der Hut sein, und seine Uebung ist keineswegs gefahrlos. Hinter dem Stier, der nicht recht vorwärts zu wollen scheint, sehn wir einen Treiber, der aber nicht mit einer blossen Gerte oder einem Knittel, sondern für alle Fälle ebenfalls mit einer Lanze bewaffnet ist, mit der er den Stier antreibt vorzugehn und dem wild anrennenden Panther Raum zu geben.

Der zweite kleine Relief zeigt einen ernstlichen Kampf eines Menschen gegen einen Bären. Der Bestiarius bekämpft das Thier wie der spanische Matador mit vorgehaltenem Tuch. In diesem Umstand liegt zugleich ein unge-

Figur 123. Fortsetzung. Kampf mit dem Bären.

führes Datum unserer Reliefe, denn nach Plinius S. 16 wurden die Kämpfe mit dem Tuch erst unter Claudius eingeführt, da nun die Spiele in Pompeji von 59—69 n. Chr. verboten waren (s. Einleitung S. 20), und da das Grabmahl deutliche Spuren der Restauration nach dem Erdbeben vom Jahre 63 trägt, so können die Reliefe nur zwischen 41 (Claudius' Regierungsantritt) und 59 gemacht sein. —

Figur 124. Fortsetzung. Thierkampf.

Das Relief Figur 124 zeigt uns einen ganz nackten und wehrlosen Mann zwischen einem Löwen und einem Tiger, doch ist die dargestellte Scene sehr unklar, da beide Thiere in grösster Eile zu entfliehen scheinen, wovon man das Motiv nicht einzusehn vermag.

Figur 125. Fortsetzung. Thierkampf.

In dem Relief Figur 125 sehn wir wieder einen Nackten, der seinen Speer gegen einen fliehenden Wolf verschossen zu haben scheint, und der jetzt, gestürzt, von einem Eber angegriffen und hart bedrängt wird. Weiter rechts ist eine Scene aus den Kämpfen von Thieren gegen einander oder von einer Jagd. Ein Hirsch oder vielleicht eine Gazelle ist von zwei wolfsartigen Hunden ereilt und niedergeworfen, ein Strick an den Hörnern des gejagten Thieres zeigt, dass dasselbe gegen seine Angreifer in Nachtheil gesetzt gewesen war, und sich erst losreissen musste, um jene zu fliehen.

Am reichhaltigsten ist das Relief an der Umfassungsmauer des Grabes Fig. 126. Zunächst finden wir in seinen oberen Theilen ein Zeugniss, dass man die blutigen Kämpfe auch mit heiteren Zwischenscenen zu unterbrechen liebte. Schon die Jagd eines Rehes durch Hunde könnte man dazu rechnen, sicher aber muss es sehr komisch gewirkt haben, wenn man in die Arena, in der sich Löwen, Tiger, Panther, Bären, Eber, Stiere tummelten, ein paar Hasen losliess, von welchen der eine auf unserem Bilde nicht übel Lust zu haben scheint, Männchen zu machen. Im Uebrigen geht es ernster zu, links wird ein Eber von Hunden gejagt, in der Mitte hat ein Bestiarius einen Bären nieder-

Figur 126. Schluss desselben Reliefs. Jagdscenen.

gestreckt, und rechts ein anderer, ein wahrer Matador, einem Stier seine Lanze durch den Hals gerannt, so dass es um diesen gethan ist, mag er auch im gesprengten Galopp an dem verwunderten Kämpfer vorübergeeilt sein. —

Die betrachteten Bildwerke werden und müssen hier genügen, uns einen Begriff der Kämpfe und Jagden zu geben, welche in Pompeji stattfanden. —

2. Die Gladiatorencaserne.

Das Gebäude, welches wir, der neuesten Forschung Garucci's im *Nuovo Bulletino Napolitano* folgend, als Gladiatorencaserne bezeichnen, wurde 1766 entdeckt, 1794 ganz ausgegraben und wie das grosse und das Amphitheater zum Theil restaurirt. Bei der Ausgrabung erhielt dasselbe den Namen Soldatenquartier oder Caserne, und obgleich zu dieser Nomenclatur wesentlich ein nur halbwegs richtig beobachteter Umstand, nämlich die Auffindung zahlreicher Waffen, den Anlass gegeben hat, so wird sich doch ergeben, dass dieselbe begründeter war, als diejenige, welche man sich seit längerer Zeit gewöhnt hat an die Stelle zu setzen. In neuerer Zeit nämlich betrachtete man unser neben dem *Forum triangulare* und hinter dem grossen Theater belegenes Gebäude als einen Marktplatz, als das *Forum nundinarium*, den Wochen- oder Krammarkt, ohne freilich im Grunde nur ein einziges wirklich durchschlagendes Argument hiefür aufzustellen oder aufstellen zu können. Genauere Betrachtung der aufgefundenen Waffen und der an mehren Wänden befindlichen Malereien, sowie die schärfere Prüfung der ganzen Baulichkeit an sich haben Garucci auf den neuen Namen geführt, den die Ueberschrift angiebt und den der Verfasser trotz der gegen denselben erhobenen in der That sehr irrelevanten Bedenken nicht einen

Augenblick ansteht, für den allein richtigen zu erklären. Die aufgefundenen Waffenstücke sind nämlich ohne Ausnahme die augenscheinlichsten Gladiatorwaffen, es ist kein einziges Soldatenwaffenstück unter denselben, die erwähnten Malereien beziehn sich wie mancherlei gemalte Inschriften auf das Amphitheater und eine genauere Betrachtung des Gebäudes selbst wird lehren, dass dasselbe alle Zeichen einer Caserne und keines von einem Marktplatz an sich trägt; ist es aber eine Caserne, so kann es nach den angegebenen Umständen nicht die der pompejanischen Besatzung, sondern nur die der Gladiatoren gewesen sein. —

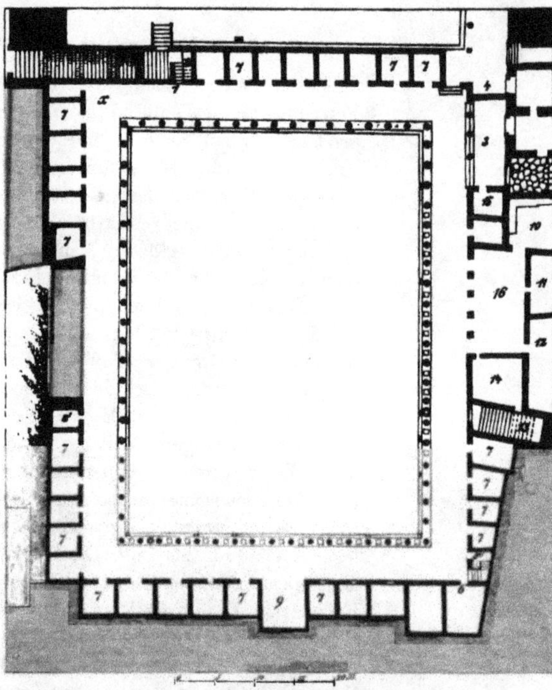

Figur 127. Plan der Gladiatorencaserne.

Das fragliche Gebäude ist ein grosser offener, von Säulengängen umgebener Hof von 55×44,10 M. mit Einrechnung der 4,30 M. breiten Säulengänge, hinter denen eine Reihe von Cellen in zwei Stockwerken und einige grössere Räumlichkeiten liegen, von denen wir zu reden haben werden. Im Westen begrenzt dasselbe das *Forum triangulare*, von dem eine Treppe 1 herabführt, die zugleich auf den offenen Hof hinter dem unser Gebäude im Norden begrenzenden grossen Theater einen Zugang bietet, während ein zweiter an der rechten Ecke dieser Seite angebracht ist. Oestlich liegt ein Complex von Privatgebäuden an der Strasse, die am kleinen Theater vorüber nach dem Theaterthor führt. Von dieser Strasse zweigt sich eine Gasse in unser Gebäude ab, und durch diese ist in 2 der Haupteingang in dasselbe, und zwar unter einer von drei jonischen Säulen gebildeten Säulenhalle 3, aus welcher der oben erwähnte Ausgang auf das Postscenium des kleinen Theaters 4 führt. Im Süden endlich läuft die Stadtmauer an unserem Gebäude vorbei, lehnt sich an dessen südwestliche Ecke, biegt an derselben um, und stösst auf die grosse Brüstungsmauer des *Forum triangulare* bei 5. An der südöstlichen Ecke ist ein moderner Nebeneingang 6. Schon in Beziehung auf die eben besprochenen Eingänge, namentlich den Haupteingang 2, 3 muss gegen diejenigen eine Bemerkung gemacht werden, welche unsere Caserne ein *Forum nundinarium* nennen. Mehre derselben scheinen nämlich den Haupteingang gar nicht zu kennen, und lassen das Gebäude nur vermöge der engen Treppe 1 vom *Forum triangulare* her zugänglich sein. Und ein solcher alleiniger Zugang, argumentiren sie weiter, kann doch unmöglich für die Besatzung Pompejis genügt haben, viel eher mogte er genügen für die Sackträger und Marktleute, die ihre Gemüse und sonstigen Waaren auf der Treppe hinabschleppen konnten. Existirte wirklich der Haupteingang 2, 3 nicht, so müsste dies ein starkes Argument gegen die Bezeichnung unseres Gebäudes als Markt sein, denn es kann nichts Unpassenderes geben, als den Verkehr eines Marktes auf eine schmale und halsbrechend steile Treppe zu beschränken, namentlich aber nichts Abgeschmackteres, als eine solche Einrichtung dem Alterthum in die Schuhe zu schieben, welches so überaus vortrefflich für leichte Zugänglichkeit aller der Orte zu sorgen wusste, an denen ein starker Verkehr stattfand. Aber die Inconsequenz dieser Herren geht noch viel weiter. Unter anderen Gegenständen ist auch Pferdegeschirr in unserem Gebäude gefunden; dass dieses nicht zufällig dahin verschleppt sei, wird anerkannt, ja es steht sogar geschrieben, man habe die Gerippe der wackern Marktwache, 63 Mann, den berittenen Centurio an der Spitze, in dem Gebäude aufgefunden, wo die Pflicht sie festhielt. Ei doch! also auch der berittene Centurio hätte an der Spitze seiner Compagnie jene Treppe hinaufklimmen oder gar über dieselbe herunterreiten müssen. Zum Glück sind wir nicht genöthigt, dergleichen Abenteuerlichkeiten anzunehmen, sondern sehen vor Augen, dass durch den mit der Theaterstrasse in gleichem Niveau liegenden Haupteingang 2, 3 zur Noth ganze Schwadronen hätten einreiten können. Was aber die Verbindung sowohl mit dem grossen wie mit dem kleinen Theater anlangt, so lässt sich für diese ein doppelter Grund denken. Erstens nämlich wird vorgeschrieben oder gerathen, hinter dem Theater Säulenportiken anzubringen, in welche die Zuschauer sich bei Platzregen flüchten könnten; einen solchen Säulengang aber haben wir in unserem Gebäude vor Augen. Zweitens ist es sehr wohl denkbar, dass die Bewohner der Caserne, Gladiatoren nämlich, nicht römische Legionssoldaten, bei grossen Aufzügen im Theater als Statisten verwendet wurden, und dass ihnen deshalb directe Zugänge zu den Postscenien der Theater geöffnet waren, auf denen (beim grossen Theater auf dem Hof mit der Rampe) sie sich ordneten, um in geschlossenem Zuge die Bühne oder die Orchestra zu betreten. Doch zurück zu unserer Caserne selbst. Um den Säulengang liegt, wie gesagt, eine zweistöckige Reihe von gleichgrossen Cellen 7 und zwar auf der nördlichen Seite ihrer 2×8=16 (in beiden Geschossen) und eine Treppencella 8, auf der westlichen zu ebener Erde 10 und wieder eine Treppencella 8′, in deren Mitte ein breiter, von fester Erde erfüllter Raum sich befindet, dessen Zweck unklar ist. Im oberen Geschoss gehn die Cellen auch über diesen und den Treppenraum hinweg, so dass hier 22 sind; auf der südlichen Seite sind zu ebener Erde zehn Cellen zu beiden Seiten eines grösseren Mittelraums 9, während im oberen Geschoss eine gleiche Anzahl sich befand. Endlich finden wir auf der östlichen Seite im Erdgeschoss ausser einem Treppenraum 8″ an der Ecke und mehren grösseren Räumen noch vier Cellen, die sich im oberen Geschoss wiederholen. Dieser Cellen sind also im Ganzen 66, welche alle unter einander keine Verbindung, sondern nur einen Eingang nach vorn haben, welcher im oberen Geschoss auf einen rings umlaufenden Balkon führte, dessen Balkenlager in den Wänden unverkennbar, und der zum Theil aus antiken Elementen, im Uebrigen nach ihnen auf der einen Ecke, welche unsere unten stehende Abbildung Fig. 128 zeigt, reconstruirt ist. Diese Cellen von durchschnittlich 4 m Grösse können nur einen Zweck gehabt haben; zu Verkaufsbuden sind sie, sind namentlich diejenigen im oberen Geschoss nicht geeignet, wohl aber aufs Beste zu Schlafzimmern für die Bewohner der Caserne. Dass man keine festen Betten in ihnen gefunden hat, widerspricht nicht im Geringsten, den Soldaten wie den Gladiatoren genügte ein Strohlager mit etlichen Decken. Wahrscheinlich haben wir uns jede Celle von zwei Mann bewohnt zu denken, was bei gänzlicher Besetzung eine Zahl von 122 Bewohnern dieses Gebäudes ohne die etwaigen Vorgesetzten ergeben würde. Und diese 122 Mann sollten Gladiatoren gewesen sein? so viel Gladiatoren in einem Städtchen wie Pompeji? und ein solches Städtchen wie Pompeji sollte eine eigene Gladiatorencaserne gehabt haben? Das sind die Einwürfe, die man gegen Garucci erhoben hat. Und warum dies Alles nicht? fragen wir dagegen. Hatte Pompeji ein Amphitheater für 15, resp. 18,000 Zuschauer, also, wie schon mehrmals bemerkt und allseitig anerkannt ist, für jedenfalls mehr Menschen, als Pompeji selbst in dasselbe senden konnte, war Pompeji also der Ort, welcher die Centralanstalt der Amphitheaterkämpfe für die ganze Umgegend bis Nocera und vielleicht noch weiter hinaus besass, warum soll es nicht stehende Gladiatorbanden gehabt haben? und wenn es diese hatte, warum für sie nicht eine Caserne, in der sie gehörig unter der Fuchtel gehalten und an Revolten verhindert werden konnten, wie sie Rom unter Spartacus und Catilina erlebte. Aber die Zahl! Wir antworten einfach mit der Ankündigung von Gladiatorenkämpfen, welche am Album des Gebäudes der Eumachia gefunden worden ist, und in welcher dem Volke 30 Paar Gladiatoren verheissen werden, welche von Sonnenaufgang an kämpfen würden. Also 30 Paare Gladiatoren, d. h. 60 Mann sollen an einem Tage in Pompeji kämpfen, vielleicht Alle *sine missione* bis zum Tode des einen Gegners, so dass hiebei allein die Hälfte auf dem Platze blieb, ungerechnet die etwa an empfangenen Wunden Sterbenden und ungerechnet die *bestiarii* in den Thierkämpfen. Wir antworten ferner mit einer schon früher erwähnten Grabschrift (Mommsen No. 2578), in der es bezeugt ist, dass ein zum dritten Male zum Duumvir Erwählter dem Volke 35, sage fünfunddreissig Paar Gladiatoren vorführte, abzusehn von anderen zugleich gestellten Kämpfern ziemlich verwandter Art. Hienach wird die Zahl von 122 Gladiatoren, die in unserer Caserne hausten, wahrlich nicht zu gross erscheinen, da wir ja gar nicht berechnen können, wie oft man Kämpfe vielleicht einer gleich grossen und grösseren Zahl von Gladiatoren veranstaltete. Jene zweifelnden Fragen sind, denke ich, beseitigt. Zurück also zum Plane des Gebäudes selbst, welches sich als Caserne noch weiter deutlich erweisen wird. Die bezeichnendsten Räumlichkeiten liegen auf der östlichen Seite. Hier ist namentlich das Vorhandensein einer grossen Küche (10) hervorzuheben, die vermöge der noch existirenden Heerdmäntel ganz unverkennbar bezeichnet und von Magazinräumen (11 und 12) begrenzt ist. Dass eine solche grosse Küche an einem Markte gar keinen Zweck hatte, während sie in einer Caserne nothwendig war, ergiebt sich von selbst. Neben derselben führt bei 13 eine Treppe, breiter als die Treppen zum Balkon, in einige grössere Zimmer, in denen wir die Wohnung des Lanista oder der Lanisten füglich erkennen können. Neben der Treppe ist in 14 ein Gefängniss, in welchem man drei Gerippe von solchen Unglücklichen fand, die bei der Verschüttung im Block sassen. Die Eisen, durch welche die Fesselung bewirkt wurde, sind in das Museo Borbonico geschafft und an Ort und Stelle durch eine grobe Nachbildung in Holz ersetzt; sie sind der Art, dass der Gefangene nur liegen oder sitzen, nicht aber sich erheben konnte. Auch ein solches Gefängniss, eine solche Strafkammer passt nicht an einen Markt, aber wohl in eine Caserne. Die übrigen Räume sind nicht entscheidend und zum Theil ihrem Zwecke nach nicht zu benennen. In 15 ist das Kämmerchen des Thürhüters oder des Wachtpostens, 16 bildet einen geräumigen Vorsaal der Küche, vielleicht und sogar wahrscheinlich der Esssaal, 9 ist ein grosses Zimmer in Form des Tablinums von Privathäusern, in dem man die Wände mit Tropäen aus Gladiatorwaffen und derselben viele, zum Theil kostbare in Natura fand, welche wir in einem späteren Theile dieses Werkes besprechen und in einer Auswahl abbilden werden.

Die 74 3^{m} 60 hohen Säulen der umlaufenden Porticus von stuccobekleidetem Tuff sind dorisch und zwar bei der Restauration nach in Pompeji beliebter Schlimmbesserung mit neuen Capitellen von Stucco versehen. Sie sind nur in den oberen zwei Drittheilen canellirt und sind roth bemalt; nur die mittelsten Säulen jeder Seite, zwei auf den langen, eine auf jeder schmalen Seite, sind blau gestrichen, möglicherweise um bei Manövern zu Richtpunkten zu dienen. In der Mitte des offenen Hofes steht ein steinerner Tisch von unbekannter Bestimmung und um denselben läuft eine Regenrinne mit mehrfachen im Plan angegebenen Cisternen und kleineren Vertiefungen, in denen sich der Schmutz aus dem Wasser niederschlug.

Nachdem wir durch das Bisherige hoffentlich die Bezeichnung des Gebäudes als Caserne gerechtfertigt haben, muss noch einmal betont werden, warum sie nicht eine Soldaten-, sondern eine Gladiatorencaserne ist. Dass man nur Gladiatorwaffen in derselben gefunden hat, ist erwähnt; ebenso dass die Decoration des Tablinums aus Tropäen von Gladiatorwaffen besteht; hier muss noch bemerkt werden, dass zahlreiche Kritzeleien im Stucco der Wände und Säulen Gladiatoren, nicht Krieger darstellen. Wenn aber gesagt worden ist, dass unsere Caserne mit derjenigen Aehnlichkeit bietet, welche für seine prätorianische Leibwache Hadrian in seiner Villa bei Tivoli baute, so antworten wir, dass ähnliche Bedürfnisse ähnliche Formen von Gebäuden erzeugen, das Bedürfniss aber war dasselbe bei der Casernirung einer Soldatenabtheilung und einer Gladiatorenbande; wenn man ferner zur Erklärung der aufgefundenen

Figur 128. Ansicht der Gladiatorencaserne in theilweiser Restauration.

Gladiatorwaffen in der angeblichen Soldatencaserne gesagt hat, wandernde Gladiatorbanden mögen zeitweilig in derselben casernirt worden sein, so hat das nur den Werth einer verzweifelten Conjectur; und endlich, wenn man eine Soldatencaserne in Pompeji vermisst, so weisen wir auf die noch nicht ausgegrabenen zwei Drittheile der Stadt und auf die Vorstadt Augustus Felix hin. Umstehend haben wir eine Ansicht unseres Gebäudes mit der factisch ausgeführten Restauration der Gallerie oder des Balkons der oberen Cellen gebracht; der Standpunkt ist bei *x* auf dem Plane. Die Cellen dienen heutigen Tages als Wohnungen der Wächter.

Aber lange genug haben wir uns mit dem Amphitheater und mit den Gladiatoren beschäftigt, verlassen wir sie und die für sie errichteten Gebäude, um Ruinen aufzusuchen, in denen friedlichere Scenen römischer Ueppigkeit spielten, und welche von nicht geringerem Interesse sind, als irgend welche andere in den Mauern Pompejis, wir meinen:

Fünfter Abschnitt.

Die Thermen,

welche, 1824 ausgegraben, zu den am besten erhaltenen, in ihren Zwecken unzweifelhaftesten und für uns lehrreichsten Gebäuden Pompejis gehören.

Häufige Waschungen und Bäder sind ein Bedürfniss aller Völker in südlichen Climaten, und so finden wir denn auch bei den verschiedenen Völkern des Alterthums mehr oder weniger bedeutende Einrichtungen, welche diesem Bedürfniss entsprachen; aber bei keinem Volke des Alterthums oder der Neuzeit ist das Baden so sehr zu einer förmlichen Leidenschaft geworden, wie bei den Römern, und kein Volk hat so Viel gethan, so Grosses geschaffen und gebaut, um diese Leidenschaft zu befriedigen, wie eben die Römer. In Rom badete Jeder, arm und reich, vornehm und gering, alt und jung wenigstens einmal täglich, oft auch mehrmals, ja es wird uns berichtet, dass Müssiggänger und Dandys in der Kaiserzeit selbst siebenmal die Bäder besuchten und in denselben, wo sie freilich ausser den Waschungen noch sonst allerlei Nennbares und Unnennbares suchten und fanden, fast den ganzen Tag und einen Theil der Nacht zubrachten. Flussbäder sind natürlich das Anfängliche, eigene Badeanlagen in geschlossenen Räumen folgten, und sollen aus Griechenland entlehnt sein; aber bis zum Ende der Republik waren derartige öffentliche und private Einrichtungen noch keineswegs zahlreich in Rom und von allem Luxus und aller Grossartigkeit weit entfernt. Luxus und Grossartigkeit brachte auch hier die Kaiserzeit; an Zahl wie an Umfang nahmen die öffentlichen Badehäuser, welche man, weil sie neben kalten auch warme und Dampf- oder Schwitzbäder enthielten, mit dem Namen Thermen, d. h. Warmhäuser oder Warmbäder bezeichnete, schnell zu, so dass im vierten Jahrhundert ihrer 856 in Rom gezählt wurden; Agrippa baute unter August die ersten ausgedehnten Thermen, welche aber an Glanz und Grösse von den Thermen der Kaiser in späterer Zeit vollkommen in Schatten gestellt wurden. Diese Kaiserbäder, eigentlich für die ärmere Classe bestimmt, da Wohlhabendere eigene Bäder in ihren

Häusern besassen, aber doch auch von den höheren Classen der Gesellschaft als allgemeine Sammelplätze der feinen und geistreichen Welt stark besucht, waren von einer derartigen Grösse, dass z. B. in den Thermen des Caracalla 3,000 Menschen zugleich baden konnten, waren von einer solchen Ausdehnung, dass sie ausser den eigentlichen Baderäumen nicht allein Bibliotheks- und Conversationszimmer, sondern Ringplätze, Spaziergänge, Parks, kleine Theater; Schauplätze für Gladiatorenkämpfe und dergleichen mehr umschlossen, waren dabei endlich von der fabelhaftesten Pracht und mit dem enormsten Luxus ausgestattet. Stammt doch eine Reihe der berühmtesten Bildhauerwerke, ein Laocoon, ein farnesischer Stier, ein farnesischer Hercules, die s. g. Flora (Hebe) in Neapel, der Torso von Belvedere und vieles Andere aus den Thermen des Titus und denen des Caracalla.

Es begreift sich, dass bei der Wichtigkeit des Badewesens sehr Vieles überliefert und dass dieses in mannigfachen Schriften behandelt worden ist; da aber die Einrichtung der öffentlichen Bäder in der römischen Welt selbst in ihren eigentlichen und wesentlichen Theilen eine ziemlich mannigfaltige und von derjenigen der modernen Welt abweichende ist, so musste in den Ueberlieferungen ohne monumentalen Anhalt, ohne die Anschauung der Denkmäler selbst Manches unklar bleiben. Die monumentale Anschauung hat nun freilich schon lange vor der Entdeckung Pompejis keineswegs gefehlt, stehn doch, um nur das Bekannteste zu erwähnen, von den funfzehn grossen Badehäusern, die Rom unter Constantin zählte, die Ruinen der Thermen des Agrippa, das s. g. Pantheon, die der Thermen des Titus, des Caracalla, des Diocletian noch heutigen Tages vor uns. Aber vermöge der gewaltigen Ausdehnung dieser Gebäude und vermöge der überschwenglichen Fülle der accessorischen Räumlichkeiten, welche sie umschlossen, war es keineswegs leicht, sich in ihnen zu orientiren und die einzelnen, namentlich die wesentlichen Theile zu bestimmen. Auf der andern Seite haben wir freilich auch von kleineren Badeanlagen Ruinen, z. B. in Badenweiler in Baden ein wohlerhaltenes kleines römisches Bad, und endlich wurde die monumentale Grundlage unserer Anschauung noch durch ein antikes Gemälde aus den Thermen des Titus vollendet (abgebildet u. a. in Winckelmann's Werken Taf. 9 No. 19), welches ein römisches Bad in seinen wesentlichen Räumen selbst mit Namensbeischrift darstellt. Dennoch aber stehn die Thermen von Pompeji an Erhaltung und unzweifelhafter Klarheit der Bestimmung aller Räume in der allerersten Linie und bilden eine durchaus sichere Grundlage für das Verständniss aller derartigen Anlagen, welches auch bereits nicht unwesentlich durch sie gefördert worden ist. Wir können also nicht besser thun, als dieselben nach Anlage und Einrichtung des Ganzen wie des Einzelnen zu erläutern, indem wir die weitergehenden Bemerkungen an diesen Stamm anlehnen.

Die pompejanischen Bäder bilden einen von vier Strassen umgebenen Gebäudecomplex (*insula*) für sich, sie liegen unmittelbar hinter (nördlich von) dem Forum, einerseits an der Hauptstrasse der Fortuna, andererseits an der Verlängerung der Strasse des Mercur, von welchen beiden Strassen die Haupteingänge sind, während die dritte Strasse mit einem dritten Eingang und die vierte westlich und südlich nur unbedeutend erscheinen. Die Thermen bedecken in ihrer Gesammtheit ein unregelmässig viereckiges Areal von 49ᵐ50 Breite an der Strasse der Fortuna, 28ᵐ30 Breite an der kleinen südlichen Strasse und 53ᵐ mittlerer Tiefe.

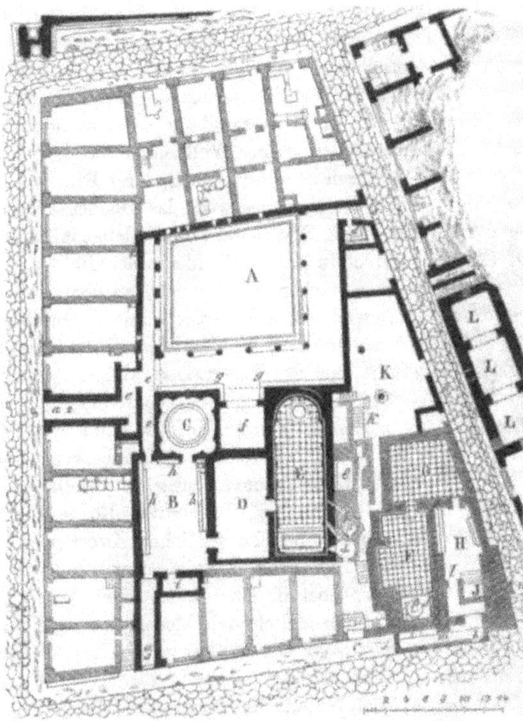

Figur 129. Plan der pompejanischen Bäder.

Auf den ersten Blick mag uns die nicht unbeträchtliche Zahl von einzelnen Räumlichkeiten auf diesem Plane verwirren, aber die Orientirung in demselben wird sehr leicht, wenn wir uns alles Accessorische wegdenken. Es sind dies besonders die vielen Läden, welche ohne jede Communication mit dem Innern des Gebäudes, wie dies auch bei Privathäusern das Gewöhnliche ist, bald aus einem Zimmer, bald aus mehren bestehend, fast das ganze Erdgeschoss der Thermen umgeben. Sie sind zur leichten Absonderung auf dem Plane hell durchschraffirt. Sodann vereinfachen wir uns die Uebersicht, wenn wir die beiden Abtheilungen der Thermen, das Männerbad und das Frauenbad getrennt betrachten, wie sie denn thatsächlich getrennt und auch auf unserem Plane unterschieden sind, indem die Mauern der Frauenabtheilung nur dunkel schraffirt, die Mauern des Männerbades ganz schwarz erscheinen.

Wie schon bemerkt, haben die Thermen drei Eingänge, abgesehn von demjenigen in die Frauenabtheilung *b* und dem zu den Heerden führenden *c*. Die Eingänge sind mit *a* 1, 2, 3 bezeichnet. Der Eingang *a* 1 liegt an der westlichen Gasse und führt unmittelbar auf den inneren Hofraum *A*; ein kleines Gemach links an demselben *d* lässt sich auf das Bestimmteste als Closet erkennen. Der Eingang *a* 2 von der Strasse des Mercur (Thermenstrasse) aus ist der einzige ganz erhaltene, er ist überwölbt wie die umliegenden Läden, um dem oberen Stockwerk und den grossen Wölbungen der eigentlichen Baderäume einen festen Halt entgegen zu setzen. Auch dieser Eingang führt durch einen Corridor *e* links in den Hofraum, rechts in das Auskleidezimmer *B*. Der dritte Eingang *a* 3 dagegen an der Strasse der Fortuna leitet mittels eines zweiten gewölbten Corridors direct in das Auskleidezimmer *B*. Der Hofraum *A* ist an zwei Seiten von einem dorischen Säulengange, an der dritten von einer Krypte, einem durch ein Gewölbe bedeckten Gang mit Bogenfenstern umgeben und lehnt sich mit der vierten an die Hinterwand der Boutiken. Eine Gosse ist rings herumgeführt, um das Regenwasser aufzufangen und fortzuführen. Ueber der eingestürzten Wölbung der Krypte sind die Ruinen eines oberen Geschosses deutlich sichtbar. Dieser Hof von etwa 20^m in's Geviert war die *ambulatio*, der Ort, an welchem sich die Badenden versammelten, um das Bad abzuwarten, wo man Unterhaltungen pflag und vielleicht auch körperliche Uebungen und Spiele vornahm. Er vertritt also *en miniature* jene grossen Anlagen der Kaiserbäder, welche ähnlichen Zwecken dienten, den Ambulationen, Sphäristerien, Gymnasien, Xysten u. s. w., und wir dürfen ihn uns mit schattigen Bäumen bepflanzt als einen anmuthigen Aufenthaltsort für müssige Stunden denken. Da hier täglich viele Menschen dergleichen müssige Stunden zubrachten, so musste der Ort für Bekanntmachungen aller Art als sehr geeignet erscheinen, auch hat man solche in nicht unbedeutender Zahl, aber kaum noch lesbar, auf den Wänden der Porticus gefunden, unter Anderen eine ebenfalls fragmentirte Anzeige von Amphitheaterspielen, welche dadurch vor anderen interessant wird, dass in ihr Jagd (*venatio*), Athleten, Zeltdach (*vela*) und Besprengungen (*sparsiones*) verheissen werden. Diese *sparsiones* waren nämlich Besprengungen der Zuschauer mit feinem Staubregen aus eigens construirten Pump- oder Spritzwerken, welche wir in Pompeji nicht mehr nachweisen können. Mit dem Zeltdach vereint dienten diese Besprengungen, um an heissen Tagen die Kühlung zu fördern, mit der allein man sich aber keineswegs begnügte, indem, wenigstens in der Hauptstadt, wohlriechendes Wasser zu diesen Sparsionen verwendet wurde, so dass durch sie eine duftige

Kühle sich im Amphitheater verbreitete. In dem Umgange dieses Hofes fand man auch ein Schwerdt und die Büchse, in welche der thürhütende Badewärter das für die Bäder empfangene Geld sammelte. Es war dies ein äusserst geringer Betrag, ein *quadrans* nämlich, d. h. $\frac{1}{4}$ As oder $\frac{1}{16}$ Denarius, nach unserem Gelde ungefähr $\frac{1}{4}$ Neugroschen. Für einen Quadrans gebadet, gehst du wie ein König einher, sagt der Dichter; von jungen Menschen unter 15 Jahren wurde aber selbst diese geringe Bezahlung nicht erhoben. An diesen Hof stösst das offene überwölbte Gemach *f*, die Exedra mit Sitzen, das eigentliche $4^m 75 \times 5^m 90$ grosse Conversationszimmer, für die, welche ausruhen und sich zum Gebrauche des kalten Bades abkühlen wollten. Bei Abend wurde dieses Gemach durch Lampen erhellt, welche so angebracht waren, dass sie ihr Licht durch Fensteröffnungen zugleich in das Tepidarium *D* hinter der Exedra und in das Frigidarium oder die *Natatio*, das kalte Bassin *C* warfen. Auch zu beiden Seiten der Exedra finden wir an den Wänden des Umgangs steinerne Sitze, *scholae*, *g*; bei der Lage des Gebäudes wird in diesem Theile des Ganges, der sich nach Südost öffnet, eine angenehm gemässigte Temperatur geherrscht haben, die man in der Exedra selbst noch kühler fand. — Hatte man sich nun in diesem Hofe, seinen Gängen und der Exedra gehörig vorbereitet, so begab man sich durch den erwähnten Corridor *e*, dessen Wölbung blau mit goldenen Sternen gemalt ist, in das Apodyterium, das Auskleidezimmer *B*, in welches man, wie bemerkt, durch den Eingang *a* 3 direct gelangt. Man sieht aus dieser Einrichtung recht deutlich, wie für das Bedürfniss derer, welche nur die physische Erquickung des Bades suchten, durch einen kürzeren Weg, auf dem sie, ohne die Revue der Versammlung im Hofe zu passiren, zu ihrem Ziele gelangten, ebenso gesorgt war, wie für die Bequemlichkeit derer, welchen das Bad selbst vielleicht als Nebensache, ein angenehm verbrachtes Plauderstündchen, Austausch von Stadtneuigkeiten oder geistreichere Unterhaltung die Hauptsache sein mogte. Denn das Bad war die *réunion du beau monde*, und in der Exedra producirten die Poëten die jüngsten Kinder ihrer Laune. In diesem kleinen Corridor fand man nicht weniger als 500 Lampen (in den Thermen überhaupt über 1000), die meisten von gewöhnlichem gebranntem Thon. Man sieht also, wie bedacht die Pompejaner auf eine genügende Erleuchtung der an und für sich nicht gar zu hellen Baderäume waren. Die besten dieser Lampen hat man für das Museum in Neapel ausgesucht, die übrigen in lächerlicher Eifersucht zerschlagen und vernichtet; die erhaltenen besseren Lampen zeigen sehr mässig ausgeführte Reliefe meist mythologischen Inhalts.

Durch diesen Corridor also gelangte man in das erste eigentliche Badegemach, das *Apodyterium*, d. h. das Auskleidezimmer, *B* auf dem Plan. Dieses $11^m 50 \times 6^m 80$ grosse Gemach ist wie die nebenliegenden Zimmer mit einem Tonnengewölbe bedeckt, welches aus einer ziemlich schwerfälligen, mit Greifen und Lyren bemalten Cornische entspringt. Auf dieser Cornische werden die Lampen zur Erleuchtung des Gemaches in langer Reihe gestanden haben. Die

Wände sind gelb bemalt, die gewölbte Decke mit weissen Feldern in rother Umsäumung, so viel sich hat finden lassen, ohne innere Figurenmalereien. Der Fussboden besteht aus einem groben weissen Mosaik mit schwarzem Rande.

Figur 130. Ansicht des Apodyterium.

Steinerne Bänke, *h* im Plan, auf einer niedrigen steinernen Stufe laufen rings an den Wänden hin, in welchen man Löcher sieht, die von hölzernen, zum Theil verkohlt aufgefundenen Pflöcken herrühren, an welchen man wahrscheinlich die abgelegten Kleidungsstücke aufhängte. Diese blieben unter der Obhut eines *capsarius* genannten Badesclaven, der in einer *capsa* (einem Schrein) die Werthsachen der Badenden gegen ein kleines Trinkgeld verwahrte. Als den Aufenthaltsort des Capsarius werden wir wahrscheinlich das kleine Zimmer *i* am Ende des Apodyterium zu betrachten haben, in welchem zugleich allerlei Badegeräth nebst Salben und Oelen aufbewahrt worden sein mögen, dem wir also den antiken Namen des *Elaeothesium* beilegen können. Sein Licht erhält das Apodyterium durch ein grosses Fenster an der Südwand hart unter der Wölbung, die es sogar etwas unterbricht (s. Figur 130), dem ein ähnliches an der zerstörten Nordwand entsprochen haben wird. Das erhaltene Fenster auf der Südseite von 1^{m} Breite und 0^{m}70 Höhe öffnet sich über der Kuppel des anstossenden Schwimmbassins *C*, es war nicht allein mit Glas geschlossen, sondern mit einer grossen, fast 5 Linien dicken, guten, flachen Fensterscheibe, welche in einem ehernen Rahmen haftete und sich in demselben um zwei Zapfen in der Mitte drehend bewegte. Die bei der Ausgrabung in Fragmenten gefundene und in das Museum in Neapel gebrachte Scheibe ist auf der einen Seite matt geschliffen, um das Hereinsehn in das Apodyterium von dem Dache des Schwimmbassins zu verhindern. Fast mehr noch als die vielen und äusserst kunstreichen Glasgefässe, die wir aus dem Alterthum, darunter nicht die schlechtesten aus Pompeji, haben, beweist diese Scheibe, dass vor der Verschüttung Pompejis die Glasbereitung und Verwendung gäng und gebe war. Das Relief zu beiden Seiten des Fensters, welches bei der Reparatur der Wölbung stark gelitten hat, scheint Scenen des Gigantenkampfs darzustellen; in der Fensternische selbst sehn wir eine colossale Jupitermaske. Unter diesem Fenster ist in der Wand noch eine kleine Oeffnung in die anstossende Natatio; auch diese mag durch eine Scheibe geschlossen gewesen sein, und diente, wie der Oelruss zeigt, der ihr Inneres bedeckt, um durch hineingestellte Lampen das Apodyterium und die Natatio zugleich zu erhellen.

Das Einzige, was auf den ersten Blick ein Bedenken gegen die Benennung dieses Saales erweckt, ist der Umstand, dass er ausser der Thür des Eläothesium fünf Thüren hat, deren unsere Abbildung drei zeigt; man denkt dabei leicht an Zugluft, die für ein Auskleidezimmer wenig passend ist. Da aber bei genauerer Betrachtung dies Bedenken ganz wegfällt, indem nur zwei Thüren nach aussen, die dritte in die Natatio, die vierte in das Tepidarium, die fünftc zu der Feuerstelle führt, und da für ein Apodyterium in den Thermen Pompejis absolut kein Raum ausser diesem an sich hiezu sehr passenden nachweisbar ist, so muss jenes Bedenken aufgegeben werden.

Figur 131. Ansicht des Frigidarium.

Aus dem Apodyterium begeben wir uns zuerst in das Frigidarium oder die Natatio, d. h. das kalte Bad oder das Schwimmbassin *C*, welches diesen letzteren Namen allerdings in Pompeji nur in sehr uneigentlichem Sinne tragen kann. Dies Gemach ist vollständig erhalten, es fehlt nur das Wasser in dem Bassin, welches durch eine vier Fuss vom Boden angebrachte kupferne Röhre aus dem später zu erwähnenden grossen Reservoir in einem 1″ dicken Strahle sich ergoss; dasselbe ist nach aussen viereckig, innen kreisrund von 5^{m} 70 Durchmesser; den vier Ecken nach aussen entsprechend sind im Innern vier halbrunde Nischen, die s. g. *scholae*, Ruheplätze, angebracht; in der Mitte befindet sich die *piscina*, die Wanne oder das Bassin, von 4^{m} 50 oberem Durchmesser, umgeben von einem 10″ unter der Fläche des Bodens befindlichen 11″ breiten Sitz, innerhalb dessen an der einen Seite (links auf unserer Ansicht) noch ein niedriger Tritt angebracht ist, um das Heraussteigen aus dem Wasser zu erleichtern. Das wohlerhaltene und wie die umlaufende Stufe, die Plattung des Umgangs und der Nischen aus weissem Marmor bestehende Bassin ist im Ganzen nur 1^{m} 17 tief, so dass man wohl nur hockend oder sitzend in demselben baden konnte. Die Bedeckung des Gemaches besteht in einer uneigentlichen Kuppel, d. h. in einer solchen in Form eines abgestumpften Kegels und ist jetzt im Gipfel offen; dass dies ursprünglich so gewesen sei, ist nicht glaublich, vielmehr rührt es von der Zerstörung her, die hier eintreten musste, weil die Spitze über die verschüttende Asche herausragte; den Beweis für den ursprünglich vollständigen Gipfelschluss der innen blau gemalten Kuppel liefert eine durch dieselbe nach Südwest gebrochene Fensteröffnung, die unsere Ansicht zeigt, und die überflüssig gewesen wäre, wenn der Gipfel nicht verschlossen war. Sie scheint ohne Scheiben gewesen zu sein, weil es für dies Gemach zum Kaltbaden nicht auf einen Abschluss gegen die freie Luft ankam. Die Wände waren auch hier gelb gemalt, hie und da unterbrechen grüne Zweige die einförmige Fläche, die Nischen sind blau, ihre Wölbungen roth gemalt und mit einem hübschen Stuccorahmen eingefasst. Auch die etwa 3^{m} vom Boden umlaufende Cornische, aus der die Kuppel entspringt, ist mit Stuccoreliefen geziert, welche gutgearbeitete Rennen zu Ross und zu Wagen darstellen, und roth bemalt waren.

Kehren wir aus diesem Frigidarium zurück und schreiten durch die auf unserer Abbildung Figur 130 sichtbare Thür in der rechten Wand des Apodyteriums, so befinden wir uns in dem 10^{m} × 5^{m} 60 grossen Tepidarium *D* auf dem Plane, dem Gemach für die Entkleidung derer, welche die heissen und die Dampfbäder in dem Caldarium *E* gebrauchen wollten. Zu diesem Zwecke wurde dasselbe nicht allein durch einen beweglichen Heerd von Bronze, sondern durch heisse Luft erwärmt, welche aus dem nebenanliegenden Caldarium unter seinen hohlgelegten Fussboden geleitet wurde. Die Wärme in diesem Zimmer war eine gemässigte und trockene und dasselbe diente zur Entkleidung vor und zur Bekleidung nach dem Gebrauche des Schwitzbades, sowie für die mit dem Gebrauche der Schwitzbäder in Verbindung stehenden Reibungen und Salbungen und alle die anderen Operationen nach dem Schwitzbad, für welche eigene Sclaven, *unctores*, Salber, angestellt waren. Aus der folgenden Abbildung ist ersichtlich, dass dies Gemach sehr reich decorirt ist, und in der That übertrifft es in dieser Beziehung alle anderen Abtheilungen der Thermen. Der Fussboden mit weissem, schwarzumrandeten Marmormosaik geplattet, die Wölbung der Decke reich mit Stuccaturarbeit und mit Malerei auf farbigem Grunde verziert, die Wände roth gefärbt, die Cornische von Statuen getragen: Alles dies wirkt zusammen, um das Gemach sehr elegant und

Figur 132. Ansicht des Tepidarium.

prachtvoll erscheinen zu lassen. Die Statuen, welche die Cornische der Deckenwölbung tragen und die wir mit dem technischen Ausdruck als Atlanten oder Telamonen bezeichnen können, stehen auf einer rings um das Gemach auf 4′ Höhe aus der Wand allerdings ziemlich unorganisch und schwer vorspringenden Platte auf kleinen Basen und vor flachen Pfeilerchen, die Nischen zwischen sich lassen. Diese mogten am Abend eine Reihe von Lampen zur Erleuchtung des Tepidariums aufnehmen, ähnlich wie die flache Cornische des Apodyteriums. Die Telamonen selbst, 2′ 2″ hoch und aus gebranntem Thon, ähneln jenen colossalen Giganten, welche vor der inneren Pfeilerstellung des Zeustempels in Girgenti die Decke trugen, jedenfalls stimmt die Art, wie sie die Last der Cornische mit den über das Haupt erhobenen Ellenbogen stützen, mit der Stellung der grossen Figuren jener noch nicht zu voller Freiheit gelangten Kunst überein; die kleinen Figuren sind in kräftiger Naturwahrheit, jedoch etwas schwerfällig modellirt, nicht unähnlich den knienden Atlanten im kleinen Theater.

Die überaus reiche Stuccaturarbeit und Malerei der Deckenwölbung wird sich am besten aus der folgenden Probe Figur 133 beurteilen lassen. Der Grund ist theils roth, theils blau, die Figuren der äusseren Reihe sind weisse Reliefe, die kleineren Figuren der Mitte leicht weiss gemalt. Den Rand bildet eine reiche und geschmackvolle Stuccoarabeske, ebenfalls weiss auf rothem Grunde.

Figur 133. Deckenwölbung des Tepidarium.

Das Tageslicht empfing das Tepidarium auf dieselbe Weise wie das Apodyterium. Das grosse Fenster an der Südseite ist erhalten und auf unserer Abbildung sichtbar, nebst der kleineren Oeffnung für die Lampen, welche hinterwärts zugleich die Exedra erhellten.

Im Tepidarium sind drei Bänke von Bronze und ein eherner Heerd gefunden worden, welche unsere Abbildung an Ort und Stelle zeigt. Auf den Sitzen fand man den Namen des Schenkgebers M. NIGIDIVS. VACCVLA. P. S (*pecunia sua*) »M. Nigidius Vaccula aus eigenen Mitteln«, und eine Anspielung auf seinen Namen (Kühlein, kleine Kuh) werden wir in den Ornamenten der von ihm geschenkten Gegenstände nicht verkennen dürfen. Die Füsse der 1ᵐ 80 langen Bänke sind Kuhfüsse, welche oben in einen Kuhkopf enden, und an dem 2ᵐ 12 × 0ᵐ 77 grossen Heerde ist an der Vorderseite das Thier als redendes Emblem in der Mitte des oberen Randes in ganzer Gestalt und in Hochrelief angebracht. Der Heerd, oder richtiger gesagt das Kohlenbecken ruht vorn auf zwei in geflügelte Sphinxe endenden Löwentatzen, hinten auf drei graden Beinen und hat ausser der Kuh ein umlaufendes zacken- oder zinnenförmiges Ornament, welches an den Ecken in ein Blatt endet und ähnlich an anderen Kohlenbecken in Pompeji, von denen wir später zu reden haben werden, sich wiederholt. Innerhalb des Zackenornaments ist ein eiserner Rand eingeschoben, den Boden bildet ein Rost von bronzenen Stangen, auf dem Ziegel lagen, die ihrerseits Bimstein trugen, auf welchen erst die glühenden Holzkohlen geschüttet wurden. —

Aus dem Tepidarium gelangen wir in das Caldarium *E* auf dem Plane. Die Pfosten der Thüren, welche aus dem Apodyterium in das Tepidarium und aus diesem in das Caldarium führen, sind geneigt, so dass die an ihnen hangenden Thürflügel sich durch ihr eigenes Gewicht schlossen, und dass nicht durch nachlässiges Offenlassen der Thüren Zugluft entstehen konnte. Caldarium nennen wir zunächst das ganze Gemach nach seinem Hauptzweck, dem warmen Bade, wir können aber in dem Durchschnitt drei Theile unterscheiden,

Figur 134. Durchschnitt des Caldarium.

a das Laconicum, die runde Nische mit der grossen Wanne (*labrum*) für kalte Abwaschungen nach dem Schwitzbade, *b* in der Mitte das eigentliche Caldarium, den Raum für das Schwitzbad mit unterhöhltem Fussboden (*suspensura*) und hohlen Wänden, durch welche die heisse Luft strich, endlich rechts am Ende *c* die viereckige Wanne für das warme Wasserbad (*lavatio calda*). Diese Anlage stimmt selbst in den gegenseitigen Massverhältnissen mit Vitruv's (V. 11.) Vorschrift überein. Das Laconicum ist eine grosse halbrunde Nische von 3^{m} 50 Weite und 1^{m} 80 Tiefe, mit einem Gewölbe gedeckt, welches eine Viertelkugel darstellt. Im Hintergrunde ist, Vitruv's Vorschrift gemäss, eine kreisförmige Oeffnung von 0^{m} 45 Durchmesser durch das Gewölbe gebrochen, welche durch eine eherne Platte (*clypeus*) geschlossen werden konnte, die man mittels einer Stange von unten hob, wenn das Fenster offen, senkte, wenn dasselbe geschlossen sein sollte. Unmittelbar vor dem Bogen, der die Nische des Laconicum von dem Caldarium sondert, sehen wir in der Ansicht Fig. 135 das grösste Fenster in der Mitte der Deckenwölbung, zu beiden Seiten sind kleinere angebracht, so dass man sieht, wie eifrig bedacht die Pompejaner waren, in diesen heissen Räumen volles Licht und zugleich die nöthigen Oeffnungen zum Ablassen des Dampfes und zum Einlassen frischer Luft herzustellen. Grade unter dem Hauptfenster befindet sich die grosse Kumme oder Wanne, das *labrum*, und zwar auch dies nach Vitruv's Vorschrift, der als Grund dieser Stellung angiebt, dass die Schatten der sich waschenden Personen nicht in die Wanne fallen sollen. Das Labrum in Pompeji ist eine grosse flache Kumme von 2^{m} 34 Durchmesser, 8 Zoll Tiefe und 1^{m} Erhebung über

Figur 135. Ansicht des Caldarium.

den Boden, in der Mitte nabelförmig erhoben. Hier ist eine bronzene Röhre durchgetrieben, durch welche das Wasser emporstieg. Dies war aller Wahrscheinlichkeit nach kalt, d. h. kalt im Vergleich zu der heissen Luft des Caldariums, und diente, um den Kopf des Badenden zu begiessen, ehe er aus der Hitze fortging; so können wir wenigstens nach der Analogie türkischer Bäder und nach allgemeinen Gründen schliessen. Die Wanne ruht auf einem nicht eben zierlichen Fusse von Lava, welcher aber aus dem besonderen Grunde so schwerfällig genommen scheint, um einigen kleinen Rissen im Marmor eine um so festere Unterstützung des Ganzen entgegen zu setzen. Diese Wanne war nach Decurionendecret, zur Zeit als Cneius Melissus Aper und Marcus Staius Rufus richterliche Zweimänner waren, aus öffentlichen Mitteln besorgt worden, wie uns die folgende mit Bronzebuchstaben in den Rand eingelegte Inschrift (Mommsen No. 2217) lehrt:

CN. MELISSAEO. CN. F. APRO. M. STAIO. M. F. RVFO. II. VIR. ITER. ID. LABRVM. EX. D. D. EX. P. P. F. C. CONSTAT. HS. ↀCCL.

aus der wir zugleich den Preis erfahren, der für dieselbe bezahlt wurde und der sich auf 5250 Sestertien, nach unserem Gelde 260 Thaler, belief, eine Summe, die jetzt wohl ungenügend sein würde, um eine solche Marmorwanne zu bezahlen. Manche Schriftsteller über Pompeji haben die Summe irrig für 750 Sesterzen = 37 Thlr. 15 Ngr. gelesen und daraus auf die ausserordentliche Wohlfeilheit der Materialien und der Arbeit zu der damaligen Zeit geschlossen.

Am entgegengesetzten Ende des Caldarium (*c* Figur 134, im Vordergrunde Figur 135) ist die viereckige Wanne, *alveus* oder *baptisterium*, für das warme Bad. Auf zwei Stufen stieg man zu derselben hinauf und setzte sich auf die dritte oder die Wand der Wanne von weissem Marmor und 0 m 34 Breite. Die Füsse ruhten auf einer inneren Stufe von halber Höhe der Wanne, vermittels deren man sich allmählig in die heisse Fluth tauchen konnte. Die ganze Länge der Wanne ist 5 m 05, die Breite 1 m 59 und die Tiefe beträgt nur 0 m 60. Zehn Personen können neben einander auf der oberen oder inneren Stufe gesessen haben, denn sitzend wird man, nach der geringen Tiefe der Wanne zu schliessen, das Bad genommen haben, weshalb auch die innere Wand der oberen Stufe wie die Lehne eines Stuhles geneigt ist. Das heisse Wasser floss durch eine Oeffnung in der einen Ecke unmittelbar aus dem daneben liegenden, gleich zu besprechenden Kessel in die Wanne und muss durch eine Oeffnung im Boden, welche mit einem beweglichen Stein geschlossen wurde, abgeflossen sein.

Zwischen dem Laconicum und diesem Alveus ist nun endlich das eigentliche Caldarium, das trockene Schwitzbad, dessen Sitze von Holz gewesen sein werden, weil ausser diesem Material nur Stein der dauernden warmen Feuchtigkeit widerstanden haben würde. Der Boden ist nach dem Alveus hin leise geneigt, so dass in seiner Nähe ein Abfluss für das niedergeschlagene Wasser gewesen sein muss. Aus Rücksicht auf die in diesem Gemach stetigen warmen Dämpfe sind seine Decorationen ungleich einfacher, als die des Tepidariums; Malerei fehlt ganz, weil sie nicht Stand gehalten hätte, die Wölbung ist nach einem sehr guten Motiv querüber von Cornische zu Cornische gleichsam canellirt, wodurch die Form des Tonnengewölbes nachdrücklich hervorgehoben wird, im Laconicum treten canellirte, im Caldarium glatte Wandpfeiler hervor und die Kuppel des Laconicum enthält auf unserer Ansicht Figur 135 erkennbare Stuccoornamente. Unterhalb der Kuppel ist eine Oeffnung für die Lampen angebracht, die ihr Licht in die Porticus warfen, sie muss durch eine Glasscheibe geschlossen gewesen sein und Glasscheiben werden wir auch in den Fenstern der Decke anzunehmen haben, nicht geöltes Leinen, welches sonst in derartigen Räumen auch verwandt wurde; denn das Bestreben, viel Licht zu schaffen, ist hier augenfällig. Der Fussboden ist von Mosaik und durch kleine Thonpfeiler unter den Ecken der einzelnen Platten unterhöhlt. In ähnlicher Weise ist die Höhlung der Wände hergestellt. Dieselben sind nämlich nicht wie in manchen anderen Beispielen solcher Anlagen von einem System von Thonröhren durchsetzt, durch welche die heisse Luft circulirte, sondern sie bilden gleichsam eine grosse Röhre, indem vier Zoll von der Mauer eine Verkleidung von Thonplatten gebildet ist, welche mit jener nur durch eiserne Klammern verbunden sind.

Unmittelbar neben dem Caldarium liegt der Heizapparat, zu dem ein eigener Eingang *c* von der Strasse der Fortuna, ferner der Corridor vom Apodyterium und dem Garderobenzimmer und ein zweiter Corridor aus dem Hofe *K* führt, in welchem das Brennmaterial aufbewahrt wurde. Dieser muss, nach den zwei noch stehenden Säulen zu schliessen, bedeckt gewesen sein. Der ganze Heizapparat ist in ein sehr solides Mauerwerk, auf dem Plane hell schraffirt, eingeschlossen. Nur wenig über dem Boden befindet sich der runde Heerd *α* (*fornax*) von 2 ᵐ 20 Durchmesser, von dem aus ein gemauertes Rohr, im Plane mit punktirten Linien angegeben, die heisse Luft unter den Fussboden des Caldariums und hinter dessen hohle Wände leitete. Auf einer kleinen Treppe gelangt man zu den höher und seitwärts eingemauerten Kesseln, von denen der erste *β* das kochende oder fast kochende Wasser in die Wanne des Caldariums ergoss, während er neuen Zufluss aus einem wieder etwas höher eingelassenen Kessel *γ* erhielt, in dem das Wasser nur erwärmt wurde, und der mit dem Labrum des Laconicum in Verbindung steht. In diesen endlich floss kaltes Wasser aus dem viereckigen Reservoir *δ*, welches in den Kesseln *β* und *γ* allmählig bis zur Siedehitze erwärmt wurde. Ueber die Speisung des Reservoirs *δ* sprechen wir demnächst. In dem Vorraume des Heerdes, dem *praefurnium*, in welchem sich der Heizer, *furnacarius* oder *fornacarius*, aufhielt, fand man eine beträchtliche Menge Pech, welches zur lebhaften Anfachung des Feuers gedient hatte. Die Treppen bei *k* führen in das obere Geschoss und auf das flache Dach der Thermen.

Figur 136. Ansicht des Frauenbades.

Getrennt von dem beschriebenen Männerbad liegt das Frauenbad, welches unser Plan durch dunkele Schraffirung unterscheidet, und welches dieselben Räumlichkeiten in grösserer Beschränkung enthält. *F* ist das Caldarium mit unterhöhltem Fussboden, mit Laconicum *α* und Labrum *β*. Derselbe Heerd und Kessel, welcher das Caldarium des Männerbades versorgte, brachte auch in das Caldarium der Frauen heisse Luft und heisses Wasser, der Canal ist auf dem Plane punktirt. Vor dem Caldarium liegt das Tepidarium *G*, ebenfalls mit hohlem Fussboden, unter den sich die Luft aus der *suspensura* des Caldariums verbreitete, so dass hier eine eigene Feuerpfanne bei der geringeren Dimension und Entfernung vom Heerde überflüssig wurde. *H* ist das Apodyterium, in dem das Frigidarium mit der

Piscina *I* gleichsam als ein Alkoven eingebaut ist. Von diesem Raume geben wir eine Ansicht Figur 136. Rechts am Frigidarium vorbei führt der Ausgang durch die Thür *l* zunächst in ein Vorzimmer *m* mit steinernen Bänken, gleich denen im Apodyterium, und dann durch den Eingang *b* auf die Strasse der Fortuna. Alle genannten Räumlichkeiten dieser streng abgetrennten Abtheilung der Thermen sind von ungleich einfacherer Ornamentirung als die der grösseren Abtheilung, weshalb man auf den Gedanken gekommen ist, in dieser Abtheilung, welche wir für die Frauen bestimmt glauben, die Badezimmer für die ärmere Classe zu finden. Nun ist es allerdings richtig, dass in Rom beim Beginn der Erbauung öffentlicher Bäder nicht zwei Abtheilungen für Männer und Weiber unterschieden wurden, dass vielmehr beide Geschlechter zu verschiedenen Zeiten dieselben Räume benutzten, bis in der Zeit der grossen Sittenverderbniss unter Nero das gemeinsame Baden Gebrauch wurde und zu den widerwärtigsten Ausschweifungen führte, denen Hadrian durch das Gebot räumlicher Trennung des Männer- und Frauenbades ein Ziel setzte; jemehr dies Alles jedoch mit der wüsten Sittenlosigkeit der Hauptstadt zusammenhangt, um so weniger beweist es für gleiche Verhältnisse in Pompeji. Dazu kommt, dass ja die Thermen überhaupt nicht für die Reichen erbaut waren, die eigene Bäder im Hause besassen, so dass aller Grund wegfällt, in den beiden Abtheilungen unserer Thermen zwei Classen von Bädern für Reiche und Arme zu erkennen. Bei der Zurücksetzung der Frauen aber ist die geringe Ausschmückung der für sie bestimmten Baderäume eher erklärbar. Eine neue Hypothese von Breton in seinem schon einmal genannten Buche *Pompeia décrite. Par.* 1855, nach der die Frauenabtheilung das ältere Badehaus, die Männerabtheilung ein neues und erweitertes wäre, bleibt eine auch nur auf den ersten Blick scheinbare, nicht zu erweisende Hypothese.

Schliesslich ist noch ein Wort zu sagen über die Art, wie den Thermen der Bedarf an Wasser zugeführt wurde. Wir sind hierüber im Unklaren. Jenseits der kleinen Strasse neben dem Frauenbad hat man starke viereckige gemauerte Behälter, *L* auf dem Plane, gefunden, welche man für das Hauptreservoir des Wassers hielt. Dieses, so meinte man, wäre durch eine Röhre über die Strasse vermöge eines Bogens geführt worden, dessen einen Pfeiler man in *n* am Frauenbad wiederzufinden meinte. Allein dies ist ein einfacher Pilaster und von einer Röhrenleitung in ihm ist nicht die Rede. Dazu kommt, dass in jenen gemauerten Bassins sich nicht der Niederschlag von Kalkspath findet, der in keinem Wasserbehälter Pompejis fehlt, so dass, wenn diese Bassins die Reservoire der Thermen waren, sie jedenfalls erst neu gebaut und kaum schon, wenigstens nicht lange gebraucht sein konnten. Auf Vermuthung beruht es, dass ein älteres Wasserreservoir auf der starken Aussenmauer der Piscina des Frauenbades bei *n* geruht habe, das jetzt zerstört sei. Die Art übrigens, wie nun endlich in das eine oder das andere Reservoir das Wasser gekommen ist, steht noch dahin; Regenwasser wird man schwerlich benutzt haben; eine

Wasserleitung, welche auch die zahlreichen Brunnen der Stadt gespeiset hat, ist noch nicht aufgefunden. —

Ehe wir von diesen Thermen scheiden, muss noch erwähnt werden, dass nach Amicone's Ausgrabungsacten an diesen Thermen eine Inschrift (Mommsen No. 2216) gefunden wurde, die man in einem zweiten gleichlautenden Exemplare vor dem herculaner Thor entdeckte, und nach der die Thermen nicht öffentliche, sondern ein Privatunternehmen gewesen wären. Ob sich hiemit Manches von dem, was wir in den Thermen gefunden haben, verträgt, mag dahingestellt bleiben. Die Inschrift selbst ist abhanden gekommen. — Die verhältnissmässig geringe Grösse der Thermen Pompejis hat lange zu der Annahme geführt, dass sie nicht die einzige Anlage der Art in der Stadt gewesen sei. Diese Annahme scheint sich als richtig zu bewähren; die neuesten Ausgrabungen haben an der Ecke der beiden Strassen, deren eine vom Odeum in die Strasse der Fortuna führt (der s. g. *Quadrivio della Fortuna*) und deren andere den Namen der Strasse der Goldschmiede führt und neben dem Gebäude der Eumachia auf das Forum mündet, ein Gebäude zu Tage gefördert, dessen bisher bekannte Theile in demselben ein zweites Badehaus erkennen lassen. Zwei Säle sind bekannt, deren einer, für das Caldarium geltend, dieselbe canellirte Deckenwölbung zeigt, wie das Caldarium der älter bekannten Thermen, auch einen Stuccosims, welcher Schiffe und Meergötter darstellen soll. Genaueres wird erst nach Vollendung der Ausgrabung mitzutheilen sein; es ist aber sehr wohl möglich, dass man im Laufe der Zeit noch ein drittes und ein viertes Badehaus finden wird, wenngleich vielleicht von weniger schönen Einzelheiten wie die des völlig bekannten sind. —

Sechster Abschnitt.

Brunnen, Altäre und sonstige kleine Bauwerke.

Gutes Trinkwasser galt im Alterthum für eben so wichtig wie bei uns, ja, wenn wir von den ungeheuren Bauten, welche die Römer in viele Meilen langen riesigen Aquaeducten anlegten, um sich dasselbe zu verschaffen, auf den Werth schliesst, den das Wasser hatte, für noch ungleich wichtiger. Für den Bedarf des Haushaltes, für Küche und Wasche hatte man das in den Impluvien gesammelte, in tiefgegrabene Brunnen geleitete und in ihnen geklärte Regenwasser in jedem Hause bei der Hand, zum Trinken aber zog man, obgleich das Wasser der Cisternen namentlich in älterer Zeit gebraucht wurde, Quellwasser begreiflicher Weise vor, welches oft sehr weither geschafft werden musste.

So auch in Pompeji. Denn die Stadt hatte vermöge ihrer schon früher dargestellten Lage auf einem Lavahügel im Alterthum nicht eine einzige lebendige Quelle in ihren Mauern, innerhalb deren jetzt einzelne Brunnen durchgebohrt worden sind, und das Wasser des Sarno konnte ohne grosse Pumpwerke ebenfalls nicht bis in die Stadt gebracht werden. Obgleich wir nun von einer Wasserleitung, von einem gemauerten Aquaeduct ausser einzelnen Pfeilern, in denen zwei Bleiröhren emporlaufen und die in der Nähe einiger Brunnen stehn, deren Bestimmung aber noch fraglich ist, keine sichere Spur gefunden haben, so bleibt uns nur die Annahme übrig, dass das Trinkwasser vermöge einer künstlichen Leitung von einem höher gelegenen Punkte an einem der umgebenden Berge nach Pompeji geführt worden sei. Hier aber ist fast keine Strasse ohne einen öffentlichen, meistens an der Scheidung zweier oder mehrer Strassen (*in biviis* oder *triviis*) angebrachten Brunnen immer fliessenden Quellwassers gewesen und die meisten grösseren Häuser hatten dergleichen Brunnen, oft Springbrunnen innerhalb ihrer Mauern. Der Beweis dafür, dass diese Brunnen nicht doch etwa ihr Wasser aus Quellen innerhalb Pompejis erhielten, ist darin gegeben, dass wir die Wasserleitung innerhalb der Stadt kennen; sie besteht aus theils gemauerten, theils thönernen oder bleiernen Rohren, welche das Wasser durch alle Stadtviertel vertheilten und durch kleinere Bleirohre in die öffentlichen und Privatbrunnen ausströmen liessen. Es ist dem Verfasser nicht bekannt, ob man jemals ein Nivellement der Leitungen in der Stadt vorgenommen hat, um den Ausgangspunkt derselben zu finden. Die Hauptleitungsrohre waren mit Hähnen geschlossen, vermöge derer man den Zufluss des Wassers hemmen oder mässigen konnte. Ein sehr merkwürdiges Exemplar eines solchen Hahnes (Figur 137) ist in Capri im Palaste des Tiberius gefunden. Der Theil *b* drehte sich in dem Theil *a* und öffnete oder schloss dadurch die Rohre *c*, welche nach beiden Seiten führen. Ein merkwürdiger Umstand giebt diesem Stück noch ein nebensächliches Interesse. Die verschiedenen Theile des Hahnes sind hermetisch dicht in einander gerostet und haben in demselben Wasser eingeschlossen, welches man, wenn der Hahn geschüttelt wird, deutlich in seinem Innern plätschern hört. —

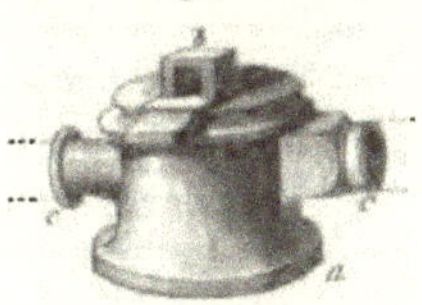

Figur 137.
Hahn der Wasserleitung.

In der nebenstehenden Ansicht finden wir den Plan und in der folgenden die Ansicht einer Strassenecke, eines *bivium* mit einem Wasserreservoir *a* und einem Brunnen *b*; es ist der erste an der Hauptstrasse vom herculaner Thor, welche man mit ihrem Pflaster und ihren Trottoirs ebenfalls auf dem nebenstehenden Plane deutlich erkennt. Die Gestalt des Brunnens selbst ist, wie die der meisten Brunnen in Pompeji, die einfachste, die man

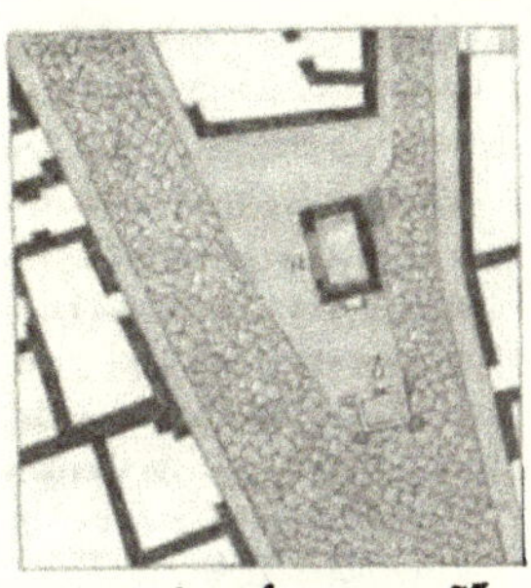

Figur 138. Plan eines Brunnens.

sich denken kann. Aus einem kleinen ungeschmückten Cubus fällt das Wasser in einen s. g. Cantharus oder ein viereckiges Bassin, welches aus mit eisernen Klammern verbundenen Hausteinen erbaut ist, um der Last des Wassers und vielleicht etwaigem Frost sicher zu widerstehn. Hinter dem Brunnen sieht man das s. g. *castellum*, den grösseren Wasserbehälter, *a* auf dem Plane, mit gewölbter Decke und durch eine Thür geschlossen. Wahrscheinlich befand sich in diesem Gebäude ein Knotenpunkt der Leitungen und war in demselben ein Hahn etwa von der oben abgebildeten Art. Die Facade dieses kleinen Bauwerks nach dem Brunnen hin ist mit einem jetzt fast ganz erloschenen Gemälde geschmückt, und vor demselben steht ein kleiner den *lares compitales*, den Schutzgöttern der Strassen, deren Cult Augustus erneuerte, geweihter Altar. Das Bild stellte eine Opfercäremonie vor, ist aber zu sehr zerstört, um mit Sicherheit beschrieben zu werden.

Figur 139. Ansicht eines Brunnens.

Die meisten Brunnen sind dem hier beschriebenen und abgebildeten sehr ähnlich, nur fehlt das Brunnenhaus hinter denselben, wogegen der Cippus, aus welchem das Wasser in das Reservoir floss, bei den meisten auf eine verschiedenartige Weise mit Reliefen geschmückt ist. Beispielsweise bringen wir die Abbildung eines ebenfalls an einer Strassenecke belegenen Brunnens. Der Cippus ist mit einem an das Gepräge der Münzen von Agrigent oberflächlich erinnernden Relief geschmückt, darstellend einen Adler, der einen Hasen im Schnabel hält, aus dessen Maul das Wasser floss. In dem Laden, in dessen Thür hinter dem Brunnen wir hineinsehn,

Figur 140. Ansicht eines zweiten Brunnens.

wurden Esswaaren verkauft, von denen man Reste in demselben gefunden hat. Wir übergehen andere fast ebenso gestaltete Brunnen, deren Reliefschmuck in verschiedenen Masken besteht, aus deren Munde der Wasserstrahl entspringt und begnügen uns ausser dem Durchschnitt eines derartigen an den Propyläen des *Forum triangulare* belegenen Brunnens (Fig. 141), durch welchen die Art deutlich werden wird, wie das Wasser durch ein Rohr in dem durchbohrten Cippus bis zum Ausfluss geleitet wurde, die Ansicht noch eines Brunnens (Fig. 142) mitzutheilen, bei dem wir eine Besonderheit finden. Derselbe liegt neben den drei Curien und der s. g. öffentlichen Schule am Forum, der Cippus ist mit einem Stierkopf in Relief geschmückt, und das Bassin ist an zwei Seiten nach dem Trottoir hin mit einem eisernen Geländer umgeben, um Fussgänger vor dem Hineinstürzen zu bewahren. Dies bereits bei der Entdeckung ganz verrostete Geländer ist jetzt bis auf ein paar Stümpfe im Stein verschwunden. —

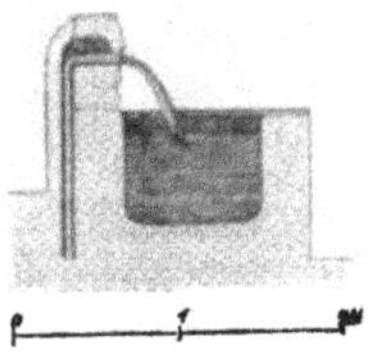

Figur 141. Durchschnitt eines Brunnens.

Figur 142. Ansicht eines dritten Brunnens.

Andere Brunnen in Pompeji bieten nun allerdings abweichende, aber nicht minder einfache Formen. So haben wir schon früher bei der Beschreibung des *Forum triangulare* sowie der s. g. *Curia isiaca* durchbohrter Säulen Erwähnung gethan, welche als Brunnen dienten; ein Brunnen in demselben Stadtquartier hat ungefähr die Form eines Sitzes mit sehr niedriger Lehne, aus der aus vier kleinen Löwenköpfen die Wasserstrahlen in den das Bassin bildenden Sitz fielen.

Diese Beispiele mögen genügen, um das immer gleichbleibende Princip der antiken Brunnen zu vergegenwärtigen. Diese Gleichheit des Princips schliesst übrigens eine grössere Mannigfaltigkeit der Erscheinungen, als sie uns Pompeji bietet, keineswegs aus; die Cippen wurden ungleich reicher decorirt, ja sie wurden durch ganze Marmor- oder Bronzestatuen ersetzt, durch welche das Brunnenrohr bis zu irgend einem sinnreich construirten Ausguss geführt wurde. Diese Brunnenfiguren, deren schon Herculaneum eine Reihe und auch Pompeji einige aufzuweisen hat, boten der Plastik ein fruchtbares Feld und gehören zu den anmuthigsten Erfindungen derselben. Auf die verschiedenartigste Weise wurde das Ausgiessen des Wasserstrahls durch diese Figuren motivirt; entweder sind es Quellnymphen, welche das Wasser aus ihren Urnen ausfliessen lassen, oder Satyrn, von denen man glaubte, dass sie mit den Nymphen am Quellrande tanzten, und deren Flötenspiel man im Rauschen und Rieseln des zu ihren Füssen als Quelle entspringenden und in das Bassin fallenden Wasserstrahls zu hören meinte. Viel mehr Statuen in unseren Museen, als man gewöhnlich glaubt, sind Brunnenfiguren gewesen, wie sich das aus Durchbohrungen erweisen lässt; selbst der anmuthige, in so vielen Sammlungen anzutreffende ruhende Satyr, den man wahrscheinlich mit Unrecht auf den s. g. periboëtos des Praxiteles zurückgeführt hat, scheint ein Brunnenbild gewesen zu sein, und ebenso der schöne borghesische Satyrknabe, der zum Wasserrieseln Flöte spielt. Pompeji hat in mehren Privathäusern Brunnenfiguren, die wir später besprechen werden. Mehre derselben stellen alte Silene dar; der eine derselben lässt das Wasser aus einem auf die Schulter, der andere aus einem auf einen Pfeiler gelegten Schlauch auslaufen. Die berühmte kleine Bronzegruppe des Hercules mit der Hinde schmückte den Brunnen im Hause des Sallustius, und auch eine Nymphe von Marmor, die zu den besten Sculpturen Pompejis gehört, scheint Brunnenfigur gewesen zu sein. Wir werden diese Sculpturen in dem artistischen Theile dieses Werkes bringen. —

Ausser den Brunnen haben wir von kleineren öffentlichen Anlagen besonders noch die, wie in katholischen Ländern die Heiligenhäuschen, vielfach in den Strassen aufgestellten Altäre der Schutzgottheiten der Wege und Strassen zu erwähnen. Ein dergleichen kleines Heiligthum haben wir bereits an dem Brunnenhause bei dem ersten Brunnen kennen gelernt, bestehend aus einem Altar vor dem Bilde der Strassenlaren, auf welchem diesen Dämonen von den Vorübergehenden ein wohlfeiles Opfer und ein flüchtiges Gebet dargebracht wurde. Ganz ähnlich ist ein zweites derartiges Heiligthum im *Quadrivio della Fortuna*, ebenfalls mit einem Brunnen verbunden. Ohne Verbindung mit einem Brunnen ist ein Altar in der Strasse hinter dem Gefängniss am Forum, angelehnt an eine Wand; hinter demselben erscheint auf einem von Pilastern eingefassten und von einem Giebel gekrönten Felde die bekannte Opferceremonie anstatt gemalt in Stuccorelief. In dem Giebel oder Fronton ist ein Adler in Relief gebildet, welcher zu der unrichtigen Annahme den Anlass gegeben hat, dieser Altar sei dem Jupiter geweiht gewesen; er erscheint vielmehr nur als ein sehr passender Schmuck des flachen Giebeldreiecks, welches er mit seinen ausgebreiteten Schwingen erfüllt, und welches eben wegen der Aehnlichkeit seiner allgemeinen Form mit den ausgebreiteten Flügeln eines Adlers in Griechenland den Namen »Adler« (ἀετός) erhalten hat. Ein anderes Beispiel wird genügen, um nebst dem zuerst betrachteten den durchschnittlichen Charakter dieser Cultusstätten der *dii populares* oder *patellarii* uns zu vergegenwärtigen. Es ist dies ein ziemlich ansehnlicher Altar, welcher, um die Passage auf dem

Figur 143. Altar an einer Strasse.

ohnehin nicht allzu breiten Trottoir nicht zu versperren oder zu beengen, bescheidentlich in einer Mauernische steht, in welcher über demselben eine Opferdarstellung, ähnlich den besprochenen, gemalt oder in Relief angebracht gewesen sein wird, welche uns verloren gegangen ist.

Als verwandt mit diesen volksthümlichen Strassenheiligthümern müssen endlich die mehrfach an Ecken und Mauern vorkommenden religiösen Malereien hier erwähnt werden, die, weil kein Altar vor denselben angebracht ist, mehr einen talismanischen als einen Cultcharakter tragen. Sie sind zahlreich genug und sehr einförmig, indem sie fast durchgängig nur aus zwei grossen Schlangen bestehen, den Symbolen der Laren, welche sich gegen einander auf einen kleinen Altar zuringeln und genügten, um den Ort religiös zu weihen, wie der vielcitirte Vers des Persius (Sat. 1. 113) zeigt:

Pinge duos angues, pueri sacer est locus extra
Meite.

Die Zwecke dieser Malereien sind verschieden, vielfach sollten sie nur die Orte, an denen sie angebracht waren, vor Verunreinigung bewahren. Dies ist auch der Zweck des einzigen Gemäldes von abweichender und interessanterer Gestalt, welches mit rother Farbe auf die Wand in einer kleinen südlich vom Forum führenden Strasse gemalt ist, welche nach dem Inhalt der Darstellung der zwölf grossen Götter den Namen des *vicolo dei dodici dei* erhalten hat. Unter denselben ringeln sich die zwei Schlangen, und befindet sich eine Inschrift, welche den nicht religiösen Zweck des Gemäldes ausspricht und ein beträchtlich emphatisches »Verunreinigung wird verbeten!« enthält, nämlich:

duodecim deos et Dianam et Iovem
optimum maximum habeat iratos
quisquis hic minxerit aut cacaverit. —

Auf einige andere Inschriften der Art werden wir weiter unten zurückkommen.

Holzschnitt und Druck von Eduard Kretzschmar in Leipzig.

Figur 144. Peristyl im Hause des Quaestor.

Viertes Capitel.

Die Privatgebäude.

Erster Abschnitt.

Die Wohnhäuser.

So gross in manchem Betracht das Interesse der öffentlichen Gebäude Pompejis für den Alterthumsforscher theils durch ihre Erhaltung, theils und besonders durch ihre gegenseitige Lage, welche sie als ein Gesammtes erscheinen lässt, sein mag, so lässt sich doch nicht läugnen, dass die Privatgebäude ein bei Weitem grösseres Interesse für sich in Anspruch nehmen, und von höherer Bedeutung für unser Studium des Alterthums sind, als jene. Denn so wie überhaupt das öffentliche Leben der Alten, welches gewissermassen als Acte der Geschichte betrachtet werden kann, uns ungleich bekannter und in zahlreicheren und zusammenhangenderen Zeugnissen überliefert ist, als ihr Privatleben, so sind auch die Monumente des öffentlichen Lebens, Tempel und Hallen, Basiliken, Theater und Amphitheater, Strassen, Wasserleitungen und Bäder u. a. aus fast allen Theilen der alten Welt in viel grösserer Zahl auf uns gekommen, sie sind in ihren mehr oder weniger erhaltenen Ruinen lange bekannt, gemessen, gezeichnet und studirt worden, ehe der erste Spatenstich zu Pompejis Ausgrabung gethan wurde, und zugleich sind gegen viele dieser Reste alter Tempel, Theater und sonstiger Bauten die pompejanischen öffentlichen Gebäude klein, unbedeutend und stehn namentlich in künstlerischem Betracht mit wenigen Ausnahmen auf einer nicht allzu hohen Stufe. Von den Privathäusern der Alten aber war vor Pompejis und Herculaneums Entdeckung monumental sehr Weniges vorhanden; denn die Trümmer einiger Paläste und Villen der Grossen und Gewaltigen, welche wir ausser den beiden verschütteten Städten haben, können hier nicht mitzählen, weil sie von der Norm bürgerlicher Wohnhäuser weiter entfernt sind, als irgend ein Privatgebäude Pompejis. Und auch die einzeln erhaltenen Fundamentruinen und die allerdings vorhandenen schriftlichen Beschreibungen ländlicher Villen bringen uns der Kenntniss des gewöhnlichen bürgerlichen Wohnhauses etwa und kaum so nahe, wie die Ruinen der Villa des M. Arrius Diomedes in Pompeji. Von dem Normalhause, namentlich von dem Hause in der Stadt ist kaum anderswo die Rede, als in Vitruv's Architektur, wenigstens nirgend im Zusammenhang und und anders als in gelegentlicher Erwähnung einzelner Räumlichkeiten. Abgesehn aber davon, dass Vitruv's Beschreibungen durch die Bank nicht die klarsten und für uns doppelt schwierig zu verstehn sind, weil sie sich auf Abbildungen beziehen, die uns verloren gegangen, abgesehn ferner von der Unklarheit, welche mit dem Mangel monumentaler Anschauung unausbleiblich verbunden ist, haben wir bei Vitruv Nichts als die starre mittlere Norm, das absolute Gesetz. Diese Norm aber ist vielleicht nicht ein einziges Mal eingehalten, dieses Gesetz ist nach hundert verschiedenen Umständen hundertfach verschieden angewendet worden, und erst die Kenntniss dieser Variationen der Norm, dieser verschiedenen Anwendungen des Gesetzes verschafft uns ein lebendiges und anschauliches Bild der Stätte, in welcher sich das nach den Umständen und Verhältnissen mannigfaltig gestaltete Privatleben der Alten bewegte. Eine solche Kenntniss ist aber und ist nur durch Pompejis Häuser und die wenigen vermittelt, die man in Herculaneum hat bloslegen können, und welches der Gewinn dieser Anschauung sei, das lernen wir recht würdigen, wenn wir unsere auf die Wohnungen Pompejis gegründete Kenntniss des römischen Hauses mit der Kenntniss von dem griechischen Hause vergleichen, die nur auf einer unklaren Normalbeschreibung Vitruv's und auf zerstreuten Stellen der alten Schriftsteller beruht.

Wir betreten demnach jetzt die Schwelle einer äusserst mannigfaltigen und lebensvollen Betrachtung, in der wir jedoch eine doppelte Aufgabe zu lösen haben. Einerseits nämlich müssen wir das unsäglich reiche Detail der uns vorliegenden Einzelmonumente zur Uebersicht zu bringen suchen, müssen wir die Mannigfaltigkeit der Plane einer Reihe von kleineren, mittleren und grossen Wohnungen, d. h. von relativ grossen, denn wirklich grosse Häuser, wie sie Rom hatte, bietet uns Pompeji nicht, und zwar in ihrer bald durch locale, bald durch anderweitige Verhältnisse begründeten Modification zu verstehn suchen, müssen wir uns vorführen, was man in diesen verschiedenen Wohnungen an Resten baulicher und decorativer Einzelheiten und an Spuren des täglichen Lebens vorfand, und versuchen, nach der Anleitung dieser die Häuser in ihrer Gesammtheit zu reconstruiren und aus den Spuren des Lebens ein Bild desselben zu entwerfen; andererseits dürfen wir nicht versäumen zu erforschen, was in dieser Verschiedenheit das Gemeinsame, was in dieser Mannigfaltigkeit die Einheit, was in den Variationen und Modificationen das Gesetz und die Norm sei. Ein solches Gemeinsame, eine solche Einheit, eine Norm und ein Gesetz aber ist wirklich vorhanden und ist durch die sorgfältige Erforschung der gegebenen Mannigfaltigkeit als ein Massstab zur Beurteilung und als eine Leuchte der Erklärung gewonnen und festgestellt worden. Wir können wirklich von einer gemeinsamen und normalen Anlage des antiken Hauses und specieller des römischen Hauses gegenüber dem bei aller Verschiedenheit Gemeinsamen des modernen und namentlich des mittelalterlichen Hauses reden, und da, wie gesagt, die Erkenntniss der Norm und des Gesetzes den Massstab zur Beurteilung und das Licht zur Erklärung der einzelnen Monumente bietet, so müssen wir damit beginnen, uns diese Norm klar zu machen.

Fragen wir uns zuerst, worin wohl der durchschlagende Unterschied des antiken Hauses und des modernen gelegen sein möge, so werden wir nach einer ziemlich allgemein verbreiteten Anschauung zu antworten geneigt sein: in der Ausdehnung des Grundrisses im antiken und der Beschränkung desselben im modernen Hause, ferner darin, dass in Verbindung mit dieser Ausdehnung in der Längen- und Breitendimension des antiken Hauses eine Beschränkung in seiner Höhe, in der Beschränkung des Grundareals im modernen Hause eine grössere Erhebung vom Boden, eine grössere Zahl von Stockwerken verbunden ist. Diese Antwort ist in gewissem Betracht richtig, aber in einem anderen ist sie es nicht. Richtig ist die Anschauung von der Ausdehnung des Grundareals beim antiken Hause in sofern, als sich in demselben im Erdgeschoss eine viel grössere Zahl von Räumlichkeiten befindet, als im modernen Hause, unrichtig aber ist diese Ansicht, wenn von absoluter Massvergleichung die Rede ist. Eines der grössten Häuser Pompejis z. B., das s. g. Haus des Pansa, enthält im Erdgeschoss, Alles in Allem gerechnet, etwa 50 verschiedene Räumlichkeiten. Um diese Zahl von Zimmern, Kammern, Gängen u. s. w. anzulegen, gebrauchte aber der antike Baumeister nicht mehr als 100 Fuss Front und 200 Fuss Tiefe des Areals. Fragen wir uns doch einmal, wie viele Zimmer, Gänge, Kammern, Vorplätze und andere Räumlichkeiten des wohnlichen Bedürfnisses wir auf dies Areal bauen würden, und wir werden etwa den vierten bis fünften Theil nennen müssen. Der Grund liegt darin, dass der Alte sein Areal viel stärker parcellirte, dass er seine einzelnen Wohnräumlichkeiten im Allgemeinen viel kleiner machte, als wir es thun können. Ein Unterschied wäre also allerdings hierin gefunden, dass dieser aber ein durchgreifender, für das Ganze charakteristischer sei, kann man kaum behaupten, und zugleich sehn wir, dass es mit der bequem breiten Ausdehnung des antiken Hauses nicht so weit her ist, wie wir gewöhnlich glauben. In einer ganzen Zahl kleiner und mittlerer Häuser Pompejis würden wir uns faktisch nicht zu bewegen, noch den nothdürftigsten modernen Hausrath unterzubringen wissen. Auch die Annahme der mit der grösseren Flächenausdehnung in Verbindung stehenden geringeren Höhendimension des antiken Hauses ist nur zum Theil richtig. Es ist wahr, dass der Alte nicht so thurmartig baute wie wir mit unsern sechs bis sieben Stockwerken und himmelanstrebenden Dächern, es ist richtig, dass die ältesten Häuser in Rom, die nur 1½füssige Mauern haben durften, die Last hoher Geschosse nicht zu tragen vermochten, aber es ist auch wahr, dass wir selbst in Pompeji mehrstöckige Häuser nachweisen können, die ungefähr die Höhe unserer mittleren gewöhnlichen Häuser haben, und deren wohl das eine und das andere ein drittes Stockwerk getragen haben mag, es ist ferner wahr und gewiss, dass August verbot, über 70 Fuss (rheinisch) hoch zu bauen, was Hadrian auf 60 Fuss herabsetzte, eine Höhe, die sich mit der manches modernen Hauses messen kann. Einen durchschlagenden Gegensatz können wir also in den Dimensionen antiker und moderner Häuser nicht finden. In ähnlicher Weise könnte man eine ganze Reihe von Unterschieden anführen, welche alle ihr Richtiges haben, ohne jedoch den bestimmenden Gesammtcharakterismus zu treffen. Einen solchen durchschlagenden Gegensatz und bestimmenden Gesammtcharakterismus und zwar den mit dem innersten

Wesen und Bedürfniss des Lebens zusammenhangenden finden wir in einem Umstande der Anlage, welcher die ganze Anlage beherrscht und bedingt.

Wir haben für den antiken Tempel im Gegensatz gegen unsere Kirchen, welche ihrem Wesen nach durchaus Innenbauten sind, den Charakter des Aussenbaus in Anspruch genommen; der entgegengesetzte Charakter ist der des antiken Hauses, dies ist von aussen grösstentheils abgeschlossen und ganz nach innen gewendet. Hierin liegt der charakteristische Unterschied zwischen ihm und unserem modernen Hause, welches sich nach aussen in vielen und breiten Fenstern öffnet, und in seiner ganzen Anlage einen entschiedenen Bezug zur Strasse zeigt. Für das antike Haus in seiner wesentlichen Anlage aber ist die Strasse Nichts als der Weg, der am Eingang vorüberführt, weder in der Oeffnung der Fenster, deren Vorhandensein hiemit natürlich nicht geläugnet werden soll, obgleich sie meistens auf das obere Geschoss beschränkt waren, noch in der Decoration der Facade ist auf die Strasse Rücksicht genommen; das Parterre, der ursprüngliche Theil des Hauses, bildet nach aussen nur vier abschliessende, vom Eingang durchbrochene Umfassungsmauern, die ganze Anlage wendet sich nach innen, und gruppirt sich um den inneren Hof, auf den oder auf deren zwei hinter einander liegende die Zimmer ausgehn und von dem sie ihr Licht empfangen.

Dies ist bei verschiedener Benennung, modificirten Zwecken und danach veränderter baulicher Beschaffenheit der Theile zugleich das Gemeinsame des griechischen und des römischen Hauses. Eine weitere Aehnlichkeit findet sich darin, dass das normale römische wie das normale griechische Haus aus zwei hinter einander liegenden Hälften besteht, die sich in dem Wesentlichen ihrer Anlage wiederholen, die aber freilich im griechischen und im römischen Hause eine verschiedene, wenngleich im letzten Grunde verwandte Bestimmung haben. Im griechischen Hause gehört die vordere Hälfte dem Manne und dem Verkehr mit der Aussenwelt, die hintere Hälfte der Frau und der Wirthschaft des Hauses; auch im römischen Hause ist der vordere Theil der Oeffentlichkeit, der hintere dem Familienleben bestimmt. Dieses, sowie der Unterschied vom modernen Hause wird durch die Vergleichung der beiden folgenden Normalpläne klar werden, in welche nur die ganz wesentlichen Räumlichkeiten aufgenommen sind.

Die Aehnlichkeit der beiderseitigen Anlagen ist so gross, dass wir weniger Veranlassung haben, auf diese, als auf die Verschiedenheiten aufmerksam zu machen. Die beiden einander wiederholenden Theile des griechischen wie des römischen Hauses sind durch die Schraffur unterschieden, der schwarze Theil bildet im griechischen Hause die Männerwohnung, Andronitis genannt, im römischen den öffentlichen Theil des Hauses, der hell schraffirte hintere Theil ist im griechischen Hause die Weiberwohnung mit den Wirthschaftsräumlichkeiten, die Gynaikonitis, im römischen die der Familie reservirte Wohnung im engeren Sinne.

In beiden Theilen bildet dort wie hier ein unbedeckter Hofraum den Mittelpunkt, um den sich die Gemächer herumlegen, und auf den sie sich beziehen;

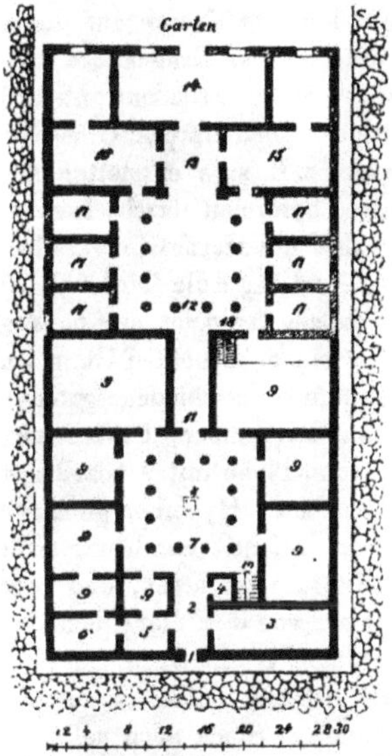

Figur 145. Plan des griechischen Hauses.

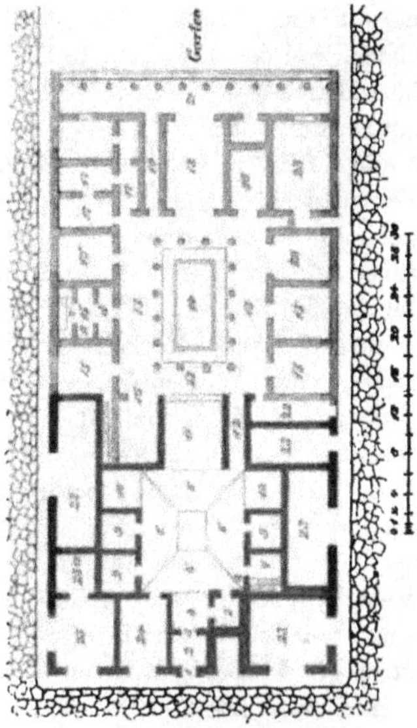

Figur 146. Plan des römischen Hauses.

es versteht sich demnach von selbst, dass, falls diese Häuser obere Stockwerke haben, dieselben sich nur über den die Höfe umgebenden Gemächern befinden können, so dass, obwohl die oberen Geschosse kleine Fenster nach aussen haben, ihr Bezug zum Innern und zum Hofe klar in die Augen fällt, was um so deutlicher wird, wenn wir uns die Pläne hart nebeneinander wiederholt denken, die Häuser also an einander liegend, was in der Regel in Griechenland der Fall war und in Pompeji sowie auf den im capitolinischen Museum bewahrten Fragmenten eines antiken Stadtplans Roms sich wiederholt. Unter solchen Umständen konnten auch die Gemächer der oberen Stockwerke ausser den an der schmalen Strassenfronte und den an der entsprechenden Hinterfronte belegenen nur von den Höfen aus Licht erhalten, hingen also wie das Parterre durchaus von diesen Höfen ab. —

Soviel zur Vergleichung und zur Darstellung des gemeinsamen Grundcharakters des antiken griechischen wie römischen Hauses. Betrachten wir dieselben jetzt einzeln; denn es wird nicht ohne Interesse sein, auch das griechische Haus in seiner wesentlichen Anlage kennen zu lernen.

Wenden wir uns zuerst zum Plan des griechischen Hauses Figur 145. Wenn wir die an der Strasse gelegene Hausthür 1 durchschreiten, so stehn wir in einem Vorhause oder einer Diele, Thyroreion, 2 von nicht ganz unbeträchtlicher Länge, welche uns sofort einen freien Blick in den Säulenhof der Männerwohnung gestattet. Rechts und links öffnen sich mehre Thüren auf diesen Gang, von denen die eine in den Stall 3, die andere in das Gemach des thürhütenden Sclaven 4 führt. Gegenüber mögen wir uns an der Strassenfronte und mit Fenstern, auch etwa mit einer Thür nach derselben noch ein paar Gemächer 5 und 6 denken, welche zu verschiedenen Zwecken, z. B. zu Werkstätten oder Verkaufslocalen dienen mochten. Indem wir das Thyroreion durchschreiten, stehn wir in dem rings von Säulen nach der Grösse des Hauses in verschiedener Zahl umgebenen ersten Hofe, dem Peristyl und der Aule (Hof, Halle) der Andronitis 7, in dessen Mitte unter freiem Himmel der Altar des hausbeschützenden Zeus (Herkeios) 8 steht, und welches einen bedeckten Gang um diesen freien Platz bildet. Um diesen Hof liegen nun verschiedene grössere und kleinere Gemächer, der Speisesaal, das Empfangzimmer, Gastzimmer, Bibliothekzimmer und andere mehr, die auf unserem Plane mit 9 bezeichnet sind. Von diesem Hofe führt die Treppe 10 in das obere, Hyperoon genannte Geschoss, wenn ein solches sich über der Andronitis befand, was häufig nicht der Fall war, so dass nur die Gynaikonitis zweistöckig erscheint, und zwar deshalb, weil dieses obere Geschoss in der Regel nur von dem dienenden Personal, von den Sclaven bewohnt wurde, also überflüssig erschien, falls der Besitzer des Hauses sein Geschäft oder Handwerk nicht in demselben betrieb. Freilich muss hier auch bemerkt werden, dass der obere Stock auch gelegentlich zu Miethswohnungen mit eigenem Eingang von der Strasse diente, wodurch natürlich eine kleine Modification in der Anlage, namentlich in dem Orte der Treppe eintreten musste. Waren Sclaven für den Geschäftsbetrieb des Herrn und Sclavinen für die Wirthschaft der Frau im Hause wohnhaft, so waren die Geschlechter getrennt und den männlichen Sclaven war das Hyperoon der Andronitis zugewiesen.

Gegenüber dem Eingange des Hauses, dem Thyroreion, sehn wir einen zweiten ähnlichen 11, der von der Männerwohnung in die der Weiber führte. Dieser Durchgang und die Thür, welche den hinteren Theil der Wohnung von dem vorderen schied, führte den Namen Metaulos als hinter der Halle (Aule) der Männerwohnung, oder Mesaulos, als inmitten der Halle der Andronitis und derjenigen der Gynaikonitis belegen. Nur durch diesen in die Andronitis mündenden Zwischengang bewegte sich der Verkehr der Frauenwohnung, es sei denn, dass dieselbe nach hinten einen Ausgang in den ummauerten Garten gehabt hätte. Der ganze Verkehr der Gynaikonitis und somit auch der Hauswirthschaft unterlag also der Controle der Andronitis und speciell des thürhütenden Sclaven, dessen Hauptaufgabe eben in der Ueberwachung des Hausverkehrs bestand. Schloss der Hausherr die Thür der Mesaulos, so waren die Weiber auf die Gynaikonitis beschränkt, deren Aehnlichkeit mit orientalischen Harems Niemand verkennen kann. Ein Blick auf den Plan genügt, um die Aehnlichkeit der Gynaikonitis mit der Andronitis in allem Wesentlichen der Anlage zu zeigen. Einige der bedeutenderen Unterschiede wollen wir hervorheben. Der Säulengang des Hofes der Frauenwohnung 12 führte nur um drei Seiten des inneren freien Platzes, an der hinteren Seite waren die Säulen durch zwei stärkere Pfeiler ersetzt, welche einen weiten Eingang in einen Vorplatz 13 einfassten, auf den drei der wichtigsten Thüren der Frauenwohnung ausgingen. Die Thür im Hintergrunde führte in den Arbeitssaal 14 der Hausfrau mit ihren Töchtern und Sclavinen, der unter Umständen einen Ausgang in den Garten und wohl immer Licht durch Fenster an der Hinterfronte des Hauses hatte. Einerseits von dem Vorplatz lag das eheliche Schlafgemach, der Thalamos 15, in welchem oder in einem anstossenden Alkoven zugleich die kostbarsten Habseligkeiten des Hauses in einem Schrank oder vielmehr in einer Kiste aufbewahrt wurden. Gegenüber links am Vorplatze befand sich der Amphithalamos 16, dessen Bestimmung nirgend ausdrücklich angegeben wird, in den wir aber füglich das Schlafgemach der erwachsenen Töchter verlegen können. Die übrigen Gemächer der Gynaikonitis 17 dienten hauswirthschaftlichen Zwecken. Hier lag z. B. die Küche und die Speisekammer, hier lagen die Vorrathskammern für Wein, für Getraide nebst der Handmühle, für die Rohstoffe der weiblichen Arbeiten u. dgl. m. Bemerkt muss noch werden, dass, wie im Hofe der Männerwohnung der Altar des Zeus Herkeios angebracht war, so verschiedene andere Altäre oder sonstige geweihte Plätze zur Hausandacht in verschiedene Gemächer vertheilt waren. So stand im Mittelpunkte des Männersaales die Hestia, der häusliche Heerd, in einer der Ecken der Halle des Vorderhauses das Heiligthum der Götter des Erwerbes, in der anderen die väterlichen oder Familienstammgottheiten, im Thalamos die Hochzeits- und Ehegötter, in dem Arbeitssaale wahrscheinlich ein Heiligthum der Athena Ergane, der Göttin weiblicher Kunstfertigkeit, vor der Hausthür ein Bild des Apollon Agyieus, des Schützers der Wege und Strassen, und im Thyroreion ein Hermes Strophaios, der Segner des Einganges und des Ausganges.

Ueber der Gynaikonitis war der Regel nach ein Hyperoon, ein oberes Geschoss für die Sclavinen der Hausfrau, dessen Treppe 18 wir uns an der der Treppe in der Andronitis entsprechenden Stelle angebracht zu denken haben. Thüren oder häufiger Vorhänge schlossen die Eingänge der verschiedenen Gemächer in die Peristyle ab, während Verbindungsthüren der einzelnen Zimmer in der Regel nicht vorhanden waren, und die Thüren auch als Lichtöffnungen dienten. Dies in aller Kürze die bauliche Einrichtung des griechischen Wohnhauses, wie sie die neueste Forschung zusammengestellt hat. Die Decoration haben wir uns im Ganzen einfach zu denken; in älterer Zeit waren die Gemächer nur geweisst, erst im peloponnesischen Kriege trat Wandmalerei auf. Dagegen dürfen wir uns sämmtliches Hausgeräth wenn auch nicht in der Fülle unseres Mobiliars, so doch mannigfaltig, zierlich und elegant vorstellen.

Wenden wir uns jetzt zu dem unserem Zwecke gemäss etwas näher zu betrachtenden römischen Hause. Eine kurze historische Notiz über die Entwickelung der häuslichen Architektur Roms wird nicht unwillkommen sein. Wir können vier Perioden derselben unterscheiden. Von der ersten ist nicht Viel zu sagen, sie umfasst die Urzeit, über welche wir in Bezug auf die Gestaltung des Wohnhauses keine bestimmte Nachricht haben; es bleibt also unserer Phantasie überlassen, uns die ersten Wohnungen als Hütten irgend welcher Art vorzustellen. Die zweite Periode beginnt mit dem Einfluss der etrurischen Architektur auf die römische, welcher die Tempel und die Wohnungen neu gestaltete. Der Sage nach wurde die Einführung der etrurischen Bauweise dem König Tarquinius dem Etrusker beigelegt, worauf wir als Datum Nichts zu geben haben, indem hiemit eben nur der Beginn etrurischen Einflusses bezeichnet wird. Bestimmte Aeusserungen alter Schriftsteller bezeugen, dass die wesentliche Eintheilung des römischen Hauses, welche durch alle Zeiten festgehalten wurde, etrurischen Ursprungs sei, und dass diejenigen Theile, welche griechische Namen tragen, erst spätere und die Hauptanlage nicht modificirende Zusätze sind. Wenn wir trotzdem in der Gesammtheit des Planes des griechischen und des römischen Hauses eine, wie wir gesehn haben, augenfällige Uebereinstimmung finden, so darf nicht vergessen werden, dass ein früher Einfluss Griechenlands, namentlich auch der griechischen Kunst auf Etrurien eine feststehende Thatsache ist. Die Wohnungen dieser zweiten Periode haben wir uns in Anlage und Decoration äusserst einfach zu denken, so wie sie auch nur klein, sehr leicht gebaut und mit Holz, Bretern oder Schindeln gedeckt waren. Das Material war mit Stroh gemischter Thon, welcher, in Ziegel geformt, nicht gebrannt, sondern an der Sonne getrocknet, und mit dem das Fachwerk von Holz ausgefüllt wurde; erst später traten gebrannte Ziegel an die Stelle. Da nun das Gesetz verbot, die Mauern mehr als 1½ Fuss stark zu bauen, so ist es klar, dass die Häuser nur einstöckig sein konnten, und dass man alle einzelnen Räumlichkeiten derselben, um deren nöthige Zahl zu erhalten, sehr klein machen musste. Bei wachsender Bevölkerung stellte sich freilich das Bedürfniss oberer Geschosse als unabweislich heraus, und man musste die Mauern, um ihnen die nöthige Stärke zu geben, entweder aus Bruchstein construiren, oder, falls man die Ziegel beibehielt, die aus ihnen aufgeführten Mauern durch Binder von Bruchstein verstärken. Das flache Dach des oberen Geschosses nannte man *solarium*, indem man dort in der kühleren Jahreszeit den Sonnenschein aufsuchte, oder *pergulae*, wenn man das Dach mit einem Geländer wie ein Weinspalier umgab. Da man nun auch häufig das obere Stockwerk für die Mahlzeiten benutzte, erhielten seine Gemächer den Namen *coenacula*, im Allgemeinen aber dienten die oberen Etagen zu Miethswohnungen, wie wir Aehnliches in Griechenland gefunden haben. Nachdem durch Einrichtung oberer Geschosse einmal ein zweckmässiger Weg zur Gewinnung von Raum auf beschränktem Areal gezeigt war, fuhr man mit der Hinzufügung von Stockwerken fort, bis allmälig die Häuser eine solche

Höhe erreichten, dass sie die Strassen dunkel machten, bei Erdbeben, Feuersbrünsten und den Ueberschwemmungen, von denen Rom viel zu leiden hatte, die Gefahr vermehrten, und jene Beschränkungen der Höhe durch kaiserliche Gesetze hervorriefen, von denen oben gesprochen wurde.

Die dritte Periode der römischen häuslichen Architektur können wir vom letzten Jahrhundert der Republik an datiren, als Rom den Einflüssen Griechenlands in Kunst und Sitte sich öffnete. Dieser Periode gehört die Erweiterung des römischen Hauses durch vom griechischen Hause entlehnte Räumlichkeiten mit griechischen Namen, sowie der Beginn einer reicheren architektonischen und decorativen Gestaltung der alten Theile an. Der hiedurch angebahnte Luxus, der sich mehr und mehr geltend machte, leitet bald in die vierte Periode hinüber, welche mit dem Ende der Republik beginnt, und deren wesentlicher Charakter der des Luxusbaus ist. Die Häuser wuchsen zu Palästen nach und nach von fabelhaften Dimensionen und gleichzeitig nahm die Pracht und Kostbarkeit des Materials und der Ausschmückung zu, obgleich wir behaupten können, dass das Grundschema des Planes der dritten Periode auch in dieser und bis an das Ende des römischen Reiches festgehalten wurde. Wie rasch Luxus und Pracht zunahmen, können ein paar sehr bekannte Beispiele klar machen. Lucius Crassus war der Erste, welcher in seinem Hause Säulen von fremdem Marmor anwendete, aber es waren ihrer nur sechs von zwölf Fuss Höhe. Aber schon Marcus Scaurus zierte das Atrium seiner Wohnung mit monolithen schwarzen Marmorsäulen von 38 Fuss Höhe, während Mamurra sich nicht mehr mit Marmorsäulen allein begnügte, sondern die Wände seines Hauses mit Marmortafeln bekleidete. Den besten Massstab für die rapide Zunahme des Luxus finden wir in der Angabe des Plinius, dass Lepidus' Haus, im Jahre 676 der Stadt (78 v. Chr.) in jeder Weise das schönste in Rom, fünfunddreissig Jahre später kaum das hundertste an Pracht und Glanz war. In dieser Zeit wurde das Angebot der Kaufsumme von 330,000 Thalern, welches Ahenobarbus dem Crassus für sein Haus that, als zu gering abgelehnt. Von ähnlicher Pracht und Grösse wie die Häuser in der Stadt waren die Villen und Landhäuser der Grossen und Begüterten; wir brauchen nur die Nachrichten über Cicero's Tusculanum, über die Häuser und Gärten des Sallust und Varro's Ausspruch, »sonst baute man dem Zwecke gemäss, jetzt baut man, um allen erdenklichen ausschweifenden Launen zu genügen«, zu vergleichen, um uns hievon zu überzeugen. Augustus' Reaction gegen den übertriebenen Luxus blieb wirkungslos, obwohl er selbst immer in einem verhältnissmässig sehr einfachen Hause lebte, und gar zu üppige Bauten seiner Tochter Julia einreissen liess. Trotzdem baute sein Günstling Mäcenas in Tivoli eine Villa, deren Ruinen uns noch heute in Erstaunen setzen, und Aehnliches können wir von Pollio's Villa am Posilip sagen, deren Ruinen unter dem Namen *Delizie di Pollione* bekannt sind. Nach Augustus' Tode schritt der Luxus um so gewaltiger fort, und zwar in dem Grade, dass unter Claudius ein reich gewordener freigelassener Sclav seinen

Speisesaal mit 32 Onyxsäulen zierte und, um gleich das höchste Beispiel zu nennen, Nero's sogenanntes goldenes Haus, dessen Porticus von 1000 Schritten Länge von drei Säulenreihen umgeben war, den Umfang einer mehr als mässigen Stadt hatte, während gleichzeitig nach dem famosen Brande Rom nach einem gemeinsamen Plan mit der grössten Herrlichkeit wieder aufgebaut wurde. Dies war der Gipfelpunkt der Pracht und des Luxus der Privatbauten, von dieser Zeit an beginnt der Verfall, der zuerst allmälig, dann immer rascher fortschreitet. Ein klarer Beweis hiefür liegt in den freilich immer ungeheuer grossen Ruinen von Hadrian's Villa bei Tivoli und in den Ruinen des Palastes Diocletians bei Spalatro, welche beiden Gebäude trotz ihrem Umfange doch weder Pracht in den Materialien, noch Geschmack in der architektonischen Behandlung zeigen, der sich nur halbwegs mit dem der Bauten einer früheren Zeit messen kann. Den Verfall noch weiter zu verfolgen, würde über unsere Zwecke hinausgehn, und wir kehren deshalb zu einer Betrachtung der normalen Anlage eines bürgerlichen römischen Wohnhauses mittlerer Grösse zurück, wobei wir bemerken, dass natürlich manche Modificationen im Einzelnen des Planes, z. B. in der Zahl der Zimmer durch die Grösse der ganzen Wohnung bedingt wird, ohne dass der Grundplan im Wesentlichen geändert erscheint.

Es ist schon erwähnt, dass das römische Haus wie das griechische in zwei Haupthälften zerfällt, welche übrigens mit Unrecht aus dem Verhältniss des Patronats und der Clientel abgeleitet werden, während dieses dem vorgefundenen oder von aussen übernommenen Grundplan und den in demselben hervortretenden beiden Theilen bei den Römern nur eine andere Bedeutung verlieh. Die vordere Hälfte wurde die der Oeffentlichkeit bestimmte, die hintere die für die Familie reservirte eigentliche Wohnung. In den vorderen Theil hatte Jeder Zutritt, hier versammelten sich die Clienten, um dem Herrn Patron aufzuwarten und um seine Unterstützung oder seinen Beistand zu bitten, und in diesen Theil verlegte der Römer diejenigen Gemächer und Gegenstände, durch welche er seinen Rang oder Reichthum vor den Blicken der Welt documentiren wollte. Es begreift sich, dass bei kleinen Häusern armer Leute die Unterscheidung der beiden Theile fortfiel, was hätten sie auch mit einem öffentlichen Vorhause anfangen sollen, sie, denen Niemand aufwartete und die Niemand, als Freunde, besuchte, und die froh sein mussten, auf ihrem kleinen Areal die nöthigen Räumlichkeiten für die Familie und etwa für ihr Geschäft unterzubringen. Wir werden einige charakteristische Beispiele solcher kleinsten Häuser in Pompeji kennen lernen, und sehen, dass dieselben nicht einmal die Einrichtung eines inneren Hofes festhalten konnten, während wir zugleich bemerken werden, dass bei nur einigermassen wachsendem Wohlstand und Raum der Hof der erste Theil der Anlage ist, für den man Sorge trägt. Von diesen kleinen Wohnungen sehn wir ab und construiren uns den Normalplan eines gewöhnlichen Mittelhauses, in welchen wir aber, wie bei dem

Plan des griechischen Hauses, nur die wesentlichen Räumlichkeiten aufnehmen.

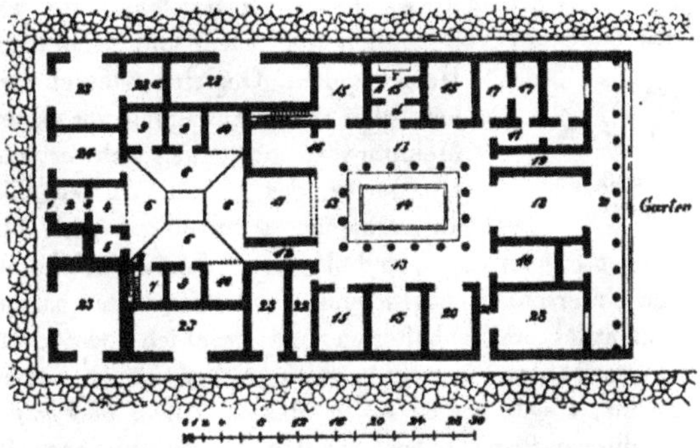

Figur 146 a. Plan des römischen Normalhauses.

Vor grossen Häusern und Palästen befand sich zunächst eine s. g. *area* oder *area privata*, welche bei Mittelwohnungen wegfällt. Diese Area wurde mit einer Porticus umgeben oder mit einer Säulenreihe geziert oder auch mit Bäumen bepflanzt. Erst hinter derselben liegt die Hausthür und beginnt die eigentliche Wohnung, die Area musste nur als bereits zu dem Grund und Boden des Hauses gerechnet erwähnt werden.

Die in der Regel nach innen zu öffnende Hausthür 1 lag an der Strasse, entweder unmittelbar oder hinter ein paar niedrigen Stufen; in etwas prächtigeren Häusern war sie von zwei Säulen eingefasst, sonst nur von architektonisch gegliederten Mauerschlüssen oder Mauerpfeilern. Diese erheben sich in der Regel über die Höhe der eigentlichen Thür, so dass sie noch ein Fenster zur Erhellung des Vorhauses mit einschliessen. Hat man die Hausthür durchschritten, so steht man in einem dem griechischen Thyroreion entsprechenden Gange, *vestibulum*, der Hausflur 2, die vermittels einer zweiten inneren Thür 3 verschliessbar war und als eine Art Antichambre für ungeladene Besucher betrachtet werden kann. In sehr grossen Häusern erweitert sich das *vestibulum* der Zahl der zu Empfangenden gemäss zu mehren grossen Gemächern vor der inneren Hausthür. Die Schwelle der Hausthür war oft, auch in Pompeji einige Male mit dem Bewillkommnungsgruss SALVE in Mosaik geschmückt. Auf die zweite Thür folgt die innere Hausflur, *ostium*, 4 auf dem Plane, zur Seite welcher sich in der Regel ein Kämmerchen 5 für den *ostiarius*, den Portier, befindet, neben welchem man oft einen Hund ankettete, oder ihn nur malte oder von Mosaik in den Fussboden einlegte, wie dies in Pompeji im homerischen Hause der Fall ist. Eine Inschrift »*Cave canem!*« nimm dich vor dem Hunde in Acht! warnte vor der allzu grossen Annäherung an den vierfüssigen Wächter und findet sich auch neben dem erwähnten Mosaikhund, den unsere folgende

Figur 147. Mosaïkhund.

Abbildung darstellt. Auf das *Ostium* folgt unmittelbar das *Atrium* oder *Cavaedium* (*cavum aedium*) 6, welche beiden Bezeichnungen höchst wahrscheinlich nur einem und demselbenTheile des Hauses gelten. Obgleich nämlich manche Quellen, über deren Auslegung aus ihnen selbst die Meinungsverschiedenheit schwer auszugleichen sein dürfte, das Atrium von dem Cavaedium zu unterscheiden scheinen, freilich ohne präcise Angabe ihrer gegenseitigen Lage, und obgleich mehre der achtbarsten neueren Forscher diesen Unterschied aufgenommen und festgehalten haben, sprechen doch für die Identität am lebhaftesten und, wie ich meine, entscheidend die schon oben erwähnten Fragmente eines antiken Planes Roms im capitolinischen Museum, abgebildet u. A. in Mazois' *Ruines de Pompéi Tome II. planche* 1. In diesem Plane haben nämlich die verschiedenen Privathäuser mehr oder weniger deutlich dieselbe Einrichtung der Anlage wie die Häuser in Pompeji und in keinem Falle sicher ein vom Atrium unterschiedenes Cavaedium. Durch diese Uebereinstimmung ist zugleich erwiesen, dass die Häuser in Pompeji römische Anlage haben, was man nicht hätte bezweifeln sollen. Das Atrium oder Cavaedium also, 6 auf dem Plane, ist ein Hof im Inneren des vorderen Theiles des Hauses und entspricht offenbar dem Peristyl der Andronitis im griechischen Hause. In diesem Atrium hatte ein zweiter, *atriensis* genannter Sclave den Dienst und die Wache, der sich in dem Gemache 7 der *cella atriensis* neben der Treppe 8 aufhielt.

Vitruv unterscheidet fünf Arten von Atrien, das toscanische, das tetrastyle, das korinthische, das *displuviatum* und das *testudinatum*. Wenige Worte werden genügen, um diese Benennungen, für die wir fast sämmtlich in Pompeji Beispiele haben, klar zu machen. Die ersten vier Arten waren theilweise, das *testudinatum* allein war ganz bedeckt. Das *Atrium tuscanicum* ist das einfachste von allen. Es ist ein viereckiger Hof, dessen nach innen geneigtes Dach von zwei Hauptbalken und zwei in dieselben eingebundenen Nebenbalken getragen wurde. Die Enden der Hauptbalken lagen in den Wänden, in denen in Pompeji noch meistens die Löcher für die Balken erhalten sind. Die folgenden beiden Abbildungen werden Alles leicht verständlich machen. *a* sind die Mauern, *b* die Hauptbalken, *trabes*, *c* die in die Hauptbalken eingefugten Nebenbalken, *tigilli* oder *trabeculae*, durch welche die viereckige innere Oeffnung hergestellt wird, *d* die Zwischenbalken, *interpensiva*, durch welche die gleiche Höhe dieses ganzen Balkenwerks hergestellt wird, *e* die geneigten Streben, *tigni colliciarum*, *f* die Latten, *capreoli*. Gedeckt wurde das Dach durch zweierlei Ziegel, Plattziegel, *imbrices*, 1 und Hohlziegel, *tegulae*, 2, welche über die zusammenstossenden Plattziegel gelegt wurden, um die Fugen zu schliessen; von ihnen unterscheidet man noch die Hohlziegel, welche den

Zusammenstoss der Dachseiten bedecken, 3, unter dem Namen der *tegulae colliciarum*. Die viereckige Oeffnung in der Mitte, der natürlich das Regenwasser zufloss, heisst das *compluvium g*, und eine im Boden unter derselben

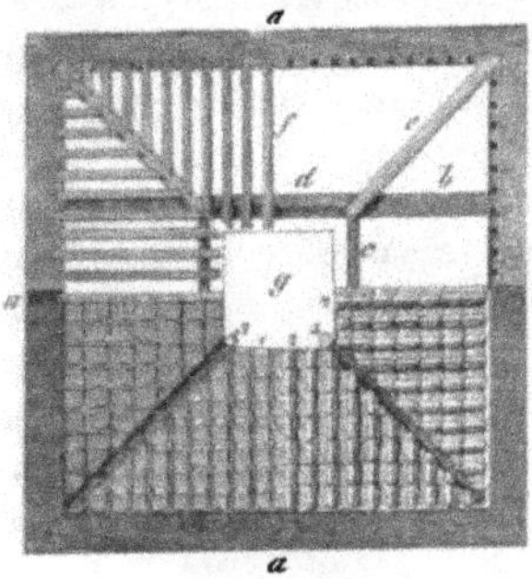

Figur 148 a.

Figur 148 b.

Plan und Durchschnitt eines toscanischen Atriums.

angebrachte ausgemauerte Vertiefung, in welcher das Regenwasser sich sammelte, *h* Figur 148 b, das *impluvium*. Aus diesem wurde das Wasser durch Röhren in eine Cisterne geleitet, aus der man es zum häuslichen Gebrauche schöpfte.

Das *Atrium tetrastylum* oder das viersäulige Atrium ist ganz wie das *tuscanicum*, mit der einzigen Ausnahme, dass die Hauptbalken an den vier Punkten, wo die Nebenbalken aufliegen, von vier Säulen unterstützt werden. Ein Beispiel hiefür bietet unter anderen die s. g. *casa di Championnet* südlich vom Forum in Pompeji. Offenbar wurde diese Einrichtung getroffen, um das Atrium erweitern zu können, da die Hauptbalken nur in mässiger Länge die Last des Daches zu tragen vermögen.

Auch das *Atrium corinthicum* ist ganz verwandt und unterscheidet sich wesentlich nur durch eine grössere Oeffnung des Compluvium und eine grössere Zahl von Säulen um dasselbe. Zugleich stellt dasselbe fast ganz den Peristyl der griechischen Andronitis dar, wie denn sein Name offenbar genug auf seine griechische Herkunft hinweist.

Abweichender ist das *Atrium displuviatum*, obwohl es noch zu den mit innerer Oeffnung versehenen gehört, dadurch, dass bei ihm das Dach nicht nach innen, sondern nach aussen geneigt ist, so dass der Regen nicht in das Impluvium zusammenfloss, sondern in Rinnen gesammelt wurde, welche, an der äusseren Dachkante angebracht, ihren Inhalt in Röhren ergossen, die das Wasser entweder wie bei uns auswärts vom Hause ablaufen liessen oder dasselbe unterirdisch in die Cisterne führten.

Endlich war das *Atrium testudinatum* mit dem *displuviatum* insofern verwandt, dass auch bei ihm das Dach sich nach aussen neigte, unterschied sich aber von allen anderen Atrien dadurch, dass es ganz bedeckt war, dass es keine Compluvialöffnung hatte. Der Name stammt von dem Vergleich des Daches mit der Schale einer Schildkröte (*testudo*), aber irrig ist es, anzunehmen, alle *Atria testudinata* seien gewölbt gewesen; es fragt sich vielmehr, ob dies jemals der Fall war. Offenbar konnte man *Atria testudinata* nur klein machen und wahrscheinlich wird man Glasfenster in das Dach eingesetzt haben, um das nöthige Licht zu erhalten.

Bei den ersten drei Arten des Atriums, deren Dach nach innen geneigt ist, wurde dasselbe am Saume des Compluvium mit aufrechtstehenden verzierten Schlussziegeln, Antefixen in Palmettenform versehen, hinter denen die Regenrinne lag oder die dieselbe bildeten, während häufig in den Ecken Löwenköpfe oder ein ähnliches Ornament angebracht war, durch welches der Wasserguss in das Impluvium erfolgte. Die untere Kante der Hauptbalken wurde mit Latten benagelt und an diesen durch Stucco oder Malerei eine felderweise verzierte Decke des Gemaches hergestellt. Die Grösse des Compluviums variirt nach Vitruv zwischen $\frac{1}{4}$ und $\frac{1}{3}$ der Breitendimension des Atrium, von welchen Maassen sich das erstere auf das *Atrium tuscanicum*, das letztere auf das *corinthicum* bezieht. Ueber die Oeffnung des Compluvium wurde ein oft gefärbtes oder bunt gewirktes Zeltdach ausgespannt, um die Strahlen der heissen Sonne zu brechen und im Atrium ein angenehmes, schattiges und kühles Helldunkel zu erzeugen. —

Um diesen Hauptraum des vorderen Theiles des Hauses gruppirt sich nun eine Reihe von Gemächern, welche ihren Ausgang in das Atrium haben und von ihm ihr Licht empfangen. Diese Gemächer, 9 auf dem Plan, haben verschiedene Bestimmung, und es ist kaum möglich, für sie einen gemeinsamen Namen aufzustellen. Nur einige derselben haben wir als festbestimmte Theile der Wohnung zu unterscheiden und mit eigenen Benennungen zu belegen. Zunächst werden die beiden letzten Gemächer der Langseiten in ihrer ganzen Breite offen gelassen, während alle übrigen nur eine Thür nach dem Atrium hatten. Diese offenen, zwischen Mauerpfeilern oder in prächtigeren Wohnungen zwischen Säulen eingefassten Gemächer, 10 auf dem Plan, heissen *alae*, Flügel, offenbar in Bezug auf das Atrium, als dessen Erweiterung sie betrachtet werden können. In diesen Alae dürfen wir die Audienzzimmer des Patrons für seine Clienten erkennen. Sodann haben wir unsere Aufmerksamkeit auf die hintere Seite des Atrium zu wenden, mit der im Vergleich mit der hinteren Seite der Andronitis des griechischen Hauses eine bemerkenswerthe, von dem Charakter der Oeffentlichkeit des römischen Vorderhauses bedingte Veränderung vorgegangen ist. Im griechischen Hause fanden wir in der Mitte der Hinterwand des Peristyls der Andronitis nur den Gang der Mesaulos, zu beiden Seiten von Zimmern eingefasst. Im römischen Hause ist dieser Mittelgang zu einem grossen wie die Alae nach dem Atrium zu ganz offenen Gemache erweitert, welches nach hinten entweder durch eine Mauer oder häufiger nur durch eine gemauerte Brüstung und einen grossen Vorhang oder endlich gar nicht geschlossen war. Dies ist das *tablinum*, 11 auf dem Plane, dessen Namen von *tabula* oder *tabella* abgeleitet ist; in diesem Gemache wurden nämlich die Ahnenbilder und Geschlechtstafeln vor der Oeffentlichkeit ausgestellt. Obgleich nun das Tablinum eigentlich nur der erweiterte Mittelgang des griechischen Hauses, und obgleich dasselbe meistens nur durch einen Vorhang abgeschlossen ist, folglich einen Durchgang in die Privatabtheilung des Hauses allerdings gestattet, so war doch seine Bestimmung nicht die eines Ganges. Deshalb wurden entweder zu beiden Seiten des Tablinum Durchgänge, sogenannte *fauces* angebracht, oder es fand sich ein solcher Gang, wie bei 12 auf unserem Plane, an der einen Seite des Mittelgemachs, während seinem Eingang entsprechend andererseits eine falsche oder blinde Thür angebracht wurde. Dies geschah, um für das an das Tablinum grenzende, nach hinten geöffnete Gemach der Privatwohnung einen grösseren Raum zu gewinnen. Durch diese Fauces bewegte sich der Verkehr zwischen den beiden Theilen des Hauses, falls nicht der weggezogene Vorhang des Tablinum einen Durchgang sowie einen Durchblick durch dies Mittelgemach bis in den Grund des Hauses oder in seinen Garten gestattete. Durch die Fauces also betreten wir den privaten Theil des Hauses und bemerken zunächst eine Wiederholung des Atrium, wenngleich in erweitertem Massstabe. Mit anderen Worten: den Mittelpunkt der ganzen hinteren Anlage bildet wiederum ein offener, säulenumgebener Hof, welcher den Namen des entsprechenden Theiles des griechischen Hauses, Peristylium oder Porticus erhalten hat, 13 auf dem Plane. Das Peristylium ist jedoch bedeutend weiter offen, als das Atrium, immer von Säulen umgeben, welche oft einen oberen Umgang tragen, und häufig in der mittleren Oeffnung unter freiem Himmel als Garten, *xystus*, behandelt, falls die Häuser nicht einen eigenen Garten hinter sich hatten, häufig auch ist im Innern des Säulenumgangs ein Wasserbassin mit Springbrunnen, die *piscina* 14, angebracht. Heiterkeit und Luftigkeit war hier der Hauptzweck der Anlage, weshalb wir auch die Säulen von leichter, meist korinthischer Ordnung und weit gestellt finden. Um diesen Hof des Peristyls und seinen bedeckten Säulengang gruppiren sich nun die Privatgemächer der Familie, ähnlich wie die Zimmer des Vorderhauses um das Atrium. Hier finden wir zunächst die Schlafzimmer, *cubicula* 15, in grösseren Häusern dreifach abgetheilt, indem sie aus einem Vorzimmer, *procoeton* 15 α, dem eigentlichen Schlafzimmer oder Ankleidezimmer β und einem Alkoven γ bestehen, welcher letztere entweder ganz oder grösstentheils von der meistens entweder gemauerten oder bronzenen, aber auch hölzernen und elfenbeinernen Bettstelle eingenommen wird. Die Zahl der *cubicula* variirt natürlich nach dem Bedürfniss der Familie. Ferner begegnen wir den Speisezimmern, *triclinia* 16, so genannt von den drei Speisesophas oder Bänken, welche das Zimmer an drei Seiten umgeben, während die vordere vierte freiblieb, um der aufwartenden Dienerschaft Zugang zu dem in die Mitte gestellten Speisetisch zu gewähren. Gewöhnlich unterscheidet man ein Sommer- und ein Wintertriclinium (16 und 16′ auf dem Plan), deren ersteres in einer möglichst wenig sonnigen Lage angebracht wurde und gegen das Peristyl ganz offen war, wie die *alae* und das *tablinum* gegen das Atrium, um frische Luft einzulassen und die Aussicht auf das Peristyl mit seinen Blumen, Springbrunnen und sonstigen Decorationen zu gestatten. Das Wintertriclinium dagegen legte man an den sonnigsten Ort und öffnete es weniger weit, um die entgegengesetzten Zwecke zu erreichen. In grossen Häusern steigt übrigens die Zahl der Speisezimmer auf eine bedeutende Höhe und dieselben unterscheiden sich nicht allein in der angegebenen Art nach den Jahreszeiten, sondern sowohl nach der Grösse wie nach der Pracht der Decoration, welche dem Aufwand der in ihnen gefeierten Mahle sich anpasste und noch sonst in mancherlei Art. In kleinen Häusern lag das Wintertriclinium, wenn überhaupt ein solches vorhanden war, im ersten Stock. Die gewöhnlichen Triclinien fassten neun Personen nach dem Grundsatze der Alten, die beste Zahl der Gäste zu Tisch sei die: nicht unter der Zahl der Gratien (3) und nicht über der Zahl der Musen (9); ganz grosse Gastmähler gab man im Atrium. Näheres über die Einrichtung der Triclinien wird sich bei der Beschreibung einiger Häuser in Pompeji beibringen lassen. Ferner verdienen als das Peristylium umgebende Gemächer ausser der Küche nebst Vorrathskammer, 17 auf unserem Plan, besonders noch Erwähnung die *oeci* und *exedrae*, indem sie mehr als die später anzuführenden der Norm eines Mittelhauses angehören. Die *oeci*, von οἶκος, waren weite Säle, die grössten Gemächer des Privathauses, die eigentlichen Gesellschaftszimmer und deshalb so gross genommen, dass man zwei Triclinien in ihnen stellen konnte. Ihre Lage ist nicht absolut bestimmt, doch finden sie sich am meisten dem Tablinum des Vorhauses entsprechend an der hinteren Seite des Peristyls, 18 auf unserem Plan; neben ihnen ein Durchgang in den Garten nach Art der *fauces* 19, weil die Oeci, obgleich offen, doch nicht als Gang dienten. Unterschieden werden tetrastyle Oeci mit vier Säulen zum Tragen der Decke, korinthische mit doppelter Säulenreihe unbestimmter Zahl und ägyptische mit einer eigenen Einrichtung. In ihnen sind nämlich die Säulen über einander verdoppelt, wie wir dies im Jupitertempel kennen gelernt haben; die untere Reihe trug einen äusseren Umgang, einen erweiterten Balcon, von dem man die Aussicht geniessen konnte, die obere Reihe war mit Wänden geschlossen, welche Fenster durchbrachen, so dass wir also eine dreischiffige Einrichtung mit erhöhtem Mittelschiff finden. Endlich werden noch kyzikenische Oeci erwähnt, welche seltener im Gebrauch und speciell für den Sommer bestimmt waren, deshalb nach Norden sich öffneten und die Aussicht auf den Garten boten. Verwandt mit den *oeci* waren die *exedrae*, deren wir eine, der Vollständigkeit wegen, mit 20 bezeichnet in unseren Plan augenommen haben, nur waren es kleinere, namentlich weniger tiefe, nach vorn ganz oder fast ganz offene Zimmer mit der Aussicht auf das Peristylium, welche zur Conversation dienten.

Dies sind die Gemächer des normalen Mittelhauses. Das obere Geschoss enthielt ausser den *coenacula* die Zimmer für die Sclaven, *ergastula*, Arbeitszimmer, genannt; Kellerräume sind, wenigstens in Pompeji, selten. Manche Häuser haben hinter der Wohnung einen Garten, auf den sich an der hinteren Façade des Hauses ein Säulengang, *porticus*, 21 öffnet und der eine Piscina, Brunnen und Springbrunnen und eine künstliche Gruppirung von Bäumen und Sträuchern, Büschen und Blumen enthielt, falls er nicht, wie z. B. der Garten im Hause des Pansa in Pompeji, zu Gemüsebau verwendet wurde. Manche Häuser mit sehr kleinem Gartenraum helfen durch auf die Hinterwand gemalte Bäume, Sträucher und Blumen aus.

Lag ein Haus mit mehren Seiten an Strassen, wie wir in unserem Plane angenommen haben, so sorgte man für eigene Ausgänge aus dem Hinterhause 22, welche den Namen *posticum* führen und dem Wirthschaftsverkehr einen kürzeren und zweckmässigeren Weg öffneten, als derjenige durch das Vorderhaus war und zugleich dem Hausherrn gestatteten, den im Vorderhause wartenden Clienten auszuweichen, *postico fallere clientem*. Endlich haben wir noch zu erwähnen, dass meistens und so auch in unserem Plane die Häuser von einer Reihe von Läden 23 umgeben sind, die aus einem oder ein paar grösseren oder kleineren Räumen bestehen, und von denen oft einer (bei uns No. 24) mit dem Innern des Hauses in Verbindung stand, so dass in ihm offenbar der Besitzer des Hauses sein Gewerbe trieb und seine Waaren feil hatte oder durch Sclaven feil halten liess. Die übrigen Läden wurden vermiethet, oft mit Beigabe eines kleinen Zimmers im ersten Stock, einer *pergula*, wie dies in einer unten beizubringenden Vermiethungsanzeige ausdrücklich gesagt ist. Dies Vermiethen der überflüssigen Räumlichkeiten der Häuser war ein nicht unbedeutender Erwerbszweig, und andererseits kann uns die Masse der Läden dieser Art in Pompeji, deren in jener Vermiethungsanzeige allein mehre Hundert einer Besitzerin gehörende angeboten werden, auf die Lebhaftigkeit des Verkehrs schliessen lassen. —

Ausser den genannten Gemächern enthalten grosse Häuser deren noch eine ganze Reihe zu den verschiedensten Zwecken, als ein Bibliothekzimmer, ein Gemäldezimmer (*pinacotheca*), Badezimmer, Sphaeristerium zum Ballspiel, ein *aleatorium* für sonstige Spiele, dazu *apotheca, venereum, hibernaculum* und viele andere, welche der Luxus dem Bedürfniss hinzufügte, die uns aber grösstentheils für Pompeji nicht interessiren oder, wo sie sich finden, gelegentlich besprochen werden können. Vielfach findet man auch noch eine kleine Hauscapelle, *sacellum*, gewöhnlich im innersten Winkel der Privatabtheilung des Hauses, an deren Stelle aber in vielen Häusern ein blosser kleiner Altar vor einer Nische mit dem Bilde der Hausgötter in Sculptur oder Malerei tritt. —

Unsere Musterung einer Auswahl charakteristischer Häuser Pompejis beginnen wir nach dieser Einleitung mit ein paar der kleinsten Häuser, die eben nur dem nackten Bedürfniss eines wenig begüterten Einwohners entsprechen.

Das erste dieser Häuser, in einer kleinen Gasse des Theaterquartiers belegen, enthält eben nur die Theile, die absolut nothwendig sind. Vor dem Hause befindet sich eine Bank *a*, auf welcher die Familie die freie Luft genoss, da das Haus weder Atrium noch Peristyl enthält. Durch die Hausthür gelangt man auf eine bedeckte Hausflur 1, von der sogleich links die Treppe 2 in das obere Geschoss führt und von der man ebenfalls links in das Zimmer des Sclaven 3 gelangt. Gradeaus kommt man auf einen unbedeckten Gang 5, welcher auf unserer Zeichnung schraffirt ist so weit er sich unter freiem Himmel befindet, und von dem aus das an ihm liegende Gemach 4, dessen Eingang von der Hausflur ist, durch kleine Fenster Licht erhält. Man kann annehmen, es sei etwa die Werkstatt gewesen, falls man den Besitzer als Handwerker denkt, wogegen der Umstand kaum in's Gewicht fällt, dass das Haus keinen Laden hat, während die sorgfältige Beleuchtung, der zu Liebe der Gang 4 unbedeckt ist, dafür spricht, dass hier eine Werkstatt gewesen sei. Hinter derselben liegt das Esszimmer 6, am Ende des Ganges die an ihrem Heerd erkennbare Küche 8 mit einem gemauerten Behälter für die Wäsche 9, während der Brunnen für das Regenwasser 7 am Ende des offenen Ganges liegt. Die Schlafzimmer werden wir uns im oberen Geschoss zu denken haben. — Das zweite Haus hat einen Laden an der Strasse 2 neben dem Eingange 1, durch welchen man in eine Art von Atrium 3 gelangt, dessen Dach von zwei Säulen und zwei Halbsäulen getragen wird, übrigens Impluvium und Compluvium 4 zeigt. Man sieht, wie dieser Grundplan befolgt wird, wo es nur immer möglich ist, hier muss sich das Compluvium mit drei Dachschrägen und einer Lage an der Seite begnügen. Links vom Atrium liegt das einzige Gemach, das *cubiculum* des Herrn 5 mit dem Alkoven für das Bett am Ende, während die in sicheren Spuren erhaltene Treppe 6 zu einem einzigen Gemach im oberen Geschoss führte, in dem der Sclave schlief, während unter diesem sich

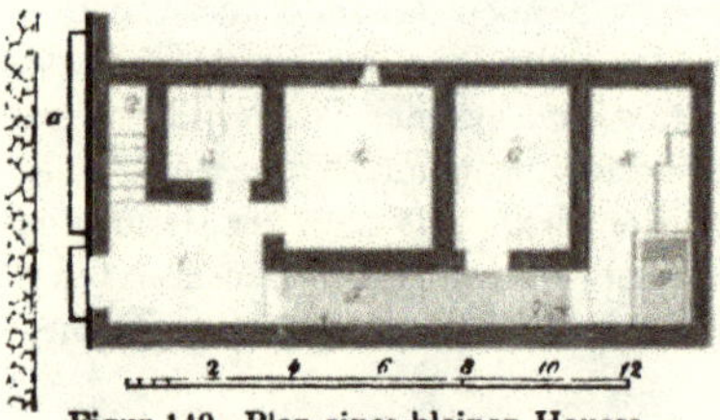

Figur 149. Plan eines kleinen Hauses.

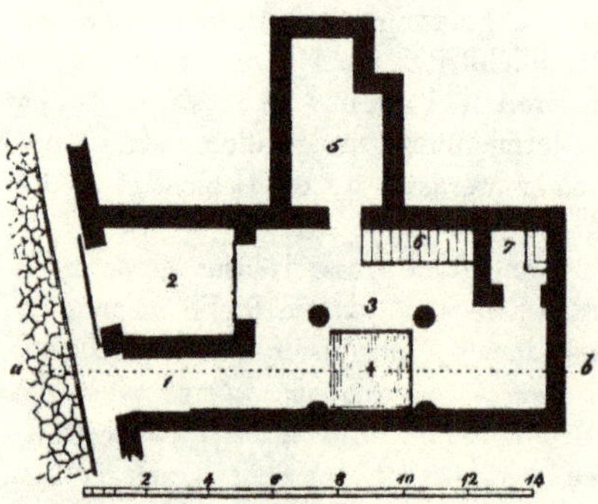

Figur 150. Plan eines zweiten kleinen Hauses.

die Küche 7 befindet. Die Figur 151 giebt einen restaurirten Durchschnitt dieses kleinen Hauses auf der Linie *a*—*b* im Plan.

Figur 151. Restaurirter Durchschnitt desselben auf der Linie *a*—*b*.

Endlich das dritte Beispiel dieser kleinsten Häuser muss einem Manne gehört haben, welcher in der bescheidenen Umgebung seiner kleinen Wohnung sein Leben mit Freunden zu geniessen liebte, wie wir das aus der Einrichtung des offenen Hofes mit dem weinbeschatteten gemauerten Triclinium schliessen dürfen. Das Häuschen liegt nahe am herculaner Thor und an der Stadtmauer; durch den Eingang 1 gelangt man in einen bedeckten Corridor oder Gang 2, in dessen Hintergrunde die gebrochene Treppe 3 auf einen in dem unten folgenden Durchschnitt Fig. 153 erkennbaren Balcon oder eine Terrasse, wenn man es so nennen will, führt. Neben der Treppe ist die Cella des Sclaven 4, wahrscheinlich auch des einzigen in diesem Hause. Vom Ende des Ganges am Fusse der Treppe gelangen wir links in das Winteresszimmer 5 mit einem Fenster nach dem Hofe und einer Thür nach dem Orte, in dem sich wahrscheinlich die Küche 6 befand. Neben dieser ist die Hauscapelle 7, eines der nicht häufigen Beispiele dieses Raumes in solcher Vollständigkeit in Pompeji, um so auffallender in einem so kleinen Hause, und deshalb wohl einer näheren Betrachtung nicht unwerth. Der Raum ist ganz ohne Fenster und deshalb, wie in der folgenden restaurirten Ansicht Figur 153, nur durch Lampenlicht zu erleuchten. An der Langseite links und an den Schmalseiten bis zur Thür und hinten bis zu der Nische, in welcher die hier verehrte Gottheit in sehr mässiger Malerei dargestellt ist, sind Steinbänke herumgeführt. Ob dieselbe, wie

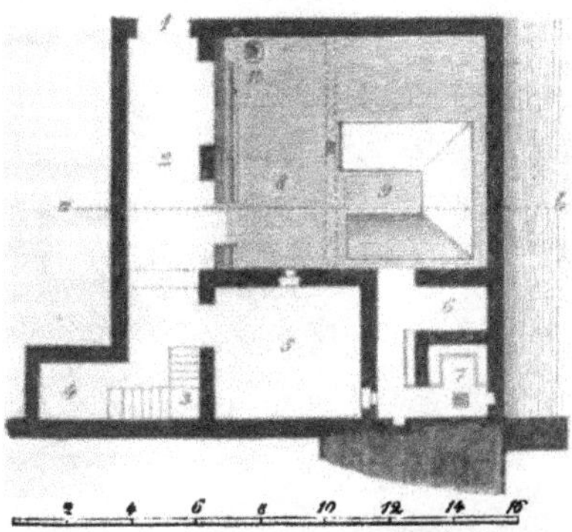

Figur 152. Plan eines dritten kleinen Hauses.

Figur 153. Restauration der Hauscapelle.

der Ergänzer der Räumlichkeit angenommen hat, der auch dem opfernden Besitzer eine grössere Last der Jahre aufbürdete, als uns nöthig scheint, nur Opfer von Früchten und Weihrauch empfing, ist schwer zu sagen, da es zweifelhaft ist, wie wir die Gottheit, welche die folgende Abbildung Figur 154 zeigt, benennen sollen, ob Fortuna oder Pomona oder mit einem anderen Namen, zu dem das Füllhorn in ihrem Arme stimmt. Wir wählen das Bild sowohl wegen der nicht uninteressanten Frage nach dem Namen der Göttin als auch deshalb aus manchen anderen aus, weil uns dasselbe ein recht sprechendes Beispiel der Gottheiten des Hauscultus und ihrer bildlichen Darstellung zu bieten scheint. Kehren wir zum Plane zurück. Den grössten Theil des Areals

Figur 154. Bild einer häuslichen Gottheit.

nimmt ein offener Hof 8 ein, in dem sich das gemauerte Triclinium 9 und der Brunnen 10 befindet. Dass dieser Hof mit einem Zeltdach überspannt oder vielleicht noch anmuthiger von schattigem Weinlaub überrankt war, wie unser Durchschnitt Fig. 155 zeigt, geht aus Löchern im Boden hervor, in denen Stützen standen, denen in die Mauer eingelassene Querlatten auflagerten. Das gemauerte Triclinium unter diesem jetzt verschwundenen Laubdach ist mit Stucco überzogen und mit geringen Malereien verziert. Die nöthigen Schlafzimmer befanden sich im ersten Stock, man gelangt in dieselben von dem Balcon aus durch eine Thür, die, wie die beiden Fenster der zwei Stuben, unser vorstehender Durchschnitt Fig. 155 auf der Linie *a—b* deutlich erkennen lässt.

Figur 155. Durchschnitt des Hauses Figur 152.

Besuchen wir hienach etwas mehr der Norm mittlerer Wohnungen angenäherte Häuser. Ein vollständiges Atrium zeigt uns der Plan des nebenstehenden Hauses. 1 Eingang, 2 Retirade (Privet) unter der Treppe, 3 Atrium mit dem Impluvium, 4, der Raum 5 zeigt eine Art von Exedra oder Ala, 6 sind *cubicula*, 7 ein Speisezimmer für ein Triclinium eingerichtet, 8 die Cella für den Sclaven, wenn nicht die Küche, die im letzteren Falle einen transportabelen anstatt eines gemauerten Heerdes gehabt haben muss. Im oberen Geschoss waren vier Zimmer.

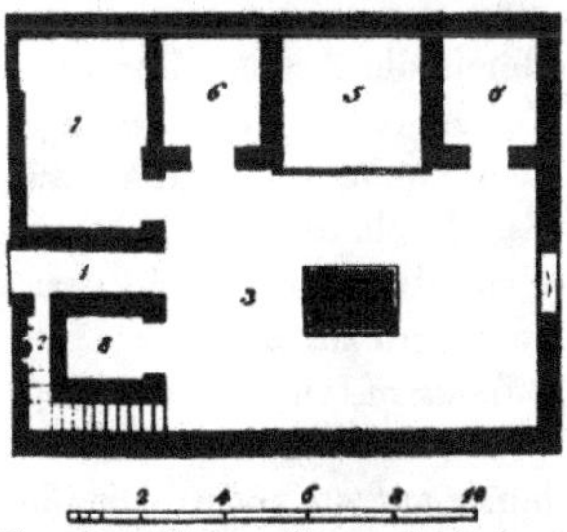

Figur 156. Kleines Haus mit Atrium.

Das Haus, dessen Plan wir nebenstehend in Fig. 157 sehen, obwohl kaum ausgedehnter, als das vorige und unter dem unbegründeten Namen der *Casa di Modesto* bekannt, ist durch zwei Umstände besonders interessant. Erstens nämlich enthält es vorzügliche Gemälde zum

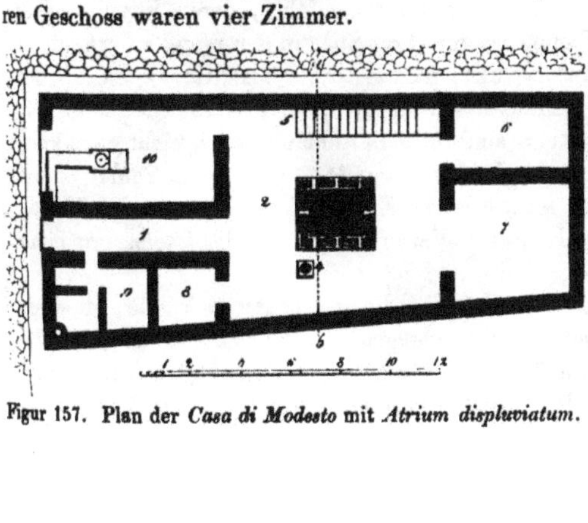

Figur 157. Plan der *Casa di Modesto* mit *Atrium displuviatum*.

Theil mythologischen Inhalts, so namentlich in dem Gemache 6 die bekannte Scene aus der Odyssee (10, 315 ff.), wo Kirke dem Odysseus das zauberische Weinmuss gemengt hat, und eben ihm, auf dessen Verwandelung sie hofft, gebietet, zu den Genossen in den Kofen zu wandern, als Odysseus

. . . . . . das Schwerdt von der Hüfte sich reissend,
Rannt' auf Kirke hinan wie voller Begier zu ermorden;
Doch laut schrie sie und eilte gebückt ihm die Knie zu fassen.

Das ist genau dem Dichter folgend und doch in trefflicher malerischer Auffassung wiedergegeben (abgeb. b. Mazois 2. pl. 43). Andere Gemälde, so namentlich im Atrium, zerbröckelten, ehe sie gezeichnet werden konnten. Zweitens ist dieses Haus bemerkenswerth, weil es ein sicheres Beispiel des *Atrium displuviatum* (vgl. oben S. 191) bietet, welches unser Durchschnitt auf der Linie *a—b* in der 158. Figur zeigt. Dass dies Atrium ein *displuviatum* gewesen sei, wird, obwohl das Dach natürlich zerstört ist, bewiesen erstens durch die Art der Löcher in der Mauer für die Balkenlager und zweitens dadurch, dass das Impluvium (3 auf dem Plan) als Vertiefung fehlt, während der Platz unter der Dachöffnung mit einer kleinen Doppelmauer umzogen ist, welche vielleicht diente, um Erde zur Zucht einiger Blumen aufzunehmen. Die Cisterne, welche das nach aussen geführte Regenwasser durch Röhren sammelte, sehn wir in 4 neben dem Pseudoimpluvium. Links im Atrium ist die Treppe 5, welche zu zwei Gemächern im oberen Geschoss führt, deren Fenster unser Durchschnitt zeigt. Die Treppe ist aus ihrer Spur in der Wand zu erkennen, aber noch sicherer daraus reconstruirt, dass sie der Symmetrie wegen auf der entgegengesetzten Wand in Malerei wiederholt ist. Die Gemächer 6 und 7, reichlich und schön geschmückt, sind ihrer Bestimmung nach nicht ganz klar, 7 scheint eine Art Exedra, wie No. 5 in Figur 156, 6 kann ein Schlafgemach etwa für einen Gast gewesen sein, 8 ist das Zimmer des Sclaven, 9 die Küche, 10 ein mit dem Innern des Hauses in Verbindung stehender Laden mit einer gemauerten Ladenbank. —

Fig. 158. Restaurirter Durchschnitt auf der Linie *a—b*.

Doch genug dieser kleinen Häuser; die gegebenen Beispiele, die sich bedeutend vermehren liessen, werden genügen, um klar zu machen, wie das Bedürfniss und der Raum die Norm der Grundanlage festzuhalten strebte und wie dieselbe modificirt werden musste. Wenden wir uns zu der Betrachtung einiger Häuser mittlerer Grösse, um auch bei ihnen die Entfaltung und die oft geistreiche Modification des Princips zu beobachten.

Als ein erstes Beispiel wählen wir die von einem Hauptbild sogenannte *Casa della toeletta del Ermafrodito* an der Strasse des Mercur, ausgegraben 1835—1836.

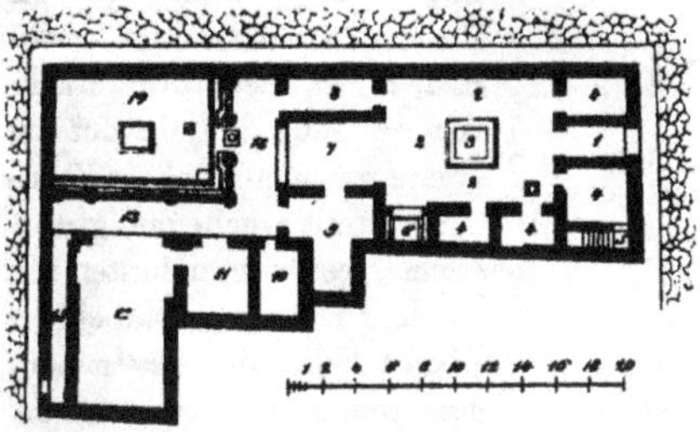

Figur 159. Plan der *Casa della toeletta del Ermafrodito.*

Zur Verständigung über die Räumlichkeiten und deren Bestimmung werden hier wie bei den folgenden Plänen wenige Worte nebst dem Verweis auf die Zahlen des Planes genügen, denen wir andere Notizen hinzufügen werden, falls die aufgefundenen Gemälde, Sculpturen oder Mobilien dazu veranlassen. 1 Eingang und Vestibulum, 2 Atrium, 3 Impluvium, 4 *cubicula*; durch dasjenige links an der Strasse gelangt man an die Treppe 5 zum oberen Geschoss, 6 Ala, für eine zweite gegenüber war bei dem beschränkten Areal kein Raum; 7 Tablinum, nach hinten durch eine Brüstungsmauer geschlossen, 8 Fauces; links am Tablinum, wo das Areal breiter zu werden beginnt, liegt ein Gemach 9, welches wie eine Exedra aussieht, dessen Lage aber mit der Oeffnung gegen das Tablinum eben so sehr von dem Gewöhnlichen abweicht, wie seine Gestalt, indem es eine Art von Vorzimmer mit einem weiten Alkoven darstellt; 10 und 11 *cubicula*, 12 Triclinium oder Oecus mit der offenen Aussicht auf das Peristylium 13, welches nur an zwei Seiten den als Garten, Viridarium behandelten Hofraum 14 umgiebt, in dem wir den Brunnen oder die Cisterne bemerken. Ein hinterer Ausgang, *posticum*, 15 neben dem Triclinium führt auf die hinten am Hause vorbeilaufende Strasse der Fullonica. Auffallend ist es, dass man nicht mit Sicherheit die Küche nachweisen kann, möglicherweise ist sie in dem exedraartigen Zimmer 9 zu erkennen, wie sie denn auch in dem gleich zu betrachtenden Hause links vom Tablinum auf der Grenze der beiden Theile des Hauses liegt. An der Wand des Viridariums, dem Triclinium gegenüber, fand man ein Gemälde, welches dem Hause den Nebennamen der *Casa di Venere ed Adone* gegeben hat, den verwundeten Adonis von Venus und Liebesgöttern beklagt, eines der bedeutendsten Bilder in Pompeji (abgeb. u. a. Zahn 2. 30), zu beiden Seiten die Darstellungen des Marsyas, der den Olympus auf der Flöte, und Chirons, der Achill im Leierspiel unterweist, Stoffe, die auch sonst als Gegenstücke vorkommen. An der Hinterwand ist ein in einer Laube schlafendes Kind gemalt, in dem Cubiculum 11 das Hauptbild der Toilette des Hermaphroditen an der Wand links von der Thür (abgeb. u. a. Zahn 2. 13), in dem *cubiculum* 10 an den beiden Wänden rechts und links schwebende Gruppen eines Fauns und einer Bacchantin. —

Casa della Caccia oder *di Dedalo e Pasifae*, an der Strasse der Fortuna gelegen, ausgegraben 1834.

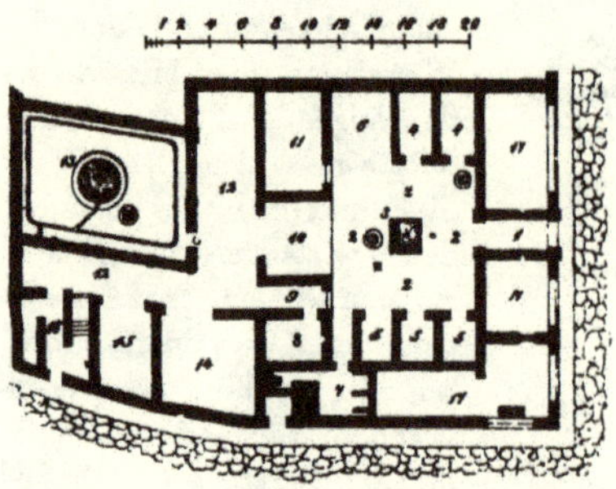

Figur 160. Plan der *Casa della Caccia*.

1 Vestibulum, 2 Atrium, 3 Impluvium, hinter dem ein Brunnen steht, 4 und 5 *cubicula*, 6 Ala, hier rechts, wie im vorigen Gebäude links, für eine zweite war auch hier kein Raum, 7 Küche mit erhaltenem gemauertem Heerde und hinter der, wie sehr häufig in Pompeji der Abtritt liegt, die Bestimmung des wenig erleuchteten Gemachs 8 zwischen der Küche und dem Durchgang 9 ist nicht klar, 10 Tablinum, 11 Winterspeisezimmer, 12 Peristylium, welches den Hofraum mit der 2 m 60 grossen und 1 m 35 tiefen Piscina 13 nur an zwei Seiten mit dorischen, unten roth bemalten und mit einer Brüstungswand (*pluteus*) verbundenen Säulen umgiebt. Ueber einer dieser Säulen steht noch eine zweite leichterer Ordnung, zum Beweise, dass oben eine Gallerie um den Hof führte, auf welche die Zimmer des oberen Geschosses ausmündeten. 14 Sommertriclinium, 15 Exedra, 16 Posticum, an dem die Treppe nach dem oberen Stockwerk und eine kleine Kammer liegt. 17 Kaufläden ohne Zusammenhang mit dem Hause. Die malerische Decoration ist reich, die beiden Wände, welche die rechte Ecke des Triclinium bilden, sind mit Darstellungen der Horen als schwebenden Figuren bemalt, das *cubiculum* 4 zeigt auf seinen drei Wänden Leda, Venus und Diana, die Hinterwand der Ala eine reiche Architektur und in derselben als Mittelbild Achill auf Scyros unter den Töchtern des Lycomedes von Ulysses erkannt und entlarvt, ein mehrfach wiederholter Gegenstand. Auf den Wänden des Tablinum finden wir rechts Dädalus, welcher der Pasiphaë die von ihm gefertigte hohle Kuh bringt, und links Theseus, der von Ariadne den Knäuel empfängt, vermöge dessen er den Ausgang aus dem Labyrinth finden wird (Zahn 2. 33), auf den Wänden des Wintertricliniums zwei schwebende bacchische Gruppen (die eine Zahn 2. 87). Die Hinterwand des Viridariums ist mit dem Bilde bemalt, von dem das Haus den Namen trägt, darstellend eine Jagd, *venatio*, wie sie im Amphitheater vorkamen; die Wand des Viridariums der Exedra gegenüber ist mit zwei Landschaften mit Staffage (die eine Zahn 2. 60) geziert, die Wände der Exedra haben oder hatten nur mittelmässige Bilder, eines, welches

angeblich Apollon's Aufenthalt bei Admet, ein anderes, welches Venus Anadyomene (die aus dem Meer auftauchende) darstellt, während das dritte seiner Obscönität wegen weggenommen ist. In dieses Gemach waren die alten Pompejaner bei ihren Nachgrabungen nach der Verschüttung durch ein Loch in der Wand gedrungen, welches man jetzt als besondere Merkwürdigkeit zeigt; möglich, dass grade in diesem Hause mancherlei Kostbarkeiten begraben lagen, auf recht reichlichen Hausrath lassen wenigstens eine nicht unbeträchtliche Reihe von Gegenständen aus Bronze, Thon und Glas schliessen, die man hier nebst Esswaaren, namentlich vielen Eiern ausgegraben hat. In dem Fussboden des Atrium hinter dem Brunnen und vor dem Tablinum lag ein Mosaik, welches eine Maske darstellt und als vorzüglich gerühmt wird.

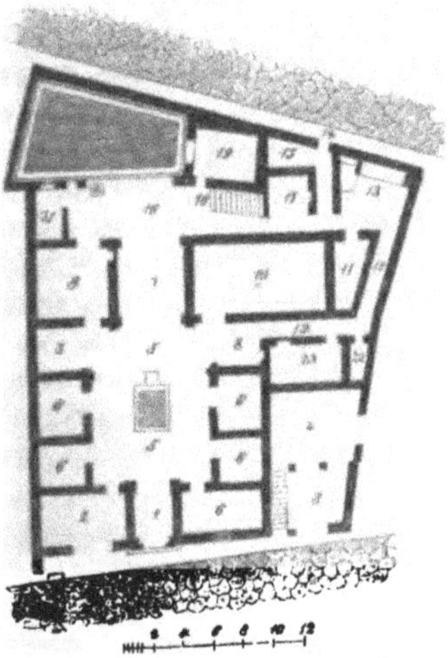

Figur 161. Plan eines mittelgrossen Hauses.

Wir geben den nebenstehenden Plan eines dritten etwa gleich geräumigen Hauses und lassen den eines vierten folgen, um dem Leser eine so viel an uns liegt genaue Vorstellung von der Mannigfaltigkeit der Hausanlagen Pompejis zu geben, die immer nach dem Bedürfniss und dem Raum variiren, der zu bebauen war und doch fast immer nach antiken Begriffen so bequeme Wohnungen darstellen. Der Baumeister dieses Hauses fand einen unregelmässig viereckigen Raum und man sehe, wie er sich zu helfen wusste, ohne ein einziges der Hauptzimmer anders als rechtwinkelig zu bauen. 1 Vestibulum, 2 daneben links Laden im Zusammenhange mit dem Hause, in dem also die Waaren des Hausherrn feilgehalten wurden, seien dies Producte des Ackerbaus, seien es solche des Handwerks oder Gewerbes; denn warum sollte man bei Häusern von so geringer Ausdehnung nicht annehmen, dass sie Handwerker oder Gewerbtreibende bewohnten? Bei diesen mit dem Innern der Häuser zusammenhangenden Läden immer nur von den »Producten der Güter des Hausherrn« zu reden, die hier von dem *dispensator* genannten Sclaven verkauft worden wären, ist nicht allein einseitig und an sich seltsam, sondern durch den aufgefundenen Inhalt mehrer solcher Läden gradezu widerlegt; so verkaufte z. B. der Besitzer der s. g. *casa dei bronzi* Bronzesachen, von denen das Haus benannt ist, so war der Besitzer der s. g. *casa del poëta tragico* Nichts weniger als ein tragischer Dichter, sondern ein Goldschmied, wie sein

Laden links und rechts an der Hausflur und die in ihm gefundene Waare bezeugt. — An der rechten Ecke unseres Hauses liegt ein anderer, vermietheter Laden 3 mit einem Hinterzimmer 4, zu dem im oberen Geschoss noch eine oder ein paar Stuben vermiethet waren, wie die Treppe am Laden, die einen eigenen Eingang von der Strasse hat, bezeugt. 5 Atrium mit dem Impluvium, hinter dem wieder die Mündung der Cisterne zum Ausschöpfen des Wassers sich befindet; 6 verschiedene Zimmer, von denen dasjenige an der Strasse ausnahmsweise ein Fenster hat; ob das die Werkstatt gewesen ist? 7 Tablinum, 8 *alae*, 9 Sommertriclinium (?), 10 Wintertriclinium, neben demselben ein nach hinten geöffnetes Zimmer 11 von ungewisser Bestimmung, möglicherweise nur eine Vorrathskammer, wofür der Umstand spricht, dass es durch seine Thür nur ein Dämmerlicht empfängt. An dem Wintertriclinium und diesem Raume vorbei führt der Gang (*fauces*) 12, den wir sonst neben dem Tablinum gradeaus gehend zu sehen gewohnt sind, für den aber hier kein Platz war, mehrmals umbiegend in die Küche 13, die an ihrem gemauerten Heerde wohl erkennbar ist und an ihr vorbei zu einem hinteren Ausgang 14, neben dem das Sclavenzimmer 15 liegt. Der Hof 16 hinter dem Tablinum und dem Triclinium ist bedeckt, an ihm sehn wir eine Exedra 17, die Treppe in das obere Geschoss 18 und ein Zimmer 19 mit einem Fenster auf das kleine Viridarium 20, wahrscheinlich das *cubiculum* des Herrn, während ein ähnliches kleineres 21, ebenfalls mit einem Fenster auf das Viridarium zu gleichem Zwecke, für ein anderes Mitglied der Familie gedient haben mag, und die übrigen nöthigen Zimmer eine Treppe hoch lagen. 22 ist das Closet, die Bestimmung des Raumes 23 mit geringem Licht unbekannt, wenn wir ihn nicht als Schlafzimmer betrachten wollen.

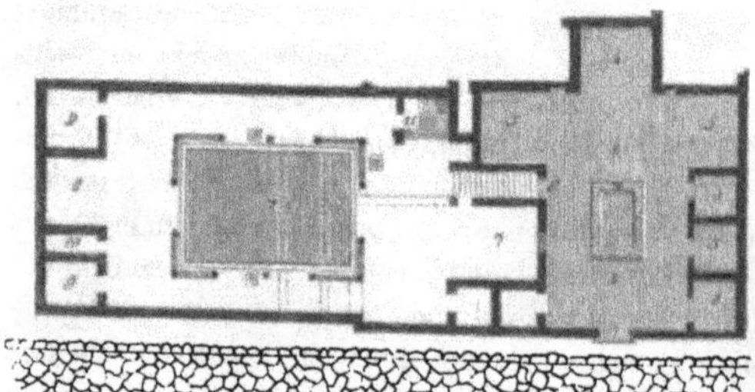

Figur 162. Plan eines anderen mittelgrossen Hauses.

Der Baumeister des nebenstehenden, nahe am Odeum in der Odeumsstrasse (Strasse zum Theaterthor) gelegenen Hauses fand eine andere Aufgabe. Der Baugrund ist ein sehr gestrecktes Viereck und an drei Seiten (oben, rechts und links in unserer Abbildung) von anderen Gebäuden begrenzt, so dass die Hausthür nicht an die Schmalseite verlegt werden konnte. Ausserdem ist das Terrain ungleich und liegt in dem schraffirten Theil unserer Zeichnung 7 Fuss tiefer, als in dem weiss gelassenen. Betrachten wir die Lösung, welche wesentlich darin besteht, dass der Baumeister die beiden durch eine Treppe verbundenen Theile der Wohnung neben einander anstatt hinter einander legte. 1 Vestibulum, 2 Atrium, 3 *cubicula*, 4 Tablinum, 5 *alae*, 6 Treppe von fünfzehn Stufen in den privaten Theil der Wohnung, zunächst in das Peristyl, an dem ein vorn offenes Triclinium 7, gegenüber eine ebenfalls offene Exedra 8 und ihr zur Seite zwei *cubicula* 9, 9 liegen. In dem Raume 10 führte die Treppe zu einem oberen Geschoss, während wir in 11 die Treppe in das Souterrain, den Keller, finden.

Figur 163. Restaurirter Durchschnitt.

Der restaurirte Durchschnitt Figur 163 macht sowohl die besprochene Einrichtung klar, wie er den Brunnen in der Mitte des Peristylhofes 12 und eine Andeutung der Kellergewölbe sehen lässt.

Figur 164. Restaurirte Ansicht der *Casa del poëta tragico.*

Die *Casa del poëta tragico* oder *Casa omerica*, gegenüber den Thermen an der Strasse der Fortuna belegen und 1824—1826 ausgegraben, verdankt ihren ersteren Namen insbesondere einem Gemälde, in welchem man irrthümlich eine Leseprobe erkannte, und einem Mosaik im Tablinum, welches auf das Theater Bezug hat, den letzteren den zahlreichen Gemälden aus den homerischen Gedichten (namentlich der Ilias), mit denen fast alle Wände bedeckt sind. Durch diesen Bilderschmuck, der zu dem Vorzüglichsten zählt, was Pompeji aufzuweisen hat, und durch die edle Eleganz der Einrichtung ist dies Haus eines der berühmtesten der Stadt geworden und ist dasjenige, welches Bulwer in seinem Roman als die Wohnung seines feingebildeten Atheners Glaukos betrachtet. Und wenn nun auch durch den Fundbestand der beiden Läden an der Front des Hauses ziemlich über allen Zweifel feststeht, dass weder ein tragischer Dichter noch ein Athener, sondern ein pompejanischer Goldschmied in diesem Hause wohnte, so hat der Romanschreiber mit seiner Aufstellung in sofern Recht, als in diesem wenig ausgedehnten Domicil die meisten Spuren reingriechischen Geistes uns entgegentreten und bezeugen, dass der Besitzer, tragischer Dichter oder Goldschmied, Athener oder Pompejaner, ein Mann von Bildung und Geschmack und beiher von Wohlhabenheit gewesen ist. Ueber den Plan, der zu den einfachsten und regelmässigeren gehört, nur ein paar Worte.

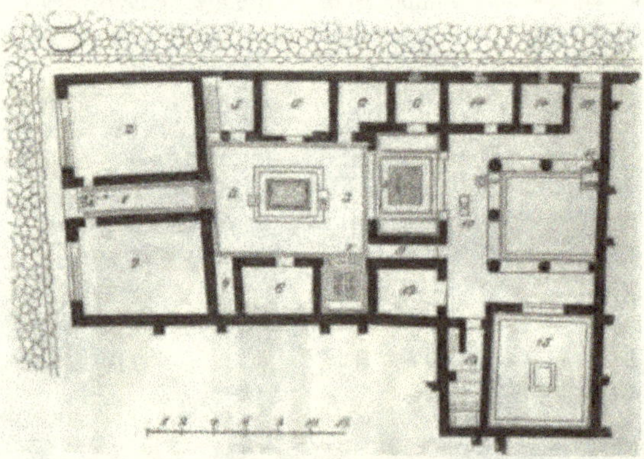

Figur 165. Plan der *Casa del poëta tragico.*

1 Vestibulum, die Thür, von zwei Pfeilern gegen die Strasse eingefasst, war eine Flügelthür, die sich in zwei Angeln im Boden drehte; die Schwelle ist mit dem oben (Figur 147) abgebildeten Hunde in Mosaik geschmückt. 2 Läden in Verbindung mit der Hausflur, also zum Hause gehörend, in denen man eine grosse Menge Goldschmiedearbeit, Halsbänder, Armbänder in Form von Schlangen, Ohrringe, Fingerringe u. dgl. m. und ausser diesen die nöthigen

Instrumente und einen kleinen Ofen von Bronze nebst Töpfen und ziemlich viel Geld gefunden hat. 3 Atrium mit seinem Compluvium, hinter dem ein hübsches Puteal steht, eine in den wesentlichen Theilen auf sicheren Elementen beruhende Restauration dieses Atriums nebst Tablinum und Fauces geben wir in der Figur 164. 4 Garderobezimmer, 5 Zimmer des Atriensis, in dem zugleich die Treppe zum oberen Geschoss des Hauses liegt, 6 verschiedene Wohn- und Schlafzimmer für Gäste, 7 Ala, 8 Tablinum, 9 Fauces, 10 Peristylium mit Säulenumgang an drei Seiten und einer Hauscapelle 11 an der Hinterwand, in der man die Statuette eines Fauns fand, 12 wahrscheinlich Wintertriclinium, nicht Bibliothekzimmer, wie vielfach gesagt ist und zwar unter dem Eindruck, dass hier ein Dichter wohnte, 13 Küche, in deren Vorraum die Treppe zum oberen Geschoss des Hinterhauses liegt, unter derselben das Closet. 14 *cubicula*, 15 Sommertriclinium, geräumig und heiter, mit der Aussicht auf das Viridarium im Peristylhofe, 16 Posticum auf die Strasse hinter der Fullonica, welche hinten an dies Haus grenzt.

Wir durchwandern die bezeichneten Räume noch einmal, um uns den Bilderschmuck in seinem Reichthum und in seiner Anordnung zu vergegenwärtigen. Im Atrium finden wir, abgesehn von decorativen Malereien, folgende Hauptbilder: *a.* Zeus und Here auf dem Ida nach dem 14. Gesange der Ilias, wegen seiner keuscchen Zurückhaltung und Einfachheit, man könnte sagen wegen seiner epischen Stimmung eins der merkwürdigsten Gemälde in Pompeji und lange nicht nach Gebühr gewürdigt (abgeb. z. B. Mus. Borb. II. 59.), *b.* Uebergabe der Briseïs durch Achill an die Herolde des Agamemnon, vielleicht das berühmteste aller pompejanischen Gemälde, das wir im artistischen Theil abbilden und besprechen werden, *c.* Chryseïs' Einschiffung nach Ilias I. Vs. 310 (abgeb. z. B. Mus. Borb. II. 57.), *d.* Fragment, ein Triton, der auf einem Seepferd eine Nereide durchs Meer führt, begleitet von einem Amor auf einem Delphin (abgeb. Zahn I. 22 und Roux II. 61.), *e.* fragmentirte nackte Venus mit Goldspangen um die Füsse, neben ihr eine Taube mit einem Myrthenzweig im Schnabel. So gut dieses Gemälde ist, muss man sich doch gegen so exorbitante Lobsprüche über dasselbe erklären, wie sie bei Gell zu finden sind, der diese Venus der Stellung nach der mediceischen, dem Colorit nach Tizianschen an die Seite stellt. Von den Gemächern um das Atrium ist nur das grössere links mit nennenswerthen Gemälden geziert, in ihm finden wir *f.* Entführung der Europa (Zahn I. 38), *g.* Phrixus und Helle und *h.* Apoll und Daphne, obscönes Gemälde, dessen Gegenstand zu den häufigeren in Pompeji gehört (Famin, *cabinet secret, pl.* 49). Im Fries dieses Zimmers ist ein Kampf von Fusskämpfern gegen Amazonen auf Streitwagen gemalt (Mus. Borb. I. A.). Im anstossenden Zimmer sind auf abwechselnd rothen und gelben Wandflächen Vögel gemalt, die übrigen Zimmer sind noch einfacher decorirt. Die Ala ist ebenfalls einfach mit architektonischen Decorationen über einem schwarzen Sockel mit Pflanzen bemalt, hat aber einen schönen Fussboden von schwarz und weissem Mosaïk. Das Tablinum hat nur ein mittelmässiges Gemälde auf der Wand *i.* (abgeb. Zahn I. 43), in welchem man bestimmt mit Unrecht Terenz hat erkennen wollen, welcher in Anwesenheit von Apollon und Diana mehren Personen ein Stück vorlese, welches vielmehr wahrscheinlich, wenngleich nicht ganz gewiss sich wie ein anderes verwandtes Bild auf Orestes' Erkennung durch Iphigenia vermittelst eines Briefes nach Euripides' Erfindung bezieht (abgeb. b. Rochette, M. J. 76). Der Fussboden zeigte ein merkwürdiges, jetzt, wie die meisten Kunstwerke aus diesem Hause, in das Museo Borbonico gebrachtes Mosaïk, eine Theaterprobe oder die Vorbereitungen zur Aufführung darstellend (abgeb. farbig bei Gell *N. Pompeiana pl.* 45). Der Chorag, umgeben von verschiedenen Masken, überhört zweien Choreuten, die als Satyrn costumirt sind, ihre Rolle, während hinter ihm ein dritter sich mit einem gelben Gewande mit Hilfe eines Theaterdieners bekleidet. In dem ersten Gemache links am Peristylium haben wir: *k.* Ariadne vom Theseus verlassen, einer der häufigsten Gegenstände in Pompeji (Zahn I. 33), *l.* Narciss, sich im Quell spiegelnd, ebenfalls vielfach wiederholt (Roux 38, 40, 41, 111), *m.* Venus und Amor fischend nach der gewöhnlichen Bezeichnung, wahrscheinlich aber ist nur eine schöne Frau gemeint, die sich die Zeit mit Angeln vertreibt, und welche Amor auch hiebei nicht verlässt, wie denn Anmuth und Liebreiz schönen Frauen überall bleibt (abgeb. Zahn I. 20). Das folgende kleine Gemach hat auf den Seitenwänden Landschaften, auf der Hinterwand eine Papyrusrolle und sonstiges Schreibzeug, wonach man dies Zimmer zum Studirzimmer gemacht hat. Am Ende des Peristylumganges ist das berühmte Gemälde der Opferung Iphigenias *n.* (Mus. Borb. 4. 3.), gering in seiner Technik, aber höchst interessant in Auffassung und Composition. In einem Hauptmotiv nämlich, dem Dastehn des Agamemnon mit verhülltem Haupt, geht dasselbe auf ein hochberühmtes Bild von Timanthes zurück, von dem wir noch später im artistischen Theil zu reden haben werden. Endlich das Triclinium zeigt in gar anmuthigem Bilde *o.* Leda mit dem Neste voll Kinder, welche aus den Eiern gekrochen sind, die Leda von dem Zeusschwan empfangen hatte; Tyndareus besieht sich die Kinderchen wie ein antiker heiliger Joseph (abgeb. Zahn I. 23). An der Hinterwand ist *p.* die von Theseus verlassene Ariadne wiederholt, und die Seitenwand enthält *q.* ein Fragment einer Venus mit Adonis. Diese Bilder sind von breiten und schönen Arabeskenstreifen umrahmt, aus denen wieder vier Tänzerinnen und vier Kämpfer oder Heroen als Nebenbilder hervortreten; der Mosaikfussboden ist mit Arabesken, mit Fischen und Schwänen geziert. — Auch das obere Geschoss hatte reicheren Schmuck, als man gewöhnlich dort annehmen kann, wenigstens hat man bei der Ausgrabung einen Mosaikfussboden in Fragmenten gefunden, der aus dem oberen Stockwerk herabgestürzt war; dies lässt auf bedeutend reicheren Schmuck des oberen Geschosses schliessen.

Nicht oder wenig geräumiger als dies Haus ist dasjenige, welches man unter dem Namen der *Casa di Sallustio* kennt, und zwar nach der Inschrift C. SALLVST. M. F. (*Caius Sallustius Marci filius*) auf der Aussenmauer so

Figur 166. Restaurirte Ansicht der *Casa di Sallustio.*

genannt hat, während es nach einem Hauptgemälde den Nebennamen der *Casa di Atteone* führt. 1805—1809 ausgegraben, zeichnet sich dies an der Strasse vom herculaner Thor gegenüber dem ersten Brunnen gelegene Haus vor manchen anderen durch treffliche Erhaltung, sinnige Benutzung des nicht eben günstigen Bauplatzes, edlen Gemäldeschmuck und eine auffallende Anmuth und Wohnlichkeit aus. Das Haus hat an der Hauptstrassenfronte (links auf unserem Plane Figur 167) mehre Läden; der erste derselben, zu dem die Räume 6, 7, 8 und 9 gehören, war an einen Bäcker vermiethet, der in 6 drei Mühlen *a* und den grossen elliptischen Backofen 7, in 9 den eigentlichen Laden und seine Küche mit Heerd und Gussstein *b* und in 8 einen Magazinraum hatte, während eine Treppe im Backhaus zu Zimmern im oberen Geschoss führte. Die Einrichtungen der Mühlen und Bäckereien, deren wir noch mehre in verschiedenen Häusern finden werden, sollen in einem folgenden Capitel erläutert werden. Der Laden 3 mit einer kleinen Hintercella steht durch eine weite Thür mit dem Atrium in Verbindung und war auch gegen die Hausflur geöffnet, in ihm wurden also Waaren des Hausherrn verkauft, und zwar scheinen diese in Wein und Oel bestanden zu haben, da man in dem Laden eine gemauerte Ladenbank fand, in welche thönerne Amphoren zur Aufbewahrung von Flüssigkeiten eingelassen sind; in der Cella hatte der verkaufende Sclave (*dispensator*) seinen Sitz. Jenseits des durch einen Wartesaal 2 erweiterten Vestibulums 1 ist zunächst ein Laden 4, der aus einem einzigen Gemach

verfehlt; konnte der wachthabende Sclav doch nicht einmal das Atrium übersehn, und ist doch die *cella atriensis* in 16 deutlich genug bezeichnet. Neben dieser Ala liegen die Fauces 20 und neben diesen das Tablinum 19, welches nach vorn ganz offen, nach hinten durch eine niedrige Brüstungsmauer geschlossen und links in ein grösseres Gemach 22 geöffnet ist, in welchem man viel wahrscheinlicher das Sommerspeisezimmer als eine Bibliothek oder Pinacothek (Gemäldehalle) erkennt. Der Thür in dies Gemach gegenüber ist bei *e* eine blinde Thür gemalt, welche nächst der blinden Thür im Gebäude der Eumachia die wesentlichste Grundlage zur Reconstruction der verbrannten Holzthüren Pompejis bietet. Durch die Fauces gelangen wir in den Xystus oder Säulengang 21 des kleinen Gartens, von dem wir gleich reden werden, nachdem wir die Gemächer kurz bezeichnet haben, welche von diesem Säulengang ihren Eingang haben. Es sind dies ausser dem Triclinium 22 ein kleines Studirzimmer 23, welches von dem freien Platze hinter der Bäckerei durch ein Fenster sein Licht erhält, sodann hinter dem Cabinet der rechten Ala 28 ein Zimmer, wahrscheinlich für den Sclaven, gegenüber das Closet *n* und neben demselben der hintere Ausgang, das *posticum*, durch ein vielleicht zum *ergastulum* bestimmt gewesenes Gemach 27, endlich an einem jetzt zerstörten gemauerten Heerde sicher erkennbar die geräumige Küche 26, aus der einige Schriftsteller ein Bad machen wollen. Von dem freilich sehr kleinen, aber allerliebst und interessant angelegten Garten können wir nicht umhin, unsern Lesern eine aus durchaus sicheren Elementen construirte Restauration vorzulegen, welche besser als unsere Schilderung es vermögen würde, demselben einen Eindruck von der Anmuth dieses traulichen Plätzchens verschaffen wird. Da zur Anpflanzung von Bäumen und Gesträuchen zu wenig Raum vorhanden war, hat man sich begnügt, einen unregelmässigen und um ein paar Stufen über den Säulengang erhabenen Sandplatz 24 mit gemauerten Behältern für Erde zur Blumenzucht zu umgeben und die fehlenden Bäume auf die Hinterwand zu malen, wo sie, von zahlreichen bunten Vögeln belebt, die Aussicht zu erweitern und

Figur 168. Restaurirte Ansicht des Gartens.

den dritten in das Atrium und einen vierten in ein gleicherweise gegen das Atrium geöffnetes Zimmer 16, welches wir als die Cella des Atriensis zu betrachten haben, des Sclaven, der den Verkehr im Atrium zu überwachen und die Besuche zu melden hatte. Die auffallende Breite des Prothyrums scheint ihre Erklärung in dem schon oben erwähnten Umstande zu finden, dass der Laden des Hauses gegen die Hausflur der Art geöffnet ist, dass nur die Ladenbank den Eingang versperrt. Es ist also anzunehmen, dass die Käufer sowohl an der Strassenseite als in der Hausflur bedient wurden. War die Kundschaft bedeutend, so ist darin ein neuer Grund für Anbringung des Wartezimmers für die Besuche gegeben, welche sich mit den Käufern und Kunden nicht drängen sollten. Ein noch vollständigeres Vestibulum bietet uns das s. g. Haus des Julius Polybius, eines der grossen dreistöckigen Häuser am Abhange des Stadthügels nahe dem herculaner Thore. Das wohlerhaltene toscanische Atrium 10, von dem wir Figur 166 eine anmuthige Restauration geben, hat ein von Haustein erbautes Impluvium 1, in dessen Mitte auf einer Basis eine der vortrefflichsten Bronzegruppen von Pompeji stand, welche jetzt im Museum von Palermo ist. Wir werden dieselbe im artistischen Theil abbilden und besprechen und bemerken hier nur, dass sie Hercules darstellt, welcher die cerynitische Hirschkuh ereilt und zu Boden geworfen hat, aus deren Maule ein Wasserstrahl in eine im Impluvium angebrachte marmorne Muschel floss. Hinter dem Impluvium steht ein Tisch von Cipollin mit Füssen von *rosso antico* in Form von Adlerfängen. Die drei mit 14, 14 und 15 bezeichneten und elegant decorirten Zimmer waren Gastzimmer, 12 bildet ein Vorzimmer, *procoetum*, zu einem geräumigen Saale 13, der offenbar durch Oberlicht erleuchtet worden ist, und der bei den meisten Schriftstellern für ein Wintertriclinium gilt. In jedem Falle ist dies wahrscheinlicher, als ein Schlafzimmer in ihm zu erkennen, wenngleich ich auf die Nachbarschaft des Backofens, durch welchen Andere dies Gemach comfortable erwärmen lassen, nicht zu viel Gewicht legen mögte. Denn da der Backofen mit seinen ohnehin starken Mauern nicht unmittelbar an dies Zimmer grenzt, dürfte es mit seiner Erwärmung nicht so gar weit her gewesen sein. Etwas anderes ist es wohl um ein Zimmer im ersten Stock über dem Raum 8 gewesen, zu dem eine Treppe aus dem Hinterzimmer 18 der linken Ala 17 emporführt. Dieses ist dem Backofen nahe genug gewesen, um von ihm durchwärmt worden zu sein und als *hibernaculum*, Winterwohnzimmer, zu gelten. —

An dem Atrium liegen ferner zwei wieder elegant in Malerei und Stuccatur decorirte Alae 17. Neben derjenigen links und neben dem Tablinum ist ein durch seine Malereien kenntliches Lararium *d* als Nische in der Wand angebracht, wogegen dasjenige rechts durch ein Cabinet 17′ erweitert ist, das keinen anderen Zweck gehabt haben kann, denn als zum Privataudienzzimmer für solche Clienten zu dienen, mit denen der Patron Wichtiges zu verhandeln hatte. Hier die *cella atriensis* anzunehmen, scheint mir in vielfacher Hinsicht verfehlt; konnte der wachthabende Sclav doch nicht einmal das Atrium übersehn, und ist doch die *cella atriensis* in 16 deutlich genug bezeichnet. Neben dieser Ala liegen die Fauces 20 und neben diesen das Tablinum 19, welches nach vorn ganz offen, nach hinten durch eine niedrige Brüstungsmauer geschlossen und links in ein grösseres Gemach 22 geöffnet ist, in welchem man viel wahrscheinlicher das Sommerspeisezimmer als eine Bibliothek oder Pinacothek (Gemäldehalle) erkennt. Der Thür in dies Gemach gegenüber ist bei *e* eine blinde Thür gemalt, welche nächst der blinden Thür im Gebäude der Eumachia die wesentlichste Grundlage zur Reconstruction der verbrannten Holzthüren Pompejis bietet. Durch die Fauces gelangen wir in den Xystus oder Säulengang 21 des kleinen Gartens, von dem wir gleich reden werden, nachdem wir die Gemächer kurz bezeichnet haben, welche von diesem Säulengang ihren Eingang haben. Es sind dies ausser dem Triclinium 22 ein kleines Studirzimmer 23, welches von dem freien Platze hinter der Bäckerei durch ein Fenster sein Licht erhält, sodann hinter dem Cabinet der rechten Ala 28 ein Zimmer, wahrscheinlich für den Sclaven, gegenüber das Closet *n* und neben demselben der hintere Ausgang, das *posticum*, durch ein vielleicht zum *ergastulum* bestimmt gewesenes Gemach 27, endlich an einem jetzt zerstörten gemauerten Heerde sicher erkennbar die geräumige Küche 26, aus der einige Schriftsteller ein Bad machen wollen. Von dem freilich sehr kleinen, aber allerliebst und interessant angelegten Garten können wir nicht umhin, unsern Lesern eine aus durchaus sicheren Elementen construirte Restauration vorzulegen, welche besser als unsere Schilderung es vermögen würde, demselben einen Eindruck von der Anmuth dieses traulichen Plätzchens verschaffen wird. Da zur Anpflanzung von Bäumen und Gesträuchen zu wenig Raum vorhanden war, hat man sich begnügt, einen unregelmässigen und um ein paar Stufen über den Säulengang erhabenen Sandplatz 24 mit gemauerten Behältern für Erde zur Blumenzucht zu umgeben und die fehlenden Bäume auf die Hinterwand zu malen, wo sie, von zahlreichen bunten Vögeln belebt, die Aussicht zu erweitern und

Figur 168. Restaurirte Ansicht des Gartens.

zu begrenzen schienen oder scheinen sollten, denn schwerlich wird die Täuschung durch diese gemalte »*belle vue*« unter freiem Himmel sehr gross gewesen sein. Zwei kleine Treppen *f* und *g* führen an den beiden Enden in diesen Garten, neben der einen derselben befindet sich am schmalen Ende der Cisternenbrunnen *k*, von dem aus eine Wasserrinne unmittelbar hinter den Säulen gefüllt wurde, welche zum Begiessen der Blumen diente, und die sich am entgegengesetzten Ende in ein Bassin *h* erweiterte. Das breite Ende des Gartens nimmt ein gemauertes Triclinium 25 ein, wie wir ein ähnliches schon in einem viel kleineren Hause (S. 197) gefunden haben. Auch dasjenige, von dem wir hier reden, wie jenes früher besprochene, war von einer Weinlaube beschattet, wie unsere Restauration sie zeigt, was durch das Vorhandensein der Stützen und der Löcher für die Balken oder Latten der Decke unwidersprechlich erwiesen ist. In der Mitte dieser gemauerten und bemalten Ruhebänke steht noch der Fuss eines steinernen Monopodiums, eines einbeinigen Tisches, dessen Platte allerdings zertrümmert ist. Ganz nahe neben der einen Bank des Tricliniums und auf der Grenze der Laube steht an der Wand ein Altar *l*, auf welchen man die Libationen ausgoss, etwas weiterhin bei *n* springt aus der Wand ein lustiger Strahl Trinkwassers aus der städtischen Leitung, füllt ein Becken, in dem man wohl die Flaschen edlen Weines kühlte, und aus diesem ein zweites Becken im Boden, welches das Wasser in das Bassin *k* abführte. Unter dem Säulengang und vor dem Zimmer 23 steht in der Nähe des Tricliniums an der Wand ein kleiner Heerd *o*, als dessen Bestimmung ich nichts Anderes betrachten kann, als die Speisen, die aus der Küche am andern Ende des Hauses gebracht wurden, und welche in freier Luft schnell abkühlen mussten, vor dem Auftragen auf den Tisch zu erwärmen und während des Essens zur zweiten Präsentation warm zu halten. Dass ausserdem hier warme Getränke bereitet sein mögen, ist zuzugeben, aber solche können in einem Gartentriclinium doch nicht häufig genug gebraucht sein, um für sie allein einen solchen Heerd zu bauen. Auch das ist nicht wahrscheinlich, dass unser Heerd gedient habe, um Wasser für das Bad in dem Bassin *k* zu erwärmen; denn wurde wirklich in dem Bassin gebadet, was kaum glaublich erscheint, so kann das unter freiem Himmel nicht warm gewesen sein. Erwähnen müssen wir endlich noch den offenen Hof 24′, der allein mit dem Garten in Verbindung steht, wie dieser an der einen Seite ein Blumenbeet hat, mehren Gemächern (8, 18, 23) Licht giebt und etwa als ein Ort für körperliche Uebungen, z. B. ein Sphäristerium (Ort zum Ballspielen) gelten kann.

Werfen wir nun noch einen Blick auf den Plan im Ganzen, so wird es uns augenscheinlich sein, dass, während der vordere oder öffentliche Theil des Hauses ausgedehnt und mit mannigfaltigen Gemächern versehen erscheint, der private Theil hinter dem Tablinum auf's Aeusserste beschränkt ist, und eigentlich ausser der Küche nur das einzige Triclinium 22 als einen grösseren Raum enthält. Man könnte also beinahe sagen, der private Theil des Hauses fehle ganz. Zugleich sehn wir aber, dass für denselben kein Raum in der regelmässigen Lage hinter dem öffentlichen vorhanden war, während durch die bisher besprochenen Räume die Breite des Areals noch nicht ausgefüllt ist. Was that also der Baumeister, und was musste er thun? Dasselbe, was auch andere Baumeister unter ähnlichen Verhältnissen des Bauplatzes in Pompeji zu thun so gescheid waren; er legte den privaten Theil des Hauses seitwärts an das Atrium anstatt hinter dasselbe. Für diesen halte ich nämlich unbedingt die noch nicht besprochenen Räumlichkeiten rechts vom Atrium, nicht für ein Venereum oder Aphrodision, in dem geheime Orgien gefeiert worden wären. Die Caprice, diese Räume so zu nennen, theilen fast alle Schriftsteller, aber die Beweise fehlen; in den Räumen selbst sind sie nicht gegeben, und wenn man sie in den Gemälden sucht, so ist dieses fast eben so capriciös wie die Behauptung selbst. Denn erstens ist es nicht wahr, dass die Bilder (Aktäon bestraft, weil er Diana im Bade belauschte, die Entführung der Europa, Phrixus und Helle auf dem goldenen Widder, Mars und Venus und andere nebst Faunen und Bachantinnen) obscön, lasciv, sinnlich reizend wären, und zweitens, wären sie das, so lassen sich ihnen hundert gleiche an die Seite stellen aus Räumen, die wohl Triclinien, Schlafzimmer, Tablina, Alae und sonst Etwas, aber sicher nur nicht Venerea waren. Fort also mit dieser unbegründeten Bezeichnung, die man mit Hartnäckigkeit festgehalten hat zum Theil wohl nur der Abwechselung wegen, zum Theil um eine Seite des antiken Lebens besprechen zu können, zu deren Besprechung sonst keine Gelegenheit in Pompeji war.

Der Eingang in diese Privatabtheilung des Hauses ist aus dem Atrium durch einen Gang 29, von dem gewöhnlich gesagt wird, er sei an beiden Enden durch Thüren geschlossen gewesen, während es ungleich wahrscheinlicher ist, dass die unnachweisbare Thür am Atrium *p* niemals existirt hat und dass nur eine Thür das Ende des vom Atrium aus erleuchteten Ganges abschloss. Von dem Kämmerchen 30 neben diesem Gange kann man nur vermuthen, dass es entweder als Vorrathskammer für Hausgeräthe oder, was unwahrscheinlicher ist, als Wachtzimmer für einen Sclaven diente. Durch den Gang also gelangen wir in das Peristyl 31, welches von 8 achteckigen und rothbemalten Pfeilern gebildet wird, die einen offenen Hofraum 32 mit einem kleinen Wasserbassin in der Mitte an drei Seiten umgeben. Da der Hofraum nicht gepflastert oder mit sonst einem Fussboden bedeckt ist, können wir annehmen, dass er als Blumengarten diente. An der Hinterwand des Peristyls finden wir zu beiden Seiten des Hofraums ein Zimmer 33 und 34, welches durch ein Fenster vom Hofraum Licht und die Aussicht auf die Blumen des Gärtchens erhielt. Diese Zimmer sind mit Eleganz decorirt, in demjenigen rechts (34) fand man eine Bronzestatuette in einer Nische der Wand *q.*, ein goldenes Gefäss von 85 Grammen Gewicht und Münzen des Vespasian, endlich an der Hinterwand das erwähnte Gemälde: Mars und Venus. Die Wände des Peristyls schmücken die anderen genannten Bilder in reicher architektonischer Umrahmung, die Hinterwand zwischen den Cabinetten das Bild des bestraften Aktäon, eines der grössten Pompejis (4×3^{m}). Rechts von dem Eingange ist ein grosses Triclinium 35 mit elegantem Mosaikfussboden, welcher die Stellung der Ruhebetten in seinen Figuren bezeichnet. Erkennbar ist als eine Nische in der rechten Wand *r*. die Stelle für den Tisch, auf welchem die Sclaven die Speisen zerlegten, die bekanntlich ohne Hilfe von Gabeln genossen wurden. Gegenüber links am Ende des Peristylganges ist ein Raum 36, der die Küche, das Closet und die Treppe enthält. Diese Treppe führt zunächst auf die flache Decke des Peristyls, eine Art grossen Balcons, eine *pergula* oder ein *solarium*, von welchem aus man aller Wahrscheinlichkeit nach in die Gemächer des oberen Geschosses gelangte, die über der linken Hälfte des Hauses lagen. Unsere Leser werden nämlich sich erinnern, dass wir in dem Hause ausser der Treppe in der linken Hälfte bei 18 keinen Aufgang in das obere Stockwerk gefunden haben; lagen in demselben die Schlafzimmer der Familie, so ist es natürlich und ganz in der Ordnung, dass die Treppe in der privaten Abtheilung des Hauses angebracht ist. — Zum Schlusse bemerken wir nur noch, dass man annimmt, die alten Bewohner dieses Hauses haben in demselben nachgegraben und das Meiste weggenommen; ausser den angeführten Sachen fand man in diesem Hause nur noch eine merkwürdige Lampe mit zwölf Schnauzen, eine Art antiken Kronleuchters und ein paar unbedeutende Bronzefigürchen.

Nachdem wir dies bemerkt haben, wenden wir uns sogleich zu einem nicht minder merkwürdigen Hause, welches aber durch die Fülle der in demselben gefundenen Gegenstände den Gegensatz zum Hause des Sallustius bildet. Es ist dies das 1817 vom März bis Juni ausgegrabene, am *Quadrivio della Fortuna* belegene Haus des Lucretius, welches seinen Namen einem etwas verschiedenen Umstande verdankt, als andere Häuser in Pompeji; nicht an dem Hausthürpfeiler fand man nämlich den Namen Lucretius, sondern auf einem Gemälde in einem Cabinet (20) am Peristyl. Dies Gemälde stellt Schreibzeug dar, ein Dintefass, Papiermesser, ein offenes Buch, den Schreibstift und endlich einen Gegenstand, den man für einen geschlossenen und adressirten Brief hält. Die Adresse: M LVCRETIO FLAM MARTIS DECVRIONI POMPEI[*s* oder *ano*] zu Deutsch: »An Marcus Lucretius, den Priester des Mars und Decurionen in oder von Pompeji« hat man auf den Hausbesitzer bezogen. — Der Plan bietet nicht viele, aber immerhin einige Besonderheiten, die es der Mühe werth machen,

Figur 169. Gemälde in der *Casa di Lucrezio*.

denselben im Einzelnen zu betrachten; merkwürdiger aber ist der Schmuck an Bildern und sonstigen Gegenständen, obwohl diese weder alle von gleichem Kunstwerth noch in ihrer Gesammtheit die Zeugnisse eines reinen und guten Geschmackes sind. Durchwandern wir das Haus, um von seiner Anlage und seiner Decoration Einsicht zu nehmen. Der Flächenraum des Areals ist unregelmässig und umschliesst auf der linken Seite ein kleines fremdes Haus, dessen Plan wir unterdrückt haben; zugleich aber hat dies Areal eine nicht unbeträchtliche Steigung von der Strasse nach hinten, so dass das Atrium höher liegt, als das Trottoir und der Garten oder Xystus wieder ganze sieben Stufen in den Fauces höher als das Atrium. Deswegen führt das 5 m 50 lange und mit weiss und schwarzem Mosaik gepflasterte Vestibulum 1 ziemlich rasch aufwärts in das toskanische Atrium 2, vorbei an einer *cella ostiarii* 3, welche zugleich eine Treppe in die erste Etage enthält. Schon das Vestibulum ist mit Gemälden geziert und zwar, selbst abgesehn von den rein decorativen Malereien, mit bedeutenderen als sich sonstwo in Pompeji an dieser Stelle finden; namentlich treten unter ihnen musicirende Bacchantinen theils einzeln, theils mit anderen Figuren gruppirt hervor, von welchen das Haus bei der Ausgrabung den Namen *delle Suonatrici* erhielt. Das mit einem Mosaikfussboden versehene 8 m 36 × 9 m 7 grosse Atrium ist zunächst dadurch merkwürdig, dass es bei der Katastrophe Pompejis in Reparatur gewesen zu sein scheint; denn es ist schwer glaublich, dass das roh gemauerte Compluvium, welches von der übrigen Eleganz stark absticht, vollendet gewesen sei. Interessanter aber als durch diesen beiläufig zu erwähnenden Umstand ist dies Atrium durch das in ihm angebrachte Lararium *a*, eine von zwei Säulen eingeschlossene, mit Stuccatur und Malerei reich verzierte Nische, in der man fünf Bronzefiguren fand, unter denen ein Hercules, ein Jupiter und eine Fortuna sicher erkennbar sind. —

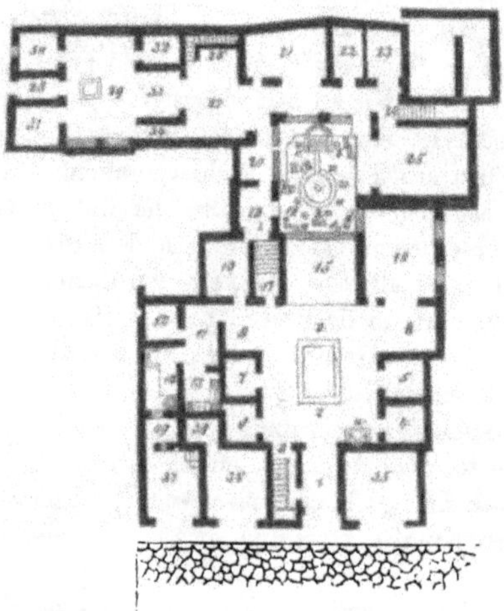

Figur 170. Plan der *Casa di Lucrezio.*

Vier *cubicula* 4, 5, 6, 7 gruppiren sich zunächst um das Atrium, alle auf's Reichste bemalt, und zwar alle vier auf weissem Grunde, der das nicht übermässig helle Licht in diesen Zimmern hebt. Auch die Malerei des Sockels ist in allen gleich und ähnlich, selbst im Vestibulum und Atrium; sie besteht in einer täuschenden Nachahmung beliebter Gesteinarten, welche in Tafeln und trennende Glieder geschnitten scheinen und unter denen besonders *giallo antico* und Serpentin nebst Porphyr hervortreten. Aehnlich sind in den vier Cubiculis auch die architektonischen leichten Umrahmungen der Haupt- und Nebenbilder, im Uebrigen ist die grösste Mannigfaltigkeit vorhanden. Das Zimmer No. 4 hat auf jeder Wand als Nebenbilder kleine Genien oder Amoretten, die mit Waffen spielen, links als Mittelbild Luna und Endymion, einen oft und in sinniger Weise behandelten Gegenstand, an der Mittelwand als Hauptbild Achill vom Centauren Chiron im Leierspiel unterwiesen, ebenfalls ein in Pompeji und in Herculaneum wiederkehrender Gegenstand, der in dem Gegensatz der abgehärteten, halbwilden und rauhen Centaurengestalt zu dem schlanken, feinen und lichten Körper des Knabenjünglings Achill ein vortreffliches Motiv enthält, welches auf ein bedeutendes Original hinweist, von dem die Bilder in Pompeji und Herculaneum Copien sind. Wir wollen gleich hier bemerken, dass der Gegenstand selbst einmal innerhalb eines anderen Bildes wiederholt ist; in dem Gemälde, welches Achill's Auffindung in Scyros darstellt (abgeb. Mus. Borb. 9. 6), ist der ihm gebotene Schild, der am Boden liegt, mit eben dieser Scene seiner Erziehung verziert. Auf der dritten Wand stellt das Mittelbild eine Nereide auf einem Seepferd dar, wobei wieder ein schöner Contrast der beiden so verschiedenen und so nahe sich berührenden Körper hervortritt. — Eine Nereide auf einem Delphin reitend bildet auch den ersten Hauptgegenstand in dem Zimmer No. 5, dessen übrige Bilder stark gelitten haben, so dass mit Sicherheit nur noch in einer unteren Reihe vier Bildchen erkannt werden können, welche mit Thieren spielende Genien darstellen, in einer oberen Reihe ein, wie es scheint, allegorisches Bild, in dem die Personification Africas mit einer Elephantenexuvie auf dem Kopf die Hauptperson ist und ausserdem sechs Genien nebst anderen Personen sich befinden.

Auch in dem Zimmer No. 6 sind nur zwei Bilder ausser den Decorationsmalereien unverletzt, das eine, derb obscön, Faun und Nymphe darstellend, das andere den so vielfach wiederholten Narciss, der sich im Quell bespiegelt. Unter den Decorationen in den oberen Reihen ist etwa nur eine Auswahl von Masken zu nennen, welche ähnlich auch in dem Zimmer No. 4 vorhanden ist. Endlich das Zimmer No. 7 enthält eine Masse kleiner Gemälde bald in rundem, bald in viereckigem Rahmen, von denen einige im Mus. Borb. vol. 14. tavv. 44 und 45 gezeichnet sind, und unter denen im Uebrigen ein Polyphem, der Galatheas Brief empfängt und eine Darstellung von Phrixus auf dem Widder, von dem Helle in's Meer stürzt, zu nennen ist, beides mehrfach wiederholte Gegenstände.

An der gewöhnlichen Stelle finden wir im Verfolg der Gemächer um das Atrium die Alae 8 und 9. In der Ala rechts No. 8 finden wir die interessante

Besonderheit, dass der obere Theil der ursprünglich gelb gefärbten Wandflächen durch die Hitze der vulcanischen Asche roth gebrannt ist, was noch mehrfach in Pompeji, hier aber besonders auffallend vorkommt. Der Fussboden ist von weissem Mosaïk, der Schmuck der Wände bestand ausser den Ornamenten in sieben kleinen Bildern, von denen zwei sich auf das Theater beziehen. Bei der linken Ala No. 9 kehrt ein Umstand der Anlage wieder, den wir im Hause des Sallust gefunden haben, dass nämlich dieselbe nach hinten nicht geschlossen ist, sondern einen Durchgang bildet, dort nur zur Treppe des oberen Stockwerks, in dem vorliegenden Falle zu mehren Räumen, welche den Bedürfnissen des Haushalts dienten. Und zwar öffnet sich die Ala einerseits in ein dunkeles und durchaus ungeschmücktes Gemach 10, welches nur Vorrathskammer gewesen sein kann, andererseits nach hinten auf den gemeinsamen Vorplatz 11 einer zweiten dunkelen Kammer 12, wahrscheinlich der Speisekammer, der Küche 13, in der man den Heerd und den Ausgussstein für das gebrauchte Wasser nebst verschiedenem Küchengeräth fand, und endlich des Closets 14, welches durch ein Mittelfenster von der durch Oberlicht erleuchteten Küche die nöthige Helligkeit erhielt.

Das Tablinum 15 im Hintergrunde des Atrium ist sowohl durch seine elegante Decoration wie durch einen besonderen Umstand merkwürdig und bedeutend. Der Fussboden besteht aus weissem, mit einem schwarzen Mäandersaum eingefasstem Marmormosaik, welches sich um eine Mittelplatte von *giallo antico* und eine dasselbe einfassende bunte Mosaikborde legt. Die Wände sind mit reichen Architekturen verziert, die jederseits ein grosses Mittelbild umrahmen sollten. Diese Hauptgemälde aber fehlen und sind entweder schon im Alterthum aus der Wand entfernt oder sie waren, und dies ist eher anzunehmen, zur Zeit der Verschüttung noch nicht eingesetzt. Wir haben auf einen ähnlichen Umstand schon bei der Besprechung des Venustempels hingewiesen und haben die Wand mit fehlendem Mittelbild in einer Skizze vorgelegt. Hier aber ist die Beschaffenheit der ausgesparten Vertiefung für das Mittelbild von Interesse. Diese Vertiefung beträgt im Ganzen nur ein paar Zoll, jedoch durchschneiden sie noch zwei tiefer ausgehöhlte Querstreifen, ein Umstand, der bei der Frage, ob das einzulassende Bild auf Stucco oder auf Holz gemalt war, für das letztere in die Wagschale fällt, indem jene mehr vertieften Querstreifen für die Binder der einzelnen Theile der grossen Holztafel bestimmt scheinen.

Das grosse Gemach 16 rechts vom Tablinum scheint ein Wintertriclinium gewesen zu sein, dessen Vorhandensein im Vorderhause durch das Vorhandensein der Küche in demselben in sofern bedingt wird, als zu dem einzigen Gemach rechts vom Xystus, welches noch ein Triclinium gewesen sein kann, der Weg von der Küche übermässig weit erscheint, falls hier das alleinige Speisezimmer angenommen wird. Die Decoration dieses Zimmers, welches durch ein grosses Fenster auf den Peristylhof erleuchtet wird, ist überaus kostbar und vortrefflich, der Fussboden ist mit weiss und schwarzem Mosaik im Mäandermuster bedeckt, die Wände enthielten ausser dem hier wie überall die Hauptbilder umrahmenden architektonischen Ornament, drei grosse Bilder mit fast lebensgrossen Figuren, von denen zwei in das Museo borbonico gebracht sind. Das erste derselben stellt Hercules bei Omphale dar, das zweite den Knaben Bacchus auf stierbespanntem Wagen von seinem Gefolge umgeben, und das dritte denselben Bacchus als Sieger Indiens. Diese drei Bilder sind fertig in die Wände eingelassen, wie deutliche Spuren zeigen, ein Argument mehr für die Annahme, dass die Decoration des Tablinum bei der Verschüttung noch nicht vollendet war. Die kleinen Nebenbilder in der Decoration stellen Amoretten in verschiedenen Situationen dar.

Links vom Tablinum sind die Fauces 17, welche sich dadurch von sonstigen unterscheiden, dass sie, wie schon erwähnt, eine achtstufige Treppe in das Peristyl enthalten. Dies Peristyl 18 wird an zwei Seiten von Pfeilern umgeben, auf welche auf rothen Grund Pflanzen gemalt sind, und welche durch Brüstungsmauern mit ein paar Eingängen verbunden werden, während das Tablinum an die dritte und eine Exedra oder ein Oecus an die vierte Seite grenzt. Auf den Eckpfeiler ist ein Labyrinth nebst der Inschrift: *Labyrinthus. Hic habitat Minotaurus* sehr roh mit einem scharfen Griffel in die Tünche eingeritzt. Auf den linken Peristylgang öffnen sich zwei exedraartige kleine Zimmer 19 u. 20, in deren zweitem das oben mitgetheilte Bild gefunden wurde. Der Peristylhof ist nicht, wie gewöhnlich, durch ein Viridarium geschmückt, sondern in einer ganz eigenthümlichen und im Ganzen herzlich geschmacklosen Weise eingerichtet und verziert. Im Hintergrunde steht auf vierstufigem Untersatz eine mit Mosaik, Muschelwerk und Malerei verzierte Brunnennische, in derselben als Brunnenfigur ein kleiner Silen. Dergleichen Nischen, und zwar zum Theil noch geschmackloser mit Muscheln verzierte, kommen auch sonst noch vor, wir brauchen nur die beiden nach ihren Brunnen benannten Häuser neben der Fullonica, die *case della grande* oder *prima* und *della piccola* oder *seconda fontana a musaïco* zu nennen; im Uebrigen aber ist die Decoration des Hofes hier einzig. Das Wasser, welches die Brunnenfigur ausgoss, floss über die Stufen des Unterbaus der Nische herab, wurde unten durch eine flache Marmorrinne gesammelt und in eine runde Piscina in der Mitte des Hofes geleitet, in der ein Springbrunnen angebracht ist. Um diese Piscina herum sind nun zunächst allerlei Thiere von Bronze von ganz verschiedener Grösse aufgestellt, unter denen eine Ente und zwei Ibisse am sichersten erkennbar sind. Weiter hinaus stehn dann zwei Reihen von Sculpturwerken; zunächst am Brunnen zwei Hermenpfeiler mit Doppelköpfen einerseits *b* des Bacchus und der Ariadne, andererseits *c* eines Faunes und einer Bacchantin. Diesen entsprechen zwei gleiche Hermenpfeiler *d e* in den vorderen Ecken des Hofes, welche beide einen bärtigen Bacchus und eine Bacchantin darstellen. In einer noch etwas vorgerückten Reihe stehn sodann zunächst den Hermenpfeilern zwei seltsame Bildwerke *f g*, welche Amoretten auf Delphinen reitend und von grossen

Polypen umstrickt darstellen, während in der Mitte eine sehr mittelmässige Gruppe *h* einen bocksfüssigen Faun zeigt, dem ein kleiner Satyr einen Dorn aus dem Fusse zieht. Endlich stehn links zwischen den Hermenpfeilern noch zwei Sculpturen, welche die übrigen übertreffen, nach hinten ein junger Satyr *i*, welcher die Hand über den Kopf hebt, weiter nach vorn ein in Hermenform auslaufender Satyr mit der Rohrflöte *k*, der ein Zicklein im Arm hält und an dem eine Ziege nach ihrem Jungen emporspringt. Das Wasser für den Brunnen und den Springbrunnen wurde von der Strasse hergeleitet durch ein Bleirohr, welches man aufgefunden hat. Die Brüstungsmauern des Peristylhofs sind zur Aufnahme von Erde für Blumen ausgehöhlt. —

Figur 171.
Ansicht des Peristyls in der *Casa di Lucrezio.*

Um das Peristyl liegen: 21 ein Zimmer mit zwei Eingängen, dessen Bestimmung ungewiss ist und in dem als Hauptbilder Narciss und Apollo mit Daphne gefunden wurden, sodann ein *cubiculum* 22, daneben ein ungeschmücktes Vorrathszimmer 23 mit einem Closet in der Ecke; hierauf folgt rechts ein Treppenraum 24, der in den Keller führt, und der Oecus 25 mit hübschen, aber kleinen Bildern, welche Bacchanten und Genien darstellen. Auf der gegenüberliegenden linken Seite des Peristylganges kommt man an der Treppe in die obere Etage 26 vorbei auf einen breiten Durchgangsplatz 27 in eine kleinere Nebenabtheilung des Hauses, mit einem eigenen Eingang 28 von einer Seitengasse, eigenem ungeschmücktem Atrium 29, drei *cubiculis* 30, 31, 32, dem Tablinum 33 und den Fauces 34, Alles mit sehr geringen Decorationen, so dass hier wieder der mehrfach ausgesprochene Gedanke an eine Sclavenwohnung nahe gelegt wird.

Ausser den Gegenständen, welche wir schon gelegentlich erwähnt haben, sind noch viele andere in diesem Hause gefunden worden, von denen wir nur die merkwürdigsten nennen wollen, nämlich im Zimmer No. 6 mehre Glasgefässe, eine Laterne mit geöltem Leinen statt des Glases, eine Schnellwage mit einem Mercurskopf als Gewicht; in dem Zimmer 4 eine ähnliche, ein goldener Ring mit Stein, ein Glasfläschchen, mehre Eimer und andere Geräthe, in dem Zimmer 5 ein über ein Meter hoher Candelaber mit jonischem Capitell, in der Ala 9 ausser anderen Sachen von Bronze eine flache Schüssel mit einem Medusenkopf in der Mitte und einem Silberkreis umher; diese ist offenbar auf dem Wege aus der Küche oder den Kammern neben derselben verloren. Endlich im Oecus drei kleine Amphoren von Thon mit Inschriften in schwarzer Farbe, als: LIQVAMEN OPTIMVM (die beste Brühe) TVSCOLANA. OFFICINA SCAV(*ri*), welche die Angabe der Fabrik enthält. Die dritte zeigt nur einige griechische Buchstaben. — An der Façade des Hauses liegen drei Läden 35, 36, 37, von denen zwei kleine Hinterzimmer 38 und 39 haben. Der Laden 35 ist jetzt Wachtstube. —

Obgleich unsere Leser in der durch die verschiedensten Verhältnisse bedingten Mannigfaltigkeit der bereits mitgetheilten Pläne das Streben nach der Normalanlage und das Festhalten an der charakteristischen Ordnung der wesentlichen Räume des römischen Hauses nicht verkannt haben können, noch auch dieses Gemeinsame in der Differenz der in der Folge mitzutheilenden Pläne verkennen werden, so wollen wir es doch nicht versäumen, hier Plan und Durchschnitt desjenigen Hauses von Pompeji mitzutheilen, welches am meisten von allen die Regel darstellt und die charakteristischen Räumlichkeiten am vollständigsten enthält. Es ist dies, wie schon früher bemerkt, das unter dem Namen des Hauses des Pansa bekannte, 1811—1814 ausgegrabene Wohnhaus, welches mit seiner Façade an der Strasse der Fortuna den Thermen gegenüber liegt, mit seinem Areal jedoch eine ganze Insula, d. h. ein Quartier zwischen vier Strassen, ausfüllt. Wir behalten den Namen bei, der gäng und gebe geworden ist, obgleich derselbe auf nichts Anderem beruht, als auf einer Inschrift auf der Mauer neben dem linken Pfeiler des Eingangs, welcher in den Worten PANSAM AED PARATVS ROG (*Pansam aedilem Paratus rogat*) Nichts enthält, als eine jener vielen Anrufungen von Patronen durch ihre Clienten, welche sich auf allen Wänden wiederfinden und in welcher in unserem Falle nicht der geringste Beweis gegeben ist, dass das Haus dem angerufenen Aedilen gehörte. Auch der anrufende Client Paratus kann hier gewohnt haben, und endlich ist es sehr wohl möglich und selbst am wahrscheinlichsten, dass die Inschrift zu dem Hause in gar keiner Beziehung steht. Auf ähnlichem Grunde beruhen die Namen der Häuser des Fuscus, des Modestus, des Sallustius, des Pomponius u. A., während im Uebrigen die Namen entweder von denjenigen hohen Herrschaften hergenommen sind, in deren Gegenwart und zu deren Ehre sie oder einige Räume derselben ausgegraben wurden, wie z. B. die Namen der Häuser des Grossherzogs von Toscana, des Königs von Preussen, der Königin von Engeland, der Kaiserin von Russland u. s. w. oder nach auffallenden Eigenthümlichkeiten in der Decoration oder im Hausrath und nach Hauptbildern gewählt werden, wovon wir bereits mehre Beispiele kennen gelernt haben und wovon andere in den Häusern der Figurencapitelle, oder der schwarzen Wand, oder des grossen Brunnens, oder des Labyrinths, oder des Fauns, oder der Bronzevasen, oder des eisernen Heerdes u. s. w. vorliegen. Endlich hat noch der vermuthete oder erkennbare Stand des früheren Eigners zur Taufe des Hauses verholfen, wie wir das in dem Hause des angeblichen tragischen Dichters gesehn haben, während wir in einer folgenden Abtheilung die Häuser des Bildhauers, des Chirurgen, der Tuchwalker, des Bäckers und andere der Art kennen lernen werden.

Zurück aber zu unserem Hause des Pansa. Je weniger bedeutend der Gemäldeschmuck desselben ist, um so schneller werden wir seine Räume durchwandern können, um uns in denselben zu orientiren.

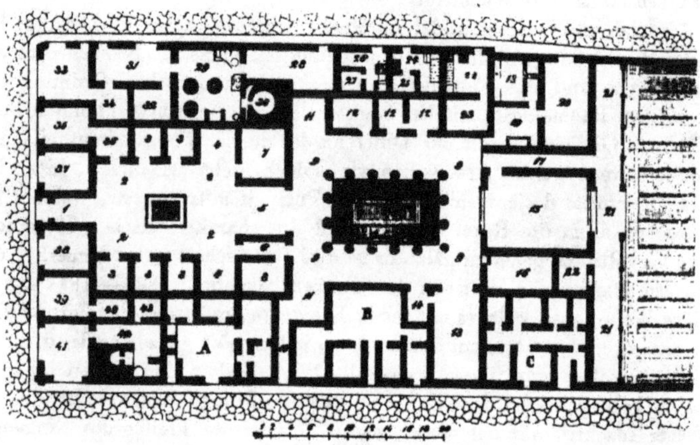

Figur 172. Plan des Hauses des Pansa.

1 Vestibulum, dessen innere Schwelle mit einem SALVE in Mosaik geschmückt ist, 2 Atrium mit dem Compluvium, 3 *cubicula*, 4 *Alae*, hier zu beiden Seiten des Atrium vorhanden, während wir bereits in mehren Häusern des beschränkteren Raumes wegen nur eine *Ala* gefunden haben, 5 Tablinum, dessen Boden, wie in vielen anderen Häusern, mit weissem, schwarzgerandetem Mosaïk bedeckt ist; dasselbe ist ganz offen nach beiden Seiten; 6 Fauces, auch hier nur auf einer Seite angebracht, während gegenüber ein mit weissem Mosaikboden geschmücktes Zimmer 7 liegt, welches nach den vorgefundenen Resten von Manuscripten die Bibliothek oder das Archiv des angesehenen und reichen Bewohners gewesen zu sein scheint. Neben den Fauces und mit einem Eingang von ihnen wie vom Peristyl ein am ungewöhnlichen Orte angebrachtes

Schlafzimmer 8, welches man eher für ein Wintertriclinium halten würde, wenn nicht die erkennbare Nische für die Bettstelle den Ausschlag gäbe. 9 Peristylium, aus dem ein Posticum 10 auf die Nebenstrasse rechts führt. Das Peristylium ist eines der geräumigeren in Pompeji, 20 m 15 × 13 m 10 gross, von sechszehn Säulen umgeben, die, von vulcanischem Stein und ursprünglich ziemlich reiner jonischer Ordnung, mit Stucco bekleidet und im Capitell mit Blätterschmuck versehen, also in gemischte Ordnung gebracht und ausserdem am untersten Drittheil gelb bemalt sind. Zwischen den beiden ersten Säulen jeder Seite ist ein Puteal für das Wasser der Cisterne. Das Innere des Peristyls bildet eine Piscina von 2 m Tiefe, deren Wände mit Wasserpflanzen und Fischen bemalt sind. Von den Gemächern, welche das Peristylium umgeben, bilden die ersten beiden rechts und links 11 eine Art von Exedren, schattige offene Räume mit Ruhebänken, welche beim Promeniren im Peristyl benutzt wurden. Auf der linken Seite liegen drei *cubicula* 12, von denen die beiden letzten ausnahmsweise durch eine Zwischenthür verbunden sind. Rechts liegt nur ein Triclinium 13 mit einem Nebenzimmer 14, in welchem wahrscheinlich die Tischgeräthe und sonstiger Hausrath aufbewahrt wurde, wenn dies nicht das Zimmer war, in welchem sich die Musicanten, Tänzerinnen, Gaukler und derlei Leute versammelten und vorbereiteten, welche man gegen das Ende der Mahlzeit vor den Gästen ihre Künste produciren zu lassen liebte. Der übrige Raum dieser Seite wird durch Läden ohne Verbindung mit dem Hause in Anspruch genommen, mit welchen der Besitzer sein ganzes Haus umgeben hat. Im Hintergrunde des Peristyls liegt das Hauptgemach des Hauses, ein prachtvoller Oecus 15 von 10 m 5 × 7 m 40 mit breitem thorartigen Eingang vom Peristyl und Ausgang nach dem Säulengang und Garten hinter dem Hause. Neben demselben ein Zimmer 16 mit schmaler Thür, welches Einigen nicht recht wahrscheinlich als ein zweites Triclinium, Anderen freilich unerweislich als Tabularium oder Archiv gilt; andererseits ein faucesartiger Durchgang in den Garten 17 mit einem Eingang in den Oecus. Neben diesem Gange sehn wir die Küche 18 mit einem Vorgemach zum Anrichten der Speisen 19 und einem grösseren Nebenraum 20, der als *ergastulum*, als Arbeitszimmer der Sclaven betrachtet werden kann und einen Ausgang auf die zweite Nebengasse hat. In der Küche sind viele Geschirre von Thon ausser den gemauerten Heerden gefunden worden, auf denen noch die Holzkohlen lagen. Die ortsbeschützenden heiligen Schlangen waren auch hier, wie so oft, auf die Wand gemalt. An der hinteren Fronte des Gebäudes erstreckt sich ein Säulengang 21, dessen mittelstes Intercolumnium weiter ist als die übrigen, um eine freie Aussicht aus dem Oecus zu gestatten, und an dem ein einziges Zimmer 22 liegt, das den Namen einer Exedra deshalb nicht tragen kann, weil es nach dem Garten nur durch eine Thür und ein Fenster geöffnet ist, anstatt ganz unverschlossen zu sein, welches aber unzweifelhaft den Zweck einer Exedra mit Aussicht auf den Garten gehabt hat.

Figur 173. Durchschnitt des Hauses des Pansa.

Was nun endlich diesen Garten anlangt, dessen Anfang unser Plan zeigt, so hat man seine Beete bei vorsichtiger Ausgrabung noch unter der Asche gefunden. Aus ihrer Anordnung, welche man im Plan erkennen kann, geht sehr deutlich hervor, dass der Garten nicht als Zier- und Blumen-, sondern als Nutz- und Küchengarten gedient hat. Interessant ist es, dass man in demselben auch noch die Bleiröhren ausgegraben hat, durch welche die Gemüsebeete mit Wasser versehen wurden. Zwei grosse kupferne Kessel können nur zufällig in diesen Garten gekommen sein, so gut wie eine kleine Bronzegruppe, Bacchus und einen Satyrn darstellend (abgeb. unten im artistischen Theil), die man in Leinen gewickelt in einem dieser Kessel fand, nur bei der Flucht der Bewohner an diesen Ort gekommen sein kann. —

Von der Einrichtung des oberen Geschosses, dessen sichere Spuren vorhanden sind, können wir nichts Bestimmtes mittheilen, nur in einigen wenigen Zimmern der oberen Etage fand man den Fussboden bei der Ausgrabung noch nicht eingestürzt, und dass man in diesen Räumen namentlich sehr viele Gegenstände der Toilette und des weiblichen Putzes auf dem Boden liegend fand, beweist, was ohnehin anzunehmen war, dass hier Schlafzimmer, namentlich solche für den weiblichen Theil der Familie waren. Wir können es uns nicht versagen, von diesem regelmässigen Hause einen aus zuverlässigen Elementen restaurirten Durchschnitt zu geben. Ehe wir dasselbe jedoch verlassen, müssen wir der Läden noch besondere Erwähnung thun, welche dasselbe rings umgeben und durch deren Miethe der Hausherr wohl einen nicht unbeträchtlichen Theil seines Aufwandes bestritten hat.

Der erste Laden, wenn wir an der oberen Seite unseres Planes beginnen, 22 hatte ein Hinterzimmer 23 und sein Inhaber muss noch wenigstens ein Zimmer im oberen Geschoss inne gehabt haben, wie dies die Treppe im Laden selbst beweist. Auch die beiden folgenden Läden 24 und 26 hatten ein Zimmer im oberen Stock, begnügten sich aber im Parterre mit einem sehr kleinen und halbdunkeln Hinterzimmer 25 und 27 ausser dem eigentlichen Laden. In diesen drei Läden fand man gemauerte Ladentische und die Farben, welche zur Wandmalerei gebraucht wurden, wie solche auch in dem sogenannten Hause des Grossherzogs von Toscana in neuerer Zeit gefunden worden sind. Von diesen Farben waren vier im natürlichen, noch nicht präparirten Zustande, nämlich Weiss, eine grünliche Mineralfarbe, gelber Ocker und brauner oder rother Ocker. Andere Farben waren künstlich bereitet und zum Gebrauche präparirt. Wir sprechen von ihnen genauer in einer späteren Abtheilung.

Die Räume 28—34 gehören einer Bäckerei und Mühle an, deren Einrichtungen wir später an einem anderen Beispiel genauer kennen lernen werden. Es ist nicht möglich, die Bestimmung aller der einzelnen Gemächer nachzuweisen, nur das Mühlenhaus 29 mit drei Mühlen, dem Backtisch, dem Wasserreservoir und den Behältern für das Mehl, ferner der Backofen 30 sind sicher bestimmt; in 33 mit dem Hinterzimmer 34 werden wir den Laden annehmen dürfen. — In dem Mühlen- und Backzimmer, *pistrinum*, war ein talismanisches Bild an die Wand gemalt mit der Unterschrift: *Hic habitat Felicitas*, Hier wohnt das Glück.

Der folgende Laden 35 gehört zum Hause, in welches er sich öffnet, und zwar durch ein am Atrium gelegenes Zimmer 36, in welchem der Sclave sich aufhielt, der in diesem Laden für seinen Herrn feilbot. Welcherlei Waare lässt sich nicht entscheiden, es ist aber in diesem Falle allerdings anzunehmen, dass es die Erträge des Feld-, Wein- und Oelbaus des Hausbesitzers gewesen seien. Der nächste Laden 37, sowie die beiden Läden an der Hauptstrasse jenseits des Eingangs zum Hause 38 und 39 bilden einzelne Zimmer oder Gewölbe ohne Zusammenhang unter sich oder mit dem Hause. Auch die Treppen fehlen ihnen, und nur der Laden 39 hat ein Hinterzimmer 40. Grösser ist die Einrichtung des gewerbtreibenden Abmiethers des Eckladens No. 41, welcher ausser diesem Laden noch ein grösseres, durch ein breites Fenster auf die Strasse erleuchtetes Gemach 42 innehatte, in welchem ein grösser gemauerter und überwölbter Heerd nebst einem Brunnen steht und an welches ein Hinterzimmer 43 anstösst. Trotz dieser Funde hat es nicht gelingen wollen, das Geschäft sicher festzustellen, welches der Inhaber dieses Ladens betrieb, obwohl es weitaus am wahrscheinlichsten ist, dass er Töpfer war. Endlich bleiben uns noch drei Complexe von Gemächern zu erwähnen übrig, welche wir *A*, *B* und *C* bezeichnen, und welche, daran kann kaum gezweifelt werden, Miethswohnungen für weniger Wohlhabende (*inquilini*, Miethsbewohner ohne Eigenthumsrecht) gewesen sind. Es ist unmöglich, die einzelnen Räume derselben ihrer Bestimmung nach zu nennen, doch kann es unsern Lesern nicht schwer fallen, denselben aus eigener Machtvollkommenheit passende Namen zu ertheilen. Wir wollen nur bemerken, dass man in der Wohnung *C* vier Frauengerippe gefunden hat, welche goldene Ohr- und Fingerringe mit geschnittenen Steinen trugen, etliche dreissig Stücke Silbergeld und noch sonst allerlei Gegenstände bei sich hatten, und die also, falls es die Bewohnerinen dieser Abtheilung waren, was man wohl annehmen darf, beweisen, dass dergleichen *inquilini* nicht als arme Leute zu denken sind, wenn sie auch keinen Grundbesitz hatten. —

Wir geben demnächst in der folgenden Abbildung den Plan eines Complexes von vier Wohnhäusern aus der Strasse des Mercur oder vielmehr von je zwei und zwei verbundenen, welche unter dem Namen der *Casa del Centauro* und der *Casa di Castore e Polluce* oder *del Questore* bekannt und durch manche Besonderheit merkwürdig sind. Die Einrichtung der Verbindung zweier Wohnungen durch eine Mittelthür, von der wir hier ein Doppelbeispiel geben, kehrt noch mehrmals in Pompeji wieder, ist aber noch keineswegs vollständig erklärt. Man denkt zunächst an die Wohnungen zweier verwandten oder nahe befreundeten Familien, wobei es nur auffallend bleibt, dass in der Regel, wie auch in unseren Beispielen, die eine der verbundenen Wohnungen ungleich kleiner und weniger reich erscheint, als die andere. Sonstige Ansichten in diesem Betreff werden wir unten kennen lernen.

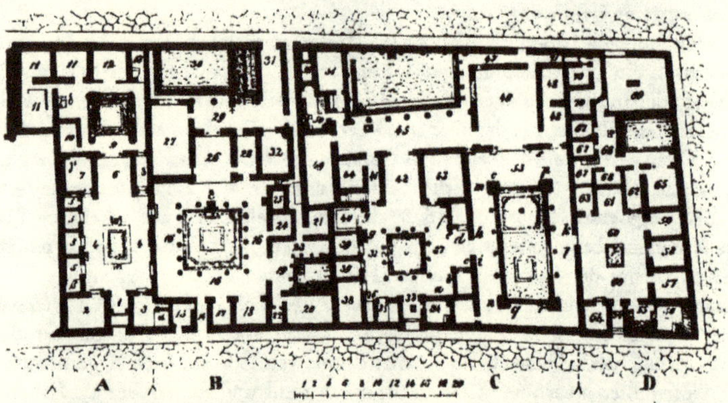

Figur 174. Plan der *Casa del Centauro* und der *Casa di Castore e Polluce*.

Wohnung *A*. 1 Vestibulum, zu seinen Seiten zwei Zimmer 2, 3 mit Fenstern nach der Strasse, die aber so klein und schmucklos sind, dass sie die Façade eher verunzieren als beleben, und so hoch angebracht, dass sie sich recht deutlich als blosse Lichtöffnungen zu erkennen geben, und zu der Strasse an sich gar keinen Bezug haben. Das Zimmer rechts 3 ist deutlich ein Schlafzimmer mit einem angebauten und etwas erhöhten Alkoven *α*, neben dem ein wahrscheinlich als Garderobe benutzter überwölbter Raum durch eine Scherwand abgesondert ist. Der Fussboden des Zimmers wie des Alkoven ist mit *opus signinum* gedeckt, in welches kleine weisse Marmorstückchen, einfache gradlinige Figuren bildend, eingelegt sind. In der Nähe fand man eine starke Kiste mit dreizehn silbernen Löffeln, sechs kleineren und sieben grösseren, deren Stiel als Ziegenfuss gestaltet ist. Das Zimmer links 2 zeigt auf abwechselnd gelben und rothen Wandflächen allerlei Thiere, zum Theil phantastische. 4 Toskanisches Atrium, hinter dessen Compluvium ein nicht besonders eleganter Tisch von weissem Marmor steht. Links an demselben liegen verschiedene *cubicula* 5, deren erstes im Grunde die gemauerte Bettstelle β zeigt. Rechts liegen keine Zimmer am Atrium, in der Mauer dagegen befinden sich zwei Verbindungsthüren mit dem Nachbarhause, deren eine jedoch schon im Alterthum vermauert worden und wahrscheinlich nur zur Herstellung der Symmetrie angebracht ist. Neben dem Tablinum 6 liegt links ein grösseres Zimmer 7, in dem ein Wandschrank γ angebracht ist, rechts die Fauces 8, durch welche, wie durch das nach beiden Seiten ganz offene Tablinum, man in das Peristylium 9 gelangt. Dasselbe ist in jeder Weise sehr beschränkt, der Säulenumgang schmal, der als Viridarium benutzte, von einer Wasserrinne umgebene Hofraum klein; die acht Säulen, deren letzte links in einen starken Doppelpfeiler vermauert ist, sind durch einen *pluteus*, eine niedrige Brüstungsmauer, verbunden, welche ausgehöhlt ist, um Erde aufzunehmen, in welche Blumen gepflanzt wurden. Links ist der Säulenumgang durch ein hineingebautes Zimmer 10 verbaut, hinter dem sich derselbe zu einer Art Vorplatz dreier *cubicula* 11 erweitert, deren eines fast ganz dunkel ist. In diesem Vorplatz ist der Anfang der Treppe in ein oberes Geschoss δ erhalten. Im Hintergrunde des Peristyls liegt das Triclinium 12, auf dessen Hinterwand die Auffindung Achill's unter den Töchtern des Lykomedes gemalt ist, daneben 13 die Küche.

Die Wohnung *B*, diejenige, welche im engeren Sinne den Namen »Haus des Centauren« nach einem Gemälde im Tablinum trägt, ist grösser und reicher in ihrer Decoration und bietet in ihrem Plan einige nicht unwichtige Besonderheiten. Neben dem Eingang 14 liegt an der Strasse links ein sowohl auf die Strasse wie auf den Gang des Vestibüls geöffnetes Zimmer 15, welches weder als Laden, noch als blosses Portierzimmer, *cella ostiarii*, betrachtet werden kann, vielmehr als ein Beispiel einer Vestibülerweiterung durch ein Wartezimmer erscheint. Von seiner Decoration ist nur ein kleines Stück erhalten, welches einen im Rohr gehenden Storch erkennen lässt. Das Atrium 16 ist ein korinthisches und nähert sich in seiner Ausdehnung fast ganz der Form der Peristyle; innerhalb der Säulen umgiebt eine Wasserrinne ein Viridarium, in dessen Mitte wir eine kleine Piscina bemerken. Im Hintergrunde steht eine Marmorbasis für eine Statue ε, die aber so wenig aufgefunden wurde, wie zwei Statuetten in Nischen des Tablinum, wahrscheinlich also von den Besitzern des Hauses nach der Katastrophe ausgegraben worden ist. Dass im

Nachbarhause *C* Nachgrabungen angestellt sind, ist wenigstens sicher. Die sechszehn Säulen dieses korinthischen Atriums haben lebhaft bemalte Capitelle, von denen ein Exemplar bei Zahn 2. 19. abgebildet ist. An dem breiten Säulenumgang dieses prachtvollen Atrium liegen nur sehr wenige Zimmer und diese von anderer Art, als wir sie gewöhnlich finden. Gleich rechts neben dem Eingang ist ein weitoffenes Zimmer 17, für die blosse *cella atriensis* zu gross und von zweifelhafter Bestimmung, daneben ein Gemach in Gestalt einer Ala 18, in dem wohl auch eine solche zu erkennen sein wird, für die vermöge der eigenthümlichen Einrichtung des Planes kein anderer Platz zu finden war. Die Wand des Atriums rechts ist von einem weiten Eingang nicht in ein Zimmer, sondern in eine eigene Abtheilung des Gebäudes durchbrochen, in der man, freilich ohne sonderliche Gewähr, die Frauenwohnung hat erkennen wollen. Eine solche Annahme ist unnöthig, indem wir leicht aus der Breite des zu bebauenden Areals erkennen, dass auf diesem Flügel der Wohnung noch eine eigene atrien- oder peristylartige Einrichtung gemacht werden musste, um den Zimmern desselben Licht und Luft zu schaffen. Das ist in anmuthiger Weise geschehen, indem in die Mitte ein Peristylium 19 gelegt wurde, von dessen als Viridarium mit Brunnen behandelten Hofe aus zwei Zimmer 20 und 21 durch breite Fenster Licht erhielten, durch welche man zugleich die Aussicht auf die grünenden Pflanzungen des Viridarium hatte. Die Hinterwand des Zimmers 20 ist bei Zahn 2. 74. farbig abgebildet. Sie zeigt auf schwarzem Grunde ziemlich einfache architektonische, Pflanzen- und Thierornamente und macht einen wenig heiteren Eindruck. Ein dritter kleiner Raum 22 diente als Closet. Aus dem Peristylium zweigt sich ein schmaler gewölbter Gang 23 ab, welcher allmählig geneigt zu den Kellerräumen dieser Wohnung führt, und auf den man auch noch vom Atrium und vom Peristyl des Hinterhauses aus gelangen kann. Neben dem Eingang in die eben besprochene Abtheilung der Wohnung liegt am Atrium ein *cubiculum* 24, welches ausser durch die Thür noch durch ein Fenster Licht erhält, eine Einrichtung, welche wegen der Breite des Umganges im Atrium getroffen werden musste, wenn das Zimmer nicht gar zu dunkel werden sollte. Unmittelbar an dieses Zimmer grenzt ein Raum 25, der einzig in seiner Art in Pompeji ist. Es ist dies nämlich ein vorn durch eine niedrige Brüstungsmauer, in der die Reste eines starken eisernen Gitters stecken, abgeschlossenes Gemach, über dessen Bestimmung zu einem Behälter für wilde Thiere ich keinen Zweifel haben kann, obgleich einige Schriftsteller darauf verfallen sind, hier ein Bad oder ein Zimmer für Blumen zu erkennen, was schwerlich wunderlicher und unpassender hätte ausgedacht werden können. Dass die Römer in ihren Villen ausser Hühnerhöfen, Taubenschlägen, Wildgehegen unter Anderem auch Menagerien hatten, ist bekannt, warum sollte nicht ein wohlhabender Pompejaner, der für Thiere Liebhaberei hatte, in seinem Hause in der Stadt einen geräumigen Käfig vielleicht für ein Prachtstück von einem Löwen oder Tiger gebaut haben?

Das Tablinum 26, nach vorn ganz offen, nach hinten halb geschlossen, ist prächtig mit zwei grossen Gemälden geschmückt, von denen dasjenige rechts dem Hause den Namen gegeben hat. Es stellt freilich in sehr eigenthümlicher und keineswegs ganz erklärter Weise den Augenblick aus Hercules' Leben dar, wo der Held mit seiner Gemahlin Deianira an den Fluss Euenus gekommen ist, und wo der Centaur Nessus in frevelnder Absicht sich erbietet, Deianira durch die Fluthen zu tragen. Sie steht auf einem Zweigespann und reicht Hercules sein Söhnchen Hyllus, bereit auf Nessus' Rücken zu steigen. Diesen treibt sein frevelndes Verlangen zu der edlen Gemahlin des Helden so mächtig an, dass er es für nöthig findet, Hercules, der ihn finster anschaut, auf den Knien zu bitten, er möge ihm die schöne Last vertrauen. Ausser durch den Gegenstand selbst ist dies Bild noch durch die verhältnissmässig sehr bedeutend gehaltene Landschaft, in der die Scene spielt, merkwürdig. Auf der Wand gegenüber sind Meleager und Atalante, den getödteten kalydonischen Eber vor ihren Füssen, gemalt. Beide Gemälde zieren, wie durch die Bank diese grösseren mythologischen Compositionen, das Mittelfeld architektonischer Ornamente. An den Seiten des breiten Ausgangs nach hinten sieht man zwei blau gemalte Nischen für Statuetten. Obgleich man so wenig diese wie die Figur auf der Basis im Atrium vorgefunden hat, bot dieses Haus doch mehr an plastischen Werken, als die meisten in Pompeji. Man fand in demselben eine Bronzebüste des jugendlichen Tiberius, zwei Hermen des bärtigen Bacchus, deren eine von *rosso antico*, eine Statuette des Hercules (?) mit der phrygischen Mütze und einem Hündchen im Arm, eine als Brunnenfigur dienende Statue des Apollo (?), ein Relief, darstellend eine Nereide und einen Triton, welches als Ornament eines Meubels gedient hat, ferner mancherlei kunstreiche und schöne Geräthe, namentlich prächtige Candelaber, eine Schnellwage, an der das Gewicht ein Mercurskopf ist, und anderes Derartige mehr. —

Links neben dem Tablinum, dessen Boden mit schwarzem Mosaïk und in dasselbe eingelegten bunten Marmorstückchen bedeckt ist, welche regelmässige Figuren bilden, liegt ein geräumiges Triclinium 27 mit einem doppelten Eingang aus dem Tablinum und aus dem Peristyl des Hinterhauses, auf dessen Viridarium ein breites Fenster sich öffnet. Der Fussboden dieses Saales enthielt eines der schätzbarsten Mosaïke, welche wir aus Pompeji besitzen und auf das wir zurückkommen werden, jene bekannte Darstellung eines von Amorinen gebändigten Löwen, abgeb. unter anderem bei Zahn 2. 93. Das Gemälde, rund, von 2^{m} 30 Durchmesser, lag in der Mitte des Bodens, wurde 1829 in Gegenwart des Königs und der Königin von Sardinien entdeckt und ist in das Museum in Neapel gebracht worden. Rechts am Tablinum haben wir die Fauces 28, die breiter sind als gewöhnlich und vom Tablinum aus einen Eingang haben, der mit dem Eingang in das Triclinium die Symmetrie herstellt. Das Peristyl 29 und Viridarium 30 sind sehr beschränkt. Nur eine Reihe von vier Säulen, deren beide äusserste noch vermauert sind, öffnet den Zugang zum

Viridarium, neben dem rechts eine Piscina liegt. Neben dieser führt der hintere Ausgang, *posticum*, 31 auf eine kleinere Nebenstrasse der Strasse der Fortuna. Diesem Ausgang gegenüber finden wir die Küche 32. In der Mitte der Hauptwand des Viridariums ist eine lebensgrosse Nereide auf einem Seepferd gemalt.

Die Wohnung *C*, die *Casa del Questore* oder *di Castore e Polluce*, 1828 und 1829 ausgegraben, ist nicht allein die grösste und reichste dieses Complexes, sondern nimmt nach der Schönheit und Pracht ihrer Decoration eine der ersten Stellen unter allen Häusern Pompejis ein. Den ersteren Namen empfing das Haus von zwei grossen Geldkisten im Atrium, natürlich ohne sonderliche Gewähr, besonders da sich dergleichen auch in andern Häusern fanden; der zweite Name, welcher überwiegend im Gebrauche ist, bezieht sich auf Gemälde der Dioscuren rechts und links im Vestibül. Durchwandern wir seine Räume,

Die Façade des Hauses hat ein heitereres Aussehn, als die mancher anderen, wenngleich auch sie nur einförmig und durch die zwei kleinen Fenster der Zimmer an der Strassenfront wenig belebt ist; aber man hat durch Farbe zu helfen gesucht und den in Quaderform gearbeiteten Bewurf abwechselnd weiss und roth angestrichen. Auf den rechten Thürpfeiler ist ein Mercur gemalt, der mit dem Beutel in der Hand von der Fortuna ausgesandt wird, um einem Günstling die Schätze der Göttin zu bringen, der also gewiss eher die Wohnung eines Kaufmanns als die des Quästors von Pompeji, wenn es einen solchen gab, bezeichnet. In der Mitte des Vestibüls 33 befindet sich ein beweglicher Stein, welcher eine Cisterne schliesst; rechts öffnet sich eine Thür in die Cella des Ostiarius 34, in der zugleich die Treppe in das obere Stockwerk und ein Closet sich findet, links vom Eingange entspricht derselben die nach dem Atrium geöffnete Cella des Atriensis 35, in der man einen Wandschrank findet und deren Wände mit gemalten Candelabern geziert sind, von denen Zahn 2. 89 eine farbige Probe giebt. Neben dieser Cella ist eine kleine Geräth- oder Garderobekammer 36, ähnlich der, welche wir in dem Hause *A* neben dem Alkoven des ersten Zimmers rechts gefunden haben. Das Atrium 37 ist korinthisch und eines der geräumigsten und schönsten in ganz Pompeji; zwölf Säulen mit farbigen Schäften und bemalten Capitellen umgeben das Compluvium, in dessen Mitte ein Springbrunnen seinen glänzenden Strahl spielen liess, während seitwärts das Puteal der Cisterne und in der Mitte der hinteren Säulen ein Postament für eine nicht aufgefundene Statue steht. Der bedeckte Umgang des Atrium ist fast 3 Meter breit und seine Wände sind ringsum mit Gemälden bedeckt, von denen allerdings wenig zurückgeblieben ist. Auf der Wand *a* war Fortuna mit Füllhorn und Steuerruder, auf derjenigen *b* Bacchus gemalt; die Wand *c* zeigte Ceres (Zahn 2. 48), diejenige *d*, an der anderen Seite des breiten Eingangs in das Peristylium, Apollon die Leier spielend; über der erwähnten Thür ist in der Mitte ein Satyr mit einem

Hermaphroditen, zu beiden Seiten sind Landschaften gemalt; weiter folgt bei *e* Saturn mit der Sichel in der Hand, bei *f* eine schwebende Siegesgöttin mit einem Kranz und einem Schilde, auf dem die bekannten Buchstaben S. C. (*senatus consultum*, *senatus consulto*) stehen. Auch auf den schmalen Wandflächen der gegenüberliegenden Seite fehlten ähnliche Einzelfiguren nicht, von denen aber nur eine ungewisse Heroenfigur erkennbar und am Orte ist. Denkt man sich diese Gestalten von reichem und lebhaftem architektonischen Ornament umrahmt, so wird man gestehen müssen, dass das Ganze einen eben so belebten wie prachtvollen Anblick gewährte. Und doch stehn die Malereien des Atrium sowohl an Kunstwerth wie an Bedeutsamkeit des Gegenstandes gegen viele Bilder der anderen Gemächer dieses Hauses zurück. Bevor wir diese durchwandern, müssen wir uns noch die im Atrium bei *g*, *g* aufgestellten Geldkisten etwas näher betrachten. Dieselben ruhen auf einem niedrigen gemauerten Untersatz, sind von starkem und dickem Holze, im Innern mit Kupfer ausgeschlagen, äusserlich mit dünnen, in Arabesken ausgetriebenen Metallplatten belegt und waren wohl verschlossen. In der grösseren fand man 45 Gold- und 5 Silbermünzen, in der kleineren kein Geld, sondern nur einen liegenden Hund in Relief von Bronze und eine Fortunenbüste von gleichem Material. In dem anstossenden Gemach sind die Spuren einer antiken Ausgrabung deutlich sichtbar, man fand bei der Entdeckung die vulcanische Hülle des Hauses durchwühlt und die eine Mauer durchbrochen, so dass es scheint, man habe sich in der Richtung versehen und an dieser Stelle die Aufgrabung aufgegeben. Von den das Atrium umgebenden Gemächern giebt sich dasjenige 38 an der Strasse als Schlafzimmer für angesehene Gäste zu erkennen; seine hintere Hauptwand dem Eingange gegenüber ist in der Mitte durch ein Gemälde geschmückt, welches Aura's Erscheinung bei Cephalus darstellt (Zahn 2. 78.), während zu beiden Seiten desselben auf den Nebenfeldern des architektonischen Gesammtornaments sich schwebende Bacchantinen finden, und unter dem Fenster auf der Wand nach der Strasse die Spuren eines sich im Quell beschauenden Narciss noch erkennbar sind. Auf dies grössere folgen zwei kleinere Zimmer 39, deren zweites einen Wandschrank enthält, während man im ersteren in der Hinterwand die Vertiefung für die Bettstelle erkennen kann. Die Ala 40 zeichnet sich vor anderen durch gemauerte Bänke aus, welche an ihren drei Seiten hinlaufen. Im Grunde des Atrium finden wir nach den Fauces 41, neben denen die Treppe liegt, ein schönes, nach beiden Seiten ganz offenes Tablinum 42 von $5^m\ 30 \times 4^m\ 80$, dessen Boden mit weissem, schwarzgerandetem Mosaik belegt ist, und dessen beide Wände mit sehr reicher und prächtiger Malerei bedeutsamen Inhalts geschmückt sind. Die ganze Wand rechts ist bei Zahn 2. 23 abgebildet, die einzelnen Ornamente farbig auf Tafel 75; das Mittelbild zeigt uns die Entdeckung Achills durch Ulysses unter Lykomedes' Töchtern auf Scyros und ihm entspricht auf der gleicherweise decorirten Wand links als Hauptgemälde in der Mitte die Darstellung der bekannten Scene des ersten Buches der Ilias, wo Achill mit Agamemnon hadernd gegen den König sein Schwerdt ziehen will, von Pallas aber zurückgehalten wird. Dass diese beiden Gemälde Gegenstücke sind, ist gewiss, man darf aber auch den tieferen Sinn nicht verkennen, der in ihrer Gegenüberstellung liegt, dort der Augenblick, wo die Griechen mit Mühe und List den gewaltigen Peliden gewinnen, ohne den sie nicht hoffen, Ilium einzunehmen, hier der Augenblick, der Achills Trennung von der gemeinsamen Sache der Griechen bedingt, in jenem Groll, der

» den Achäern unnennbaren Jammer erregte
Und viel tapfere Seelen der Helden sandte zum Hades. «

Die Seitenbilder beider grossen und schönen Gemälde zeigen schwebende Gruppen eines Bacchanten und einer Bacchantin, deren diejenigen der linken Wand bei Zahn 2. 17 und 27 farbig abgebildet sind.

Rechts neben dem Tablinum ist das Wintertriclinium 43, welches aus dem Atrium betreten wird, aber aus dem Peristyl durch ein grosses Fenster Licht erhält. In diesem Saale ist namentlich ein Gemälde an der Wand gegen das Tablinum bemerkenswerth, welches gewöhnlich als des Kindes Achill Eintauchung in den Styx durch seine Mutter gedeutet wird, aber schwerlich wirklich diesen Gegenstand darstellt (abgeb. Roux II. 141). Auch Thetis mit den Waffen für ihren Sohn kommt hier vor und in kleinen Medaillons tanzende und verschiedene Instrumente spielende Amoretten. Reicher decorirt ist ein auf der anderen Seite neben den Fauces gelegenes und ebenfalls aus dem Peristyl beleuchtetes Zimmer 44, an dessen Hinterwand Apoll und Daphne gemalt sind, während rechts Narciss und links Bacchus mit Silen die Wand ziert.

Das Peristylium 45 ist ein nur unvollständiges, indem nur die vordere Säulenreihe frei steht und die drei anderen als Halbsäulen aus den Mauern vorspringen, welche das Viridarium umgeben. Unter dem Säulengang ist eine Brunnenöffnung, um das Wasser aus der Cisterne zu ziehn, auch stand hier ein Marmortisch mit Löwenklauenfüssen. Im Grunde des Viridariums befindet sich die Hauscapelle, ein kleines viersäuliges Tempelchen, vor dem der Altar steht. Auch in diesem Raume fehlt die malerische Decoration nicht; unter dem Säulengang an den Mauerpfeilern des Tablinum entsprechen einander ein paar Lustspielscenen, an der Wand des grossen Triclinium oder Oecus 46 rechts vom Viridarium ist einerseits neben dem grossen Fenster eine Landschaft mit Staffage, ein Opfer darstellend, gemalt, andererseits die bekannte Geschichte von Phaedra und Hippolyt, während auf der Hinterwand des Viridariums Bäume und Sträucher mit Blumen und flatternden Vögeln den beschränkten Raum des Viridariums scheinbar zu erweitern bestimmt sind, wie das in Pompeji noch mehrfach vorkommt. —

Die Gemächer, welche von der Porticus aus ihren Zugang haben, sind bald genannt. Schon erwähnt wurde das Sommertriclinium oder der Oecus 46, neben dem der Gang zur Hinterthür 47 vorbeiführt, und welche durch vielfache und bedeutende Lichtöffnungen nach allen Seiten, die man im Plan erkennen kann, und durch die Aussicht auf die beiden Viridarien des Hauses zu einem der heitersten und luftigsten Räume in Pompeji wird, indem er zugleich eins der am kostbarsten, wenn auch nur einfach decorirten Gemächer der Stadt ist. Nicht Gemälde schmückten die Wände, keine Tünche ist überhaupt angewendet, sondern mit kostbaren, schimmernden Platten vielfarbigen Marmors sind die Wände bekleidet. Die daneben gelegenen Zimmer 48 können als *cubiculum* mit einem Vorzimmer gelten. Auf der anderen Seite des Säulenganges finden wir nach der wahrscheinlicheren Ansicht ein geräumiges Schlafzimmer 49, während dasselbe Anderen für ein Triclinium gilt, das sein Licht von oben empfangen hätte; vom Gemäldeschmuck desselben erwähnen wir nur ein Bild, welches Venus und Adonis, und ein anderes, welches angeblich Hektor und Paris nach dem 6. Gesange der Ilias Vs. 325—341 darstellt, ausserdem Ornamente, welche bei Zahn 2. 49 farbig abgebildet sind. Neben diesem Zimmer liegt die Küche 50 mit wohlerhaltenem Feuerheerd und einer Treppe zum oberen Geschoss, mit der benachbarten Vorrathskammer 51 und dem hier, wie vielfach in Pompeji, neben der Küche angebrachten Closet 52.

Wenn für ein so grosses und reiches Haus wie dieses das Viridarium mit der Hauscapelle nur klein und unbedeutend erscheint, so ist diesem Mangel durch ein zweites Peristyl 53 (s. Fig. 144 S. 179) mit Garten und Piscina, in der ein Springbrunnen plätscherte, abgeholfen. Sehr ausgedehnt ist auch dieser Raum nicht, welchen man durch eine breite Thür vom Atrium aus betreten kann und welcher einen zweiten dreifachen Ausgang auf das Sommertriclinium bietet, aber derselbe ist sowohl durch seinen Umgang farbiger Säulen wie durch das schöne tiefe Bassin des Fischteiches mit dem Springbrunnen, wie endlich durch zahlreiche Malereien gar anmuthig und schmuckvoll und muss für die im Triclinium zu Tafel gelagerten Gäste eine reizende und überaus erfreuliche Aussicht, für die Bewohner des Hauses einen ausgesuchten Spaziergang geboten haben. Es ist das einer der Räume, in welchem uns der Comfort und die Heiterkeit dieses antiken Lebens so recht fühlbar vor die Seele tritt.

Der Gemäldeschmuck ist sehr interessant. Rechts und links vom Eingange aus dem Atrium setzen sich jene Einzelfiguren fort, welche wir im Atrium gefunden haben, dort (*h*) in einer Figur, welche Scepter, Steuerruder und einen Zweig hält, von einem Genius begleitet ist, den Namen Fortuna trägt, eher aber wohl den der Nemesis verdient (abgeb. bei Zahn 2. 68), hier (*i*) in einer schwebenden Bacchantin mit Thyrsus und Tamburin (Zahn 2. 38), einer der schönsten und grossartigsten dieser schwebenden Einzelfiguren, die ohnehin zu den besten Malereien Pompejis gehören. Als männliche Gegenstücke finden wir gegenüber rechts und links neben dem Durchgang in das kleine Nebenhaus hier (*k*) einen ruhig stehenden bewaffneten Jüngling ungewisser Deutung (bei Zahn 3. 71), dort (*l*) einen Krieger, der den Schild hoch erhebt und das Schwerdt zum Streiche bereit hält, und der durch die kühne Verkürzung, in der sein Gesicht gemalt ist, besonders merkwürdig wird (bei Zahn 2. 72). Eine Einzelfigur schmückt endlich noch einen jener Pfeiler, welche an den Ecken des Peristyls anstatt der Säulen die Decke tragen, Hygiea nämlich bei *m* (abgeb. bei Zahn 2. 52), während auf dem entsprechenden Pfeiler *n* ein heiteres Bildchen gemalt ist, ein Knabe, der einen Affen tanzen lässt (bei Zahn 2. 50). Auf der äusseren Fläche der Pfeiler gegen das Triclinium finden wir links bei *o* Medea im Begriffe ihre Kinder zu tödten, welche in kindlicher Unschuld unter der Aufsicht des Pädagogen Knöchel spielen, rechts *p* eine der häufig wiederholten Darstellungen der Befreiung Andromeda's durch Perseus. Das meiste Interesse aber von den Gemälden dieses Hauses nehmen zwei Gegenstücke auf der inneren Fläche der beiden anderen Eckpfeiler *q r* in Anspruch. Beide stellen golden gemalte Dreifüsse dar, auf deren Querstäben die Apoll's und Diana's Pfeilen unterliegenden Kinder Niobe's links sieben Söhne, rechts sieben Töchter angebracht sind. Endlich nennen wir noch einen Bacchus und einen Faun auf der Wandfläche *s* neben dem breiten Eingang vom Triclinium, wollen aber nicht vergessen zu erwähnen, dass als Nebenbilder an den untergeordneten Stellen dieser Wände in dem Ornament eine Menge kleiner Bilder angebracht sind, welche sogenanntes Stilleben enthalten, eine Taube, welche eine Aehre aus einem Korbe zieht, zwei gebunden liegende Antilopen, Wasserhühner, ein todtes Rebhuhn neben einem Korb mit Feigen, einen Schwan, einen Korb mit Früchten, ein todtes Ferkel u. dgl. mehr.

Aus diesem Peristylium gelangt man endlich in das kleine Nebenhaus *D*, welches in seiner ganzen Einrichtung Manches enthält, was den Gedanken zu unterstützen scheint, den man zur Erklärung der Doppelhäuser unter anderen ausgesprochen hat, dass nämlich die kleineren Nebenwohnungen für die zahlreiche Dienerschaft der grösseren Haupthäuser bestimmt gewesen seien. Erweislich ist freilich eine solche Bestimmung nicht, und es darf nicht verschwiegen werden, dass, so erwünscht ihre Bestätigung wäre, der wenngleich verhältnissmässig bescheidene Schmuck dieser Abtheilung für eine Diener- d. h. Sclavenwohnung zu bedeutend erscheint. Das Haus hat einen eigenen Eingang von der Strasse 54, neben dem rechts die Küche 55 mit wohlerhaltenem gemauertem Heerd und der Treppenraum 56 liegt, in welchem sich auch ein Abfluss für das Wasser der Küche und das Closet befindet. Hierneben liegen drei Zimmer 57, 58, 59, deren erstes mit einem ganz kleinen Fenster auf die Nebengasse und mit sehr bescheidener Decoration eine Geräthkammer gewesen zu sein scheint; wenigstens fand man in derselben eine Fülle von Geräthen und Gefässen, Bronzevasen mit eingelegtem Silberornament, Candelaber, ein Räucherfass (*acerra*), bronzene Schüsseln, Badekratzen, ein Feuerfass, eine Wage, eine kleine eiserne Hacke und dergleichen mehr. Etwas eleganter ist die Decoration des zweiten Zimmers mit einem grösseren Fenster nach der Strasse, und das dritte, welches am 15. November 1828 in Gegenwart des jetzigen Königs von Preussen ausgegraben wurde, der auch die mancherlei in demselben gefundenen Geräthe vom Könige von Neapel zum Geschenk erhielt. Dies die Zimmer rechts an dem einfachen und schmucklosen toscanischen Atrium 60, in dessen Hintergrunde ein kleines mit *opus signinum* geplattetes Tablinum 61, ein als Fauces dienendes Gemach 62 und ein halbdunkeles Zimmer 63 liegen, welches letztere durch eine Bettnische als Schlafzimmer charakterisirt wird. Die linke Seite des Atrium ist nur von der Wand mit dem Durchgang in das grössere Haus *C* begrenzt, während an der Vorderseite links vom Eingange ein einziges *cubiculum* 64 liegt. Aus den Fauces gelangt man rechts in ein Triclinium 65 mit der Aussicht auf das kleine Viridarium, neben dem der Brunnen erkennbar ist. Die Decke des Umganges um dies Viridarium 66 wird nicht von Säulen, sondern nur von ein paar Pfeilern getragen. Auf den Umgang öffnet sich eine Reihe kleiner Schlafzimmer 67, welche in ihrer Schmucklosigkeit und Gleichförmigkeit für die der Dienerschaft gelten mögen und in deren erstem eine zweite Treppe in das obere Geschoss des Hinterhauses emporführt. Hinter dem Tablinum liegt eine Art von kleiner Exedra 68, an den drei Schlafzimmern vorbei gelangt man in einen grossen Raum 69, dessen Decke durch einen Pfeiler in der Mitte gestützt wird, welcher einen fahrbaren gepflasterten Ausgang auf die hintere Strasse hat und ohne Zweifel als Stall und Remise gedient hat. Links endlich neben diesem Stall, doch ohne Verbindung mit demselben, sehn wir noch zwei kleine Schlafzimmer 70, in welche man durch einen Gang gelangt, der, durch ein Hinterfenster erleuchtet, am Ende über eine Rampe 71 anstatt der Treppe in das Posticum der Hauptwohnung *C* führt. Auch dies sind offenbar Sclavenzimmer gewesen. —

Diesem vierfachen Hause grade gegenüber, jedoch mit dem Eingang nicht von der Strasse des Mercur, sondern von einer kleinen Nebengasse liegt ein anderes Haus, die sogenannte *Casa del Laberinto*, welches zu den bekanntesten und bedeutendsten von Pompeji gezählt wird, und welches nach einem sehr einfachen, scheinbar recht normalen, aber dennoch mannigfach individuellen Plane angelegt ist. Auch dies ist ein Doppelhaus, welches sich von den besprochenen Doppelhäusern nur durch die grössere Zahl der Verbindungen und durch den auffallenden Gegensatz in der Decoration der beiden Theile unterscheidet und eben dadurch den Gedanken wesentlich unterstützt, dass die geringere Abtheilung für die Dienerschaft, das Geschäft, den Verkehr der niederen Clienten, die Hauptabtheilung für die Herrschaft, den Empfang der Gäste und den Verkehr mit Vornehmeren bestimmt gewesen sei. Ueber die Räumlichkeiten des Nebenhauses können wir nach allem Vorhergegangenen und da über die Decoration wenig zu sagen ist, uns in aller Kürze orientiren. 1 Eingang, Prothyrum, an dessen Seite rechts der Treppenraum 2 liegt, der, nach seiner Grösse zu urteilen, auch entweder als Vorrathskammer oder als Schlafzimmer für Sclaven gedient hat. 3 Toscanisches Atrium, hinter dessen Compluvium ein Puteal steht. Am Atrium liegen nur links Zimmer und zwar 5 ein grosses Schlafzimmer mit einem Procoeton 4, ein kleineres dergleichen 6, welches recht hübsche Bilder enthält, namentlich eine Entführung der Europa und gegenüber eine verlassene Ariadne, sodann eine Art von Ala 7 mit einem weissen Mosaikfussboden, ein drittes Schlafzimmer 8, zu dem der Alkoven unter der Treppe 9 sich befindet. Von einem Vorplatze 10 gelangt man links in die Küche 11 mit einem Nebenstübchen 12 und einer geräumigen Vorrathskammer 13, gradeaus vorbei an dem Closet 14 auf einem langen Gange 15 in eine Bäckerei 16 mit den Mühlen *a*, vier grossen Backtrögen von Thon *b*, einem Ausgussstein *c*, unter dem ein Flussgott gemalt ist, wie oberhalb die symbolischen Schlangen und vier Gottheiten, endlich dem grossen gewölbten Backofen *d*. Da kein Laden mit dieser Bäckerei in Verbindung steht, vielmehr der Zugang zu derselben nur durch die ganze Wohnung ist, so darf man annehmen, dass das hier gebackene Brod nicht verkauft, sondern nur für den Hausstand dieser Familie verbraucht wurde. Hinter der Bäckerei sehn wir noch drei Zimmer 17, 18 und 19, welche entweder als Vorrathsräume oder zur Bereitung des Brodes oder endlich als *cubicula* der in der Bäckerei beschäftigten Sclaven gelten können.

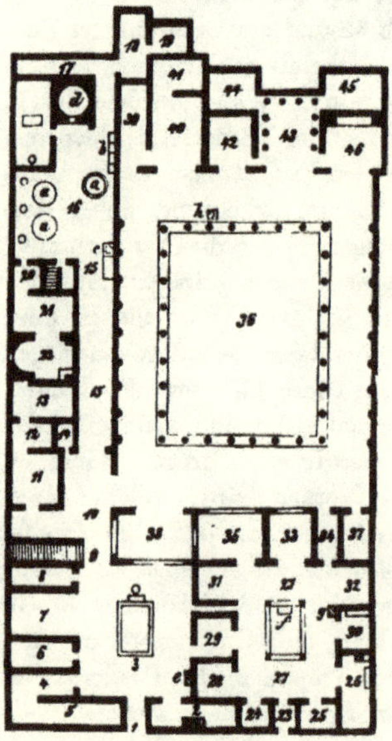

Figur 175.
Plan der s. g. *Casa del Laberinto.*

Das grösste Interesse in dieser Abtheilung des Hauses nehmen die Räume 20, 21, 22 in Anspruch, welche ein vollständiges Bad, das erste uns aufstossende Beispiel eines Privatbades in Pompeji, bilden, und zwar so, dass das kleine Vorzimmer 20 das Apodyterium war, 21 das Tepidarium, welches mit hübscher Stuccatur verziert ist, und 22 das Caldarium mit der Nische für die Wanne, das Labrum an dem einen, eine Vertiefung für den Alveus an dem anderen Ende. Die Hitze empfingen diese Räume durch eine noch vorhandene Thonröhrenleitung. Am Anfang des langen Ganges 15 ist die erste Verbindungsthür mit der Hauptabtheilung des Hauses, welche in das Peristyl führt, eine zweite und eine dritte finden wir zwischen beiden Atrien. Neben der letzten stand auf einer gemauerten Basis eine starke Geldkiste *e*, ähnlich derjenigen im Hause des angeblichen Quästors.

Die Hauptabtheilung des Hauses hat natürlich ihren eigenen Eingang von der Gasse 23, neben dem links ein kleines Zimmer 24, füglich nur die *cella atriensis*, rechts ein wenig grösseres 25 liegt, über dessen Bestimmung sich nicht absprechen lässt. Zweifelhaft ist auch, welchen Zwecken das nur sehr einfach decorirte grosse Zimmer rechts 26 gedient hat, wenn es nicht eine an diesem Orte durchaus gegen alle Regel und Sitte angebrachte Küche war, auf welche uns ein in demselben befindlicher Ausgussstein hinweist. Ein gemauerter Heerd ist nicht in derselben, doch der könnte durch einen beweglichen von Eisen oder Bronze ersetzt gewesen sein. Das Atrium 27 ist tetrastyl und von korinthischer Ordnung, geräumig, luftig, elegant; hinter dem Compluvium steht ein Marmortisch *f* und hinter diesem ist im Boden die Oeffnung der Cisterne. Von den das Atrium umgebenden Zimmern sind zwei links, das erste und zweite 28 und 29, und ein anderes rechts 30 nachweisbare *cubicula*, und zwar an der Bettnische oder dem gemauerten Grunde der Bettstelle erkennbar; auffallend genug ist es, dass durch das Schlafzimmer 29 ein Durchgang in das Nebenhaus sich findet, um so auffallender, da der regelmässige Durchgang unmittelbar neben diesem Zimmer liegt. Vor dem Zimmer 30 steht eine zweite Geldkiste *g*, angefüllt mit Rapilli, aber in Holz und Eisenwerk ziemlich wohl erhalten. Nur in dem Zimmer 29 ist ein seines Gegenstandes wegen bemerkenswerthes, wenngleich nur mittelmässig ausgeführtes Bild, darstellend Paris durch Amor, der ihm Helena verspricht, zur Untreue an seiner ersten Gemahlin, der Nymphe Oenone, verführt (abgeb. Zahn II. 31). Das Motiv, nach welchem der verführerische Knabe Amor dem willig lauschenden Paris über die Schulter seine süssen Schmeichelreden zuraunt, kehrt in Vasen freien Stils und in Reliefen wieder.

Ausser diesen Zimmern begrenzen das Atrium die beiden regelmässigen Alae 31 und 32, beide sehr elegant, aber nicht mit namhaften Bildern bemalt; im Hintergrunde in der Mitte das weit offene, aber nach hinten durch eine Brüstungsmauer gesperrte Tablinum 33 mit einem Fussboden von weissem Mosaik mit farbigem Rande und einer bunten Rosette im Mittelpunkte. Daneben die Fauces 34, über deren Thür eine viereckige Oeffnung sich befindet, welche durch eine von sechs gewölbten Oeffnungen taubenschlagartig durchbrochene Thonplatte geschlossen ist, eine Füllung innerer Fenster zum Luftdurchzug, welche in Pompeji mehrfach vorkommt. Zur linken Seite des Tablinum sehn wir endlich in dieser vorderen Abtheilung noch ein grosses Triclinium 35, welches gegen das Peristyl hin weit offen und wie das Tablinum nur durch eine Brüstungsmauer gesperrt ist.

Fig. 176. Fensterverschluss.

Das Peristylium 36, dessen 23 m 20 × 26 m 50 grosser Hofraum von einem 4 m breiten Säulengang umgeben ist, dürfte wohl eines der grössten in Pompeji sein. Die dreissig dorischen Säulen, welche dasselbe bilden, sind aus Ziegeln aufgebaut, mit Stucco überkleidet und zum Theil bemalt; ihnen entsprechen an den Wänden beider Seiten Halbsäulen, welche die Wände in eine Zahl von getrennten Feldern eintheilen. Diese waren vor Alters mit Gemälden geschmückt, welche eine ansehnliche Gallerie gebildet haben müssen, von denen aber kaum mehr als die Spuren vorhanden sind. Eine Piscina findet sich nicht im Peristylhofe, nur einen Brunnen für die Cisterne *h* sehn wir an der hinteren Säulenreihe. Es ist nicht anders zu denken, als dass der Hofraum zum Garten benutzt war und deswegen so gross gemacht ist, weil das Haus keinen eigenen Garten hatte, noch nach der Beschaffenheit des Areals haben konnte. Man denke sich den Peristylhof mit schattigen Baumgruppen bepflanzt, zwischen denen üppige Weinstöcke sich Festons bildend dahinschlangen und unter denen für glänzende Blumen, für welche man in Pompeji nach dem Zeugniss der Gemälde viel Sinn hatte, Raum und Licht genug bleiben mogte, man denke sich diesen Garten von der farbigen Pracht der dreissig Säulen eingefasst, von dem schönen breiten Umgang umgeben, endlich von den Gemäldereihen zu beiden Seiten begrenzt, man denke sich darüber den blauen Himmel und die glänzende Sonne Süditaliens, um sich die Anmuth und Schönheit eines solchen Peristyls vorzustellen, das wir nur durch ein paar armselige Linien im Plane anzugeben vermögen und das auch in seinen Ruinen kaum den zehnten Theil des Eindrucks machen kann, den es in seinem unverletzten Zustande machte. An diesem Peristyl liegen nur vorn und hinten einige Zimmer, vorn ihrer zwei, nämlich ein kleines 37 von unbestimmtem Zwecke rechts neben den Fauces, und ein grösseres 38 links neben dem Triclinium, welches einen breiten Eingang von dem Peristylgange und grosse Fenster nach den drei anderen Seiten hat, und am wahrscheinlichsten als Exedra, wenn nicht als Triclinium zu bezeichnen ist. An der hinteren Seite liegen neben einander zunächst zwei grosse Zimmer 39 und 40, von denen das letztere weit reicher als das erstere decorirt und weitgeöffnet gegen den Peristylhof sich wieder nur für die Bezeichnung eines Tricliniums eignet, denn schwerlich darf man es als *procoeton* des kleinen dahinter gelegenen Zimmers 41 betrachten und dieses letztere als *cubiculum* bezeichnen. Seine Bestimmung freilich bleibt zweifelhaft. Grade der Mitte des Peristylhofes gegenüber und in der Achse des grossen Tricliniums 35 liegt eine allerliebste Exedra 42 mit einem schönen Mosaïkgemälde im Fussboden (abgeb. Zahn II. 50), welches innerhalb eines den Rand bildenden Labyrinthes den Kampf des Theseus gegen den Minotauros darstellt und dem Hause seinen Namen gegeben hat. Sodann folgt der prachtvolle korinthische Oecus 43 von 6^{m} 70 × 6^{m} 80, dessen Fussboden von farbigem Marmormosaïk ist und dessen Decke zehn canellirte Säulen tragen. Sehr eigenthümlich sind die beiden kleinen Cabinette 44 und 45, welche sich zu beiden Seiten im Hintergrunde in den Oecus öffnen und von bescheidener Decoration sind. Ueber ihre Bestimmung kann man nur die Vermuthung aufstellen, dass ihrer eines als Zimmer zum Vorlegen und Warmhalten der Speisen, das andere als Wartezimmer für die Jongleurs, Tänzer, Akrobaten, Mimen u. dgl. Künstler diente, die man nach den Gastmählern sich produciren liess, eine Vermuthung, die wir zur Erklärung derartiger Nebenzimmer grosser Speisesäle bereits ein paar Mal ausgesprochen haben, ohne sie natürlich beweisen zu können. Den Schluss der Gemächerreihe bildet ein schönes Schlafzimmer 46, erkennbar an der Bettnische im Hintergrunde und decorirt mit einem Fussboden von schachbrettartigem Mosaïk und mit Amoretten- und Frauenköpfen *en médaillon* auf abwechselnd gelben, grünen und rothen Wandfeldern, sowie einer unteren Borde mit seltsamen und scherzhaften Zwergfiguren. — Die übrigen Schlafzimmer der Familie müssen im oberen Stock gelegen haben. —

Wir beschliessen die Betrachtung der gewöhnlichen pompejanischen Häuser, welche ausser dem Erdgeschoss nur noch eine obere Etage haben, mit einem Hause, welches weniger durch Eigenthümlichkeit seines Planes, als durch diejenige seiner Decoration sich auszeichnet und welches zu den berühmtesten und meistgenannten der Stadt gehört, mit dem Hause, welches man 1830 in Gegenwart von Goethe's Sohn auszugraben begann und zu Ehren dieses und seines grossen Vaters eine Zeit lang *Casa di Goethe*, nannte, ein Name, den wir Deutschen nicht in Vergessenheit gerathen zu lassen Ursach und Recht haben. Jetzt sind allerdings zwei andere Namen für dies Haus im Schwange, nämlich entweder *Casa del Fauno* nach einer kleinen Meisterstatue eines tanzenden Fauns, oder *Casa del gran Musaïco* nach dem grossen Mosaïk der Alexanderschlacht, welches diesem Buche in farbiger Darstellung beigegeben ist und im artistischen Theile besprochen werden soll. Aber nicht allein dieses wundervolle Mosaïkgemälde zierte die *Casa del gran Musaïco*, dieselbe enthielt noch mehre andere ebenfalls namhafte Mosaïken und ist eben durch diesen vielfachen Mosaïkschmuck und die Stuccaturverzierung ihrer Wände bei geringfügiger Wandmalerei von den meisten anderen Häusern Pompejis unterschieden. Zahlreiche Amphoren für Weinbewahrung, welche man in diesem Hause fand, machen es wahrscheinlich, dass sein Besitzer durch Weinhandel die Opulenz erwarb, welche ihn in den Stand setzte, ein so ansehnliches Haus an der Strasse der Fortuna zu bauen, welches, wie das Haus des Pansa, eine ganze *insula* einnimmt, ohne wie jenes von Läden umgeben und durch vermiethete Räumlichkeiten beschränkt zu sein, so dass diese Wohnung von allen gleicher Art in Pompeji die grösste ist. —

Auch hier haben wir ein Doppelhaus vor uns, dessen beide Theile aber in einem etwas anderen Verhältniss zu einander stehn, als bei den bisher betrachteten Häusern, die Verbindung ist eine noch innigere, wie wir sehn werden, und, wenngleich auch hier die eine Abtheilung sich von der anderen in Rücksicht auf Decoration unterscheidet, so tritt uns hier doch unwillkürlich die Vermuthung nahe, dass alle diese Doppelhäuser ihren Grund nur darin haben, dass die Atrien, selbst wenn man sie korinthisch machte, doch nicht die Ausdehnung gewinnen konnten, um in der Einzahl für so breite Areale auszureichen wie das des gegenwärtigen Planes und das der früher betrachteten, dass man also zu einer Verdoppelung der Atrien schreiten musste, welche eine theilweise Wiederholung der dependenten Räume nach sich zog, wobei nun freilich nicht geläugnet werden soll, dass, war die Trennung einmal vollzogen, man sie benutzte, um der einen Abtheilung die Wirthschaftsräumlichkeiten, der anderen die Prunkzimmer zuzuweisen. Wir sehn uns, unserer Gewohnheit gemäss, zuerst in der kleineren Abtheilung um, ehe wir die Räume der grösseren betreten, doch wollen wir zuvor noch kurz bemerken, dass von den vier

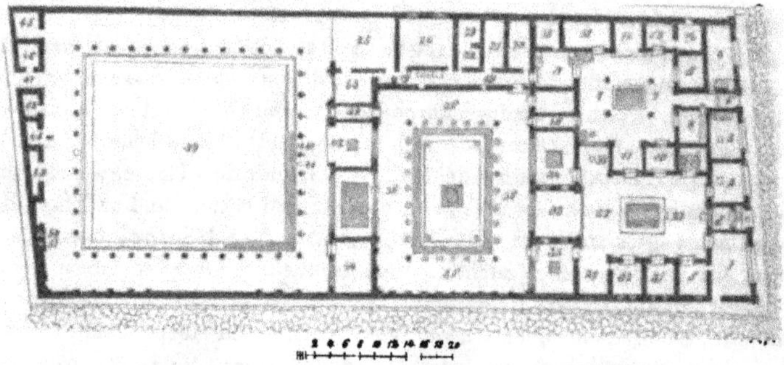

Figur 177. Plan der s. g. *Casa del gran Musaïco.*

Läden 1, 2, 3, 4 ursprünglich drei mit dem Inneren des Hauses in Verbindung standen und zwar No. 1 durch eine Thür direct in's Atrium und eine zweite in ein kleines auf das Atrium ausgehendes Ladenzimmer 5. Diese Verbindungen sind durch Vermauerungen der beiden Thüren aufgehoben, der Laden wurde also in der letzten Zeit Pompejis vermiethet, so gut wie derjenige No. 3, in dem eine Treppe zu einem Zimmer im oberen Geschoss angebracht ist. No. 2 und No. 4 dagegen blieben im Gebrauch des Hausherrn, No. 2 öffnet sich nach hinten direct in das grössere Atrium, No. 4 steht nur vermittels einer Treppe von ein paar Stufen, deren Geländer von Amphoren gebildet ist, welche nach einer in Pompeji wiederkehrenden Construction in das Mauerwerk eingelassen sind, mit dem Vestibulum 6 der kleineren Abtheilung in Verbindung. Durch dieses gelangen wir in das tetrastyle Atrium 7, welches nach der Höhe der Säulen und der Beschaffenheit der Compluvialwanne ein *Atrium displuviatum* war, dessen nach aussen anstatt nach innen geneigte Dachflächen das Wasser in eine aussen herumgeführte Rinne leiteten, wie in der Einleitung näher dargestellt ist. Das erste ganz schmucklose Zimmer 8 links am Atrium mit doppelter Thür scheint als *cella ostiarii* und *atriensis* gedient zu haben, dasjenige gegenüber 9 mag ein Gastzimmer gewesen sein. Neben diesem Zimmer wurden zwei *armillae*, grosse flache Armbänder von Gold in Schlangenform, von denen wir eines später abbilden werden, nebst ein paar anderen, leichteren Armbändern und anderen Schmucksachen gefunden. Auf der linken Seite des Atrium liegen nur noch zwei Zimmer 10 und 11, die man zu der einen wie zu der anderen Abtheilung des Hauses rechnen kann, da sie eigentlich nur zwei breite Verbindungsgänge zwischen beiden Abtheilungen darstellen und somit auf den Namen von Zimmern kaum einen Anspruch haben;

Nr. 11 ist in gewissem Sinne die eine Ala des ersten Atrium, entsprechend der vollständigen gegenüber 14, welche mit einem hübschen Fussboden von Mosaik mit schwarzen und weissen Ornamenten geziert ist. Neben dieser Ala liegt ein Schlafzimmer 13 mit einem zweiten 12 hinter sich, welches nur durch das erstere betretbar ist; man würde dieses also als *procoeton* betrachten, hätte man nicht in beiden Zimmern die Reste von Bettstellen und zwar von sehr kostbaren, elfenbeinerne Bettgestellfüsse gefunden. An den Enden des Atrium befinden sich rechts und links grosse Hausteinblöcke *a* und *b*, deren derjenige links einem Geldkasten zur Basis gedient haben mag, während der andere rechts eine Presse zum Ausdrücken einer Flüssigkeit getragen zu haben scheint, welche sich durch ein Loch in der Mauer in das durchaus ungeschmückte Zimmer 15 ergoss. In der Mitte der Steinbasis steckt noch ein Zapfen oder eine Angel von Eisen, an der sich die Pressmaschine bewegte. Die gewöhnlichen Gemächer der hinteren Seite des Atrium, Tablinum, Triclinium u. dgl. fehlen hier, anstatt ihrer haben wir links nur die Fauces 16 in das beiden Abtheilungen gemeinsame Peristyl, während der grösseren Abtheilung die Fauces fehlen, rechts einen Vorplatz 17, an dem zwei Treppen und ein Sclavenzimmer 18 liegen, und als dessen Verlängerung sich uns ein langer Gang 19 in den Garten darstellt, auf den rechts nach einem zweiten Sclaven- oder auch Vorrathszimmer 20 ein Waschzimmer 21 mit einem grossen Ausgusstein, eine doppelte Vorrathskammer 22 und 23 und eine von zwei Fenstern erhellte geräumige Küche 24 mit einem grossen gemauerten Heerde, einem Ausguss und einer Larariennische sich öffnen, während unmittelbar neben dieser als das letzte Gemach dieser Seite ein weites Triclinium 25 liegt, welches sich mit zwei Thüren gegen den Gang öffnet und nach der hinteren Seite und dem Säulengang des Gartens nur durch eine Brüstungsmauer gesperrt ist. An der Mauer der Küche ist im Gange noch eine Treppe in die obere Etage angebracht. Von Decoration ist ausser dem erwähnten Mosaïk in der Ala 14 nichts Nennenswerthes in dieser Abtheilung vorhanden. Dies ist ganz anders mit der grösseren Abtheilung; ja hier beginnt in gewissem Sinne der Schmuck schon vor dem Hause, indem in das Trottoir von *opus signinum* vor der Thür des Vestibulums 26 das Wort HAVE (*Ave*, sei gegrüsst!) mit grossen Mosaïkbuchstaben aus farbigen Marmorstücken eingelegt ist. In dem genannten Vestibulum oder der Hausflur können wir sehr deutlich das Prothyrum *c* vor einer inneren Mittelthür und den Gang *d* unterscheiden. Dieser Gang hat eine nicht sehr beträchtliche Steigung bis in das Atrium und ist mit einer Zusammensetzung von kleinen Marmordreiecken von weisser, schwarzer, rother, gelber und grüner Farbe gepflastert und gegen das Atrium mit einem Mosaïksaume abgeschlossen, welcher meisterhaft aus farbigen Marmorstückchen, nicht aus Pasten, gearbeitete Masken, durchschlungen von einer Guirlande von Früchten und Blumen (Mus. Borb. 14. 14), darstellt. Die Wände des Ganges sind mit Feldern in Stuck bis zur Höhe von 2 m 40 bekleidet, welche marmorartig bemalt sind. Darüber liegt eine Cornische, über welcher zu beiden Seiten eine kleine Nische mit Stuccosäulen und Pfeilern angebracht ist.

Das toscanische Atrium dieser Wohnung 27 hat an sich nichts besonders Bemerkenswerthes, ausgenommen eine merkwürdige Vorrichtung, um die Wände trocken zu halten, welche übrigens in mehren Gemächern, namentlich in dem grossen Triclinium 25, wiederkehrt. Das Mauerwerk ist nämlich mit durch zahlreiche Nägel aufgehefteten Bleiplatten überkleidet; der Nägel sind so viele, dass man ihrer auf einem Quadratmeter über 200 zählt, ihre vorspringenden Köpfe dienen als Haltepunkte der Stuccoverkleidung, welche natürlich auf dem Blei selbst nicht gehaftet haben würde. Das Compluvium in der Mitte des Atriums ist besonders deswegen merkwürdig, weil sich bis auf seinen Boden die in diesem Hause vorherrschende Lust am Mosaïk ausgedehnt hat, und zwar so, dass dieser Boden aus wohl in einander gefugten Stücken bunten Marmors gebildet wird. Auf einer kleinen Marmorbasis in der Mitte des Compluviums stand der schon erwähnte meisterhafte kleine Faun, auf den wir später noch einmal zurückkommen werden. —

Das erste Zimmer rechts 28 ist ein *cubiculum* mit zwei gemauerten Grundlagen für Betten, welche im rechten Winkel zusammenstossen und deren Oberfläche so gut wie der Fussboden des Zimmers mit Mosaïk belegt ist. Die beiden folgenden Zimmer 10 und 11 mit Durchgängen in das Atrium der anderen Abtheilung sind schon bei dieser erwähnt worden. In den beiden Alae des Atriums, in dem wir stehn, 29 und 30, sind die Wände mit hübschen Ornamenten, aber ohne Figurenbilder bemalt, die Fussböden dagegen mit kostbaren Mosaïken geschmückt und zwar derjenige der Ala links 29 auf schwarzem Grunde mit einer Darstellung von weissen Tauben, welche aus einem halbgeöffneten Kästchen eine Perlenschnur ziehn, während derjenige der gegenüberliegenden Ala 30 in der Mitte einer breiten Ornamentborde eine Katze darstellt, welche einen Vogel frisst, darunter mehre todte kleine Vögel, zwei Enten, Fische und Schalthiere, Alles von der ausgesuchtesten Feinheit. Diese Ala hat in ihrer Hinterwand ein grosses Fenster auf das Atrium des Nebenhauses. Die beiden Schlafzimmer 31 und 32 enthalten nichts besonders Bemerkenswerthes. Das Tablinum 38 in der Mitte des Hintergrundes ist nach vorn und nach hinten fast ganz offen und nur durch eine sehr niedrige Brüstungsmauer gegen das Peristyl gesperrt, während es nach beiden Seiten Fenster in die anstossenden Säle hat. Seinen Eingang vom Atrium her begrenzen und schmücken zwei Mauerpfeiler und seinen Fussboden ein buntes Mosaikpflaster, umgeben von einer weissen Mäanderborde. Rechts neben dem Tablinum liegt ein vom Atrium aus zugängliches und gegen das Peristyl ganz geöffnetes grosses Triclinium 34, in dessen Fussboden in der Mitte eines der schönsten Mosaïkgemälde des Alterthums eingelegt ist, darstellend den bacchischen Dämon Acratus, der auf einem Panther reitet (abgeb. Zahn II. 50). Das Zimmer links vom Tablinum 35 ist von ungewisser Bestimmung, vielleicht ein

Wintertriclinium, wie das Triclinium 34 aus dem Atrium zugänglich, gegen das Peristyl mit zwei grossen Fenstern geöffnet und im Fussboden wieder mit einem Mosaik geziert, welches zwar von gleich schöner Technik ist, wie das von No. 34, aber einen weniger interessanten Gegenstand enthält, nämlich Fische und Muscheln auf einem Felsen. Die Wände aller dieser Zimmer wie die des Atriums sind mit marmorartig gemaltem feinem Stucco bekleidet, der zum Theil in grossen Platten, als wäre es wirklicher Marmor, mit Klammern an den Wänden befestigt ist. Hinter den drei zuletzt genannten Zimmern erstreckt sich das Peristyl 36 von 24 m Breite und 19 m 20 Tiefe mit einem 3 m 80 breiten von 28 canellirten jonischen, stuccobekleideten Tuffsäulen getragenen Umgang. Nicht ganz in der Mitte ist ein sehr flaches Bassin ausgetieft, in dessen Mitte ein Monopodium von Marmor ein Becken gleichen Materials trug, aus dem sich ein Springbrunnen erhob. Auf das Peristyl öffnet sich nur ein grosses Gemach, die Exedra 37, ganz offen gegen das Peristyl, jedoch mit zwei Säulen zwischen den Antenpfeilern, gegen den Garten mit einer Brüstungsmauer gesperrt. Dies ist ein Heiligthum der Kunst; hier wurde am 14. October 1831 das wunderbare Mosaik der Alexanderschlacht gefunden, das unbedingt erste Kunstwerk in seiner Art, welches uns das Alterthum überliefert hat, das nach dem Vorgange der grössten Gelehrten und Kunstkenner zu würdigen und zu erläutern in dem artistischen Theile dieser Betrachtungen versucht werden soll. In der rechten Ecke des Peristyls führt ein faucesartiger Durchgang 38 in den säulenumgebenen Garten 39 von 32×35 m, mit dem Umgange von 4 m Breite und 56 dorischen Säulen, zu deren Füssen eine Wasserrinne das Wasser in die Cisterne führte, aus der man dasselbe durch zwei Puteale 40 und 41 schöpfte. Das erstere dieser Puteale ist sehr einfach, das zweite dagegen von Marmor, verschliessbar mit einem Deckel, dessen Scharnier noch erkennbar ist. Neben diesem Puteal hat vor Alters ein marmorner Tisch gestanden, von dem man leider nur einen Fuss, eine hockende, geflügelte Sphinx gefunden hat, die zu den besten Werken der Sculptur gerechnet werden kann (abgeb. im artistischen Theile). In den Säulen des Umgangs fand man grosse Nägel, auf denen die Stäbe von Gardinen ruhten, durch welche man bei heissem Sonnenschein den Umgang gegen den Garten abschliessen und anmuthig beschatten konnte. Auch die Ringe, durch welche die Kordeln zum Aufziehn der Rouleaux liefen, hat man in jeder Säule etwa 1¼ Fuss vom Boden vorgefunden. Ueber den Säulen des Gartens stand eine zweite Reihe von jonischen Säulen, deren Fragmente man gefunden hat, so dass also um den ganzen Garten auch im oberen Geschoss ein bedeckter Umgang, ein colossaler Balcon umlief. Man vergegenwärtige sich eine solche Einrichtung recht lebhaft, um den ganzen Comfort und Reichthum des Lebens in den vornehmen Häusern Pompejis zu fühlen.

Neben der Exedra des Peristyls liegt links gegen den Garten geöffnet ein Oecus 42, dessen Fussboden abermals ein bewunderungswürdiges Mosaik enthält, das leider arg beschädigt ist und deshalb nicht hat in das Museum geschafft werden können, abgeb. Mus. Borb. Vol. 9. tav. 55. Dasselbe stellt innerhalb einer reichen Mäanderborde einen von vorn gesehenen Löwen dar, ein Meisterstück des Ausdrucks von Kraft und Feuer und ein eben so grosses Meisterstück der Verkürzung. Das neben diesem Oecus und am Ende des langen Ganges 19 belegene kleinere Gemach 43 ist weniger wegen seiner sehr einfachen Decorationen als deswegen bemerkenswerth, weil in ihm eine ähnliche Massregel zum Trockenhalten der Wände angebracht ist, wie die erwähnte, nur dass hier die Bleiplatten durch solche von gebranntem Thon ersetzt sind. Der Saal links vom Oecus 44 ist auch nur einfach verziert, jetzt in ein Magazin verwandelt und dem Besucher verschlossen. An der hinteren Seite des Gartens liegen von rechts nach links zunächst zwei Zimmer ohne Schmuck 45 und 46, wohl für Sclaven und für Aufbewahrung von Geräthen, etwa Gartengeräthen bestimmt. Sodann das Posticum 47 auf die Strasse des Mercur, ferner ein breit offenes, heute zur Aufbewahrung architektonischer Ornamente benutztes Sacellum 48 *a*, mit zwei offenen Cabinetten 48 und 49 zu den Seiten. Endlich noch zwei kleine Lararien 50 und 51 von geringer Tiefe, eigentlich nur noch mit dem Namen von Nischen zu belegen, deren Eingänge von flachen Giebeln gekrönt werden. Von den in diesem Hause gefundenen Gegenständen verdient besonders nur eine Hängelampe Erwähnung, die einzig in ihrer Art ist. Sie besteht aus einem bronzenen Korbe, der an einer Kette hangt und in dessen Geflecht Krystallstückchen eingelassen sind, die im Strahle der in die Mitte gestellten Lampe funkelten und glitzerten wie die Glasprismen und Perlen an unseren Kronleuchtern.

Nachdem wir auf den vorhergehenden Blättern eine Auswahl der gewöhnlichen kleineren und grösseren ein- oder zweistöckigen pompejanischen Wohnhäuser kennen gelernt haben, welche zur Vergegenwärtigung der Verschiedenheiten in Anlage und Decoration genügen wird, glauben wir noch den Plan eines jener grossen mehrstöckigen oder vielmehr terrassenartig angelegten Häuser geben zu müssen, welche am südwestlichen Abhange des Stadthügels auf der hier niedergerissenen Mauer erbaut sind. Wir haben schon früher darauf aufmerksam gemacht, dass die Strasse vom herculaner Thor, an welcher diese Häuser liegen, die Hauptverkehrsstrasse und die in Rede stehenden Häuser Kaufmannshäuser gewesen zu sein scheinen. Eine nähere Betrachtung des mitzutheilenden Planes und Durchschnittes eines der ausgedehntesten dieser Häuser wird dies bestätigen, indem wir in demselben nur verhältnissmässig wenige Wohnräumlichkeiten, dagegen eine beträchtliche Zahl solcher finden werden, die allem Anscheine nach als Lagerräume für verschiedene, natürlich jetzt nicht mehr zu errathende Waaren gedient haben. Doch wenden wir uns ohne weitere Vorrede zu der Analyse des Planes, indem wir nur noch bemerken, dass wir die drei Geschosse oder Terrassenetagen neben einander gestellt geben und zwar so, dass *A* das Geschoss zu ebener Erde an der Strasse enthält, dessen

dessen Räume durch Zahlen bezeichnet sind, während wir in *B* das zweite, in *C* das dritte Geschoss finden, in welchem wir die Räume mit lateinischen und griechischen Lettern versehn haben, das letzte im Niveau des Bodens am Fusse des Stadthügels von Pompeji.

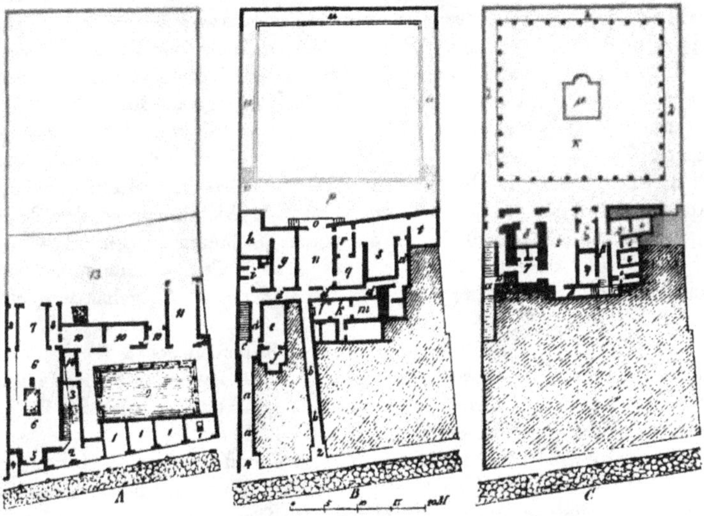

Figur 178. Plan eines dreistöckigen Hauses.

Fassen wir zuerst das Erdgeschoss an der Strasse *A* in das Auge. An der Fronte der Strasse finden wir hier zunächst vier Läden 1 ohne Zusammenhang mit dem Hause, welche mit ihrer Hinterwand den Umgang des Peristyls begrenzen. Neben diesen weiter links einen weiten Doppelladen 2 mit zwei Eingängen und in Verbindung mit dem Hause, und zwar sowohl mit dessen Atrium und Peristyl wie auch vermöge eines geneigten Ganges (*b* in *B*) mit den Magazinräumen des unteren Geschosses. Es kann wenig Zweifel sein, dass wir hier die Packräume des Kaufherrn vor uns haben, aus denen die Waaren in die Magazine gebracht wurden, zu denen ein geneigter Gang anstatt einer Treppe führt, weil ein solcher für Waarentransporte ungleich zweckmässiger ist als eine Treppe. Die Treppe nämlich 3, welche wir in diesem Raume angegeben sehen, führt aus dem Erdgeschoss in das obere Stockwerk an der Strasse, der geneigte Gang geht unter ihrer oberen Wendung hindurch. Eine ähnliche, kleinere Packkammer als Vorraum eines zweiten geneigten Ganges finden wir jenseits des Hauseinganges in 4, der Gang, den wir in *B* bei *a* wiederfinden, ist mit einer einfachen Linie angegeben. Zwischen diesen dem Geschäft gewidmeten Localitäten liegt das eigentliche Wohnhaus, zu dessen Verständniss auf dem Plane ein paar Winke genügen. In 5 finden wir den Eingang, das Vestibül, in 6 das toskanische Atrium, in dessen Hintergrunde das Tablinum 7 zwischen den beiden Faucès 8 leicht erkennbar ist. Tablinum und Fauces öffnen sich auf die eine grosse Terrasse 13, in welcher wir die umgitterte Oeffnung eines kleinen Hofes sehen, der in die zweite Etage Licht bringt und welche als das flache Dach des ersten unteren Geschosses gelten kann. Für ein Peristyl im eigentlichen Sinne war hinter dem Tablinum kein Raum, dasselbe liegt also, ähnlich wie uns bereits aus anderen Beispielen zur Genüge bekannt ist, seitwärts in 9, mit dem Atrium durch einen Zugang aus den rechten Fauces verbunden und nach hinten durch drei kleinere mit einander zusammenhangende Zimmer 10 begrenzt, in denen wir nur *cubicula* zu erkennen haben. Alle drei haben Fenster, aber nur das dritte rechts hat einen Ausgang auf die Terrasse. Neben diesem finden wir das geräumige Triclinium oder den Oecus 11, an dessen Winkel wir in 12 das bereits in andern Plänen gefundene, hier sehr kleine Anrichtecabinet nicht übersehen wollen. Rechts finden wir keine Zimmer am Peristylumgang, links nur eine kleine unregelmässige Sclavencella 14.

Der Umgang und die denselben bildenden Säulen umgeben den Hof oder das Viridarium nur an drei Seiten, zwischen den Säulen ist ein hohler Pluteus (Brüstungsmauer), ob zur Aufnahme von Erde und Pflanzen oder von Wasser bestimmt, kann zweifelhaft sein. —

Gehen wir zum Geschoss *B* über, welches grade unter dem Niveau der Strasse liegt. Ueber die Eingänge in 2 und 4 des oberen Geschosses haben wir geredet, die beiden geneigten und überwölbten Gänge finden wir in unserem Plane mit *a* und *b* bezeichnet. Folgen wir zuerst dem Gange *a*, so gelangen wir gradeaus auf eine Treppe *c*, welche in die dritte Etage hinunterführt, hier nur zum Theil, im Plane *C* ganz dargestellt ist. Mit einer kleinen Wendung rechts gelangen wir in eine weitere Fortsetzung *d* unseres Ganges *a*, eine Fortsetzung, welche sich fast durch die ganze Etage als ein Corridor hinzieht, auf den die meisten Räume sich öffnen. Gleich zu Anfang liegt an demselben in *e* ein Saal unter dem Tablinum, an den hinten ein Cabinet *f* angebaut ist. Man hält dies für ein Badezimmer, ohne dass ich die bestimmenden Merkmale anzugeben vermögte. Am Ende des Saales macht der Gang eine Wendung im rechten Winkel und wird zur linken Hand von dem Bade dieses Hauses begrenzt. In *g* nämlich ist das Apodyterium, in *h* das eigentliche Badezimmer und in *i* die Officin des Bades mit dem Feuerheerd zu erkennen. Unter diesem liegt in der Etage *C* noch ein Bad, welches möglicherweise für die Dienerschaft bestimmt war. An der Ecke des Saales *e* stösst der geneigte Gang *b*, von den Packkammern 2 herabkommend, mit unserem Gange zusammen und unmittelbar im Winkel dieses Zusammentreffens liegt in *k* der kleine Hof, der, unbedeckt, die obere Terrasse unterbricht, und hier wahrscheinlich mit einem Geländer umgeben war. Er ist einzig der Erleuchtung des Ganges und der umliegenden Räume wegen angebracht. Diese sind auf der Seite des Hofes zwei kleinere Zimmer *l* und *m*, von denen das letztere nur sehr wenig Licht hat; dies scheinen sicher Lagerräume gewesen zu sein; zweifelhaft ist die gleiche Bestimmung des grossen Saales *n* dem Höfchen gegenüber am Gange, indem dieser Saal einen durch eine zweiflügelige Freitreppe *o* vermittelten Ausgang auf die untere Terrasse *p* hat; sei derselbe daher immerhin zum Sommertriclinium bestimmt gewesen, in den neben ihm befindlichen Räumen *q* und *r* dürfen wir wiederum Waarenlager vermuthen, während das auf diese folgende grössere Zimmer *s* als Triclinium gilt. Das letzte Zimmer am Gange *t* finde ich nur als solches ohne Angabe einer vermutheten Bestimmung benannt. Ich kann und will nicht direct bestreiten, dass die Zimmer des zweiten Geschosses als Wohnräumlichkeiten gedient haben, aber ich kann ebensowenig umhin auszusprechen, dass ich diese gesammten Räume viel eher zu Waarenlagern bestimmt halte. — Etwas niedriger als der Fussboden dieser Etage liegt der mit *u* bezeichnete Umgang über den Säulen, welche den Hof des untersten Stockwerks umgeben, auf welchen man über die vier Stufen der Treppe *v* gelangt. Dieser obere Umgang um den Hof des untersten Geschosses liegt wohl deshalb einige Stufen tiefer, als die Terrasse *p*, um die von dieser aus zu geniessende Aussicht nicht zu beschränken.

Endlich die Etage *C*, über die wir nur wenig Positives sagen können. Um bei einem Punkte anzuknüpfen, der das obere Geschoss berührt, nennen wir zuerst die hier mit α bezeichnete und in ihrer ganzen Ausdehnung sichtbare Treppe *c* in *B*, welche in die untere Etage und durch sie hindurch in den Hofraum führt. Rechts vom ersten Absatz dieser Treppe zweigt sich der Gang β ab, welcher in die als Bad für die Dienerschaft geltenden Räume γ und sodann weiter führt. Der bestimmte Zweck des hinter den Badezimmern gelegenen, auf den Hof geöffneten Zimmers δ ist nicht bekannt. Durch das Apodyterium des Sclavenbades hindurch betritt man auf dem Gange β ein geräumiges Zimmer ε, welches, wie der darüber in *B* gelegene Saal *n*, als Triclinium für die heisse Jahreszeit gilt, in der man die Kühlung der kellerartigen Luft dieses untersten Stockwerks suchen mogte. Ueber die Bedeutung des Nebenzimmers ζ liegt keine Angabe vor, war ε wirklich Triclinium, so mag ζ oder auch δ küchenartige Bestimmung gehabt haben. Der Gang β führt mit einigen Niveaudifferenzen, welche zum Anbringen von etlichen Stufen nöthigten, am Saale ε und an einem Zimmer η, dessen Zweck nicht bekannt ist, vorüber und neben ζ auf den Hof hinaus. Rechts an demselben finden wir einen Complex von Zimmern, von denen nur das erste ϑ eine Thür auf den Gang hat, die anderen ι sich in dieses öffnen. Diese Gemächer gelten, ich weiss nicht ob mit Recht, Mazois für das Ergastulum, die Arbeitszimmer der Sclaven, mit denen die Strafcellen verbunden waren, die Mazois in den hintersten Räumen ι ohne Licht und Luft zu erkennen meint. Ich habe nicht die Mittel in Händen, diese Ansicht zu bestreiten, doch ist es mir ungleich wahrscheinlicher, dass wir hier

Keller- und Vorrathsräume vor uns haben, als Arbeitszimmer mit obligaten Gefängnissen, namentlich da uns Mazois Plan, der einzige bekannte, über die Art der Beleuchtung ganz im Unklaren lässt. Hinter dieser untersten Etage dehnt sich der geräumige Hof *x* aus, den an allen vier Seiten eine Säulenreihe umgiebt, über der der Umgang *u* der Etage *B* liegt. Die Porticus *λ* unter diesem Umgange muss eine der angenehmsten und kühlsten Ambulationen gewesen sein, die in Pompeji existiren, während die geräumige Area des Hofes *x*, in deren Mitte eine Piscina *μ* sich befindet, den Gedanken an Baumpflanzungen oder Blumenzucht keineswegs ausschliesst. —

Figur 179. Ansicht der *Villa suburbana* vom Garten aus.

Den Schluss unserer Betrachtungen pompejanischer Wohnhäuser machen wir mit der vorstädtischen Villa, der sogenannten des M. Arrius Diomedes, welche nicht allein zu den grössten, sondern auch zu den am besten erhaltenen Wohnhäusern Pompejis gehört und seit ihrer Entdeckung 1763 eine ganz besonders ausgedehnte Aufmerksamkeit auf sich gezogen hat. Sie mag uns zugleich als Muster ähnlicher Baulichkeiten in Pompeji, der leider wieder zugeschütteten Villen, der sogenannten des Cicero und der *Villa urbana* der Julia Felix beim Amphitheater dienen, von denen nur mangelhafte Pläne überliefert sind, so dass ein näheres Eingehn auf dieselben für unsere Zwecke kaum hinreichendes Interesse bieten dürfte. Diese Villen, namentlich diejenige, welche wir der Kürze wegen fortfahren wollen die des Diomedes zu nennen, verhalten sich zu der von Vitruv 6. 8 gegebenen Vorschrift der Normalanlage fast grade so, wie die Wohnhäuser zu dem vom alten Architekten für solche angegebenen Grundschema, übereinstimmend im Vorhandensein und der Lage der meisten wesentlichen Theile, abweichend nach dem Bedürfniss der Localität und dem Geschmack des Eigners. Wir werden im Verlaufe unserer Darstellung auf die Uebereinstimmungen mit der Regel hinweisen und dürfen uns so einer vorgängigen Darstellung dieser überheben, welche zu vielen Wiederholungen führen müsste. Der Einzelbetrachtung des Planes müssen wir nur die eine Bemerkung voransenden, dass, da die Villa mit ihrem Eingange an der gegen die Stadt ansteigenden Gräberstrasse liegt, dieselbe in derselben Art wie das eben vorher betrachtete Haus mehrstöckig ist. Da aber diese Geschosse fast ganz terrassenförmig hinter, nicht unter einander liegen, so haben wir geglaubt, mit einem Plane unsern Lesern zu genügen, in welchem die im Niveau der Strasse liegenden Theile schwarz und mit Ziffern bezeichnet, die tiefer liegenden hell gehalten und mit kleinen Buchstaben bezeichnet sind.

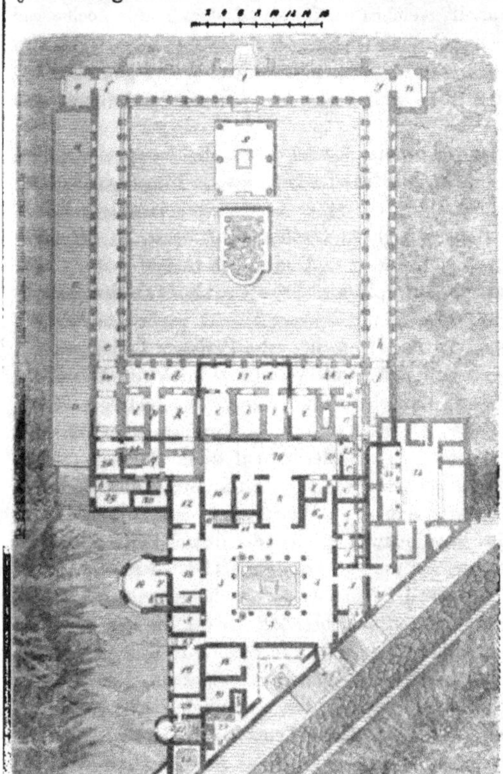

Figur 180. Plan der *Villa suburbana*.

Das Trottoir der Gräberstrasse ist etwa 4 Meter zu beiden Seiten des Einganges als eine kaum merklich ansteigende Rampe behandelt, vermöge deren man auf eine kleine Platform vor dem Eingange gelangt. Dieser ist wie das ganze vordere Geschoss, welches die Wohnung umfasst, etwa 1^{m} 50 über das Niveau des Trottoirs erhoben, so dass man über eine Treppe 1 von sieben Stufen zur Hausthür emporzusteigen hat. Auf den Enden der Treppenwangen stehn noch die fragmentirten Schäfte zweier Backsteinsäulen, welche eine verschwundene Bedachung der Treppe stützten. Nach Durchschreitung der Hausthür steht man unmittelbar im Peristyl, oder, um genau zu reden, auf einem kleinen dreieckigen Platze 2, den man mit Unrecht Vestibül getauft hat, und der nichts Anderes ist, als eine durch den Zusammenstoss des gegen die Strasse spitzwinkelig orientirten Planes mit der Fluchtlinie der Strassenfront entstandene Ecke. Wir stehn also im Peristyl 3. Dies entspricht Vitruv's Angabe, dass in Landhäusern und derartigen suburbanen Villen das Peristyl anstatt des Atriums unmittelbar auf den Eingang folgend angelegt werde. In der Mitte des Säulenumgangs ist ein piscinaartiges Impluvium angelegt, aus dem das Wasser in eine darunter befindliche Cisterne zusammenfloss. Aus dieser wurde es durch zwei Puteale α geschöpft, deren eines von Travertin, das andere von Marmor, beide roth bemalt waren. Roth gefärbt ist auch das untere nicht canellirte Drittheil der vierzehn das Peristyl bildenden dorischen Säulen von Ziegeln mit Stuccobekleidung, deren obere zwei Drittheile weiss und canellirt erscheinen und deren Capitell, welches wir im artistischen Theile noch einmal zu erwähnen haben, dasjenige Ornament plastisch ausgeführt zeigt, welches bei den meisten Säulen nur gemalt war und verschwunden ist. Der ganze Peristylhof macht in seiner einfachen Eleganz einen sehr heiteren und freundlichen Eindruck.

Von den um das Peristyl gelegenen Räumen sind die meisten leicht und mit wenigen Worten bezeichnet. Beginnen wir rechts am Eingange, so finden wir in einem durch oben erwähnte Umstände wiederum dreieckigen Raum 4 die Treppe zu den rechts tiefer gelegenen Theilen des Hauses, in denen sich die Wirthschaftsräumlichkeiten befinden und zu einem Gange *a a a*, der in den Hof und Garten führt. Sodann folgen mehre als *cubicula* an den gemauerten Bettstellen deutlich erkennbare, mit weissem Mosaik geplattete Zimmer 5 ohne sonderliches Interesse. An der Hinterseite des Peristyls finden wir nach einem engen Durchgange 6 mit einem offenen alaartigen Vorplatz 6 *a*, und nach einem kleinen Zimmer 7, das sich auf die unten zu besprechende Gallerie öffnet, ein nach beiden Seiten offenes Tablinum 8, aus dem man die grosse Gallerie betritt. Neben diesem zwei wiederum auf diese Gallerie geöffnete Zimmer 9 und 10, deren letzteres als Exedra gelten kann; hinter diesen am Peristyl, das wir nicht zu weit verlassen wollen, zwei Treppenräume 11, in denen man zum oberen Geschoss hinaufstieg. An der linken Peristylseite nennen wir zunächst nach einem geräumigen Triclinium 12 wieder zwei ziemlich irrelevante *cubicula*, die wir mit der Nummer 5, wie die gegenüberliegenden, bezeichnen wollen. Zwischen diesen aber betreten wir das interessanteste und schönste Schlafzimmer Pompejis 14 durch ein Procoeton 13, in dem wir einen Alkoven für den *cubicularis*, den Kammerdiener, β, bemerken. Dieses Schlafzimmer ist halbrund mit gradlinig verlängerten Schenkeln; sein runder Abschluss ist von drei grossen Fenstern durchbrochen, welche Morgen-, Mittags- und Abendsonne eindringen liessen, jedoch bei zu grosser Hitze sowie bei Nacht mit Läden ganz verschlossen werden konnten, in welchem Falle drei über denselben angebrachte runde Fensterchen (Ochsenaugen) das nöthige

Dämmerlicht eindringen liessen. Unter den Fenstern dieses Schlafzimmers liegt ein Garten im Niveau der Strasse, auf welchen der Gang (*posticum*) 15 hinausführt. Die Wächter haben hier wieder Rosen gepflanzt, die, in üppigster Fülle blühend, uns einen Begriff von der Anmuth dieses Winkels in der alten Zeit geben. Ueber den Garten hinaus aber und die Monumente der Gräberstrasse, die nicht hinderten, wohl aber einen mannigfaltigen Vordergrund bilden, schweifen die Blicke über den Meerbusen und an der ganzen Küste entlang von Stabiä über Sorrent bis Capri. Es ist unglaublich, dass nicht auch dieser Aussicht wegen die erwähnten drei Fenster der Halbkreiswand dieses Schlafzimmers durchbrochen, obgleich dem Einströmen der Sonne während des ganzen Tages zu Liebe auch anderweitig ähnliche Einrichtungen getroffen wurden, z. B. im Laurentinum, der Villa des Plinius, wie in seinen Briefen, in denen er Buch 2. Brief 17 seinen Landsitz beschreibt, zu lesen ist. Dass aber der Eigner dieses Hauses auf die kostbare Aussicht dieser Seite seiner Wohnung Werth legte, zeigt nicht allein die Anlage der Zimmer am Ende der grossen Gallerie, sondern auch der Umstand, dass fast alle Zimmer nach dieser Seite Fenster haben, obwohl sie das nöthige Licht aus dem Peristyl empfingen. Im Hintergrunde unseres Schlafzimmers finden wir in γ den Bettalkoven, der mit einer Gardine geschlossen war, deren Ringe man noch gefunden hat, und in δ ein Mauerwerk mit einer Vertiefung, das wohl als Waschtisch gedient hat. Salb- und Oelgefässe hat man ebenfalls in diesem Gemach gefunden. Neben dem Ausgang in den Seitengarten 15 finden wir ein von diesem Gange aus betretbares, ganz schmuckloses Zimmer 16, in welchem man die Reste mehrer Wandschränke fand, und das darum als Garderobezimmer gilt, eine Bestimmung, die nicht recht einleuchtend ist. Die übrigen Räume, welche die Ecke des Gebäudes erfüllen, vor der wir stehen, bilden ein vollständiges Bad, dessen meiste Theile ganz klar nachweisbar sind und fast unberührt vorgefunden wurden, während über die Zwecke zweier Räume (18 und 19) keineswegs Alles in dem Grade feststeht, wie man es erwarten sollte. Aus dem Peristyl gelangt man zuerst auf einen dreieckigen Hofraum 17, der an zwei Seiten von einem bedeckten Umgange begrenzt wird, dessen Decke sieben achteckige schlanke Pfeiler tragen, und der eine schattige Ambulatio bildet. Am einen Ende dieses Umganges findet man bei ε einen kleinen gemauerten Heerd, wahrscheinlich zur Bereitung warmer Getränke, welche die Römer nach dem kalten Bade zu geniessen liebten. An der dritten Seite des dreieckigen Hofes gegenüber dem Eingange ist angelehnt an die Mauer gegen die Strasse das Bassin für das kalte Bad, die Piscina ζ von 2^{m} 17 $\times$ 2^{m} 85 Grösse und 1^{m} 10 Tiefe, mit härtestem Stucco bekleidet und durch drei in der einen Ecke angebrachte Stufen zu betreten. Die Ränder sind mit Marmorplatten belegt und die Seitenwände um fast einen Meter über den Boden erhöht. Auf ihren Enden stehn zwei Säulen aus Backsteinen, welche ein Dach trugen, dessen Spuren auch noch in der Wand erkennbar sind, und welches die Badenden gegen die Strahlen der

Sonne schützte, ohne den Zutritt der freien Luft zu behindern. Die Hinterwand war auf blauem Grunde mit Fischen, Muscheln und sonstigen Meerthieren bemalt, während zunächst ausserhalb der Badenische jederseits Bäume und Gebüsche auf die Wand gemalt waren. Diese Decoration ist jetzt völlig verschwunden, hat aber von Mazois, der sie Band 2. Taf. 52. Figur 1 mittheilt, noch gezeichnet werden können. Der Boden des Hofes und Umgangs war mit Mosaïk belegt, konnte also nicht mit Bäumen bepflanzt werden, was man eigentlich erwarten sollte. Das Wasser wurde von der Strasse her durch ein, wahrscheinlich mit der grossen Leitung der Stadt in Verbindung stehendes Bleirohr eingeführt. An diesen Hof grenzen zunächst die beiden Zimmer, über deren Zweck sich nicht absprechen lässt, 18 und 19. Das Zimmer 18 ist ziemlich geräumig, aber nur durch eine schmale Thür vom Hofe aus erleuchtet und ohne weitere Communication mit anderen Räumen. Ich kann es daher auch nur für verfehlt halten, wenn man in ihm das Auskleidezimmer erkennen will, es sei denn, dass man dies auf das kalte Bad bezieht. In Bezug auf das warme dürfte dieser Name eher für No. 19 passen, welches eine Art von Durchgang bildet, aus dem man in ein Zimmerchen 20 gelangt. In diesem fand man freilich keinerlei Heizapparat, aber derselbe konnte ein beweglicher sein, wie im Tepidarium der Thermen, so dass wir dieses Zimmer mit gleichem Namen belegen und in ihm das Local für die Reibungen, Salbungen und sonstigen Manipulationen nach dem heissen Bade erkennen dürfen. Das Fenster nach dem Garten war mit vier 10 □Zoll grossen dicken Scheiben geschlossen, durch deren Auffindung die Frage über den Gebrauch der Fensterscheiben bei den Alten zuerst definitiv gelöst wurde. Neben diesem Tepidarium liegt das Caldarium 21, welches fast in allen Theilen und Stücken mit dem Caldarium der Thermen, auf dessen genauere Beschreibung wir verweisen, übereinstimmt. Wir finden in ihm den Alveus, die Wanne für das heisse Wasser in η, das halbrund herausgebaute und mit einer Halbkuppel gedeckte Laconicum und den Platz für das Labrum in ϑ, während der Boden in der Mitte durch eine *suspensura* unterhöhlt ist, um die heisse Luft durchstreichen zu lassen, zu welchem Ende auch die Mauern mit jenem ein paar Zoll Spatium gebenden Plattenüberzug bekleidet sind, den wir in den Thermen kennen gelernt haben. An die schmale Seite dieses Caldariums lehnt sich das Zimmer für den Heerd oder das Hypocaustum 22. So klein dies Zimmer ist, fand man doch in ihm an der Wand des Caldariums in $\varkappa$ das Hypocaustum für die heisse Luft, daneben in λ den Heerd mit eingemauertem Kessel für das laue Wasser, während andererseits über dem Hypocaustum noch drei Basen für die Kessel vorhanden sind, in denen das Wasser nach und nach bis zum Kochen erhitzt wurde. An der zweiten Wand in μ ist eine Art gemauerter Wanne, wohl das Reservoir für das zu erhitzende Wasser, und gegenüber an der Strassenwand in ν ein steinerner Tisch angebracht. Neben der Wanne ist in ξ der Treppenraum, in dem heutzutage die hölzerne Treppe natürlich fehlt. Den Schluss der Räumlichkeiten dieses kleinen Bades bildet ein Zimmer 23 ohne jeden Zugang, welches das Hauptwasserreservoir enthielt.

Kehren wir jetzt in das Peristyl zurück und durchschreiten das Tablinum oder die Fauces, so stehn wir auf der grossen Gallerie 26 oder dem breiten Gange, auf welchen, wie oben erwähnt, ausser Fauces und Tablinum die Zimmer 7, 9, 10 ihren Ausgang haben. Geräumig, reichlich erleuchtet und doch durchaus schattig bildet dieser Gang eine der anmuthigsten Räumlichkeiten der Häuser in Pompeji, in welchem man sich trefflich ergehen konnte und welcher vielleicht auch als Sphäristerium oder zu ähnlichen Zwecken verwendet wurde. An ihm liegen zu beiden Seiten kleine Gemächer 25 und 26 mit einer köstlichen Aussicht über den Garten und auf das Gebirg, und nach dem Garten zu hinter dem Tablinum, und freilich nicht in seiner Achse ein grosses Triclinium oder Oecus 27 mit einem gewaltigen, fast bis auf den Boden herabgeführten Fenster, das augenscheinlich wieder nur der herrlichen Aussicht zu Liebe hier so gross gemacht ist. Zu beiden Seiten dieses Oecus liegen zwei grosse unbedeckte Terrassen 28. Endlich müssen wir noch zwei kleine Cabinette 29 und 30 erwähnen, welche hinter dem linken Flügelzimmer der Gallerie an einer Treppe *b* in das untere Geschoss liegen und deren ersteres eine Cella für den die Treppe und das Posticum bewachenden Sclaven gewesen zu sein scheint, während das zweite zu sehr zerstört ist, um uns zu mehr als der Frage zu berechtigen, ob wir in ihm ein *cubiculum* zu erkennen haben? Soweit die Wohnräumlichkeiten des Geschosses im Niveau der Gräberstrasse, über denen sich ein fast ganz zerstörtes Stockwerk befand, von dem wir natürlich Näheres nicht angeben können. Die Decorationen der besprochenen Gemächer, deren wir eine Reihe bei Roux, *Hercul. et Pomp.* Bd. 1. Taf. 63—90 finden, sind elegant, ohne dass jedoch irgendwo namhafte Gemälde oder auszuzeichnende Mosaiken hervortreten.

Seitwärts vom Hauptgebäude und vermöge der schon mehrfach erwähnten Steigung der Gräberstrasse gegen die Stadt etwas tiefer liegt ein im Plane dunkel schraffirter Complex von Räumlichkeiten mit eigenem Eingange 31 von der Strasse, in welchen man die Wirthschafts- und Haushaltungsabtheilung erkennt. Sie ist vom Wohnhaus durch einen schmalen, aber fast ganz durchgeführten Gang 32 abgeschieden, wahrscheinlich um einer Vitruv'schen Vorschrift gemäss die Feuersgefahr, welche Bäckerei und Küche mit sich bringt, zu verringern. Diese ganze Abtheilung wurde bei der Ausgrabung so arg zerstört vorgefunden, dass es unmöglich ist, die Bestimmung der einzelnen Gemächer nachzuweisen. Nur so viel ist aus den stehenden Mauern zu erkennen, dass ein atrienartiger Hof 33 die Mitte einnimmt, an den sich die Küche, die Bäckerei, die Waschzimmer anlehnen und der an der einen Seite durch eine fünfsäulige Porticus 34 begrenzt wird. Die Auffindung von Flaschen, Gläsern, Küchengeschirren, einer Amphora mit Getraide, einigen Spaten, einer Harke u. dgl. mehr bezeugt im Allgemeinen die Bestimmung dieser Abtheilung, in der auch noch das Skelett eines Mannes neben dem einer Ziege gefunden wurde, die eine Glocke am Halse trug.

Was endlich die untere Etage im Niveau des Hofes und Gartens anlangt, die auf dem Plane heller schraffirt ist, so haben wir schon die beiden Zugänge zu derselben aus dem Hause, nämlich den geneigten Gang *a a a* und die Treppe *b* kennen gelernt, welche letztere für die Herrschaft bestimmt gewesen zu sein scheint, wie ihre Lage im Innern des Hauses anzeigt. An dem geneigten Gange liegt eine Folge dunkler Kammern *c*, welche nur als Vorrathsräume gedient haben können. Die Hauptgemächer des unteren Geschosses liegen an der Hinterfront des Hauses unter dem Oecus und den Terrassen, welche diesen flankiren. Ein breiter Gang *d d d* bildet zu ihnen insgesammt den Zutritt. Diesen Gang schliesst gegen den Hofraum eine mit Strebepfeilern verstärkte, zwischen je zwei Pfeilern von einer Fensteröffnung durchbrochene schwere Mauer ab, und in derselben Weise ist dieser Gang als eine Kryptoporticus um die übrigen drei Seiten *e—f*, *f—g*, *g—h* des 33 Meter ins Geviert grossen Hofes herumgeführt und zwar gewölbt und mit einem oberen Umgange versehen. Diese Cryptoporticus ist auf der einen Seite, links vom Beschauer unserer Ansicht Figur 179, bis auf die Fundamente zerstört, rechts dagegen im unteren Geschoss völlig, im oberen so weit erhalten, dass die Existenz derselben sicher angegeben werden kann. Die Bestimmung der elegant, aber fast gleichmässig decorirten Zimmer *i* unter den Terrassen und dem Oecus ist nicht mehr nachzuweisen, nur dasjenige rechts *k* scheint ein Sommertriclinium gewesen zu sein. Zwei Cabinette *l m* am Ende des Ganges *e—h* und in der Flucht der Portiken *e—f* und *g—h* zeichnen sich durch reichere Decoration vor den übrigen Gemächern aus; zwei andere Cabinette zu beiden Seiten der Porticus *f—g*, mit *n* und *o* bezeichnet, sind dagegen sehr einfach verziert, und eines derselben scheint ein Lararium gewesen zu sein. Neben dem Triclinium *k* führt ein Gang *p* zu einer Treppe *q*, vermöge deren man in den Keller hinabsteigt, der gewölbt und durch kleine Oberlichtfenster aus dem Hofe erleuchtet, sich unter der ganzen Ausdehnung der drei Arme *e—f*, *f—g*, *g—h* der Cryptoporticus erstreckt, deren Boden deshalb um vier Stufen über das Niveau des Hofes und der vierten Seite *h—e* erhoben ist, um den Kellern die nöthige Höhe und das nöthige Licht zu verschaffen. Zahlreiche Amphoren, die man hier an die Wände angelehnt fand, zeigen, dass dieser Keller als *cella vinaria*, als Weinkeller diente. In ihm fand man die früher (S. 27) erwähnten achtzehn Gerippe der hieher geflüchteten Familie des Eigners. —

In der Mitte des Hofes befindet sich eine geräumige Piscina *r*, mit einem Springbrunnen in der Mitte, deren Bassin in Nischenform behandelt erscheint. Hinter der Piscina finden wir zwei Stufen über den Boden erhoben eine Säulenhalle *s* von sechs Säulen, deren Bestimmung nur die eines Gartenhauses, eines Sommertricliniums oder eines Oecus gewesen sein kann. In ihrer Achse führt in *t* die Hinterthür aus der Cryptoporticus in die Felder, neben der man die Skelette des Herrn und seines Sclaven fand. Hinter der Porticus links führt ein Gang *u* zu einer breiten Treppe *v*, über die man in den Garten im Niveau der Strasse gelangt. —

Die in diesem Hause aufgefundenen Gegenstände, deren wir einige schon genannt haben, sind unzählbar; Geld, Schmuck, Geräth aller Art, darunter als das werthvollste Stück ein grosser Krater von farbigem Glas, mehre Mobilientheile und sonstiger Hausrath, unter dem ein Bronzecandelaber, den wir später mittheilen werden, sich auszeichnet, und Anderes mehr, welches aufzuzählen ermüden würde. —

Zweiter Abschnitt.

Läden, geschäftliche und gewerbliche Wohnungen.

Nachdem wir eine ausgewählte Zahl von kleinen, mittleren und grossen Wohnungen Pompejis durchwandert und den Luxus und Aufwand in vielen derselben kennen gelernt, sowie auch eine Reihe von Spuren und Zeugnissen über die Art des Lebens, welches sich in diesen Häusern bewegte, aufgefunden haben, muss uns die Frage besonders interessiren, wovon denn diese Alten lebten, womit sie die Bequemlichkeit und den Aufwand ihrer Wohnungen bestritten. Es ist nun freilich unzweifelhaft, dass manche Einwohner von Pompeji als Rentiers ohne Geschäft lebten, dass reiche Römer sich in die anmuthige Stadt Campaniens zurückzogen, dass mancher Bürger von Pompeji seine Einnahmen aus dem Ertrag ländlicher Güter in der Umgegend der Stadt haben mogte; fanden wir doch mehre Häuser, namentlich diejenigen in der Strasse des Mercur, welche ohne Läden oder Geschäftslocal waren. Auf der anderen Seite aber wissen wir, dass Pompeji einen schwunghaften Handel, selbst bis direct nach Aegypten betrieb, auch ist uns die Hauptstrasse vom herculaner Thor bereits früh im Charakter einer Verkehrs- und Kaufmannsstrasse mit grossen Magazinen und anderen bezeichnenden Localen erschienen; ferner haben wir die grosse Zahl von Läden an den Häusern und von Häusern, die mit Läden in Verbindung standen, nicht übersehn und haben bemerkt, dass mancher wohlhabende Pompejaner es nicht unter seiner Würde hielt, die Pro-

Figur 181. Ansicht einer Bäckerei und Mühle.

ducte seiner Felder und Weinberge, wohl auch die seines Handels und warum nicht die seines Gewerkes in einem mit seinem Hause verbundenen Laden durch einen Sclaven *en détail* verkaufen zu lassen, während die ungleich zahlreicheren, von den Häusern unabhängigen und mit ein paar Zimmern vermietheten Läden uns von grosser Regsamkeit von Handel und Wandel, Kauf und Verkauf, namentlich Kleinhandel und Gewerbebetrieb deutlich redende Zeugnisse waren.

Das Vorhandensein dieser allgemeinen Zeugnisse legt uns die Frage nahe, ob sich denn etwas Specielles über die Arten und Mittel des Erwerbes, namentlich des kleineren Verkehrs, in Pompeji nachweisen lasse? Diese Frage lässt sich mit Ja beantworten, und wir wollen uns auf den folgenden Seiten mit den Läden im Allgemeinen und mit den bedeutendsten und am besten verbürgten Geschäftslocalen und Erwerbsanstalten der Stadt bekannt machen, während wir es uns für einen späteren Abschnitt vorbehalten, die sonstigen Zeugnisse des Verkehrs und Erwerbs mit den übrigen Spuren des bürgerlichen Lebens in ein Gesammtbild zu vereinigen. —

Die Einrichtung der Läden haben wir im Allgemeinen schon bei der Besprechung der Häuser kennen gelernt und haben gesehn, dass sie entweder aus dem einzigen Ladenlocal oder ausserdem aus einem oder ein paar Zimmerchen hinter diesem bestehen, zu denen vielfach noch Schlafzimmer im oberen Stockwerk sich gesellen, die uns die Treppen in den Läden bezeugen. Um noch ein paar Bemerkungen im Einzelnen beizufügen, knüpfen wir an einen kleinen Laden mit zwei hinteren Zimmern an, dessen Plan wir nebenstehend Fig. 182 mittheilen. Es ist dies der Laden eines Garkochs und Delicatessenhändlers, der aber in den meisten Dingen als Norm dienen kann. So wie unsere Detailhändler nach so breiten und glänzenden Schaufenstern wie möglich streben, sorgten auch die pompejaner Krämer und Kaufleute dafür, ihre Waare möglichst offen auszulegen und den Vorübergehenden bemerkbar zu machen. Deshalb sind die Läden nach der Strassenfront, bei Eckhäusern nach beiden Strassenfronten fast ganz offen, jedoch in der Regel im unteren Theil durch einen gemauerten Ladentisch oder eine sogenannte Thonbank, welche gewöhnlich; wie auf unserem Plane 3, im rechten Winkel gebrochen ist, bis auf einen Eingang von gewöhnlicher Breite gesperrt. Die gemauerten Ladentische sind in der Regel mit einer Stein- oder Marmorplatte bedeckt und bei den

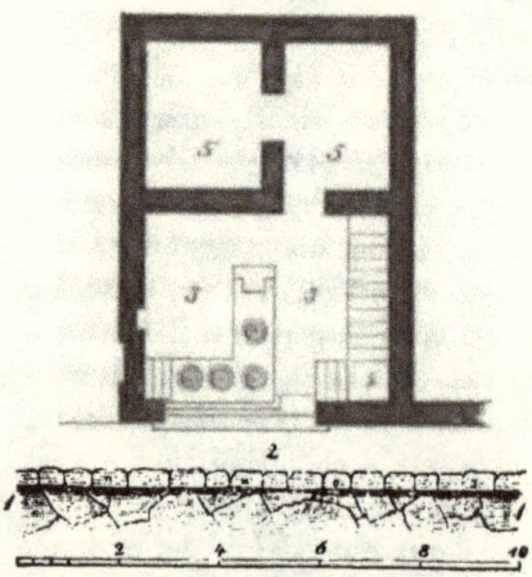

Figur 182. Plan eines Ladens.

Garküchen und Thermopolien pflegen, wie in unserem Beispiel, verschiedene Gefässe, Amphoren von Thon, Pfannen und dergleichen in den Ladentisch eingelassen zu sein, aus denen man den Inhalt mit einer Schöpfkelle entnahm. An den Wänden hinter dem Ladentisch sind häufig in Treppenform gemauerte Repositorien zum Aufstellen von Gefässen und zum Auflegen trockener Waare angebracht, in welchen ebenfalls nicht selten Gefässe eingemauert sind. In unserer Garküche sehn wir am Ende des Ladentisches einen kleinen Heerd angebracht, was sich so oder ähnlich in allen derartigen Läden wiederholt; nur sind oft diese kleinen Heerde transportabel und von Bronze. In vielen Thermopolien hat man auf der Platte des Ladentisches die Spuren der dort geschenkten Getränke gefunden und zwar in aufgetrockneten Ringen, welche den Füssen der Trinkgeschirre entsprechen. In den meisten dieser Getränke war Honig. Gegenüber dem Ladentisch pflegt die Treppe 4 angebracht zu sein, an der vorüber ein Eingang in die Ladenzimmer 5 führt, über die nun vollends Nichts zu sagen ist. Auch die folgende hübsche Restauration unseres Ladens bedarf keiner Erklärung, wir machen nur wiederholt darauf aufmerksam, dass diese weitoffenen Läden mit ihren bunten Façadenpfeilern, ihren mancherlei Waaren und ihrem tiefschattigen Innern den Hauptschmuck der kahlen Häuser und Strassenfronten abgeben, was angesichts unserer Abbildung unsern Lesern einleuchten wird. Sodann ist noch darauf hinzuweisen, dass die Pfeiler rechts und links von der weiten Oeffnung dazu benutzt wurden, um die Aushängeschilder und Ladenzeichen aus Thon einzulassen oder häufiger noch anzumalen. Diese angemalten oder plastischen Ladenzeichen bieten uns denn auch die Möglichkeit, die ursprüngliche Bestimmung des einen und des anderen Ladens in Pompeji nachzuweisen. Ein Milchhändler z. B. in einem Laden der Thermen hat eine Ziege an seinem Ladenpfeiler in Terracottarelief angebracht, ein Bäcker die Reliefdarstellung einer von einem Maulthier

Figur 183. Restaurirte Ansicht eines Ladens.

getriebenen Mühle (s. Fig. 184) von der unten zu erklärenden Art; an dem Ladenpfeiler eines Weinhändlers fand man ebenfalls in Thonrelief zwei Männer, die eine Weinamphora an einem Stock auf den Schultern tragen, während ein anderer, ungleich geschmackvoller als die meisten übrigen Kleinhändler, einen recht leidlichen Bacchus, der eine Traube ausdrückt (abgeb. Mus. Borb. 3. 50), auf seinen Ladenpfeiler hatte malen lassen. Andere Zeichnungen auf den Pfeilern sind ihrer Bedeutung nach nicht ganz sicher, so der Anker auf dem Eingangspfeiler der *Casa del ancora*, das Schiff auf einem Pfeiler der *Casa del naviglio*, welches letztere man als das Zeichen des Verkaufs der zur Schiffahrt nöthigen Gegenstände betrachtet. Zweifelhaft ist auch die Bedeutung der mehrfach an Schenken vorkommenden Schach- oder Damenbreter (siehe z. B. unsere Ansicht Figur 16), da aber die Alten das Bretspiel kannten, so mag durch diese Aushängeschilder angezeigt worden sein, dass man in diesen Localen auch sein Spielchen machen konnte. Ein einzeln vorkommendes Schild eines Ladens an den Thermen neben dem des Milchhändlers, welches einen Gladiatorkampf darstellt, dem Laden den Namen der Gladiatorschule verschafft hat und an die Verse des Horaz Sat. 2. 7. 71 ff. erinnert, erklärt sich vielleicht aus der Vergleichung der Sitte in modernen Matrosen- und Handwerkerkneipen, auf deren Schildern auch oft die Gäste gar anmuthig abconterfeit zu sehn sind. Der Laden wäre danach besonders von Gladiatoren besucht worden. Unter dem Bildchen steht in vorzüglicher und dem Stande der Gäste angemessener Orthographie, nämlich ABIAT VENEREM POMPEIIANAMA IRADAM QVI HOC LAESERIT (d. i. *habeat Venerem Pompeianam iratam qui hoc laeserit*) eine Verwünschung dessen, welcher das schöne Gemälde beschädigen würde, merkwürdig ausser durch die Orthographie und Grammatik und die Nennung einer pompejanischen Venus durch die Uebereinstimmung mit einer noch heute in Neapel gebräuchlichen Verwünschungsformel: *abbia la Venere!* Ausser den Ladenzeichen und dem ihnen Verwandten wurden auf die Pfeiler der Läden vielfach noch die bekannten symbolischen Schlangen als talismanische Zeichen zur Abwehr von Unheil angemalt, hie und da wohl auch noch ein anderer Schutzgenius (*genius loci*), und dieselbe oder ähnliche Bedeutung werden auch die Phallen haben, welche mehrfach an den in Rede stehenden Stellen und neben Hauseingängen in Pompeji vorkommen.

Figur 184. Reliefdarstellung an einem Bäckerladen.

Wenn wir nun alle Merkmale, die sich bieten, zusammenfassen, so können wir die folgende kleine Reihe von Handwerken und Gewerben in Pompeji nachweisen. Die Werkstatt eines Grobschmiedes oder eines Wagners liegt in der Strasse vom herculaner Thor unfern des zweiten Brunnens an der Vorderseite eines geräumigen Hauses, welches jedoch ausser einem ziemlich bedeutenden Keller nichts besonders Bemerkenswerthes bietet. Auch die Werkstatt an sich enthält von Nennenswerthem höchstens eine kleine Nische für den Schutzgenius, die nicht uninteressanten und charakteristischen Werkzeuge sind in das Museum geschafft. Man fand mehre Hebebäume, von denen einer am oberen Ende in einen Schweinefuss ausgeht, Hammer, Zangen, eiserne Zirkel und andere Geräthe, Wagenachsen und die Felge eines Rades. Grösseres Interesse gewährt eine Töpferei in einem der Läden links an der Gräberstrasse namentlich durch den eigenthümlichen Ofen zum Brennen der Geschirre. Derselbe ist gemauert und zwar mit doppelter Höhlung, der untere Theil, in welchen die Feuerung gethan wurde, ist mit einer flachen, von vielen kleinen Löchern durchbrochenen Wölbung gedeckt, um die Hitze in den oberen Raum, in den die Gefässe gestellt wurden, leicht durchdringen zu lassen. Dieser obere Raum ist mit einem Kuppelgewölbe gedeckt, bei dem zum ersten Male nachweisbar jene ingeniöse Construction vorkommt, welche bei der Kuppel von S. Vitale in Ravenna und bei der grossen Sophienkirche in Constantinopel im Grossen verwendet, so weite Kuppelwölbungen allein ermöglichte. Die Wölbung besteht nämlich aus eigen geformten Töpfen, welche in einander gesteckt und in einer regelmässigen Spirale gewunden Dauer und Leichtigkeit vereinigen. In der 185. Figur, welche die Ofenkuppel zeigt, sehn wir bei *a* eine Probe der Töpfe von S. Vitale, in *b* die der pompejanischen. Hiernächst ist kurz die s. g. *casa delle forme di creta*, das Haus der Gypsformen, zu nennen, welches seinen Namen der Auffindung ziemlich vieler Formen aus Gyps verdankt und wahrscheinlich von einem Stuccateur bewohnt wurde.

Figur 185.
Ofenkuppel aus Töpfen.

Unfern des ersten Brunnens in der Strasse vom herculaner Thor liegt eine Seifenfabrik; so nennt man wenigstens diese Werkstatt, in deren einem Zimmer man eine beträchtliche Menge Kalk fand, aus dessen fetter, taigartiger Masse man schliesst, dass er zur Seifenbereitung zugerichtet gewesen sei. In dem anstossenden Zimmer standen fünf ovale, mit sehr hartem Stucco überzogene Gefässe von Stein, welche bei der Seifensiederei gebraucht wurden. Da nach einem bekannten Ausspruch die Cultur nach dem Seifenverbrauch eines Volkes bemessen werden kann, so freut es uns, eine zweite Seifensiederei in Pompeji an der Pantheonstrasse nachweisen zu können, die freilich kein interessantes Detail bietet. Doch nicht nur Seife verbrauchten die Pompejaner, ihre Kosmetik stand natürlich auf der sehr beträchtlichen Höhe der damaligen Zeit, die es getrost mit irgend einer anderen in Bezug auf den Reichthum an Salben, Oelen, Essenzen und sonstigen Wohlgerüchen aufnehmen kann. Aber nicht allein in der Art, wie wir sie brauchen, wurden Parfümerien in dieser Zeit verwendet, auch beim Gottesdienst und Opfer, zur Leichenbalsamirung und noch anderen Zwecken verbrauchte man Weihrauch und Essenzen. Hierauf beziehn sich die Bilder eines Ladens an der Ecke der *Strada di Mercurio* und der kleinen Parallelgasse der Fortunastrasse, den man von einem Parfumeur und Weihrauchhändler bewohnt denkt. Das eine dieser Bilder oder Aushängeschilder stellte einen Opferer dar, der einen Stier zum Altar führt, dabei wird Weihrauch gebraucht: hier ist er zu haben! Auf dem andern Bilde trugen vier Männer eine grosse Kiste, um welche Gefässe für Flüssigkeiten hingen, das ist offenbar ein Bild des Imports der hier verkauften trocknen und flüssigen Düfte. Darüber war ein drittes Bild, auf dem ein Leichnam zum Verbrennen gereinigt und gesalbt wird, durch welches der Händler sich vorkommenden Falls auch zur Leichenbalsamirung mit seinen Waaren empfahl. — Alle drei Bilder sind jetzt ganz erloschen und man hat versäumt sie zu rechter Zeit zu copiren.

Der nicht gar zu fernen Verwandtschaft des Geschäftsbetriebs wegen nennen wir ferner zuerst die sogenannte Fabrik von Chemicalien neben dem Hause des Lucretius am *Quadrivio della Fortuna* oder der Strasse zum Odeum. Verbürgen wollen wir uns freilich nicht für die Richtigkeit des Namens, welche durch die Auffindung eines dreifachen Heerdes mit eingemauerten Kesseln wenigstens nicht unbedingt bewiesen wird. Die Verkaufsläden liegen zu beiden Seiten des Eingangs in das Haus, welches kein besonderes Interesse bietet.

Figur 186.
Dreifacher Heerd mit Kesseln.

Nachdem wir die Chemicalienfabrik genannt haben, dürfen uns die Herren Apotheker eine Erwähnung an dieser Stelle nicht mehr verargen. Bekannt sind zwei Apotheken in Pompeji, die eine an der Strasse vom herculaner Thor gegenüber dem zweiten Brunnen an der einen Ecke der kleinen dreiseitigen Insula, die andere in der *Strada dei mercanti* dem Chalcidicum gegenüber. Das Aushängeschild der ersteren zeigt eine Schlange mit einem Pinienapfel im Maul, bekanntlich das heilige Thier Aesculaps und der Hygiea, welche aber bei der vielfachen Verwendung der Schlangen in Pompeji in ganz anderer Bedeutung in diesem Falle die Apotheke nur sehr unsicher bezeichnen würde. Fest steht die Bedeutung des Ladens durch die Auffindung einer Menge von Arzneien, Täfelchen, Pillen, eingetrockneten Flüssigkeiten in Gläsern und dergleichen mehr. Das merkwürdigste Stück, das hier aufgefunden wurde, ist ein jetzt im Museum befindlicher Arzneikasten von Bronze mit verschiedenen Fächern und mit einer Schublade unter denselben, in welcher ein kleiner Salbenlöffel und ein Porphyrplättchen zum Reiben der Salben lag. Die zweite Apotheke ist durch in ihr aufgefundene Arzneien wie die erste bestimmt.

Unmöglich können wir jetzt den Arzt oder Chirurgen ungenannt lassen, mögen unsere Aerzte auch scheel dazu sehn, dass wir ihren antiken Collegen zu den Gewerbtreibenden rechnen; die Schuld liegt an den Apothekern, namentlich an dem zweiten, dem der Arzt sehr benachbart in der *Strada dei mercanti* wohnt, und auch an diesem Arzt selbst, der beiher Apothekerei getrieben zu haben scheint. Denn auch in seinem Hause, welches baulich nichts Besonderes bietet, fand man Droguen und Arzneien, ausser diesen aber eine Reihe sehr interessanter chirurgischer Instrumente, von denen wir später noch insbesondere sprechen werden. Und nun — natürlich nur der Vollständigkeit wegen ohne alle Nebenabsichten — wollen wir unsere Leser doch auch mit einem pompejanischen Barbier bekannt machen, dessen vermuthliche Boutique im feinen Stadtviertel, in der *Strada di Mercurio* neben der Fullonica liegt, übrigens ein gar bescheidenes Stübchen von nur $3^m 30 \times 2^m 18$ Grösse mit einer Steinbank an der einen Wand, zwei Nischen darüber und einem gemauerten Sitz in der Mitte, von dem man glaubt, dass er für die Kunden während des Barbierens gedient habe. Wir garantiren hiefür nicht und überlassen es unsern Lesern, anstatt des trefflichen Baders einen — Schuster als ehemaligen Inhaber dieses Locals zu denken.

Ehe wir gänzlich aus dieser Region scheiden, in der es wenigstens halbwegs nach Arznei und nach Chemie riecht, müssen wir noch ein Geschäft nennen, dessen Waaren wenigstens zum Theil Producte der Chemie sind, die Farbenhandlung in der *Casa del archiduca di Toscana* unfern des Hauses des Lucretius in der Strasse des Odeum, von der freilich 1851 nur erst die drei Läden an der Strasse ausgegraben sind, die aber für uns die grösste Bedeutung haben. In ihnen fand man eine Menge Farben, wie sie zur Wandmalerei gebraucht wurden, theils in den Rohstoffen, Spangrün, Mennig, Kreide, Zinnober u. a., theils in präparirtem Zustand und zwar, wie die chemische Analyse ergeben hat, mit Harz versetzt, so dass diese Farben für die enkaustische Malerei gedient zu haben scheinen, von der wir später reden werden. Ausser den Farben fand man noch eine beträchtliche Menge rohen Harzes und eine Anzahl kleiner Mühlen in der demnächst darzustellenden Art der Mehlmühlen, etliches Brod, ein Stück unverbrannten Holzes und nicht weniger als vierzehn Gerippe. — Eine zweite kleinere Farbenhandlung haben wir schon oben im Hause des Pansa kennen gelernt. Die in diesem Laden verkauften Farben als Material der in Pompeji besonders geübten Kunst erinnern uns, dass wir auch die Werkstatt eines Künstlers, eines Bildhauers zu besuchen haben. Dieselbe liegt in der Nähe des Odeum, unmittelbar hinter dem kleinen, gewöhnlich dem Aesculap zugeschriebenen Tempel (oben S. 80), dessen Thonstatuen vielleicht das Werk unseres würdigen Meisters sind. In seinem Atelier fand man ausser allen Geräthen zur Steinsculptur, wie sie noch heute gebraucht werden, Meissel und Hammer, Spitzeisen und Steinbohrer, Feilen u. dgl. m., mehre Marmorstatuen*),

*) Ich gebe diese Notizen auf die Auctorität eines wissenschaftlich sehr niedrig stehenden Büchelchens unter dem Titel: »Die Ruinen von Pompeji, aus dem Französischen des Stanislao d'Aloë.« Berlin 1854, welches aber in Bezug auf dergleichen Thatsächliches immerhin Beachtung verdient, weil der Verfasser Mitglied der Direction des Museums und der Ausgrabungen ist.

von denen einige noch nicht ganz vollendet, andere halbfertig oder angefangen und zwei erst ganz aus dem Groben gearbeitet waren. Man hat sie in das Museum in Neapel geschafft, publicirt aber sind sie noch nicht, was in Rücksicht auf die an ihnen ohne Zweifel deutlich vorliegenden Kunstgriffe der Punktirung u. a. zu beklagen ist. Neben dem Bildhauer dürfen nun auch die Goldschmiede genannt werden. Die Läden eines derselben, des Inhabers des homerischen Hauses, kennen wir von der Besprechung desselben; dass in der Strasse hinter oder neben dem Chalcidicum, die jetzt den Namen der *strada dei mercanti* führt und früher *strada dei orifici* hiess, mehre Goldschmiedläden liegen, ist auch schon früher erwähnt worden. Aus einer Inschrift, in der die *aurifices universi* genannt werden, ersehen wir, dass die Goldschmiede eine Zunft oder Corporation (*collegium*) bildeten, wie gleicherweise die Sackträger, die Eseltreiber, die Obsthändler und andere.

Eigentliche Kramladen sind in Pompeji nicht bekannt, nur den Laden eines Oelhändlers können wir in der Strasse zum Odeum nachweisen, in welchem die Thonbank mit einer Platte von Cipollin und grauem Marmor bedeckt und nach vorn mit einer runden Porphyrplatte zwischen zwei Rosetten verziert ist. In diesen Ladentisch sind acht Thongefässe eingelassen, in deren mehren man Oliven und verdicktes Oel fand. Eine neunte grosse Vase stand in der Ecke des Ladens, wo auch ein Heerd gefunden wurde, sowie eine kleine Cisterne ebenfalls für Oel. Auf dem gemauerten Repositorium fand man den angeklebten Fuss eines Bronzegefässes und in dem Laden einige Gold- und Silbermünzen.

Genaueres als über die bisher kurz aufgeführten Erwerbszweige und die Locale, in denen sie betrieben wurden, können wir über zwei Gewerke beibringen, erstens über Bäckerei und zweitens über Tuchwalkerei.

Es sind, auch abgesehen von den Privatbäckereien in mehren Häusern Pompejis, wie z. B. in der *Casa del Laberinto* (oben S. 236), mehrfache gewerbmässig betriebene Bäckereien aufgefunden und uns zum Theil bereits bekannt, so diejenige im Hause des Sallust und die im Hause des Pansa, zu denen noch eine andere am *Vico storto* kommt. Dicht neben der Bäckerei im Hause des Sallust an der Strasse zum herculaner Thor liegt die bedeutendste in Pompeji, welche der Besitzer im eigenen ganzen Hause betrieb. Diese und die in ihr aufgefundenen Mühlen und anderen Geräthe und Einrichtungen wollen wir zum Beispiel und Muster bei einer genaueren Betrachtung nehmen.

An der Strassenfront liegen rechts und links vom Eingang 1 Fig. 187 zwei Läden, die aus drei Räumlichkeiten 2, 3, 4 und 5, 6, 7 bestehn, jedoch keine Verbindung mit dem Innern des Hauses haben, in denen also unser Bäcker nicht sein eigenes Geschäft betrieb, sondern die er anderweitig vermiethete. Die Bäckerei in Pansa's Hause hangt dagegen mit einem Laden zusammen, so dass es zu viel behauptet ist, wenn einige Schriftsteller angeben, keine Bäckerei habe ihre Waare im Hause feilgehalten, sondern das Brod sei auf transportabelen Tischen im Forum verkauft worden, wie ein Gemälde aus Herculaneum (abgeb. *Antichità di Ercolano* 2. 43) es darstellt. Das Atrium unserer Bäckerei 8, in welchem rechts die Treppe in das obere Stockwerk 9 liegt, zeigt vier starke Pfeiler um das Impluvium als Träger der Decke, welche nach sicheren Anzeichen nicht ein schräges Dach, sondern eine Terrasse oder ein rundumlaufender grosser Balcon war. Zu beiden Seiten des Atrium liegen je zwei *cubicula* 10, 11 und 12, 13, das letzte mit gemauerten Tischfüssen. In der Mitte des Hintergrundes sehn wir eine Art von Tablinum 14, durch welches man in die Werkstatt selbst eintritt. Der Hauptraum dieser Werkstatt hinter dem Tablinum, von dessen gegenwärtigem Zustande wir in der Abbildung an der Stirn dieses Abschnittes (Figur 181) eine aus dem Punkte *a* im Plan ausserhalb des Posticums aufgenommene Ansicht geben, das Mühlenhaus 15, ist 10 m 20 × 8 m gross und enthält als ersten Gegenstand von grossem Interesse vier Mühlen *b*, welche in Form eines verschobenen Vierecks gegen einander gestellt sind, um den Raum weniger zu beengen, als sie bei einer den Wänden parallelen Stellung gethan haben würden. Zur Würdigung dieser Maschinen senden wir vorauf, dass, obwohl um die Zeit, von der wir reden, Wassermühlen bereits bekannt waren, welche ein Epigramm der griechischen Anthologie poëtisch preist und Vitruv ganz klar beschreibt, Windmühlen nicht erfunden, und alle Vorrichtungen zum Mahlen des Getraides lange Zeit sehr unvollkommen waren, so dass Orte, welche kein fliessendes Wasser in ihren Ringmauern hatten, wie Pompeji, auf den Gebrauch von Mühlen angewiesen waren, die entweder durch Menschenkraft oder die von Zugvieh getrieben wurden. Derartige Mühlen sind überhaupt die ältesten; schon bei Homer drehen die Sclavinen die Handmühle, welche das noch ältere Instrument zum Zerdrücken des Getraides, Mörser und Stössel, verdrängt hatten. Dass namentlich in Italien das Zerstossen des Getraides das Ursprüngliche ist, wird uns bezeugt und liegt schon in dem Namen *pistor*, des Bäckers, der zugleich Müller ist. Wann das ungleich vorzüglichere Princip, das Korn durch Reibung grosser Steine zerdrücken zu lassen, aufgekommen sei, ist nicht genau zu ermessen, vielleicht dürfen wir annehmen, dass die Neuerung in Rom erst in der Zeit ein- und durchdrang, als in Rom eigene Bäcker aufkamen, während früher jede Haushaltung ihr eigenes Brod mahlte und backte oder, noch richtiger, als einen Mehlbrei kochte. Es wäre nicht unmöglich, dass die Einführung der Bäckerzunft

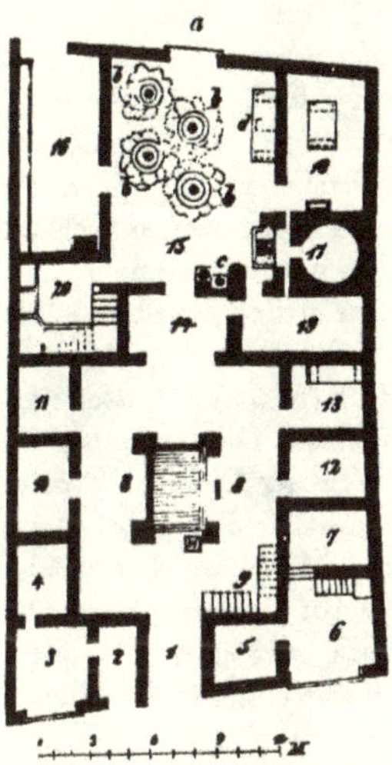

Figur 187. Plan der Bäckerei.

in Rom im Jahre 480 der Stadt (273 v. Chr.) wenn nicht mit der von irgend welchen Mühlen überhaupt, so doch von stehenden Mühlen in grösserem Massstabe zusammenhinge, welche offenbar eine grosse Reform in der Brodbereitung hervorrufen mussten, indem erst sie im Stande waren, wirklich feines Mehl zu liefern. Mühlen wie die in unserer Bäckerei gefundenen scheinen die um diese Zeit allgemein gebräuchlichen gewesen zu sein, und fanden sich ebenso, nur weniger gut erhalten, in den anderen Bäckereien Pompejis. Die folgende genauere Betrachtung wird zeigen, dass diese Maschinen, obwohl mit unseren Mühlen verglichen noch unvollkommen, doch sinnreich genug construirt waren und im Stande, ein ziemlich feines Product zu liefern. Unsere Abbildung Figur 188 zeigt eine Mühle halb (rechts) in äusserer Ansicht, halb (links) im Durchschnitt. Die Grundlage bildet ein schwerer, scheibenförmiger Steinblock *a*, in welchen eine rundumlaufende Rinne *b* eingehauen ist; in ihr sammelte sich das fertige Mehl, welches mit den Händen herauszunehmen war. Auf diesem flachliegenden Stein erhebt sich, entweder mit ihm aus einem Block gearbeitet oder in ihn eingelassen ein kegelförmiger Stein *c* mit etwas geschwungenen Profillinien. Dieser bildet den einen Reiber, der andere besteht aus einem ausgehöhlten Doppelkegel oder Doppeltrichter *d* in Form unserer Sanduhren, welcher über den festen Conus gestürzt ist und um denselben gedreht wird. Der obere Trichter diente, um das zu mahlende Getraide aufzunehmen, welches durch die beide Trichter verbindende Oeffnung hinabgleitend, bei der Umdrehung des Apparats allmälig zerrieben wurde und als Mehl in die Rinne des Grundsteins fiel. Nachdem wir so das Grundprincip kennen gelernt haben, sind noch einige feinere Einzelheiten zu betrachten, deren Kenntniss wir dem glücklichen Umstande verdanken, dass der französische Architekt Mazois bei der Ausgrabung unserer Mühle anwesend war, und die gleich zu nennenden, aus Eisen gebildeten Theile freilich von Rost fast ganz zerfressen, jedoch durchaus erkennbar vorfand, was bei keiner anderen Mühle der Fall ist.

Figur 188. Mühle.

Zunächst würde es beinahe unmöglich gewesen sein, den gegen 2 Meter hohen Doppeltrichter um den feststehenden unteren Reiber zu drehen, wenn beide aus rauhem vulcanischem Stein gearbeitete Theile mit ihrer gesammten Fläche auf einander gelegen hätten. In den feststehenden unteren Reiber ist daher ein starker eiserner Zapfen *a* Figur 189 eingelassen, während die Oeffnung des Doppeltrichters an ihrer schmalsten Stelle durch eine dicke, von fünf Löchern durchbohrte Scheibe *b* von demselben Metall verschlossen ist. In das mittelste und grösste dieser fünf Löcher passte der feste Zapfen des unteren Reibers und folglich bewegte sich der steinerne Doppeltrichter um diesen Zapfen, während das Getraide durch die vier kleineren Löcher

Figur 189. Eiserner Zapfen und Drehscheibe.

zwischen die Reiber fiel. Indem nun so der obere Reiber um ein Geringes von dem unteren gehoben war, entstand zwischen beiden ein enger Zwischenraum, welcher vermöge der geschwungenen Profillinie der Reiber oben und unten etwas weiter, bei dem Punkte *e* Fig. 188 am engsten war. Hier war es also, wo eigentlich das Korn zerdrückt und zerrieben wurde, und diesem Punkte fiel es vermöge der Erweiterung des Zwischenraumes nach oben um so lebhafter zu. Wäre der Zwischenraum von oben bis unten gleich weit gewesen, so hätte man nur dann feines Mehl erhalten, wenn die Steine sich fast ganz berührt hätten, und dann wäre wieder die Reibung so gross gewesen, dass sie nur durch die doppelte oder dreifache Kraft hätte überwunden werden können, die jetzt erforderlich erscheint, abgesehn davon, dass die ganze Operation durch den langsameren Zufall des Getraides unsäglich verlangsamt worden wäre. Die Vorrichtung zum Bewegen des oberen Reibers besteht aus hölzernen Balken, welche entweder am Zusammenstoss der beiden Trichter eingelassen waren, wie dies bei unserer Mühle der Fall war, oder welche in einer etwas complicirteren Weise, welche wir aus einem Sarkophagrelief im Vatican kennen, mit dem oberen Theile des Reibers verbunden waren. An diesen Balken oder Stangen schoben nun Menschen, natürlich meistens Sclaven, und diese Arbeit war die härteste von allen, welchen die Sclaven sich zu unterziehn hatten, so dass man sie zur Strafe für Vergehungen in die Mühlen sandte. Jedoch übertrug man die Drehung der Mühle in vielen Fällen auf Thiere, Esel oder Maulesel, und dass dies auch in unserer Bäckerei der Fall gewesen sei, lässt sich erstens daraus schliessen, dass der Umgang um die Mühlen, wie unser Plan und unsere Ansicht es angeben, gepflastert, während im Uebrigen der Fussboden mit Estrich belegt ist, zweitens daraus, dass sich neben dem Mühlhause in 16 der Stall mit der steinernen Krippe befindet, in welchem Mazois einige Reste von Maulthierknochen fand. Die Art, wie die Thiere an die Balken der Mühle angespannt wurden, finden wir freilich nur in roher Weise in dem oben (Figur 184. S. 258 mitgetheilten Aushängeschild einer Bäckerei dargestellt. Es begreift sich, dass wenn man die Balken, an denen geschoben oder gezogen wurde, in ein Kammrad vervollständigte, man dieses auf die einfachste Weise mit einem Wasserrade in Verbindung setzen konnte. Das ist die Einrichtung, welche Vitruv beschreibt.

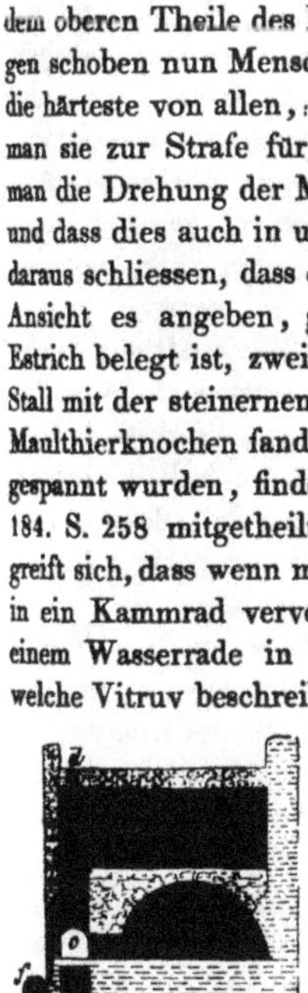

Figur 190. Durchschnitt des Backofens.

Links von den Mühlen sehn wir auf unserer Ansicht den Backofen, 17 auf dem Plan, von dem wir hierneben einen Durchschnitt geben Figur 190. Aus diesem ist ersichtlich, mit welcher Sorgfalt man die Hitze des Ofens zu benutzen strebte, indem der eigentliche innere gewölbte Ofen *a* von einem ringsum wohl verschlossenen viereckigen Vorraum *b* umgeben ist, der die erhitzte Luft festhielt. Durch *d* zog der Rauch ab, *c* ist der Aschenbehälter. Der Backofen steht vermöge einer mässigen Oeffnung *c* mit den beiden anstossenden Zimmern 18 und 19 auf dem Plan in Verbindung. In dem ersteren dieser Zimmer fand man die gemauerten Füsse eines grossen Tisches, dessen hölzernes Blatt verkohlt ist, und der offenbar zum Formen des Brodteiges diente. Das geformte Brod wurde durch die erwähnte Oeffnung *c* links in den Vorraum des Backofens gebracht, wo der Bäcker dasselbe empfing und in den inneren Ofen schob. War es gar gebacken, so wurde es durch *c* rechts weiter in das Kühlzimmer 19 gebracht. Neben dem Backofen steht ein halb eingemauertes Gefäss von Thon, *f* im Durchschnitt, welches entweder Mehl zum Bestreuen der Platten enthielt oder wahrscheinlicher Wasser zum Befeuchten des halbgaren Brodes, um seine Rinde glänzender zu machen. In dem Raum des Mühlensaales scheint auch die Hauptbereitung des Brodteiges vor sich gegangen zu sein, *c* im Plane bezeichnet eine Brunnenmündung mit einem daneben stehenden thönernen, halb eingemauerten Gefässe, *d* gemauerte Füsse eines sehr niedrigen Tisches oder des Backtrogs, in dem man den Teig knetete, der zur Abwägung und Formung in das anstossende Zimmer getragen wurde. Ueber dem Brunnen und dem Wasserbehälter ist ein Bild in zwei Zonen; die obere stellt die Verehrung der Göttin des Backofens, *Fornax*, die untere die bekannten zwei symbolischen Schlangen dar. In dem Stalle ist eine gemauerte Tränke, welche durch die Wand in das Nebenzimmer 20, offenbar das Schlafzimmer des Mühlensclaven, reicht und von diesem aus mit Wasser versehn worden zu sein scheint. — Abbildung von Broden, wie sie in Pompeji gebacken wurden, geben wir im artistischen Theil in dem für die Malerei bestimmten Capitel unter anderen Gegenständen der Stillebengemälde. —

Ehe wir die Bäckerei ganz verlassen, um uns in der Werkstatt der Tuchbereiter umzusehn, wollen wir noch bemerken, dass man hinter dem Hause der Figurencapitelle (*capitelli figurati*) an der Pantheonstrasse die Werkstatt eines Kuchenbäckers aufgefunden hat, welche deutlicher als durch die kleineren Mühlen (*pistrilla*) und den Doppelofen dadurch bezeichnet wird, dass man in dem Locale zwei Kuchen noch vorfand, welche in das Museum gebracht sind; der eine stellt eine Art von Krone dar. —

Die Fullonica oder Tuchwalkerei, 1827 an der Strasse des Mercur entdeckt, ist in allen zum Geschäftsbetrieb wesentlichen Theilen eben so gut erhalten, wie die Bäckerei, und nimmt ein fast eben so bedeutendes Interesse in Anspruch wie jene. Der Plan des ganzen Gebäudes Figur 191 ist so einfach, dass wir uns mit einem flüchtigen Blick in demselben zu orientiren vermögen. An der vorderen Strassenfronte liegen links vom Haupteingange vier Läden 1, 3, 5, 6 ohne Zusammenhang mit dem Innern des Hauses, die also vom Eigner vermiethet waren und zwar die beiden ersten mit einem hinteren Ladenzimmer 2 und 4, diese und der dritte ausserdem mit einem oder mehren Zimmern im oberen Geschoss, wie sich aus den Treppen ergiebt. Neben der sehr geräumigen Hausflur 8 liegt ein durch ein Fenster von der Strasse her erleuchtetes Gemach 7, welches man nur sehr uneigentlich als *cella ostiarii* betrachten darf, welches vielmehr bestimmt gewesen scheint, um die eingehenden Bestellungen und Arbeiten in Empfang zu nehmen. Etwas weiterhin am Hausgang

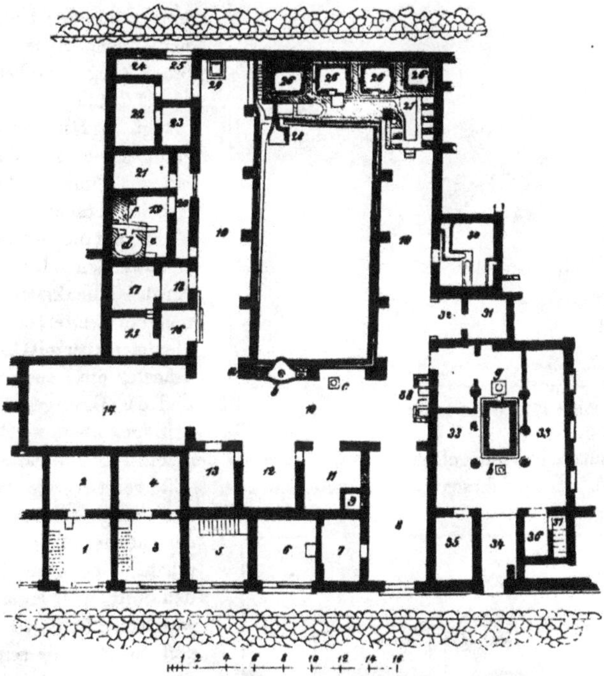

Figur 191. Plan der Fullonica.

finden wir in 9 ein ganz räthselhaftes Kämmerchen von nur 1 □Meter Grösse, welches wohl ein Fenster auf die Hausflur, aber keine Thür hat. An diesen Zimmern vorbei gelangt man in das Atrium 10, oder vielmehr in den Raum, der unrichtiger, wenigstens uneigentlicher Weise gewöhnlich mit diesem Namen bezeichnet wird, eigentlich aber als Peristyl zu betrachten ist. Der breite Umgang um das Viridarium wird von zwölf massiv gemauerten Pfeilern getragen, über denen wahrscheinlich, nach Schäften zu urteilen, die man zertrümmert auf dem Boden fand, eine obere Säulenstellung sich erhob, welche eine Gallerie vor den Zimmern des ersten Stockes bildete. Zwischen den Pfeilern dem Eingang gegenüber befindet sich das Puteal *c* und ein Marmorbassin mit einem Springbrunnen *b*. An dem mit *a* bezeichneten Eckpfeiler befanden sich dem Kunstwerthe nach gering, dem Gegenstande nach interessante Gemälde, welche verschiedene Scenen, Verrichtungen und Geräthe der Tuchwalkerei darstellen und in das Museum in Neapel gebracht sind. Auf dem ersten derselben Figur 192 sitzt im Vordergrunde eine reich bekleidete Frau, welche aus den Händen einer jungen Arbeiterin ein Stück Zeug, es scheint eine Binde (Tänie) zu sein, empfängt. Im Hintergrunde ist ein hochgeschürzter und nur mit der Tunica bekleideter Arbeiter beschäftigt, einen Mantel mit purpurnem Saum auszubürsten oder mit den Karden aufzukratzen, während ein zweiter, eben so bekleideter, aber mit Oliven bekränzter die Räucherpfanne und das Drahtgestelle herbeiträgt, über welches die Stoffe zum Schwefeln gelegt wurden. Minervens, der Göttin der Handarbeit, heilige Eule sitzt auf diesem Drahtgestelle. Ein zweites Bild zeigt uns vier in vieler Beziehung seltsam genug aussehende Arbeiter, beschäftigt die Stoffe in runden Bütten oder Kummen zu waschen. Der mittelste doppelt so gross als seine Genossen gebildete Arbeiter tritt das Zeug mit den Füssen aus und stützt sich dabei mit den Händen auf eine niedrige Mauer, welche nischenartig behandelt diesen Raum von anderen abzugrenzen scheint. Auf der anderen Seite des Pfeilers sah man ein drittes Bild, in welchem eine Vorsteherin mehren Arbeitern Befehle ertheilte, während im Hintergrunde auf einer unter dem Boden hangenden Stange Tuch zum Trocknen aufgehängt ist. Ein viertes Bild endlich (siehe Figur 194) zeigt uns die Zeugpresse, die wir um so weniger zu erklären brauchen, je genauer dieselbe mit den bei uns gebräuchlichen fast in all' und jeder Beziehung übereinstimmt. —

Figur 192. Gemälde aus der Fullonica.

Figur 193. Gemälde aus der Fullonica.

Ueber die um das Peristyl gelegenen Zimmer nur wenige Worte. Das erste am Eingange links 11 ist ein Schlafzimmer, dessen Bettalkoven durch jenen seltsamen Raum ohne Thüren abgegrenzt wird. Von der ziemlich eleganten Decoration sind besonders zwei Bilder zu nennen, welche leichte Wagen, den einen von zwei Hirschen (Diana), den anderen von zwei Pfauen (Juno) gezogen darstellen. Der Fussboden besteht aus dem in Pompeji so gewöhnlichen weissen Mosaïk mit schwarzer Borde. Das Zimmer bekam ausser durch die Thür durch ein Fenster vom Gange her Licht und öffnete sich zugleich in das anstossende Gemach 12, eine Exedra, welche wiederum mit einem zweiten *cubiculum* 13 in Verbindung steht. Der Gemäldeschmuck der Exedra ist ziemlich reich, aber ohne sonderlichen Kunstwerth, die beiden nennenswerthesten Hauptbilder auf den Wänden rechts und links zeigen Venus und Adonis und Theseus als Sieger über den Minotaur. An der linken Seite des Peristyls bemerken wir zuerst ein oecusartiges grosses Gemach 14, wiederum mit weiss und schwarzem Mosaïkfussboden, im Uebrigen aber ohne nennenswerthen Schmuck. Die Vermuthung liegt sehr nahe, dass wir hier einen Haupttheil der Werkstatt, nicht einen Salon zu erkennen haben. Sodann folgen zwei kleine *cubicula* 15 und 17, je mit einem *procoeton* 16 und 18. Den Hauptraum 19 des folgenden Complexes von Räumlichkeiten nimmt eine Privatbäckerei ein, in der ein grosser Backofen *d* steht, an den die gemauerten Füsse des Backtisches *e* sich anlehnen und vor dem sich ein gemauerter offener Heerd *f* befindet, der uns zeigt, dass man den Raum zugleich als Küche benutzte. Vor dem Back- und Küchenzimmer sehn wir einen schmalen Gang 20, dessen Zweck schwer anzugeben sein dürfte, und am Ende desselben ein ganz schmuckloses Zimmer 21, das wir wohl als Speisekammer oder Vorrathszimmer betrachten dürfen. Ueber die Bedeutung und Bestimmung der vier unter sich verbundenen Räume am Ende des Peristyls lässt sich nicht absprechen, sicher ist nur, dass in 25 ein Vorplatz des Posticum zu erkennen ist, und wahrscheinlich, dass in 24 das Closet war. Ob das grössere Zimmer 22 zur Werkstatt gehörte und etwa die Presse enthielt oder den Trockenraum bildete, und ob das kleinere und dunkele Nebenzimmer 23 als Magazin diente, vermögen wir nicht anzugeben. An der Hinterwand des Peristyls befinden sich vier grosse gemauerte Wasserbehälter 26 in verschiedenem

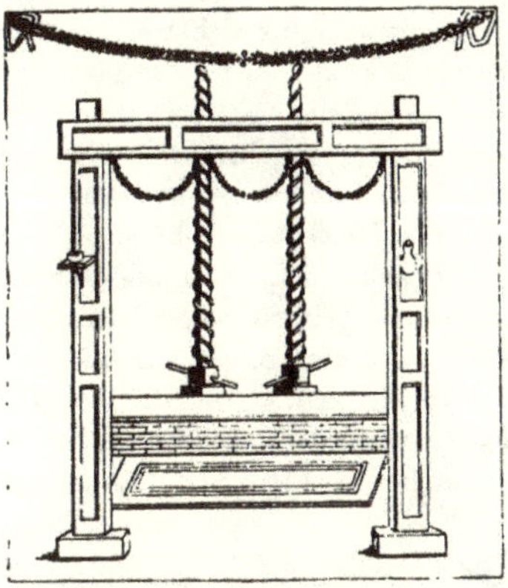

Figur 194. Zeugpresse.

Niveau und unter einander verbunden, so dass die Flüssigkeit aus dem einen in den andern ablief. Sowie an Erhebung über den Boden unterschieden sie sich auch an Tiefe, der erste ist 1 m 15, der letzte nur 0 m 50 tief. Das Mauerwerk dieser Behälter bildet vor denselben eine ziemlich breite Estrade, welche man an der Seite des höchstgelegenen Behälters links auf einer Treppe besteigt. Am rechten Ende der Estrade finden wir in 27 eine Reihe von sechs jener kleinen Zellen, welche uns das eine der oben betrachteten Gemälde zeigt, und deren Zweck, die Aufnahme der Waschbütten wir danach bestimmt nachweisen können. Dass die grossen Behälter einen anderen Zweck hatten, ist wohl klar; am wahrscheinlichsten wurden sie zur Färberei gebraucht. Neben der Treppe sehn wir links im Niveau des Viridariums ein unregelmässig gestaltetes Marmorbecken für Wasser 28, während links zwischen der Treppe und einer niedrigen Mauer ein Abfluss der Wasserrinne angebracht ist, welche den Peristylhof umgiebt. Am Ende des linken Peristylganges finden wir endlich bei 29 noch einen isolirten und zwar im Niveau des Bodens liegenden Behälter ungewisser Bestimmung.

Ein sehr bezeichnender Raum ist das gewölbte Zimmer 30 rechts am Peristyl, in welchem wir an der linken Wand eine grosse gemauerte Wanne und an der rechten einen Steintisch zum Ausschlagen der Wäsche mit dem noch heute in Italien und auch sonst gebräuchlichen Schlagholz finden. Es ist dies also das eigentliche Waschzimmer, welches sich auch noch durch die beträchtliche Quantität von Seife zu erkennen giebt, die man in demselben gefunden hat. Ein kleines Schlafzimmer 31 mit seinem Procoeton 32 bildet den Schluss der Räume um das Peristyl. Neben diesen Zimmern führt eine Thür in eine Seitenabtheilung des Hauses, welche das korinthische Atrium 33 und neben dem eigenen Eingang 34 links ein Schlafzimmer 35, rechts ein Sclavenzimmer 36 und den Treppenraum 37 umfasst. In dem Atrium steht hinter dem Impluvium ein Puteal aus gebranntem Thon *g*, vor demselben eine Basis oder ein niedriger Altar von weissem Marmor. Durch dünne Scherwände ist der Umgang des Atriums in mehre Abtheilungen getrennt, welche die Leser auf unserem Plane angegeben finden, deren Zweck aber nicht zu errathen ist. Endlich muss im Peristyl des Haupthauses noch eine kaum mannshohe Ummauerung eines Steinsitzes nahe am Eingang 38 erwähnt werden, obgleich wir nicht angeben können, welchen Zweck diese hatte. Es ist indess möglich, dass hier ein Sclave Bestellungen annahm oder der Cassirer die Bezahlung für beendete Arbeit in Empfang nahm. —

Dritter Abschnitt.

Die Gräber und Grabdenkmäler.

So hätten wir sie denn durchwandert die Stadt der Lebenden, und abermals stehn wir an dem Thore, durch das wir sie betreten haben. Wir durch-

Druck von Eduard Kretschmar in Leipzig

Figur 195. Ansicht der Gräberstrasse.

schreiten das Thor, denn es bleibt uns noch ein Besuch bei den Wohnungen der Todten, die Betrachtung eines Theils der Stadtanlage von Pompeji übrig, welcher das mannigfaltigste Interesse sowohl in antiquarischer wie in künstlerischer Rücksicht in Anspruch nimmt, der vor dem herculaner Thor gelegenen Gräberstrasse. Da wir diejenigen Gebäude, welche ausser Grabdenkmälern und dem zu ihnen Gehörigen an dieser Strasse stehn, die Villa des Diomedes, die s. g. des Cicero, das Haus der vier Mosaïkpfeiler, die Läden und Schenken zu beiden Seiten theils genau betrachtet, theils wenigstens im Vorübergehn besucht haben, so sind wir hier in der Lage, nur diejenigen Monumente zu besichtigen, welche mit der Todtenbestattung in directem Zusammenhang stehn. Eine Ansicht der Gräberstrasse in ihrem gegenwärtigen Zustande, von der Villa

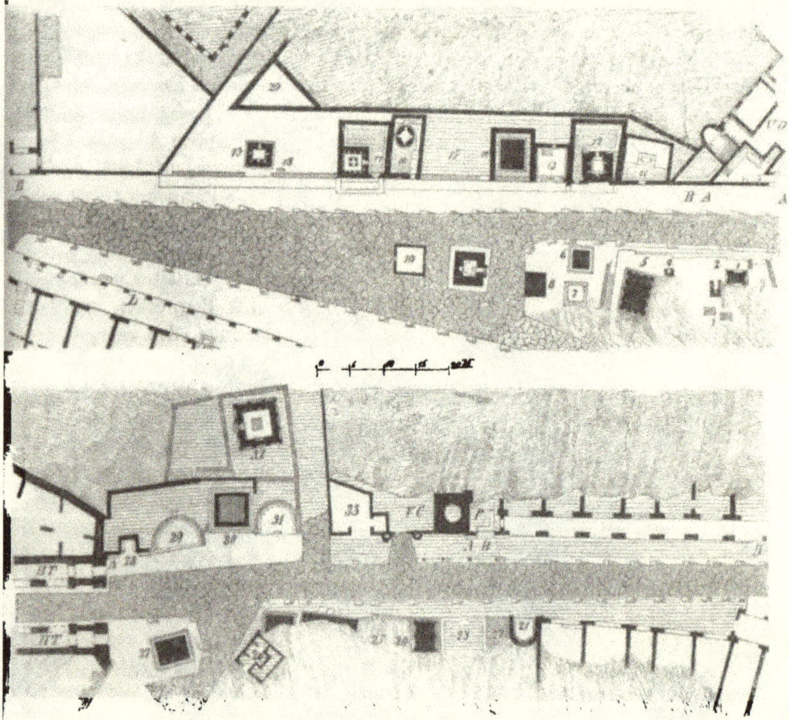

Figur 196. Plan der Gräberstrasse.

des Diomedes gegen das Thor aufgenommen, haben wir als Fig. 195 an die Stirn dieses Abschnittes gestellt, die vorstehende Abbildung giebt einen Specialplan der Gräberstrasse, zu dem im Allgemeinen nur zu bemerken ist, dass die Theile zwischen *A. A* den Ausgrabungen des vorigen Jahrhunderts (1763—1782), diejenigen zwischen *B. B* denjenigen der Jahre 1812 und 1813 angehören. Des Raumes wegen hat der Plan in zwei Hälften gegeben werden müssen, die unsere Leser in Gedanken leicht zusammensetzen werden.

Zur Erläuterung der nun folgenden Monumente sind nur wenige allgemeine Vorbemerkungen über die römische Todtenbestattung nöthig. Es ist schon früher bemerkt, dass die zwölf Tafeln sowohl das Begraben wie das Verbrennen der Todten in der Stadt untersagten, denn früher war es Sitte, die Todten im eigenen Hause zu bestatten, während nach dem Verbote man sich einen Platz ausserhalb der Stadt, vorzugsweise an den Heerstrassen erwarb, um auf demselben das Grabmal zu errichten. Ein solcher Platz konnte auch von Seiten der Commune als Auszeichnung für verdiente und angesehene Personen geschenkt werden, wovon uns Beispiele in Pompeji vorliegen, während nur für die Allergeringsten, namentlich für die niedrigsten Sclaven und für hingerichtete Verbrecher ein öffentlicher Begräbnissplatz, in Rom am Esquilin, vorhanden war. Die religiös gebotene Sorgfalt für die Todten in Verbindung mit dem Verlangen nach Pomp und Pracht und dauerndem ehrenvollen Andenken liess die Gräber mit der grösstmöglichen Schönheit und Eleganz ausführen, so dass wir selbst in dem kleinen Pompeji eine Reihe äusserst stattlicher Grabdenkmäler finden, welche architektonisch zu den besten Monumenten der Stadt zu rechnen sind, während in der Hauptstadt ein ungleich bedeutenderer Luxus und eine wunderbare Pracht in den Grabmonumenten entfaltet wurde und namentlich die Grabmäler der Kaiser zu so colossalen Bauwerken erweitert wurden, dass sie beinahe mit den Gräbern der Pharaonen, den aegyptischen Pyramiden, wetteifern können, und dass z. B. eines, das Grabmal Hadrians, in späterer Zeit zu einer eigenen Festung, der bekannten und berühmten Engelsburg werden konnte.

Ueber die Sitten der Bestattung selbst sei nur das gesagt, dass, während in der ältesten Zeit die Beerdigung des unverbrannten Leichnams Sitte gewesen sein soll, in der historisch bekannten Zeit das Verbrennen der Todten allgemeiner Gebrauch war und erst in der späteren Kaiserzeit, namentlich unter den Antoninen wieder dem Beisetzen der unverbrannten Körper in Särgen und Sarkophagen wich, einer Sitte, der wir einen eigenen reichen Kreis von Kunstwerken, eine Kunstwelt für sich in den Sarkophagreliefen verdanken. Verbrannt wurden die Leichen auf Scheiterhaufen, welche in einem eigenen, für diese bestimmten, meistens wohl ummauerten Raume errichtet wurden. Dieser *ustrinum* genannte Raum befand sich entweder als zu dem Areal der Grabstätte gehörend und in diesem Falle nur für die Familie bestimmt, der die Grabstätte eignete, an oder neben dem Grabmal, oder das *ustrinum* war ein für den allgemeinen Gebrauch bestimmter, ummauerter Raum, wie wir einen solchen neben Privatustrinen in Pompeji finden und um so sicherer für andere Orte annehmen müssen, als Inschriften vorhanden sind, welche aussagen: »an diesem Grabe darf kein Ustrinum angebracht werden.« Nach der Verbrennung der Leichen wurden die Knochen gesammelt, mit Wein und Milch begossen, und nachdem sie wieder getrocknet waren, in eine Urne, sei es von Thon, sei es von Stein oder Glas oder Metall, nebst Spezereien, oft auch mit Flüssigkeiten, namentlich Wein und Oel gelegt. In mehren Urnen Pompeji's fand man neben den Knochen auch Münzen, die jedoch nicht auf das Fährgeld für Charon zu beziehen sind, welches man wohl unverbrannt Beerdigten in den Mund zu stecken pflegte, sondern die man hier eher als Andenken, vielleicht auch als Merkmal des Datums der Bestattung zu betrachten hat. Die Urnen wurden im Innern der Grabmäler in Nischen aufgestellt, deren entweder nur eine vorhanden war, wenn das Grab ein Einzeldenkmal sein sollte, oder deren mehre, oft sehr viele angebracht waren, wenn viele Urnen der Mitglieder einer Familie in einem gemeinsamen Grabmal beigesetzt werden sollten. Bei grosser Zahl der Urnen, welche namentlich dadurch stark anwachsen konnte, dass manches Familienhaupt ausser für sich und die Seinen, auch für seine Freigelassenen Raum in dem Grabe haben wollte, half man sich durch Steinbänke, welche die Mauern des Grabes innen unter den Nischen umgaben, und auf welche man die Urnen hinstellte. Wuchsen solche gemeinsame Grabmäler einer Familie oder auch einer Corporation zu einer beträchtlicheren Zahl von Nischen in den Wänden an, so nannte man sie *columbaria*, wegen ihrer Aehnlichkeit mit Taubenschlägen. In den öffentlichen grossen Grabmälern in Rom hatte sich ein armer Sclave, der ein eigenes Grab nicht bezahlen konnte, eine Nische, *olla* genannt, für seine Urne zu kaufen, und diese *ollae* waren selbst Gegenstände von Geschenken, welche sich die Aermeren unter einander machten, wie dies Inschriften beweisen. Denn unterhalb der einzelnen *olla* wurde in diesem Falle eine kleine Inschrift angebracht, welche den Namen dessen enthielt, dessen Gebeine in der Urne lagen und welche im Schenkungsfalle zugleich als Schenkungsurkunde abgefasst wurde. Bei Privatgräbern dagegen wurde die Grabschrift aussen, der Strasse zugewendet, angebracht, wie wir dies in Pompeji an einer Fülle von Beispielen sehn können. Wenn wir nun schliesslich noch bemerken, dass die Grabmäler in der Regel mit einer das Areal bezeichnenden Mauer eingehegt waren, so dürfte Alles vorausbemerkt sein, was zum Verständniss der folgenden Einzelbetrachtung und zur Vermeidung von Wiederholungen nöthig erscheint; vieles Detail werden wir am besten den Monumenten gegenüber kennen lernen.

Den früher bereits rasch vollendeten Weg von der Villa des Diomedes (*VD* auf dem Plan) bis zum Thore durchwandern wir jetzt noch einmal, um die Grabdenkmäler und die zu diesen in näherer oder entfernterer Beziehung stehenden Monumente kennen zu lernen. Der erste Gegenstand, der unsere Aufmerksamkeit auf sich zieht, ist der Villa *suburbana* gegenüber die Grabstätte der Familie des M. Arrius Diomedes, 1 auf dem Plane.

Auf einem gemeinsamen Unterbau von *opus incertum* erheben sich mehre

Denkmäler; zunächst zwei kleine Cippen, welche ganz rohen Hermen ähneln und einigermassen an die turbangeschmückten türkischen Grabcippen erinnern.

Figur 197. Grabstätte des M. Arrius Diomedes.

Diese Hermencippen, welche wir weiterhin noch in einem anderen Beispiel näher betrachten werden, scheinen Pompeji eigen zu sein, sind wenigstens bisher aus der Umgegend nicht bekannt. Die hier in Rede stehenden Denksteine bezeichnen nach ihren Inschriften (Mommsen No. 2357 u. 2358) die Ruhestätten zweier einzelner Glieder der Familie des Diomedes. Dann folgt das Hauptmonument in Form eines zweisäuligen Tempelchens mit flachem Giebel, auf dessen geschlossener Doppelthür zwei Fasces mit den Beilen die höhere obrigkeitliche Würde des Gründers dieser Grabstätte bezeichnen. Namen und Stand desselben, M. Arrius Diomedes Freigelassener des .... Vorsteher (*magister*) der Vorstadt Augustus Felix, lernen wir aus der Inschrift über der Doppelthür (Mommsen No. 2355) kennen, während eine vierte Inschrift an der Mauer des Unterbaus (Mommsen No. 2356) wieder einem einzelnen Familiengliede, hier einer Tochter des Diomedes gilt.

Rechts neben diesem Monumente, aber etwas hinter demselben zurückliegend und durch eine Mauer von demselben getrennt, finden wir ein zweites Monument, 2 auf dem Plane, in Form einer Nische, in der die Spuren einer gemalten Figur unter Guirlanden erkennbar waren und welches nach der Inschrift (Mommsen No. 2354) die Ruhestätte des zwölfjährigen N. Velasius

Gratus bezeichnet. Hinter diesem Monumente liegen bei 3 auf dem Plan zwei sehr zerstörte und namenlose Grabmäler in Form gemauerter Pfeiler auf einem die gewölbte Grabkammer enthaltenden Fundament. Namenlose Hermencippen stehn in nicht unbeträchtlicher Anzahl in der Nähe. Auf ein äusserst kleines und inschriftloses, nichts destoweniger in Form eines Tempelchens mit einem Cippus gearbeitetes Grab, 4 auf dem Plan, links auf der folgenden Abbildung *a*, folgt das von seinem Freigelassenen, Menomachus, errichtete Monument des richterlichen Zweimanns L. Ceius Labeo aus der Menenischen Tribus- 5 auf dem Plan, welches zu den am wenigsten geschmackvollen von Pompeji ge, hört. Dasselbe ist in *opus incertum* erbaut und mit Stucco überkleidet; es bildet

Figur 198. Grab des L. Ceius Labeo.

zuerst eine glatte Basis, welche nach vorn die heute fast unkenntliche Inschrift (Mommsen No. 2351) trägt, über dieser erhebt sich ein von Pilastern eingefasster Würfel, welcher nach der Vorderseite *a*. zwei Porträtreliefe in Festons zu beiden Seiten eines Korbes zeigt, an der Seitenfläche nach der Stadt *b*. in der Mitte zwei Reliefdarstellungen, deren erstere einen Gerüsteten neben einem Pferde zum Gegenstand hatte, während die andere, fast gänzlich zerstört, nur die Beine eines wie es scheint gleichfalls Gerüsteten erkennen lässt. Zu beiden Seiten sind die Felder mit netzförmiger Stuccatur sehr dürftig angefüllt. Dieser reliefgeschmückte Würfel diente als Basis von mittelmässigen Statuen, welche aus grobem Material gearbeitet und mit feiner Tünche überzogen einen Mann in der Toga und eine reichlich bekleidete Frau, wahrscheinlich Ceius Labeo's Gemahlin darstellen, was wir um so bestimmter annehmen dürfen, da auch die fragmentirte Inschrift der Frau (Mommsen No. 2352) im Museo Borbonico aufbewahrt wird. Die Statuen waren von dem theilweise zerstörten Basenwürfel herabgestürzt und sind im Museum. Wir wollen es dahingestellt sein lassen, ob das Geld oder die Dankbarkeit gegen seinen früheren Herrn bei dem frei-

18*

gelassenen Menomachus nicht weiter als für die Erbauung eines solchen getünchten Grabes reichte, welches wir um so schneller verlassen, als uns dicht daneben ein in antiquarischer wie in artistischer Beziehung viel interessanteres Grabmonument anzieht, dasjenige des M. Alleius Luccius Libella und seines Sohnes, 6 auf dem Plane. Dasselbe (Figur 199) erhebt sich ohne Unterbau in Form eines einfachen, aber in vollkommen tadellosen Proportionen gehaltenen Altars von dem Trottoir der Strasse. Aus der Inschrift (Mommsen No. 2350), welche ganz gleichlautend auf der Haupt- und einer der Nebenseiten wiederholt ist, sehn wir, dass M. Alleius Luccius Libella der Vater Aedil, Duumvir und fünfjähriger Präfect, sein Sohn, obwohl bereits im 17. Jahre verstorben, Decurio von Pompeji, und dass die Gemahlin des Libella, die ihrem Gemahl und ihrem Sohne dies Monument hat aufrichten lassen, öffentliche oder Erzpriesterin der Ceres war, deren Tempel wir bisher in Pompeji noch nicht nachweisen können. In jeder Weise haben wir es also hier mit einer vornehmen und angesehenen Familie zu thun, von deren Geschmack und Bildung das einfach schöne Monument eben so deutlich Zeugniss ablegt, wie von ihrem Ansehn zwei in der Inschrift erwähnte Umstände. Erstens, dass der junge M. Alleius so früh schon Decurio geworden war, was um so mehr bedeuten will, da wir Cicero's Antwort auf die Bitte um Unterstützung bei der Bewerbung um eine Decurionenstelle in Pompeji kennen: es sei leichter, in Rom Senator, als in Pompeji Decurio zu werden. Als ein ferneres Zeugniss von dem Ansehn der Familie muss es uns gelten, dass nach der Inschrift der Platz für das Monument diesen verdienten Bürgern von der Stadt geschenkt wurde (*locus monumenti publice datus*). Nachzuweisen vermögen wir freilich diese Verdienste nicht und mit blossem Rathen wollen wir uns nicht befassen; jedoch dürfen wir nicht unbemerkt lassen, dass dieses Monument kein eigentliches Grab ist, da es, wie das des Ceius Labeo, massiv und ohne Grabkammer gebaut ist; da jedoch die Inschrift dasselbe nicht als Cenotaph bezeichnet, wie ein weiterhin stehendes Grabmal ausdrücklich genannt wird, so dürfen wir auch kaum annehmen, dass die beiden Libella auswärts gestorben seien.

Figur 199.
Das Grabmal der beiden Libella.

Hinter diesem Grabmal befindet sich ein ummauerter viereckiger Raum, 7 auf dem Plane, den man vielfach als Umfassung von Gräbern ärmerer Bürger oder Einwohner, wie wir eine ähnliche Einfassung auf der anderen Seite der Gräberstrasse finden werden, angesprochen hat, ohne doch jemals nur die leiſeste Spur von Gräbern darinnen zu finden. Ungleich wahrscheinlicher kommt es mir daher vor, in diesen vier kahlen Mauern ein Privatustrinum zu erkennen, dessen Zugehörigkeit zu einem bestimmten Grabe wir freilich, da das Monument der Libella, dem es am nächsten liegt, wie gesagt kein Grab ist, nicht nachweisen können.

Grade hinter diesem Ustrinum haben neuere Ausgrabungen an der sich hier abzweigenden Strasse der Vorstadt und am Ende der früher besprochenen Reihe von Läden (*L.* auf unserem Plane), drei grosse steinerne Sarkophage zu Tage gefördert, die noch nicht geöffnet sind.

An der Ecke dieser Strasse bemerken wir ein auf dem Plane mit 8 bezeichnetes erst begonnenes Grabmal. Ehe wir uns auf die an interessanten Monumenten ungleich reichere rechte Seite hinüberbegeben, betrachten wir noch das mitten auf der Kreuzung der beiden Strassen belegene, ebenfalls mit einem Privatustrinum 10 verbundene Grabmal, 9 auf dem Plane. Die äussere Form dieses aus kleinen Tuffsteinen regelmässig erbauten Grabes (Fig. 200), welches, da es namenlos ist, nach seiner bemerkenswerthen Thür den Namen des **Grabes mit der Marmorthür** (*colla porta marmorea*) erhalten hat, ist einfach, aber sein Detail mannigfaltig genug, um unsere Aufmerksamkeit auf einige Zeit zu fesseln. Wir finden nämlich hier zum ersten Male auf unserer Rundschau ein Grabgebäude mit einer vollständigen und wohlerhaltenen Grabkammer.

Figur 200. Grab mit der Marmorthür.

Die Marmorthür, welche die Grabkammer verschliesst, (Figur 201), dreht sich, wie die Zeichnung deutlich erkennen lässt, auf starken bronzenen, in die Ober- und Unterschwelle und zwar in Kapseln von gleichem Metall eingelassenen Zapfen, wurde durch das Anziehn eines bronzenen Ringes geöffnet und durch das Vorschieben eines in Spuren erhaltenen Riegels geschlossen. Das Innere bildet eine durch ein kleines Fenster *a* (Figur 202) von oben her beleuchtete und mit einem Tonnengewölbe gedeckte Kammer, in welche man über zwei Stufen *b* hinabsteigt, und welche im Hintergrunde eine giebelgekrönte Nische *c* für den ersten oder hauptsächlichen Aschenbehälter des Stifters enthält, wie auf unserer Abbildung ersichtlich. Das in dieser Nische stehende

Figur 201.
Marmorthür.

grössere Gefäss von Alabaster enthält wirklich verbrannte Knochen. Um die ganze Grabkammer läuft eine Steinbank *d*, welche andere Aschengefässe von

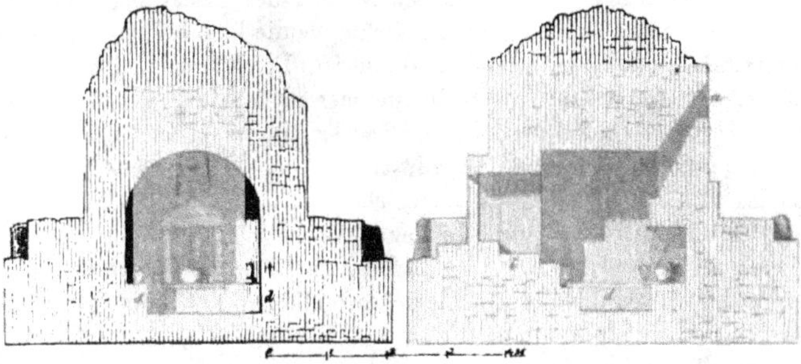

Figur 202. Grabkammer des Grabes mit der Marmorthür. Quer- und Längendurchschnitt.

Glas, von Marmor und von Thon, und ausserdem mehre bronzene Lampen trug, mit denen wahrscheinlich an den Feralien, dem römischen Allerseelenfeste, das Grab beleuchtet wurde. In dem viereckig unmauerten Platze 10 hinter diesem Grabe kann man nur das zu demselben gehörende Ustrinum, nicht die Ruinen eines *sacellum* der wegbeschützenden Götter, der *dii viales*, erkennen.

Wir wenden uns jetzt zurück auf die andere Seite der Strasse, welche mehr und besser erhaltene Monumente darbietet. Gleich das erste derselben,

Figur 203. *Triclinium funebre.*

11 auf dem Plane, ist von beträchtlichem Interesse. Es ist ein durch eine giebelgekrönte Thür betretbares, rings ummauertes, aber unbedecktes Triclinium für die Leichenmahle, welche den Schluss der Bestattung bildeten. In unserer vorstehenden Innenansicht ist Nichts als die kleine runde, jetzt theilweise zerstörte Basis eines Opferaltars restaurirt. Die Wände sind einfach, aber graciös bemalt, die Bänke für die Theilnehmer am Mahle so gut wie der Tisch in ihrer Mitte bestehen, wie in manchem Triclinium in Privathäusern oder deren Gärten (z. B. im Hause des Sallust) aus stuccoüberzogenem Mauerwerk, ebenso das kleine runde Piedestal, in welchem ein Opferaltar für die Libationen während des Mahles schwer zu verkennen ist. Hinter der Mauer des Tricliniums sehn wir die gemeinsame aus Tuffsteinen in *opus incertum* erbaute und bis an das Peristyl der Villa des Cicero fortgeführte Einfassung der Gräberstrasse.

An dies Triclinium, in welchem, wie bereits in der Einleitung angegeben, mehre Gerippe gefunden wurden, grenzt eines der in jeder Beziehung bedeutendsten Grabmäler Pompejis, das der Naevoleïa Tyche. Aus seinem Grundriss, 12 auf dem Plane, sowie aus der folgenden Ansicht Figur 204 links

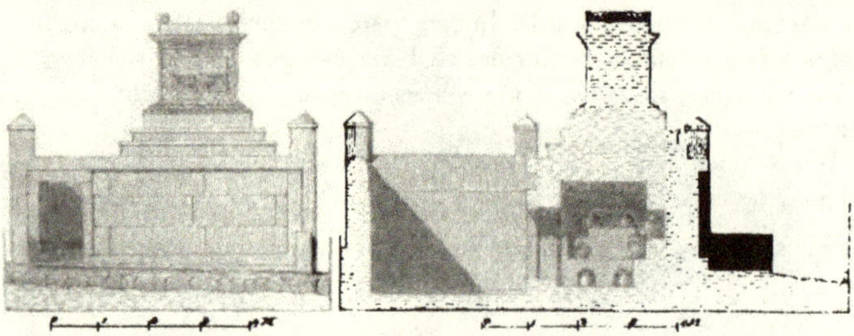

Figur 204. Grab der Naevoleïa Tyche.
Ansicht und Durchschnitt.

sehn wir, dass dasselbe aus einer Umfassungsmauer mit einer Thür nach der Strasse besteht, innerhalb welcher Umfassungsmauer sich eine Grabkammer erhebt, die ein Monument in Altarform abschliesst. An der Vorderseite des Altars finden wir unter dem Reliefporträt der Gründerin und über einem ein Todtenopfer darstellenden Relief in eleganter und reicher Arabeskenumrahmung die Inschrift (Mommsen No. 2346), welcher wir zuerst unsere Aufmerksamkeit zuwenden. Sie lehrt uns Folgendes: Naevoleïa Tyche, die Freigelassene einer unbekannten Lucia (Livia?) hat dies Grabmal sich und dem Augustalen und Paganen (Bürger der Vorstadt) L. Munatius Faustus, sowie ihren freigelassenen Sclaven und Sclavinen bei Lebzeiten errichtet. Dem Munatius Faustus aber haben die Decurionen unter Zustimmung des Volkes wegen seiner Verdienste die Ehre des Bisellium zuerkannt.

Wir finden also zunächst, dass das Grabmal das gemeinsame der ganzen Familie der Naevoleïa war und demgemäss sehn wir im Innern der Grabkammer (Fig. 204 rechts) eine ähnliche Einrichtung, wie die in dem kurz vorher

Figur 205. Inschrift und Relief am Grabe der Naevoleïa Tyche.

besprochenen Grabe mit der Marmorthür. In einer Nische im Hintergrunde steht eine Aschenurne, welche wir für die der Gründerin halten mögen, andere Nischen in den Seitenwänden enthalten kleine Gefässe, während eine umlaufende Steinbank deren mehre von grösseren Dimensionen und einige Lampen trägt. Von den Aschengefässen sind nur drei, von denen wir eines als Probe mittheilen, von speciellerem Interesse, denn während die übrigen von Thon sind und gewöhnliche Formen zeigen, bestehen diese drei aus Glas, welches in einer bleiernen, ungefähr gleich gestalteten Kapsel steht, die gewöhnliche Art, Glasgefässe in Gräbern gegen etwaige äussere Verletzungen zu schützen. Obgleich nun diese Gefässe, von denen eines die Grösse von 1′ 2″×10″ erreicht, keineswegs zu den besseren Arbeiten in Glas gehören, von denen wir ein Meisterstück in einem später zu besuchenden Grabe finden werden, so sind sie wegen ihres vollkommen erhaltenen Inhalts merkwürdig genug. Sie enthalten die verbrannten Knochen, schwimmend in einer aus Wasser, Wein und Oel gemengten Flüssigkeit, welche in ihrem jetzigen Zustande halbdick, aber durchsichtig, in einem Falle röthlich, in den anderen gelblich ist.

Fig. 206. Aschenurne.

Das in der Inschrift erwähnte Bisellium des L. Munatius Faustus ist zum Andenken seiner Ehrenauszeichnung, über deren Bedeutung wir bei der Besprechung der Theater geredet haben, auf der einen Seite des Altars in Relief dargestellt, während die andere Seite ein Schiff darstellt, an dem die

Figur 207. Reliefe vom Grabe der Naevoleïa Tyche.

Segel gerefft werden. Ueber das Bisellium wäre höchstens das Eine zu bemerken, dass der in der Mitte vor demselben stehende Schemel die Bedeutung dieser Doppelsitze für eine Person recht augenscheinlich macht. Das Schiff dagegen ist verschieden gedeutet worden. Die meisten Schriftsteller über Pompeji sehn in demselben eine allegorische Hinweisung auf den Tod als das Einlaufen in den Hafen nach den Stürmen des Lebens, indem sie sich auf eine Stelle Cicero's (*de senect.* 19. 71.) berufen, in welcher der Blick auf das Grab mit dem Blicke des Reisenden verglichen wird, der nach langer Fahrt sich dem Gestade und Hafen nähert. Andere, denen ich beizutreten nicht anstehe, erkennen in diesem Schiffe Nichts, als ein Denkmal des Geschäftes, welches einer der hier Begrabenen, am wahrscheinlichsten Munatius Faustus trieb, als Gegenstück von dessen Bisellium das Relief erscheint. Munatius scheint Kaufmann gewesen zu sein, und mag ein eigenes Schiff zur See gehabt, vielleicht selbst geführt haben. Das Relief an sich, sei seine Bedeutung die eine oder die andere, ist für unsere Kenntniss antiker Fahrzeuge nicht ganz unwichtig. Auf dem Schnabel, der *prora*, sehn wir die Büste (die Schiffspuppe), welche das Zeichen des Schiffes war, und welche ihm, gerade wie bei uns, den Namen gab; es ist hier eine Büste der Minerva. Oben am Maste, der durch starke Taue und Wanten (Strickleitern) gehalten wird, flattert die Flagge, welche sich über dem Cheniskos, dem in Form eines Schwanenhalses gebildeten Hintertheile des Schiffes wiederholt. Das Segel hangt an einer aus zwei Theilen gebildeten mächtigen Raae, welche durch eine sehr wohl erkennbare Rolle am Maste emporgezogen wurde. Das Steuer ist seitwärts aussen am Schiffe angebracht, und gleicht einem langen und breiten Schaufelruder, welches offenbar grade so gebraucht wurde, wie bei uns die Steuerruder kleiner Nachen auf den Flüssen. Alle diese Theile des Schiffes, sowie seine Gesammtform sind im Wesentlichen so gestaltet, wie wir sie aus sonstigen Monumenten des Alterthums kennen, so dass wir ein allgemein giltiges Bild eines kleinen antiken Schiffes vor uns haben. Bei grösseren wurden die Maste und Steuerruder vervielfältigt, ohne dass letztere einen anderen Platz erhalten hätten oder zweckmässiger construirt worden wären, als wir es hier kennen lernen.

Das Relief endlich unter der Inschrift und dem ansehnlichen Porträt der Naevoleïa zeigt uns das Todtenopfer. Auf der einen Seite stehn die Magistratspersonen, auf der anderen tragen die Sclaven und Sclavinen oder die Freigelassenen der Naevoleïa Opferspenden herzu, während zwei Knaben als Camilli sich der Mitte zunächst befinden, von denen der eine ein Opfer auf den Altar legt. Ob der Gegenstand neben dem Altar ein Grab, die verhüllte Urne oder was er sonst darstellen soll, ist eben so schwer zu sagen, wie die Natur des Gegenstandes zu bestimmen ist, welchen der Knabe auf den Altar legt; am wahrscheinlichsten ist es ein Opferkuchen.

Hart neben diesem Grabe der Naevoleïa und der Ihrigen finden wir das Grab der Familie Istacidia. Es besteht, wie der Grundriss 13 auf dem Plane verglichen mit der nebenstehenden Ansicht lehrt, aus einer einfachen Ummauerung, innerhalb deren mehre Hermencippen mit den Inschriften (Mommsen No. 2344—2346) aufgerichtet sind. Einer derselben ist in seinem oberen runden Theil nach hinten als ein menschlicher Kopf mit langen Haarflechten behandelt, wovon wir weiterhin noch ein Beispiel finden werden. Vor dem einen Cippus ist eine Vase in den Boden eingelassen, um die Spenden aufzunehmen. Das Grab bietet in seiner Einfachheit kein besonderes Interesse, wenn nicht das, uns die Mannigfaltigkeit der alten Grabstätten zu zeigen. Eine specielle Merkwürdigkeit bietet die Inschrift über dem Eingang an der Strasse (Mommsen No. 2343). Sie enthält nämlich die Maasse des von dieser Familie gekauften Begräbnissplatzes: *pedes XV in agro, pedes XV in fronte,* d. h. von 15 Fuss Tiefe und gleicher Breite. Offenbar ist diese Maassangabe bei einem festummauerten Raume sehr wichtig zur Bestimmung des Verhältnisses des römischen Maasses zu dem unsern, obgleich keines-

Figur 208. Grab der Familie Istacidia.

wegs der einzige Anhalt. Die genauesten Messungen und Vergleichungen hat Mazois angestellt (*Ruines de Pompéi* I. p. 42 f.), als deren Resultat sich ergiebt, dass 15 römische Fuss sind = 13′ 10$\frac{3}{8}$″ franz. Mass, also 1 röm. Fuss = 10″ 10$\frac{4}{15}$‴ oder 287 Millimeter.

Das folgende Grabmal No. 14 auf dem Plane hat wiederum ein grösseres eigenes Interesse und wird zu den zierlichsten Monumenten seiner Gattung gezählt. Wahr ist es, dass ein reinerer Geschmack in diesem Denkmal herrscht, als in manchen anderen, aber den Adel der Einfachheit und Reinheit der Verhältnisse des Grabaltars der Libella erreicht dies C e n o t a p h i u m d e s A u g u s t a l e n C. C a l v e n t i u s Q u i e t u s nicht. Dasselbe besteht, wie unsere Abbildung zeigt, innerhalb einer nach der Strasse zu niedrigen, nach hinten erhöhten und giebelartig abgeschlossenen, von kleinen Pfeilern mit Relief flankirten Ummauerung aus einem Altar auf drei Stufen und einem viereckigen Unterbau. Die Hauptfaçade des Altars nach der Strasse zu trägt die Inschrift (Mommsen No. 2342), aus der wir den erwähnten Namen und Stand des Calventius Quietus, sowie ferner erfahren, dass ihm die Decurionen unter Zustimmung des Volkes wegen seiner Munificenz das Bisellium zuerkannt haben. Dies ist denn unterhalb der Inschrift in Relief gebildet fast ganz so wie das Bisellium des Munatius Faustus am vorhergehenden Grabe und wie dieses mit dem Schemel vor der Mitte des Doppelsitzes. An den beiden Nebenseiten des Altars sind Eichenkränze mit Bändern, das sind bürgerliche Kronen (*corona civica*), gebildet, welche für verschiedene Verdienste, namentlich aber für Lebensrettung von Bürgern ertheilt wurden, weshalb vielfach bei ähnlichen Reliefen im Kranze steht *O. C. S.* = *ob civem servatum* oder *ob cives servatos*. Welcher Art Calventius' Verdienste waren, wissen wir eben so wenig, als worin seine Munificenz sich offenbarte, obgleich es nahe liegt, in Bezug auf letztere an den Neubau der Stadt nach dem Erdbeben zu denken, bei dem der Bürgersinn mancher reichen Pompejaner sich, wie wir gesehn haben, so glänzend kundgab und bei dem eben hierfür diesen Bürgern mehr als eine Ehrenauszeichnung zu Theil wurde. Die Inschrift und Reliefe umgebende Einfassung von Arabesken ist

Figur 209. Grabaltar des C. Calventius Quietus.

eben so reich und zierlich gearbeitet, wie Basis und Krönung des Altars; man sieht recht deutlich, wie das Material sogleich auf die Arbeit Einfluss hat: Calventius Monument ist von Marmor und auch die anderen aus Marmor erbauten Grabmäler, wie der Altar der Libella und die Grabstätte der Naevoleïa von den bereits betrachteten und mehre der noch zu betrachtenden Denkmäler zeichnen sich durch Feinheit, Zierlichkeit und Schärfe der Detailbildung, durch Reichthum, Eleganz und Geschmack der Ornamentirung alsbald vor den Monumenten aus, bei denen ein geringeres Material verwendet und der verhüllende Bewurf zum Träger der Ornamente gemacht ist. Der hintere Giebel der Umfassungsmauer enthält eine von schwebenden Flügelfiguren, wohl Victorien, und von Löwenklauen getragene Gedenktafel, auf der jedoch die Inschrift fehlt. Die kleinen Thürmchen oder Pfeiler der Umfassungsmauer waren mit Stuccoreliefen geziert, von denen die meisten zerstört, die erhaltenen in ihren, mit den Ornamenten des Altars verglichen, stumpfen Formen Zeugen der Wahrheit des eben über den Einfluss des Materials Gesagten sind.

Figur 210. Reliefe vom Grabe des Calventius.

Die Gegenstände der interessantesten dieser Reliefe sind: Oedipus vor der Sphinx in dem Augenblick, wo er dem Sinne des berühmten Räthsels nachdenkend den Finger an die Stirn legt, während am Fusse des Felsens, auf dem die Sphinx hockt, die Leichen der von ihr getödteten thebanischen Jünglinge liegen. Sodann wahrscheinlich Theseus im Labyrinth nach Besiegung des Minotaurs.

Das folgende dritte Relief Figur 211 ist von besonderer Bedeutung, indem es uns eine Sitte der Todtenbestattung vergegenwärtigt. Der Scheiterhaufen, auf welchem die Leiche lag, war von dem nächsten Angehörigen zu entzünden, und dies geschah, um den begreiflicher Weise unsäglich schmerzlichen Eindruck zu vermeiden, welchen der Anblick des geliebten Todten in dem Augenblick hervorrufen musste, wo er der Zerstörung auf immer anheimfallen sollte, hinterrücks mit abgewandtem Gesichte. Es scheint, dass die Figur unseres Reliefs, welche als eines der officiellen Klageweiber zu erklären sehr oberflächlich ist, eine Frau oder Tochter in dem Augenblick darstellt, wo sie die Fackeln an den Holzstoss legt. Ich sage die Fackeln, denn obgleich nur die in der rechten Hand gehaltene vollkommen deutlich ist, zweifle ich nicht, dass der über die Schulter in der linken Hand gehaltene halbzerstörte Gegenstand ebenfalls eine Fackel und nicht eine Vase sei, wie man ziemlich gedankenlos erklärt hat. Ich kann es hier nicht unerwähnt lassen, dass die erwähnte Sitte der Anlass zu einer der geistreichsten und schönsten Deutungen geworden ist, welche unsere Archäologie aufzuweisen hat, derjenigen, die Welcker der bekannten Gruppe von St. Ildefonso gegeben hat, in der man Orest und Pylades, Castor und Pollux u. A. erkennen wollte. Welcker nennt den einen Jüngling links, der die Patera hält, und nachlässig, gesenkten Hauptes dasteht, den Schlaf, den anderen, welcher, wie unsere Relieffigur, mit der Linken die Fackel über die Schulter hinter sich, mit der Rechten eine zweite zum Anzünden auf einen Altar gesenkt hält, den Tod unter dem Bilde des Verbrennens der Leichen, die Gruppe Schlaf und Tod (Hypnos und Thanatos), die schon Homer Zwillingsbrüder genannt hat.

Figur 211. Relief ebendaher.

An dieses durch das Fehlen der Grabkammer als Cenotaph bezeichnete Grabmal grenzt ein erst mit einer provisorischen Mauer umzogener Raum, 15 auf dem Plane, in welchem erst später Monumente oder Gräber angelegt werden sollten, und auf diesen folgt ein von den bisher betrachteten in einer Beziehung abweichen-

Figur 212. Rundes Grabmal.

des, aber inschriftloses Familienbegräbniss, 16 auf dem Plane. Dasselbe besteht innerhalb einer mit kleinen reliefgeschmückten Thürmen versehenen Mauer aus einem runden und stumpfen Thurm, zu dessen von der Strasse abgewendetem Eingang man auf einer in unserer Abbildung Figur 213 durch die Thür sichtbaren steinernen Treppe emporsteigt. Der runde Thurm auf viereckiger, rothbemalter Basis ist von aussen mit Stucco bekleidet, welcher Hausteine nachbildet und enthält die mit kleinen, aber zierlichen Gemälden (Arabesken) verzierte und 2 Meter weite, durch ein Fenster von der Strasse

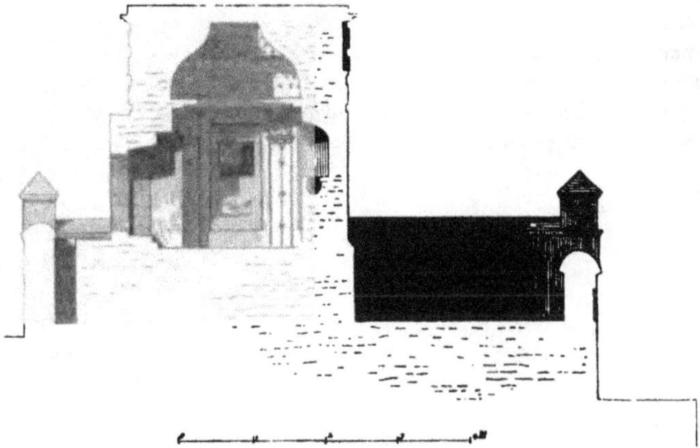

Figur 213. Grabkammer des runden Grabmals.

her erleuchtete Grabkammer mit drei Nischen, welche Lampen und die in den Boden ganz eingemauerten Urnen einschliessen. In einer derselben fand man noch die verbrannten Knochen. Am merkwürdigsten ist die geschweifte Wölbung der Decke, deren Profilirung in antiken Monumenten ohne ein zweites Beispiel ist, wohl aber in der türkischen Architektur wiederkehrt. Der flache Boden dieser Decke ist mit einem ziemlich roh gemalten Gesichte verziert, eleganter sind die übrigen einfachen Malereien, deren Charakter sich einigermassen aus unserer Zeichnung erkennen lässt. Die Thürmchen auch dieser Umfassungsmauer, in welche in der Mitte der Frontseite eine unbeschriebene Tafel eingelassen ist, sind, wie erwähnt, nach der Seite der Strasse hin mit Reliefen in Stucco verziert. Diese Reliefe, von denen eines einen schwebenden Genius, das zweite eine Opferceremonie darstellt, bieten weder ihrem Gegenstande,

Figur 214.
Relief vom runden Grabmal.

noch ihrer Ausführung nach ein besonderes Interesse, nur ein drittes ist von grösserer Bedeutung. Es stellt eine Frau dar, welche eine Tänie (Binde) auf das Gerippe eines auf Steintrümmern liegenden Kindes zu breiten im Begriffe ist (s. Figur 214). Warum und mit welchem Rechte man freilich diese Darstellung vielfach auf eine Scene des Erdbebens vom Jahre 63 bezogen hat, vermag ich nicht anzugeben. —

Unmittelbar neben diesem Grabmal befindet sich dasjenige, welches bisher eben so übereinstimmend (nur Millin, *Tomb. d. Pomp. p.* 51 hegt gerechten Zweifel) wie unrichtig G r a b d e s S c a u r u s genannt wurde und trotz der ausdrücklichen Nachweisung des Irrthums durch Mommsen a. a. O. No. 2339 und 2341 noch neuerdings z. B. bei Herrn Breton, *Pompeia p.* 87 so genannt wird, No. 17 auf dem Plane. Die Inschrift vom Grabe des Scaurus (Mommsen No. 2339) ist viel näher am Thore, bei dem sogenannten Grabe der Mamia gefunden, herabgefallen von unserem Monumente dagegen die fragmentirte Inschrift bei Mommsen 2341. Das Hauptinteresse dieses Grabmals, von dessen keineswegs schöner Form wir hierneben eine Gesammtansicht geben, besteht in den Gladiatorreliefen, welche wir bei Besprechung des Amphitheaters hinreichend genau betrachtet haben, um sie und damit das ganze Grab hier nach dieser Erwähnung zu übergehen. Die Art, wie diese Reliefe auf die Umfassungsmauer u. die Stufen der Inschriftbasis, welche wahrscheinlich eine Statue trug, vertheilt sind, erkennt der Leser aus unserer Abbildung ohne weiteren Nachweis.

Figur 215. Grab mit den Gladiatorreliefen.

Ein wenig weiterhin liegt ein erst begonnenes Grab 19 auf dem Plane, und neben diesem finden wir einen daselbst mit 18 bezeichneten Hermencippus, an welchem wir die wunderliche Form dieser Pompeji eigenthümlichen

Monumente aus der folgenden Abbildung recht genau kennen lernen können. Die Hinterseite (rechts) zeigt uns deutlich, dass mit dem oberen runden Theil ein menschlicher Hals und Kopf gemeint ist, der hier wie in anderen Beispielen wie Haare mit auf die Schultern herabfallenden Flechten gearbeitet ist, während das Gesicht (s. die Vorderseite links) entweder wie in unserem Falle ganz fehlt oder durch die Inschrift ersetzt wird, die sich hier auf dem unteren Theile findet, und deren Erläuterung sich nicht füglich in der Kürze geben lässt. Nach dem begonnenen Grab No. 19 wird die Folge der Gräber unterbrochen, und wie auf der anderen Seite die früher erwähnten Läden und Schenken tritt hier nach einem dreieckigen ummauerten Raume 20 auf dem Plan, der sich an das Peristyl der Villa Cicero's anlehnt, deren Eingang mit *VC* auf dem Plane neben einer Cisterne *P* bezeichnet ist, eine ebenfalls früher erwähnte Reihe von Kaufläden und Schenken an die Strasse heran. Den ummauerten dreieckigen Raum 20 hat man ohne genügengen Grund den oskischen Begräbnissplatz genannt oder man hat in ihm das Ustrinum für die Gräber erkannt, welche kein eigenes hatten. Dass der Platz seinem ganzen Habitus nach sich zu diesem Zwecke wohl eignet, lässt sich eben so wenig läugnen, wie man in Abrede stellen kann, dass ein öffentliches Ustrinum an einer Gräberstrasse nöthig war, an der höchstens zwei Privatustrinen nachgewiesen werden können. Andere suchen jedoch das Ustrinum weiter nach dem Thore zu neben dem s. g. Grabe der Mamia in einem ummauerten Platze, dessen Mauern mit Stierschädeln und mit Masken geziert sind und in dem man verbrannte Knochen gefunden haben will. Noch andere Ansichten über diesen Platz werden wir unten anführen. Erst jenseits der beiderseitigen Läden und Schenken beginnen die Grabmonumente wieder. Wir fahren mit unserer Betrachtung derselben zunächst auf der linken Seite der Strasse nach der Stadt fort.

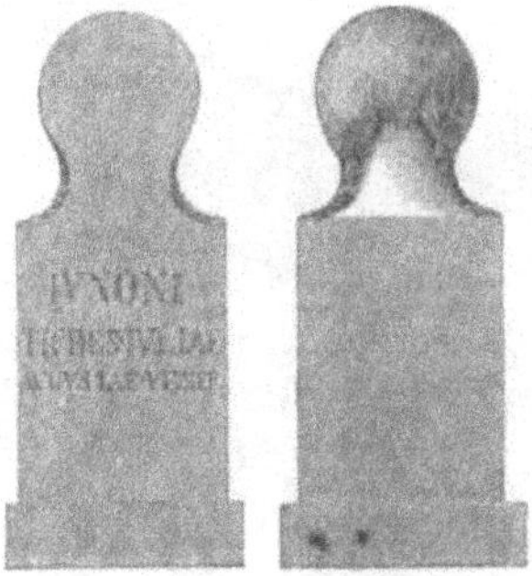

Figur 216. Hermencippus.

Der erste Gegenstand, dem wir hier neben den Kaufläden der Vorstadt begegnen, ist ein nischenförmig überwölbter Sitz, 21 auf dem Plane, dessen Ansicht unsere folgende Abbildung darstellt. Wir werden später auf der anderen Seite der Strasse zwei unbedeckte, halbkreisförmige Sitze finden, die in bestimmtem Bezug zu Grabdenkmälern stehen; diesen Bezug dürfen wir auch für diesen Sitz annehmen und uns dadurch berechtigt halten, denselben in der Folge der Grabdenkmäler zu betrachten. Diese Nische ist ein gar prachtvoller und angenehmer Sitz, theils wegen der Aussicht auf die schönen gegenüberliegenden Monumente und über dieselben hinaus auf das Meer und die dasselbe begrenzenden Berge, theils weil derselbe vermöge einer einfach sinnigen Einrichtung im Winter Wärme, im Sommer Schatten gewährte. Die

Figur 217. Halbkreisförmige Grabnische.

Oeffnung der Nische liegt nämlich fast genau gegen Süden (SSW) und die Nische ist so tief, dass die hochstehende Sommersonne den Schatten der Wölbung auf die Bank im Hintergrunde wirft, während sie bei tieferem Stande im Winter ungehindert die Nische mit ihren warmen Strahlen erfüllen kann. Die Ornamentik der Nische ist bizarr, namentlich gilt dies von den Pilastern, welche die Oeffnung einfassen und welche in einer Doppelstellung über einander ohne trennende Balken aus einander hervorspringen. Die Malerei im Innern ist gefällig, der Grund der Wölbung blau, die muschelförmig behandelte Halbkuppel weiss, die Wandfelder, auf denen in natürlichen Farben kleine Thiere gemalt sind, sind roth, die dieselben trennenden Streifen oder Pfeiler dagegen schwarz gefärbt, während das leichte Ornament auf ihnen sich goldfarbig abhebt. Das Giebelfeld der Nische umfasst eine kleine, aber unbeschriebene Gedenktafel.

Das an diese Nische grenzende Grabmal, 22 auf dem Plane, ist namenlos und an sich auch wenig ausgezeichnet, in demselben aber wurde am 29. December 1837 in Gegenwart des Königs von Neapel das schönste Werk in Glas gefunden, welches wir bisher neben der Portlandvase aus dem Alterthum besitzen.

Es ist eine Vase von dunkelblauem Glase mit weisser Reliefdarstellung bacchischer Scenen in reichem Laubwerk, deren Abbildung und Besprechung wir uns für den artistischen Theil unserer Betrachtungen aufsparen. Wir bemerken deshalb nur, dass das Grab von diesem Glasgefäss den Namen der *Tomba del vaso di vetro blu* erhalten hat. Auf dieses Grabmal folgt nach einer leeren Ummauerung, 23 auf dem Plane, das der Guirlanden (*T. delle ghirlande*),

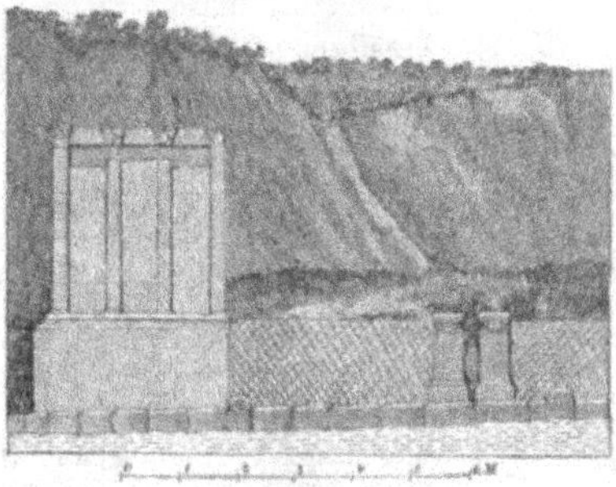

Figur 218. Grabmal der Guirlanden.

24 auf dem Plane, so genannt von den Verzierungen in Stucco, welche unsere vorstehende Abbildung erkennen lässt. Das Grabmal besteht aus einem einfachen, auf einer Basis stehenden Mauerwürfel, an dem Pilaster vorspringen, vier an der Front, drei an den Seiten, zwischen denen die Guirlanden hangen. Neben diesem ebenfalls namenlosen Grabmal sehn wir auf dem linken Theil unserer Abbildung eine in *opus reticulatum* gemauerte Grabeinfassung, 25 auf dem Plane, in welche ein äusserst enger Eingang zwischen zwei kleinen Altären hindurchführt. Innerhalb der Mauer sind nur ein paar namenlose Hermencippen gefunden worden. Von diesem Punkte bis zu der links in die Vorstadt führenden Strasse sind vor Alters noch drei, jetzt bis auf die Fundamente zerstörte Monumente gewesen, über welche Näheres nicht zu sagen ist. Hart an der Ecke der Gräber- und der erwähnten Vorstadtstrasse, gegenüber der Basis der Reiterstatue 27 befindet sich das erst in neuerer Zeit gänzlich aufgedeckte, obgleich seit 1763 bekannte Cenotaph des Aedilen Titus Terentius Felix aus der Menenischen Tribus, dem nach Aussage der Inschrift (Mommsen No. 2337) nicht allein der Platz zum Grabmal öffentlich geschenkt, sondern zu dessen Bestattung, sowie zur Aufrichtung des Monumentes die Stadt Pompeji 2000 Sesterzen (*HS.* ∞∞ = 100 Thaler) bezahlt hat. Mit Beihilfe dieser Summe hat seine Gattin, Fabia Sabina, Probus Tochter, das Grabmal errichtet.

Bei dem Thore, *HT* auf dem Plane, dem wir uns auf der linken Seite der Strasse genähert haben, wenden wir unsere Schritte wieder der rechten Seite derselben zu, um den Rest der Monumente vom Thore abwärtsgehend zu betrachten. Das erste Denkmal, welches sich uns nahe am Thore bietet, ist jene Nische, in der man das Gerippe eines Soldaten fand, 28 auf dem Plane, und welches man deshalb mit dem populären Namen eines Schilderhauses belegt hat. Die Beschaffenheit des kleinen Bauwerks aber, dessen Ansicht wir in Figur 219 mittheilen, brachte Mazois dahin, in ihm vielmehr ein Sacellum oder eine Aedicula für die *dii viales* als ein Schilderhaus zu erkennen. Es ist, wie der Grundriss auf dem Gesammtplan der Gräberstrasse erkennen lässt, eine viereckige und überwölbte Nische, an deren Seitenwänden steinerne Bänke angebracht sind, während in der Hinterwand eine viereckige Vertiefung und in der Mitte ein jetzt zerstörter kleiner viereckiger, mit Hörnern an den Ecken verzierter Altar sich befindet. Dass dies allerdings für ein Schilderhaus nicht eben besonders passe, ist klar genug, und der Umstand allein, dass der kleine Altar zerstört wurde und verschwunden ist, in Verbindung mit dem Funde des Gerippes erklärt die oft wiederholte Annahme. Mazois' Gedanke ist an sich nicht unwahrscheinlich, eine doppelt vorgefundene Inschrift aber, an dem Altar und auf einem Cippus, der an der Hinterwand aufgerichtet war und sich jetzt im Museum befindet (Mommsen No. 2315), lässt keinen Zweifel übrig, dass ein Drittes wahr sei. Die Inschrift sagt aus, dass dies Capellchen die Ruhestätte des Augustalen M. Cerrinius Restitutus sei, welchem die Decurionen diesen Platz geschenkt haben. Hiedurch wird auch die Bedeutung der oben besprochenen halbrunden Nische ausser allen Zweifel gesetzt. Dass der Soldat, der im Thore die Wache gehabt haben mag, als der glühende Aschen- und Steinregen immer dichter fiel, unter der festen Wölbung dieses Grabmals Schutz suchte und von dort nicht mehr entfliehen konnte, begreift sich ohne die Annahme, das Gebäude sei ein Schilderhaus gewesen, leicht genug. Jeden etwa noch übrigen Zweifel beseitigt die frühe Nachricht bei Winckelmann im Sendschreiben § 46, welcher beide Inschriften an Ort und Stelle sah. Was an der Nachricht bei Gell *Pompeiana* 1821 S. 94 und 109, dass der Altar einen bronzenen Dreifuss getragen habe, der jetzt in das *cabinet secret* des Museums geschafft sei, etwa Wahres sei, vermag ich nicht anzugeben.

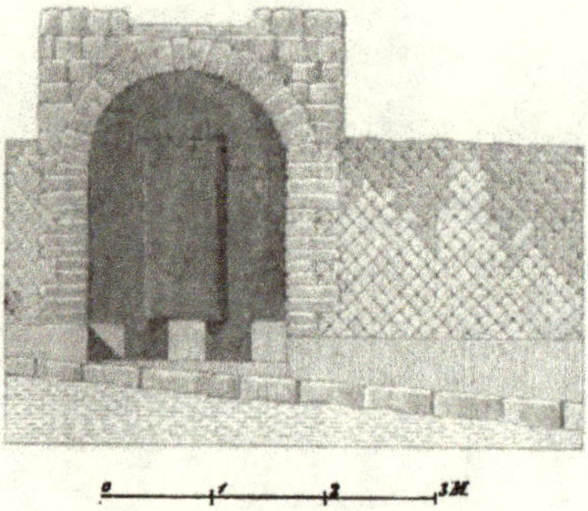

Figur 219. Grabnische des M. Cerrinius.

Weiter hinabschreitend, befinden wir uns vor einer symmetrisch angeordneten Gruppe von Monumenten, bestehend aus zwei grossen unbedeckten halbrunden Sitzen von Stein, welche ein jetzt zerstörtes Grabmal einfassen,

29, 30, 31 auf dem Plane. Die beiden Sitze von 6 m Breite sind Grabdenkmäler in der Art wie die bedeckten Nischensitze, wie dies aus den Inschriften

Figur 220. Grabmäler des A. Veius, des M. Porcius und der Erzpriesterin Mamia.

derselben hervorgeht. In der Mitte des ersteren (No. 29) fand man die Inschrift bei Mommsen No. 2316, welche das Monument als das des Aulus Veius bezeichnet, der richterlicher Zweimann und Militärtribun gewesen, und welchem der Platz durch Decurionendecret unter Zustimmung des Volkes geschenkt ist. Die Lehne aber des zweiten Sitzes trägt in ihrer ganzen Ausdehnung in grossen und schönen Buchstaben die Inschrift, Mommsen No. 2318, welche aussagt, dass der Mamia, Publius Tochter, der öffentlichen Oberpriesterin (denn so muss *sacerdos publica* ohne Nennung einer Gottheit übersetzt werden), dieser Ort zum Begräbniss durch Decurionendecret gegeben sei. Nach dieser Inschrift hat man das hinter diesem Sitze befindliche, jetzt zerstörte Grabmal, 32 auf dem Plane, irrig das der Mamia genannt. Beide Sitze sind sorgfältig gearbeitet und nach vorn mit zwei Löwentatzen abgeschlossen, wie wir sie als Abschluss auch an dem Sitze auf dem Forum triangulare und an der untersten Cavea des kleinen Theaters gefunden haben. Das zwischen diesen Sitzen eingefasste zerstörte Grab, dessen eigentliche Inschrift fehlt, namentlich zu bestimmen befähigt uns ein neben dem Sitze der Mamia eingepflanzter Inschriftstein (Mommsen No. 2317), der offenbar nur auf dies Grabmal Bezug haben kann und in alterthümlicher Schrift aussagt, dass dem M. Procius ein Platz von 25 □Fuss zum Begräbniss verliehen sei, mit welchem Maasse der Platz des Grabmals stimmt. Neben dem Sitze der Mamia führt eine kleine Strasse zu unten zu besprechenden Monumenten und wohl auch in die Vorstadt, jenseits welcher Strasse in einer eigenen Ummauerung, 33 auf dem Plane, ein anderer Inschriftstein gefunden wurde, der ein besonderes Interesse für uns hat. Es ist uns nicht entgangen, dass überwiegend die meisten Gräber an dieser Strasse angesehenen Personen angehören und dass die Plätze grösstentheils von der Stadt geschenkt sind. Auf diesen Umstand bezieht sich die erwähnte Inschrift (Mommsen No. 2314) und über ihn klärt sie uns völlig auf, indem sie bezeugt, dass auf Befehl des Kaisers Vespasian der Tribun Suedius Clemens nach Einsicht der Rechtsverhältnisse (*causis cognitis*) und nach Aufnahme der Maasse die von Privaten besessenen Plätze der Gemeine von Pompeji zurückgegeben habe. Wir sehn also, dass die Räume der Hauptheerstrasse von den Pompejanern zu Begräbnissplätzen ihrer angesehensten Bürger und Beamten ausersehen waren, und dass, weil an derselben schon manches Privatgrab stand, eine Art von Expropriation vorgenommen werden musste, über deren Vollzug die Urkunde Zeugniss ablegt. Fanden wir noch Privatgräber an der Strasse, so dürfen wir annehmen, dass deren Bestand auf besonderen Rechtsverhältnissen beruhte, und voraussetzen, dass sie im Laufe der Zeit, wenn Pompeji nicht die grosse Katastrophe ereilt hätte, öffentlichen hätten weichen müssen. Es ist nicht unmöglich, dass wir auf eine solche Umwandelung die theils zerstörten, theils unvollendeten Grabmäler zu beziehen haben, denen wir auf unserer Wanderung begegnet sind.

Neben dem Sitze der Mamia zweigt sich, wie gesagt, eine kleine Strasse der Vorstadt ab, an der ein grosses, jetzt zerstörtes Grabmal liegt, welches man gewöhnlich als das der Mamia bezeichnet, 32 auf dem Plane.

Figur 221. Grosses Grabmal an der Nebenstrasse.

Innerhalb der Umfassungsmauer dieses Grabmals aber sind verschiedene Inschriften auf Grabcippen (Mommsen No. 2319—2322, 2324—2326, 2330) gefunden worden, welche verschiedenen Personen, darunter (2319) einer zweiten Erzpriesterin Istacidia, angehören und beweisen, dass das Grabmal ein gemeinsames, vielleicht ein priesterliches war. Das Grab selbst bestand aus einem tempelartigen Bauwerk mit Pilastern auf erhöhter Substruction und lag innerhalb einer von kleinen Bogen durchbrochenen Umfassungsmauer, wie unsere Gesammtansicht Fig. 221 zeigt, während die folgende links den Durchschnitt und rechts die Restauration vorführt. Aus dem Durchschnitt ersehen

Figur 222. Durchschnitt und Restauration des grossen Grabmals.

wir, dass in den Mauern Nischen für Urnen sich befanden, während ein grosser Steinpfeiler in der Mitte die Büsten der Verstorbenen oder Grablampen tragen mogte. Die Angabe Gell's (Pompejana 1821 S. 109), dass umher an den Wänden Statuen gestanden haben, kann ich nicht verbürgen.

Auf der Gesammtansicht Fig. 221 bemerken wir im Vordergrunde noch die bereits oben erwähnte, mit Stierschädeln und Masken verzierte Mauereinfassung. Nach den Masken hat man diesen Platz für den Begräbnissplatz der Schauspieler gehalten, während dieselben nach mehrfacher Analogie eher als ein allgemeines Grabessymbol, die abgeworfene Maske des Lebens, gelten können. Wahrscheinlich auf geistreicher Exegese pompejanischer Ciceroni und als ein recht erstaunliches Factum für reisende Söhne Albions ausgedacht, denen es manches »*oh ah!*« abgelockt haben mag, beruht die offenbar an die Stierschädel angeknüpfte wirklich scherzhafte Bezeichnung eines Theils dieses Platzes, welche sich auf dem Zahn'schen Plane von Pompeji (Zahn 2. 100) als *sepolcro dei bestiami* (Viehbegräbnissplatz) findet. Ich weiss nicht, ob man das Vorhandensein eines solchen etwa aus Influenz Aegyptens, wo man die Kuhe beerdigte (Herod. 2. 41) herleitet, und kann nur bemerken, dass in Wahrheit diese Stierschädel als ein auf Opfer hinweisendes Grabessymbol zu betrachten sind. Dass einigen Schriftstellern dieser Platz für das Ustrinum gilt, ist oben bemerkt; schwerlich steht Wesentliches entgegen.

In derselben Gesammtansicht des grossen Grabes sehn wir an der Mauer der kleinen Strasse links eine gemalte Schlange, das Bild eines *genius loci*, unterhalb dessen ein Ziegel vorspringt, auf dem man kleine Opfergaben niederlegte. In der Nähe dieses Grabes fand man eine Reihe von Inschriften (Mommsen No. 2327—2329, 2331—2336 und 2339), von denen die letzte, die mit Unrecht auf das Grab mit den Gladiatorreliefen bezogen ist, möglicherweise zu eben diesem grossen Grabe gehört. Sie sagt aus, dass dem richterlichen Zweimann A. Umbricius Scaurus von Stadtwegen der Platz zum Monument, 2000 Sesterzen zur Bestattung geschenkt und eine Reiterstatue auf dem Forum errichtet worden sei. Jedenfalls ist dies die grösste Auszeichnung eines verdienten Bürgers, der wir bisher in Pompeji begegnet sind, und mit dem Andenken an diesen zu früh verstorbenen Braven (denn sein Vater erbaute ihm das Grabmal) scheiden wir von der vollständig ausgegrabenen Gräberstrasse von Pompeji. Ein zweiter Begräbnissplatz liegt vor dem gewöhnlich Hafenthor, bei Mommsen *porta Sarni* genannten Thor im Süden der Stadt, unweit des modernen Wirthshauses, welches unter dem Namen der *Taverna del Lapillo* bekannt ist, welcher ebenfalls mehre Inschriften (Mommsen No. 2362—2376) geliefert hat, auf dem aber kein Denkmal ausgegraben ist, den wir also hier nur erwähnen, da zur Erörterung von Inschriften allein hier nicht der Ort sein dürfte. —

Fünftes Capitel.

Die monumentalen Reste und Zeugnisse des Verkehrs und des Lebens.

Erster Abschnitt.

Mobilien, Geräthe und Gefässe.

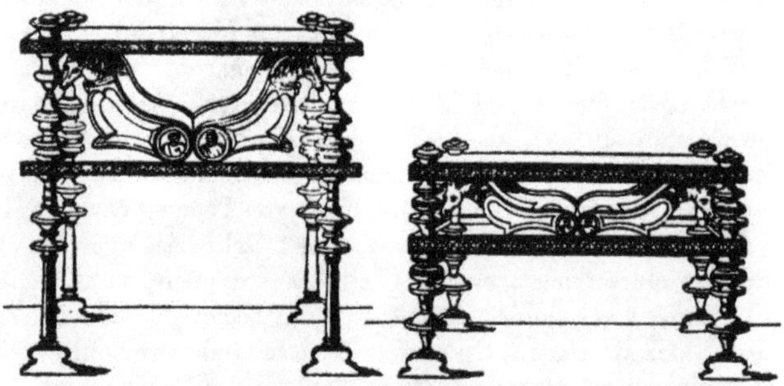

Figur 223. Zwei Bisellien.

Die Funde von eigentlichen Mobilien sind in Pompeji bei weitem nicht so zahlreich und bedeutend gewesen, wie man vielleicht vermuthen mag, wovon der Grund ein doppelter ist. Erstens ist natürlich alles aus verbrennbaren Stoffen Verfertigte bis auf nicht zu zählende Reste verbrannt und untergegangen, und dass Holz mit verschiedenen Verzierungen aus anderen Stoffen, Elfenbein, Metall und dergleichen auch im Alterthum das Hauptmaterial der Möbelschreinerei gewesen sei, braucht kaum gesagt zu werden. Zweitens aber war das Mobiliar der Alten auch ungleich einfacher und weniger mannigfaltig als das unsere, indem namentlich die vielerlei Schränke, die unter wechselnden Namen und Bestimmungen unsere Häuser erfüllen, als Mobilien fast ganz fehlen und entweder durch Wandschränke oder kofferartige Kasten ersetzt wurden. Mit Tischen, Sitzen, Betten und Kasten ist im Grunde das antike Mobiliar erschöpft, wobei freilich innerhalb dieser Kategorien Mannigfaltigkeit nicht ausgeschlossen ist, und auch nicht bestritten werden soll, dass Das und Jenes über dieselben hinausgeht.

Beginnen wir unsere Rundschau in den Mobilien Pompejis mit den Schlafzimmern. In denselben finden wir in der Regel nur die Bettstelle, am gewöhnlichsten, wie bereits mehrfach bemerkt, in einem Alkoven der Hinter- oder einer Seitenwand, welcher, wie das Beispiel des halbrunden Cubiculums in der Villa des Diomedes uns lehrt, wohl durch eine an einer Stange und Ringen hangenden Gardine verschlossen wurde. Die Bettstellen waren von Holz, von Bronze oder auch von Elfenbein und natürlich in sehr verschiedenem Grade einfach oder reich gearbeitet. Metallene Bettstellen scheinen in Pompeji nicht oder nur sehr selten vorgekommen zu sein, wenigstens sind deren keine vorgefunden worden. Einige Fragmente elfenbeinerner Bettgestelle dagegen sind aufgefunden, so dass man bei diesem leicht zerstörbaren Material auf eine nicht gar zu seltene Verwendung desselben schliessen darf. Am häufigsten aber findet man die Bettstelle durch Mauerwerk hergestellt und zwar als eine gewöhnlich etwa 7 — 8 Fuss lange, 3 Fuss breite und nur 2 — 2½ Fuss hohe Stufe, deren vorderer Rand zuweilen um einige Zoll erhöht ist. Auf diese gemauerte Unterlage wurden die Matratzen oder Decken und Kissen gebreitet. Dass im Schlafzimmer und in seinem Procoeton, wo ein solches vorhanden war, noch etliche andere Mobilien, Sitze, Waschtische und Kleiderkisten, sowie dergleichen für Kostbarkeiten, die man in den innersten Gemächern verwahrte, gestanden haben, ist natürlich anzunehmen, obgleich von denselben Nichts vorgefunden ist, ausgenommen den gemauerten Waschtisch im halbrunden Cubiculum der Villa.

Besser erhalten sind uns die Mobiliargegenstände der Wohn- und Esszimmer, welche in Sitzen und Tischen bestehen. Die antiken Sitze, Stühle und Sessel sind uns in Malereien in anmuthigster und reichster Mannigfaltigkeit erhalten, so dass wir eine Reihe von Formen in denselben verfolgen können. Diese beginnen bei dem einfachen lehnenlosen Klappstuhl, dessen Beine in der Regel als Thierbeine gestaltet, dessen Sitz aus einem Stück Leinen oder Wollenzeug gebildet ist, treten sodann als feste Sessel mit vier in leichter

Säulenform gestalteten Füssen und gradem Sitzbrett und als eben solche mit ausgerundetem Sitz auf; ihnen folgen Klappstühle mit schräge zurückliegender Lehne, welche gerundet und oben geschweift dem Körper die bequemste Stütze bieten musste, die man sich denken kann. Endlich, um nur die Hauptformen anzuführen, da das Detail uns in's Endlose führen würde, schliessen sich die s. g. Throne, eigentlichen Armlehnstühle mit hoher und gerader Lehne, weitem, von Armstützen begrenztem Sitz an, welche als die Sitze von Göttern und vornehmen Personen vorkommen. Die Bisellien, über deren Bedeutung wir bereits geredet haben, wollen wir hier im Vorbeigehn der Vollständigkeit wegen erwähnen. Von dem ganzen Reichthum dieser Formen ist in Natura in Pompeji nur sehr Weniges gefunden; dass Holz begreiflich auch und grade für Stühle und Sessel das Hauptmaterial war, hat deren Untergang bedingt. Von gewöhnlichen lehnelosen Sitzen führen wir beispielsweise die beiden hier folgenden, den einen in perspectivischer, den anderen in geometrischer Ansicht von zwei Seiten an.

Figur 224. Zwei Sessel von Bronze.

Die geschmackvolle Art der einfachen Verzierung werden unsere Leser lieber in der Abbildung als in unserer Beschreibung studiren, wir wollen nur auf die Schweifung des Sitzes aufmerksam machen, welche das Sitzen auf diesen Sesseln selbst ohne Polster bequem macht. Von zweien bronzenen Bisellien steht die Abbildung (Fig. 224) diesem Abschnitt voran; auch bei ihnen überlassen wir die Betrachtung des Ornaments unsern Lesern und weisen dieselben nur auf die in demselben hervortretenden Pferdeköpfe, welche auf ritterlichen Stand deuten mögen, und auf die *en médaillon* in die Verzierung eingelassenen Silensbüsten hin, deren Bedeutung nicht feststeht.

Nächst den Sitzen erwähnen wir die Ruhebetten und Sophas, die wir ebenfalls in grosser Fülle aus Bildwerken kennen, in Natura dagegen in Pompeji nicht gefunden haben, es sei denn, dass man jene gemauerten Lager der Triclinien nennen wollte, die wir bereits früher besprochen und abgebildet haben. Viel häufiger und in bedeckten Triclinien wohl regelmässig waren diese Ruhebetten von Holz mit reichen Ornamenten, weshalb auf uns keine gekommen sind. Sie erscheinen in alten Kunstwerken in zierlichster Eleganz. In allen Fällen wurden sie beim Gebrauche mit beweglichen, zum Theil matratzenartigen, zum Theil pfühlartigen Polstern, auf welche man den linken Arm stützte, belegt. Als einfache Form der Ruhebetten können wir die lehnelosen Bänke betrachten, die wir gemauert in einigen Häusern im Atrium, von Bronze im Tepidarium der Thermen fanden.

Viel seltener sind in Kunstwerken Tische dargestellt, wovon der hauptsächliche Grund in der geringeren Mannigfaltigkeit des Gebrauchs gelegen ist. Sitze brauchten die Alten just so viel wie wir, Tische weit weniger als wir, die wir in Ess-, Sopha-, Spiel-, Toiletten-, Schreib- und anderen Tischen eine ganze Heerschaar besitzen. Esstische hatten die Alten in ihren Triclinien natürlich und zwar in recht verschiedener Form, mehrfüssig und einfüssig und von sehr verschiedener zum Theil grosser Kostbarkeit. Die einfachsten Esstische sind die gemauerten Monopodien, wie der viereckige Tisch im Triclinium funebre, auf deren massiven Fuss man ein Blatt von glattem Holz legte. In hölzernen Tischen wurde, in Material und Verzierung, ein zum Theil fabelhafter Luxus entfaltet und auch die steinernen sind, wenn sie aus weissem oder farbigem Marmor gearbeitet wurden, grossentheils ebenfalls gar kostbare Prachtmobilien, welche ausser als Esstische, namentlich auch als Schautische für kostbare Gefässe dienten. Diesen Zweck können wir bei den schönsten der wenigen in Pompeji gefundenen Marmortische voraussetzen, von denen wir in der folgenden Figur 225 links das besterhaltene Prachtexemplar aus dem Hause

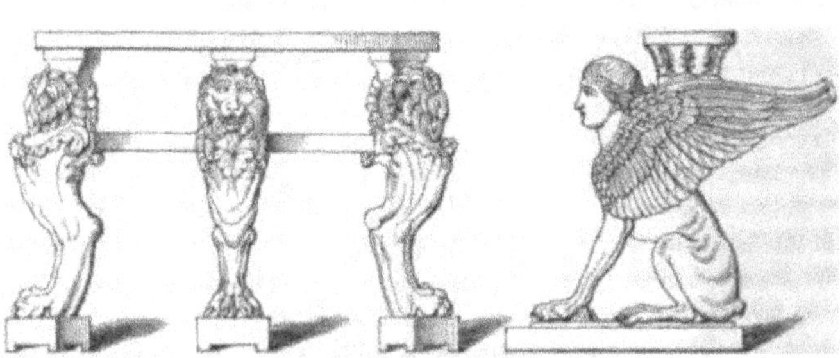

Figur 225.
Marmortisch und Tischfuss.

des kleinen Mosaïkbrunnens, rechts ein kostbares Fragment, einen Fuss in Gestalt einer meisterhaft gearbeiteten kauernden Sphinx aus dem Hause des Faun unsern Lesern vorführen. Andere sind weniger reich und schön decorirt, jedoch bestehn ihre Füsse meistens wie in unserem vollständigen Beispiel aus stilisirten und tektonisch behandelten Thier- meistens Löwenklauen. Derartige Tische haben meistens ihren Platz im Tablinum, jedoch stehn sie auch im Atrium vielfach neben dem Puteal oder hinter demselben mit dem augenscheinlichen Zweck, die Schöpf- und Wassergefässe aufzunehmen. Hier sind sie oftmals ganz einfach mit zwei durchgehenden Füssen und schlichtem dickem Blatt. Putztische hatten die Alten ebenfalls, jedoch sind uns deren keine erhalten. Eine eigene leichte Art von Tischchen stellen die Dreifüsse dar, welche freilich eigentlich den Küchengeräthen angehören und zur Aufnahme von Kesseln bestimmt waren, die aber wie in den folgenden Beispielen zum Theil von solcher Zierlichkeit und Eleganz sind, dass sie für diesen ursprünglichen Zweck wenig geeignet erscheinen, vielmehr sich nur als leichte Tische mit losem Blatt darstellen, die man im Wohnzimmer, im Tablinum oder Atrium stehn hatte, um dies und das aus der Hand zu legen oder um Blumenvasen oder einzelne Prachtgefässe zu tragen. Ein verwandter Gebrauch der Dreifüsse zum Schmucke des Speisesaales ist schon homerisch und für Pompeji wird er mit dadurch bestätigt, dass diese Mobilien nicht in der Küche, sondern in Wohnräumlichkeiten aufgefunden sind. Von den beiden mitgetheilten Probeexemplaren zeichnet sich das eine durch grosse Zierlichkeit und reichen Schmuck aus, während das andere durch eine Vorrichtung zum Höher- oder Niedrigerstellen interessant ist. Die Beine sind oben in Scharnieren beweglich und die ebenfalls beweglichen Querstäbe enden in einem Ring, der an einem Metallstab an den Beinen herauf und hinunterläuft, so dass vermöge dieser Vorrichtung der Dreifuss bei breiter Auseinanderstellung der Füsse um $\frac{1}{4}$ seiner Höhe erniedrigt, bei engerer Fussstellung um so viel erhöht werden kann.

Figur 226. Dreifüsse von Bronze.

Dass ausser den zum eigentlichen Mobiliar des Wohnhauses gehörenden Tischen sich deren in jedem Haushalt, in Küchen, Anrichtzimmern, Bäckereien u. s. w. und in vielen Läden und Werkstätten noch manche andere zu verschiedenem Gebrauch bestimmte Tische fanden, versteht sich so ganz von selbst, dass wir es kaum zu erwähnen brauchen, und auch dass diese Tische, seien sie von Holz, seien sie gemauert und mit hölzernen oder steinernen Platten je nach dem Bedürfniss belegt, immer ganz einfach und praktisch waren, werden sich unsere Leser selbst sagen und aus einigen Beispielen, die wir in den Häusern vorgefunden haben, erinnern.

Einen wichtigen Platz unter den Mobilien des Wohnhauses nehmen die Candelaber ein, wichtig sowohl in praktischem als in decorativem und künstlerischem Betracht. Von keiner Art antiker Mobilien ist in Pompeji eine so grosse Zahl und eine so grosse Mannigfaltigkeit aufgefunden wie von Candelabern, und in wenigen anderen zeigt sich die unermüdliche und unerschöpfliche Erfindungsgabe der Alten so glänzend und erstaunlich wie in diesen Geräthen. Wir können über die Candelaber nicht reden, ohne einige Worte über die antike Beleuchtung voranzusenden. Dieselbe stand, was die Production intensiven Lichtes anlangt, keineswegs auf einer hohen Stufe der Ausbildung, namentlich deshalb nicht, weil bei dem die Benutzung von Lichten (Kerzen) fast ganz ausschliessenden Gebrauch der Lampen die Alten keine jener Erfindungen gemacht hatten, durch welche wir, die Hitze der Flamme concentrirend, die Verbrennung im Wesentlichen auf das sich aus dem Brennmaterial bildende Gas nebst der Verzehrung des Rauches beschränken. Von Gläsern, welche die leuchtende Flamme umgaben, kommt nicht eine Spur vor, und die antiken Lampen, selbst die grössten und schönsten sind in ihrem Mechanismus grade so vollkommen und nicht vollkommener als die kleinen Lämpchen, die wir in unseren Küchen und Gesindestuben zu verwenden pflegen. Denn jede antike Lampe besteht aus einem weiteren, gewöhnlich flachen, runden Behälter für das Oel und den dasselbe aufsaugenden Docht, welcher aus einer an das Oelgefäss angefügten Lichtschnauze hervorsteckte. Schon hieraus geht mit Evidenz hervor, dass die Alten, wenn sie einen selbst bei dem lautersten Baumöl unerträglichen Qualm und Russ vermeiden wollten, den Docht nur von mässiger Dicke nehmen, denselben nur wenig aus der Lichtschnauze hervorstecken lassen konnten, somit auf die Darstellung einer kleinen Flamme beschränkt waren, und in deren Vervielfachung das einzige Mittel einer helleren Beleuchtung besassen. Wollte man ja einmal eine grössere Flamme brennen lassen, so musste man für einen Rauchfang über derselben Sorge tragen, wovon uns in der immerbrennenden Lampe des Kallimachos im Tempel der Polias in Athen, bei der der Rauchfang als ein Palmbaum gestaltet war, ein interessantes Beispiel überliefert ist. Die Vervielfältigung der Flammen erreichte man nun entweder, wie wir dies z. B. in den Thermen gefunden haben, durch die Aufstellung einer grösseren Anzahl von Lampen mit einer Flamme oder Lichtschnauze, welche Myxa hiess und der einflammigen Lampe den Namen Monomyxos gab, oder durch die Vervielfältigung der Lichtschnauzen an einer Lampe, welche nach deren Zahl mit den Namen Dimyxos (zweischnauzig) oder *bilychnis* (zweiflammig), Trimyxos (dreischnauzig) oder *trilychnis* u. s. f. belegt wurde. Als das einfachste Material erscheint gebrannter Thon, neben dem jedoch vielfach auch Bronze verwendet wurde. In beiden Hauptmaterialien, Thon und Bronze, zu denen gelegentlich edlere Metalle kamen, finden wir die Lampen von der allereinfachsten Form sich durch eine fast unübersehbare Reihe von Ornamenten bis zu äusserst zierlichen und schönen Kunstwerken erhebend, wobei natürlich die Blüthe der Entwickelung der Bronze zufällt. In den folgenden Abbildungen haben wir eine Reihe pompejanischer und herculanensischer Lampen zusammengestellt, in der die Hauptstufen des Aufsteigens sowohl in Bezug auf die Zahl der Flammen wie dasjenige von der einfachsten Form bis zur kunstvollsten unsern Lesern vergegenwärtigt werden.

Figur 227. Lampen von Thon und Bronze.

Die einfachste Grundform der antiken Lampe vergegenwärtigt uns das Lämpchen *a* aus gebranntem Thon. Derartige Lämpchen sind in unübersehbarer Masse in allen Theilen des weiten Römerreiches gefunden, sind in der Regel von nicht glasurtem, einmal gebranntem Thon, sehr oft in der einfachsten Weise dadurch verziert, dass mit einem scharfen Instrument auf den Deckel oder den Bauch des Oelbehälters Kreise, Spiralen oder sonstige Linien eingerissen, oder dadurch, dass diese Linien mit einer blassrothen Farbe aufgetragen sind. Von den beiden Löchern in der Lampe dient dasjenige im Bauch, welches, wie wir sehn werden, bei besseren Lampen mit einem oft sehr hübsch verzierten Deckel verschlossen wird, zum Eingiessen des Oeles, dasjenige in der Schnauze für den Docht. Zu diesen beiden natürlich immer vorhandenen Löchern kommt oft noch ein viel kleineres drittes am Anfang der Schnauze, welches entweder zum Herausstochern des Dochtes, oder viel wahrscheinlicher noch dazu diente, um den nöthigen Luftdruck zu vermitteln, falls die Oelöffnung durch einen

Deckel verschlossen war. Zu den einfachen Verzierungen dieser kleinen Thonlampen gesellt sich sehr oft noch der unter dem Fuss eingestempelte Name des Fabrikanten, wie dies beispielsweise das Lämpchen *b* zeigt. Dieser Name steht entweder, wie hier, im Nominativ und allein PVLCHER, oder mit einem F (*fecit*) hinter sich, oder er steht im Genitiv allein, z. B. TITINI, des Titinius Lampe oder Machwerk oder was man sonst ergänzen will, oder auch mit vorhergehendem OF., d. h. *officina*, Fabrik, z. B. OF. ATIMETI, Fabrik des Atimetus. — Die Lämpchen *a* und *b* vergegenwärtigen uns, wie gesagt, die gewöhnliche Grundform, welche wir noch vielfach wiederfinden werden, welche aber nicht so ausschliesslich sich findet, dass sie andere, zum Theil verwandte Formen ausschlösse. Als Beispiel einer solchen diene das Lämpchen *c*, bei dem die Schnauze als runde Spitze verlängert und der Griff seitwärts angebracht ist. Auf ihr finden wir nun auch zuerst eine jener figürlichen Verzierungen, welche fast den ganzen Kreis darstellbarer Gegenstände umfassen, und welche insbesondere eine fast vollständige und sehr mannigfaltige mythologische Folge enthalten, in der das wesentlichste Interesse der antiken Lampen liegt. Auf unserem Lämpchen finden wir einen kampfbereit stehenden Gladiator, wogegen uns das in gewöhnlicher Weise gestaltete Lämpchen *d* ein palmettenartiges Ornament zeigt, in dessen Mitte das Oelloch durchgebohrt ist. Unter *e* bringen wir ein in mehrem Betracht interessantes Beispiel einer *bilychnis* von Bronze in der Oberansicht, welche sich von der in der Folge noch vorzufindenden gewöhnlichsten Form der zweiflammigen Lampen dadurch unterscheidet, dass bei ihr die Schnauzen einander gegenüber liegen, anstatt wie gewöhnlich neben einander. Der Grund hiefür ist darin zu suchen, dass unsere Lampe zum Hängen an Kettchen bestimmt war, welche in die als Haken behandelten ornamentalen Gänseköpfe eingehängt wurden. Eine ganz besondere Wichtigkeit erhält unsere im Uebrigen sehr einfache Doppellampe dadurch, dass man in ihrer einen Schnauze den Docht steckend fand, wie unsere Abbildung zeigt. Dieser einzige antike Docht besteht aus gehecheltem, aber nicht gesponnenem Flachs, der zu einer Art von Strick zusammengedreht ist, und verdankt seine Erhaltung der Berührung mit dem Metall, einem Umstande, der uns auch sonst noch manchen leicht zerstörbaren Gegenstand in Pompeji hat auffinden lassen, wie z. B. leinene Geldbeutel, das wollene Futter von Bronzehelmen u. dgl. m. Einen reicher verzierten bronzenen Dimyxos der gewöhnlichen Form finden wir bei *f*; sein Griff ist als Adler gestaltet und auf der Decke seines Oelbehälters, aus dem die beiden Lichtschnauzen neben einander entspringen, ist die Büste einer Luna vor der Mondsichel ausgetrieben, welche wir zugleich als ein Exempel dieser mythischen Darstellungen beibringen, und bei der wir unsere Leser auf die nach damaliger Sitte als Perücke gestaltete Haartracht aufmerksam machen wollen. Ehe wir zu weit in der aufsteigenden Entwickelung der Ornamente fortschreiten, müssen wir ein paar an sich einfache vielflammige Lampen *g*, *h* betrachten, von denen die erstere sehr deutlich den Uebergang der gewöhnlichen Form mit neben einander stehenden Lichtschnauzen zu der kreisförmigen Stellung der Flammen zeigt, welche wir in der zweiten Lampe *h* finden. Bei ihr ist der mit dem Kranze verzierte Theil der Oelbehälter, das Loch zum Eingiessen sehn wir rechts, das kleine Loch für die Luft nach vorn. Dadurch, dass dies nur einmal, nicht aber bei jedem Flammenloch vorhanden ist, wird, denke ich, sein angegebener Zweck recht deutlich. Ein anderes Beispiel einer ringförmigen Hängelampe mit mehr Verzierung finden wir bei *n* α und β, die drei nach innen stehenden Zapfen sind durchbohrt und in ihnen waren die Ketten zum Aufhängen befestigt. Die Löcher zum Oeleingiessen sieht man oben neben dem Silenskopf, hinter dem ein kleiner Griff angebracht ist. Unter *i* bringen wir ein kleines, aber sehr anmuthig und reich gestaltetes Bronzelämpchen in der Oberansicht, dem weiterhin unter *k* ein anderes in der Seitenansicht beigefügt ist, während wir bei *l* und bei *m* zwei jener nicht seltenen Lampen finden, welche bei sehr einfach gestaltetem Körper einen mehr oder weniger reich, hier im einen Falle durch einen kräftig modellirten Löwenkopf, im anderen durch einen Pferdekopf ornamentirten Griff zeigen. Ausser dem Körper und dem Griff der Lampe bietet nun besonders noch der Deckel oder der Deckelknopf des Oelbehälters Gelegenheit zu kunstreicher Gestaltung, wovon wir unter *o* ein Beispiel sehn. Hier steht auf dem Deckel ein leichtgegürteter Jüngling, der sich im vollen Laufe gleichsam nach einem mit ihm in die Wette Laufenden umblickt, und der zugleich als Halter des Häkchens dient, mit dem man den Docht stocherte. Ein ungleich anmuthigeres Exemplar eines sehr gefällig gestalteten und durchweg mit grossem Geschmack verzierten Dimyxos finden wir bei *p*. Hier bietet uns der Deckelknopf eines jener allerliebsten Genrebilder der griechischen Plastik, die noch immer nicht gehörig zusammengestellt und gewürdigt sind, ein Knäbchen, das mit einer Gans ringt, an deren Fuss zugleich das Kettchen hangt, mit welchem der Deckel an den Griff befestigt ist. Das Vorbild der kleinen Gruppe bildet ein Werk des Boëthos, welches Plinius anführt, und welches auch in Marmor nachgebildet auf uns gekommen ist. Unter *q* bringen wir das Beispiel einer ziemlich reich verzierten grösseren dreiarmigen Hängelampe, und endlich haben wir unter *r*, *s*, *t* und *u* vier Lampen von besonderer Form zusammengestellt, welche zeigen, dass der Geschmack in der Gestaltung dieser Geräthe grade nicht immer sich auf gleicher Höhe hielt. Die Abbildung *r* zeigt uns eine dreiflammige Lampe, bei der für die zweite und dritte Flamme ein Nebenlämpchen dem Körper der Hauptlampe unorganisch genug angeflickt ist, *s* eine schiffartig geformte vielflammige Lampe, bei *t* finden wir eine Lampe in Form eines menschlichen Kopfes, bei dem die abnehmbaren Haare als Oelöffnung und der maskenartig verzerrte Mund für den Docht diente, endlich bei *u* eine ähnliche Lampe in Maskenform in drei Ansichten. Indem wir unsern Lesern das Urteil über diese Spielerei überlassen, bemerken wir nur, dass sie in ähnlicher Weise ziemlich häufig vorkommt. —

Doch nun zurück zu den Candelabern, zu deren Darstellung wir diese Abschweifung in der Besprechung der pompejanischen Mobilien nothwendig machen mussten, wenn die Zwecke der Candelaber deutlich werden sollten.

Figur 228. Lampenfüsse von Bronze.

Wir haben in unserer Durchmusterung der Lampen gesehn, dass die meisten zum Hinstellen eingerichtet sind; das Hinstellen konnte nun freilich wohl auf den blossen Tisch erfolgen, aber in diesem Falle wäre die Flamme so niedrig gewesen, dass ihr Licht sich nur auf einen sehr kleinen Kreis erstreckt haben würde. Man musste also Untersetzer für die Lampen haben, welche man auf den Tisch stellen wollte, und diese Untersetzer erscheinen entweder in Form niedriger Tischchen oder Dreifüsse, oder als die eine Hauptclasse der Candelaber, diejenigen, welche etwa einen Fuss bis anderthalb hoch sind. Aber nicht allein auf den Tisch wollte man Lampen stellen, es galt viel häufiger die Erleuchtung des ganzen Zimmers. Wollte man hierzu nicht Hängelampen verwenden, so musste man höhere Ständer für die Lampen haben, und diese Ständer sind die zweite Hauptclasse der Candelaber, diejenigen, welche 4—6 Fuss und mehr hoch, von Bronze und auch von Marmor gebildet zugleich zu den schönsten Mobiliarstücken des Alterthums gehören. Wir wollen unsere Leser mit den drei genannten Arten von Geräthen, den Lampenfüssen und den kleinen und grossen Candelabern in einer Auswahl bekannt machen. Vier Lampenfüsse, zwei gewichtige und zwei leichte und elegante haben wir oben als Fig. 228 abgebildet, zu deren Erklärung Nichts zu sagen nöthig ist, und bei denen unsere Leser selbst bemerken werden, in wie sinnreicher Art meistens Thierfüsse, einmal Delphine als Stützen der Platte benutzt sind. Der Vorzug dieser antiken Lampenfüsse vor den meisten der sehr ähnlichen modernen Füsse der *lampes à moderateur* besteht in der Klarheit, mit der die zum Tragen bestimmten Theile diese ihre Function ausdrücken, während wir nur zu oft in dieser Beziehung ganz gedankenlos verfahren und künstlerisch betrachtet Unmögliches schaffen.

Noch ungleich grösser ist die Mannigfaltigkeit und zugleich die Anmuth der Formen bei den kleinen Candelabern, von denen wir nachstehend fünf zur Probe geben, welche, wenngleich sie eine uns durch den beschränkten Raum gebotene sehr kleine Auswahl bilden, doch im Stande sein werden, eine ungefähre Vorstellung von diesen Geräthen zu geben. Die kleinen oder Leuchtercandelaber, wie man sie nach der Analogie unserer auf den Tisch zu stellenden

Leuchter und Armleuchter nennen könnte, sind wie diese zunächst nach der Lampenzahl zu unterscheiden, welche sie zu tragen bestimmt sind. Wir finden in unserer Abbildung in *a* einen einlampigen, in *b* und *d* zweilampige, in *e* einen vierlampigen und in *c* einen fünflampigen Candelaber, so dass der letzte mit fünf Bilychnen behängt mit 10 Flammen leuchtete. Ferner kann man diese Leuchtercandelaber insgesammt nach der Form in zwei Hauptclassen eintheilen, in solche, die rein tectonische Formen verwenden, wie bei uns *a* und *e* und solche, die in freierer Weise vegetabile und ausnahmsweise thierische oder menschliche Formen benutzen, wie wir es in *b*, *c* und *d* unserer Fig. 229 finden. Die ersteren stehn den grossen Candelabern am nächsten, bei denen man als die Hauptheile Fuss, Schaft und Platte unterscheidet, die als Träger der Ornamentik erscheinen. Bei der anderen Art findet sich freilich ebenfalls in vielen Fällen Fuss, Schaft und Platte, wie in *b* und *e*, in vielen anderen ist aber entweder der Fuss im eigentlichen Sinne aufgegeben wie in *d* oder ist die Platte ganz weg-

Figur 229. Kleine Candelaber.

gelassen wie in *c*, bei welchem als Baum gestalteten Candelaber die fünf Lampen an Ketten von den Zweigen hangen. Bei der klaren Darstellung der Formen würde deren Benennung und Beschreibung nur ermüden, unsere kunstverständigen Leser werden ohne Zweifel bemerken und mit uns darin übereinstimmen, dass bei der Anmuth aller dieser Exemplare *a* als tektonisch, *d* als freier gestaltetes Geräth den Preis verdient, wogegen *b* einem leisen Tadel nicht recht organischer Verbindung des Fusses mit dem Schaft schwerlich entgehn wird.

Noch etwas anders gestaltet sich die Aufgabe bei den grossen Candelabern, welche frei in's Zimmer auf den Boden gestellt wurden, bestimmt die Räume im Allgemeinen, kaum aber dieselben sehr energisch zu beleuchten, weshalb die grossen Candelaber in der Regel nur für eine, zwei bis höchstens drei Lampen auf ihren Platten oder Tellern Raum bieten. Wir haben auf der folgenden Tafel (Figur 230) drei ganze Candelaber und einige Repräsentanten der drei schon oben genannten Haupttheile, Fuss, Schaft und Knauf oder Platte zusammengestellt, auf welche wir bei der folgenden Beschreibung verweisen. In seiner Gesammtheit spricht der Candelaber seine Bestimmung, das Licht hoch emporzuheben, mit seiner leichten Schlankheit auf das Vortrefflichste aus. Nicht eine Last zu heben und zu stützen ist der Candelaber bestimmt, deshalb konnte sein Schaft so dünn und lang genommen und auf dem zierlichen Fusse erhöht werden. Dieser, meistens aus Thierklauen, aber auch aus vegetabilen Elementen zusammengesetzte Fuss ist wieder nur diesen leichten Stengel zu tragen im Stande, der möglicher Weise aus einer natürlichen vegetabilen Stütze hervorgegangen und deshalb auch zuweilen nach ihrem Schema gearbeitet (siehe Fig. 230 das Schaftstück bei *g*), in der Regel aber nach diesem Grundschema wie alle Säulen weiter stilisirt und zu einer canellirten Säule geworden ist, aus der in der überwiegenden Mehrzahl der Fälle und in den besten Exemplaren ein natürlich ebenfalls stilisirter Blumenkelch emporblüht, dem das Licht der Lampe entstrahlt. Die Abweichungen von diesem als normal zu betrachtenden Schema sind bei allen drei Theilen mannigfaltig genug, um eine etwas genauere Betrachtung zu rechtfertigen. Im Fusse sind die Verschiedenheiten nicht so bedeutend wie im Knauf. Zunächst werden durchgängig drei Stützpunkte festgehalten, welche selten durch andere Glieder als Thierfüsse dargestellt werden. Am häufigsten sind Löwenklauen verwandt, seltener die Hufe grasfressender Thiere, wie in *c* Fig. 230, noch seltener Pflanzentheile, namentlich Baumwurzeln. Vegetabile Theile werden dagegen meistens in verschiedenem Grade des Reichthums zur Verbindung der drei Thierfüsse verwendet, ein Beispiel ihres Fehlens finden wir in unserem Candelaber *a*, ein anderes in demjenigen *c*, bei dem sie einem praktischen Bedürfniss weichen mussten, das überhaupt zum Nachtheil der Form in diesem Candelaber durchherrscht. Sehr zierlich dagegen ist das vegetabile Ornament mit dem animalen in dem Candelaberfuss verbunden, von dem wir

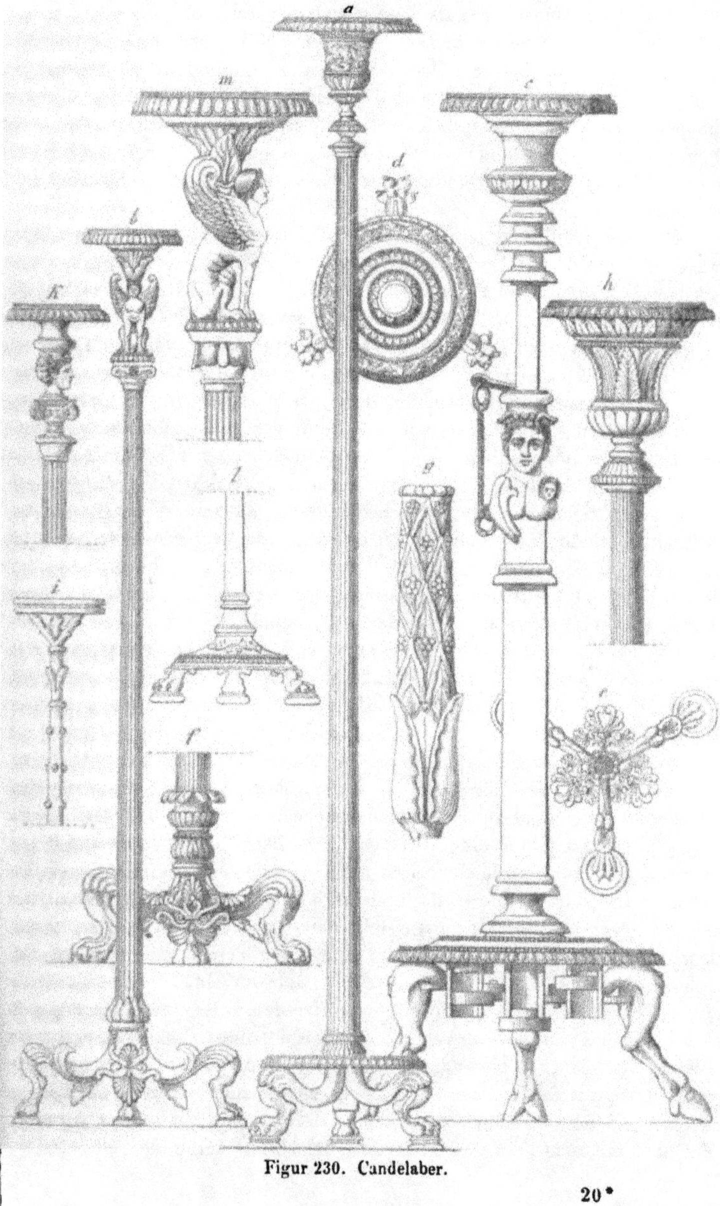

Figur 230. Candelaber.

bei *e* eine Oberansicht geben, einfacher in dem Fusse des Candelabers *b*, sehr reich und prachtvoll dagegen in dem bei *f* in der Seitenansicht mitgetheilten Candelaberfuss. Die so gestalteten Füsse lassen nun den Schaft des Candelabers entweder unmittelbar aus ihrer Mitte emporschiessen, oder sie sind mit einer Scheibe, einem Teller (Diskos) bedeckt, aus dessen Mitte sich der Schaft erhebt. Ein Beispiel eines solchen Fusses bietet uns in der Seitenansicht der Candelaber *a*, ein anderes Beispiel in der Oberansicht finden wir unter *d* abgebildet, als ein drittes, aber nicht mustergiltiges Beispiel nennen wir den Candelaber *c*. Es ist wohl einleuchtend, dass die Candelaberfüsse ohne Deckplatte den Vorzug verdienen, weil aus ihnen der Schaft am meisten organisch entspringt, doch lässt sich nicht läugnen, dass wieder die Platte der Kunst des Ciseleurs den schönsten Anlass zu eingeritzten und eingelegten Ornamenten (Damascenerarbeit) darbot, und dass diese Gelegenheit in geistreicher Weise benutzt ist. Verwandt mit dieser Art von Füssen, aber am wenigsten mustergiltig sind diejenigen, von welchen wir bei *l* eine Probe finden, und bei denen sich die Platte in ein flach glockenförmiges Glied verwandelt hat, dem der Ausdruck des Emporhebens fast ganz abgeht. Wesentlich abweichend von der Form dieser bronzenen Candelaber sind diejenigen der grossen marmornen, von denen eine Reihe von Prachtexemplaren auf uns gekommen ist. Sie dienten wahrscheinlich zu Tempelzwecken und bei ihnen ist der Fuss dem Material gemäss massiver, als ein dreiseitiger Altar auf niedrigen Löwenfüssen gestaltet, dessen drei Flächen mit bedeutungsvollen Reliefen verziert wurden. —

Der Schaft der bronzenen Candelaber ist in der überwiegenden Mehrzahl der Fälle eine schlanke canellirte Säule, seltener eine nicht canellirte wie in dem Candelaber *c* und dem, dessen Fuss wir bei *l* gegeben haben, noch seltener als Baumstamm gestaltet wie der Schaft bei *g*. Mit dem Fusse verbindet den Schaft eine leichte Basis, welche in der Mehrzahl der Fälle, am musterhaftesten bei dem Candelaberfusse bei *f* aus mehren Reihen von Blättern mit leichtem Ueberfall besteht, gleichsam den Wurzelblättern des schlanken Blüthenstieles. Bei anderen Candelabern ist dies Bindeglied zwischen Fuss und Schaft zum Nachtheil des Organischen in's Kurze gezogen, aber nur in sehr seltenen Fällen verfehltermaassen in der Gestalt der eigentlichen Säulenbasis behandelt und niemals vergessen. Dass das Bindeglied bei Füssen mit der Deckplatte kleiner sein dürfe, als bei solchen ohne diese, leuchtet von selbst ein. — Bei Marmorcandelabern ist häufiger als bei bronzenen der Schaft als Stengel oder Stamm mit Blättern (in der Art wie bei *g*) behandelt. Endlich der Knauf und die Platte. Die Blüthenkelchform ist bei Candelabern mit canellirtem Schaft für den Knauf ohne Frage die beste und naturgemässeste, die ihr nahe verwandte Vasenform weniger zu loben. Bei Candelabern mit vegetabilem Schaft muss natürlich der Knauf der Natur des Stengels folgen, was in einfachster Weise durch Darstellung von Zweigen geschieht, welche die Platte tragen; ein einfaches Beispiel ist bei *i*. So wie der Anfang des Schaftes mit dem Fuss, so muss das Ende oder die Spitze desselben mit dem Knauf verbunden werden, was am besten wie bei *a* und *h* durch Glieder geschieht, welche die stilisirte Blumennatur des Knaufs tragen und sich ihm unten gleichsam wie der Fruchtboden und die Kelchblätter den Kronenblättern der Blume anlegen. Andere Verbindungen, sei es durch reine architektonische, sei es durch animale Glieder, verdienen weniger Lob, und so anmuthig die Schaftspitze unseres Candelabers *b* mit der Sphinx, welche vergrössert in der Seitenansicht bei *m* wiederkehrt, auch erscheinen mag, so werden wir sie doch der tektonischen Idee nach nicht tadellos finden können. Ganz verwerflich erscheinen aber Vermittelungen des Schaftes und des Knaufes wie die, wovon wir bei *k* ein geschmackloses Beispiel finden. Ehe wir die Candelaber verlassen, wollen wir unsere Leser noch auf die Vorrichtung zum Verlängern und Verkürzen bei dem Candelaber *c* aufmerksam machen. Zunächst sehn wir, dass der Schaft aus dem Fusse gelöst werden kann, indem zwei grosse Scharniere in demselben, wie unsere Zeichnung zeigt, geöffnet werden. Sodann aber bemerken wir, dass der Schaft selbst aus zwei in einander steckenden Theilen besteht, von denen der obere emporgehoben und durch einen an einem Kettchen hangenden, durch seinen durchlöcherten Stiel gesteckten Pflock beliebig hoch oder tief gestellt werden kann. Schön wird keiner unserer Leser diesen Candelaber finden.

Mit den Sitzen, Tischen, Dreifüssen, Leuchtern und Candelabern nebst Lampen und Hängelampen ist das ständige Mobiliar des pompejanischen Wohnzimmers und Salons erschöpft. Von solchen Mobilienstücken oder Geräthen, welche zeitweilig in diesen Räumen aufgestellt wurden, sind nur etwa noch die Feuerbecken oder Kohlenpfannen zu nennen, welche im Winter unsere Oefen ersetzen mussten und grade so gut und so schlecht ersetzt haben werden, wie die ganz verwandten Kohlenbecken dies thaten, welche vor noch nicht langer Zeit den ganzen Heizapparat im modernen Süditalien ausmachten. Diese Kohlenbecken, deren wir eines im Tepidarium der Thermen kennen gelernt haben, sind so einfach construirt, dass wir sie unsern Lesern ohne Abbildung vorführen zu können glauben. Sie bestehen aus einer viereckigen oder runden Platte mit einem entweder grade oder geschweift aufsteigenden Rande, welcher mit verschiedenen getriebenen oder eingeritzten Ornamenten verziert wird. Auf die Platte werden unverbrennliche Stoffe, in der Regel Ziegel- oder Bimsteinstücken gelegt, über diese ein Rost von Eisenstäben, auf welchen man die ausgebrannten Holzkohlen schüttete. Das Ganze wird von vier Füssen getragen, die, wie sich dies beinahe von selbst versteht, durch Thierklauen dargestellt werden, und bildet, obgleich gewöhnlich, doch mit Ausnahmen, an Zierlichkeit und Eleganz hinter den Candelabern nicht allein, sondern auch hinter Sitzen und Tischen zurückstehend, doch ein Stück, welches sich dem hübschen Mobiliar harmonisch einfügt. Von den kleinen transportabelen Heerden von Bronze sprechen wir besser bei Durchmusterung der Küchengeräthe. Ehe wir uns zu diesen wenden, müssen wir noch kurz der Mobiliardecoration, wenn man so sagen darf, der Atrien gedenken, welche ausser in Candelabern, Sesseln, Stühlen und Bänken noch vielfach in Putealen, Springbrunnen, grossen Wasserbecken, und gelegentlich in kleinen Altären besteht, von denen wir ein paar Beispiele gefunden haben, abgesehn von den mehrfach vorhandenen Geldkisten und von gelegentlich vorhanden gewesenem Statuenschmuck. Das nebenstehende marmorne Wasserbecken in flacher Kraterform wurde in einem Hause gegenüber dem Chalcidicum gefunden und ist das schönste seiner Art in Pompeji.

Figur 231. Marmornes Wasserbecken.

Die Einrichtung der Küchen war, so weit es sich aus den monumentalen Resten beurteilen lässt, einfach genug. Die in der Regel und mit nur sehr seltenen Ausnahmen gemauerten Heerde, über denen ein Heerdmantel den Rauch auffing und in die Esse leitete, machten nur ein Kochen auf der Platte über freiem Feuer möglich, über welches die Kochgeschirre auf Dreifüssen gestellt wurden. Von den gewöhnlichen Heerden braucht nach dem Gesagten nicht näher geredet zu werden, dagegen müssen wir hier jene kleinen transportabelen Heerde oder Feuerbecken einfügen, die freilich schwerlich zum eigentlichen Kochen oder Backen der Speisen dienen konnten und deshalb auch schwerlich in der Küche ihren Platz fanden, sondern welche zum Warmhalten oder Wiedererwärmen der Speisen allein geeignet scheinen und aller Wahrscheinlichkeit nach im Triclinium oder in dem mehrfach, wie wir gesehn haben, mit dem Triclinium verbundenen Anrichte- oder Servirzimmer standen. Sie bestehen wie die Feuerbecken aus einer Feuerplatte mit umgebendem Rande, der jedoch doppelt und oben verschlossen, eine rundumlaufende Rinne für Wasser bildet. Wird nun das Innere des Feuerbeckens mit glühenden Kohlen gefüllt, so musste, wie leicht einzusehn, das umgebende Wasser leicht kochen, und die obere Fläche der erhitzten Röhre oder Rinne konnte zum Aufstellen heiss zu haltender Schüsseln dienen, während immerhin auch die aufsteigende Gluth des Feuerbeckens zu gleichem Zwecke verwendet worden sein mag. Zu gleicher Zeit konnte man das kochende Wasser benutzen, welches durch einen Hahn abgezapft wurde. In aller Einfachheit zeigt der niedlich verzierte Heerd rechts in unserer 232. Figur diese

Figur 232. Heerde von Bronze.

Einrichtung, während derjenige links noch um ein Geringes vervollkommnet erscheint. Er gleicht im Ganzen einem kleinen Befestigungswerk mit einem Zinnenkranz, welcher als Ornament für derlei Heerde und Feuerbecken ganz besonders beliebt war, so dass wir ein ähnliches bei dem Heerdchen rechts und bei dem Feuerbecken der Thermen finden. An den vier Ecken unseres Heerdchens erheben sich kleine, ebenfalls zinnenbekränzte Thürme, welche mit einem Klappdeckel verschlossen sind; wurde dieser zurückgeschlagen, wie es bei dem einen Thürmchen unserer Abbildung ersichtlich ist, so konnte man ein Gefäss etwa mit zu erwärmender Brühe unmittelbar in das heisse Wasser stellen, welches zu anderweitigem Gebrauche durch den an der linken Fläche erkennbaren Hahn abgezapft wurde.

Figur 233. Heerd von Bronze.

Verwandt im Princip, aber abweichend in der Form und von complicirterer Einrichtung ist der Heerd, den wir in Fig. 233 in Ansicht und Durchschnitt mittheilen. Die Grundlage bildet auch hier eine von vier Sphinxfüssen getragene Feuerplatte mit einfachem Rande, in dem fünf Handhaben befestigt sind. Gegen das eine Ende hin endet diese Platte rechtwinkelig, gegen das andere ist sie einerseits halbkreisförmig, andererseits durch ein rundes, tonnenförmiges Bronzegefäss abgeschlossen. Der halbrunde, nach vorn offene Abschluss bildet das eigentliche Feuerbecken und ist von dem Wassergefäss mit doppelten Wänden umgeben, auf dessen Rande drei Schwäne als Träger eines überzusetzenden Kessels stehn. Während also das Wasser ringsum kochte, strahlten die Kohlen auch nach oben ihre durch die Wände concentrirte Hitze aus, deren Benutzung in diesem Falle augenscheinlich und eben dadurch, wie erwähnt, in anderen Fällen wahrscheinlich ist. Mit dem halbrunden Wassergefäss, dessen Hahn in Maskenform gearbeitet ist, steht, wie der Durchschnitt zeigt, der tonnenförmige Behälter im Zusammenhang, der mit einem Klappdeckel verschlossen und mit einer Oeffnung in Maskenform nahe dem oberen Rande versehn ist. Es scheint, dass durch das Feuer in dem halbrunden Kohlenbecken das Wasser auch in dem grösseren Gefäss zum Kochen gebracht wurde und dass die Oeffnung zum Ablassen des Dampfes diente, denn als blosses Reservoir können wir das grössere Gefäss wegen seiner ganz freien Verbindung mit dem halbrunden nicht betrachten. War sein Deckel zurückgeschlagen, so konnte man ein passendes Gefäss mit der zu erwärmenden Speise in das heisse Wasser stellen. Der viereckige Vorraum mag zum Abstellen der erhitzten Geschirre gedient haben.

Figur 234. Gefäss von Bronze zur Bereitung der Calda.

Wir können von diesen Geräthen zur Bereitung warmer Speisen und Getränke nicht scheiden, ohne unsere Leser mit einer Art antiker Punschbowle, einem in Pompeji gefundenen Gefäss von Bronze zur Bereitung des unter dem Namen der Calda aus Wasser, Wein und Honig zusammengesetzten und sehr beliebten warmen Getränkes bekannt zu machen. Die Construction derselben wird aus unserer vorstehenden Abbildung, welche Ansicht und Durchschnitt vereinigt, leicht klar werden. Das Ganze ist ein auf drei Füssen ruhendes terrinenartiges Gefäss mit zwei Henkeln, durch dessen Bauch von oben nach unten ein mässiges Rohr von Bronze führt, welches, unten mit einem siebartigen Rost geschlossen, zur Aufnahme der glühenden Kohlen bestimmt war; den umgebenden, mit dem Getränke angefüllten Raum des Gefässes verschliesst ein abnehmbarer ringförmiger Deckel, der den Kohlenbehälter offen lässt, während der an einem Scharnier bewegliche spitze Deckel, den die Ansicht geschlossen, der Durchschnitt zurückgeschlagen zeigt, das ganze Gefäss bedeckt. An der Hinterseite desselben sehn wir eine vasenartig erweiterte Röhre in den für die Flüssigkeit bestimmten Raum führen, durch welche das allmälig abgezapfte Getränk nachgegossen werden konnte; zum Abzapfen dient ein Hahn an der Vorderseite, mit dem ein nach oben führendes Rohr in Verbindung steht, durch welches der Dampf entweichen und Luft eintreten konnte. —

Wir werden hiernächst eine Auswahl von Küchengeschirren am natürlichsten folgen lassen; bei denen um so weniger Erklärung nöthig sein wird, je mehr dieselben mit den bei uns gebräuchlichen übereinstimmen.

Figur 235. Diverse Küchengeschirre von Bronze.

In der untersten Reihe sehn wir zunächst links *a* einen Kessel oder Topf auf dem niedrigen dreifüssigen Gestell, mit dem er über die auf der Heerdplatte brennende Flamme gestellt wurde. Dieselbe Aufstellung haben wir uns bei allen Koch-, Brat- und Backgeschirren wiederholt zu denken, weshalb auch kein antiker Topf oder Tiegel Füsse hat. Die Grösse der Dreifussgestelle wechselt natürlich mit derjenigen der Geschirre, welche sie zu tragen bestimmt sind. Einen geräumigen Kessel haben wir bei *b* als Beispiel vieler ähnlicher abgebildet und neben ihn bei *c* und *d* zwei verschiedene Eimer gestellt, welche von der gewöhnlich im Haushalt gebrauchten Sorte, keineswegs Prachtstücke wie der unten beizubringende sind. Ihre Verzierungen sind einfach, und doch wie viel reicher als an irgend einem modernen Eimer; der erstere hat im Henkel einen Ring zum Anhängen, und neben den Ringen, in denen sich dieser Henkel bewegt, sehn wir Zapfen angebracht, durch welche das Niederschlagen des Henkels auf den Bauch des Gefässes verhindert wird. Der zweite Eimer hat einen Doppelhenkel, durch welchen das ruhige Tragen desselben erleichtert wird und der, niedergelegt wie in unserer Abbildung genau auf den Rand passt und diesen abzuschliessen scheint. An dem oben querüberlaufenden Stabe hangen drei Schöpfkellen, eine grössere mit kurzem Stiel *e*, und zwei andere kleinere mit längerem in einen Schwanenkopf endenden Stiele *q* und *u*. Die erste Schöpfkelle können wir als in der Küche gebraucht denken, die beiden anderen waren bestimmt, um Wein oder andere Flüssigkeiten aus den tiefen und nicht sehr weiten Amphoren, in denen dieselben aufbewahrt wurden, herauszuschöpfen. Auf der Platte des, wie unsere Leser wohl selbst sehn werden, von uns erfundenen, nicht etwa antiken Tisches liegt eine Casserole *f* und über dieser haben wir bei *o* und *p* zwei flache Bratpfannen angebracht, welche sich durch einen spitzen Ausguss für die Sauce im Gebrauche bequem erwiesen haben werden. Eine andere flache Pfanne mit zwei Handgriffen finden unsere schönen Leserinen weiterhin bei *r*. Auf der Tischplatte folgt bei *g* ein Gefäss, welches wahrscheinlich zur Aufbewahrung eines trockenen Küchenmaterials gedient hat, mit einem Klappdeckel versehen ist, und sich durch den elegant als handlicher Delphin gestalteten Griff auszeichnet. Ein sehr einfacher Topf ohne Griffe steht bei *h*, zwischen den Bratpfannen hangt bei *i* eine kleine viereckige Pfanne mit vier flachen Löchern, sowie weiterhin bei *t* eine grössere mit 29 Löchern, jedoch ohne Handhaben steht. Soweit der Verfasser in die Geheimnisse der Küche eingedrungen ist, scheinen ihm beide Geräthe zum Eierbacken bestimmt zu sein, welches die Alten gewiss gekannt haben, obgleich die schriftliche Ueberlieferung keine antiken Spiegeleier bezeugt. Neben der grösseren Pfanne haben wir ein zierliches Töpfchen *l* mit wohlverschliessendem Deckel aufgestellt und rechts von demselben eine niedliche Kanne *k*, welche sich vor anderen ihres Gleichen, die unten folgen, durch einen Klappdeckel und vor unseren Kannen durch den einfach zierlichen Griff auszeichnet. An das Töpfchen *l* lehnt sich auch ein flacher runder Löffel, den unsere Küchenweisheit als Löffel zum Begiessen der Braten betrachtet, während wir den Schluss mit zwei Esslöffeln *n* und *v* machen, von denen der Stiel des letzteren in einen Ziegenfuss endet. In der Mitte des Stabes oben hangt bei *s* noch eine Pastetenform, welche, wie die meisten Geräthe der Art, muschelförmig gestaltet und auf dem Grunde mit einem Gesichte verziert ist. —

Die 236. Figur enthält eine kleine Sammlung von Geräthen des Küchengebrauchs, welche wir als Siebe, Durchschläge oder Schaumlöffel bezeichnen können. Bei 1 geben wir noch eine Schöpfkelle in perspectivischer Seitenansicht, 2, 3, 4, 5 sind eigentliche Siebe oder Durchschläge, welche zum Umwenden und Abschäumen des kochenden Fleisches gedient haben und bei denen besonders nur die zierlichen Figuren zu bemerken sind, welche die Durchlöcherung darstellt. Bei No. 3 hat sich der Fabrikant Victor (*Victor fecit*) auf der Handhabe genannt. Das Geräth No. 6 in Ansicht *a* und Durchschnitt *b* ist einem Gebrauch bestimmt gewesen, für den wir keine eigentliche Analogie haben, dem Abklären des Weines nämlich, der vermöge der eigenthümlichen antiken Behandlungs- und Bewahrungsart leicht einen Bodensatz bekam. Um diesen abzuklären, bediente man sich des mitgetheilten Geräthes, welches aus einem von einer soliden Kelle umgebenen und lose in dieser an eigenem Stiele liegenden Siebe besteht. Schöpfte man nun mit dem ganzen Geräth den Wein im unklaren Zustande und hob sodann den inneren Sieb heraus, so blieb in der Kelle die geklärte Flüssigkeit zurück.

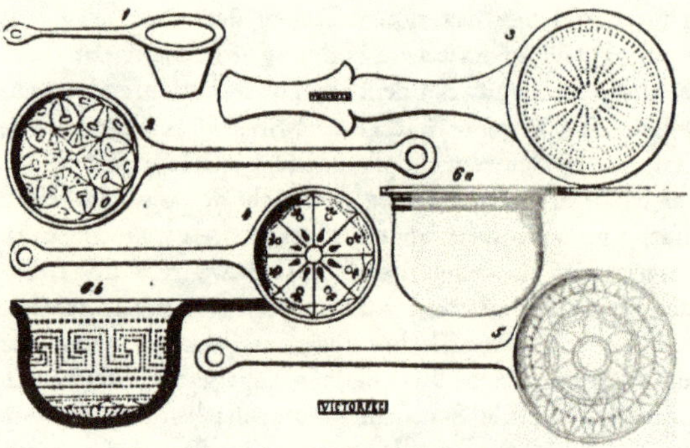

Figur 236. Siebe von Bronze.

Figur 237. Kannen von Bronze.

Die Kannen, von denen wir in der 237. und 238. Figur Proben mittheilen, gehören zu den am mannigfaltigsten gebrauchten und demgemäss gestalteten Geräthen des Alterthums. Schon bei uns giebt es eine Reihe von verschieden verwendeten und verschieden gestalteten Kannen von der Waschkanne bis zum Sahnekännchen hinab, im Alterthum aber mussten Kannen ausserdem fast allen den Zwecken dienen, für welche wir Caraffen und Flaschen verwenden, woraus sich ihre viel grössere Mannigfaltigkeit leicht begreifen lässt. Ein eingänglicheres Studium der sehr verschiedenen Formen antiker Kannen, als es uns hier bei der Fülle zu betrachtender Gegenstände möglich ist, ist mehr als manches Andere geeignet, uns ein Bild von dem praktischen Sinn der Alten zu geben, mit welchem sie ihre Geräthe dem Gebrauch gemäss und für diesen bequem gestalteten; denn nach der Grösse und Weite des Bauches, des Halses, des Ausgusses, nach der Gestalt und Lage des Henkels lässt sich in den meisten Fällen der Gebrauch errathen. In unserer Figur 237 dürfen wir No. 1 vermöge seines dünnen röhrenartigen Ausgusses wohl für eine Oelkanne halten, mit der man das Oel in das Mittelloch der Lampen natürlich in feinem Strahle goss. No. 2 und 4 gelten für jene kleinen Wasserkannen, aus denen man bei Tisch den Gästen nach jedem Gange die Hände begoss, damit sie dieselben in einem untergehaltenen Becken wüschen. Die grössere Kanne No. 3 in der Mitte darf man als eine Weinkanne betrachten. Ihre etwas seltsame Verzierung ist aus dem Thierreich entnommen; auf dem Rande sitzt, als oberer Griff zum Tragen des Gefässes bestimmt, ein Adler auf seiner Beute, einem Reh, den eigentlichen unteren, beim Einschenken in der Hand ruhenden Griff bildet der obere Theil eines Schwanes oder einer Gans, welche sich zum Fluge zu erheben im Begriff ist. Wie bequem beide Griffe in die Hand fallen, kann man freilich nicht an der Zeichnung, sondern nur am Original wahrnehmen. Den ehemaligen Gebrauch der letzten schlichten Kanne No. 5 wollen wir dahingestellt sein lassen; sie mag in die Küche gehört haben. Dagegen gehört die links in der 238. Abbildung stehende nur kleine Kanne sicher dem Gebrauche in den Zimmern des Herrn oder seiner Familie an, wenn dieselbe nicht vielleicht noch vornehmerer Bestimmung, dem Tempeldienste gewidmet war. Die eigenthümliche Form lernt man erst dann ganz würdigen, wenn man das Geräth in der Hand hält und bemerkt, wie genau man die Menge der auszugiessenden Flüssigkeit in seiner Gewalt hat. Man nimmt das Gefäss für eine Weinkanne. Ob die andere rechts stehende gleichen Zweck hatte, wie man nach ihrem bacchischen Ornament, namentlich dem ausdrucksvoll modellirten Satyrkopfe, aus dem der Henkel entspringt, schliessen will, muss ungewiss bleiben; der weite Hals und der breite Ausguss lassen eher an eine Wasserkanne denken. —

Figur 238. Kannen von Bronze.

Recht sinnreich ist die Construction der zierlichen Schnellwagen oder Desemer, welche in Pompeji gäng und gebe waren, und von denen unsere 239. Abbildung etliche Probestücke bietet. Das einfache Princip dieser Geräthe ist das der ungleichen Schenkel, an dem kürzeren hangt der zu wägende

Gegenstand, an dem längeren wird das in allen Fällen gleich bleibende Gewicht auf einer Scale bald näher an den Aufhängungspunkt, bald entfernter von demselben gerückt. Einige dieser Wagen (2, 4, 5) haben nur Haken, an denen der zu wägende Gegenstand aufgehängt wurde, andere bieten nur eine Schale, in welche man denselben legte, bei noch anderen, wie unsern Nummern 1 und 3, findet sich Schale und Haken verbunden. Bei diesen und ähnlich bei No. 2 finden wir zwei merkbar verschiedene Aufhängungspunkte für den zu wägenden Gegenstand, den einen ferner vom, den anderen näher am Schwerpunkt des Wagebalkens. Bei diesen Wagen aber sehn wir auch eine doppelte Scale auf beide Seiten des langen Schenkels eingegraben, von denen die eine dem äusseren, die andere dem inneren Aufhängungspunkte des zu wägenden Gegenstandes entspricht, so dass auch die erstere Scale kleinere, die andere grössere Werthe und Differenzen bietet. So zierlich diese Geräthe an sich schon sind, hat doch das im Ornamentiren nie müde werdende Alterthum noch auf Gewichte und Wagschalen besonderen Fleiss verwendet; die Gewichte erscheinen in der einfachsten Form als Eicheln oder kleine Vasen (No. 4 und 5), häufiger aber noch als Köpfe von Göttern oder Menschen, so in unserer Nummer 3 als Satyrbüste, in No. 1 und 2 als weibliche, wie es scheint Porträtköpfe. Bei anderen Wagen finden wir Mercurs-, auch Bacchusköpfe oder Kaiserköpfe, sowie sonstige Menschenbilder. Von der Ornamentirung der Wagschalen finden wir rechts in unserer Abbildung ein einfaches Exempel mit concentrischen Doppelkreisen und ein schmuckvolleres, welches einen mit einem Bock ringenden Satyrn in Relief in seiner Mitte zeigt. Es ist schon früher bemerkt worden, dass man im Zollhause eine solche Wage mit der Aichungsinschrift *exacta in Capitolio* gefunden hat.

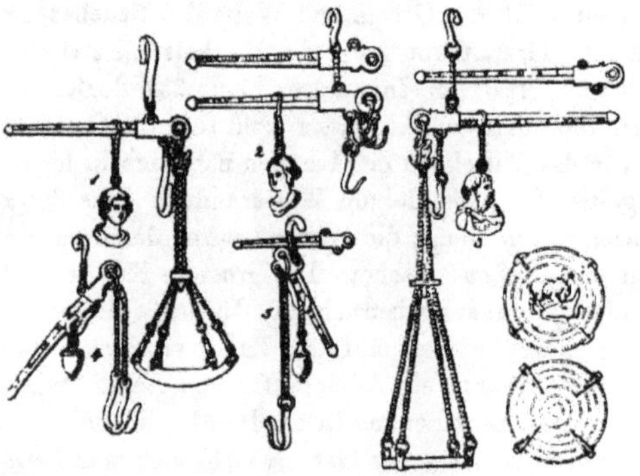

Figur 239. Schnellwagen.

Wir wollen hier ein Geräth einschalten, welches unsere Leser vielleicht früher erwähnt zu finden erwarten mogten, eine Laterne (Figur 240), welche wir hier besprechen, weil ihr Gebrauch aus den Regionen von Küche und Keller stammt, in denen wir uns jetzt bewegen. Die Veranlassung zum Gebrauch von Laternen liegt bei der früher beschriebenen Beschaffenheit der antiken Lampen, die der leiseste Windzug verlöschen musste, so nahe, dass wir über dieselbe Nichts sagen wollen, nur das sei bemerkt, dass, weil Laternen fast überall vorkommen, wo im Freien Beleuchtung geschafft werden sollte, ihr Gebrauch ein sehr ausgebreiteter sowohl im Privatleben wie im Heer- und Seewesen war, und dass die Laternen aus verschiedenen Materialien, Holz, Bronze, Thon, vielleicht auch edlen Metallen verfertigt und mit Glas, geöltem Leinen oder Horn, Blasen, Häuten je nach Bedürfniss geschlossen wurden, sowie sie auch viereckig und cylindrisch, wie unser Beispiel aus Herculaneum, vorkommen. Wir theilen dasselbe in der Ansicht 1 bei geschlossenem Deckel und im Durchschnitt 2 bei aufgezogenem Deckel mit. Wenn wir noch bemerken, dass der Boden und der obere Rand, auf welchem der Deckel ruht, nur durch die zwei Stützen verbunden wird, welche unsere Zeichnungen darstellen, in deren Ringen die Kette zum Tragen befestigt ist, und deren wir eine in grader Ansicht bei 3 finden, wenn wir sodann darauf hinweisen, dass, wie aus unserer Zeichnung ebenfalls hervorgeht, das Licht im Innern von einer Lampe ausging, deren fest aufzusetzender, im Durchschnitt 2 gehoben gezeichneter Deckel das Verschütten des Oeles verhinderte, dass ferner der bei 4 in der Oberansicht mitgetheilte Deckel von verschieden gestalteten Löchern durchbohrt ist, um der Luft Zutritt und dem Rauch Abzug zu gestatten, so glauben wir unsern Lesern zu nahe zu treten, wenn wir ihnen noch Näheres über das einfache und von selbst verständliche Detail vorerzählen wollten. Vergessen dürfen wir aber nicht, dass bei 5 der Dämpfer oder Lichtverlöscher dargestellt ist, sowie dass die auf dem Deckel eingeritzte und über dessen Oberansicht grösser beigebrachte Inschrift VIBVRTI· CATI S am wahrscheinlichsten durch *Viburti* (oder *Tiburti*) *Cati sum,* »ich gehöre dem Viburtius Catus«, erklärt wird, einem mehrfach bezeugten Gebrauche gemäss, die Gegenstände in ihren Aufschriften selbst redend einzuführen.

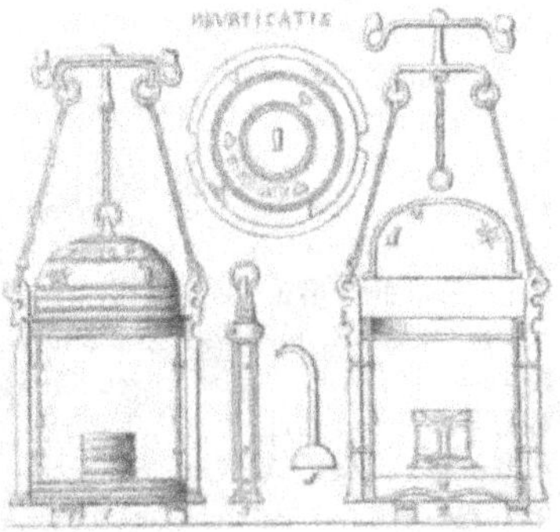

Figur 240. Laterne aus Bronze.

Ehe wir den aus Bronze gefertigten Hausrath verlassen, haben wir noch zu bemerken, dass ausser den in Beispielen mitgetheilten einfachen oder mässig verzierten Geräthen und Gefässen noch eine beträchtliche Zahl wirklicher Prachtgefässe in den verschütteten Städten aufgefunden worden ist, von denen unseren Lesern mehr als zwei Proben mitzutheilen, uns der beschränkte Raum leider verhindert, wir wählen einen Eimer und einen Krater aus der fast unübersehbaren Menge aus, zwei Gefässe, welche an eleganter und geschmackvoller Pracht bei aller Einfachheit und Zweckmässigkeit so ziemlich die vorzüglichsten unter Ihresgleichen sein durften. Schon die Gesammtform des folgenden Eimers ist gefällig und schön, noch mehr aber nehmen die an seinen Füssen und um seinen Rand angebrachten Ornamente unsere Bewunderung in Anspruch. Die Stützen werden von den beliebten Thierklauen gebildet, welche hier jedoch, wie auch in anderen Beispielen, in ein geflügeltes Fabelthier auslaufen, welches sich dem Bauche des Gefässes anlegt. Den Rand bildet ein feiner Arabeskenstreifen, aus vegetabilen Elementen mit eingefügten Thiergestalten bestehend, und über demselben ein reiches geflochtenes Band, jenes sinnige Ornament, welches die antike Kunst überall anwendet, wo ein Umfassen und Umspannen ausgedrückt werden soll. Die beiden Henkel, welche hier wie bei früher betrachteten Eimern angebracht sind, um dem Schwanken des Gefässes entgegenzuwirken, entspringen aus anmuthigen Rosetten, welche zwei Masken mit Diadem und Weinlaubbekränzung, vielleicht den geflügelten Bacchus darstellend, einfassen. Die Inschrift auf den Henkeln, *Corneliaes Chelidonis*, bietet den Namen der Eigenthümerin in einer unregelmässigen, aber auch in Pompeji noch sonst vorkommenden Genitivform.

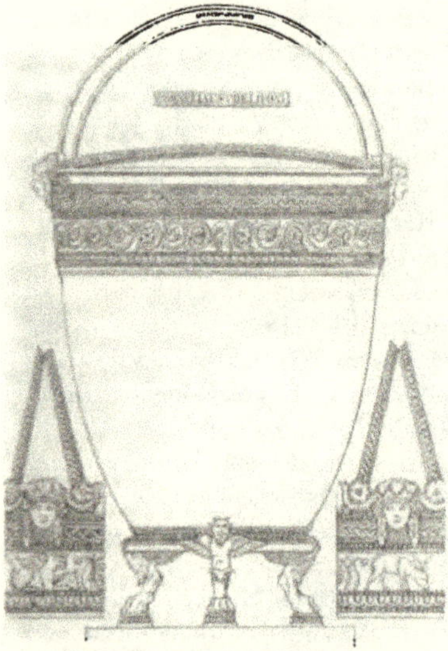

Figur 241. Prachteimer.

Uebertroffen wird die Schönheit und elegante Pracht dieses Eimers noch durch den nebenstehenden Krater, welcher in Pompeji in einem Hause an der Strasse der Goldschmiede gegenüber dem Gebäude der Eumachia gefunden worden ist. Die Krateren waren die Gefässe, in denen nach bekannter antiker Sitte der Wein mit Wasser gemischt, und aus denen er mit der Schöpfkelle geschöpft wurde. Der unserige ist eben so tadellos und zweckmässig in seiner Gesammtform, wie zierlich in seinen Ornamenten, welche zum Theil ausgetrieben, zum Theil mit Silber eingelegt sind, nach einer Technik, in welcher die Alten den höchsten Grad der Vollkommenheit erreicht haben. Um unser Gefäss vor einem leisen Tadel kunstver-

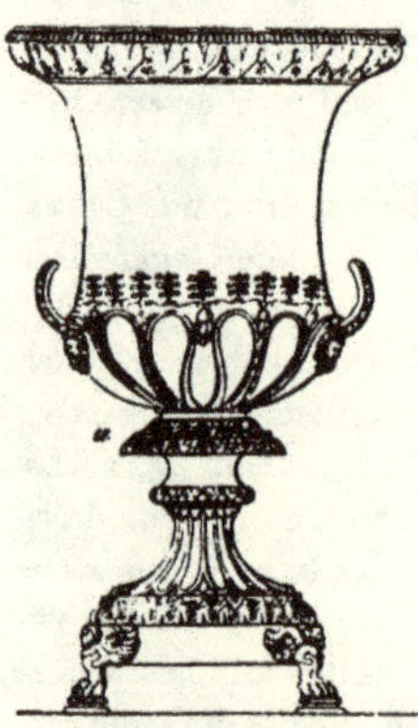

Figur 242. Krater.

ständiger Leser zu bewahren, müssen wir bemerken, dass die Gestaltung der Stelle, welche den Fuss mit dem Gefässe verbindet (*a*), dadurch bedingt wird, dass in der Regel Krater und Fuss oder Untersatz aus zwei Stücken bestanden, dass der Krater einen kleinen Fuss für sich hatte, und dass deshalb der Untersatz in einen Teller oder eine Platte zur Aufnahme dieses Fusses enden musste. Danach wird man das Schema des Untersatzes vollkommen billigen, wenngleich bei diesem Geräth Krater und Fuss ein Stück bilden, so dass die gewöhnliche Trennung nur künstlerisch und formell festgehalten ist.

So mannigfaltig nun auch die Geräthe und Gefässe aus Bronze waren, so konnten sie doch nicht jedem und jeglichem Gebrauche dienen, und andere Materialien mussten zur Herstellung anderer Geräthe verwendet werden. Diese Materialien waren Thon und Glas. Es ist allerdings richtig und geht schon aus dem bisher Gesagten hervor, dass die ausgebreitete und ausgebildete Bronzetechnik dem Thon und dem Glas manche Anwendung, die sie in anderen Zeiten und Orten hatten, entzog; aber entbehren konnte man weder das eine noch das andere. Zum Aufbewahren des Weines wurden z. B. ständig thönerne Amphoren verwendet und alle jene Geräthe und Geschirre, in denen man Säuren bewahren oder aus denen man Säuren geniessen wollte, mussten von Thon oder Glas angefertigt werden. Die Thongeschirre stehn freilich, vergleicht man sie mit dem, was in Pompeji in Bronze geleistet wurde, oder was Griechenland früher in Thon producirt hatte, auf einer niedrigen Stufe oder der Stufe des Verfalls. Das Material selbst, mit Mennig oder Zinnober gefärbter Thon, ist allerdings noch vorzüglich zu nennen, sehr fein geschlemmt, fest, rein und in Folge dessen oft von erstaunlicher Leichtigkeit bei lebhaft rother Farbe; aber weder in den Gefässformen noch in der Ornamentik ist Besonderes geleistet. Unter den Formen treten mehr oder weniger flache Schüsseln und Trinkgeschirre, wovon wir in Figur 243 Proben geben, am meisten hervor, die Ornamente aber bestehen in flach aufliegenden Reliefarabesken, welche mit dem Gefässe zusammen in der Form gepresst wurden und welche meistens in der Zeichnung und

Figur 243. Gefässe aus Glas und gebranntem Thon.

Composition besser als in der Ausführung, in schweren und stumpfen Formen gerathen sind.

Von Thongeschirren zeigt unsere Abbildung Fig. 243 zwei Amphoren zur Aufbewahrung des Weines *a*, *b*, beide aus dem Hause des grossen Mosaiks, die eine in der gewöhnlichen schlichten, die andere in einer etwas gewählteren Form, namentlich mit eleganteren Henkeln. Diese Amphoren, unfähig allein zu stehn, wurden an die Wand des Kellers gelehnt, wie man sie in der Villa des Diomedes gefunden hat, auch gelegentlich mit dem spitzen Ende in den Boden gesteckt. Aus Thon besteht auch eine tiefe Schüssel mit umlaufendem Arabeskenornament und ein flaches Trinkgefäss Fig. 244, welches unterhalb eines glatten Randes und eines Eierstabes zunächst mit einer Reihe einzelner Blätter verziert ist, zwischen denen die Inschrift *Bibe amice de meo*, »trinke Freund von meinem Weine!« steht, einer der vielfachen ähnlichen Sprüche auf solchen Trinkgeschirren. Zu unterst besteht das Ornament wieder aus einzelnen Blättern, an denen zwei Kaninchen nagen und zwischen denen zwei Hunde Eber oder nach Anderen Wölfe verfolgen. Endlich finden wir an der einen uns zugewendeten Seite einen Frauenkopf zwischen zwei Caduceen (Mercursstäben) von eigenthümlicher Form. Reicher konnten wir eine Sammlung gewöhnlicher Glasgefässe (Figur 243) ausstatten. Wir finden zuerst von Flaschen bei *c* ein cylindrisches Flaschenpaar mit Henkeln in einem Tragbehälter von Thon, bei *o* eine kleinere kugelige Flasche ebenfalls mit einem Henkel, also eigentlich kannenartig gestaltet, mit engerem Halse als die vorigen Exemplare, in *l* und *p* dagegen zwei henkellose, also eigentliche Flaschen, die eine in anmuthiger, die andere in wunderlicher Gestalt, deren Zweck und Bedeutung schwer zu ermessen sind. Kosmetischen Zwecken wird das kugelförmige Gefässchen *k* mit kurzem engem Halse und zwei kleinen Henkeln gedient haben; unter dem später zu betrachtenden Badegeräth werden wir ein ähnliches Gefäss von Bronze für die in's Bad mitzunehmende Salbe vorfinden. Den Trichter bei *h* wird jeder Leser selbst erkennen und auch den bei *n* abgebildeten Heber leicht verstehen. Verwandt ist das bei *g* abgebildete fragmentirte Geräth, welches an seiner unteren Fläche von sechs Löchern durchbohrt ist, um den dicklichen Satz des Weines nicht mit durchzulassen. Bei *d*, *e* und *f* haben wir drei Trinkgläser zusammengestellt, welche mit aufgeschmolzenen Reliefverzierungen versehen sind, nach einer Technik, in der man im Alterthum, wie wir noch unten sehn werden, Erstaunliches leistete. Endlich finden wir bei *m* eine flache

Figur 244. Trinkgefäss und Schüssel von Thon.

Schale und bei *i* eine grössere dergleichen auf einer Unterschüssel; es ist möglich, aber nicht gewiss, dass diese Geschirre zum Auftragen von Brühe dienten. —

Reichlich vertreten sind in den Funden von Pompeji auch die zur Kosmetik, zur Toilette und zum Putz dienenden Gegenstände, von denen wir in den folgenden Abbildungen eine kleine Auswahl zusammengestellt haben. Wir beginnen mit dem Toilettegeräth und zwar wollen wir uns zunächst mit einem in den Thermen gemachten Funde von Badegeräthschaften (Fig. 245) beschäftigen. Dieselben sind auf einen Metallring, unseren Schlüsselringen ähnlich, gezogen, welcher elastisch ist und dessen Trennung in das Ornament zweier Thierköpfe fällt, welche in einen Apfel oder in eine Kugel beissen. Am zahlreichsten vertreten ist dasjenige Geräth, welches uns am fremdartigsten erscheint, die Badekratze nämlich (*strigilis*), welche die Alten nöthig hatten, um das Fett, die Salben und Oele vom Körper abzuschaben, mit welchen sie sich einzureiben und zu bestreichen liebten. Und zwar sowohl beim Baden als auch bei den Uebungen im Ring- und Turnplatze, bei denen sich auf das Oel noch Staub und Schmutz legte, so dass eine Strigilis als das einzige mögliche Werkzeug der Reinigung erscheint, obgleich es den Nachtheil hatte, dass man durch häufigen Gebrauch leicht Schwielen bekam. Die Gestalt dieser Instrumente ist aus der Zeichnung (Innen- und Seitenansicht) wohl klar genug, um uns einer längeren Beschreibung zu überheben; an einem Handgriff ist ein halbhohler Haken befestigt, dessen Schärfe über die Haut geführt wurde, so dass sich das abgeschabte Oel in der Höhlung sammelte. Das Vorhandensein einer Mehrzahl dieser Instrumente überhob den Besitzer der Reinigung derselben während des Gebrauchs; diese war Sache des den Herrn begleitenden Sclaven. Neben den Badekratzen hangt einerseits ein Salbbüchschen mit aufgeschraubtem Deckel, andererseits eine Patera, deren Innen- und Seitenansicht ausserdem beigegeben ist, und welche der Badende gebrauchte, um sich nach dem Schwitzbade im Caldarium mit dem lauen Wasser des Labrum zu begiessen. Einen Handspiegel vermissen vielleicht einige unserer Leser; er fehlt, weil er mehr zu den Gegenständen der weiblichen Toilette gehörte, zu der wir uns wenden, als zu denen der männlichen, die wir in dem Badegeräth vor uns haben.

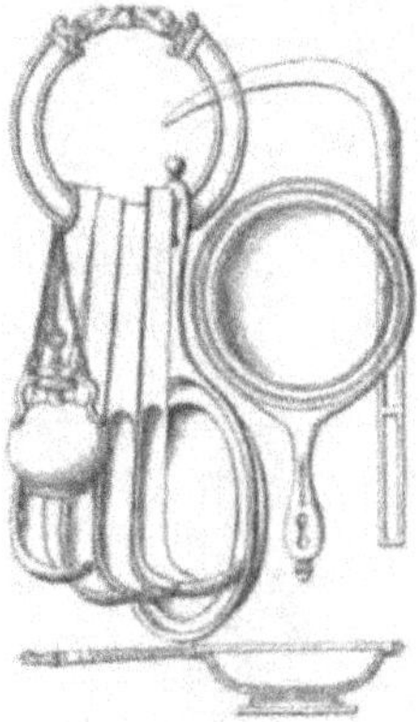

Figur 245.
Badegeräthschaften.

Die folgende Abbildung enthält eine Sammlung von Gegenständen der weiblichen Toilette, zu der wir nur sehr wenige Bemerkungen zu machen nöthig haben werden, indem wir diejenigen unserer Leserinnen, welche sich für die

Toilette und den Schmuck der antiken Damen näher interessiren, auf Böttigers »Sabina« verweisen.

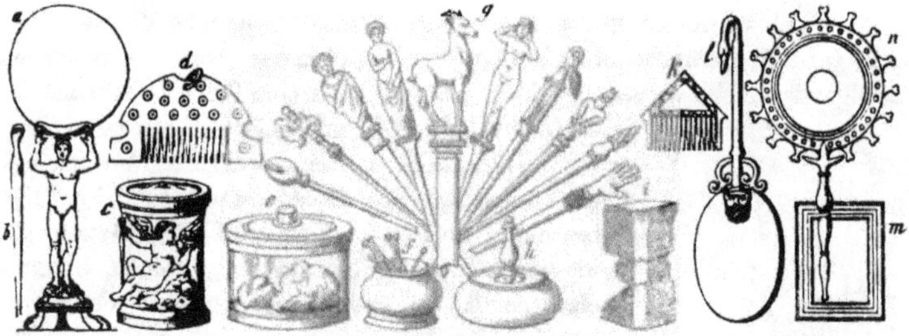

Figur 246. Toilettegeräthschaften.

Bei *a*, *l*, *m* und *n* finden wir Spiegel, und zwar in *a*, *l*, *n* die runden Handspiegel von Metall, welche überwiegend im Gebrauch waren, obwohl auch viereckige Spiegel vorkommen, wie unser Beispiel bei *m* (in modernem Rahmen) lehrt und Wandspiegel ebenfalls nachweisbar sind. Gewöhnlich aber bediente man sich, wie erwähnt, der runden Handspiegel von Metall, meistens von Erz, hie und da auch von edlen Metallen, bei denen die Rückseite und der Stiel der Ornamentik Raum und Anlass boten. Die Rückseite wurde bei den Römern freilich nur mit einfachen Linien, Arabesken oder sonstigen rein decorativen Ornamenten in eingerissenen oder erhabenen Figuren verziert (siehe *n*), während die Rückseite der irrthümlich für Pateren gehaltenen Spiegel bei den Etruskern mit einer Fülle zum Theil der vortrefflichsten Figurencompositionen bedeckt wurden; den Stiel dagegen finden wir auch bei Spiegeln aus Pompeji in mannigfaltiger Weise gestaltet und geschmückt, wie unsere drei Beispiele zeigen, deren eines eine nackte, auf einer Schildkröte stehende Figur zum Träger hat, während der Stiel des zweiten nur einfache Ornamentglieder zeigt und der des dritten aus einer Maske entspringt und in einen Schwanenkopf hakenförmig endet. Neben den Spiegeln stehn bei *c* und *e* ein paar Schminknäpfchen, das eine von Glas, durch welches man das vielgebrauchte Material, ein Stückchen rother und ein kleineres weisser Schminke erkennt, das andere von Elfenbein mit einem, Amor darstellenden Relief verziert. Die Kämme *d*, *i*, *k* erkennt Jeder ohne Beschreibung, wir bemerken nur, dass die weiten Kämme *d*, *k* von Bronze sind, während der Staubkamm *i*, der den modernen durchaus gleicht, wie diese aus Knochen besteht. Auch das Ohrlöffelchen *b* wird Niemand verkennen. Den beiden Büchschen von Elfenbein *f*, *h* wissen wir nur frageweise einen Zweck anzuweisen, für das eine ist er durch hineingelegte moderne Stecknadeln angedeutet, bei dem anderen mit eingeschraubtem Stöpsel wird er in Aufbewahrung einer feinen Salbe bestanden haben. Bei *g* endlich haben wir eine Auswahl von Haarnadeln von Elfenbein zusammengeordnet, deren Knöpfe in verschiedener Weise und mit verschiedenem Geschmack verziert sind. Am anmuthigsten erscheinen unbestreitbar die weiblichen Figürchen, welche Venus darstellen, auch ungleich passender zum Schmuck eines schönen Kopfes als eine Gemse oder eine offene Hand oder dergleichen armselige Spielereien mehr, über welche die moderne Darstellung von solchen Gegenständen sich fast nie erhebt.

Die eigentlichen Stücke der Kleidung und des Schmuckes, Fibulae, Ringe, Spangen, Hals- und Armbänder, Ohrringe u. dgl. sind so unsäglich mannigfaltig, dass wir hier unmöglich eine nur irgendwie die Verschiedenheit ihrer Formen erschöpfende Darstellung versuchen können, ohne weit über den Raum hinauszugehn, welchen wir diesem Abschnitt im ganzen Werke anweisen dürfen, weswegen wir uns die Betrachtung einiger Hauptstücke der Geschmeide- und Goldschmiedearbeit für den artistischen Theil versparen müssen. —

Zweiter Abschnitt.

Waffen und einige sonstige Instrumente.

Dem in dem vorigen Abschnitt betrachteten Mobiliar und Hausgeräthe fügen wir in diesem Abschnitt eine kurze Uebersicht über die sonstigen Geräthschaften bei, welche in Pompeji gefunden worden sind; der Abschnitt umfasst freilich nicht ganz Gleichartiges, aber zu einer weitergehenden Theilung ist der Stoff doch nicht reich genug.

Am reichlichsten vorhanden sind die Waffen und zwar sowohl Krieger- als Gladiatorwaffen, welche letztere namentlich aus der Gladiatorencaserne stammen.

Von Kriegerwaffen geben wir in der nachstehenden Figur eine Auswahl der wichtigsten und bezeichnendsten. Von den Gladiatorwaffen unterscheiden sie sich ausser durch das Fehlen einiger besonderen Theile, welche bei jenen durch die eigenthümlichen Kampfarten bedingt werden, durch die Bank durch grosse Einfachheit und Schmucklosigkeit, die dem Schmuck und Putz der Gladiatorwaffen gegenüber einen unsäglich würdigen und wohlthuenden Eindruck macht. Bequem und zweckmässig mussten die Waffen des ernsten Kriegers sein, der die Schlachten des Vaterlandes schlug oder die Ordnung in den Städten erhielt, jene feilen Sclaven und Schlachtopfer einer blutgierigen Menge mochten sich putzen und schmücken bei ihren elenden Klopffechtereien, wie man das Opferthier schmückte, das zur Schlachtbank geführt wurde. Wir finden in unserer Figur zunächst einen Erzpanzer in der Vorder- und in der Hinteransicht *a* u. *b*. Er besteht aus zwei Hälften, deren eine die Brust, die andere den Rücken deckte, und welche über der Schulter mit einer Spange, hier in Form einer

Schlange, an den Seiten unter den Armen durch Doppelscharniere verbunden wurden, welche unsere Zeichnung andeutet. Die Hauptformen des Körpers sind in dem Erz des Panzers sorgfältig ausgetrieben, damit er nirgend drücke und die

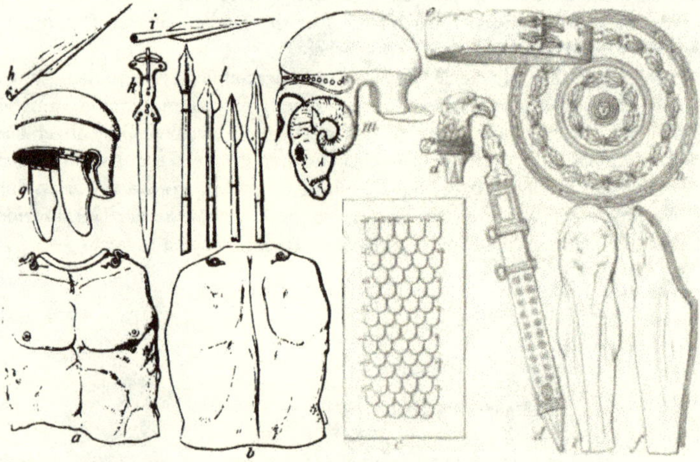

Figur 247. Kriegerwaffen.

Bewegungen lähme. Jeder unserer Leser sieht, dass hiedurch zugleich jener widerwärtig steife und schwerfällige Eindruck fast ganz gehoben wird, den mittelalterliche Harnische und moderne Cuirasse machen. Den Unterleib und die Oberschenkel schützte ein doppelter in Falten gelegter oder in Streifen zerschnittener und mit Erzplatten beniethheter Lederschurz, welcher zugleich jeder Bewegung Raum liess. Bei *c* haben wir diesem Erzpanzer die Probe eines im Museo Borbonico aufbewahrten Schuppenpanzers von Knochen beigefügt, der allerdings sich nicht mehr ganz zusammenfügen lässt, dessen Construction aus kleinen Knochenplatten, welche durch einen Riemen aneinandergeheftet wurden, man jedoch aus der Probe hinreichend erkennen kann. Während die Brust und der Leib des Kriegers vom Panzer und Lederschurz geschützt wurde, welchen letzteren ein um die Nabelgegend gelegter metallener Ring oder Gürtel *o* verstärkte, blieben die Arme zur unbehinderten Bewegung des Angriffs und der Abwehr ganz nackt; bekanntlich wurden aber sie nebst dem Hals und dem ganzen übrigen Oberkörper durch den Schild gedeckt, den man am linken Arm trug und der je nach der Waffengattung in verschiedener Grösse und Form erscheint. Wir können in *n* unsern Lesern nur einen mässig verzierten runden Schild (*parma*) vorführen, wie ihn die Reiterei und das leichtbewaffnete Fussvolk zu tragen pflegte. Ein Medusenhaupt, das beliebte und passende Emblem des Schildes, schmückt die Mitte auch unserer Parma. Von den Schutzwaffen des Hauptes, den Helmen und Sturmhauben, können wir unseren Lesern zwei Exemplare verschiedener Art *g* und *m* aufweisen, von denen freilich nur das erstere *g*, eine einfache Sturmhaube mit beweglichen Backenlaschen, aus Pompeji stammt. Ueber sie können wir schwerlich mehr sagen als was unsere Leser mit Leichtigkeit selbst aus der Zeichnung erkennen werden. Dagegen sei es uns erlaubt über den Helm *m*, der diesen Namen im eigentlichen Sinne verdient und der aus den Ruinen des antiken Locri in das Museum von Neapel gebracht ist, wenigstens das hervorzuheben, dass er von der Form der s. g. korinthischen Helme, wenngleich weniger hoch ist, als diese zu sein pflegen. Diese Helme haben nicht bewegliche (in Scharnieren wie die Sturmhaube *g*), sondern elastische Backenlaschen, vermöge deren sie in zwei Stellungen auf dem Kopfe gehalten werden. Entweder nämlich trug man sie zurückgeschoben, der Art, dass die hier als Widderköpfe gestalteten Backenlaschen sich den Schläfen- und den Backenknochen anlegten und aller Druck vom Schädel entfernt wurde, oder man schob sie vermöge eines Druckes der Hand auf die Kuppe dergestalt über das Gesicht, dass die Backenlaschen die Wangen bis zum Kinn bedeckten, die Erzzunge *x* auf unserer Zeichnung sich auf die Nase legte, und diese gegen einen Schwerdthieb schützte, während die Augen aus den Oeffnungen hervorsahen, welche wir zwischen den Backenlaschen und dem Nasenschutz bemerken. Um diese tiefe Lage des Helmes, der somit eine Art von Visirhelm wurde, zu ermöglichen, ist endlich jener Einschnitt oder jene Einbucht im unteren Rande hinter den Backenlaschen nöthig, in welche sich das Ohr legte. Wir brauchen wohl kaum zu erinnern, dass man den Helm in der ersteren Stellung auf dem Marsch und im Lager, in der anderen im Kampfe trug, und darauf hinzuweisen, wie zweckmässig eine solche Einrichtung und mit wie einfachen Mitteln sie erreicht ist. Ausser der Brust, dem Leibe und dem Kopfe bedurften namentlich die Beine einer Schutzwaffe, weil man dieselben mit dem Schilde nicht zu schützen vermochte. Seit der ältesten Zeit bediente man sich daher der Beinschienen (Knemiden, Ocreae), deren wir bei *e* u. *f* ein Paar der einfachsten in doppelter Ansicht abgebildet haben. Sie reichten, wie die Austreibung der Hauptformen des Beines zeigt, vom Knie bis zum Fussgelenk, waren meistens so viel elastisch gearbeitet, dass sie sich ohne zu drücken an das Bein anlegten und an demselben Halt gewannen, den man jedoch durch mehre hinten querübergeschnallte Riemen oder durch eine Schnürung der beiden Kanten verstärkte und sicherte.

Noch ungleich einfacher als die Schutzwaffen sind die zum Angriff bestimmten, Lanzen, Speere, Schwerdter, Dolche und Messer. Wenn wir unsere Leser an den Unterschied der langen Stosslanzen der schweren Infanterie und der kurzen und leichten Wurfspeere des leichten Fussvolks und der Reiter erinnern, dabei sie auf die Abbildung von sechs verschiedenen Lanzen- und Speerspitzenformen bei *h*, *i* und *l* unserer 247. Figur verweisen, so bleibt uns kaum Etwas zu sagen übrig. Das Schwerdt *d* steckt in seiner Scheide, welche an den beiden Ringen an Riemen umgeschnallt oder richtiger, über die Schulter gehängt wurde. Der Griff ist hier zerstört, weshalb wir daneben den Griff eines anderen Schwerdtes *d'* in Form eines Adlerkopfes beigefügt haben. Endlich finden unsere Leser bei *k* ein kurzes Schwerdt oder eine Art Dolch ausser der Scheide, von dessen Griff ebenfalls nur der innere, aus Bronze bestehende Theil erhalten ist, während die beiden Elfenbein- oder Hornplatten fehlen, die, mit den in unserer Zeichnung erkennbaren Stiften aufgeniethet, dem Griff erst die nöthige Dicke und Handlichkeit verliehen.

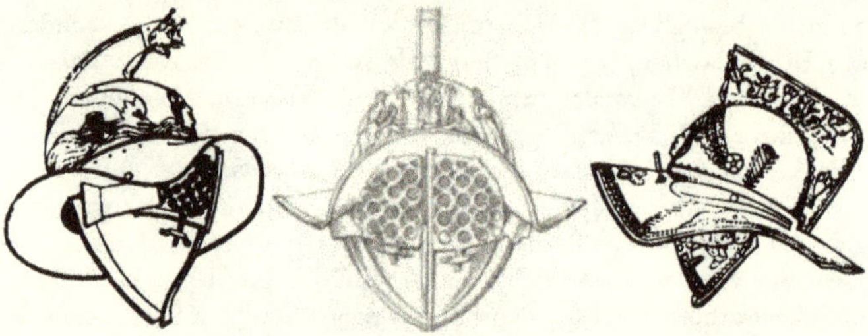

Figur 248. Gladiatorhelme.

Ganz anders erscheinen die Gladiatorwaffen, zu deren Betrachtung wir uns jetzt wenden; reich verziert, fast überladen stechen sie sichtbar gegen die ernste Einfachheit der Kriegerwaffen ab. Wir haben in der 248. Figur drei Gladiatorhelme in drei verschiedenen Ansichten abbilden lassen, aus denen sowohl die eigenthümliche Construction wie die Ornamentirung derselben unsern Lesern hoffentlich völlig klar werden wird. Anlangend die Gesammtform unterscheiden sich diese Gladiatorhelme von den eng an den Kopf anliegenden Kriegerhelmen namentlich durch den schwerfälligen, schauerartigen, weitabstehenden Rand, der sich bei allen Exemplaren in etwas variirender Gestalt wiederfindet. Sodann ist aber besonders das eigenthümliche Visir das unterscheidende Merkmal, das jeden Gladiatorhelm vor dem Militärhelm auszeichnet. Wir kennen diese Visire bereits aus den früher betrachteten Reliefen und Gemälden, welche Amphitheaterkämpfe darstellen, hier können wir von der Art der Construction Einsicht nehmen. Die Visire bestehen aus vier Stücken, zwei massiven Platten, welche den unteren Theil des Gesichtes decken und zwei mit vielen Oeffnungen durchbohrten Platten, welche sich vor dem oberen Theile des Gesichtes befanden, das Durchsehn ermöglichten, indem sie zugleich jeden Schwerdthieb parirten, und in den unteren am Helm mit Scharnieren befestigten Platten, sowie in dem Schirm des Helmes befestigt wurden, wie dies namentlich durch den mittleren Helm in der Vorderansicht klar wird. Seitwärts legt sich über die Verbindung der oberen und unteren Theile noch eine kleinere Platte, welche den wohlgezielten Hieb in diese Verbindung parirte, und welche unsere Leser bei dem Helm links am deutlichsten erkennen werden.

Die Verzierung der Gladiatorhelme ist doppelter Art, zunächst diejenige, welche ihm durch Rosshaar oder Federbüsche verliehen wird, und sodann die eigentlich künstlerische durch ausgetriebene und aufgeniethete oder aufgelöthete Reliefe. Der erste Helm links hat wahrscheinlich niemals einen Busch getragen, sein Buschträger (*crista*) endet in einen Greifenkopf; die Crista des mittleren Helms wird mit wallendem Rosshaarbusch geziert gewesen sein, zu dessen Aufnahme die Crista oben hohl und mit kleinen Löchern am Rande durchbohrt ist, durch die man Metallstifte oder Fäden zum Befestigen des Busches steckte. Bei dem ersten und dritten Helm endlich sehn wir seitwärts am Kopfe einen schneckenförmig gewundenen Behälter, in welchen jederseits entweder ein emporstehender Rosshaar- oder ein Federbusch gesteckt wurde.

Zur Reliefverzierung bieten fast alle einzelnen Theile des Helmes geeigneten Raum. Zunächst finden wir die Crista mit Figuren geschmückt und zwar am ansehnlichsten bei dem rechts stehenden Helm, dessen Crista vorn einen bärtigen Krieger in Hochrelief, seitwärts eine Arabeskenverzierung mit Greifen in Flachrelief zeigt. Verziert sehn wir sodann den eigentlichen Helm, den an den Kopf anliegenden Theil, mit einem Medusenkopf nach vorn bei dem Helm rechts, mit einem weiblichen Gesicht nach vorn und Delphinen an der Seite bei dem Helm links, mit einem ganz umlaufenden figurenreichen Relief, welches verschiedene Scenen des Sieges und der Unterwerfung der Besiegten enthält, bei dem mittleren Helm. Ein leider noch immer nicht publicirter Prachthelm im Museo Borbonico enthält an den genannten Theilen verschiedene Scenen der Zerstörung Troia's. Reliefgeschmückt erscheinen endlich die verschiedenen Visirplatten, und zwar die Verbindungsplatten bei dem Helm rechts und dem mittleren, die unteren massiven Platten bei demjenigen rechts, während diese bei den beiden anderen Helmen glatt sind.

In mehren dieser Ornamente treten bacchische Scenen oder Elemente des bacchischen Cultus hervor, welche an theatralische Schauspiele erinnern, zu denen die Gladiatorenkämpfe freilich nur sehr uneigentlich gehören. Dieselben Elemente herrschen sehr bestimmt vor in den Verzierungen anderer Waffen der Gladiatoren, namentlich in den meistens sehr reich ornamentirten Beinschienen, von denen wir in der nachstehenden Abbildung Figur 249 links ein Exemplar als Probe mittheilen. Hier bilden sechs Theatermasken, oben und in der Mitte angebracht, den hervorstechenden Theil des Reliefschmuckes, den wir hier in seiner Gesammtheit nicht erörtern können, weil dazu ein ganz unverhältnissmässiger Raum nöthig sein würde. Die Ringe zum Durchziehen der Befestigungsriemen werden unsere Leser wohl bemerken. Neben dieser Beinschiene haben wir eine ähnlich gestaltete Armberge abgebildet, eins jener Waffenstücke, welches die Rüstung der Gladiatoren von der der Krieger unterscheidet. Diese Armberge schützte, angeschnallt wie die Beinschienen, den rechten Oberarm, während der linke den Schild trug, den in seiner, von der Form der Kriegerschilde ebenfalls abweichenden Form unsere Leser in einer Probe rechts in der Abbildung Fig. 249 finden. Der vorgewölbte Theil schloss sich der Schulter und dem Oberarm an, so dass der Schild leichter zu tragen war und sicher mit seinem emporstehenden Rande den Hals gegen Hiebe und Stösse von der linken Seite her sicherte. Regiert wurde dieser Schild wie andre an einem Riemen, durch den der Arm gesteckt wurde, und einem zweiten als Handhabe gestalteten. — Diese Schutzwaffen sind jedenfalls die am meisten charakteristischen Theile der Gladiatorrüstung; die meisten ihrer Angriffswaffen, soweit solche erhalten und aufgefunden sind, erscheinen nicht so sehr abweichend von den gewöhnlichen Formen, dass wir nöthig hätten, sie unseren Lesern im Einzelnen vorzuführen. Auch sind die meisten derselben auf dem von uns früher mitgetheilten Relief mit Amphitheaterkämpfen, so weit nöthig, erkennbar. Bei Vergleichung dieser Reliefe werden unsere Leser sehn, dass die Speere ganz die gewöhnliche Form haben, die Schwerdter sich nur durch den glockenförmig erweiterten Handschutz von den Soldatenschwerdtern unterscheiden, und dass die Tridente der Retiarii, leichte dreispitzige Speere, die einzigen Angriffswaffen sind, welche wesentlich nur von Gladiatoren geführt wurden. —

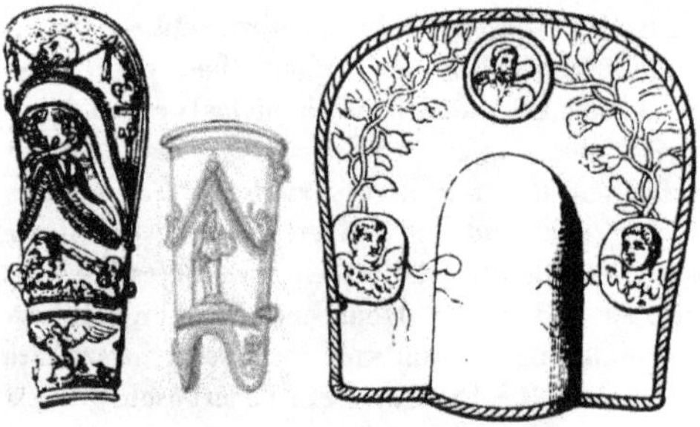

Figur 249. Beinschiene, Armberge und Schild.

Von Pferdegeschirr, welches hier zunächst Erwähnung verdient, sind nur einige Fragmente gefunden worden, wie überhaupt Alles, was auf Reit- und Fuhrwesen Bezug hat, in Pompeji selten ist.

Von den ziemlich mannigfaltigen Opfergeräthschaften der Alten ist nur Weniges in Pompeji aufgefunden oder bekannt gemacht, und das Wenige ist nicht bedeutend genug, um ein näheres Eingehn auf dasselbe an diesem Orte zu rechtfertigen. Bekannt sind einige Kannen (Simpula), in denen die beim Opfer gebrauchten geweihten Flüssigkeiten getragen wurden, in ihren Formen nicht wesentlich von oben mitgetheilten Kannen abweichend; ferner etliche Pateren oder flache Opferschalen, mit denen man die erwähnten Flüssigkeiten auf das Opfer ausgoss; sie sind in doppelter Hauptform bekannt, mit einem längeren Stiel oder Handgriff, welcher erwünschte Gelegenheit zur Ornamentirung bietet, oder mit zwei Henkeln. Auch ein paar Weihrauchbüchschen (Thuribola, Thymiateria) werden im Museum bewahrt, einfach cylindrische Gefässchen mit einem Scharnierdeckel an Ketten hangend. Etwa noch vorhandene Opfermesser, Beile und Sistra sind nicht bekannt gemacht.

Bei weitem das meiste Interesse gewähren der Betrachtung, ausser den wenigen Fragmenten von musikalischen Instrumenten, namentlich Flöten von Knochen, die Instrumente, welche zu technischen Zwecken gedient haben. Wollten wir den bildlichen Stoff für diesen Gegenstand aus Gemälden entnehmen, so würden wir eine sehr bedeutende Reihe unsern Lesern vorführen können, welche, bei den Schreibmaterialien beginnend, bis zu den Werkzeugen eigentlicher Kunst aufsteigen würde. Wollen wir aber Grenzen unserer Darstellung finden und dieselbe sich nicht in eine Encyclopädie der Privatalterthümer erweitern und verlieren lassen, so müssen wir uns hier wie bei allen früheren Abschnitten an das wirklich Vorhandene halten, welches uns allerdings nur wenige Proben der von den Alten gebrauchten Instrumente darbietet. Vollständig aufgefunden sind die Werkzeuge des würdigen Meisters Bildhauer, von dem wir schon früher berichtet haben. Wenn wir wiederholen, dass sie in allem Wesentlichen durchaus diejenigen sind, deren sich unsere Steinmetzen und Bildhauer bedienen, so werden unsere Leser von ihnen weder Abbildung noch eine nähere Beschreibung erwarten. Nur einen Zirkel, den unser Meister gebrauchte, theilen wir unter der kleinen Auswahl von pompejanischem Messgeräth mit, welche unsere Fig. 250 enthält, und welches dem unseren so ähnlich ist, wie ein Ei dem anderen, was übrigens das Interesse an diesen Gegenständen nicht vermindern kann. Wir finden zu unterst einen zusammenlegbaren Maassstab von einem römischen Fuss, welcher durch Punkte auf der einen Seitenfläche in zwölf Uncien, durch Punkte auf der unteren Kante in sechszehn Digiti, die beiden gewöhnlichen Theilungen des Fusses getheilt ist. Den kleinen Halter, durch welchen der auseinandergelegte Maassstab gesteift, und der, wenn der Maassstab zusammengeklappt ist, zurückgeschlagen wird, bemerken und verstehn unsere Leser wohl ohne unseren Nachweis aus der Zeichnung. In der Mitte der Figur sehn wir einen einfachen Zirkel, innerhalb dessen Schenkeln wir ein Bleigewicht (Senkblei, Loth, *perpendiculum*)

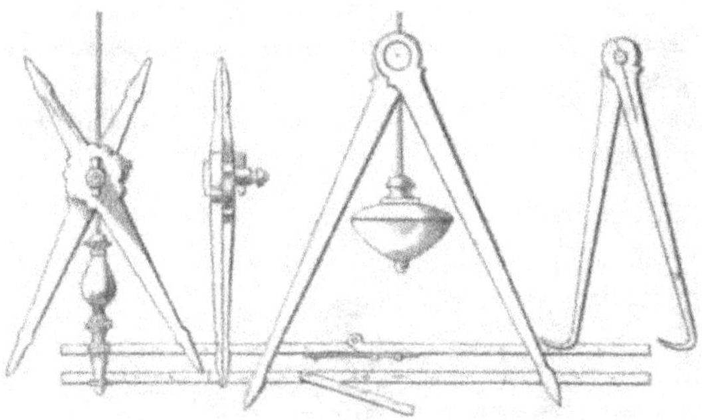

Figur 250. Messgeräthe.

grösseren Calibers, so wie zwischen den Schenkeln des Halbirzirkels links ein solches kleineren Calibers und von zierlicher Gestalt gezeichnet haben. Rechts ist ein Zirkel mit gebogenen Spitzen, von denen die eine lose ist, aus der Bildhauerwerkstatt abgebildet, wo er zur Messung von krummen Flächen diente, und zwar mit nach innen gekehrten Spitzen zur Messung convexer, mit nach aussen gekehrten Spitzen zur Messung concaver Gegenstände. Zum Verständniss der Anwendung müssen wir wohl noch bemerken, dass die beiden Schenkel wie die Schneiden einer Scheere neben einander liegen, so dass der jetzt rechts befindliche links, der linke rechts stehn konnte, in welcher Stellung sodann durch Umdrehung der einen Spitze die beiden Spitzen einander zugekehrt waren. Dieselbe Einrichtung der Lage beider Schenkel in zwei Ebenen zeigt die Seitenansicht des Halbirzirkels links, über den wir nur noch bemerken wollen, dass er in jeder Weite durch die in der Seitenansicht deutliche Stellschraube befestigt werden konnte. — Mehr noch als diese Messgeräthe werden viele unserer Leser die chirurgischen Instrumente interessiren, mit deren Abbildung wir diesen Abschnitt beschliessen wollen, ohne aus mehren, für die Kundigen leicht ersichtlichen Gründen auf deren specielle Beschreibung in diesem Buche uns einlassen zu können. Wir begnügen uns deshalb anzugeben, dass wir nach der ausführlichen Erörterung Benedetto Vulpi's im Museo Borbonico Vol. 14 zu Tav. 26 links zwei Ansichten eines *speculum magnum matricis*, daneben eine Seitenansicht eines einfachen *speculum ani* und rechts eine gebogene Zange vor uns haben, welche zum Ausziehn von Knochensplittern, zum Halten der Adern beim Unterbinden und zu derlei Zwecken gedient haben mag.

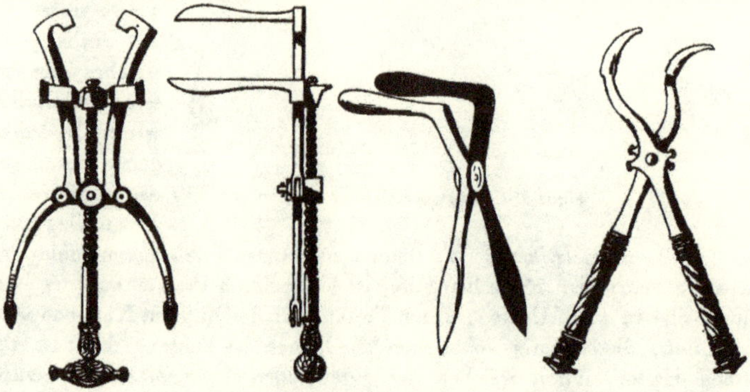

Figur 251. Chirurgische Instrumente.

Sechstes Capitel.

Zeugnisse des Verkehrs und des Lebens nach Inschriften *).

Figur 252. Inschrift.

Ausser in den monumentalen Resten finden wir eine nicht unbeträchtliche Masse von Zeugnissen des Verkehrs und des Lebens, welches sich durch Pompeji bewegte, in den Inschriften. Und zwar sowohl in den Inschriften in Stein, denen an öffentlichen Gebäuden und denen an den Gräbern, als auch, und zwar ganz besonders, in den mit rother und schwarzer Farbe an die Wände gemalten und mit Griffeln in deren Tünche eingeritzten und eingegrabenen. Dieser Inschriften, welche so recht mitten aus dem täglichen Leben, Thun und Treiben, Handel und Wandel der alten Stadt stammen, ist eine ganz ansehnliche Folge vorhanden oder vorhanden gewesen und in Abschriften überliefert, eine Folge, welche bei oskischen Inschriften beginnt, ein paar Beispiele eines corrupten Griechisch aufzuweisen hat und in lateinischer Sprache, die in vielen Fällen durch die Formen eines provinziellen Dialects neuen Reiz gewinnt, fast alle Interessen des Lebens, öffentliche und private berührt und in den Ausbrüchen des Uebermuthes und der Laune oder in müssigen Kritzeleien ihren Abschluss findet. Die oskischen Inschriften haben besonders dadurch ein nicht geringes Interesse, dass sie die Fortdauer der alten, aus dem öffentlichen Leben verdrängten Sprache im, wenngleich vereinzelten Privatgebrauch darthun; für das Pompeji aber, von dem wir handeln, das römische, sind sie ohne sonderliche Bedeutung, so dass wir, auf ihre Zusammenstellung, Deutung und Besprechung in Mommsen's Unteritalischen Dialecten und die neueste Prachtpublication Fiorello's (*Monumenta epigraphica Pompeiana*, 1. Heft die oskischen Inschriften, Neapel 1855) verweisend, sie hier übergehen können. Gleiches gilt in noch höherem Grade von den griechischen, die sich auf wenige Monumente beschränken.

---

*) Der Verfasser hat leider sich die Zusammenstellung und Facsimiles der hier einschlagenden Inschriften von Garucci unter dem Titel: *Inscriptions gravées au trait sur les murs de Pompéi, calquées et interpretées, avec un atlas de calques, Bruxelles* 1854, 58 S. 29 Tafeln, 4. trotz aller aufgewandten Mühe nicht verschaffen können, war also ausser auf die nicht sehr zahlreichen genauen Mittheilungen im Museo borbonico auf sehr dürftige und unter einander wenig übereinstimmende, zum Theil nachweislich schlechte Quellen angewiesen, weshalb er Manches weglassen musste, um nicht Unsinn weiter zu verbreiten, und bittet ihn wegen etwaiger factischer Irrthümer zu entschuldigen.

Eine übersichtliche Zusammenstellung der lateinischen beginnen wir wohl am füglichsten mit den Kundgebungen des politischen, oder, um dies Wort gleich in seinem richtigen engeren Sinne deutsch zu geben, des städtischen Lebens. Die hier einschlagenden Inschriften, welche überall angepinselt sind, an Alben und Wände, Thürpfosten und Ladeneingänge, sind die Wahlempfehlungen zu städtischen Aemtern, deren in der Sigle O. V. F enthaltene ständige Formel erst neuerdings ganz unzweifelhaft erklärt und bezeugt ist, indem man Beispiele fand, in denen die drei Worte *Orat Vt Faciatis* ausgeschrieben, anstatt abgekürzt waren. Diese Wahlempfehlungen gehen bald von einer, bald von mehren einzelnen Personen, bald von Gewerken, Zünften und Corporationen aus; ihre einfachste Formel ist die, dass die Namen des oder der Empfohlenen und das Amt, zu dem man sie gewählt wünscht, vorangestellt und nach dem O. V. F der Name des Empfehlenden beigefügt wird. Zuweilen nennt sich der Empfehlende mit einem gewissen Nachdruck, indem er setzt: der und der hat dies geschrieben (*scripsit*), z. B. Issus in einer Empfehlung des M. Cerrinius Vatia zur Aedilität, sehr oft wird aber auch der Name des Schreibenden weggelassen, so dass die Inschrift wesentlich nur den Zweck haben kann, die vorübergehenden Bürger auf den Empfohlenen aufmerksam zu machen; so steht z. B. an einem Ladenpfeiler der Fronte des Hauses des Lucretius GN· HELVIVM· SABINVM· AED· O· V· F, d. h. *Gnaeum Helvium Sabinum aedilem oro ut faciatis*, während ebenso häufig dem Namen des Vorgeschlagenen allerlei ehrende und empfehlende Beiwörter hinzugefügt sind, als in Siglen v. b. (*virum bonum*), v. p (*virum probum*), b. c. (*bonum civem*), d. r. p. (*dignum rei publicae*) u. A., oder ausgeschrieben: z. B. *iuvenes probos dignos r. p.* in einer Empfehlung des Cuspius Pansa und des Popidius Secundus zur Aedilität am Album der Eumachia, oder *omni bono meritum iuvenem d. r. p.* in einer gleichen des Gn. Helvius Sabinus an der Basilica, oder *verecundissimum iuvenem* in einer Empfehlung des A. Vettius Firmus zum Duumvirat, oder recht stark aufgetragen: *verecundissimum d. r. p. dignissimum* in einer Empfehlung des Holconius Priscus zur Aedilität u. dgl. m. Auch kleine Variationen fehlen nicht, indem z. B. in einer Inschrift, die A. Vettius Firmus, und in einer anderen, die M. Cerrinius Vatia zur Aedilität vorschlägt, gradezu ein *dignus est* beigefügt wird, in anderen das o. v. f noch durch ein eigenes *rogat* am Schlusse verstärkt wird, wie in mehren Inschriften, oder durch ein *cupit* wie in einer Empfehlung des Vettius Firmus durch einen Felix, oder in einer anderen des Casellius durch einen Erastus; wieder in anderen giebt der Schreiber seine Empfehlung in der Form einer Erklärung: er wähle den und den, ab, wie z. B. eine Recommandation des Holconius Priscus schliesst: *Fuscus facit*, welcher selbige Fuscus sich an einem anderen Orte zur Empfehlung seines Candidaten in derselben Erklärung mit einem Vaccula vereinigt hat (*Fuscus cum Vaccula facit*). —

Auf dieses städtisch politische Gebiet gehören denn auch die Inschriften, welche das Verhältniss des Patronats und der Clientel angehn, und in welchen der Client oder die Clienten den Patronus anrufen, ihnen gewogen zu sein, indem sie eben dadurch zugleich öffentlich ihm Abhängigkeit und Unterordnung bekennen. Vor der Entdeckung der aufgelösten Sigle O. V. F. hat man die sämmtlichen Wahlrecommandationen, welche wir kennen gelernt haben, für solche Anrufungen des Patrons durch Clienten gehalten, indem man die drei Buchstaben durch *orat ut faveat* (resp. *orant ut faveant*) erklärte und durch: »bittet ihm gewogen zu sein« übersetzte. Seit der Entdeckung ganz ausgeschriebener Formeln hat es sich herausgestellt, dass die Anrufungsformel in einem einfachen *orat* oder *rogat* »bittet« oder »ruft an« besteht, wobei in Gedanken *ut faveat*, »um seine Gunst« zu ergänzen ist, was in einem bekannten Falle ganz beigeschrieben ist. Die vielfachen Beispiele dieser Anrufungen der Patrone durch einzelne Clienten können uns ziemlich gleichgültig sein, da wir kein pompejanisches Namensregister anfertigen wollen, und etwas Anderes als zwei Namen oder drei enthalten diese Formeln: *Pansam Aedilem Paratus rogat* (den Aedilen Pansa ruft Paratus an), *C. Aprasium Felicem aed. o(rat) Philippus* (den Aedilen C. Aprasius Felix bittet Philippus um seine Gunst) nicht; lobende Epitheta sind hier sehr selten und zwar mit Recht, indem sie im Munde des Clienten eigentlich eine Unverschämtheit enthalten; in einer Inschrift nennt sich der Anrufende Thalamus direct *cliens*, Clienten des Zweimanns Paquius. Von speciellerem Interesse sind nur einzelne dieser Anrufungen, so z. B. wegen eines famosen Sprachschnitzers die folgende: *Sabinum et Rufum aed(iles) d(ignos) r(ei) p(ublicae) Valentinus cum discentes suos rogat*, zu deutsch wörtlich: »die der Staatsverwaltung würdigen Aedilen Sabinus und Rufus ruft Valentinus mit seine Schüler an.« Dass der Mann kein Sprachlehrer gewesen sei, ist wohl gewiss. Aus einer anderen Inschrift scheint hervorzugehn, dass der Bittsteller rasche Hilfe brauchte, denn er schrieb: *A. Ceium II v(irum) i(uri) d(icundo) Epacatus cito rog(at)*, den richterlichen Zweimann Aulus Ceius ruft Epacatus schleunig an. Ausser diesen und einigen ähnlichen, durch ein Curiosum bemerkenswerthen Inschriften sind besonders diejenigen nicht ohne Bedeutung, in welchen Corporationen oder Zünfte als die Bittsteller auftreten. So haben wir mehre Anrufungen vornehmer Patrone durch die *pomarii*, die Apfel- oder Obsthändler (s. Fig. 252), ebenfalls ein paar Mal treten die *saccarii*, die Sackträger auf, ausserdem finden wir die *muliones*, die Maulthiertreiber, und zwar die *muliones universi*, die gesammten Maulthiertreiber, d. h. das Gewerk oder die Zunft derselben; ferner die *salinenses*, die Arbeiter in den unweit Pompejis gelegenen Salinen, die *lignarii* und *plostrarii*, Zimmerleute und Stellmacher, welche den Aedilen Marcellinus anrufen, die *aurifices universi*, die Zunft der Goldschmiede, einen Photinus, der den Aedilen Postumus Probus *per tuunum* beim Thunfisch um seine Gunst beschwört, also wohl Fischhändler gewesen sein mag, endlich auch *venerei*, die eben so unbefangen wie Andere ehrlichen Gewerbes einen Aedilen Paquius angehn. Scherzhaft ist die Anrufung des Aedilen Vatia durch

Macerio und »sämmtliche Schläfer« in einer am Schlusse fragmentirten Inschrift: *Vatiam aed. rogant Macerio, dormientes universi cum* . . . ., welche wohl von Solchen ausgegangen ist, die durch den Strassenlärm in ihrer Mittagsruhe gestört wurden.

Da diese Inschriften so gut wie die Wahlempfehlungen vielfach an die Pfeiler gemalt sind, welche die Läden an den Façaden der Häuser trennen, so hat man in dem in ihnen genannten Clienten den Inhaber eines solchen Ladens erkannt, was in vielen Fällen, wie z. B. bei der Inschrift: *M. Holconium Priscum, C. Gaulum Rufum II. vir. Phoebus cum emptoribus suis rogat* (die Duumvirn Holconius und Gaulus bittet Phoebus mit seinen Kunden um ihre Gunst) zutreffen mag, gewiss aber nicht für alle ausreicht. Unbegründet ist es aber vollends, wenn man einzelne dieser Inschriften, welche auf den Wänden nahe bei den Eingangsthüren der Häuser stehn, auf den Inhaber des Hauses bezog, wobei man nur zweifelte, ob man denselben als den angerufenen Patron oder den anrufenden Clienten betrachten solle. Weder das Eine noch das Andere ist richtig; beziehen sich überhaupt angeschriebene Namen auf den Bewohner des Hauses, so können es bestimmt nur jene in der einfachen Nominativform ohne alle Beisätze sein, wie *C. Sallust. M. F.* oder *C. J. Priscus II. Vir.* Freilich lassen auch diese noch eine andere Deutung zu, so dass man wenigstens nicht, wie in einigen neueren Büchern über Pompeji geschieht, das Anschreiben des Namens des Bewohners an den Hausthürpfeiler als ausgemachten und durchgehenden Gebrauch bezeichnen sollte. —

Nächst diesen Spuren des communalen Lebens gehören am meisten der Oeffentlichkeit die Ankündigungen von Lustbarkeiten im Amphitheater an, denn nur solche, nicht auch Theateranzeigen hat man in Pompeji gefunden, und konnte sie schon deswegen nicht finden, weil die Theater bei der Verschüttung nach der Katastrophe vom Jahre 63 noch nicht wieder völlig hergerichtet und dem Gebrauche übergeben waren. Von den Anzeigen der Spiele und Kämpfe des Amphitheaters wollen wir unseren Lesern nur einige als Proben mittheilen, weil wir fürchten müssten, sie durch mehre zu langweilen. Auf dem Album am Gebäude der Eumachia las man:

A· SVETTI· CERII
FAMILIA· GLADIATORIA PVGNABIT
POMPEIS· PR· K· IVNIAS· VENATIO· ET· VELA·
ERVNT·

»die Gladiatorentruppe des A. Suettius Cerius wird in Pompeji am letzten Mai kämpfen, es wird eine Jagd stattfinden und das Zeltdach wird ausgespannt sein.«

Ebendaselbst:

N· POPIDII· RVFI· FAM· GLAD· IV· K· NOV· POMPEIS· VENATIO·
ET· XII· KAL· MAI· MALA· ET· VELA· ERVNT·
O(*ptimo*)· PROCVRATOR(*i*)· FELICITAS

Hier sind zwei Kämpfe der Truppe des N. Popidius Rufus, der eine auf den 26. October, der andere lange im Voraus auf den 18. April angekündigt, ist eine Jagd und sind Maste und Segel (Zeltdach) verheissen, und ist am Schlusse ein Glückwunsch für den Veranstalter des Spieles hinzugefügt.

Schon erwähnt haben wir früher die Anzeige auf dem Album am herculaner Thor, in der 30 Paare Gladiatoren verheissen werden. Dreissig Gladiatorenpaare kommen übrigens auch noch in einer unvollständig erhaltenen Anzeige auf der Mauer beim Sitze der Mamia vor.

Am meisten Herrlichkeiten werden in einer ebenfalls nicht ganz erhaltenen Anzeige versprochen, welche man in den Thermen fand und wegen des in derselben vorkommenden Wortes *dedicatione* (»bei der Einweihung«) auf die Einweihung eben der Thermen bezieht, freilich mit zweifelhaftem Recht. In dieser Inschrift werden angezeigt: *venatio, athletae, sparsiones, vela* (Jagd, Athleten, Sprengungen, Zeltdach). Noch ungleich bedeutender erscheint jedoch, um auch dies hier beiläufig zu erwähnen, die Mannigfaltigkeit der Spiele des pompejanischen Amphitheaters in der Grabschrift des A. Clodius Flaccus (Mommsen No. 2373), der dreimal richterlicher Duumvir war, und für seine Ernennungen dem Volke seine Dankbarkeit durch Spiele des Amphitheaters (damals noch auf dem Forum gehalten) bezeigte. —

Aus dem Gebiete des Privatlebens, in welches wir schon oben bei Erwähnung der Nameninschriften an den Hausthüren den Fuss gesetzt haben, fallen uns durch Länge am ersten die Vermiethungsanzeigen in's Auge, deren Inhalt in mehrfachem Betracht von Interesse ist und über das alte Leben Aufklärung verbreitet. Wir wollen deren eine der merkwürdigsten als Probe mittheilen, und würden deren sehr gern mehre geben, wenn die einzigen uns vorliegenden Abschriften nicht so sträflich ungenau und unzuverlässig wären, dass wir deren Wiederabdruck nicht glauben verantworten zu können. An einer Wand des in der Nähe des Amphitheaters gelegenen 1756 aufgegrabenen und später wieder verschütteten Palastes der Julia Felix las man nach der Abschrift Winckelmanns (Sendschreiben §. 58):

IN· PRAEDIS· IVLIAE· SP· F· FELICIS
LOCANTVR
BALNEVM· VENERIVM· ET· NONGENTVM· TABERNAE
PERGVLAE
CAENACVLA· EX· IDIBVS· AVG· PRIMIS· IN· IDVS· AVG· SEXTAS
ANNOS· CONTINVOS· QVINQVE·
S· Q· D· L· E· N· C·
A· SVETTIVM· VERVM· AED·

»Auf dem Gute der Julia Felix, Spurius Tochter, sind zu vermiethen: ein Bad, ein Venereum und neunhundert Schenken, Läden*), Oberzimmer vom

*) Die Bedeutung von Pergula ist zweifelhaft, Winckelmann übersetzt »Lauben«, Andere setzen »Läden mit Schattengängen (oder »offenen Terrassen«) und Zimmern im ersten Stock«.

14—20 August auf fünf auf einander folgende Jahre. Sollte Jemand die Besitzerin des Ortes nicht kennen, so wende er sich an den Aedilen Suettius Verus.«

Diese Anzeige lässt uns einen Blick thun in die Verhältnisse des Grundbesitzes in Pompeji und in die Art seiner Verwerthung. Unter den Schenken (*tabernae*) werden wesentlich Thermopolien zu verstehn sein, denen wir so oft in Pompeji begegnen, unter den Läden (*pergula*) jene die Häuser umgebenden mit oder ohne Ladenhinterzimmer, endlich die Oberzimmer (*coenacula*) oder Zimmer im oberen Geschoss, haben wir bereits als die gewöhnlichen Miethswohnungen kennen gelernt. Rechnet man nun aber auch die Zahl 900 auf die drei Classen zu vermiethender Localitäten, so bleibt ein solches Miethanerbieten immerhin das Zeugniss eines für eine Stadt wie Pompeji massenhaften Grundbesitzes in einer Hand, sowie einer sehr bedeutenden Population, welche ein so vielfaches Miethen von kleinen Wohnungen und Geschäftslocalen bedingte. Ueber die Formel der vorletzten Zeile wollen wir nur noch bemerken, dass einige Schriftsteller sie durch *si quis domi lenocinium exerceat non conducito* erklären wollten, was schon durch das ausgebotene Venereum verdächtig, aber dadurch unmöglich wird, dass die Worte *A Suettium. Verum. aed.* abgestossen werden müssen und auch, als hätten sie nicht dagestanden, selbst in angeblich facsimilirten Copien ruhig weggelassen sind. Die unserer Uebersetzung zu Grunde liegende Auflösung ist die von Winckelmann vorgeschlagene: *si quis dominam loci eius non cognoverit adeat Suettium Verum aedilem.* —

Von der lebhaften Theilnahme an den Spielen des Amphitheaters legt eine Reihe von eingekratzten Inschriften Zeugniss ab, welche man meistens im Corridor des Amphitheaters an den Wänden fand, und welche sowohl Glückwünsche wie Verwünschungen von Gladiatoren enthalten, in welchen offenbar ein für oder wider den einen oder den anderen Kämpfer Partei ergreifender Zuschauer seinen Gefühlen Luft gemacht hat. So heisst es: *Regulo feliciter Sestius* »Sestius wünscht dem Regulus Heil!« oder: *M. Antiseius Messio feliciter* »Marcus Antiseius wünscht dem Messius Glück!« oder es schrieb Einer über den von ihm begünstigten Gladiator ohne ihn zu nennen: *multa munera vicisti* »du hast in vielen Kämpfen gesiegt«, andererseits z. B. *Barca tabescas* »hol dich der Henker Barcas!« Auch die knöchernen Tesserae (Einlassbillets), welche, wie es scheint, erst beim Ausgange abgegeben wurden, sind mit allerlei kurzen Phrasen, z. B. *benigne proeat* oder mit Gladiatornamen, wie *Vapio, Barcas, Pernix* von den Zuschauern bemalt. Erwähnen wollen wir noch eine ungefähr in diese Region gehörende Inschrift über dem Aushängeschilde des »Gladiatorenschule« genannten Schankladens (oben S. 258), welches, wie mitgetheilt, zwei kämpfende Gladiatoren zeigt und dessen Unterschrift wir oben

Die gewählte Uebersetzung zu vertheidigen, ist hier kein Raum, sie wird sich vor dem Kundigen selbst rechtfertigen und hat den Vortheil, die, man sage was man will, enorme Zahl von 900 Läden mit andern Gemächern zu verbinden, also begreiflicher zu machen.

angeführt haben, darüber stand: *Tetraides· Prudes· Tetraides i. XIIX· Prudes l. X* »Tetraides (der eine Kämpfer), Prudens (der andere, der Name durch Auslassung des *n* verschrieben). Tetraides unbesiegt (*i(nvictus*) im 18. Kampfe, Prudens gefallen (*l(apsus*) im zehnten« nach einer wahrscheinlichen Ergänzung und Uebersetzung der Siglen *i* und *l*.

Von den Strasseninschriften, welche unserem »Verunreinigung wird verbeten« entsprechen, ist schon oben (S. 178) die interessanteste Probe mitgetheilt. Nicht aber auf die Strassen beschränkt waren die angemalten und eingekratzten Inschriften, auch im Innern von Gebäuden, sowohl privaten wie öffentlichen, kommen ihrer vor. Das *Hic habitat Felicitas* in der Bäckerei im Hause des Pansa und das *Labyrinthus. Hic habitat Minotaurus* im Hause des Labyrinths ist schon angeführt; auch ein Glückwunsch, wie man sie sonst gewöhnlich im Amphitheater findet, ist im Innern eines Privathauses in den Worten *P. Cornelio Iulio feliciter* »Heil dem P. Cornelius Julius« gefunden worden und hat offenbar weiteren Sinn, so gut wie ein fragmentirter Glückwunsch ... *Augusto feliciter aediles sic decet* »Dem Kaiser ..... wünschen Heil die Aedilen, so ziemt es sich«, der an eine Ecke angemalt ist. Auch in Schenken fehlt es an Inschriften nicht, die aber nur zum Theil wiedergegeben werden können, wie z. B. DA· FRIGIDVM· PVSILLVM· »gieb kalten Trunk«, dem Wirthe zugerufen, oder M· FVRIVS PILA· MARCVM· TVTILLVM, eine Aufforderung zum Trinken (?), und dergleichen mehr. Von öffentlichen Gebäuden ist namentlich die Basilica reich an Schreibereien müssiger Hände, was sich aus der Bestimmung des Gebäudes zu öffentlichen Gerichtsverhandlungen, bei denen manche Leidenschaft erregt werden mogte, und es auch an Langweile nicht gefehlt haben wird, sehr begreiflich ist. So finden wir denn ausser der schon erwähnten Inschrift BASSILICA z. B. LVCRIO ET SALVS· HIC FVERVNT »Lucrio und Salus sind hier gewesen«, C· PVMIDIVS· DIPILVS· HEIC· FVIT· AD NONAS OCTOBREIS· M· LEPID· Q· CATVL· COS· »Caius Pumidius Diphilus ist hier gewesen am 7. October unter dem Consulat des M. Lepidus und Qu. Catulus (676 der Stadt Rom, 78 v. Chr. Geb.); DAMAS AVDI, »Höre Damas«; NON EST EX· ALBO· IVDEX· PATRE· AEGYPTIO· »Es steht keiner, dessen Vater Aegypter ist, als Richter auf der Liste«, oder unter einigen schmutzigen Zeilen einer Hetäre von anderer Hand IOVS(*ius?*) MVLTVM· MITTIT· PHILOCRATIS »Philocratis muss tüchtig bezahlen.«

Wir schliessen mit der Mittheilung einiger Verse, die sich an den Wänden im Innern eines Hauses fanden, welches der neueste Bearbeiter der Bauwerke Pompejis, Herr Breton, in seiner mehrmals angeführten »*Pompeia*« S. 286 wohl mit Recht als Lupanar betrachtet. Dass von den Inschriften nicht mehre erhalten sind, als die wenigen hier folgenden, wird der kundige Leser nach diesen Proben mit uns bedauern. Ein Jemand hatte geschrieben:

CANDIDA· ME· DOCVIT· NIGRAS· ODISSE· PVELLAS·

worauf ein Anderer als eine etwas maliciöse Antwort darunter schrieb:

ODERIS· SED· ITERAS [*ego*] NON· INVITVS· AMABO·

An einer anderen Wand steht das Distichon:

HIC· EGO· NVP (?)· · FORMOSA· COMA· PVELLA
LAVDATA· A· MVLTIS· SED· LVTVS· INTUS· ERAT·

mit dem wir von dieser Poësie und den pompejanischen Mauerinschriften scheiden wollen*).

*) In demselben Zimmer ist noch eine Inschrift, die der Eine als: *scripsit Venus fisica Pompeiana* giebt und auf eine »isische« Venus bezieht, der Andere als *Venus physica* schreibt, und die vielleicht ganz anders lautet. Die *Venus fisica* soll nach der Behauptung des Herrn Stanislao d'Aloë »Die Ruinen von Pompeji«, deutsch Berlin 1854 S. 20 noch in einer anderen Inschrift, die er mittheilt, vorkommen. Bei der grossen Unkenntniss und Ungenauigkeit dieses Schreibers aber kann man sich weder darauf, noch auf sonst eine seiner über Ausgrabungsberichte hinausgehenden Angaben verlassen.

III.
Zweiter oder artistischer Haupttheil.

Einleitung und Allgemeines.

Unsere gesammten bisherigen Betrachtungen waren antiquarischer Art, hatten die Darstellung und Erläuterung der Monumente Pompejis zum Gegenstande, sofern sie von dem öffentlichen oder privaten Leben der alten römischen Landstadt Zeugniss geben; einer Betrachtung und Beurteilung von künstlerischem und technischem Standpunkt haben wir dieselben nicht unterworfen, so nahe dazu in manchen Fällen die Veranlassung liegen mogte. Denn wir haben alle bekannten öffentlichen und eine Folge der bedeutendsten privaten Gebäude nicht allein nach ihren Grundrissen und nach den Zwecken ihrer räumlichen Anordnungen, sowie nach dem heutigen Stande ihrer Ruinen durchmustert, wir haben, wenngleich nicht von allen, so doch von recht vielen diejenigen von geschickter Künstlerhand entworfenen Restaurationen betrachtet, welche am geeignetsten sind, uns die Gebäude in ihrer ursprünglichen und natürlich auch künstlerischen Ganzheit zu vergegenwärtigen; wir haben ferner manche Sculpturwerke, Tempelbilder und andere nicht allein genannt, sondern zum Theil auch in Abbildungen unsern Lesern vorgeführt, wir haben endlich den malerischen Schmuck der Wohnungen im Allgemeinen und in vielfachen Einzelheiten kennen gelernt. Und wie manches schöne und anmuthige, zierliche und liebliche Monument der drei Künste haben wir nicht bei unserer antiquarischen Wanderung zu nennen gehabt, wie manches Mal lag uns die Aufforderung zu artistischem Eingehn auf diese Werke und Leistungen der bildenden Künste so nahe, dass wir dasselbe absichtlich von der Hand weisen mussten. Ich erwähne dies hier nicht, weil ich glaube, mein Verfahren bedürfe einer Rechtfertigung oder gar der Entschuldigung; denn ich bin überzeugt, dass die Rechtfertigung in der gewonnenen Einheitlichkeit der antiquarischen Betrachtung liegt und durch die Einheitlichkeit und Uebersichtlichkeit der folgenden artistischen noch fühlbarer gegeben werden wird, sondern ich erwähne diese Thatsache, dass wir das Artistische vom Antiquarischen beim besten Willen nicht völlig zu trennen vermogten, deshalb, weil sie für die Stellung und das Verhältniss der Kunst zum Leben bezeichnend ist.

Sowie überhaupt in allen künstlerisch begabten Zeitaltern die Kunst sich nicht vom öffentlichen und privaten Leben trennen lässt, wie sie das ganze Leben durchdringt und eine nothwendige Erscheinungsform des Lebens ist, so war dies auch in der antiken Welt der Fall. Die Kunst war auf allen Punkten bereit, den Bedürfnissen des Lebens entgegenzukommen, sich an jene anzulehnen, sie zum Anlass ihrer Production zu machen, und das Leben bot seinerseits der Kunst tausendfältige Gelegenheit, sich an allen den Gegenständen zu offenbaren, welche dem Bedürfniss dienten. Weil die Kunst nichts Unnützes schuf, gab ihr das Leben die Möglichkeit, das Nützliche künstlerisch zu gestalten, oder umgekehrt: weil das Leben sich nicht begnügte, das Nützliche nur nützlich und zweckmässig zu verfertigen, sondern dasselbe zugleich angenehm, zierlich, schön haben wollte, so brauchte sich die Kunst nicht vom Leben zu isoliren und auf Productionen zurückzuziehn, welche keinem reellen Gebrauche bestimmt, also im Sinne des praktischen Lebens unnütz waren. In unkünstlerischen, in rein praktischen Zeitaltern, wie bei uns, ist dies anders. Wir bereiten fast Alles, was wir zum wirklichen Gebrauche des Lebens bestimmen, nur nach Zweckmässigkeitsrücksichten dieses Gebrauches. Wir begnügen uns, in unseren Häusern wohnliche Räumlichkeiten herzustellen, in unsern Mobilien praktische Behälter oder Geräthe; es gehört eine nicht unbeträchtliche Opulenz dazu, um uns zu dem Streben nach einem Mehr, nach Verbindung selbst nur der Pracht, um von der Kunst gar nicht zu reden, mit dem Bedürfniss zu bewegen. Aber auch in den Schichten unserer Gesellschaft, wo Pracht und selbst Schönheit, künstlerisches Bilden sich auf unsere nächste Umgebung erstreckt, wo wir unsere Wohnungen nicht allein wohnlich und comfortable, sondern auch schön und anmuthig bauen, wo wir unsere Mobilien aus edleren Materialien und in reicheren Formen (ob immer in schöneren, ist fraglich) wählen, wie oft ist da der Schönheitstrieb wohl mächtig genug, um ein Ganzes und Harmonisches zu schaffen, und was hat auch da die Schönheit und die Kunst mit unseren Hausgeräthen zu thun? Die Reste künstlerisch begabter Zeitalter zeigen uns hierin ein anderes Bild, das Bild einer vollendeten Durchdringung der Bedürfnisse des Lebens mit der Schönheit der Kunstgestaltung. Diese Verbindung des Lebens und der Kunst kann aber in gewissem Sinne alterirt werden, jenachdem Leben und Kunst, Zweck und Form einander gleichstehn und als ebenbürtig erscheinen, jenachdem das Leben sich begnügt, in seinen Bedürfnissen und Zwecken die Anlässe und Gelegenheiten des freien künstlerischen Schaffens zu bieten, oder jenachdem die Praxis soweit siegt, dass sie sich allerdings von der Kunst nicht lossagt, wohl aber die Kunst als das Secundäre, als dienende, ihren Zwecken untergeordnete betrachtet. Dieser Zustand ist es, welcher mit Nothwendigkeit zur Trennung, zur Lossagung der Kunst vom Leben führt. Zweckmässigkeitsrücksichten, Rücksichten auf Schein und Glanz, daneben auch wohl solche auf Wohlfeilheit, beginnen über die Rücksicht auf gediegene Schönheit des Stoffes und der Form zu siegen, die Production der Kunst wird unfrei, und nicht lange, so zieht sich die Kunst von dem ihr verleideten Gebiete der Bedürfnisse des Lebens zurück. Der erstere Zustand spricht uns aus den Resten der Blüthezeit Griechenlands an, der Beginn des letzteren ist es, welcher die Stellung der Kunst zum Leben in Pompeji bezeichnet. Noch ist die Trennung nicht erfolgt, aber sie ist vorbereitet und hat begonnen, schon hat das rein praktische Handwerk die Kunst aus dem Gebiete der gewöhnlichen Bedürfnisse des Lebens verdrängt.

Kaum durch irgend ein Merkmal wird eine solche Zeit bestimmter gekennzeichnet und schärfer charakterisirt, als durch die Verwendung der Tünche in der Baukunst. Das wahrhaft künstlerische Zeitalter schafft Materialbauten, das heisst, es bildet seine Bauformen seinem Material gemäss, gründet die Formgebung seiner Monumente auf das Wesen seiner Materialien, welche es nie verhüllt und den Blicken zu entziehen trachtet, sondern als das sein Werk Bedingende frei vor unsere Blicke hinstellt. Das gilt in gleicher Weise von den Kalktuff- und Marmorbauten des alten Hellas, wie von den verschiedenen Bruchstein- und Ziegelbauten unseres Mittelalters. Ein unkünstlerisches Zeitalter dagegen baut schematistisch, ohne Rücksicht auf das Material, und, da das Material einmal für allemal die Formen und Gliederungen des Baues bedingt und beherrscht, da es sich, zur Formgebung benutzt und verwendet, nie negiren lässt, so wird es negirt, indem man materiell einen formlosen Kern construirt und alle Form und Gliederung der verhüllenden Tünche anheimgiebt. Das ist ein Unwesen, aus dem Unsolidität, Mangel an Präcision, Stilmengerei und Manier mit zwingender Nothwendigkeit folgt. Jeder Tünchebau ist eine Lüge, eine Versündigung gegen den heiligen Geist der Kunst, die sich wie jede Lüge rächt. Unser Zeitalter ist dieser Lüge mit allen ihren Consequenzen von Geschmacklosigkeit verfallen, aber fast noch ärger ist diese Tünchewirthschaft in Pompeji gewesen, wo allein die geringere Masse verschiedener Vorbilder vor der Höhe der Manier und der Stilmengerei unserer Tage bewahrt hat. In Pompeji erscheint in den wenigsten Fällen das Material, alle bauliche Formgebung ist der verhüllenden Tünche überwiesen, ganz Pompeji ist, mit Ausnahme von ein paar öffentlichen Gebäuden aus älterer Zeit, in seinem neuen Aufbau nach dem Erdbeben eine getünchte und gemalte Stadt. Die Folgen hievon treten uns am deutlichsten im Peribolos des Venustempels entgegen, dessen ursprünglich dorische Säulen und Gebälke, um sie mit dem korinthischen Stil des restaurirten Tempels in eine Art von Uebereinstimmung zu bringen, in der Weise, welche Figur 253 zeigt, übertüncht und bemalt wurden und dadurch unsäglich schwerfällig und unharmonisch erscheinen. Wo aber Unwahrheit und Oberflächlichkeit in einer Kunst eingerissen ist, da bleibt sie in den anderen nicht aus, da folgen in der Sculptur

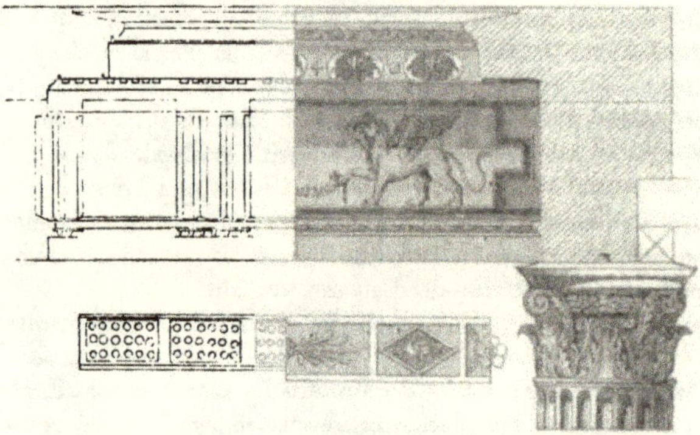

Figur 253. Uebertünchtes dorisches Gebälk vom Venustempel.

thönerne Tempelbilder, in Formen gepresste Ornamente, da folgt in der Malerei eine regellose Phantasterei und eine laxe Technik, die es sich wo immer möglich bequem macht.

Ich habe schon gesagt, dass Pompejis Monumente den Beginn eines solchen Zeitalters und Zustandes der Künste bezeichnen. Die Baukunst ist im Verfall am weitesten fortgeschritten, ihr folgt die ihr am engsten verbundene Malerei; die Plastik, aus ihrer alten engen Verschwisterung mit der soliden Architektonik verdrängt und durch die Malerei ersetzt, erscheint isolirter, ist weniger fruchtbar, hält sich aber verhältnissmässig künstlerischer. Dass in Pompeji bis zur letzten Stunde in Marmor gearbeitet worden ist, beweisen weniger die fertigen Monumente, welche nebst den Erzwerken aus älterer Zeit stammen mögen und zum Theil nachweislich stammen, als die halbvollendeten und erst begonnenen Statuen, die man in der Werkstatt des Bildhauers fand. Im Verhältniss zur Malerei aber ist alle plastische Production in Pompeji quantitativ gering, selbst wenn wir zu den uns erhaltenen Sculpturen diejenigen rechnen, welche antike Nachgrabungen uns vorweg genommen haben mögen.

Es ist wohl aus dem Gesagten klar und begreiflich, dass uns Pompeji keine Meister- und Musterwerke der Kunst bieten kann. Dies gilt in aller Strenge von den Productionen der letzten Zeit nach dem Erdbeben, also von der überwiegenden Mehrzahl der Monumente; aber auch unter den älteren Werken sind wenige, welche auf einen hohen künstlerischen Werth Anspruch machen können, und ist keines ersten Ranges, ausgenommen das grosse Mosaik der Alexanderschlacht, welches aber auch nur deswegen uns als ein Höchstes in seiner Art erscheint, weil uns von den Meisterwerken antiker Malerei kein einziges erhalten ist. Dennoch bleibt für uns die Kunstproduction Pompejis wichtig und interessant genug, und dennoch ist deren Betrachtung in technischer und ästhetisch-artistischer Weise vielfach lehrreich, um so lehrreicher, je mehr uns verloren gegangen ist. Um dieser Belehrung willen haben wir den Monumenten Pompejis die volle Aufmerksamkeit künstlerischer Betrachtung zuzuwenden.

Was zunächst die Frage nach der Zeit der Monumente anlangt, so vertreten die Bauwerke sehr verschiedene Epochen. Die Mauern sind sehr alt, in ihren Grundbestandtheilen gewiss mit der Gründung der Stadt gleichzeitig; den griechischen Tempel wird man in das sechste Jahrhundert v. Chr. zu setzen haben; in die Zeit vor dem Erdbeben fallen unbedingt die Theater, fallen Thürme und Thore der Stadt, fällt die Basilica und die Colonnade des *Forum triangulare* mit ihren Propyläen, endlich wohl manches Grabmal und ebenso manches Wohnhaus, namentlich im Theaterquartier, von dem es jedoch nicht nachweisbar ist. Dagegen gehören die meisten Gebäude in ihrem letzten Zustande als Neubauten der Zeit des Umbaues nach dem Erdbeben vom Jahre 63 an; so z. B. bezeugtermaassen der Isistempel, so ohne Zweifel der Tempel der Venus, wohl auch der der Fortuna, der des Jupiter und andere Bauwerke.

Von Sculpturwerken ist wirklich Altes und Alterthümliches gar nicht vorhanden; die Mehrzahl der Monumente wird dem letzten Jahrhundert Pompejis angehören, die Thonstatuen, manche Steinsculpturen, wie z. B. der Bacchus am Isistempel, sowie vielleicht alle plastisch in Stucco ausgeführten Ornamente und Reliefe werden aus der Zeit nach dem Erdbeben stammen. Und dasselbe wird mit wenigen Ausnahmen von der Malerei gelten, von der schwerlich Manches über die Kaiserzeit hinaufzudatiren ist, während die grosse Masse der Decorationsmalerei wohl sicher dem letzten Decennium der Stadt angehört. Sollten endlich unter den Geräthen und Gefässen, die wir kennen gelernt haben, wirklich Sachen sein, welche bei der Verschüttung über ein halbes Jahrhundert alt waren, so müssten das seltene Ausnahmen sein, die sich in den wenigsten Fällen constatiren lassen werden.

Fragen wir sodann nach den Urhebern der Monumente, so ist es schwer, hierauf eine bestimmte Antwort zu finden. Thatsache ist zunächst, dass sehr wenige fremde Künstler bezeugt sind; ein Dioskorides von Samos als Verfertiger des Theatermosaïks in der Villa des Cicero, ein Herakleitos, ein fragmentirter Name ....achos, auch ein Mosaïkarbeiter, sind alle genannten Künstler. Dass aber mehre nicht einheimische Künstler in Pompeji thätig gewesen seien, ist an sich sehr wahrscheinlich, theils deswegen, weil in mehren der umliegenden Orte ein reger Kunstbetrieb blühte, so dass es auffallend wäre, wenn nicht die reicheren und prachtliebenden unter Pompejis Bürgern die Künstler der Nachbarstädte herbeigerufen hätten, theils weil ein so massenhafter Aufbau wie der Pompejis nach dem Erdbeben, immer Künstler und Handwerker von nah und fern herbeilockt, die um so zahlreicher beschäftigt werden mussten, je rascher man die Stadt sich aus ihren Trümmern erheben zu sehn wünschte. Es ist aber unmöglich zu sagen, welche Bauwerke, Sculpturen oder Malereien von einheimischen pompejaner Künstlern, welche von auswärtigen gemacht sind. Denn weder das überall hervortretende griechische Element, noch das römische, welches die Anlagen und Decorationen im Ganzen durchdringt, giebt uns hier einen Anhalt, da die pompejaner Bürgerschaft schon lange von griechischer Bildung durchdrungen sein musste, ehe die römischen Institutionen dem ganzen Leben ihren Stempel aufdrückten. Wollen wir aber dennoch unterscheiden, so werden wir die am meisten griechisch erscheinenden Monumente fremden Künstlern aus Neapel, Capua, Cumä und andern Städten zuschreiben, die mehr römische Kunstproduction einheimischen Werkmeistern, auf welche das in Pompeji herrschende römische Princip directer eingewirkt haben musste.

Anlangend endlich die Gattungen der Monumente, haben wir, im Allgemeinen gesprochen, in Pompeji ziemlich Alles vor uns, was antike Technik geschaffen hat, sind, mit anderen Worten zu reden, die Hauptzweige der antiken Kunsttechnik von der Architektur hinab durch Sculptur und Malerei, durch Steinschneiderei, Metall- und Glasarbeit bis zu den Hervorbringungen des Handwerks in den Monumenten Pompejis vertreten. Indem wir diese nach den technischen Gattungen gesondert und geordnet durchmustern, liegt uns die Lockung, über den uns gesteckten Kreis hinauszugreifen, fast noch näher, als im antiquarischen Theil. Und doch dürfen wir derselben hier so wenig wie dort nachgeben, dürfen wir hier so wenig eine Encyclopädie der Künste zu schreiben versuchen, wie wir dort eine encyclopädische Darstellung des antiken Lebens geben durften. Es gilt unser Ziel im Auge, unsern Faden festzuhalten, es gilt, uns auf die Beschreibung und Erörterung der pompejanischen Kunstmonumente zu beschränken und aus dem weiten Gebiete der alten Kunstwissenschaft nur das und nur so viel herbeizuziehn, wie zur Erklärung und Beurteilung der Monumente Pompejis nöthig erscheinen wird. —

Erstes Capitel.

Die Architektur und das Bauhandwerk.

Erster Abschnitt.

Material und Technik.

Die verschiedenen Gattungen der Gebäude Pompejis, die Mauern mit ihren Thoren und Thürmen, die Tempel, die anderen öffentlichen Bauwerke, Hallen, Theater und Amphitheater, die Privatbauten, Häuser, Gräber und die anderen kleineren Monumente, welche wir im ersten Haupttheil kennen gelernt haben, müssen wir in dem Abschnitt, welcher von dem Material und der

Technik der pompejaner Architekten und Baumeister handelt, desshalb unsern Lesern noch einmal in das Gedächtniss rufen, weil diese Gattungen auf die Wahl der Materialien und auf die Art der technischen Verarbeitung wenigstens einigen Einfluss ausgeübt haben. Im Allgemeinen finden wir freilich in Pompeji wie in der ganzen Welt dasjenige Material zu den Bauten verwandt, welches sich am Orte selbst oder in der Nähe fand, und sowie das in seinem Pentelicus marmorreiche Attika in seinen öffentlichen Monumenten fast nur Marmorbauten aufzuweisen hat, wie in anderen Gegenden Griechenlands bald Sandstein (wie auf Aegina) bald Kalkstein und Tuff gebrochen und verbaut wurde, so sind in Pompeji hauptsächlich solche Gesteinarten verwendet, welche in der Nähe gewonnen wurden und noch heute nachweisbar sind. Namentlich finden wir in den Bruchsteinbauten Pompejis folgende zum grössten Theil vulcanische Gesteine. 1. Harte Lava von feinem, die Politur annehmendem Korn und von grauer Farbe in einigen helleren und dunkleren Nüancen mit eingesprengten dunkeln Fleckchen Obsidians. Wegen seiner Sprödigkeit ist dies Material nicht allzuhäufig an sichtbaren Gliedern verwendet, in den Mauern finden wir unregelmässig ausgebrochene Stücke desselben gemischt mit ähnlichen Stücken der übrigen Bruchsteine, wie denn überhaupt in den meisten Fällen die verschiedenen zu nennenden Bruchsteine unter einander vorkommen und die Durchführung eines Materials zu den Ausnahmen gehört, was bei der fast durchgehenden Uebertünchung, welche das Material gleichgiltig machte, sehr begreiflich ist. 2. Vulcanische Schlacken von unregelmässiger Gestalt und Fügung, spröde und durchaus nicht zu bearbeiten, aber fest und leicht, deshalb nie zu gegliederten Werkstücken verarbeitet, sondern in den Brocken wie man sie fand in die Mauern von *opus incertum* wie diejenige hinter der Gräberstrasse (Fig. 203, 208) und die Reparaturen der Stadtmauer, sowie in viele Wände von Privathäusern mit reichlichem Mörtel verbaut. 3. Tuff von verschiedener Weisse und Festigkeit, zum Theil mit eingesprengten vulcanischen Brocken und Stückchen Bimstein, sehr viel verwendet, jedoch ausser in formlosen Brocken in Werkstücken nur als Träger der gröbsten Formen zu bearbeiten, daher das gewöhnliche Material für den Kern derjenigen Säulen, Capitelle, Basen, Cornischen und anderer Glieder, deren feinere Formen in Tünche dargestellt wurden. Nur in einer besonderen Varietät ist der Tuff feiner zu bearbeiten und selbst zu architektonischen Sculpturen wie zu den Löwenklauen am Sitz auf dem *Forum triangulare* verwendet. 4. Weisser Bimstein von feinem Gefüge, daneben eine Sorte von grauer Farbe und geringerer Dichtigkeit, wahrscheinlich das Material, welches Vitruv als *pumex pompeianus* kennt. Dasselbe kommt nur in verhältnissmässig nicht grossen Stücken vor und ist in Werkstücken nur wie der Tuff als Träger der Kernformen brauchbar, auch seltener verwendet, dagegen vermöge seiner Porosität und Leichtigkeit in Mauern und besonders zu Wölbungen vorzüglich zu gebrauchen, indem der Mörtel sich mit ihm wie kaum mit einem anderen Material gleichsam zu einer Masse verbindet.

5. Piperin, ein grauer, schwerer Stein von grobem Korn und ziemlich bedeutender Härte, sehr vielfach zu Säulen, Steinbalken, zu den Sitzstufen der Theater, ausserdem zu Mauerwerk, namentlich auch in den ältesten Theilen der Stadtmauer benutzt. Endlich 6. Travertin, dessen Anwendung fast ganz diejenige des Piperin ist, mit dem er die meisten Eigenschaften bei einer helleren Farbe theilt. Zu diesen Baumaterialien, welche sämmtlich noch heute in der Umgegend Pompejis nachweisbar sind, kommt ausser dem Marmor noch in einem einzigen Beispiel, nämlich bei den Capitellen des griechischen Tempels ein grober weisser Kalkstein mit Versteinerungen, der in der Umgegend sich nicht findet.

Mit diesen Bruchsteinmaterialien ist nun in Pompeji in verschiedener Weise gebaut worden, und zwar können wir zunächst eine ältere griechische und eine jüngere römische Bauart und zwar diese als die überwiegend häufige, jene als die seltene und ausnahmsweise unterscheiden. In Griechenland gebrauchte man vor der Zeit der römischen Herrschaft bei Bruchsteinbauten wenigstens in öffentlichen Monumenten, über die wir allein aus eigener Anschauung zu urteilen im Stande sind, keinen Mörtel, sondern die Werkstücke wurden entweder ohne alle Bindemittel durch künstliche Fügung und durch ihre eigene Last mit einander verbunden, was natürlich nur unter der Voraussetzung grosser und gewichtiger Stücke möglich ist, oder diese wurden durch hölzerne Dauben oder metallene Schwalbenschwänze an einander befestigt, ein Verfahren, welches namentlich bei der Herstellung der Säulenschäfte aus den einzelnen Trommeln Regel ist. In Pompeji sind die wenigen älteren Monumente aus der Zeit der Autonomie in dieser Art ohne Mörtel erbaut, so die Stadtmauern, bei denen meistens ein schräger Schnitt der Seitenflächen der einzelnen Werkstücke (s. Figur 10 und 11 S. 42) denselben eine festere Verbindung unter einander gab und eine kleine Materialersparniss ermöglichte. Ohne Mörtel gebaut ist ferner die Mauer, welche den Abhang des Stadthügels am *Forum triangulare* bekleidet und zwar aus Travertin im schönsten Isodomum der Griechen, d. h. in regelmässig rechtwinkelig bearbeiteten Hausteinen mit so genau geglätteten Flächen, dass die Steine beinahe auf einander geschliffen erscheinen und die Fugen kaum sichtbar werden. Ferner gehört in diese Classe der griechische Tempel, es gehören dahin die Propyläen und die Colonnade des *Forum triangulare*, die Theater wenigstens in ihren Sitzstufen und vielleicht noch ein oder anderes Monument in Pompeji, jedoch kein Privathaus.

Die Römer bauten dagegen auch ihre Bruchstein- wie ihre Ziegelbauten seit uralter Zeit mit Mörtel, entweder mit Lehm oder mit einem sorgfältig bereiteten Kalkmörtel, in den Puzzuolanerde gemischt wurde und der vermöge dieses Zusatzes zu ausserordentlicher Härte und Festigkeit gelangte. Eben diese Vorzüglichkeit des Mörtels veranlasste im Alterthum eine andere namentlich massenhaftere Verwendung desselben als bei uns, und zwar so, dass in manchen Mauern mehr steinhart gewordener Mörtel, als Werkstein sich findet.

Die verschiedenen Arten zu mauern und ihre technischen Bezeichnungen hier zu beschreiben und zu erklären würde viel zu viel Raum in Anspruch nehmen; auch ist in Pompeji keine so grosse Verschiedenheit der Bauweise bemerkbar, vielmehr sind die meisten Mauern aus unregelmässigen Steinblöcken und Brocken und mässig viel Mörtel, die Mauern öffentlicher Gebäude dagegen, soweit sie nicht aus Ziegeln bestehen, mit regelrecht behauenen Steinen und geringerer Mörtelmasse erbaut. Eine ziemlich grosse Gleichgiltigkeit in Bezug auf das Technische ist bei der durchgehenden Sitte der Uebertünchung begreiflich genug, und die Leichtigkeit der Bauweise schon durch die vielen Erdbeben, denen Süditalien, namentlich die Gegend um den Vesuv ausgesetzt war und ist, sogar wohl motivirt. Bemerkt werden muss hier noch, dass der Mörtel in Pompeji sich zu seinem Nachtheil von sonstigem antiken Mörtel unterscheidet, indem er nicht die Härte und Festigkeit hat, die wir sonst bewundern. Da nun der rohe Kalk, den man in der s. g. Seifenfabrik fand, alle vorzüglichsten Eigenschaften dieses Materials in sich vereinigt, auch da, wo er nass geworden ist, steinharte Klumpen gebildet hat, so kann die geringere Güte des Mörtels nur entweder zu starker Sandbeimischung oder geringer Güte der Puzzuolana oder endlich nachlässiger Zubereitung beigemessen werden.

Ausser dem einheimischen Bruchstein verwandte man in Gegenden, welche nicht selbst kostbares Material wie die verschiedenen Sorten Marmor besassen, sowohl zu Prachtbauten wie auch zur Herstellung der feiner gegliederten und die eigentliche Ornamentik tragenden Theile an öffentlichen und Privatgebäuden schon seit sehr alter Zeit aus der Fremde näher oder entfernter her eingeführte Materialien, namentlich überall weissen Marmor, während in Rom in den jüngeren Zeiten mit den seltensten, kostbarsten und aus den entferntesten Gegenden mühselig herbeizuschleppenden farbigen Marmorn und sonstigen Steinen ein Luxus getrieben wurde, der unsere Vorstellungen weit übersteigt. Von solchem Luxus ist in Pompeji nicht die Rede, Marmor aber, italischer von Luna und selbst griechischer ist hier keineswegs selten, obgleich kein Beispiel seiner Verwendung zu einem ganzen Bauwerk, wenn man nicht ein paar Grabmäler rechnen will, vorhanden ist. Dagegen finden wir in öffentlichen wie in Privathäusern sowohl ganze Säulen (z. B. im Gebäude der Eumachia) und Pilaster oder Halbsäulen wie im Senaculum und am Triumphbogen, als auch Capitelle, Täfelungen, Thüreinfassungen, Friese und andere Glieder von Marmor, zum Theil in vortrefflicher Behandlung. Auch zur Fussbodenplattung wurde farbiger Marmor verwendet, das Forum war mit weissen, der Fussboden des Senaculums ist mit farbigen Marmorplatten belegt, und auch die Sitzstufen in beiden Theatern sind oder waren mit demselben edlen Stoff überkleidet.

Endlich haben wir unter den Baumaterialien neben dem kostbarsten auch das wohlfeilste und ordinärste, die Thonziegel zu nennen, welche weniger häufig in Griechenland als in Italien gebraucht wurden und auch in Pompeji oft genug zu finden sind. Die antiken Ziegel unterscheiden sich von den unseren theils durch die Form, durch geringere Dicke bei grösserer Flächenausdehnung, theils sehr zu ihrem Vortheil durch eine ungleich sorgfältigere Bereitung, zu der Vitruv ausführliche und nicht uninteressante Vorschriften mittheilt, und in Folge derselben durch grössere Festigkeit und schönere Farbe. In Pompeji sind die Thonziegel theils zu ganzen Bauwerken wie z. B. dem Triumphbogen und dem Schwibbogen auf dem Forum, dem Senaculum u. a., theils und noch ungleich häufiger in der augenscheinlichsten Weise als Flickmaterial und Aushilfe, wo bessere Materialien zu kostspielig oder, wie bei dem raschen Aufbau der Stadt, nicht sofort zur Stelle waren, verwendet. So z. B. in der Colonnade des Forum, im Pronaos des Jupitertempels, im Säulenschiff der Basilika, wo überall neben einer Mehrzahl von Säulen aus Haustein deren einzelne aus Ziegeln stehn, deren Material durch die Alles verhüllende Tünche unsichtbar gemacht ist. Eine prinzipielle Verwendung der Thonziegel als formbestimmendes Hauptmaterial wie in unserem Mittelalter ist in Pompeji nirgend, und schwerlich irgendwo in der antiken Welt nachweisbar, obwohl keineswegs überall dies Material versteckt und übertüncht, sondern in bekannten Beispielen vortrefflich behandelt, geschliffen und polirt zur Schau gestellt ist. Ueber die Verwendung des Thons zur Ornamentik reden wir weiter unten.

Mit dem Maurerhandwerk verband sich in allen Privatbauten Pompejis und in den meisten öffentlichen das des Zimmermanns, und Holz, namentlich Fichtenholz wurde überall in grosser Masse verwendet, namentlich in den oberen Geschossen, die deshalb, wie bereits verschiedentlich bemerkt, fast durchgängig zerstört sind. Von Holz construirte man so ziemlich alles Decken- und Dachwerk in Privathäusern wie in öffentlichen Gebäuden; Wölbungen kommen ausser in den Thermen, in den Thorbogen, in den Corridoren der Theater und des Amphitheaters und in beschränktem Maassstabe in einigen Grabmälern nicht vor, was um so mehr bemerkt zu werden verdient, als in der Durchführung der Wölbung der einzige wirklich bedeutende Fortschritt der römischen Architektur gegen die griechische liegt; aber auch gerade Steinbalkendecken sind höchstens in ganz einzelnen Ausnahmen und in geringen Dimensionen nachweisbar, kein Tempel, keine der öffentlichen Hallen in Pompeji hatte eine solche, sondern die Decke wie der Dachstuhl war von Holz und wahrscheinlich mit lebhaften und glänzenden Farben bemalt. Von Holz bildete man ferner die zum Theil ausgedehnten Gallerien, von denen wir das bedeutendste öffentliche Beispiel in der Gladiatorencaserne, sehr ansehnliche aber auch in den Peristylen mancher Privathäuser kennen gelernt haben. Von Holz waren in den Häusern und in einigen öffentlichen Gebäuden die Treppen bis auf die in der Regel von Stein gearbeiteten untersten Stufen, die uns vielfach den sichersten Anhalt zum Nachweis des Vorhandengewesenseins des Ortes und der Beschaffenheit der Treppen bieten; sodann die Thüren, wenigstens ständig in Privathäusern, meistens aber auch in öffentlichen Gebäuden, weshalb sie auch überall fehlen; sicher in der Regel auch die Fenster, deren Existenz nicht mehr bezweifelt werden kann und an vielen Orten nachgewiesen ist. Nur in Ausnahmefällen, wie z. B. in den Thermen, finden sich metallene Fensterrahmen und Sprossen. Nicht von Holz waren dagegen die Fussböden, sondern diese stellte man aus Estrich und aus den verschiedenen Arten von Mosaïk her, die sich vom rohsten bis zu den wundervollen Mosaïkgemälden erheben, die wir bereits genannt und weiter unten näher zu besprechen haben. Ueber die roheren Arten, welche man in Pompeji fast überall findet, sei hier nur kurz bemerkt, dass den Ausgangspunkt eine auf den geglätteten Boden ausgegossene und auf demselben geebnete Gyps- und Mörtelmasse bildet, welche nach einer in Signia (Segni) gemachten Erfindung entweder nur mit zerstossenen Ziegeln oder einem sonstigen Stoff gefärbt wurde, und dadurch das Ansehn rothen Granits erhielt, indem zugleich die Festigkeit erhöht wurde (*opus Signinum*), oder in welche man vor der völligen Erstarrung verschieden gestaltete Ziegel- oder Steinstückchen incrustirte, mit denen verschiedene Linien und Figuren hergestellt wurden (vgl. Zahn 2. 96). Dies ist bereits ganz das Prinzip des in Griechenland erfundenen Mosaïks (Lithostroton), welches in Rom seit Sullas Zeiten in Gebrauch kam, und von diesem einfachsten Mosaïk bis zum vollendetsten Gemälde ist in Pompeji eine fast ununterbrochene Reihenfolge nachweisbar, indem die in den Gypsmörtelgrund eingelegten Steine denselben immer mehr verschwinden machen, während in ihnen die Figuren und Linien immer reicher und mannigfaltiger, sodann diese Steinwürfel immer kleiner, die Zeichnungen dadurch fleissiger werden, indem man ferner die Steinwürfel farbig, oft sehr vielfarbig wählte, und sie endlich etwa in der Art eines Stickmusters so nahe und unmittelbar aneinander rückte, dass der Grund, in dem sie alle haften, vollkommen verschwindet. Beispiele, durch welche sich der Leser die aufsteigende Reihe vergegenwärtigen kann, die aber in Verkleinerung und ohne Farben hier nicht mitgetheilt werden können, finden sich in Zahn's Ornamenten und Gemälden 2. Folge auf den Tafeln 56, 79, 96, 99.

Um aber über die Fussböden und Mosaïke unser Zimmerhandwerk nicht gar zu weit aus den Augen zu verlieren, bemerken wir, dass was uns in den verschütteten Städten, sei es im verkohlten Zustand oder Abdruck oder in Nachbildung, überliefert ist, uns keinen besonders hohen Begriff von der Kunst der Zimmerleute in Pompeji geben kann. Alles ist sehr einfach, ja nicht allein einfach, sondern zum Theil selbst roh gearbeitet, so sehr, dass die Balken nicht einmal überall viereckig verschnitten sind. Jedoch muss man auf der anderen Seite eingestehn, dass das Holzwerk in structiver Beziehung gut, selbst vortrefflich behandelt ist, wofür namentlich die weit ausladenden Gallerien Zeugniss ablegen und was bei den weiten Spannungen mancher Decken, z. B. der im Senaculum, vorausgesetzt werden muss, wenn und da diese Decken in der That vorhanden waren. Auch wird ein grosser Theil der rohen Bearbeitung der Bauhölzer dadurch erklärt und entschuldigt, dass das Meiste durch verschiedene Verschalungen und Verputze den Blicken entzogen war.

Metalle finden wir fast an allen Orten im Bau verwendet, an welchen wir dieselben gebrauchen, und auch die Art des Gebrauchs stimmt mit der unserigen bis auf wenige Ausnahmen überein. Bemerkt muss jedoch werden, dass gegen sonst bekannte Sitte des Alterthums das Eisen in Pompeji eine über die Bronze überwiegende Verwendung fand, und dass, was uns von Schlosserarbeit in Thürangeln, Schlössern und Schlüsseln überliefert ist, in auffallender Weise durch Schwerfälligkeit und selbst Rohheit gegen die meisten sonstigen Handwerkerarbeiten in Pompeji contrastirt.

Ueber die Ornamentik werden wir im Einzelnen später zu reden haben, hier muss nur im Allgemeinen bemerkt werden, dass die Anwendung des Marmors zu derselben in den Privatwohnungen Ausnahmen bildet, während die Ausschmückung der Häuser durch plastisch behandelten Stucco und durch Wandmalerei die Regel ist.

Nach dieser zur Vergegenwärtigung des Wesentlichen hoffentlich genügenden gedrängten Uebersicht über die in Pompeji gebrauchten Baumaterialien und die Art ihrer Verwendung wollen wir im folgenden Abschnitt uns zu vergegenwärtigen suchen, was die pompejaner Architekten und Baumeister in formeller und stilistischer Beziehung geleistet haben.

Zweiter Abschnitt.

Stil und künstlerischer Werth der Bauwerke in Pompeji.

In demjenigen, was wir einleitend über den Standpunkt, den die Kunst in Pompeji einnimmt, Allgemeines gesagt haben, ist im Grunde das Urteil über Stil und künstlerischen Werth der Bauwerke Pompejis bereits mit einbegriffen. Eine Zeit wie diejenige, aus der die neue Stadt Pompeji stammt, baut und bildet nicht nach einem festen, einheitlichen, alle Kunstbewegungen beherrschenden Princip, sie hat deshalb auch, genau gesprochen, keinen eigenen Stil, keine Kunstform, welche aus dem Volksbewusstsein mit Nothwendigkeit so und nicht anders entspringt, und welche deshalb in jeder einzelnen Schöpfung sich offenbart, sondern eine solche Zeit ist, milde ausgedrückt, die des Eklekticismus oder, wenn man es ganz unumwunden sagen soll, die der Stilmengerei und der Manier. Und doch, wenn wir unter Stil die Kunstdarstellung gemäss der eigensten und individuellen Anschauung eines Künstlers, eines Volkes oder eines Zeitalters verstehen, so geht auch den architektonischen Leistungen der Pompejaner ein Stil, ein gemeinsamer Charakter, ein eigenthümliches Gepräge nicht ab und zwar ein Gepräge, welches uns das Völkchen und sein Leben in recht anmuthigem und freundlichem Lichte erscheinen lässt. Denn so wie massenhafte, verschwenderische und in Ueberladung ausartende Pracht den Kunstcharakter des kaiserlichen Rom bezeichnet, so können wir den Kunstcharakter der pompejanischen Bauwerke als den der Heiterkeit, Leichtigkeit und Zierlichkeit bezeichnen. Die von früheren Kunstperioden überlieferten Formen liegen den Schöpfungen der pompejaner Architekten zum Grunde, aber deren strenge Anwendung und principielle Durchführung war diesem geistreichen und munteren Völkchen viel zu ernst und einförmig; deshalb wird die Norm und das Gesetz überall überschritten, und es entsteht eine Regellosigkeit, welche der strenge Kunstrichter, der den Maassstab des reinen Princips anlegt, freilich in derselben Art verurteilen muss, wie Vitruv gegen die Phantasiearchitektur eifert, welche in seiner Zeit in der Decorationsmalerei herrschend zu werden begann, eine Regellosigkeit, welche aber nichts destoweniger vielfach die Anmuth und den Reiz besitzt, den die Ueberschreitung strenger Formen und Gesetze durch geistvolle und muntere Menschen, «die Kleinigkeiten ausserhalb der Grenze des Gesetzes» wie Goethe sagt, fast überall im Leben auszeichnet. Dass freilich auch hier zu weit gegangen werden kann, dass von der Ueberschreitung der Regel, von dem Verlassen des Princips bis zur Verwilderung nicht gar viele Schritte sind, wer wollte das leugnen; auch in Pompeji finden wir in einigen der jüngsten Monumente Ausschweifungen, welche als Ausartungen und als mindestens der Beginn verwilderter, des inneren Haltes barer Formgebung erscheinen. Wir könnten eine sehr lange Liste von unglücklichen und unrichtigen Motiven aufstellen, doch wollen wir uns genügen lassen, unsern Lesern einige der hauptsächlichsten mitzutheilen und hiemit unsere Umschau unter den Monumenten Pompejis beginnen, indem es erfreulicher ist vom Tadel sich zum Lobe zu erheben, als vom Lobe zum Tadel hinabzusteigen.

Eines der häufigsten schlechten Motive, welche aus dem Streben nach Mannigfaltigkeit und Heiterkeit, der Furcht vor Eintönigkeit recht deutlich hervorgeht und das hier um so mehr hervorgehoben zu werden verdient, weil es von uns Modernen mit Vorliebe nachgeahmt wird, ist die abwechselnde Bekrönung sich wiederholender Wandfelder zwischen Pilastern mit flachdreieckigen und flachgewölbten Giebeln, von der unsere Leser in den früheren Zeichnungen zwei Beispiele finden, das eine in der Mauer des Peribolos des s. g. Quirinustempels (Figur 67), das andere in der als Alben benutzten Seitenwand des Gebäudes der Eumachia (Figur 89). Dieses letztere Gebäude, welches im Uebrigen manches Hübsche aufzuweisen hat, enthält einen recht hässlichen Fehler in abgeschrägten Kragsteinen unter der Dachschräge des Giebels über der Nische am Ende des offenen Mittelschiffs, einen Fehler, von dem wir

Figur 254. Giebel mit abgeschrägten Kragsteinen.

etwaigen Technikern unter unseren Lesern in der vorstehenden Abbildung (Figur 254) eine kleine Probe als abschreckendes Beispiel mittheilen wollen. Zweimal sicher, vielleicht noch öfter kehrt eine Durchschneidung eines graden Zwischengebälks durch einen runden Bogen, der unter dem Gebälk keine organische Stütze hat, wieder, am Triumphbogen (Fig. 28, vgl. Mazois III. pl. 41. Fig. 3) und noch auffallender am Purgatorium des Isistempels (Figur 79). In der Grabrotunde Figur 217 ist ein anderer Fehler recht auffallend, dass nämlich zwei Pilaster ohne Zwischengebälk über einander gestellt sind. Auf den ohne Stütze unorganisch aus der glatten Wand schwer ausladenden Carnies im Tepidarium der Thermen (Figur 132) haben wir schon oben S. 166 hingewiesen. Sehr gewöhnlich und viel zu häufig, um in einzelnen Beispielen angeführt zu werden, ist der arge Verstoss theilweiser Canellirung der Säulen, welche den Begriff der Canellur aufhebt, den Ausdruck des Aufstrebens des Säulenschaftes, welcher so wunderbar glücklich in ihrer Canellirung gegeben ist, vernichtet. Die Nichtcanellirung des untersten Drittheils der Säulen oder die Wiederausfüllung der Canellur durch Rundstäbe (s. den Peribolos des Isistempels Figur 77 und des Venustempels Figur 74) ist zum grossen Theil eine praktische Folge der Tünchebauerei; eine Sicherung der die Säule umgebenden Stuccomasse gegen die äusseren Verletzungen, welche bei lebhaftem Verkehr beinahe unvermeidlich sind. Traurig, dass moderne Künstler, auch ohne dass eine solche äussere Noth sie treibt, diesen schlimmen Fehler in gedankenloser Nachahmung des nicht mustergiltigen Alterthums so oft wiederholen. Auch das verschiedenfarbige Bemalen der Säulen in Pompeji beruht auf demselben Fehler und ist häufig mit ihm verbunden. Unterbreche man die aufstrebende Verticale des Säulenschaftes durch eine nicht durchgeführte Canellur oder durch eine Färbung des unteren Drittheils, immer handelt man gegen die Natur und das innerste Wesen der aus dem Boden aufstrebenden Stütze und trübt oder zerstört den Ausdruck ihrer Function. Einen ähnlichen Fehler finden wir an vielen Wänden nach aussen, bei denen das untere Drittheil oder die untere Hälfte aus einer ganz glatten Stuccomasse besteht, während nach oben der Bewurf in derselben Art, wie es bei uns geschieht, in Hausteinform behandelt ist. So gut wie durch unvollständige Canellirung der Begriff der Säulenfunction wird hiedurch der Begriff der Wandfunction, das Umhegen und Umschliessen, getrübt, abgesehn davon, dass in Hausteinbauten, die doch nachgebildet sind, Niemand so Etwas machen könnte. Finden sich diese und eine Reihe anderer, scheinbar kleinerer, aber aus derselben Quelle, der Principlosigkeit, fliessender Fehler, über die wir uns nur mit Fachgenossen würden verständigen können, und die wir hier deshalb übergehn, in öffentlichen Bauten, so ist begreiflicher Weise die Regellosigkeit in den Privatbauten noch viel bedeutender und steigert sich zu völliger Geschmacklosigkeit, wie z. B. der Bekleidung von Pfeilern mit Mosaïk oder in Herstellung von Dingen wie die Mosaïkbrunnen in den nach diesen Brunnen genannten Häusern (*cc. della prima e seconda fontana a mu-*

saïco). Wir wollen das Sündenregister nicht verlängern, da ohnehin im Verlauf unserer Besprechung noch einiger Tadel wird mit einfliessen müssen, sondern versuchen, uns eine Uebersicht über die gesammten Bauformen in Pompeji zu verschaffen, wobei wir bei den altclassischen Ordnungen, den dorischen, jonischen und korinthischen und deren Modificationen in Pompeji beginnen.

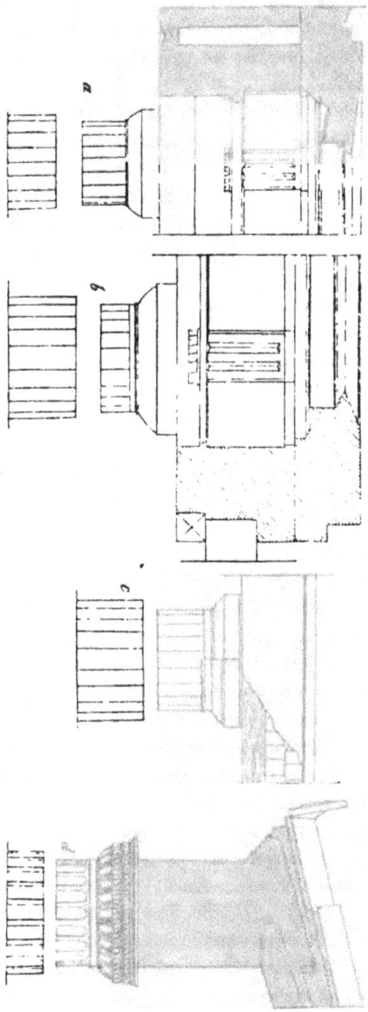

Figur 255. Proben der dorischen Ordnung in Pompeji.

Es zeugt von gutem Geschmack und richtigem Gefühl, dass die einfache dorische Ordnung durchgängig zur Herstellung der Säulengänge um die grossen Plätze verwendet ist. Dorisch ist die Colonnade des *Forum triangulare*, des *Forum civile*, der Gladiatorencaserne, der *Curia isiaca* genannten Halle und war ursprünglich der Peribolos des Venustempels; auch die grösseren Peristyle der Privathäuser gehören dem Dorismus an. Nichtsdestoweniger ist die mehrfach aufgestellte Behauptung, der Dorismus herrsche in Pompeji vor, unrichtig, die überwiegende Verwendung der korinthischen und einer korinthisirenden Misch- oder Phantasiegattung augenfällig. Von den Bauwerken in dorischer Ordnung, welche freilich nirgend in ihrer ganzen Würde auftritt, verdient das älteste Monument dieser Gattung, die Colonnade des *Forum triangulare*, das meiste Lob (Fig. 255 *a*, vgl. für das Detail Mazois 3. 10). Die Säulen sind fast 7 ($6\frac{1}{8}$) untere Durchmesser hoch und 3 Durchmesser von einander entfernt, eine Leichtigkeit, welche, obgleich sie bei classischen Tempelmustern vor der makedonischen Zeit nicht vorkommt, aus dem Zweck der Säulen, einen grossen Platz luftig zu umgeben und ein nur leichtes Dach zu tragen, sich wohl vertheidigen lässt, und welche dadurch um so harmonischer erscheint, dass auch das Gebälk verhältnissmässig leicht ($1\frac{7}{8}$ untere Säulendurchmesser hoch) genommen ist. Die leider später mit Stucco überkleideten Säulen von Travertin sind vom Boden aus canellirt, sehr wenig verjüngt ($\frac{1}{8}$ u. D.) und ohne Entasis (Schwellung) sowie ohne Hals in das Capitell übergehend, dessen Echinus selbst im Verhältniss zu dem leichten Gebälk mit etwas zu wenig Ausladung ziemlich straff zur dünnen Plinthe aufsteigt. Dem Schein der Leichtigkeit zu Liebe ist der Epistyl(Architrav)balken der Länge nach in zwei gleiche Hälften zerschnitten, von denen die untere um ein geringes vorspringt, was nicht gebilligt werden darf. Die in gutem Verhältniss ausladende Dachschräge (Geison) ist einfach, aber nicht makellos profilirt. Die Streben des Daches ruhten auf ihr und in der Hintermauer einfach auf, eine Construction, welcher das Umstürzen der Säulen beim Erdbeben wesentlich mit zur Last fällt. Die einzelnen Blöcke des Gebälks waren im Innern durch einen durchgehenden hölzernen Balken verbunden, was nicht nachgeahmt werden sollte, da es keine wirkliche Festigkeit hervorbringt.

Ueber den wohl nicht viel jüngeren Dorismus der s. g. *Curia isiaca* lässt sich nur unvollständig urteilen, da das Gebälk verloren ist, und die Elemente nicht bekannt sind, auf denen Mazois' Reconstruction (3. 11) mit zerschnittenem Architrav und ohne Fries beruht. Nur das ist gewiss, dass die Säulen (von $7\frac{3}{4}$ u. D.) unverhältnissmässig schlank und die Intercolumnien (von $3\frac{3}{4}$ u. D.) zu weit sind, so dass lange nicht der harmonische Eindruck entsteht, den die Colonnade des *Forum triangulare* macht. Die Capitelle sind auch hier schwächlich, die Plinthen leicht, aber stark ausladend.

Die viel jüngere Colonnade des *Forum civile* (Fig. 255 *b*, vgl. Fig. 26) entbehrt nun vollends der gefälligen Harmonie. Die theils aus Haustein, theils aus Ziegeln erbauten Säulen sind, ohne die gewichtige Würde des älteren Dorismus zu zeigen, welche durch die starke Verjüngung entsteht, plump, obwohl von mehr als zu billigender Höhe ($5\frac{1}{3}$ u. D.) und stehn offenbar zu weit ($3\frac{1}{2}$ u. D.) von einander entfernt. Besonders tadelnswerth ist das Gebälk, auch wenn man nicht in Anschlag zu bringen vergisst, dass es als Zwischengebälk der beiden über einander stehenden Säulenreihen (s. S. 51) leichter sein durfte, als wenn es den Abschluss unter dem Dach oder Giebel gebildet hätte. So sehr wie hier, fast zum Verschwinden durfte aber der Architravbalken in keinem Falle zusammenschrumpfen, der unmittelbar auf den Capitellen ruhende Fries mit Triglyphen macht einen überaus schwächlichen Eindruck.

Etwas anmuthiger erscheint der Säulenumgang der Gladiatorencaserne (Fig. 255 *c*, vgl. Fig. 128), dessen Säulen freilich ebenfalls um $3\frac{1}{2}$ u. D. von einander entfernt stehn, aber mit ihrer Höhe von $6\frac{3}{4}$ u. D. die fehlende Würde durch leichte Eleganz ersetzen, so dass man einen Sinn für einen harmonischen Totaleffect bei dem Baumeister erkennt. Dass hier aber wiederum der Fries wie beim Forum der Architrav fehlt, können wir eben so wenig loben; dass sich das Dach unmittelbar auf den Architravbalken legt, bringt ein gedrücktes Aussehn hervor. Die ursprünglich aus Tuff gehauenen, leichten Capitelle sind durch Tünche vollends verdorben und in ganz nichtssagende Glieder aufgelöst.

Einen anderen Fehler finden wir in den dorischen Säulen, welche zwei Seiten des Hofs der Thermen umgeben. Sie sind nämlich ohne Canellirung, dagegen ihrer Höhe nach durch zweifarbigen Anstrich halbirt, so dass Begriff und Eindruck der frei tragenden Stütze bei ihnen so ziemlich aufgehoben erscheint. Uncanellirt ist auch noch eine jonische Votivsäule auf dem Forum (Mazois 3. 39. 3), was hier beiläufig bemerkt werden möge, und sind mehrfach die dorischen Peristylsäulen in Privathäusern. Dagegen kommen dorische Säulen mit Basen noch durchaus nicht vor.

Vielleicht die merkwürdigsten von allen dieser Art sind die vierzehn Säulen, welche das Peristyl in der Villa des Diomedes umgeben (Figur 256 *d*), indem sie in ihren Capitellen und Gebälken die Gliederschemate plastisch ausgeführt zeigen, welche den Gliedern zum Grunde liegen und meistens nur mit Farbe in leichten Contouren auf dem glatten Kern angegeben sind. Wenn dies einerseits ein interessantes Beispiel der Dauer älterer Tradition ist, so darf doch auch nicht verkannt werden, dass das Bewusstsein der Bedeutung der Ornamente nicht mehr lebendig war, so dass zwar das Ornament des Echinus und der Sima, der s. g. Eierstab (Blätterkyma), richtig und am richtigen Orte ist, während das Ornament der Plinthe ohne Analogie und Verständniss erscheint. Dazu kommt, dass die Canellur zwischen den Hohlkehlen Stege stehn lässt, was den beiden jüngeren Ordnungen, nicht aber der dorischen zukommt.

Ausser zu Gebäuden scheint die dorische Ordnung selten verwandt worden zu sein, die Grabmäler und die Geräthe wie Candelaber u. dgl. gehören den anderen Ordnungen an oder gehn in ihrer Formgebung von ihnen aus; einen wie schönen Dorismus man aber gelegentlich doch findet, zeigt der oben (S. 81. Fig. 64) abgebildete Altar des s. g. Aesculapstempels, welcher dem berühmten Grabmal des älteren Scipio an die Seite gestellt werden kann.

Die jonische Ordnung ist am seltensten in Pompeji und findet sich in ihrer ganzen Reinheit und dem Reichthum ihrer Gliederung, in welchem sie in den Monumenten der Blüthezeit Griechenlands, z. B. im Erechtheum oder dem Tempel der ungeflügelten Siegesgöttin auf der Burg von Athen uns entgegentritt, nicht ein einziges Mal. Das relativ vorzüglichste Monument finden wir auch hier wie bei der dorischen Ordnung wieder in dem ältesten Stadttheil, dem Theaterquartier, und zwar in den Propyläen des *Forum triangulare*, von denen wir Figur 33 (S. 58) eine Ansicht gegeben haben. Diese Halle zeichnet sich sowohl im Ganzen durch schöne Verhältnisse vor den meisten Bauwerken Pompejis aus, wie auch die Säulen (Figur 256 *a*) im Einzelnen von feinem Sinn und Verständniss der Formen und von dem Herrschen einer guten Tradition zur Zeit der Erbauung dieser Propyläen Zeugniss ablegen. Die Basis ist in ihrer Gliederung durchaus richtig gedacht, wenngleich ein wenig straff und trocken gehalten, der Schaft kräftig, ohne schwer zu sein, und das Capitell, ohne die ganze Fülle des Reichthums und der Anmuth attischer Monumente der besten Zeit zu haben, namentlich durch das Vorhandensein einer wenn

Figur 256. Proben jonischer Ordnung in Pompeji.

auch nur mässigen Schwellung im Abacus (Polster), welche, obwohl ein wesentliches Moment der Schönheit des jonischen Capitells, verhältnissmässig früh aufgegeben wird, vor allen übrigen jonischen Capitellen in Pompeji ausgezeichnet. Seltsam ist es dabei, dass alle Capitelle durch diagonale Stellung der Voluten die Gestalt von Eckcapitellen haben, ein Umstand, den man, so wenig er zu billigen ist, wohl aus dem Streben nach vermehrter Zierlichkeit ableiten darf. Das Gebälk ist einfach, findet aber in dem jetzt zerstörten Tempel am Ilissos in Athen ein durchaus classisches Vorbild.

Weit zurück steht hiegegen, was sonst in jonischer Ordnung in Pompeji gebaut ist. Die Cellasäulen des Jupitertempels (Figur 256. *b*) haben gedrückte Basen und ein durch das fast gänzliche Fehlen des Polsters schwächliches, durch schwerfällige Voluten steifes Capitell und der leichten Schlankheit ermangelnde Schäfte; jedoch ist hier wenigstens noch kein fremdartiges Element beigemischt, wie dies bei den Pilastercapitellen der Basilica (Figur 256 *c*) der Fall ist. Diese nehmen schon Einiges (Blätteransätze und eine Blume vor dem Polster und der Plinthe) aus der korinthischen Ordnung auf und bahnen jene Mischgattung an, welche man mit dem Namen des compositen Capitells oder der römischen Ordnung zu bezeichnen und für welche man den Bogen des Titus in Rom als das frühste Beispiel anzugeben pflegt. Wenn nicht Alles trügt, so haben wir in den Säulen des Pronaos des Jupitertempels (Figur 256 *d*) ein früheres Beispiel dieser aus Elementen des Jonismus und der korinthischen

Ordnung gemischten Gattung vor uns. Freilich sind die Voluten abgeschlagen, aber der Bruch und die Fläche derselben bezeugt ziemlich unzweifelhaft deren einstiges Vorhandengewesensein.

In Privatbauten ist die jonische Ordnung selten, jedoch immerhin nachweisbar; ein recht gefälliges Beispiel aus der *Casa dei capitelli figurati* finden wir bei Zahn 2. 36, ein anderes weniger anmuthiges aus der *Casa dei capitelli colorati* das. 19, auch das Peristyl in der *Casa del imperat. Giuseppe II.* ist jonisch; auch bei den Grabmälern sind die Elemente des Jonismus seltener (und dabei nie ganz rein) verwendet, als man es bei der alten sepulcralen Bedeutung dieser Ordnung erwarten sollte.

Figur 257. Proben korinthischer Ordnung in Pompeji.

Am häufigsten finden wir in ganz Pompeji in öffentlichen und Privatbauten die korinthische Ordnung, freilich auch sie, die heitere Blüthe der Marmorarchitektur, in der Tünchestadt Pompeji selten ganz rein, meistens mit Elementen vermischt, welche von der geistreichen Launenhaftigkeit der Baumeister und von der Beschränkung durch das Material zugleich Zeugniss geben. Am reinsten und elegantesten in Verhältnissen und Ausführung erscheinen uns die Capitelle von Marmor im Gebäude der Eumachia (Fig. 257 *a*), ähnlich die am s. g. Grabmal der Mamia (Fig. 221), gegen welche die Formen der Stuccocapitelle in der Basilica (Figur 257 *b*) und die sehr ähnlichen des Venustempels sich stumpf und schwer ausnehmen, welcher Eindruck durch die Verhältnisse des ganzen Gliedes noch vermehrt wird. Weniger fein als die Capitelle der Eumachia sind die Steincapitelle des Quirinustempels (Figur 257 *c*, und vergl. Mazois 4. 12), am weitesten von der Norm entfernt die Pilastercapitelle von Stucco im Isistempel (Figur 257 *d*), welche mit ihren einfachen Blättern und den nackten Voluten recht dürftig aussehn.

Mit der Vergegenwärtigung der Monumente der drei altclassischen Ordnungen an den pompejaner Monumenten haben wir erst eine Hälfte von dem gethan, was uns zu thun obliegt, wenn wir uns von den in Pompeji auftretenden Bauformen unterrichten wollen. Der lebendige Geist des Schaffens nnd Bildens im Sinne der Zeit offenbart sich viel deutlicher in dem Erfinden neuer Formen, als in der Reproduction der alten und überlieferten, bei denen es mit Neuerungen im Einzelnen immer misslich steht. Es ist freilich sehr möglich, dass der Rigorismus in der Kunst sich geneigt fühlen mag, die vielfachen Erfindungen, von denen wir jetzt reden, in Bausch und Bogen als unclassisch, als Spielerei einer ungeschulten Phantasie, als Ausgeburt der Laune zu verwerfen, legen wir aber einen billigeren und gerechteren Maassstab als den der starren Classicität an die heiteren Schöpfungen der campanischen Architekten, beurteilen wir diese nach dem Maassstabe des in ihnen liegenden Formgefühls, der Sinnigkeit und des Verständnisses der Functionen, so werden wir Manches finden, was unserer Billigung und, recht benutzt, unserer Nachahmung durchaus würdig ist. So namentlich viele der zahlreichen und mannigfachen s. g. Phantasiecapitelle von Stein und von Stucco, von denen wir in der folgenden Abbildung die vorzüglichsten zusammengestellt haben, und von denen sich die

Figur 258. Phantasiecapitelle.

einen an Formen und Elemente der jonischen (3. Fig. 258), andere an die der korinthischen (1, 2, 4, 6, 7, 8) Ordnung anlehnen, während einzelne entfernt an den Dorismus erinnern (z.B. die Capitelle der Säulen im Xystus des Sallust Fig. 258. 5, vgl. Mazois 2. pl. 37. 2), aber alle den Zweck und die Functionen des Säulen-, resp. Pilastercapitells mehr oder weniger klar, bündig, geschmackvoll ausdrücken und nur eine Minderzahl diesem echtkünstlerischen Kriterium nicht genügt, wie namentlich solche Capitelle, welche, sei es Köpfe, sei es halbe Figuren, in ihre Gliederung aufnehmen, welche allen architektonischen Grundgedanken aufheben (vgl. Mazois 2 Frontisp. und Taf. 36. 2). Was von den Capitellen, gilt fast ebenso von den anderen Gliedern der Privatbauten, in Gebälken, Täfelungen und sonstigen Details; in Maassen und Verhältnissen, in Anlage und Ausführung finden wir so viel Geschmack und feinen Sinn, dass unsere Leser vor dem Reichthum der Mustersammlung erstaunen würden, welche wir zusammenstellen könnten, legte uns nicht die Beschränkung des Raumes und der technischen Mittel hier Verzichtleistung auf. Dass neben den mustergiltigen Schöpfungen auch Verirrungen, Beispiele von Mangel an Geschmack, von Dürftigkeit oder von wirklicher Regellosigkeit der Phantasie vorkommen, wer könnte das verkennen und wen könnte das in Erstaunen setzen. Müssen wir doch vielmehr diese alten Baumeister bewundern und voll Ehrfurcht zu ihnen emporschauen, in denen der Geist der Form und des Princips vielleicht mehr thatsächlich als bewusst, jedenfalls aber in echt künstlerischer Weise so lebendig war, dass sie für eine Gestaltung, die wir ihnen mit Sinn und Verstand ablauschen, deren ganze Reihen aus dem Nichts schufen!

Haben wir in diesem Abschnitt versucht, durch eine Auswahl von Probestücken structiver Glieder unsern Lesern den Geist der pompejanischen Architektur zu charakterisiren, so bleibt uns für den folgenden noch ein Blick auf die Ornamentik übrig, welcher das gewonnene Bild vervollständigen und vielleicht nicht ganz ohne praktischen Nutzen sein wird. —

Dritter Abschnitt.

Die Ornamentik und das Verhältniss zu anderen Künsten.

Schuf die Architektonik den Plan des Gebäudes, bestimmte sie seine Verhältnisse im Ganzen und Einzelnen, regelte sie die Gestalt und Verwendung der structiven Glieder, so musste sie die Ausschmückung dieses Kernes, die eigentliche Ornamentik, den Schwesterkünsten, der Plastik und der Malerei, überlassen, welche sich ihr zu allen Zeiten willig gesellten. Die Art dieser Gesellung oder Verbindung der drei Künste zum architektonischen Gesammtzweck, das Verhältniss, welches sie in diesem Bunde zu einander einnahmen, wechselt jedoch mit den Zeitaltern, und in dieser Verschiedenheit ist deshalb ein Ausdruck des Geistes der Kunst in den verschiedenen Epochen gegeben. Auch ohne dass wir darüber viele Worte machen, wird Jeder leicht einsehn, dass das richtige und natürliche Verhältniss der drei Künste eine bescheidene Unterordnung der ornamentirenden unter die construirende Kunst, der Plastik und der Malerei unter die Architektonik bedingt. Diese Unterordnung findet aber einen doppelten Ausdruck einerseits darin, dass sich das Ornament auf ein bescheidenes Maass beschränkt und nirgend sich in der Art vorzudrängen sucht, dass das Auge des Beschauers auf ihm als einer Einzelheit haften bleibt, falls es nicht die Einzelheit als solche sucht, sondern immer auf das Ganze in seiner aus den Einzelheiten der Construction wie des Ornaments entspringenden Harmonie gelenkt wird; zweitens aber besteht die Unterordnung der Ornamentik unter die Architektonik darin, dass jene durchaus nur den Intentionen dieser folgt, da eintritt, wo die Mittel der Architektonik ohne die Schwesterkünste eine Lücke lassen würden, und so eintritt, wie sie diese Lücke am vollkommensten ausfüllt. Dieses schöne und natürliche Verhältniss der drei zum Bau gesellten Künste finden wir in der Blüthezeit der griechischen Architektur in der vollkommensten Weise; wir finden es, wenn, um nur ein paar concrete Beispiele anzuführen, die Sculptur das grosse leere Giebelfeld des Tempels mit Statuengruppen, die Oeffnung der Metope zwischen den kräftigen Triglyphen mit Platten in Hochrelief füllt und die Wand mit einem Friesstreifen in flachem Relief schmückt, der gleichsam eine marmorne Teppichborde ist und nicht mehr sein will; oder wenn die Malerei dem Kernschema der Glieder, den Capitellen, Architraven, Simsen, Deckenfeldern u. s. w. das farbig strahlende Ornamentschema hinzufügt, welches Nichts will und Nichts thut, als dem Auge die Absicht des entfernten Gliedes fühlbar machen. Je mehr aber die Kunst von ihren tief innerlichen Principien degenerirt, desto mehr ändert sich auch nach Laune und Willkür das Verhältniss der ornamentirenden Künste zu der construirenden Architektonik, desto mehr überwuchert das Ornament, desto mehr sucht es Selbständigkeit zu erlangen und desto weniger fragt es in seinem Wann und Wie nach den Bedürfnissen der zu unterstützenden Kunst, so dass Mangel und Dürftigkeit sich mit Ueberladung verbinden. Einer solchen Entartung der Ornamentik gehören, damit auch hier ein paar recht deutliche Beispiele nicht fehlen, jene mit einem in Schraubenform umlaufenden Reliefstreifen gezierten Säulen wie die des Traian und die des Marcaurel, die mit Mosaïk bekleideten Pfeiler, die mehrfarbigen Säulenschäfte, die Capitelle mit menschlichen Köpfen oder Brustbildern, die leeren Metopen spätdorischer Bauten, und gehört vieles Andere der Art an, worin sich die structive Form nicht ausspricht, sondern was ihr widerspricht und sie verdrängt. Gesellt sich zu dieser unkünstlerischen Anwendung des Ornaments nun, wie es in der antiken Welt der Fall war, einerseits in der Hauptstadt und bei Grossen und Reichen das Streben nach kostbarer Pracht, andererseits, wie in Städten gleich unserem Pompeji, die Rücksicht auf Wohlfeilheit und auf Bequemlichkeit und Schnelligkeit in der technischen Herstellung, so lässt sich leicht denken, dass die principielle Verbindung und gegenseitige Ergänzung der drei Künste einer willkürlichen, phantastischen, launenhaften Behandlung weichen muss, bei der nur der fast unauslöschliche Sinn für Form und der natürliche, fast instinctmässige gute Geschmack die Alten vor Monstrositäten und Abscheulichkeiten bewahrt, wie sie diejenige neue Kunstperiode hervorgebracht hat, welche in der Mehrzahl unvollkommenen antiken Mustern nachbildete oder im missverstandenen Geiste des Alterthums principlos neubildete.

Die Ornamentik in Pompeji ist theils plastisch, theils malerisch, Letzteres wie männiglich bekannt in sehr überwiegendem Maasse. Als Material der plastischen Ornamente erscheint der zur Construction verwendete Stein nur selten, was sich aus seiner Beschaffenheit, seinem meistens groben Gefüge, welches ihn zu feiner Sculptur kaum verwendbar macht, wohl erklärt. Aus heimischem Stein (Tuff) sind die Löwenklauen an dem Sitz des *Forum triangulare*, diejenigen im Odeum und an den Grabsitzen und die Atlanten daselbst und einige Ornamente am Isistempel gehauen. Auch der Marmor ist nicht eben häufig, an öffentlichen Gebäuden begreiflich häufiger, als in Privathäusern, in denen man ihn fast nur ausnahmsweise trifft, aber auch in jenen nachweislich nicht ein einziges Mal durchweg, sondern immer nur zu Einzelnem, wie Säulen, Capitellen u. dgl. verwendet. Wo immer derselbe jedoch auftritt, äussert sich die Macht des unvergleichlichen Materials im Geschmack und der Schärfe der Formen und in einem Reichthum und einer Feinheit der Gestaltung, welche kein anderer Stoff nachzuahmen vermag. Bei Besprechung der Gräber haben wir unsere Leser bereits auf die Ueberlegenheit der Marmorornamentik über die in Stucco aufmerksam gemacht und wir brauchen sie nur zu bitten, selbst nur in unseren verkleinerten Abbildungen die Ornamente an den Grabmälern von Marmor nachzuschlagen, um unseren Ausspruch nochmals zu bewahrheiten. Die Unterschiede, welche zwischen den Capitellen von Marmor und denen aus Stucco bestehen, werden den Lesern in unseren Abbildungen eben so wenig entgangen sein; wenden wir aber unsere Blicke auf welches Ornamentstück aus Marmor es immer sein mag, wir können gewiss sein, bis auf einzelne Ausnahmefälle von vortrefflichem Geschmack, klaren, verständlichen Formen und ohne Ausnahme einer ganz erstaunlichen Schärfe und Feinheit der Arbeit angenehm überrascht zu werden. Dabei sollen freilich die Verschiedenheiten der Geschmacksrichtung, welche uns in den pompejanischen Marmorornamenten fühlbar entgegentreten und uns ältere und jüngere, griechische Arbeit mit ihrer eleganten und sinnigen Einfachheit und römische mit einem an Ueberfüllung grenzenden Reichthum unterscheiden lassen, keineswegs verkannt oder verschwiegen werden.

Ungleich häufiger finden wir die plastischen Ornamente in Pompeji aus Stucco gefertigt, aus dem im Gegensatze zum Marmor nicht nur Details, sondern ganze und ausgedehnte Decorationen hergestellt werden, wie die des Purgatoriums im Iseum, die der Wölbung im Apodyterium der Thermen oder die der bedeckten Halbkreisnische der Gräberstrasse. Der Stucco soll den Marmor nachbilden und es ist gar nicht zu läugnen, dass es den pompejaner Stuccateuren gelungen ist, die Nachbildung in der Art zu bewerkstelligen, dass für das nicht kunstgeübte Auge kaum ein Unterschied zwischen ihren Modellirungen und den reinen Marmorsculpturen besteht. Schon das Material für sich verdient unsere volle Bewunderung; es besteht aus dem feinsten Gypspulver, welches mit Wasser ziemlich dünn angemacht und während der Bearbeitung mit trockenem Pulver vermengt wurde, eine Behandlungsweise, welche wir nach manchen vergeblichen Versuchen, den alten Stucco nachzuahmen, wiedergefunden haben, und deren Resultat eine staunenswerthe Härte und Festigkeit nebst der Befähigung ist, eine fast marmorglatte Politur anzunehmen. Bei der Verwendung zum plastischen Ornament wurde ein doppeltes Verfahren beobachtet. Entweder nämlich wurde der Stucco aus freier Hand modellirt, so wie wir den plastischen Thon modelliren, wobei wegen des raschen Erhartens des Materials eine uns beinahe unbegreifliche Gewandheit und Sicherheit der Hand vorausgesetzt wird, oder der Stucco wurde nass auf die Mörtelunterlage aufgetragen und an Ort und Stelle entweder mit dem Formholz behandelt, wie wir es mit dem Cement bei Herstellung der Glieder in Häuserbewürfen machen, oder es wurden der Tünche hölzerne Formen aufgepresst, was namentlich bei durchgehenden und sich wiederholenden Verzierungen, wie Sockeln, Simsen, Carniesen u. dgl. geschah, bei denen in Pompeji mehrfach die Zusammenstösse und Näthe der Formstücke sehr deutlich erkennbar sind. Ist nun endlich auch in einigen Fällen die Retouchirung der fertigen Ornamente mit scharfen Instrumenten oder mit Polirmaterialien wie Bimstein oder Fischhaut nicht in Abrede zu stellen, so ist eine solche Retouche doch keineswegs durchgängig vorgenommen, sondern das freie Modelliren und das Einpressen in Formen bleibt die durchgehende Behandlungsart. Und grade auf diese von dem Material selbst dictirte Behandlung gründet sich der Unterschied der Stucco- von den Marmorornamenten. Denn erstens ist dem während der Arbeit weichen Stoff nie und durch kein Mittel die Schärfe und Feinheit der Formen abzugewinnen, deren der mit schneidenden Instrumenten angegriffene harte Marmor fähig ist, und zweitens verlockt die vergleichungsweise bequeme Technik des Stuccateurs diesen viel leichter dazu, seiner Laune die Zügel schiessen zu lassen, als den Marmorbildner, der jeden Gedanken mit hundert mühsamen Meisselschlägen, mit Bohrer und Feile verwirklichen muss.

Wir glauben, was die Composition der Ornamente anlangt, unsern Lesern in den früheren Abbildungen ausreichende Mittel zur Prüfung unsers Urteils gegeben zu haben, was aber die Formgebung anlangt, so müssen wir begreiflicher Weise darauf verzichten, deren Verschiedenheit von der Formgebung der Ornamente in Marmor durch Holzschnittcopien von Abbildungen zu veranschaulichen, die auch nicht in allen Fällen die nöthige Genauigkeit besitzen.

Das dritte Material der plastischen Ornamentik ist der Thon, welcher modellirt und dann gebrannt zu solchen Ornamenten verwendet wurde, welche besonders der Nässe ausgesetzt waren. Aus gebranntem Thon bestehen deshalb besonders die Verzierungen an den Aussenseiten der Gebäude und namentlich diejenigen des Daches, die Akroterien, die Stirnziegel, die Ausgüsse der Regenrinnen und des Compluvium, Brunnenmündungen, die Atlanten im Tepidarium der Thermen u. dgl. m. In der Formgebung unterliegt der Thon fast derselben Behandlung wie der Stucco, jedoch lässt er sich schärfer modelliren als jener, was freilich nicht als immer in Pompeji geschehen gerühmt werden soll, und da die Verwendung desselben ungleich weniger ausgedehnt war, wie die des Stuccos, so finden wir in den Thonornamenten vergleichungsweise weniger Ausschreitungen über die feine Linie wirklicher Schönheit, als in denen aus Stucco. Schliesslich dürfen wir nicht zu erwähnen vergessen, dass der Thon als solcher wohl nie zu Gesichte kam, sondern dass er entweder mit einer dünnen Stuccolage überzogen (gefärbt) wurde, welche ohne Einfluss auf die Form blieb, oder dass man ihn bemalte.

Aber auch mit der Ornamentik in Stucco verband sich die Farbe und zwar in verschieden abgestufter Weise. Entweder wurde die Farbe in durchaus unselbständiger Weise mit dem Material der Stuccoornamente verbunden oder unter dasselbe gemischt, wenn man nämlich verschiedenen farbigen Marmor, rothen, gelben, grünen, grauen, gewölkten u. s. w. nachahmen wollte und deshalb dem Gypspulver den entsprechenden Farbstoff zusetzte, oder die Farbe unterstützte in mehr selbständiger Art das plastische Ornament, sei es, dass sie ihm, wenn es farblos blieb, einen farbigen Grund bereitete, auf dem es sich schärfer abhob, sei es, dass sie die einzelnen Glieder des Ornaments in ihrer Wirkung gegeneinander, gleichsam in ihrer Individualität zu schärferer Geltung erhob, wie dies z. B. in den bemalten Capitellen der Fall ist, sei es, dass sie den Naturalismus plastischer Bildungen dadurch vermehrte, dass sie den Gegenständen die natürliche Färbung gab, oder sei es, dass sie in eigentlicher Malerei verwendet mit der Plastik sich gesellte, um mit ihr zusammen ein Ganzes zu vollenden, wie wir es in der halb durch Stuccatur, halb durch Malerei hergestellten Wölbung des Apodyteriums der Thermen (S. 166 f.) in einem merkwürdigen Beispiel finden. Erscheint in den angedeuteten Fällen die Farbe und die Malerei der plastischen Ornamentik unter-, im letzten Falle beigeordnet, so kehrt sich das Verhältniss auch um, das Uebergewicht der Wirkung fällt auf die Seite der Farbe und die Plastik begnügt sich deren selbständige Schöpfungen zu umrahmen und mit der Architektur zu vermitteln, wie uns dies fast alle bemalten Wände in Pompeji zeigen, denen selten ein plastisch gegliederter Anschluss an Boden und Decke, an Thüren oder sonstige Unterbrechungen der Wandfläche fehlt.

Hiemit haben wir zugleich die zweite Hauptgattung der Ornamentik in Pompeji berührt, die malerische, von der wir jedoch nicht hier, sondern erst in dem der Malerei überhaupt gewidmeten Capitel näher reden können. Ueberblicken wir dagegen hier zum Schlusse noch einmal die ganze Ornamentik Pompejis, die wir in den verschiedenen Arten des Materials und der Technik kennen gelernt haben, um über dieselbe und ihr Verhältniss zur Architektur ein künstlerisches Urteil zu gewinnen, so finden wir besonders in den Marmorornamenten noch viele Beispiele einer richtigen und feinen Unterordnung des

Ornaments unter die Hauptformen der Architektur, ein liebevolles Hingeben an dieselben, selten, vielleicht nie ein Ringen und Streben nach selbständiger und alleiniger Geltung; Zierlichkeit, Leichtigkeit, Anmuth, kurz, griechischen Geist ohne die Ueberladungen und die schwerfällige Prächtigkeit der Detailbildung in der römischen Architektur, aber freilich auch ohne jene Fülle innerlichen Reichthums, welche wir in der Blüthezeit Griechenlands kennen. So ist z. B. in ganz Pompeji, so häufig die dorische Ordnung verwendet wurde, keine einzige sculpirte Metope; von Giebelstatuen an den Tempeln und den anderen öffentlichen Gebäuden ist nun vollends nicht die Rede, es fragt sich überhaupt, ob auch nur eines derselben im Giebel plastischen Schmuck hatte. Im Stuccoornament nimmt die Ueberladung zu, und hier ist manches Monument, bei dem das überwuchernde Ornament die wesentlichen Bauformen mehr verhüllt, als unterstützt. Und endlich fehlt es auch nicht an den Anfängen, und an mehr als nur diesen, jener Gleichgültigkeit der Ornamente gegen die Bedeutung der Grundformen, so dass an die Stelle der aus dem innersten Wesen der structiven Glieder sich ergebenden mannigfaltigen Ornamentschemata überall die sogenannte Arabeske sich eindrängt, die bei allem Reiz ihrer Erfindung und Formgebung, doch der principlosen Spielerei Thor und Thür öffnet, und bei allem Reichthum der einzelnen Formen schliesslich doch eintöniger wirkt, als die je im Einzelnen viel einfacheren aber in ihrer Gesammtheit viel mannigfaltigeren Ornamentgliederungen der blühenden griechischen Architektur. So Vieles daher auch unsere Künstler aus der Ornamentik Pompejis lernen können, so dringend ist es ihnen zu empfehlen, dieselbe nicht zur Grundlage ihrer Studien zu machen und sie in möglichst bescheidenem Maasse nach wohlgeprüften Principien zu verwenden. —

Zweites Capitel.

Die Plastik.

Erster Abschnitt.

Die technischen Gattungen.

Wir haben schon früher Gelegenheit gehabt, unsere Leser auf die Thatsache aufmerksam zu machen, dass Pompeji ungleich ärmer an Sculpturen ist, als Herculaneum, und müssen hier zunächst deshalb an dieselbe erinnern, um die Schuld einer gewissen Magerkeit dieses Capitels von uns ab auf den zu behandelnden Gegenstand zu schieben. Aber nicht allein in der Absicht uns zu rechtfertigen oder zu entschuldigen, wenn unsere folgende Darstellung der Fülle entbehrt, erinnern wir daran, dass Pompeji nicht reich an Werken der

Bildhauerei ist, sondern weil dies uns, namentlich gegenüber der üppigen Entwickelung der Malerei, als charakteristisch für den Zustand der Kunst und den Geist erscheint, der in Pompeji waltete, jenen Geist der Heiterkeit und Leichtigkeit, der gern wohlfeil producirte, um massenhaft produciren zu können, schnell, um schnell zu geniessen. Aber steht denn die Thatsache so unbedingt fest? War das alte Pompeji wirklich arm oder nicht reich an plastischen Werken, oder erscheint uns nur das ausgegrabene Pompeji so? Ich glaube, dass wir die Thatsache als feststehend betrachten dürfen. Allerdings ist augenscheinlich und nachweislich Manches bald nach der Verschüttung ausgegraben und weggeschafft, allerdings können wir dasselbe von mehr Werken annehmen als wir es nachzuweisen vermögen, allerdings ist ferner Einiges zerstört worden; aber eben so gewiss ist es, dass die antiken Ausgrabungen sich auf verhältnissmässig wenige Punkte erstreckten, dass wir dagegen die überwiegende Mehrzahl der Gebäude von Menschenhänden unberührt so überkommen haben, wie die Verschüttung sie hinterliess. Und wenn wir nun in diesen Gebäuden Geräthe und Gefässe aller Art, auch solche von den zerbrechlichsten Stoffen unverletzt in Masse finden, haben wir da ein Recht zu glauben, die Werke der Bildhauerei seien an den selben Orten massenhaft und spurlos zu Grunde gegangen? Gewiss nicht, vielmehr sind wir berechtigt zu glauben, dass wir in Privathäusern wenigstens so ziemlich Alles aufgefunden haben, was die alten Bewohner an Sculpturwerken besassen, und, was die öffentlichen Gebäude anlangt, anzunehmen, dass sie nicht viel mehr Bildhauerwerke umfassten, als deren Spuren wir noch heute nachzuweisen vermögen.

Ueberblicken wir die pompejaner Bildhauerwerke zunächst nach den technischen Gattungen im weiteren Sinne dieses Wortes, d. h. nach Material und Technik und nach den Kunstformen, so finden wir von Materialien hauptsächlich Marmor und Bronze, daneben seltener Thon, in einzelnen Ausnahmefällen in decorativer Sculptur den einheimischen Tuff, zu ornamentalen Reliefen Stucco und endlich zu kleinen Arbeiten plastischer Goldschmiedekunst jedoch in sehr beschränktem Maasse edle Metalle verwendet. Dass die Sculptur in Marmor in Pompeji einheimisch war, wissen wir aus der Werkstatt des Bildhauers, über irgend eine technische Eigenthümlichkeit in der Behandlung des Materials, welche wir auch nicht erwarten dürfen, ist uns Nichts bekannt geworden: denn die Thatsache ziemlich starker Bemalung der Marmorbilder, ganz besonders was die Gewandung anlangt, kann man hier nicht rechnen, da sie sich im ganzen Alterthum wiederholt. Höchstens dürfen wir in Bezug auf diese Bemalung hervorheben, dass sie in Pompeji vielfach die Stelle der gleichzeitig in Rom beliebten und stark geübten Sculptur in vielfarbigen Stein- oder Marmorarten vertritt, ähnlich wie die bemalten Stuccosäulen in Pompeji die Säulen kostbaren farbigen Steines im kaiserlichen Rom zu ersetzen bestimmt sind.

Von Kunstformen, welche in Marmor hergestellt wurden, haben wir ausser der Statue (dem ganzen Rundbilde) als in Pompeji beliebt jene eigenthümliche Art der Herme hervorzuheben, von der wir ein Beispiel, die Herme aus dem Venustempel, bereits früher S. 87 etwas genauer kennen gelernt haben. Diese Art der Herme unterscheidet sich von der gewöhnlichsten, die aus einer Büste auf viereckigem, nach unten verjüngtem Pfeiler besteht, und welche im späteren Alterthum besonders zu Porträts beliebt war, bei denen es mehr auf den Kopf, als auf die Gestalt des Körpers ankommt, dadurch, dass sie den Körper bis zur Hüfte mit den Armen vollständig darstellt und nur die Beine und Füsse durch einen bald so, bald so gestalteten Pfeiler ersetzt. Ausser im Venustempel kennen wir derartige Hermen bereits im Hause des Lucretius (Fig. 171 S. 220), sie kommen aber auch sonst noch manches Mal vor. Gerechtfertigt erscheint diese Form, insofern die Herme im Verhältniss zur Architektur als ein halbwegs architektonisches Ornament von Thüreingängen, Säulenhallen u. dgl. aufgefasst wird, aber sie verlässt das ihr gehörende Gebiet, sobald sie selbständig hingestellt wird, wie z. B. im Hause des Lucretius, und gar wenn sie genreartig in lebendigen Bezug zu anderen Wesen gesetzt wird; wie z. B. die Herme im angeführten Hause, welche einen jungen Satyr darstellt, der einer Ziege ihr Junges genommen hat; sehen wir diese Ziege an dem Räuber mit ganzer Natürlichkeit emporspringen, so tritt uns das Unorganische und Unmögliche seines blattgeschmückten Pfeilerfusses sehr fühlbar und unangenehm entgegen. Zahlreich sind neben dieser Art von Hermen die gewöhnlichen (eine blosse Büste auf einem Pfeiler) vertreten, bei denen wir jedoch ebenfalls ein Ueberschreiten der engen Grenzen dieser Kunstform bemerken müssen. So durchaus geeignet und natürlich sie für das blosse, situationslose Porträt oder, wie in älterer Verwendung, für ein ebenfalls situationsloses Götterbild ist, dort als eine Beschränkung auf die Darstellung des Wesentlichen, der Züge des Gesichts, hier als ein rein religiöses Zeichen göttlicher Gegenwart, so ungeeignet und unnatürlich erscheint die Hermenform, wenn die Köpfe bestimmte Situationen, belebte Momente, Freude und Trauer ausdrücken. Die Pfeiler unter den Köpfen, welche in Länge und Breite ungefähr dem Körper entsprechen, kommen uns wie Versteinerungen dieser Leiber vor und wir begreifen nicht, wie diese gebannten Wesen so lustig lachen können.

Neben den Statuen und den Hermen, der ganzen und der abgekürzten Form des Rundbildes finden wir noch einige, aber nicht zahlreiche Reliefe von Marmor in Pompeji, und zwar ornamental verwendet an Ort und Stelle, wie am Altar des Quirinustempels, an einigen Grabmälern und sonst, wie auch in losen Platten, welche jedoch ebenfalls zum grössten Theil eine ornamentale Bestimmung gehabt haben, indem man sie in die Wände als Friese oder Medaillons einliess, oder, in Maskenform, zu Brunnenmündungen, Ausgüssen der Regenrinnen benutzte, wozu in Pompeji noch eine seltsame Verwendung zur Illumination, besonders von Brunnen sich gesellt, indem man hinter den Masken Lampen aufstellte, deren Licht durch Mund und Augen drang; so z. B. an der *grande fontana di Musaïco.* Eine Ausnahme hievon bilden die auf beiden

Seiten mit Relief gezierten Marmorscheiben, die s. g. Disken (Wurfscheiben), von denen im Museo Borbonico 10, 15 u. 16 u. 13, 23 einige interessante Beispiele mitgetheilt sind. Dass diese wirklichem Gebrauch gedient haben ist möglich, wahrscheinlicher jedoch, dass es Schaustücke waren, deren Form aus einer Reminiscenz des wirklichen Gebrauchs stammt.

Die in Bronze dargestellten Kunstformen sind, wenn wir von der Ornamentik der Geräthe absehn, noch weniger mannigfaltig, als die in Marmor aufgefundenen, auf Statuen, Statuetten und Hermen der gewöhnlichen Art beschränkt. In Bezug auf die materielle Technik können wir als Parallele der buntfarbigen oder bemalten Steinsculptur die Verzierung von Bronzestatuen durch andere Metalle in eingelegter Arbeit anführen, wovon wir aus Pompeji ein interessantes Beispiel in der Statue eines jungen Prinzen, in dem man Caligula erkennen will, abgeb. Mus. Borb. 5, 36 haben. Reliefe von Bronze kommen nur in dem beschränkten Maasse von Geräthdecorationen (siehe oben S. 259 ff.) vor.

Thon (Terracotta) finden wir ausser zu reinen architektonischen Reliefornamenten, Friesen, Antefixen u. dgl. meistens in Arabeskenform, nur zu Statuen und Statuetten verwendet, und zwar im Ganzen nicht häufig; namentlich erscheinen die Terracottastatuetten, welche man mit den in unseren Wohnzimmern beliebten Gypsfigürchen vergleichen kann, und welche auf griechischem Boden eine ganze Kunstwelt für sich ausmachen, selten und dürftig. Die Römer machten dergleichen kleine Bildchen lieber aus Bronze und zwar als mannigfaltiges Geräthornament, und auch in Pompeji finden wir für ein Terracottafigürchen zehn Sigilla von Bronze, entweder an Geräthen (so z. B. den Candelabern *d* und *e* Figur 229) oder von verlorenen stammend.

Der Stucco endlich ist in Pompeji nur zu Reliefen verwendet und zwar in bestimmter Weise in grösserem oder geringerem Maasse decorativ an den verschiedensten Bauwerken, am umfassendsten an dem Purgatorium des Iseum, sodann in den Thermen, an mehren Grabmälern und in Privathäusern, in letzteren aber fast ohne Ausnahme nur in architektonischen Gliedern oder in Arabeskenform. Ueber die technische Behandlung haben wir schon früher gesprochen, eine besondere Eigenthümlichkeit tritt nirgend hervor, nur machen sich auch in Figurenreliefen aus Stucco die bereits beim Ornament hervorgehobenen stumpfen Formen häufig in Verbindung mit laxer oder schwülstiger Umrisszeichnung unangenehm bemerkbar.

Ueber die wenigen Figürchen aus edlen Metallen sprechen wir am besten bei Gelegenheit der Goldschmiedekunst.

Zweiter Abschnitt.

Gegenstände, Orte und Veranlassungen.

Von dem überschwänglichen Reichthum der Alten an plastischen Kunstwerken ist es uns an Plastik armen Modernen kaum möglich uns eine selbst nur annähernde Vorstellung zu machen, mögen wir auch von so und so vielen Hunderten oder selbst Tausenden von Gruppen und Statuen lesen, die sich an einem Orte befanden, die eine Stadt, ein Tempelbezirk wie die Altis Olympia's umfasste. Das blosse Anhören dieser grossen Zahlen erregt in diesem Falle eben so wenig concrete Vorstellungen, wie die abstracte Zahl dies im Allgemeinen vermag; wir wissen nicht, wo wir diese überschwängliche Fülle in den engen Räumen, in denen sich das eigentlich künstlerische, das griechische Alterthum bewegte, unterbringen sollen, und stehn deshalb leicht von dem Versuch ab, uns ein Bild zu entwerfen, das den Bildern unsers Lebens so sehr widerspricht. Auf einem ganz anderen Wege jedoch können wir leicht zu einer Anschauung des plastischen Reichthums der Alten gelangen, indem wir uns nämlich die Orte vergegenwärtigen, welche sie mit Statuen zierten, indem wir die Veranlassungen plastische Kunstwerke aufzustellen erwägen, und indem wir die nach den Orten und Veranlassungen wechselnde Mannigfaltigkeit der Gegenstände plastischer Darstellungen ihren Hauptgruppen gemäss an unserem Gedächtniss vorüberführen. Erinnern wir uns der Tempel mit den Haupt- und Nebenbildern des Cultus in der Cella und ihren Capellen, mit den Weihebildern religiösen, historischen, individuellen Gegenstandes im Pronaos, in den Intercolumnien des Umgangs im Peribolos; denken wir an die Märkte und Hallen mit ihren Ehrenstatuen berühmter oder verdienter Bürger, an die Theater mit ihren Dichterstatuen, die Orte der Festkämpfe mit den Ehrenstatuen der Sieger in langen Reihen aus verschiedenen Jahrhunderten, an die Hallen in den Wohnungen mit heiligen und profanen Bildhauerwerken, an die Gärten mit den Bildern ländlicher Götter oder mit jenen genreartigen Darstellungen, welche Zweck und Bestimmung des Ortes angepasst waren, an die Gymnasien, an die Strassen, die Brunnen, die Gräber, so haben wir freilich noch lange nicht alle Orte genannt, welche im Statuenschmucke, um nur von diesem zu reden, prangten, aber gewiss begreifen wir jetzt schon eher, wo etliche hundert Standbilder in einer mässigen Stadt anzubringen waren, ja dass wir mit etlichen Hunderten zu würdig reicher Decoration vielleicht nicht ausreichen dürften.

Pompeji ist auch in dieser Beziehung nicht geeignet, als Muster einer antiken Stadt uns das hier in leichten Umrissen angedeutete Bild in lebendiger Ausführung entgegenzuhalten. So wenig aber auch Pompejis Reichthum an plastischen Kunstwerken sich mit dem mancher kleineren Stadt Griechenlands messen kann, verlohnt es sich doch der Mühe, seine Sculpturen nach Gegenständen und Orten zu überschauen, indem unsere Phantasie dadurch einen

Impuls in bestimmter Richtung bekommt, und sich leichter die grössere Fülle anderer Orte vorstellen wird. —

Billigerweise beginnen wir mit den Statuen religiösen Gegenstandes. Dass alle pompejanischen Tempel und Capellen ihre Götterbilder gehabt haben versteht sich von selbst, als erhalten nachzuweisen vermögen wir aber die wenigsten.

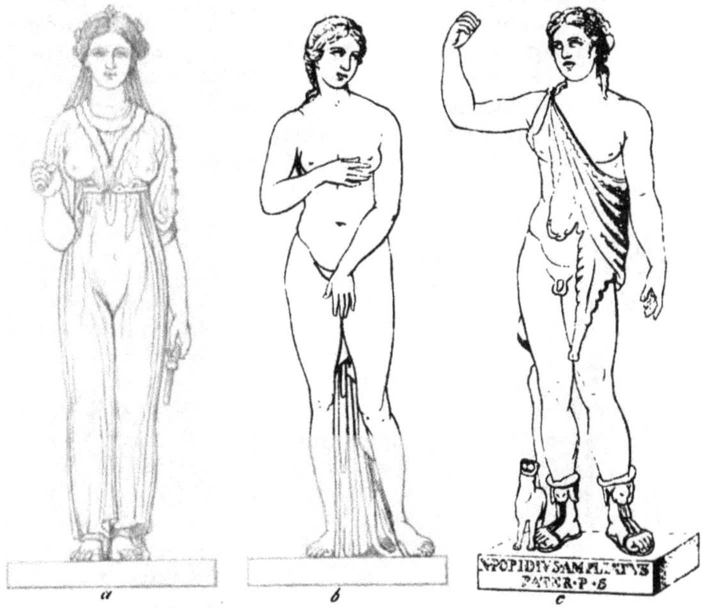

Figur 259. Tempel- und Weihebilder.

Dass im Iseum ein Bild der Isis (Figur 259 *a*), geweiht von L. Caecilius Phoebus auf dem von den Decurionen angewiesenen Platze, wie die Inschrift aussagt, im Tempel der Venus ein Bild dieser Göttin (Figur 259 *b*), in dem des Aesculap eine Thonstatue des Gottes der Heilkunst (oben Fig. 66) aufgefunden wurde, haben wir schon oben bemerkt, ebenso aber, dass es keineswegs feststeht, ob diese Statuen die eigentlichen Tempel- oder ob sie Weihebilder in der Cella oder im Peribolos des Heiligthums waren. Die Statue des Jupiter aus dem Tempel am Forum ist nur in einigen Bruchstücken vorgefunden, die Bilder aus dem Tempel der Fortuna, aus dem griechischen auf dem *Forum triangulare*, aus dem s. g. des Quirinus, aus dem vermutheten Sacellum des Augustus fehlen ganz. Dagegen sind uns einige Weihebilder aus den Tempeln theils erhalten, wie eine Venus in der Cella des Isistempels, der schon früher erwähnte von N. Popidius Ampliatus dem älteren geweihte Bacchus (Figur 259 *c*) in der Nische der Hinterwand desselben Heiligthums, die Fragmente einer zweiten Venus, ein Hermaphrodit von Marmor und eine Diana von Bronze im Venustempel, theils durch die aufgefundenen Basen, auf die wir schon früher aufmerksam gemacht haben, bezeugt.

Gleichwie aber die pompejaner Wohnhäuser als die einzigen erhaltenen uns ein grösseres Interesse gewähren, als die Tempel, so haben auch die in denselben gefundenen Götterbilder des häuslichen Cultus ein grösseres Interesse, als die an sich sehr mässigen Cultus- und Weihebilder der Tempel. Wir geben in der folgenden Abbildung zwei Proben dieser Götterbilder des Privatcultus, welche wir von sonstigen mythologischen im Innern der Häuser gefundenen Darstellungen ihrer Bestimmung und Haltung nach wohl zu unterscheiden bitten.

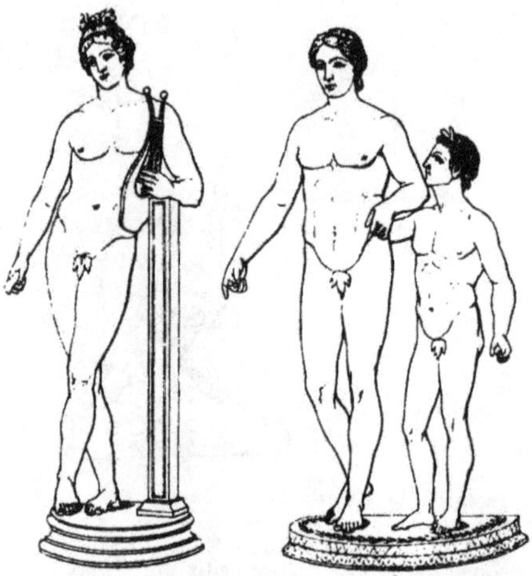

Figur 260. Götterbilder des häuslichen Cultus.

Mit *a* haben wir in der 260. Figur die Bronzestatue eines fast weiblich zarten jugendlichen Apollo bezeichnet, von einer so wunderbaren Erhaltung, dass nur einige der silbernen Saiten seiner Lyra zerbrochen sind. Die Statue wurde in der Aedicula eines bescheidenen Wohnhauses, der s. g. *Casa di Apollo*, in welcher der Gott auch vielfach gemalt ist, gefunden und stellt sich durch die Haltung recht eigentlich als ein Cultusbild dar. Auf einen Pfeiler gelehnt, unterbricht der Gott sein Leierspiel, um den Bitten der ihm andächtig Nahenden zu lauschen und mit gnädigem Blicke auf sie hinabzuschauen. Einen zweiten Apollo von griechischem Marmor, der leider fragmentirt gefunden wurde, aber ebenfalls aus einem Privathause stammt, und sich durch seine ruhige Haltung als Cultusbild darstellt, finden unsere Leser mit den Ergänzungen abgebildet im Museo Borb. 12. 56. — Nicht mehr an Ort und Stelle der ursprünglichen Aufstellung, der Aedicula, sondern in Leinen gewickelt und mit anderen Gegenständen bei der Flucht in einen grossen kupfernen Kessel verpackt, fand man im Hause des Pansa die in unserer Abbildung mit *b* bezeichnete 26" hohe Gruppe von Bronze mit silbernen Augen, Bacchus und einen seiner dienenden Satyrn darstellend, in welcher uns die Haltung des Gottes, die fern davon ist, eine bewegte Situation darzustellen, sondern die sich derjenigen des zuerst betrachteten Apollo nähert, bezeugt, dass wir in diesem Monument trotz seiner Kleinheit ein Cultusbild vor uns haben. In dem s. g. Hause der Isis und des Osiris, welches nach seinen Gemälden auch das Haus der Tänzerinen heisst, fand man in der Aedicula, in der auch ein kleiner Altar stand, die bronzenen Statuetten der beiden genannten ägyptischen Gottheiten nebst der des Harpokrates mit dem Finger auf dem Munde, ein merkwürdiger Beleg dafür, wie tief bereits damals der fremdländische Cult in die römische Welt eingedrungen war. Zu unserem Bedauern können wir unsern Lesern nur diese wenigen bestimmten Beispiele privater Cultusbilder vorführen, es sind ihrer weit mehre in den Aediculen und Lararien der Privathäuser gefunden worden, aber die Angaben über diese Funde in den uns zu Gebote stehenden Berichten sind so allgemein, so ungenau und zum Theil abenteuerlich, dass wir sie unmöglich wiederholen können. — Obgleich nun, wenn wir die sämmtlichen erwähnten Angaben zusammenfassen, eine nicht ganz unbeträchtliche Anzahl dieser Cultusbilder sich ergiebt, so bilden diese doch erst einen Theil, und was den Kunstwerth anlangt, bis auf ein paar Ausnahmen nicht den bedeutendsten Theil der in den Wohnungen aufgefundenen Werke der Bildnerei mythologischen Gegenstandes. Eine zweite Classe stellen die Brunnenfiguren dar, eine im Alterthum sehr zahlreiche Gattung, aus der weit mehr Statuen unserer Museen stammen, als Mancher ahnen mag. Einige derselben sind freilich unverkennbar, indem sie gradezu die Brunnenmündungen bilden, sei es, dass sie aus Gefässen den Wasserstrahl auszugiessen schienen, oder dass diesen ein von ihnen gehaltenes Thier oder eine Maske in ihrer Hand ausspie; bei den meisten können wir ihre Bestimmung nur errathen oder vermuthen, wobei uns die in Pompeji und Herculaneum an Ort und Stelle aufgefundenen Statuen der Analogie wegen von bedeutendem Werthe sind. Wir haben bereits früher jener zehn Knabenfiguren von Bronze aus Herculaneum (abgeb. Mus. Borb. 1. 45, 2. 22 und 3. 11) gedacht, welche aus Gefässen den Wasserstrahl ausgiessen, oder einen Fisch oder eine Maske halten, aus der er hervorspringt; es sind anmuthige Genrebilder, bei denen man nicht nach einer speciellen, am wenigsten einer mythologischen Bedeutung suchen sollte. Pompeji dagegen liefert einige eben so sichere Brunnenfiguren wirklich mythologischer Art.

Am beliebtesten waren zu Brunnenfiguren die Gestalten des bacchischen Kreises, namentlich Silene und Satyrn mit dem Weinschlauch oder der Amphora, bei denen das Ausgiessen des Wasserstrahles aus eben diesem Schlauch, mögen sie ihn auf der Schulter oder unter dem Arm tragen, mögen sie ihn im trunkenen Schlafe daliegend auf den Boden fallen gelassen oder die Amphora auf einen Pfeiler gelegt haben, als ein natürlich einfaches Motiv erscheint. In

Pompeji bilden derartige Gestalten die Mehrzahl der Brunnenfiguren, einen alten Silen mit dem Weinschlauch in der Brunnennische des Hauses des Lucretius haben wir schon oben S. 219 f. Fig. 171 kennen gelernt, einen Satyrn mit dem Weinschlauch aus der Villa des Cicero ebenfalls schon erwähnt, einen zweiten alten Silen von Marmor mit auf einen Pfeiler gelehnter Amphora in der 1837 ausgegrabenen Brunnennische der *Casa del Granduca* theilen wir Figur 261 in *a* mit. Aber nicht allein als die eigentlichen Ausgiesser des Wasserstrahls findet man bacchische Figuren, besonders Satyrn, diese echten Naturburschen der alten Kunst, an Brunnen, sondern sie kommen in den verschiedensten Situationen an dem rieselnden Wasser vor, wie man sie im Walde lebend, an Bachesrande schlafend oder mit den Nymphen tanzend, zum Plätschern der Quelle flötend sich vorstellte. In diese Classe gehört beispielsweise aus Pompeji der meisterhafte kleine Faun von Bronze (Fig. 261 *d*), welcher der *Casa del Fauno* den Namen gegeben hat und seinen Standort, wie früher bemerkt, am Rande des Impluvium hatte. Zu Brunnenfiguren und zwar zu Ausgiessern des Wasserstrahles selbst

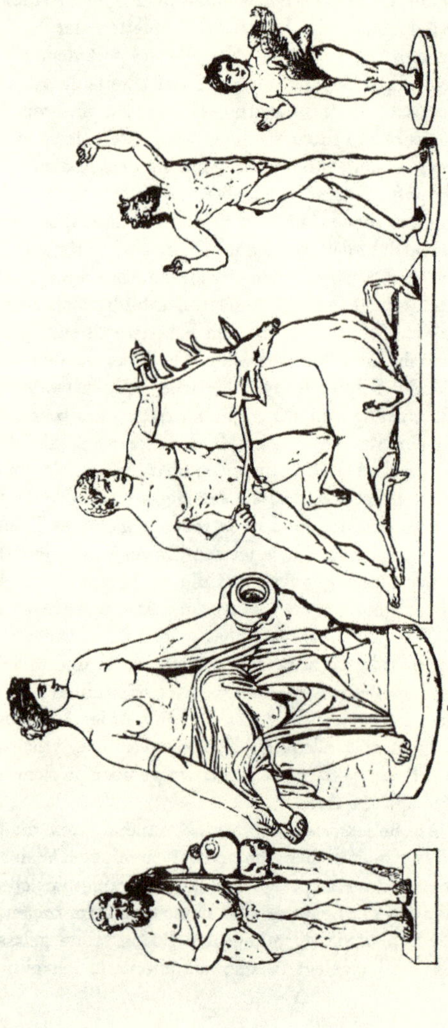

a *b* *c* *d* *e*

Figur 261. Brunnenfiguren von Marmor und Bronze.

eignen sich ferner Flussgötter und Quellnymphen ganz besonders gut, und häufig sind sie in dieser Weise, auf die Urne, aus der das Wasser quoll, gelehnt, gebildet und benutzt worden. Auch Pompeji hat eine wenigstens einigermaassen in diese Classe gehörige Statue in der Fig. 261 *b* abgebildeten Nymphe, die wir freilich zunächst kaum als Fluss- oder Quellnymphe anzusprechen geneigt sein werden, sondern die eher als ein sich zum Bad vorbereitendes Mädchen erscheint, deren umgestürzte Urne jedoch wieder für die erstere Bezeichnung in die Wagschale fällt, so dass wir etwa eine Nymphe vor uns haben, welche die kühle Labung ihres eigenen Elementes geniessen will. — In einer bedeutenden Zahl anderer Brunnenfiguren wird das Motiv des Wasserausgiessens weniger bestimmt begründet, so dass dies als etwas eigentlich Zufälliges und zum Theil selbst nicht recht Passendes erscheint. Besonders beliebt war es, den Wasserstrahl von irgend welchen Thieren ausgespien werden zu lassen, welche die Hauptperson hielt, oder welche mit dieser in Zusammenhang standen. Zu dieser Art von Brunnenfiguren gehören die meisterhafte Bronzegruppe Hercules mit der Hinde Figur 261 *c* aus dem Hause des Sallustius, und der Knabe mit einer Gans Figur 261 *e* aus dem Hause des kleinen Mosaikbrunnens. Die Gruppe stand am Rande des Impluviums im Atrium, der Knabe in der Mitte des Bassins im Garten mit einer Geberde, als erstaune er über die ihn rings umgebende Fluth.

a *b* *c* *d* *e*

Figur 262. Sonstige mythologische Bildwerke.

Von anderen mythologischen Bildwerken aus Pompeji ist die Bestimmung und der Ort der Aufstellung nicht mehr nachweisbar; bei einigen ist ein blosser Decorationszweck der Gemächer oder der Gärten, dem sonst Genrebilder dienen, nicht unwahrscheinlich, in ein paar Beispielen (in der *Casa di Lucrezio*) nachweislich; andere, namentlich kleinere, mögen zu Geräthverzierungen gehört haben; aber für einen Rest bleibt der ursprüngliche Anlass und Aufstellungsort zu errathen.

Wir haben in der vorstehenden Figur 262 eine kleine Auswahl der vorzüglichsten Bildwerke dieser Art zusammengestellt, und zwar von Marmor einen Satyrn aus der *Casa di Lucrezio* (*a*), den man in Figur 171 links hinten in der Reihe sieht; eine jagende Diana (*b*) und eine allerliebste kleine Venus (*c*), welche nach dem Bade das nasse Haar trocknet und ordnet; von Bronzewerken darf in unserer Auswahl die kleine Fortuna (*d*) nicht fehlen, von der es in Schiller's Gedicht über Pompeji heisst: »Und die Fortuna entfliegt leicht aus der haltenden Hand«. Ihr haben wir in *e* einen bogenspannenden Apollo beigefügt, welcher nebst einem Fragment, dem Brustbilde einer ebenfalls schiessenden Diana, unfern des Venustempels gefunden wurde.

Die letzte Classe mythologischer Rundbilder tritt uns in den bereits oben erwähnten Hermen entgegen, welche, ursprünglich sicher Cultusbilder, in Pompeji ausschliesslich Decorationszwecken dienten, entweder an Thüreingängen oder in Atrien und Peristylen an den Pfeilern, in Gärten an den Mauern der Laubengänge oder endlich in der Art aufgestellt, wie wir es im Hause des Lucretius finden. Um unseren Lesern die Sculpturen Pompejis in einer vollständigen Probenreihe vorzuführen, stellen wir in der folgenden Figur eine kleine Auswahl der vorzüglichsten Hermenbüsten zusammen, auf welche wir später noch einmal zurückkommen, da mehre dieser Köpfe zu dem Bedeutendsten gehören, was Pompeji an plastischen Werken aufzuweisen hat.

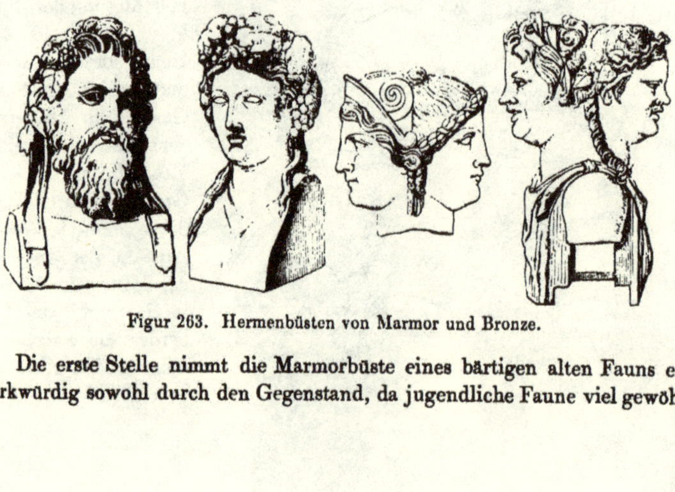

Figur 263. Hermenbüsten von Marmor und Bronze.

Die erste Stelle nimmt die Marmorbüste eines bärtigen alten Fauns ein, merkwürdig sowohl durch den Gegenstand, da jugendliche Faune viel gewöhnlicher sind, wie durch die Ausführung. Mit deutlichen Zeichen der Thierheit, mit Hörnchen unter dem struppigen mit Epheu bekränzten und von einer Tänie, deren Enden auf die Schultern herabhangen, durchschlungenen Haar, mit den an die Bocksnatur dieser Wesen erinnernden Warzen (Pherea) am Halse, aus markirten Zügen sinnlich hervorlächelnd, stellt uns dieser alte Faun ein Bild mitten aus dem taumelnden Festzuge des Weingottes vor die Seele, in welchem alle Leidenschaften von der überschwenglichsten Begeisterung des Gemüthes bis zur rohsten Sinnlichkeit entfesselt sind. Ein edleres Bild aus demselben Kreise bietet uns die an zweiter Stelle gezeichnete Marmorbüste, welche wohl mit Unrecht für weiblich gilt, und die, so weit man nach der Zeichnung urteilen kann, keinen Andern darstellt, als den jugendschönen, fast weiblich weichen, dabei aber ernsten Bacchus selbst, und die in ihrer strengen Haltung von allen Hermenbüsten Pompejis am meisten an die ursprüngliche Cultusbestimmung erinnert. An dritter Stelle finden unsere Leser eine jener Doppelhermen, welche ursprünglich an Scheidewegen aufgestellt waren und in denen nach den verschiedensten Bezügen und religiösen Ideen zwei Wesen gleichsam zu einer beide Individualitäten ergänzenden Einheit combinirt sind. Unsere Doppelherme von Marmor zeigt einerseits das Gesicht der Minerva, andererseits einen Kopf, der für den der Ceres gehalten wird, vielleicht jedoch mit grösserem Recht für den einer apollinischen, und deshalb lorbeerbekränzten Diana gehalten werden dürfte. Den Schluss machen wir mit einem Meisterwerke lebendigen Ausdrucks und scharfer Formgebung, der bronzenen Doppelbüste eines Fauns und einer Faunin, in der sich die unverhüllteste sinnliche Lustigkeit ausspricht.

Finden wir schon in diesen religiösen und mythologischen Bildwerken eine Fülle von Anlässen ihrer Aufstellung an verschiedenen Orten und eine nicht unbeträchtliche Reihe von verschiedenen Gegenständen und von verschiedenem Charakter in der Situation und der Bildung dieser Wesen je nach Ort und Anlass ihrer Aufstellung, und vergegenwärtigt uns schon diese erste Classe einen Reichthum an plastischen Kunstwerken, welcher in der modernen Welt fast so unmöglich wie in der antiken nothwendig und durch die Locale gefordert erscheint, so dürfen wir nicht vergessen, dass wir die Masse der Sculpturen, die eine antike Stadt vereinigte, erst zur Hälfte kennen. Als eine sehr zahlreiche Classe gesellen sich den mythologischen Bildwerken die Porträt- und Ehrenstatuen, beinahe die einzige Gattung, die wir besitzen, die aber selbst in Pompeji reichlicher vertreten ist, als in sehr vielen, um nicht zu sagen den meisten modernen Städten, die grössten nicht ausgenommen. Erhalten ist uns hier freilich so gut wie Nichts, ausser den Statuen im Fortunentempel (S. 79), denen der Livia und des Drusus im Pantheon (S. 96 f.) und der Statue der Eumachia (S. 103), während Herculaneum uns eine ganze Folge bedeutender Porträtstatuen geliefert hat, aber wir können doch auch in Pompeji noch so ziemlich ermessen, wie Vieles vorhanden gewesen ist. Wir haben jene vier Basen für Reiterstatuen, wie wir sie beispielsweise in Herculaneum in den Statuen des Balbus Vater und Sohn kennen, und jene funfzehn Basen für einfache Standbilder auf dem Forum von Pompeji nicht vergessen. Ihre Vertheilung auf die drei Seiten des Platzes (s. S. 55) lässt annehmen, dass sie nur die Reste vollständiger Reihen sind, welche den ganzen Platz umgaben. Auch auf dem *Forum triangulare* wird die Ehrenstatue des M. Claudius Marcellus (S. 61) schwerlich vereinzelt gestanden haben, so wenig wie wir annehmen können, dass das Theater keinen weiteren Sculpturschmuck als die einzige Statue des Holconius (S. 121) gehabt habe. Die Analogie des Theaters von Herculaneum lässt uns vielmehr annehmen, dass allein der nicht vollendete Umbau der Theater (S. 21 f.) das Fehlen eines reichen Statuenschmuckes bedingte. Und zwar wird sich derselbe nicht auf die Bildnisse verdienter Bürger oder mächtiger Römer beschränkt haben, vielmehr sind wir nach Anleitung der S. 134 mitgetheilten Tessera berechtigt zu vermuthen, dass die Porträts grosser dramatischer Dichter und vielleicht auch anderer bedeutender Männer des classischen Alterthums das Theater zierten. Zahlreich waren überhaupt in

Figur 264. Ehrenstatuen der Livia und des Drusus aus dem Pantheon.

allen öffentlichen Gebäuden die Ehrenstatuen; im Fortunentempel haben wir zwei vorgefunden, für zwei andere die Plätze und Basen in den Nischen kennen gelernt (S. 79), im Sacellum des Pantheon standen ihrer ebenfalls vier, darunter die beiden erhaltenen, die wir S. 97 Figur 85 an dem Orte ihrer Aufstellung abgebildet haben und in der vorstehenden Figur 264 unsern Lesern in einem Maassstabe mittheilen, der wenigstens einigermaassen die Art und den Stil der Darstellung erkennen lässt. Auch in der Nische am Eingang desselben Gebäudes hat eine Ehrenstatue, wahrscheinlich ein Kaiserporträt gestanden, sowie wahrscheinlich ähnliche, vielleicht beritten, die Treppenwangen des Jupitertempels schmückten, auf denen unsere Restauration S. 77 eine Nachbildung der Rossebändiger von Monte Cavallo giebt. Auch für die Treppenwangen des Fortunentempels können wir vielleicht mit grösserem Rechte Ehrenstatuen kaiserlicher Personen annehmen, als jene Gruppen, welche die Gell'sche Restauration S. 79 an die Stelle setzt. Wenigstens sechs derartige Standbilder prangten in den Nischen *f*, *g*, *h* im Sitzungssaale der Decurionen (S. 100), wenn nicht auch auf den Basen *d* und *e*; ob das Gebäude der Eumachia nur das von den Fullonen geweihte Porträt der Stifterin oder ausser diesem noch mehre Statuen enthielt, lässt sich nicht mehr entscheiden, dagegen finden wir in der zweiten und dritten der drei Curien (S. 105) dort vierzehn, hier sechs Basen für Statuen, in denen wir entweder Porträts pompejanischer Duumvirn oder vielleicht diejenigen berühmter Staatsmänner und Redner vermuthen dürfen.

Dass man in der Basilica ausser dreien Basen eine Reihe von Fragmenten von Statuen, darunter selbst solche von Reiterstatuen gefunden hat, haben wir oben S. 110 erinnert. Rechnen wir nur diese nachweisbaren und mit ziemlicher Sicherheit zu vermuthenden Bildwerke unserer zweiten Classe zusammen, so erhalten wir die ansehnliche Zahl von gegen siebzig Ehrenstatuen, eine Zahl, die, so weit sie die Zahl ähnlicher Bilder in unseren Städten übersteigt, doch vielleicht verdoppelt werden kann, wenn man Pompejis Statuenschmuck dieser Gattung berechnen will. Und hiebei ist noch gar nicht angeschlagen, was etwa die Privatwohnungen an Bildnissen berühmter Männer verschiedener Art, Staatsmänner, Redner, Philosophen, Dichter, was sie ferner an Familienbildnissen als Schmuck ihrer Tablinen umfassten. Dass diese wenigstens nicht ganz gefehlt haben, dürfen wir doch wohl annehmen, obgleich wunderbarer Weise ausser der schon erwähnten Bronzestatue eines kaiserlichen Prinzen, die man in einem Laden in der Fortunenstrasse fand, im Bereich der Wohnungen kein derartiges Bildwerk zu Tage gekommen ist.

Als dritte Classe der in Pompeji aufgefundenen und vorhanden gewesenen Sculpturen endlich haben wir die Darstellungen aus dem nichtindividuellen wirklichen Leben, mit einem gebräuchlichen Worte die Genrebilder zu betrachten, welche der Privatliebhaberei und Laune ihre Entstehung verdanken, in Privathäusern aufgestellt waren, wie bei uns die Gyps- oder Biscuitstatuetten, und die wie diese gewöhnlich von kleinem Maasse sind. Wir finden diese Genrebilder in Marmor, Bronze und Thon und in ihnen eine ziemliche Reihe von Momenten und Situationen, die mehrfach in Bezug zu dem Orte der Aufstellung stehen. Leider ist hier nur sehr Weniges publicirt oder mit ausreichender Genauigkeit, um hier wiederholt zu werden, beschrieben, wir müssen uns also darauf beschränken, als Beispiele dieser Art zu nennen zwei Schauspielerstatuetten von Terracotta, abgeb. Mus. Borb. 14. 37, die Bronzestatuetten zweier Jünglinge, die mit Trinkhörnern (Rhyta) in den erhobenen Händen im Tanzschritt sich bewegen und vielleicht eine Darstellung des Kottabosspieles enthalten, abgeb. Mus. Borb. 12. 25, die Marmorstatuette eines schlafenden Fischerknaben, abgeb. Mus. Borb. 4. 54, welche am Rande des Wasserbeckens in der *Casa della seconda fontana a musaïco* liegend gefunden wurde, die kleine Bronzestatuette eines unartig weinenden Kindes, abgeb. Mus. Borb. 13. 28, diejenige eines mit einer Amphora tanzenden Alten, der nicht Silen zu sein scheint, abgeb. daselbst. Als Probe dieser Genrebilder theilen wir ausser dem bereits unter den Brunnenfiguren Figur 261 *e* beigebrachten Knaben mit der Gans in der nebenstehenden 265. Figur die Bronzestatue eines Fischers mit, der am Rande des schon mehrfach genannten Bassins in der *Casa della piccola fontana a musaïco* sass und in demselben zu angeln schien. Die Statue ist eben so schätzenswerth durch den deutlichen Ausdruck der Situation eines Menschen, welcher die Angel in's Wasser hält und mit gespanntem Blick auf das Nahen der Beute sieht, wie sie als ein Beispiel der den Aufstellungsorten angepassten Darstellungen dieser Genrebilder interessant und belehrend ist.

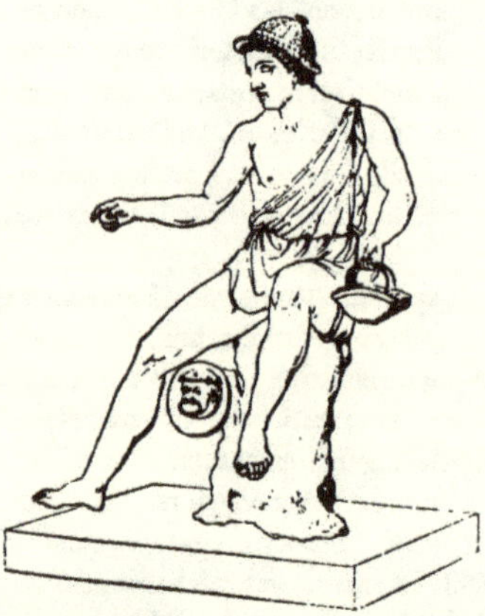

Figur 265. Fischer, Genrebild von Bronze.

Die wenigen Reliefe, welche ausser den früher bereits beigebrachten am Altar des Quirinustempels, am Purgatorium des Iseums und an den Gräbern in losen Platten in Pompeji gefunden sind, hier ihren ziemlich verschiedenen Gegenständen nach zu verzeichnen, würde uns unnöthiger Weise von unserem Streben einen Ueberblick zu gewinnen, ablenken; indem wir also auf die Aufzählung der Reliefe, von deren interessantesten wir ohnehin nochmals zu reden haben werden, verzichten, wenden wir uns dem Versuche zu, im

Dritten Abschnitt

den Stil und den künstlerischen Werth der Sculpturen in Pompeji

uns genauer zu betrachten und über denselben ein allgemeines Urteil zu gewinnen. Wir haben schon in der Einleitung des ersten Theiles darauf hingewiesen, dass Pompeji bei dem Wiederaufbau nach dem Erdbeben vom Jahre 63 einer fast durchgängigen Renovation im Stile der Zeit unterlag; die Betrachtung der Architektur hat uns dies bestätigt und die Betrachtung der Malerei wird es uns auf's Neue bestätigen. Nun ist freilich die Art der Sculptur, welche wir in Pompeji kennen gelernt haben, frei aufgestellte Statuen, der Zerstörung durch Erdbeben nicht in demselben Maasse unterworfen, wie Gebäude und die auf die Wände der Gebäude gemalten Bilder, dennoch aber ist im Gebiete der Plastik auch fast Alles verschwunden, was einer früheren Zeit angehört hat und es fragt sich, ob uns nicht durch das Erdbeben manche architektonische Sculptur in Giebeln, Friesen u. s. w. verloren gegangen ist. Hege man jedoch über das Datum der pompejaner Bildhauerwerke welche Meinung es immer sei, als feststehende Thatsache dürfen wir hinstellen, dass wirklich Alterthümliches (Archaïsches) ausser etwa dem Kopf am nolaner Thore nicht vorhanden ist. Auch das nachgeahmt Alterthümliche (Archaïstische) ist nur sehr schwach vertreten. Die bekannte und vielbesprochene archaïstische Diana (abgeb. Mus. Borb. 2. 8), welche nach früheren Berichten bald in der Aedicula einer pompejaner Villa, bald in Herculaneum gefunden worden sein soll, ist nach Angabe des Mus. Borb. weder am einen noch am anderen Orte, sondern zwischen *Torre del Greco* und *Torre dell' Annunziata* ausgegraben, das archaïstische Hauptwerk also, welches man Pompeji zuschrieb, kommt in Abzug. Danach bleibt von publicirten Sculpturen nur eine fragmentirte Marmorstatuette, welche man Venus-Proserpina zu nennen pflegt, abgeb. Mus. Borb. 4. 54 mit einigermaassen alterthümlicher Formgebung und es bleiben zwei Marmordisken, abgeb. Mus. Borb. 10. 15 und 16, von denen namentlich der erstere sehr bestimmt alterthümlichen Stil zeigt, der aber ziemlich sicher für nachgeahmt gehalten werden kann. Endlich wollen Einige in der oben Figur 260 *b* mitgetheilten Bronzegruppe des Bacchus und seines Satyrn einen leisen Anflug archaïscher Formen erkennen; ob jedoch mit Recht dürfte fraglich sein, da die sehr ruhige Haltung sich grossentheils aus der Bestimmung des Werkes als Cultusbild erklärt und im Uebrigen nebst der keineswegs musterhaften Formgebung eher auf Rechnung mässigen künstlerischen Vermögens des Bildhauers als auf die des Strebens nach alterthümlichen Formen zu setzen zu sein scheint.

Wenn nun nach Abzug dieser wenigen Beispiele des alterthümlicheren Stiles alle Bildhauerwerke Pompejis dem Stile der ausgebildeten Kunst angehören, so ist damit die Epoche ihrer Entstehung im Allgemeinen erst sehr weitläufig umgrenzt. Suchen wir genauere Daten für die einzelnen Werke zu gewinnen, so werden wir am zweckmässigsten von den Bildwerken ausgehn, welche entweder gewiss oder wahrscheinlich der letzten Epoche der Stadt von dem Erdbeben bis zur Verschüttung angehören. Dies sind vor allen die Sculpturen im Iseum, der Bacchus (Figur 259, c), die Isis (das. *a*) und die Stuccoreliefornamente, ferner die Reliefe am Altar des Quirinustempels (S. 84 Fig. 69), sodann höchst wahrscheinlich die Statue des Aesculap von Thon (Fig. 66 S. 81), welche das Erdbeben kaum hätte überdauern können. Beschränken wir uns auf diese und greifen für eine grössere Reihe etwas weiter, nämlich bis auf die augusteische Zeit zurück, so gewinnen wir ziemlich viele sicher datirte Monumente, nämlich alle diejenigen, welche Mitglieder der kaiserlichen Familien darstellen, also von erhaltenen die Statuen des Pantheon (Figur 264), die des jungen Caligula, von Fragmenten abzusehn; ferner alle diejenigen Ehrenbildsäulen und die Grabreliefe, deren Inschriften die Dargestellten oder Begrabenen als Municipalmagistrate bezeugen, also ziemlich alle; diejenigen, welche in unter römischer Herrschaft errichteten Gebäuden stehn oder standen, von erhaltenen also die Statuen im Fortunentempel (S. 79), die Statue der Eumachia, von verlorenen die Statuen im Senaculum, in den Curien, in der Basilica. —

Gehen wir nun in unserer Betrachtung von diesen aus den letzten 79 Jahren der Stadt, aus der Zeit nach Christi Geburt sich herschreibenden Bildwerken aus, so ist ein erstes ganz unmittelbares Resultat, dass die überwiegende Mehrzahl und dass alle sicher datirbaren Sculpturen aus dieser letzten Epoche, aus römischer Zeit stammen. Niemand wird in Abrede stellen, dass danach die Annahme nicht unwahrscheinlich ist, es mögen von den nicht direct datirbaren Monumenten auch manche derselben Epoche angehören; es wäre sogar sehr merkwürdig, wenn die Reihe der Sculpturen dieser Periode grade mit den aus ihr nachweislichen aufhörte. Näheres Studium der datirten Bildwerke lehrt uns nun auch, dass die meisten der übrigen aus derselben Zeit stammen können und wahrscheinlich stammen. Die beiden Statuen aus dem Iseum zeigen eine geistlose Auffassung und einen glatten, geleckten Stil ohne Würde und Kraft; sehr ähnlich, um nicht zu sagen gleich, ist die Venusstatue aus dem vermeinten Tempel dieser Göttin (Fig. 259 *b*, vgl. S. 85); weit besser, obgleich nicht ohne eine etwas übertriebene Kräftigkeit im Nackten, besonders im rechten Arm und nicht durchweg mit den besten Motiven in der Gewandung ist der Aesculap, mit dessen Machwerk wir die Telamonen in den Thermen wohl vergleichen können, während auch die Reliefe am Altar des Quirinustempels von demselben gedachten aber etwas schwerfälligen Stil sind. Die Verschiedenheiten dieser Monumente aus der letzten Periode sind bedeutend genug um eine Vergleichung mancher anderen Bildwerke Pompejis zu gestatten; stellen wir diese an, so erscheint es als sehr möglich, dass mehre der Bildwerke aus der *casa di Lucrezio*, namentlich die Gruppe und die Delphine im Vordergrunde unserer Ansicht Figur 171, dass ferner namentlich die meisten der oben

S. 37 angeführten und viele andere dergleichen Statuetten von Bronze und Thon aus der letzten Zeit der Stadt stammen.

Grösser ist die Reihe derjenigen Sculpturen, deren Stil mit demjenigen der etwas älteren Bildwerke, die wir oben als aus der römischen Periode Pompejis stammend bezeichneten, übereinstimmt. Den römischen Meisel, wenngleich griechische Composition erkennt man beispielsweise deutlich in den oben mitgetheilten Statuen der Nymphe (Fig. 261 *b*) des Silen (Fig. 261 *a*) und der ihm ähnlichen Statuen (s. S. 372), der Diana (Fig. 262 *b*); bei den Bronzen ist die Unterscheidung schwerer, doch gehörten sicher die oben S. 372 erwähnten Bilder des Osiris und der Isis, gehört wahrscheinlich die schon mehrfach angeführte Gruppe des Bacchus mit seinem Satyrn, der Fischer (Fig. 265), der Knabe mit der Gans (Fig. 261 *e*) römischer Kunstzeit an.

Somit bleiben nur wenige Bildhauerwerke übrig, für die wir griechischen Ursprung und zugleich eine frühere Entstehungszeit annehmen müssen, von denen in Marmor namentlich die S. 375 mitgetheilten und einige ihnen verwandte in Erfindung wie in Ausführung gleich vortreffliche Hermenbüsten, in welchen der Funke originaler Production glüht, sodann wohl auch der Satyr Fig. 262 *a* und die Venus Fig. 262 *c*; von denen in Bronze ausser wiederum den a. a. O. in einer Probe mitgetheilten einfachen und Doppelbüsten, besonders der Faun Fig. 261 *d* und der Hercules mit der Hinde das. *c*, die kleine Fortuna Fig. 262 *d*, sowie auch der freilich etwas glatte Apollo Fig. 260 *a*. Diese Arbeiten sind schwerlich weder in Pompeji noch für Pompeji gemacht, die letzten Besitzer werden sie entweder in den reingriechischen Städten Unteritaliens oder Siciliens und warum nicht auch im eigentlichen Hellas gekauft haben; und so mögen wir in dem Vorhandensein dieser Sculpturen in Pompeji ein Zeugniss für reineren und tieferen Kunstsinn einiger seiner Bewohner erblicken, für den auch das Herbeiziehn einiger griechischen Künstler zur Herstellung von Mosaiken, für den einige Wandgemälde, welche die grosse Masse weit übertreffen, für den endlich manche Geräthe, diese freilich als Modeartikel am schwächsten, zeugen, in deren Formgebung und Ornament die griechische Hand nicht zu verkennen ist, und die so gut wie unsere Sculpturen eingeführt oder durch Handel nach Pompeji gekommen sein werden.

Ueber den grösseren und geringeren Kunstwerth der pompejaner Sculpturen ist es um so leichter sich ein gerechtes Urteil zu bilden, je mehr Stufen desselben sich uns in diesen Sculpturen selbst zur Vergleichung darbieten. Mögen wir auf die Originalität der Erfindung und Composition, mögen wir auf Ausdruck und Bewegung, mögen wir endlich auf die Formgebung und das äussere Machwerk den Blick wenden, immer werden wir leicht den Vorzug der zuletzt genannten griechischen Werke vor den römischen, der älteren vor den jüngeren hervortreten sehen. Der tanzende Faun ist in jeder Weise ein Meisterstück; obwohl es höhere Aufgaben der Kunst geben mag, Ideale erhabenster Grossheit oder lieblicher Schönheit, mit denen unsere Statue nicht wetteifern kann, das was der Künstler hat geben und darstellen wollen, die frische Beweglichkeit eines von sinnlichem Behagen durchglühten und vom Taumel ausgelassener Lust fortgerissenen Naturwesens, das hat er ganz vollendet ausgedrückt. Wie der Faun mit etwas zurückgeworfenem Kopfe und Oberleibe die Arme geschwungen um seine Bewegungen zu beschleunigen, dahintanzt ohne Heftigkeit, aber auch ohne eine Spur ermüdender Anstrengung wie durch eine geheime innere Kraft geschnellt und getrieben: ist jeder Zoll Bewegung, jeder Muskel in elastischer Spannung, die ganze Figur voll Leben als müsste sie von der Basis springen. Vollendete Schärfe der Formgebung, der straffen Musculatur, vermittelt den Eindruck der Intention und Composition und vortrefflich ist die Altersstufe gewählt; ein jugendlicher Körper hätte weniger energische Formen, rundere Bewegungen gefordert, und grade in dem etwas Eckigen liegt der Zauber des Ausdrucks dieser schnellen Beweglichkeit; auch würde bei einem jungen Springinsfeld die Lustigkeit viel eher als das Resultat augenblicklicher Erregtheit erscheinen, während sie bei dem Manne aus dem innersten Wesen hervorgeht und dieses Wesen als in ihr aufgehend darstellt.

Auf die Art, wie ein ungefähr verwandter Vorwurf in der Büste Fig. 263 *a* und in der Doppelbüste das. *d* gelöset ist, haben wir schon oben gesprochen; obgleich die erstere keineswegs ein eminentes Kunstwerk genannt zu werden verdient, so rangirt sie doch immerhin unter die bedeutenderen Darstellungen aus dem bacchischen Kreise und die Maasshaltung im Ausdruck verbunden mit der bewussten Präcision der Formgebung verdient alle Anerkennung. In der Doppelbüste aber quillt und pulsirt ein so köstliches frisches Leben, wie es nur aus irgend einem Kunstwerk uns entgegenleuchtet, und indem der Künstler auf alle höhere Idealität verzichtete, ist ihm der Ausdruck der gemeinen Sinnlichkeit in einer Naturwahrheit gelungen, welche diesem Werke einen sehr hohen Rang für alle Zeiten anweisen wird.

Der Herakles mit der Hinde ist im eigentlichen Grunde keine originelle Composition; die Darstellung findet sich einigermaassen ähnlich schon in einem alterthümlichen Kunstwerk und noch mehr mit unserer Gruppe übereinstimmend in mehren Werken der ausgebildeten Kunst, welche wahrscheinlich auf eine Metope am Tempel von Olympia zurückgehn. Von einer sclavischen Nachahmung dieses oder eines anderen älteren Musters ist aber bei unserer Gruppe eben so wenig wie von absolut neuer Erfindung die Rede; Manches in Stellung und Bewegung ist eben so eigenthümlich wie vortrefflich und ganz besonders gelungen erscheint das Festhalten des Thieres durch den Helden dargestellt. Es ist nicht ein blosses Zurückziehen, auch nicht allein ein Niederdrücken des Hirsches am Geweih, sondern der Held hat das Thier der Art gepackt, dass er ihm ziemlich alle Bewegungen hemmt, dass er es im eigentlichen Wortsinne bändigt.

Die genannten Sculpturen stehen unbedingt allen übrigen an Kunstwerth und zwar nicht unbedeutend voran; als die ihnen zunächst folgenden dürfen wir wohl den Apollo (Fig. 260 *a*), die kleine Venus (Fig. 262 *c*), die Diana (das. *b*), den Satyrn aus dem Hause des Lucretius (das. *a*), den Knaben mit der Gans (Fig. 261 *e*) den Fischer (Fig. 265) und etwa den Silen (Fig. 261 *a*) so wie die Nymphe (das. *b*) bezeichnen. Von originaler Erfindung ist wohl kaum bei einer dieser Statuen die Rede, jedoch gehören sie zu den besseren Nachbildungen bedeutender Originale. Der Formgebung nach zeichnen sich der Satyr, die Venus und der Silen vor den anderen aus, der erste durch natürliche Frische und eine anerkennenswerthe Präcision, die Venus durch eine zarte Behandlung der Linien und Flächen, welche die reine Blüthe des feinen jungfräulichen Körpers zur vollsten Geltung bringt, der Silen endlich durch eine sehr gelungene Darstellung des in Müssiggang und Wohlleben verweichlichten und etwas fetten Körpers. In dem Apollo hat ein missverstandenes Streben nach Idealität der Naturwahrheit des Körpers Eintrag gethan, die rechte Spannkraft der Muskeln fehlt, die Formen sind etwas oberflächlich und, wie ich oben sagte, glatt behandelt, die Ruhe des Gottes hat einen Anflug von Trägheit oder wenigstens von Lässigkeit, deren Uebergang zu energischer Bewegung wir uns nicht recht vorstellen können. Die Nymphe dagegen und besonders die Diana leidet an Schwerfälligkeit; componirt sind beide Werke, das eine in der behaglichen Ruhe, das andere in der heftigen Bewegung gleich gut, aber der Reiz und die Feinheit der Formen fehlt. Die Nymphe ist etwas oberflächlich gearbeitet, die Diana geradezu massiv, macht sie doch selbst in kleiner Zeichnung den Eindruck eines Kolossalwerkes, obgleich sie nur 4¾ Fuss hoch ist. Auch in der Gewandung vermissen wir das originell Gedachte; so gut der Chiton (das Gewand am Körper) die Bewegung des Körpers, das Flattern im Luftzuge bei dem Laufe der Göttin wiedergiebt, so wenig motivirt ist der Zipfel, welcher über dem linken Arm liegt. Dergleichen Einzelheiten legen von einer Nachahmung Zeugniss ab, welche überkommene Formen und Motive wiedergiebt, ohne sich über das Wie und Warum klare Rechenschaft abzulegen. Bei dem Knaben mit der Gans sind sowohl die Formen des kindlichen Körpers gelungen, wie auch der Ausdruck des Erstaunens vielleicht über die Fluth, die ihn rings umgiebt, aber das ganze Werk hat etwas Gemachtes, so dass wir uns die Situation schwer als in lebendiger Handlung entstanden denken können. Der Fischer endlich ist als ein naturwahres Genrebild aller Anerkennung werth, die Spannung des Angelnden, welche ihn das linke Bein und den Arm derselben Seite, an dem der Korb hangt, wie schwebend emporziehn lässt, während der Blick fest auf das Wasser gerichtet ist, diese ist gut wiedergegeben. Das ganze Werk jedoch flösst uns kein sonderliches Interesse ein, sondern trägt den Charakter eines artigen Einfalls, an dem wir uns bald ersättigen.

Je weiter wir nun zu den Sculpturen späteren Datums fortschreiten, desto weniger Bedeutendes an Auffassung und Darstellung tritt uns entgegen, desto klarer sehn wir, wie die originelle Erfindung nachlässt, wie Nachahmung und Wiederbildung älterer Kunstwerke, Wiederholung überkommener Motive an die Stelle tritt und der feine künstlerische Sinn mehr und mehr schwindet, während die Oberflächlichkeit zunimmt. Es würde uns zu weit führen, wenn wir alle noch nicht besprochenen Sculpturen Pompejis hier im Einzelnen beurteilen wollten, auch wird dies gewiss nicht nöthig sein, da unsere Leser ohne allen Zweifel selbst ein richtiges Urteil fällen werden, wenn sie nur die späteren Werke mit den früheren, die mythologischen Darstellungen mit älteren desselben Gegenstandes vergleichen wollen. Niemand wird die Porträtstatuen der Livia, des Drusus, des kleinen Caligula, der Eumachia für geistvoll componirt, Niemand die Isis, den Bacchus, die Venus (Fig. 259 *a. b. c.*) und andere derartige Werke für originelle Erfindungen halten, Niemand das Geleckte und Gekünstelte in der Formgebung dieser Statuen, die Ueberladung in den Reliefen z. B. des Quirinusaltars, des Grabes der Naevoleïa verkennen. Wozu der Mittelmässigkeit gegenüber viele Worte machen? Genug, dass wir in den Sculpturen Pompejis eine Abfolge der Zeit und des Werthes anerkannt haben, eine Stufenreihe, an deren Ende wir ein fühlbares Sinken der Kunst bemerkten, welche nach einer kurzen, aber nicht naturwüchsigen Nachblüthe unter Hadrian, also etwa ein halbes Jahrhundert nach der Zeit, von der wir reden, mit reissender Schnelligkeit verfällt und, nachdem sie zuerst Geist und Originalität, dann auch die Sorgfalt der Formgebung und Technik verloren hat, mit dem entartenden römischen Reich und dem Absterben der antiken Welt ebenfalls entartet und abstirbt.

Drittes Capitel.

Die Malerei.

Erster Abschnitt.

Allgemeines, Orte und Veranlassungen.

Wir haben schon in der Einleitung auf die Bedeutung hingewiesen, welche die pompejanischen Wandgemälde nebst denen von Herculaneum und verhältnissmässig wenigen anderen für uns haben. Und in der That kann diese Bedeutung nicht zu hoch, kaum hoch genug angeschlagen werden und wir sind, trotz der vielfachen Beschäftigung mit diesen Schätzen doch noch weit davon entfernt, dieselben, welche uns die ganze verlorene Malerei der Alten vertreten müssen, in jeder Weise und nach allen Richtungen ausgebeutet zu haben. Dass die Wandgemälde Pompejis uns eine nur unvollkommene Vorstellung von der Malerkunst der Griechen geben können, das versteht sich von selbst; sehn wir auch davon ab, dass sie keine Meisterwerke sind, dass wir also die Herrlichkeit dessen, was die grossen Künstler schufen, etwa nur in derselben Art aus ihnen zu erkennen oder zu ahnen vermögen, wie wir im Stande sind aus den Sculpturen der römischen Periode Pompejis z. B. auf die des Parthenon oder gar auf die untergegangenen Meisterwerke eines Phidias, Praxiteles, Scopas, Lysipp zu schliessen, sehn wir auch zunächst hievon ab, so bleibt es Thatsache, dass die Gemälde Pompejis nicht und in keiner Weise vermögen, uns die verschiedenen alten Schulen in ihren gewaltigen Unterschieden überwiegender Zeichnung oder überwiegenden Colorits, vorherrschend grossartiger und tiefsinniger Composition oder vorherrschend vollendeter und lieblicher Formgebung zu vergegenwärtigen. Die Anerkennung dieser Thatsache soll aber unsere Werthschätzung dieser Gemälde nicht verringern, sondern nur bestimmen und regeln, damit wir nicht Ansprüche erheben, die nicht erfüllt werden können und, in diesen Ansprüchen enttäuscht, geringer von den Schätzen der alten Stadt denken, als billig ist. So gut wie man, eine gleich mangelhafte Ueberlieferung in der Plastik angenommen, aus etlichen hundert Gruppen, Statuen und Reliefen aus dieser Zeit und von etwa gleichem Werthe mit den pompejaner Malereien freilich nicht die ganze Herrlichkeit der alten Sculptur zu ermessen vermögte, wohl aber durch ein genaues Studium dieser Bildhauerwerke in Bezug auf die Gegenstände und ihre Auffassung und die Art ihrer Darstellung, in Bezug auf die Eigenthümlichkeit der Formgebung und Technik der Alten mehr lernen würde, als aus allen schriftlichen Nachrichten und Urteilen zusammengenommen, ja so gut man erst durch die Anschauung auch nur eines halben Dutzends antiker Statuen fähig wird, die Nachrichten und Urteile der Alten überhaupt zu verstehen: so gut bilden die pompejaner Gemälde die einzige solide Grundlage unserer Vorstellung von der Malerei der Alten überhaupt. Zeugniss jene seltsamen Ansichten und Meinungen, die vor der Entdeckung alter Bilder über die alte Malerei im Schwange waren, der man z. B. entweder jede Perspective unsinnig genug absprach, oder der man höchstens eine der Perspective chinesischer Bilder ähnliche zugestehn wollte; die reliefartig componiren und in einer abstracten oder auch conventionellen Farbgebung befangen sein sollte und was dergleichen mehr war. Jetzt erscheint uns dies freilich ziemlich absurd, jetzt ist, wir dürfen es behaupten, unser geistiges Auge geschärft und geübt genug, um die vergangene Herrlichkeit der griechischen Malerei ahnungsvoll zu erschauen, und die schriftlichen Nachrichten zu würdigen; jetzt reden wir nicht mehr von mangelnder Perspective, reliefartiger Composition, abstractem Colorit; aber was hat uns denn den Staar gestochen, was unsere Blicke geschärft und geübt, unser Urteil geläutert und uns einen Maassstab in die Hand gegeben, wenn nicht der Schatz alter Malerei in Pompeji und Herculaneum?

Niemand kann eine Folge pompejanischer Gemälde, sei es auch nur in farbigen Nachbildungen betrachten, ohne inne zu werden, dass die alten Griechen eben so sehr im Besitze des Sinnes für das eigentlich Malerische waren, wie sie der Sinn für das Plastische vor allen Völkern alter und neuer Zeit auszeichnet. Wir finden diesen malerischen Sinn, mögen wir nun die Blicke auf die Gegenstände, auf deren Auffassung und Composition, auf die Form- und Farbgebung richten. Wenn das Princip der Plastik in der Form, so liegt das Princip der Malerei in der Farbe; und wenn aus dem Grundprincip der Plastik sich als das Wesen ihrer Darstellung die reale Bildung jeder einzelnen tastbaren Form als solcher ergiebt, welche die in sich abgeschlossene Sonderexistenz jedes plastischen Kunstwerkes, ja jedes Theiles eines solchen bedingt, so ergiebt sich aus dem Grundprincip der Malerei als das Wesen ihrer Darstellung das Ineinsbilden des in seiner Relation zum Ganzen aufgefassten Details. Und grade die harmonische Totalwirkung jedes pompejanischen Bildes, stelle es eine einzelne Gestalt auf einfarbigem Hintergrunde dar, wie die vielen schwebenden Figuren, oder eine grosse Gruppe von Gestalten mitten in landschaftlicher oder architektonischer Umgebung, wie in vielen mythologischen Compositionen, diese harmonische Totalwirkung jedes Bildes bei nachlässig gebildetem und selbst mangel- oder fehlerhaftem Detail beweist für den eminent malerischen Sinn der Künstler, welche diese Gemälde schufen. Nicht weniger offenbart sich dieser Sinn in dem Colorit, das, ohne der Tiefe und Gluth unserer Oelmalerei fähig zu sein, und allerdings auch ohne sich mit der feinnuancirenden Abtönung in den Halbschatten unserer Malerei messen zu können, doch so harmonisch gewählt und behandelt ist, dass wir wohl häufig den Eindruck des Lebhaften und Glänzenden, nie aber den des Grellen und Bunten empfangen. Und endlich zeigen sich die Künstler der pompejaner Gemälde (und das dürfen wir bei den grossen griechischen Meistern in noch höherem Maasse voraussetzen), auch dadurch als echte Maler, dass sie ihren Gestalten ein glühendes, pulsirendes Leben, eine feurige Seele einzuhauchen verstehen, die namentlich aus den mit bewusster Kunst behandelten Augen spricht, diesen Lichtern des menschlichen Antlitzes, deren Reiz und Zauber die Sculptur zum grössten und besten Theil darzustellen verzichten muss.

Wir haben die charakteristischen Eigenthümlichkeiten und Vorzüge der pompejanischen Malerei hervorgehoben und nach Gebühr gepriesen, dürfen aber nun auch nicht vergessen an die Schattenseiten und Mängel, die Flüchtigkeit, zum Theil Nachlässigkeit und Laxheit in Zeichnung und Modellirung, von der wir noch unten zu reden haben werden, wenigstens zu erinnern. Damit wir aber hiermit nicht einen Tadel auszusprechen scheinen, der vielleicht unsern Lesern ebenso für die ganze alte Malerei giltig dünkte, wie dasjenige, was wir lobend erwähnt haben, so muss hervorgehoben werden, dass wir die pompejanische Malerei nur dann gerecht zu würdigen im Stande sind, wenn wir sie in Bausch und Bogen unter dem Gesichtspunkte der Decorationsmalerei betrachten. Es ist ja bekannt, dass die Malereien von dem einfachen Anstrich an durch die Nachahmung des Marmors von verschiedener Farbe, durch tapetenartige Muster, von denen bei Zahn 2. 39. eine merkwürdige Probe, durch

Darstellung von Pflanzen mancherlei Art, Gebüschen, Laubgängen u. dgl., durch die phantastischen Architekturen in denen menschliche Figuren gleichsam als Bewohner erscheinen (s. z. B. oben Fig. 75), und welche die grösseren Compositionen an den Hauptstellen, schwebende Figuren in den Nebenfeldern, Landschaften, Genrebildchen, Stilleben u. dgl. an untergeordneten Stellen umrahmen, dass, sagen wir, die Malereien durch alle diese Stufen hindurch den Schmuck der Wände in öffentlichen und gewöhnlich in viel bedeutenderer Weise in privaten Gebäuden bilden. Nun könnte man allerdings geneigt sein, den grösseren Compositionen mythologischen oder genreartigen Gegenstandes als dem bedeutendsten Zweige der pompejanischen Malereien den Charakter der Decorationsmalerei ab- und ihnen einen höheren ideellen Charakter zuzusprechen, man könnte hiebei als bezeichnende Aeusserlichkeit selbst die feste Umrahmung dieser Bilder geltend machen, welche sie aus der Wandfläche abheben, man könnte ferner daran erinnern, dass wie wir oben (S. 88 vgl. Fig. 75) sahen, diese Bilder sogar zum Theil als Tafelgemälde in die Wandfläche eingelassen wurden. Wir aber entgegnen, dass trotz dem auch diese Bilder den gemeinsamen Charakter tragen, indem auch sie in Stoffen und Ausführung, selbst in der Farbe niemals den Bezug zu der Gesammtdecoration der Wand und zu dem auszuschmückenden Raum, sei er ein Schlafzimmer oder ein Speisesaal, ein Atrium oder ein Peristyl, aufgeben; ferner dass auch die Gesammtdecoration als Umrahmung des Hauptbildes zu diesem in stetem und bestimmtem Bezug steht, und dass es schwer möglich sein würde, wenn man die ganze Reihe der verschiedenen Arten der Malerei vom Anstrich aufwärts bis zum mythologischen Bilde überblickt und verfolgt, den Punkt zu finden, die Grenzlinie zu ziehen, welche die Decoration von der selbständigen Malerei trennt. Je mehr wir den decorativen Charakter der gesammten Malerei in Pompeji festhalten, um desto milder werden wir ihre Mängel, namentlich eine vielfach hervortretende Flüchtigkeit und eine überwuchernde Ueppigkeit und Fülle beurteilen und desto freudiger ihre Vorzüge anerkennen, jene Heiterkeit und Luftigkeit, welche der Enge und dem Dunkel der Räume entgegenwirkte, den unerschöpflichen Reichthum in den ornamentalen Motiven, die sinnige Wahl und die passende Zusammenstellung der Gegenstände der Mittelbilder, die Uebereinstimmung der Decorationen in bald einfacheren, bald reichern Zeichnungen und bald helleren, bald dunkeleren Farben mit der Bestimmung und der Grösse des Raumes, die Harmonie in der Gesammtheit eines auf diese Weise durchaus bemalten Raumes. Auch die Thatsache, dass der Kreis der Gegenstände in den Hauptbildern bei aller Mannigfaltigkeit keineswegs ein weiter ist, sondern, wie ein geistreicher Forscher sagt, der Hauptsache nach nur die Mythen begreift, welche durch wiederholte Behandlung der Dichter und Künstler zu einem Gemeingut der gebildeten Welt, zu einer Art mythologischer Scheidemünze geworden waren, auch diese Thatsache wird wenn nicht allein, doch schon wesentlich aus dem decorativen Grundcharakter der

Malereien erklärt. Denn Nichts ist natürlicher, als dass wir die Räume, in denen wir uns täglich bewegen, mit einem Bilderschmuck bekannter und lieber Darstellungen versehen, durch welche wir, ohne zum Nachdenken oder zum gelehrten Studium aufgefordert oder genöthigt zu sein, uns angenehm und leicht erregt fühlen. Und wenn wir in den pompejaner Wandgemälden eine vorwiegend auf das Anmuthige und sinnlich Reizende gerichtete Auffassung und Darstellung finden, so hat auch das nicht seinen entferntesten Grund in dem decorativen Grundcharakter, welcher dem Grossartigen und dem tragisch Erhabenen seinem innersten Wesen nach abgeneigt ist.

Zweiter Abschnitt.

Die Technik.

Von den verschiedenen technischen Arten der Malerei bei den Alten, welche unter die beiden Hauptgattungen der Tafel- und der Wandmalerei fallen, ist uns in den pompejanischen Gemälden nur die letztere, die Malerei auf die Tünche der Wände erhalten, obwohl wir die sicheren Spuren besitzen, dass auch die Malerei auf hölzernen Tafeln in Pompeji geübt wurde zum Theil darin, dass die Plätze, wo hölzerne Tafeln in die Wände eingelassen waren, wie z. B. im Peribolos des Venustempels (oben S. 88) aufgefunden sind, zum Theil in Bildern, welche Staffelei- und Tafelmalerei darstellen.*) Von der Tafelmalerei in ihren verschiedenen technischen Arten müssen wir, unserem Principe getreu, nur das zu besprechen, was zur Erklärung der vorhandenen Denkmäler gehört, ganz absehn und uns auf die Darstellung dessen beschränken, was über die Wandmalerei in Pompeji bisher erforscht ist.

Es ist bei dem lebhaften Interesse, welches die ganze gebildete Welt an den pompejanischen Wandmalereien nahm und nimmt, sehr begreiflich, dass man dieselben in jeder Weise und nach allen Richtungen hin in Bezug auf den Grund, in Bezug auf die Farbenmaterialien, in Bezug auf deren Auftrag vielfältig untersucht hat. Ganz oder halbzerstörte Gemälde boten diesen antiquarischen, artistischen und chemischen Untersuchungen ein wenn auch nicht überall ausreichendes, so doch recht reichliches Material, und dennoch müssen wir gestehn, dass wir noch keineswegs über alle Punkte zur Klarheit und zu einer übereinstimmenden Ansicht gekommen sind. Am wenigsten Zweifel hat man und kann man nach chemischen Untersuchungen haben über die Farbmaterialien; es steht fest, dass dieselben fast ausschliesslich aus dem Mineralreich

*) Eine Malerin, die eine Bacchusherme copirt, abgeb. Mus. Borb. 7. 3 und ein scherzhaftes Gemälde, welches einen Porträtmaler in seinem Atelier in Pygmäengestalt darstellt, abgeb. Arch. Ztg. 4. 312, Mazois 2. p. 63.

stammen, dass Pflanzenfarben ausser Kohlenschwarz gar nicht und von thierischen Farbstoffen nur der Saft der Purpurschnecke mit Kreide gemischt (*purpurissum*) und zwar sehr einzeln und Knochen- oder Elfenbeinschwarz ebenfalls sehr selten verwendet ist. Die nachweisbaren reinen Farbenstoffe, aus denen durch Mischung die verschiedenen Nüancen und Töne hervorgingen, sind für Weiss: Kreide, nicht das sonst gebrauchte Bleiweiss (*cerussa*); für Gelb: Ocher (*sil*), je nach den Nüancen mit Kreide, sowie für die nicht seltene orange Farbe mit Mennig gemischt; für Roth: rothe Erde (Röthel), Mennig (*minium*) gebrannter Ocher und weniger Zinnober; für Blau: Kupferoxyd; für Braun: gebrannter Ocher, der jedoch seltener, als eine Mischfarbe verwendet ist, sowie alles Grün in Pompeji ebenfalls eine Mischfarbe ist.

Unzweifelhaft ist auch die höchst sorgfältige Art bekannt, wie der Bewurf der Wände zur Aufnahme der Malereien hergerichtet wurde. Vitruv (7. 3, 5) giebt hierüber genaue Vorschrift, welche so ziemlich, wenn auch nicht überall und in gleichem Maasse streng in Pompeji eingehalten ist. Zuerst wurde die Mauer mit einer nicht sehr dicken Schicht von Kalk mit Puzzuolana beworfen ohne geglättet zu werden, über diese Grundlage zog man eine oder mehre dünne Lagen feineren Kalkmörtels, über welche man dann wieder zwei oder bei der sorgfältigsten Bereitung drei Schichten feinen Mörtels legte, in welchen nach oben hin immer feiner gemahlenes Marmorpulver oder Gypspulver gemischt wurde. Jede folgende Lage wurde aufgetragen ehe die unmittelbar vorhergehende völlig getrocknet war; die zweite und letzte Schicht wurde mit dem Schlagholz (Baculus) festgeschlagen und geglättet, um jene Festigkeit und Glätte zu erlangen, welche wir an den Bewürfen bewundern. Mazois berichtet, dass er an mehren Stellen die Eindrücke des Streich- oder Schlagholzes von etwa 2″ Breite in dem Stucco wahrgenommen habe. Der Erfolg dieser sehr sorgfältigen Bereitung der Bewürfe ist eine so grosse Festigkeit, dass die Masse in sich niemals Risse bekam, und dass man sie gleichsam wie Marmorplatten von den Wänden sägen und in andere Wände einsetzen konnte, ein Verfahren, welches, wie schon früher angeführt, bereits im antiken Pompeji mehrfach geübt wurde, und welches man neuerdings wieder und zwar in ausgedehntester Weise anwendet, um alle besseren Gemälde von ihren Fundorten, wo sie durch übergezogenen Lackfirniss oder vorgesetztes Glas nur unvollkommen gegen die Unbilden des Wetters geschützt werden können, in das königliche Museum in Neapel zu transportiren.

Ueber die Art und Weise wie nun auf den in angegebener Weise hergerichteten Bewurf die Farben aufgetragen wurden gehn die Meinungen ziemlich weit auseinander. In den ersten Zeiten der Ausgrabungen nahm man, wie Winckelmann (Briefe §. 16 und Sendschreiben §. 46) bezeugt, ohne weitere Prüfung an, die Gemälde seien *a fresco*, auf die feuchte Tünche aufgesetzt; man überzog dieselben daher sogleich mit dem Conservationsfirniss und machte dadurch jede Untersuchung so ziemlich unmöglich. In den neueren Zeiten sind nun allerdings mehrfache Untersuchungen gemacht, deren Resultate aber verschieden beurteilt werden. Ziemlich unhaltbar erscheint wohl die Ansicht, dass die pompejanischen Bilder enkaustisch gemalt seien, d. h. so, dass die mit Wachs oder Harz angemachten und durch irgend ein ätherisches Oel, unbekannt welches, flüssig gemachten Farben mit dem Pinsel aufgesetzt und mit einem angeglühten Eisenstabe in die Grundlage verschmolzen und zugleich vertrieben und unter sich abgetönt worden seien. Dass diese Enkaustik, über welche langer Streit gewesen ist, und über die unbedingt Welcker in seinen kleinen Schriften Bd. 3 S. 412 ff. am klarsten geredet hat, in Pompeji geübt wurde, ist wohl unzweifelhaft, theils durch die, wie oben S. 261 angegeben, in einem Laden der *casa del Archiduca* aufgefundenen mit Harz präparirten Farben, die schwerlich in einer anderen Art, als eben durch Enkaustik verwendet werden konnten, theils durch ein ebenfalls schon erwähntes Gemälde im s. g. Pantheon (S. 98), welches, wenn nicht Alles trügt, in einer halbwegs allegorischen Manier die enkaustische Malerei darstellt (s. Welcker a. a. O. S. 426 ff.) und, wenn dieses, grade so für die Uebung dieses Kunstzweiges beweist, wie die oben angeführten Bilder für die Uebung der Staffelei- und Tafelmalerei. Ob aber die Wände enkaustisch bemalt wurden, und nicht vielmehr nur Tafeln, die uns verloren gegangen sind, und nach einem etwas verschiedenen Verfahren, für welches wir den Namen der Lithochromie erfunden haben, architektonische Glieder von Stein, das ist eine wenigstens noch nicht absolut entschiedene Frage. Nur das dürfen wir mit Sicherheit behaupten, dass die Enkaustik nicht durchgehends zur Wandmalerei verwendet wurde. Als die durchgehends angewendete Technik wird nun von den einen Forschern, wie z. B. Kugler in seiner Kunstgeschichte, die Frescomalerei betrachtet, welche den alten Griechen unter der Bezeichnung der Malerei eph' hygrois (auf feuchte Gründe) wohl bekannt war. Andere dagegen statuiren eine ganz allgemeine Malerei *a tempera* auf den trockenen Kalkbewurf, und noch Andere nehmen ein gemischtes Verfahren an, so z. B. Otfried Müller, der in seinem Handbuch der Archäologie der Kunst §. 319. 5 behauptet, in Herculaneum seien die Grundfarben *a fresco* die übrigen *a tempera* aufgesetzt, was natürlich für Pompeji ebenfalls Geltung hätte. Dass nicht durchgehend *a fresco* gemalt worden sei, geht wohl daraus hervor, dass ausreichende Beispiele eines Abblätterns der Farbe von dem Grunde, der in seiner Unverletztheit zurückbleibt, vorliegen, was bei dem vorausgesetzten Auftrag auf die nasse Tünche durchaus unmöglich ist, da das Wesen und der Vorzug der Frescomalerei eben darin liegt, dass die Farbe in die Tünche eindringt und mit ihr einen Körper bildet, wodurch die grösste Dauer garantirt wird. Eine durchgehende Malerei *a tempera* lässt sich jedoch ebensowenig beweisen, obwohl sie die ungleich gewöhnlichere im Alterthum gewesen ist, und es bleibt am wahrscheinlichsten, dass bald das eine, bald das andere Verfahren angewendet wurde. Ob freilich in der Weise gemischt, wie Müller annimmt, steht wohl noch dahin.

Bei der Frescomalerei braucht der Farbestoff nur mit Wasser angemacht zu werden, da hier ein Eindringen in den Kalk und eine chemische Verbindung mit demselben stattfindet, welche einige Materialien, die sich in dieser Verbindung verändern, zu dieser Malerei untauglich macht, den gebrauchten Farben dagegen allen Halt giebt, den man wünschen mag. Bei der Temperamalerei dagegen musste den Farben ein Bindemittel zugesetzt werden, welches nicht Eiweiss gewesen zu sein scheint, wie man eine Zeit lang angenommen hat, sondern Leim.

Was nun die Art zu malen, die Technik im engern Sinne oder das Machwerk anlangt, so werden wir darüber am besten erst dann reden, wenn wir von den Resultaten dieser Technik, von Stil und Kunstwerth der Gemälde sprechen. Der Vollständigkeit wegen sei hier jedoch bemerkt, dass ein Auftrag mit breiten Pinseln und ein schnelles Verfahren deutlich bemerkbar ist, welches in den besseren Fällen den ehrenden Beinamen eines kühnen, von grosser Sicherheit zeugenden verdient, in anderen jedoch dem Tadel der Flüchtigkeit nicht entgehn kann. Im Allgemeinen wurden die Farben sehr dünn aufgetragen, jedoch sind auch Beispiele vom Gegentheil, von recht pastoser Malerei vorhanden, welche den Farbenkörper als solchen sichtbar und fühlbar macht, keineswegs aber Lob verdient, vielmehr als Resultat einer gewissen Unsicherheit und der durch eine solche hervorgerufenen öfteren Uebermalung mit Deckfarben (Pigmenten) betrachtet werden muss. Lasuren sind nicht nachweisbar. Im Allgemeinen scheint es, dass der Contour mit Kohle oder Kreide vorgezeichnet worden sei, in einzelnen Fällen ist er in den Kalkbewurf mit einem spitzigen Instrumente vorgerissen, wie dies auch bei den gemalten Vasen vorkommt; in anderen und zwar nicht seltenen Fällen ist es schwer zu sagen, ob von einem Umriss überhaupt gesprochen werden darf, indem den fertigen Bildern jede Contourirung fehlt, und sie mit dem Grunde wie verwaschen erscheinen, so dass man wohl in grösserer Distanz die Gestalten deutlich genug erkennt, näher tretend oder wenn man ein solches Gemälde durchzeichnen will, platterdings nicht bestimmen kann, wo die Grenzen laufen. Diese Manier giebt beinahe keine Nachbildung wieder; alle Darstellungen pompejanischer Malereien, seien es Umrisszeichnungen oder ausgeführte oder farbige Blätter sind, abgesehn von anderen Mängeln der meisten, zu bestimmt, zu klar und scharf in der Zeichnung, nur T e r n i t e s Publicationen zeichnen sich hier auf's Merkwürdigste aus, indem in ihnen durch ein unsäglich mühsames und künstliches Verfahren fast die ganze Zerflossenheit nebst dem eigenthümlichen kalkigen Ton der Gemälde wiedergegeben ist, so dass von diesen meisterhaften Blättern manche wie die Originale eine Betrachtung aus einiger Entfernung erheischen. — Endlich wird noch zu bemerken sein, dass auch bei der Darstellung der reinen Ornamente die ganze oder theilweise Schablone beinahe niemals angewendet, sondern Alles aus freier Hand höchstens unter Vorreissung mit einer Spitze ausgeführt wurde, wovon man sich leicht dadurch überzeugt, dass bei durchgehenden Ornamenten mit wiederkehrenden Formen, diese fast niemals ganz genau auf einander passen, sondern stets leise Verschiedenheiten zeigen. Vereinzelte Ausnahmen können hier kaum in Anschlag kommen und sind gewiss nicht im Stande, den bedeutenden Eindruck von Leichtigkeit und Sicherheit der Hand bei diesen alten Decorationsmalern in uns herabzustimmen.

Dritter Abschnitt.

Die Gegenstände.

Vitruv redet von fünf Classen, in welche sich die gesammte Wandmalerei seiner Zeit eintheilen lasse, nämlich 1. Nachbildungen architektonischer Glieder und Materialien wie z. B. Marmorgetäfel in Zimmern, 2. architektonische Ansichten im Ganzen, was wir Architekturen nennen, 3. Darstellungen tragischer, komischer und satyrischer *scenae*, 4. Landschaften und 5. historische Bilder, die s. g. Megalographie, Göttergestalten, mythologische Scenen zum Theil ohne, zum Theil mit landschaftlichen Umgebungen und Hintergründen. Wir können diese fünf Classen ohne Ausnahme in Pompeji aufweisen und es liegt nahe, die Gegenstände der pompejanischen Wandmalereien nach dieser antiken Eintheilung unsern Lesern vorzuführen. Allein zweckmässiger dürfte für eine klare Uebersicht doch folgende Eintheilung sein, der wir folgen werden. 1. Classe: Architektur- oder Decorationsmalerei im engeren Sinne, umfassend die erste und zweite vitruvianische Classe; 2. Classe: Landschaftsmalerei mit mehr oder weniger Staffage; 3. Classe: Genremalerei, zu der sowohl das eigentliche Genre, die Darstellungen aus dem täglichen Leben und als eine Art dieser Darstellungen diejenigen tragischer und komischer Scenen*) gehören, als auch das s. g. Stilleben in seinem ganzen Umfange einschliesslich Blumen- und Fruchtstücke; 4. historische Malerei (Megalographie) mythologischen Inhalts, umfassend mythologische Einzelfiguren und mythologische Begebenheiten, letztere zum Theil in ziemlich ausgebildeter landschaftlicher Umgebung.

In unsere erste Classe fallen zuerst die von Vitruv als alleinige erste Classe genannten Nachbildungen architektonischer Materialien und Glieder, über welche hier sowohl deswegen wenige Worte genügen werden, weil dies offenbar die niedrigste Art der Malerei ist, als auch weil wir derselben bereits oben bei Besprechung der Ornamentik gebührende Erwähnung gethan haben. Die

*) Bei Vitruv finden wir *scenas* als dritte Classe. Das Wort bezeichnet zunächst die Bühne, Bühnendecoration und ist auch hier allgemein so verstanden worden. Dass sich hiegegen ein Zweifel regt, darf nicht verschwiegen werden; auffallend ist es wenigstens, dass in Pompeji nicht eine einzige Bühne oder Bühnendecoration gemalt ist, denn ein paar Proscenien können hier nicht zählen, dagegen sicher manche Scene in dem Sinne, wie wir das Wort gebrauchen und wie es auch antiker Weise unstreitig gebraucht werden konnte.

Nachbildung von architektonischen Materialien, namentlich Marmorarten durch Färben und Bemalen des Stuccobewurfes tritt selten allein durchgeführt auf, ein interessantes Beispiel haben wir in der *casa del gran Musaïco* kennen gelernt (S. 239 ff.), desto häufiger dagegen in Verbindung mit sonstiger Architekturmalerei, so z. B. marmorgetäfelte Sockel farbiger Wände, Carniese, Wandpfeiler u. a. dgl. darstellend. Beispiele bei Zahn 2. 33, 83 und besonders in der diesem Buche beigegebenen farbigen Platte.

Die eigentliche Malerei beginnt erst mit der zweiten Abtheilung unserer ersten Classe, mit der Darstellung architektonischer Ansichten im Ganzen, welche zugleich den Rahmen für fast alle anderen Arten von Gemälden bilden. Diese architektonische Decorationsmalerei ist es, gegen welche sich der pedantische Vitruv 7, 5 über alle Gebühr ereifert, in denen wir dagegen die Fülle der Phantasie und die Eleganz der Ausführung zu bewundern wissen, obgleich wir dem alten Baumeister darin Recht geben müssen, dass feste architektonische Principien nicht immer in diesen Decorationen walten, und dass ein sehr feiner Sinn für die Formen und ihre Combinationen in dem Maler leben muss, falls er nicht wirklich zu geschmacklosen Ausschreitungen oder Monstrositäten wie Vitruv sie nennt, und wie sie wirklich hie und da uns entgegentreten, sich verleiten lassen will. Bei der überschwenglichen Fülle des Details ist es beinahe unmöglich die Leistungen dieser architektonischen Decorationsmalerei ohne in's Weite und Breite zu gehn, zur Uebersicht zu bringen; eine Durchsicht der in Beziehung auf die Darstellung ganzer Wände meisterhaften Zahn'schen Blätter wird hier immer weiter bringen, als eine schriftliche Schilderung; dennoch müssen wir den Versuch wagen, unsern Lesern wenigstens einigermaassen eine Vorstellung zu geben, wobei wir zugleich auf das diesem Abschnitt vorgeheftete farbige Blatt verweisen, welches Proben von zwei Wänden vereinigt und uns die Art der Farbencombinationen vergegenwärtigt. Die Reihe der Decorationsmalereien beginnt mit sehr einfachen. Die ganze Wand wird entweder, abgesehn von einem farbigen Sockelstreifen oder gelegentlich einem farbigen Friesstreifen, weiss gelassen (z. B. Zahn II. 4, 5, 84) oder mit einer Farbe gegründet, so z. B. schwarz Zahn II. 7, 15, 55, 74; grün Zahn II. 44; gelb Zahn II. 94. Diese einfarbigen Gründe werden nun durch einige einfache hell- oder buntfarbige Streifen, in denen meistens die Darstellung von Gliedern gar nicht versucht wird, horizontal in einen Sockel, eine Mitte oder eigentliche Wandfläche und einen Fries getrennt. Der Sockel, zu dem in der Regel eine dunkele Farbe gewählt wird, erhält sehr bescheidene Ornamente in einfachen Liniencombinationen (Zahn II. 7, 35, 45, 55), leichten Blättergewinden, Festons u. dgl. (Zahn II. 4, 5), einzelnen bald in Naturfarbe, bald gelb oder weiss gemalten Pflanzen, unter denen lilien- und irisartige Formen besonders hervortreten (Zahn II. 44, 84, 94), oder kleinen Thier-, meistens Vogelgestalten und Gruppen (Zahn II. 74). Die mittlere Wandfläche wird durch leichte Säulchen oder durch Arabesken, welche die Stelle jener vertreten, in verschiedene Felder, der Regel nach in ungrader Zahl, meistens in drei getheilt (Zahn II. 7, 44, 55, 74, 94), und diese Felder bleiben entweder ohne alles weitere Ornament, so dass sie gradezu nur als der Grund erscheinen, auf dem sich das eintheilende Ornament abhebt, oder sie werden mit leichten und kleinen Ornamenten belebt, z. B. mit eigenen Umrahmungen in Arabesken (Zahn II. 44), oder mit Blättergewinden und Festons, die von Säule zu Säule gehn (Zahn II. 7, 74), oder mit kleinen Bildchen in der Mitte, einem bunten Vogel (Zahn II. 4) oder Greifen und Pegasus (Zahn II. 5) oder sonstigen Thierstücken (Zahn II. 55, 74) oder irgend einem anderen kleinen Gegenstande.

Endlich der Friesstreifen wird ähnlich behandelt wie der Sockel, nur, wie er gewöhnlich von einer hellen Farbe ist, noch ungleich leichter und zarter. Man vergleiche die schon mehrmals angeführten Blätter bei Zahn.

Die horizontale Eintheilung in Sockel, Mittelfläche und Friesstreifen und die verticale der Mittelfläche in eine meist ungrade Zahl von Feldern, welche wir in diesen einfachsten Decorationen kennen gelernt haben, wird nun in fast allen, selbst den kunstvollsten und reichsten festgehalten. Sowie wir aber bereits bei im Uebrigen einfarbigen Wänden einen verschieden gefärbten Sockel oder Fries bemerkt haben, so wird bei reicheren Decorationen diese Mehrfarbigkeit durchgeführt und vielfach auch auf die Felder der Mittelfläche ausgedehnt. Demgemäss finden wir Wände, in denen der Sockel schwarz, die Mittelfläche felderweise abwechselnd roth und grün, roth und gelb, oder roth, grün und gelb und der Friesstreifen weiss oder wieder schwarz ist (Zahn II. 34, 35, 45), oder der Sockel schwarz, die Mittelfläche blau, der Friesstreifen weiss (Zahn II. 95.) Im Allgemeinen finden wir die dunkelste Farbe im Sockel, die lebhafteste in den Feldern der Mittelfläche und die hellste im Friese, was von vollkommen gutem Geschmack zeugt, indem dies Leichter- und Lichterwerden der Farbe mit dem Aufstreben der architektonischen Ornamente durchaus übereinstimmt und den Ausdruck dieses Aufstrebens unterstützt. Sowie aber die Färbung der Wandfläche nimmt auch das dieselbe theilende, aus ihr hervortretende Ornament an Reichthum zu, obgleich wir auch bei drei- und mehrfarbigen Wänden noch ziemlich dieselbe Bescheidenheit in der Ornamentirung finden, wie bei ein- und zweifarbigen, z. B. Zahn II. 34, 35, 45. Meistens aber werden die einzelnen Säulen und Arabeskenpfeilerchen der Mittelfläche durch kleine Systeme von Stützen mit Gebälken und Giebeln oder mit Bogen und auch mit perspectivischen Durchsichten ersetzt, so dass hier schon das charakteristische Streben nach scheinbarer Erweiterung der Räume eintritt. Man vergleiche als Beispiele dieser Stufe Zahn II. 15, 35, 55, 66, 74, 84, 95. Hiemit Hand in Hand geht eine Behandlung der die drei Horizontalflächen trennenden Streifen als architektonische Glieder, entweder als Eierstäbe oder dergleichen oder als leichte Gebälke; ferner eine reichere Gestaltung des Ornaments im Friesstreifen, welches als die Fortsetzung oder leichtere Wiederholung der Decoration der Mittelfläche auftritt (Zahn II. 34, 35, 74, 95) und endlich eine entsprechende Behandlung des Sockels, der sich als Basis der Architekturen der Mittelfläche gestaltet (besonders z. B. Zahn II. 15). Endlich bleibt auch die Entwickelung des Schmuckes der Mittelfelder nicht zurück, ohne jedoch bereits besonders hervorzutreten und gleichsam zur Hauptsache zu werden. Einzelne Blumen und Pflanzen, Vögel und sonstige Thiere und dergleichen Gegenstände bescheidener Dimensionen, wie wir sie in den einfachsten Decorationen kennen gelernt haben, fehlen in den etwas reicheren, von denen wir jetzt reden, so wenig (z. B. Zahn II. 6, 15, 66, 86), wie ganz ungeschmückte Felder (z. B. Zahn II. 34, 35), jedoch finden wir eben so gut schon menschliche Brustbilder *en médaillon* (z. B. Zahn II. 95), Stilleben (II. 86), Landschaftchen (II. 84) und Aehnliches.

Von hieran zieht sich nun eine ununterbrochene Entwickelungsreihe bis zu den am reichsten geschmückten Wänden empor. Die Architekturen der Mittelfläche und des Frieses werden immer selbständiger und ausgebildeter. An die Stelle der kleinen Systeme von ein paar Säulchen oder der kleinen Durchsichten in einen angrenzenden Raum treten ganze Gebäulichkeiten von mehren Stockwerken mit Treppen und Balconen, Bogen- und Säulengänge, luftige Perspectiven. Hier lassen nun die Maler ihrer Phantasie Zaum und Zügel schiessen, die Mannigfaltigkeit der Formen, die meistens aus vegetabilen Elementen componirt sind, ist unübersehbar, es ist eine Architektonik, welche von keinem Material bedingt und geregelt wird, und so bauen sich diese Rohrsäulen, diese Festonsgebälke, diese Rankenbogen ins Schrankenlose nach allen Richtungen und in zwei- und dreifachen perspectivischen Durchsichten auf. Der Reichthum des Details entspricht dem der Hauptformen, da ist kein Pflanzenelement, kaum eine Thiergestalt, welche nicht benutzt würde, Geräthe und Gefässe aller Art und endlich menschliche Gestalten als Statuen und Statuetten behandelt oder auch (was freilich am wenigsten reinen Geschmack verräth) als Bewohner dieser luftigen Gebäude, müssen sich dem Ganzen einfügen, welches in lebhaften und bunten Farben wie spielend mit kecker Hand hingezaubert wird. Einzelne Beispiele können wir hier nicht mehr herausheben, Stufen kaum unterscheiden, die Zahn'schen Blätter II. 3, 6, 13, 23, 33, 43, 53, 73, 76, 83 bieten sich einer genussvollen und fast nicht abzubrechenden Betrachtung dar.

Wir haben schon von Anfang an darauf aufmerksam gemacht, dass mit der Entwickelung der die Wandfläche eintheilenden und umrahmenden Arabeskenarchitektur die Entwickelung der die Hauptflächen der Wand schmückenden Bilder so ziemlich Hand in Hand geht. Da wo wir in den einfachsten Decorationen entweder die leeren Wandfelder oder auf diesen ein ganz winziges Figürchen, in den etwas reicheren etliche Medaillons, Landschaften und Stillleben fanden, da finden wir jetzt die mythologischen Hauptbilder, die wir unten näher zu betrachten haben. Hier muss nur in Bezug auf die allgemeine Anordnung bemerkt werden, dass das Mittelfeld der Hauptfläche eine grössere

Composition zu enthalten pflegt, während die beiden oder auch bei einer Fünftheilung die vier Seitenfelder entweder einzelne Figuren oder schwebende Gruppen, einzeln auch Medaillons zeigen. Als recht normale Beispiele führen wir die Zahn'schen Blätter II. 13, 23, 33, 43, 53 an. Das stufenweise bedeutendere Hervortreten dieser Bilder in den Feldern der Mittelfläche im Anschluss an die früher betrachteten kleinen Mittelbilder lässt sich sehr deutlich in den Zahn'schen Blättern II. 53, 43, 83, 13, 33, 23 und 3 verfolgen. Von ganz kleinen Dimensionen wachsen hier die Bilder zu immer grösseren; in den Blättern 53 und 43 erscheinen sie uns gradezu nur als ein Theil der Gesammtdecoration, in den Blättern 23 und namentlich 3 dagegen ist die übrige Decoration, so reich sie in 23 erscheint, nur der Rahmen für das mythologische Hauptbild, das in 23 Achill auf Scyros, in 3 die Bestrafung der Dirke darstellt.

Durch Erwähnung dieser mythologischen Haupt- und Nebenbilder der mittleren Wandfläche sind wir jedoch mit den Figurencompositionen noch keineswegs zu Ende. Auch Sockel und Friese sind mit ihnen geziert; wo immer eine Fläche hervortritt, eine Tafel oder eine Pfeilerfläche in der Gliederung der Sockel, ein Gliederstreif im Friese, da treten uns Einzelfiguren und Figurengruppen, Jagden, Kämpfe, Wettrennen und dergleichen in zum Theil scherzhafter Behandlung entgegen, indem Genien, Amorinen und Kinder die handelnden Personen sind. Mythologische oder wenigstens im mythologischen Costüm gehaltene Genrebilder und solche im eigentlichen Sinne wechseln hier mit einander ab, und neben ihnen erscheinen Landschaften und Seestücke, erscheinen Blumen- und Fruchtstücke, erscheint Stilleben in jedem Winkelchen, das die Arabesken frei lassen. —

Innerhalb der gesammten Decoration der Wände also, welche die erste Classe der pompejanischen Malerei in der beschriebenen Weise hervorbringt, werden wir die übrigen Classen von Gemälden zu genauerer Detailbetrachtung zu suchen haben, und zwar zunächst die zweite Classe, die Landschaftsmalerei mit mehr oder weniger Staffage, zum Theil an den untergeordneten Stellen der Sockel und Friese, zum Theil in den Feldern der Hauptfläche der Wände. Es wird schon aus dieser Angabe einleuchten, dass die Landschaften gemäss den Stellen, die sie einnehmen, wie von sehr verschiedenem Umfang und Maassstabe, so von sehr ungleicher Bedeutsamkeit sind. Die Reihe beginnt, um von noch geringfügigeren Gegenständen, etlichem Gebüsch, einem Baum, neben dem ein Thier weidet, und dergleichen zu schweigen, mit Bildchen wie das, welches wir hierneben als Probe mittheilen, und welche etliche Baulichkeiten mit ein paar Bäumen und gelegentlich eine Fernsicht auf Hügel, Wald oder, wie in unserem Falle, auf das Meer enthalten, oder welche, wesentlich als

Figur 266. Kleine Landschaft.

Seestücke gefasst, ein dahinruderndes Schiff oder deren zwei, vielleicht neben einer Landzunge oder vor einer Insel zeigen, auf welcher ein Tempel oder ein Säulengang oder sonst ein Gebäude steht. Auch Staffage findet sich in solchen Bildern, seien es ein paar Hirten mit etlichen Thieren, oder ein Opfernder, welcher sich einem ländlichen Heiligthum nähert, oder seien es launige Scenen in der Weise, wie sie der römische Maler Ludius unter August, dessen Einfluss auf die pompejanische Landschaftsmalerei überhaupt merkbar genug ist, in seinen Vedutenbildern anzubringen liebte. So zeigt uns z. B. ein kleines Bild ein Stück Ufer des Nil, aus dem ein Krokodil hervorlauert; ein Esel mit ein paar Flaschenkörben auf dem Rücken scheint trinken zu wollen, ohne das Krokodil zu bemerken, dem er grade in den Rachen läuft, während sein Treiber ihn aus Leibeskräften am Schwanz zurückzuziehn sich bemüht. —

Etwas ausgedehntere Bilder geben sodann wesentlich Veduten, namentlich vorzugsweise Hafenaussichten und weitläufige architektonische Perspectiven mit Brücken, Tempeln, Säulenhallen, weiten Plätzen, ja ganzen Stadttheilen. Als Probe heben wir eins der weniger ausgedehnten und weitläufigen, dagegen aber besser gemalten Bilder dieser Art aus, welches eine mit mancherlei Tempeln und Hallen bedeckte Felseninsel darzustellen scheint. Andere Bilder haben einen mehr ländlichen und idyllischen und durch das Ueberwiegen der Vegetation, der Bäume und Büsche über die Baulichkeiten selbst etwas landschaftlicheren Charakter. Auch in diesen Gemälden fehlt die Staffage nicht, ist vielmehr häufig recht stark vertreten; Spaziergänger, Hirten, Landleute, Opfernde, gelegentlich auch Kinder beleben die mehr ländlichen Scenerien, Fischer mit Angeln und Netzen, Seefahrer in Ruder- und Segelschiffen die Hafenveduten.

Figur 267. Vedute, Felseninsel.

Zu eigentlicher landschaftlicher Stimmung erheben sich nur sehr wenige Bilder, ganz absprechen kann man diese, sei sie von moderner Sentimentalität auch noch so fern, den alten Malern nicht, ja, in einigen der später zu betrachtenden Bilder mythologischen Gegenstandes finden wir die handelnden Personen in einer landschaftlichen Umgebung, welche wirklich und wahrhaftig voll Stimmung ist und mit der dargestellten Handlung in einem empfundenen

Zusammenhange steht. Um unsern Lesern deutlich zu machen, was wir unter der wenigstens halbwegs landschaftlichen Stimmung mancher pompejanischen und herculanischen Bilder verstehen, heben wir aus einer uns vorliegenden Reihe ein Beispiel aus. So vedutenmässig und stimmungslos in der nebenstehenden Zeichnung Figur 268 der Vordergrund mit seiner planlosen oder wenigstens seltsamen und unklaren Architektur ist, so ganz anders wirkt die Felsenwildniss im Mittel- und Hintergrunde, die Gebirgsschlucht, an der sich Pappeln hinaufziehn, welche, hinter dem entferntesten Gipfel verschwindend, uns auf eine grössere Ausdehnung dieser Gebirgseinsamkeit hinweisen, welche nur von ein paar Hirten mit ihren Heerden oder einem Fischer am rauschenden Bache besucht und von diesen mit den Bildern ländlicher Gottheiten (denn solche scheinen in der Staffage links gemeint) geschmückt wird. —

Figur 268. Beispiel einer ausgedehnteren Landschaft.

Figur 269. Historische Landschaft.

Als letzte Classe der Landschaftsmalereien haben wir die mit mythologischer Staffage belebten zu nennen. Um auch hier unsere Leser nicht ohne ein Beispiel zu lassen, haben wir ein Bild gewählt, welches die am felsigen Meeresufer dem Meerungethüm zur Beute ausgesetzte Andromeda und

Figur 270. Stilleben.

den für sie das Ungeheuer bekämpfenden Perseus oder vielleicht die ähnlich ausgesetzte und von Hercules befreite Hesione darstellt. Diese mythologische Scene ist offenbar nicht die Hauptsache in diesem Bilde, mit entschiedener Vorliebe ist die öde Felsenküste mit ihrer abgestorbenen Vegetation und dem gegen die Klippen brandenden Meere vorgestellt, und es fragt sich, ob die mythologischen Personen nicht in dem Sinne als recht eigentliche Staffage angebracht sind, um die Stimmung von wüster Einsamkeit in dem Beschauer lebendiger hervorzurufen, als der Maler sich dies ohne ein solches Beiwerk zu thun getraute. In ähnlicher Weise sind manche andere Bilder gemalt, in denen sowohl den Dimensionen wie der Ausführung nach die handelnden Personen gegen die Landschaft zurückstehn. —

Fast ausschliesslich den untergeordneten Stellen in der Decoration gehören wie die Landschaften die von uns als dritte Classe bezeichneten Genremalereien an. Bei der niedrigsten Art derselben, den Stilleben, Frucht- und Blumenstücken ist dies durchaus der Fall, wenn man jene kleinen Bildchen in den allerbescheidensten Decorationen auf der Mitte der Hauptwandfläche abrechnet. Von den sehr zahlreichen Darstellungen dieser Art können wir unsern Lesern in der nebenstehenden 270. Figur nur eine kleine Auswahl vorlegen, welche aber vielleicht dennoch im Stande sein wird, die Gegenstände, die Composition und die Ausführung dieser Bildchen wenigstens einigermaassen zu vergegenwärtigen. Was die Gegenstände anlangt, finden wir so ziemlich alle diejenigen wieder, welche unsere modernen Maler dieses Genre darzustellen lieben, jedoch ist eine überwiegende Häufigkeit essbarer, für Küche und Tafel bestimmter Dinge und eine besonders liebevolle Behandlung dieser nicht zu verkennen. Wir bitten es deshalb auch nicht als Zufall zu betrachten, dass in unserer Abbildung unter fünf Bildchen vier in dieses Gebiet gehören. Von geschlachteten und zubereiteten Thieren wie das gerupfte Huhn und der ausgeweidete Hase bei uns in *a* hätten wir unsern Lesern noch einen ganzen Speisezettel von Fleischwaaren allein aus dem s. g. Pantheon (s. S. 98) vom Schinken bis zur wohlpräparirten Wachtel vorführen können, sowie gebunden daliegende Zicklein, Lämmer, Schweinchen, Hähne; neben den Fischen in *b* eine beträchtliche Auswahl anderer nebst Hummern, Krebsen, Austern, Muscheln, Polypen; neben dem Brod und den Eiern in *c* verschiedene Backwerke; neben dem Korbe voll Birnen in *e* noch Aepfel, Granatäpfel, Weintrauben, Kirschen und kleinere Beeren in Gefässen, Champignons, Zwiebeln, Carotten, Rettige u. dgl. mehr. Ebenso sind die Gefässe in *d* nur ein einzelnes Pröbchen verwandter Gegenstände; allerlei sonstiger Hausrath aus Küche und Keller, Wohn- und Studirzimmer, z. B. aus letzterem Schreibmaterialien und Bücherrollen, neben denen mehrfach kleine Haufen Münzen liegen, hätten uns ebenfalls zu Gebote gestanden. Doch müssen wir bei der Beschränkung unseres Raumes auf die ergänzende Phantasie unserer Leser rechnen und glauben dies getrost thun zu dürfen. In Bezug auf die Composition werden wir nicht übersehn, dass die alten Maler gegen die unserigen im Nachtheil sind, sofern wir derartige Bilder aus ungleich grösseren Massen zusammenzusetzen pflegen; auch in der Anordnung dürften unsere Preyer und Consorten mit den pompejaner Malern rivalisiren können, welche mit liebenswürdiger Naïvetät verfuhren, ohne eben viel zu stellen und zu legen. Von der Laune, welche sich gelegentlich in den besseren modernen Bildern dieser Art regt, sind nur sehr vereinzelte Beispiele aus Pompeji anzuführen, doch fehlen auch diese nicht ganz. So wirkt es, um nur ein Beispiel anzuführen, humoristisch, wenn von zwei Pendants auf einer Wand das eine Hahn und Henne in grösstem Behagen des Zusammenlebens darstellt, das andere den gar kläglich gebunden liegenden Hahn. Auch in der Ausführung wollen wir den neueren Künstlern, welche schon durch die Oelfarbe den alten Wandmalern überlegen sind, den Preis nicht absprechen, obgleich wir nicht verkennen dürfen, dass der effectvolle Naturalismus, welcher die Hauptvorzüge dieses niedern Genres der Malerei ausmacht, auch in Pompeji so wenig fehlt, wie jene allerlei Lichter und Reflexe in und auf Gläsern, Metallgegenständen und Anderem. —

Von Blumenstücken haben wir keine Proben mitgetheilt, weil diese durch die Bank herzlich unbedeutend sind und Nichts enthalten, was sich unsere Leser nicht leicht selbst vorstellen könnten. Compositionen, Bouquets, Kränze und dergleichen als selbständige Bilder kommen nicht vor, denn jene dünnen Festons in den Decorationen und in ein paar Genrebildchen, z. B. dem mit den kranzwindenden Genien im s. g. Pantheon, kann man nicht rechnen. Im Uebrigen beschränkt sich die Darstellung auf einzelne Blumen und Blumenpflanzen wie Iris, Lilien, Rosenstöcke und etliche andere, welche zu bestimmen der Verfasser nicht Botaniker genug ist. Vergessen dürfen wir auf diesem Gebiete nicht die Darstellung von Laubengängen, Boskets und Gärten wie z. B. im Xystus des Sallust, Bilder, welche eine Fülle von Pflanzen, belebt von bunten Vögeln, aber das Ganze in rein decorativer Manier und ohne Stimmung darstellen. —

Auch die Darstellungen aus dem Thierleben sind viel unbedeutender als die unserer Künstler; ein solches liebevolles Eingehn auf das Leben und Treiben der sich selbst überlassenen Thiere, wie das unserige, ein so feines Herausfühlen ihrer Eigenthümlichkeiten und des Humors, der in den Erlebnissen dieser Welt liegt, ist offenbar nicht Sache der Alten gewesen. Adam'sche Pferde, Verboekhoven'sche Schafe, Landseer'sche Hunde, Spekter'sche Füchse und dergleichen finden wir weder in Pompeji, noch im ganzen Kreise der antiken Kunst, so sehr dieselbe sich mit der Darstellung einzelner Thiere beschäftigt und so bewunderungswürdige Thiergestalten sie geschaffen hat. Wenn aber auch die pompejanische Malerei hier nicht das Höchste geleistet hat, so hat sie doch dies Feld keineswegs unangebaut gelassen; früchtepickende Vögel, weintraubennaschende Hasen, schwimmende Fische und dergleichen fehlen auch unter den selbständigen Bildchen, von denen allein wir hier reden können, so wenig wie selbst einige feiner beobachtete Scenen des Thierlebens, z. B. ein paar Hunde im Streit gegen eine grosse Katze um ein Stück Fleisch, eine Schlange, welche sich gegen eine Maus aufbäumt und diese mit dem

Figur 271. Thierstück.

Blicke bannt, so wenig endlich wie einige grössere Bilder in der Art des vorstehenden, welches in mässig ausgeführter Landschaft einen Löwen darstellt, der zwei voll Entsetzen fliehende Stiere jagt. Die Thierhetzen im Amphitheater mogten manche derartige Scene zur Anschauung bringen, und es ist nicht unmöglich, dass wie jene Bilder an der Brüstungsmauer der Arena (S. 141), so auch Gemälde wie das obenstehende aus Erinnerungen an die im Amphitheater gesehenen Venationen sich herschreiben. —

Steigen wir von diesen untergeordneten Kreisen in diejenigen des Menschenlebens auf, so finden wir das eigentliche Genre, die Darstellung einzelner Scenen aus dem täglichen Thun und Treiben in nicht ganz unbeträchtlicher Zahl. In gewissem Sinne können wir schon jene früher mitgetheilten und besprochenen Bilder aus der Fullonica, welche die verschiedenen Acte der Tuchbereitung und Tuchwasche darstellen (S. 268) hieherrechnen; ohne Bedenken die oben angeführten Bilder einer Malerin, die, in ihrem Atelier von zwei

Frauen belauscht, eine Bacchusherme copirt, und eines Porträtmalers in parodischer Auffassung. Ein Haus in Pompeji, in welchem ausser einem Weinschank ein unehrliches Gewerbe getrieben wurde, fand man die Wände des Gastzimmers mit Malereien bedeckt, in welchen verschiedene Scenen aus dem Leben dieses Hauses geschildert sind. Wir heben nur zwei gut erhaltene (abgeb. Mus. Borb. 4 Taf. A) aus; das eine zeigt uns ein Gelage von Personen ziemlich niederen Standes, die um einen kleinen runden dreifüssigen Tisch sitzend unter lebendiger Unterhaltung aus Bechern Wein trinken, den ihnen ein kleiner Bursche servirt, das andere Bild, von dem wir eine Zeichnung beifügen, lehrt uns zugleich eine nicht uninteressante Specialität des pompejanischen Alterthums kennen, einen Weinwagen nämlich, auf dem der Wein in einem grossen Schlauch vor das Haus des Käufers oder Eigners gefahren wird. Diesen Schlauch müssen wir uns aus einer nicht unbeträchtlichen Zahl von Thierfellen zusammengenäht und durch die grosse vorn emporgebundene Oeffnung gefüllt denken. Zum Ablassen des Weines in die Amphoren, in denen man ihn im Keller aufbewahrte, bedient man sich einer röhrenförmigen Oeffnung am hinteren Theile des Schlauches, welche aus dem Bein eines Felles gebildet scheint. Das Zusammenfallen des grossen Schlauches durch die fortschreitende Entleerung ist merkbar angedeutet, und ein guter Gedanke ist es, die Pferde losgeschirrt darzustellen, um damit anzudeuten, dass der Wagen vor diesem Hause lange anhalten, vielleicht ganz abgezapft werden werde. — Ein gut gemaltes Bildchen in der *Casa del questore* auf einem Pfeiler des Peristyls, einen Knaben darstellend, der einen Affen tanzen lässt (Zahn 2. 50), haben wir schon früher angeführt.

Figur 272. Weinwagen, Genrebild.

Manche andere derartige Bilder einzeln aufzuführen und zu beschreiben, würde uns hier zu weit führen, wir beschränken uns deshalb auf ein paar der besser gemalten, welche zugleich einen anmuthigen Gegenstand behandeln. Ein allerliebstes Bildchen, welches mehrfach, am besten aber bei Ternite I. 5 abgebildet ist, zeigt uns das Brustbild einer jungen Dame, welche eine offene Schreibtafel in der linken, den Griffel in der rechten Hand nachdenklich an die Lippen gelegt hält, als besänne sie sich und schwankte, ob sie eine zärtliche Botschaft dem geschriebenen Worte anvertrauen soll oder nicht, während eine Zofe ziemlich schelmisch hinter der Herrin wartend hervorschaut, aus

26*

deren Mienen wir abnehmen können, dass die Schöne sich doch endlich entschliessen werde. Nicht ganz heterogen ist der Gegenstand eines ebenfalls von Ternite I. 1 mitgetheilten Bildes, welches eine als Muse erklärte, in tiefes Nachdenken versunken sitzende junge Dame darstellt, die in der That Nichts als Muse charakterisirt, die vielmehr alle Zeichen reiner Menschlichkeit trägt und über eine Herzensangelegenheit zu meditiren scheint. Haben sich unsere Leser etwa angesichts des vortrefflichen Ternite'schen Blattes, das wir mehrfach in unsern Zimmern eingerahmt zu sehn Gelegenheit haben, von der Richtigkeit der hier angedeuteten Erklärung seines Gegenstandes überzeugt, so wird vielleicht Mancher stutzen, wenn wir eine kleine Reihe von Bildern, in denen Amor oder Amoretten als handelnde Personen auftreten, in diese Classe reiner Genrebilder versetzen. Und doch glauben wir dies mit vollem Rechte zu thun, indem in allen diesen Fällen die kleinen Flügelknaben rein allegorisch zu fassen sind. So, wenn in einem auf Phryne bezogenen Bilde (Mus. Borb. 8, 5) ein Amor sich vertraulich plaudernd und nachlässig an das Knie einer leichtbekleideten und üppigen Schönen lehnt, so, wenn er auf einem anderen (Mus. Borb. 9. 3) der Schönen das geöffnete Schmuckkästchen entgegenhält, so endlich, wenn in mehrfach wiederkehrenden Bildern Amor mit einer schönen Dame ficht. Hier bedeutet der Amor im ersten Falle Nichts als die Schönheit der Dame, deshalb ist er lässig wie sie, im zweiten den Liebreiz, der sie schmückt, im dritten die Anmuth, welche die schönen Mädchen überall hin begleitet. Und dass auch die Erotenverkäufe in zweien berühmten pompejanischen Wandgemälden, von denen wir das eine nebenstehend aus Zahn 2. 58 haben abbilden lassen, während unsere Leser das andere in den Pitt. d'Ercol. 3. 7, Mus. Borb. 1. 3 oder in der Millin'schen mythol. Gall. 46. 193 finden, in das Gebiet dieser allegorischen Genrebilder gehören, hat

Figur 273. Erotenverkauf.

schon Otto Jahn in seinen Archäol. Beiträgen S. 211—221 ausführlich und geistreich nachgewiesen und begründet. In unserem Bilde werden einer schönen, erhabenen Frau, die in trübem Nachdenken auf einen Pfeiler gelehnt ist, von einem alten Vogelsteller Amoretten zum Verkaufe angeboten. Zwei sitzen noch in dem Käfig, einen holt der Händler bei den Flügeln heraus, um ihn anzubieten, während ein vierter sich hinter der Schönen versteckt hat und muthwillig hervorschaut und ein fünfter, auf den ihr Blick gerichtet ist, ihr mit zwei Kränzen entgegenfliegt. Ist auch dies merkwürdige Bild und das andere verwandte noch nicht völlig im Detail erklärt, so dürfen wir doch dessen Sinn im Allgemeinen als dahin feststehend betrachten, dass den Schönen manche Liebe zur Auswahl geboten wird, und dass vielleicht die Dame auf unserem Bilde nach einem Verlust oder in unerfüllter Sehnsucht den ihr dargebotenen Liebesgöttern gegenüber denkt: der, den ich meine, ist es nicht! Ob sich nicht derweil doch der rechte heimlich bei ihr eingeschlichen hat, können wir nicht entscheiden.

Zu den auf eine Person beschränkten Genrebildern gehört ferner auch eine Reihe jener schwebenden Figuren, welche die Mitte der Nebenfelder des Hauptstreifens der Wand rechts und links vom mythologischen Mittelbild oder

Figur 274. Tänzerinen.

auch die Mitte aller Felder des Hauptstreifens schmücken; unter ihnen auch jene mit Recht hochberühmten Tänzerinen, welche dem Hause *delle danzatrici* in Pompeji den Namen gegeben haben und zu dem Vorzüglichsten gehören, was die Malerei in den verschütteten Städten geleistet hat. Man hat für diese wundervollen Gestalten, deren wir eine der grossartigsten und eine der lieblichsten ausgehoben haben, auf mythologischem Gebiete Erklärungen gesucht und einzelne derselben als Bacchantinen gedeutet; mit Unrecht; es sind menschliche Tänzerinen, vielleicht selbst aus einer der niederen Schichten der Gesellschaft, welche jene im Alterthum so vielgepriesenen kunstvollen mimischen Tänze ausführen, die wir nur mit den höchsten Leistungen unseres Ballets vergleichen können. Die ganze Folge ist von Ternite neu herausgegeben und von Welcker mit einer tief eindringenden Erklärung versehen.

In das Gesammtgebiet des Genre, aber freilich eines mythologisch eingekleideten Genre gehören sodann die sehr zahlreichen Bilder, in denen Genien oder Amoretten, kurz kleine Flügelknaben in allen möglichen menschlichen Verrichtungen, zum Theil selbst sehr prosaischen erscheinen. Von eigentlichem mythologischen Gehalt kann bei ihnen nicht die Rede sein, die dargestellten Handlungen fliessen in keiner Weise aus einem symbolischen Begriff dieser Flügelknaben, man nenne sie wie man will, sondern die Maler haben nur der grösseren Anmuth der Form und der Heiterkeit der Bilder wegen diese für erwachsene Menschen gesetzt. So finden wir diese Genien jagend, fischend, auf Wagen fahrend, musicirend, tanzend, Kränze windend, das Mühlenfest der Vestalia feiernd, so finden wir sie, um ein paar Beispiele recht augenscheinlichen Inhalts zu wählen, in zweien nachstehend wiedergegebenen Bildchen als Schreiner ein Bret zurechtsägend und gar als Schuster beschäftigt. —

Figur 275. Mythologische Genrebilder.

Als eine eigene Abtheilung der Genrebilder können wir endlich die ziemlich häufige Darstellung von Theaterscenen betrachten, die gewiss keiner anderen Kategorie von Malereien sich leichter oder nur so leicht einfügen, wie der von uns gewählten. Bestimmte Scenen bekannter Stücke sind in den allerseltensten Fällen, wenn überhaupt mit Sicherheit, erkennbar, die dargestellten Handlungen sind nicht immer klar, am wenigsten die tragischer Scenen, in vielen Fällen jedoch, namentlich in Scenen der Komödie, wie z. B. in der folgenden als Probe mitgetheilten, so ausdrucksvoll gegeben, dass man über den Inhalt im Allgemeinen nicht zweifelhaft sein kann. In unserem Bilde sind noch die rechts und links sitzenden alten Männer zu bemerken, welche nach

Figur 276. Comödienscene.

Wieseler's gewiss richtiger Erklärung die Theaterpolizei darstellen und als deren Platz wir uns die Nischen des Prosceniums (s. S. 127) zu denken haben.

Hiernach bleibt uns nur noch die letzte und Hauptabtheilung der Gegenstände pompejanischer Bilder, bleiben uns die mythologischen zu besprechen übrig, welche meistentheils auf den Hauptstellen der Wände, in der Mitte der grossen Flächen des Mittelstreifens ihren Platz finden. Hier ist die Fülle so gross, dass wir unsere Darstellung sehr zusammenziehn müssen, wenn wir nicht aus diesem Abschnitte allein ein Buch machen wollen. Am leichtesten werden wir zur Uebersicht gelangen, wenn wir auch hier wieder Classen unterscheiden, als welche sich uns bieten 1. mythologische Einzelfiguren, 2. kleinere meistens schwebende Gruppen, als deren Unterabtheilung wir allegorische Darstellungen betrachten können, nnd 3. grössere Compositionen.

Die grösste Menge der mythologischen Einzelfiguren sind schwebende Gestalten in der Art der oben angeführten Tänzerinen. Es begreift sich leicht, dass man zu diesen vorzugsweise solche Personen wählte, bei denen das Fliegen oder das Schweben in lebhaftem Tanze, der von der Erde emporstrebt oder leicht über dieselbe hineilt, und bei denen eben deshalb das Weglassen des Bodens im Gemälde ebenfalls natürlich, nicht als blosse Licenz erscheint. Iris, Aurora, Victoria, Psyche, Hebe, allerlei Genien und Nymphen und daneben Personen des bacchischen Kreises, Bacchantinen, Mänaden, Satyrn, Centauren u. a. dgl. bilden den Hauptstamm dieser Gemälde. Jedoch sind die Einzeldarstellungen keineswegs weder auf schwebende Gestalten noch auf Personen der angedeuteten Art beschränkt, fast alle Gottheiten des Olymp sind nachweisbar und finden sich je nach dem Grundcharakter ihres Wesens stehend, thronend oder gelagert, seltener in Handlung als in derjenigen Ruhe, welche das Cultusbild auszeichnet und als Gegenstand der Verehrung erkennen lässt. Manche dieser göttlichen Einzelpersonen haben aus dem angedeuteten Grunde ein grosses Interesse, und wenn gleich uns manche unbedeutende Darstellung auf diesem Gebiete entgegentritt, so fehlen doch auch wirklich grossartige und schöne Gestalten auf demselben nicht, ja wir finden selbst solche, die neben den berühmtesten Statuen als wahre Grundlagen unserer Kenntniss der Darstellung griechischer Gottheiten betrachtet werden können, wovon sich unsere Leser durch einen Blick auf die hierneben abgebildete Ceres aus der *Casa del questore*, die ohne alle Frage bedeutendste und würdigste Darstellung dieser Göttin, welche wir aus dem Gesammtgebiet der alten Kunst besitzen, leicht selbst überzeugen können. Ausser den auf der Mitte der Wandfläche frei schwebenden und den ebenfalls auf der Mitte von Wand- und Pfeilerfeldern, wie z. B. in der schon genannten *Casa del questore* (S. 226 ff.) statuenartig auf leicht angedeuteter Basis als selbständige Gemälde für sich stehenden und sitzenden mythologischen Einzelfiguren erscheinen solche noch mehr mitten in der architektonischen Decoration in der Art, wie auch menschliche Personen als Bewohner der luftigen Tempelräume, oder endlich sind sie in die Decoration selbst verschmolzen und als Statuen oder Statuetten behandelt auf Consolen, Kragsteinen, Cornischen und anderen Gliedern angebracht, meistens entweder in der Farbe des Materials gehalten, aus dem sie verfertigt erscheinen sollen, oder wenigstens durch ein bescheidenes und mit der übrigen Decoration harmonirendes Colorit als das bezeichnet, was sie darstellen sollen, als Kunstwerke, Sculpturen, nicht als die lebendigen Wesen selbst. —

Figur 277. Ceres.

Die zweite Classe, welche die kleinen Gruppen umfasst, ist mit der ersten Art mythologischer Einzelfiguren am nächsten verwandt, indem diese kleinen Gruppen fast nur in der Mitte der Wandflächen und zwar meistens in den Seitenfeldern schwebend gebildet und aus dem Kreise gewählt sind, den wir oben bei den schwebenden Einzelfiguren bezeichnet haben. Ueber den künstlerischen Werth dieser Bilder, unter denen sich die reizvollsten Sachen befinden, reden wir später, hier, wo es nur auf eine Uebersicht des Stofflichen ankommt, haben wir als Gegenstände dieser schwebenden Gruppen ausser den mythologischen auch noch die allegorischen zu nennen, welche gewöhnlich so componirt sind, dass eine geflügelte Person eine zweite trägt, welche die Attribute hält. In der Weise finden wir die Poësie, die Musik, das Leierspiel, die enkaustische Malerei, den Segen des Friedens und Anderes dargestellt. —

Was nun endlich die grösseren mythologischen Compositionen anlangt, ist schon früher bemerkt, dass sie aus einem bei aller Mannigfaltigkeit beschränkten Kreise von Poësie und früherer Kunst durchgearbeiteter Gegenstände stammen, sowie dass der sinnliche Reiz auf die Wahl der Stoffe bedingend eingewirkt hat. Reine Göttergeschichten sind verhältnissmässig seltener, als Darstellungen aus der Heroensage, was sich von Göttergeschichten findet, gehört überwiegend dem bacchischen Kreise an. Die Erziehung des Bacchuskindes durch den alten Silen, Scenen aus dem Umherschweifen des Gottes mit seinem Chor von Satyrn und Bacchantinen, besonders seine Auffindung der von Theseus verlassenen Ariadne sind mehrfach, ja selbst häufig dargestellte Gegenstände. Ebenso kehren Jupiters Liebschaften mit Leda, mit Danaë, mit Europa vielfach wieder, so gut wie Apollo's Verfolgung der Daphne, welche im Augenblick, wo sie der Gott erreicht, in einen Lorbeerbaum verwandelt wird. Häufig ist auch Mars' und Venus' Liebe dargestellt und beinahe noch häufiger Adonis, der, vom Eber verwundet, in Venus' Armen verblutet. Auch anderer Götter Liebschaften können wir anführen, Neptun und Amymone, Mercur und Herse, Luna und Endymion mehrfach, Zephyrus und Flora, ein Bild, welches wegen seines sanften Helldunkels auch artistisch zu den merkwürdigsten gehört. Mag aber der eine oder der andere Gott die Hauptperson des Bildes sein, in hundert Fällen gegen zwei oder drei wird eine Liebesscene den Gegenstand ausmachen, grade so wie in der späteren Poësie alle andere Thaten der Götter und ihre vielfachen Kämpfe über der Erzählung ihrer Liebschaften und galanten Abenteuer beinahe vergessen werden.

Ungleich vielseitiger gestalten sich die Darstellungen aus dem Gebiete der Heroensage, obgleich doch auch hier nicht unbemerkt bleiben darf, dass gewisse erotische, sinnlich reizende oder sentimentale Gegenstände mit ganz besonderer Vorliebe häufig wiederholt worden sind. Gegen ein Exemplar eines Kampfes des Hercules, des Theseus, des Meleager oder Jason, gegen ebenso einzeln dargestellte Scenen aus den homerischen Gedichten können wir ganze Reihen von Bildern stellen, welche den an der Quelle hinschmachtenden

Narciss, die von Perseus befreite Andromeda, die von Theseus verlassene Ariadne, die von Hippolyt abgewiesene Phädra zum Gegenstande haben.

Jedoch ist, wie gesagt, auf dem Gebiete der Heroensage diese Behandlung derartiger Stoffe nicht so überwiegend, wie auf dem der Göttergeschichten, und wir können eine ziemlich umfangreiche Gallerie heroischer Thaten aus pompejanischen und herculanischen Gemälden zusammenstellen. Unsere Leser mögen jedoch nicht fürchten, hier den Catalog einer solchen Bildergallerie lesen zu müssen; da die Beschreibung dieser Gemälde, auch die kürzeste, viel mehr Raum erfordern würde, als wir verwenden können, und da wir unsern Lesern nicht zumuthen dürfen, ein blosses Register nicht sofort zu überschlagen, so wollen wir nur im Allgemeinen die Kreise andeuten, aus denen die Stoffe gewählt sind, und die wichtigsten Gemälde hervorheben. Von Hercules' Thaten, besonders seinen Zwölfkämpfen, sind mehre, aber nicht alle gebildet, und von seinen Erlebnissen ausser etlichen Liebschaften (Jole, Omphale, Auge) nur wenige. Zu den vorzüglichsten Bildern gehört Hercules' Auffindung seines Söhnchens Telephus von der Auge, der ausgesetzt und von einer Hirschkuh gesäugt worden war. Ein anderes ebenfalls lobenswerthes Bild zeigt den kleinen Telephus auf des Vaters Knien, während die treue Hirschkuh, der der Knabe einen Zweig hinhält, zur Seite steht. Aus den Bildern dieses Kreises wählen wir eine Darstellung von Hercules' Kampf gegen den Löwen von Nemea aus, ein Bild, welches sich sowohl durch die kräftige und naturtreue

Figur 278. Hercules im Löwenkampfe.

Zeichnung und die lebendige Wahrheit der Composition empfiehlt, wie auch wegen des bedeutend gehaltenen landschaftlichen Hintergrundes unsere ganze Aufmerksamkeit verdient. Die Art, wie Hercules hier den unverwundbaren und deshalb weder mit der Keule noch mit Pfeil und Bogen zu besiegenden Löwen gepackt hat, um ihn durch den Druck der gewaltigen Arme zu ersticken, findet sich ähnlich wenigstens auf einer Reihe gemalter Vasen dargestellt, welche diese Scene behandeln.

Aus Theseus' Leben ist mancher Moment dargestellt, beginnend mit dem Abschied seines Vaters Aegeus von seiner Mutter Aëthra, wobei jener Schwerdt und Sohlen unter einen Felsblock legte, den der erwachsene Knabe abheben sollte, um jene Gegenstände als Erkennungszeichen dem Vater zu bringen (Gemälde im Pantheon), fortgesetzt durch die Darstellung dieser ersten Kraftprobe des jungen Helden, durch mehre seiner Abenteuer und Kämpfe mit Ungeheuern und Unholden, namentlich durch die mehrfach dargestellte Erlegung des Minotaur im Labyrinth zu Kreta und abschliessend mit dem Verlassen der schlafenden Ariadne auf Naxos.

Weniger zahlreich sind die Bilder aus dem Kreise der Argonautensage und der Sage von Medea, jedoch sind eben aus diesem sowohl ein paar Bilder des Phrixus namhaft zu machen, das eine, welches die vom goldenen Widder in den Hellespont sinkende Helle, das andere, welches den in Aea landenden Phrixus zeigt, und ebenso ein paar Bilder des Kindermordes der Medea, deren eines wir noch weiter unten besprechen werden.

Nicht selten sind Darstellungen der Kalydonischen Jagd oder ihrer Helden, der Atalante, des Meleager und Anderer, jedoch erinnere ich mich nicht, dass ein besonders hervorstechendes Bild unter denselben sei. Sehr selten sind Bilder aus dem thebanischen Sagenkreise, aus Oedipus' und seiner Söhne tragischer Geschichte; ein oder das andere hieher bezogene Gemälde ist zweifelhaft und jedenfalls keines besonders bedeutend oder in irgend einer Weise ausgezeichnet. Um so häufiger dagegen sind Scenen des trojanischen Krieges und aus den ihm vorhergehenden und ihm folgenden Begebenheiten in Pompeji gemalt worden, wie sich das aus der Berühmtheit der Poësien dieses Stoffes sehr wohl begreifen lässt. Aus den vorbereitenden Begebenheiten haben wir, um nur die wichtigsten Scenen zu nennen: Helena's Geburt oder, genauer gesprochen, Leda mit einem Neste, in dem die aus den Eiern geschlüpften Kinder des Jupiter, die Dioscuren Castor und Polux und Helena sitzen (im Hause des tragischen Dichters), sodann das Parisurteil, Paris Oenone verlassend, Paris' und Helena's Begegnung, Iphigeniens Opferung, auf die wir noch zurückkommen, Achill's Jugendgeschichten. So glaubt man seine Eintauchung in die Styx in einem Gemälde zu erkennen, dessen Deutung freilich noch begründeten Zweifeln unterliegt, so hat man dagegen mehrfach wiederholt die Erziehung des jungen Helden durch den weisen Centauren Chiron, namentlich seine Unterweisung im Leierspiel, und zwar in einem der effectvollsten und schönsten Bilder Pompejis, welches wir in Figur 279 wiedergeben, obwohl ein Hauptreiz desselben, das Colorit, durch welches der herrliche, lichte Jünglingskörper sich von dem dunkeln, fast braunen Leibe seines halbthierischen Lehrers abhebt, uns leider

Figur 279. Achill's Erziehung.

Figur 280. Briseïs' Wegführung.

verloren geht. Auch die Entdeckung des jungen Helden, ohne den Troia nicht fallen sollte, auf Scyrus unter den Töchtern des Lycomedes, unter welche ihn Thetis verborgen hatte, weil ihm das Schicksal einen frühen Tod weissagte, falls er die Heldenlaufbahn beträte, auch diese Entdeckung durch Ulysses' List fehlt nicht, ist vielmehr in einem der reizendsten Bilder von bewegter Composition und ausgesuchter Zeichnung dargestellt.

Von den von Homer selbst gesungenen Begebenheiten des eigentlichen Kampfes gegen Troia eignen sich nur wenige zur bildlichen Darstellung, weshalb wir deren auch verhältnissmässig nur wenige von der Kunst überhaupt dargestellt finden. Aber ganz fehlen sie auch in Pompeji nicht, nur allein das Haus des tragischen Dichters oder das s. g. homerische Haus bietet uns drei Bilder aus dem Kreise der Iliade. Das erste derselben, von dem wir nebenstehend Fig. 280 eine Zeichnung geben, stellt die Scene dar, wie Agamemnon die Herolde in Achills Zelt sendet, um demselben die schöne Briseïs wegzuführen, welche der König als Ersatz für Chryseïs verlangt, die, um Apolls Zorn zu sühnen und die Pest im Griechenlager enden zu machen, ihrem Vater zurückgegeben werden musste. Weinend tritt das schöne Mädchen von Patroclus geleitet aus dem Zelt, vor welchem der Pelide auf einem Thronsessel sitzend mit der rechten Hand das Zeichen giebt, sie den Herolden zuzuführen, die bescheiden und beklommen warten, während zugleich der Held seinen glühenden Blick auf dem Mädchen ruhen lässt, einen Blick, in dem eben so deutlich die Liebe wie der Zorn gemalt ist, mit dem Achill sich dem Gebote des Oberkönigs fügt. Das zweite Bild zeigt Chryseïs' Einschiffung und das dritte stellt Jupiter's und Juno's Begegnung auf dem Ida in einer so unendlich keuschen und sinnigen Weise dar, dass man dasselbe nicht genug studiren und bewundern kann. Dass auch der Streit Agamemnon's mit Achill, dass Hektor's Schleifung und der um die Leiche seines Sohnes bittende Priamus dargestellt ist, haben wir schon früher erwähnt.

Von den nachhomerischen Begebenheiten sind nicht so viele gemalt, wie man bei ihrer poëtischen Berühmtheit erwarten sollte; auszuzeichnen sind besonders einige Darstellungen der Iphigenia auf Tauris, die Vorbereitung zur Opferung des Orest und Pylades und die Wiedererkennung der Geschwister durch jenen Brief, den Iphigenia dem Pylades übergiebt, um ihn in der Heimath an Orest zu bestellen, wie Euripides gedichtet hatte.

Figur 281. Ulisses und Penelope.

Aus der Odyssee endlich, auf deren Erwähnung vielleicht manche unserer Leser und Leserinen bereits gewartet haben, theilen wir ein eben so einfaches wie köstliches Bild aus dem Pantheon nebenstehend mit, welches im milden Geiste der Poësie jenes erste von der Magd Melantho belauschte Gespräch zwischen Penelope (die als Weberin zwei Spulen in der Hand hält) und dem als Bettler verkleideten Ulisses darstellt, und besonders der edlen, duldenden Königin bedächtige und keusche Gestalt uns in einer wahrhaft vollendeten Weise vorführt.

Vierter Abschnitt.

Quellen und Vorbilder.

Dass in einer kleinen campanischen Landstadt nicht Künstler ersten Ranges, viel eher Handwerker die Decorationen der Privathäuser und die mit denselben verbundenen Figurenbilder malten, ist so einleuchtend, dass wir specielle Beweise dafür gar nicht anzuführen brauchen. Dass nun aber diese handwerksmässigen Künstler die vielen bedeutenden, geistvollen und reizenden Compositionen nicht oder wenigstens zum kleinsten Theile erfunden haben, versteht sich wohl ebenfalls von selbst. Bei einigen wirklichen Originalen, wie den vier herculanischen Monochromen von Alexandros von Athen und dem pompejanischen Mosaïk von Dioskorides von Samos ist der Künstlername beigeschrieben. Auch ist es uns von alten Schriftstellern bezeugt, dass die Maler dieser Zeit sich vielfältig mit der Herstellung von Copien berühmter Meisterwerke befassten. Man braucht ferner nur die zahlreichen Darstellungen eines Gegenstandes, eben so viele Wiederholungen desselben Grundgedankens der Composition zu betrachten, um sich zu überzeugen, dass wir es nicht mit Originalen im eigentlichen und höchsten Wortsinn zu thun haben. Freilich ist es auf der anderen Seite wieder viel zu viel gesagt, wenn ein geistreicher Kunsthistoriker die pompejanischen Wandgemälde mit den Kupferstichen nach berühmten Gemälden vergleicht, welche unsere Zimmer schmücken; denn diese wollen und sollen doch nur ihr Original, soweit es eine andere Technik erlaubt, genau reproduciren, und es fragt sich, ob wir in Pompeji auch nur eine einzige genaue Copie eines älteren Bildes haben. In Bezug auf die einmal vorhandenen Compositionen müssen wir diese Frage natürlich ganz unbeantwortet lassen; wenn wir aber unter den vielen Wiederholungen eines und desselben Gegenstandes (Narciss, Andromeda, Adonis, Ariadne u. a.) nicht und unter keinen Umständen zwei völlig übereinstimmende, ja kaum zwei finden, denen die feineren Motive der Composition gemeinsam wären, so ist es augenscheinlich, dass wir von Copien im eigentlichen Sinne des Wortes, oder gar von Vervielfältigungen wie durch den Kupferstich nicht reden dürfen. In welchem Verhältniss der Abhängigkeit von berühmten Originalen denn aber die pompejanischen Gemälde stehen und welche diese Originale gewesen sein mögen, das ist eine der interessantesten Fragen, auf die wir leider eine nur im Allgemeinen sich haltende und im Besonderen sehr unvollständige Antworten zu geben im Stande sind. Denn, so seltsam es klingen mag, nur für zwei Bilder ist es möglich, bestimmte Vorbilder und das Verhältniss zu diesen Vorbildern als Copie und freie Nachbildung nachzuweisen. Das einzige Bild, welches wir, wenn auch nicht mit Gewissheit, so doch mit grosser Wahrscheinlichkeit als Copie, d. h. als bewusste und beabsichtigte Reproduction eines litterarisch überlieferten Meisterwerkes betrachten können, ist die in Figur 282 abgebildete Medea nach Timomachos von Byzanz aus Cäsars Zeit. Es darf nämlich als durch neuere Untersuchungen, namentlich die Welcker's in seinen kleinen Schriften III. S. 450 ff., feststehend betrachtet werden, dass diese Medea sowie der ihr als Pendant dienende rasende Aiax eine Einzelfigur gewesen, der entweder die Kinder, welche sie zu ermorden im Begriffe steht, nicht, wie in anderen Bildern, beigegeben oder neben der dieselben nur als Beiwerk behandelt waren. Das Hauptinteresse und die Meisterschaft des Bildes lag in der Darstellung des Zauderns und des schweren inneren Kampfes, den Medea kämpft, ehe sie sich zu der That entschliesst, und eben dies Zögern könnte, um Welcker's Worte zu gebrauchen, nicht vollkommener ausgedrückt sein, als dadurch, dass, wie in dem Wandgemälde, Medea sinnend und mit sich kämpfend das Schwerdt in den gefaltenen Händen noch ruhen lässt, während sie es in anderen Bildern schon zieht, wenn nicht gar gebraucht.

Figur 282. Medea nach Timomachos.

In dem anderen Bilde, der technisch geringen, aber der Composition nach wichtigen Iphigenienopferung in dem Hause des tragischen Dichters, von der wir uns nicht versagen können, den Lesern eine leicht skizzirte Zeichnung Figur 383 vorzulegen, ist der Gegenstand, so viel wir erkennen mögen, mit Selbständigkeit vom Maler aufgefasst, ein Grundmotiv aber und einen besonderen Umstand hat er aus einem hochberühmten Bilde dieses Gegenstandes von Timanthes entnommen. Dieser stellte nämlich in den um das Schlachtopfer versammelten Personen, Calchas, Ulisses, Menelaus und dem Vater der unglücklichen Jungfrau, Agamemnon, die verschiedenen Grade der Theilnahme und Traurigkeit in besonders meisterhafter Weise dar, und zwar bei dem Vater durch das vortreffliche Motiv, - dass er ihn abgewandt mit ganz verhülltem Haupte bildete, nicht, wie die Alten missverstehen, weil die heftige Traurigkeit seine Züge zu sehr entstellt haben würde oder weil der Künstler sich nicht getraut hätte, den höchsten Grad der Betrübniss und des Grames in unverhüllten Gesichtszügen darzu-

Figur 283. Iphigenienopferung.

stellen, sondern weil es eine sehr natürliche Sitte war, im höchsten Schmerz das Antlitz und die hervorstürzende Thräne zu verhüllen, und weil der Maler durch seinen verhüllten Agamemnon in der Seele des Beschauers ein ungleich erschütternderes und gewaltigeres Bild des Vaterschmerzes erregte, als er durch irgend ein Mittel hätte darstellen können. Nicht allein dieses specielle Motiv hat unser Gemälde wie andere Kunstwerke aus Timanthes Bilde entnommen, sondern auch das Grundmotiv der abgestuften Theilnahme und Betrübniss in den handelnden Personen, die freilich andere sind und die anders agiren als bei Timanthes. Offenbar kann man deshalb unser Gemälde nicht entfernt eine Copie des alten Meisterwerkes nennen, sondern muss dasselbe als eine selbständige und mit veränderten Mitteln beschaffte Reproduction des in jenem gelegenen Hauptgedankens bezeichnen. —

In diesen beiden Gemälden also sind uns die Extreme in der Wiederdarstellung älterer Vorbilder und Muster gegeben und damit ein fester Maassstab zur Beurteilung des Verhältnisses, in welchem die reproducirende Kunst in Pompeji zu ihren Originalen steht. Welches aber diese Originale waren nachzuweisen oder zu errathen, dürfte wohl nie gelingen, obgleich es für mehre Bilder versucht ist. Es ist wahr, dass man bei Betrachtung der Gemälde Pompejis häufig an Bilder bekannter Meister erinnert wird, aber bei genauerer Betrachtung ergiebt sich immer geringere Uebereinstimmung, und es ist eben so wahr, dass wir von den berühmtesten Bildern der grossen Maler nicht ein einziges als Original der pompejanischen Gemälde annehmen können, was sich zum grossen Theile daraus erklärt, dass die von jenen Meistern behandelten Stoffe sich nicht zu Zimmerdecorationen eignen, zum geringeren Theile wohl auch daraus, dass die pompejaner Künstler die Unmöglichkeit begreifen mogten, mit ihren technischen Mitteln Bilder nachzuahmen, deren Hauptwerth in der vollendeten Behandlung einer ganz anderen Technik und in dem Resultat derselben, glänzendem Colorit und feiner Nüancirung bestand. Wenn man zudem bedenkt, wie reich Griechenland an vortrefflichen Künstlern war, die nicht zu den ersten zählten, deren Namen uns nicht einmal überliefert sind, so wird man es um so eher aufgeben, die Vorbilder der pompejanischen Gemälde auf den höchsten Höhen der Kunst unter den Hauptwerken der grössten Meister zu suchen, wie man in der neuesten Zeit auch im Gebiete der Sculptur dahin gelangt ist, die Zurückführung der uns erhaltenen Bildwerke auf literarisch bekannte Meisterwerke nur in sehr beschränktem Maasse zu versuchen. Mit Sicherheit aber können wir annehmen, dass die Muster, Vorbilder und Quellen unserer Künstler in ihren mythologischen Megalographien griechische Werke gewesen sind, wie denn der Geist griechischer Kunst in den bedeutenderen Malereien der verschütteten Städte ganz unverkennbar waltet und webt. Für die gesammte Decoration aber müssen wir Einflüsse römischer Kunst um so sicherer annehmen, als uns das Aufkommen derjenigen phantastischen Architekturmalerei, die wir kennen gelernt haben, in Rom unter Augustus bezeugt wird; und auch für die Landschaften, namentlich die mit Staffage, und besonders wieder die mit komischer Staffage, ist der Einfluss eines römischen Künstlers, des Ludius nämlich, gewiss, der uns aufs Bestimmteste als der Erfinder solcher Malereien genannt wird.

Fünfter Abschnitt.

Stil und künstlerischer Werth.

Ueber den künstlerischen Werth der pompejanischen Wandgemälde, abgesehen von der im ersten Abschnitt hervorgehobenen Wichtigkeit, die sie für uns und unsere Erkenntniss der alten Malerei haben, ein allgemein giltiges Urteil abzugeben ist deshalb unmöglich, weil die Bilder unter sich von durchaus verschiedenem Werth sind, und man im Grunde nicht einen, sondern verschiedene Maasstäbe zur Beurtheilung mitbringen muss. Der sehr ungleiche Werth der verschiedenen Gemälde leuchtet sofort ein, möge man die Wahl des Gegenstandes und seine Auffassung, die Composition, die Zeichnung, das Colorit, oder welche Seite der künstlerischen Ausführung immer in's Auge fassen. Beschränken wir aber unsere Betrachtung und Vergleichung auch auf die einzelnen Gattungen, die wir so eben kennen gelernt und unterschieden haben, so bleibt auch hier die bezeichnete Ungleichheit sehr fühlbar. Wir lenken, um uns genauer zu orientiren, unsere Aufmerksamkeit zuerst auf die Figurenbilder, besonders auf die mythologischen. Hier finden wir in den Gegenständen höchst interessante und bedeutende neben sehr gleichgiltigen und trivialen, sehr ernste, würdige, pathetische neben nicht allein heiteren und leicht anmuthigen, sondern neben recht ordinären und schmutzigen. Im Allgemeinen aber wird man in der überwiegenden Mehrzahl der Fälle eine sehr glückliche Wahl des Gegenstandes anerkennen müssen, rede man von seinem geistigen Gehalt und Interesse oder von seiner klaren und vollständigen Darstellbarkeit und Abgeschlossenheit, oder von seiner Anlage zur formalen Schönheit. Es sind gewiss nur sehr wenige Gemälde vorhanden, welche nicht eine in sich vollendete oder sich vollendende und deshalb aus sich selbst verständliche und erklärbare Handlung enthielten, die, bei vorausgesetzter Kenntniss der allgemeinen mythologischen Grundlage, selbst für uns, wie viel weniger für die alten Beschauer, eines Commentars bedürften, der die Begebenheit bis zu dem zufällig zur Darstellung gewählten Moment erzählt, eines Commentars, wie er für nur zu viele unserer modernen s. g. geschichtlichen Bilder Bedingung des Verständnisses ist. Durchaus vermieden, ja dem gesunden und gleichsam instinctiven Sinn der Alten für die Grenzen jeder Kunst vollkommen fremd ist jene symbolisch-allegorische Malerei, welche unsere moderne Kunst auf bedenkliche Abwege zu führen droht. Ueberall ist mit dem Idealismus der Auffassung der gesundeste Realismus der Darstellung verbunden, wobei es allerdings nicht verkannt werden darf, dass den alten Malern in ihrem von vorn herein aus idealen und realen Elementen gemischten Mythus ein Gebiet offen stand, welches uns Modernen grösstentheils verschlossen ist und durch kein Analogon ersetzt wird. Auch auf die Composition äussert die glückliche Wahl und die frische und natürlich einfache Auffassung des Gegenstandes seinen Einfluss. Man hat vielfach von einer plastischen oder gar einer reliefartigen Compositionsmanier der alten Malerei geredet; dieselbe lässt sich aber in der That so wenige der wirklichen Vorzüge oder Vortheile malerischer Composition über die plastische entgehen, dass wir im Grunde das sogenannte plastische Compositionsprincip, um von dem angeblichen reliefartigen, das schwer nachzuweisen sein dürfte, gar nicht zu reden, nur in der grossen Klarheit und Einfachheit der Compositionen zu finden vermögen, welche wahrhaftig kein Mangel und keine Schwäche, sondern ein grosser Vorzug vor der Verworrenheit und Unklarheit sehr vieler modernen Compositionen ist. In anderem Sinne kann man ein plastisches Compositionsprincip, wenn man nur wirklich weiss worin dieses besteht, bei den Gemälden Pompejis nicht zugestehn. Allerdings sind die Figuren in Haltung und Bewegung, im Nackten wie in der Gewandung, abgesehn von einer nicht sehr grossen Reihe rasch hingeworfener, vielleicht von handwerksmässigen Pfuschern gemalter Bilder und abgesehn ferner von einigen häufig wiederkehrenden Proportionsfehlern, z. B. im Verhältniss der Köpfe zur Körperlänge, präcis gezeichnet und sauber modellirt, allerdings, wie vielleicht ein moderner Maler sagen würde, »mehr gedacht als gefühlt«; aber ist das ein Mangel, fragen wir, ist das unmalerisch und sind unsere nach Akademiemodellen und Gliederpuppen »gefühlten« Figurencompositionen vorzüglicher? Allerdings sind gehäufte und unnöthige Verkürzungen mit wunderbar feinem Takt und unaussprechlicher Geschicklichkeit vermieden, aber ist das ein Mangel oder ist das unmalerisch, wenn trotzdem keine Stellung und Bewegung zu kühn erscheint und ihre Mannigfaltigkeit den höchsten Grad erreicht? Und wie sehr die alten Maler Pompejis sich des Vorzugs malerischer Darstellung gegen die plastische in der Composition der Bewegungen bewusst waren, das mögen den Denkenden jene schwebenden Figuren und Gruppen lehren, Figuren und Gruppen, welche plastisch eben so unmöglich wären, wie sie nur einer Malerei möglich waren, die nicht durch die Aengstlichkeit realistischer Motivirung wie unsere moderne eingeengt war. Diese Tänzerinen, diese Bacchantinen, diese Kindergestalten schweben uns entgegen oder an uns vorbei aus dem einfarbigen Grunde der Wand, diese Satyrn oder Bacchanten umarmen die schönen, üppigen Genossinen, tragen sie, schwingen sie empor, diese Centauren galoppiren dahin, sei es gemächlich eine anmuthige Bacchantin auf dem Rücken wiegend, sei es von ihr zu rascherem Laufe gespornt, sei es mit ihr musicirend; aber wie? nicht mit Anstrengung vom Boden emporspringend, nicht von Flügeln oder von einer Wolke unterstützt: sie schweben wie von innerem Schwunge getragen, als hätte die Bewegung und Leidenschaft des Gemüthes die Schwere des Körpers überwunden, als höbe und schwänge sie die unendliche Lust des Daseins. Und doch sind es nicht Schatten- und Nebelbilder, doch erscheinen sie im vollen Farbenglanze des Lebens, und doch macht eben dieses pulsirende und glühende Leben in den schönen von leichtflatternden Gewändern umrahmten Körpern uns dieselben glaublich und begreiflich ohne dass wir nach den materiellen Bedingungen fragen. Diese Compositionen sind malerisch und zwar im eminentesten Sinne. Und nichtminder malerisch sind die grossen, gedrängten und vielfach bewegten Gruppen wie die Wegführung der Briseïs oder wie Achills Entdeckung auf Scyrus und viele andere. Mag hier jene Vertiefung der Gründe fehlen, deren wir uns rühmen, plastisch ausführbar sind diese Compositionen nicht, sondern sie beruhen auf der Harmonie der Farbe, auf deren Gegeneinander- und doch Zusammenwirken. Ein plastisches Element der Composition hat man ferner noch darin sehn wollen, dass die landschaftliche oder sonstige Umgebung der Personen in Figurencompositionen nur beiläufig und untergeordnet behandelt sei. Zunächst ist diese Behauptung so in Bausch und Bogen keineswegs zuzugestehn, vielmehr muss hier sehr genau unterschieden werden. Es giebt Bilder genug, in denen die landschaftlichen Hintergründe reichlich so bedeutend behandelt sind, wie sie ein guter moderner Maler behandeln würde, dem es darauf ankommt, seine Figurencomposition als die Hauptsache, die Umgebung als die Nebensache erscheinen zu lassen. Wir brauchen nur an fast alle Darstellungen von Andromeda's Befreiung, an die Bilder zu erinnern, in denen Perseus der Befreiten das Haupt der Medusa im Spiegel der Quelle zeigt, an die mehrfachen Wiederholungen der verlassenen Ariadne, an den Löwenkampf des Hercules, den wir oben mitgetheilt haben, an mehr als einen Narciss in der Einsamkeit am Quell, und ganz besonders an ein Gemälde, auf dem der Raub des Hylas dargestellt ist (*Ant. di Ercol.* IV. 31), sowie an manches Andere. In diesen Bildern, in denen die Umgebung die Situation und ihre Stimmung entweder bedingt oder aufklärt, oder wo vollends, wie in dem Hylasraub, das Landschaftliche gewissermaassen die Deutung, den innersten Sinn der persönlichen Begebenheit enthält, kurz in allen den Fällen, wo die Landschaft oder die sonstige Umgebung mehr als äusserlich mit dem Hauptgegenstand zusammenhangt, ist die Umgebung freilich nicht der Art zur Hauptsache gemacht, dass die Personen zur Staffage hinabsinken, wohl aber mit dem ganzen Naturalismus behandelt, der sie zum integrirenden Theil der Composition erhebt. Wo aber dagegen die Umgebung gleichgiltig für die Handlung, wo sie unbedeutend an sich ist, wie z. B. ein Zimmer eines Hauses, in dem eine Begebenheit spielt, die auch in einem anderen spielen könnte, da ist diese Umgebung selten ganz unterdrückt, wohl aber leichthin gehalten, mehr angedeutet als ausgeführt. Mag man, unfähig zu erkennen von wie feinem Tact der alten Maler dies zeugt, die Aufmerksamkeit nicht auf irrelevante Nebendinge ablenken zu wollen, ein solches Verfahren, welches übrigens auch grosse moderne Künstler eingehalten haben, mangelhaft finden, aus einem unmalerischen, aus einem plastischen

Compositionsprincip wird man es nach dem Mitgetheilten mit Fug nicht ableiten dürfen.

Als ein plastisches Element in der antiken Malerei, besonders in den pompejanischen Wandgemälden hat man es endlich bezeichnet, dass der Ausdruck in den Köpfen mangelhaft und gleichgiltig wie die Einen, bescheiden und zurückhaltend wie die Andern sagen, vorgetragen sei. Auch diese Behauptung ist nur theilweise richtig; abgesehen von der antiken Malerei und dem, was sie in ethischem und pathetischem Ausdruck geleistet hat, finden wir unter den pompejanischen Bildern genug Beispiele eines sehr energisch dargestellten Ausdrucks des Gefühles und der Leidenschaft in den Köpfen, um uns zur Zurückweisung jener Behauptung in ihrer Allgemeinheit berechtigt zu fühlen. Wir brauchen nur, um sehr Bekanntes zu nennen, an die Medea, an den Achill bei der Wegführung der Briseïs, an die Theilnehmer an Iphigeniens Opferung zu erinnern. Trotzdem wollen wir zugestehn, dass in der grossen Mehrzahl der Fälle der Ausdruck in den Köpfen minder lebhaft, minder fein ist, als er in moderner Malerei sich zeigt, wollen hervorheben, dass namentlich die leiseren Schwingungen des Gemüthes in Freude und Wehmuth sich äusserst selten auf den Gesichtern spiegeln. Wenn dies aber ein Mangel ist, so sollte man sich doch ja hüten, diesen Mangel ohne Weiteres als ein Princip, oder gar als ein plastisches Princip der Malerei anzusprechen. Wissen wir denn etwa, dass die pompejaner Künstler dritten und vierten Ranges der schweren und grossen Aufgabe, einen feinen seelischen Ausdruck in die Köpfe zu legen, gewachsen waren? dass nicht etwa reines Unvermögen zu dieser Leistung, einer der schwierigsten der Malerei, die gleichgiltigen und ausdruckslosen Gesichter erzeugt hat, auf die man sich beruft, um ein plastisches Princip zu vertheidigen? Wahrhaftig, wenn man sieht, dass die Darstellung heftiger Gemüthsbewegungen angestrebt und, als die relativ leichtere, gelungen ist, so ist es nur consequent, die mangelhafte Fähigkeit der Künstler als Factor in die Rechnung zu stellen. Aber sei immerhin die Mässigung im Ausdruck ein Princip der alten Malerei, so ist damit noch lange nicht bewiesen, dass es ein plastisches Element sei, um so weniger, als wir von der früher allerdings allgemein geglaubten These von der Ruhe als dem Princip plastischer Composition mit Fug und Recht merklich zurückgekommen sind. Und wenn wir, wie gesagt, die heftigen Bewegungen der Seele unumwunden in den pompejaner Wandgemälden dargestellt und nur die leiseren Erregungen mangelhaft ausgedrückt finden, während umgekehrt in der Plastik der Alten ein Abdämpfen im Ausdruck gewaltiger Leidenschaften behauptet wird und eine gar nicht zu beschreibende Feinheit in der Darstellung milder Gemüthsbewegungen und Stimmungen unbestreitbare Thatsache ist, wo bleibt da, fragen wir, das Vergleichbare? wo die Begründung der Thesis, der mangelhafte oder bescheidene Ausdruck in den Köpfen pompejanischer Gemälde beruhe auf einem plastischen Princip der alten Malerei? —

Wenden wir demnächst unsere Aufmerksamkeit auf die Farbgebung und das Colorit, so ist schon gesagt, dass die Eigenthümlichkeit der Technik jene Klarheit, jene Gluth und Zartheit des Colorits der Oelmalerei nicht zuliess. Im Uebrigen fehlt gewiss keine Stufe von der sattesten bis zur lichtesten Farbe, und gerade durch bewusste und absichtliche Zusammenstellung der Gegensätze sind die vortrefflichsten Effecte erzielt. So z. B. in dem oben mitgetheilten Bilde von Achills Erziehung, wo der Gegensatz in der lichten, blühenden Carnation des halbgöttlichen Knaben und den braunrothen Tinten in dem Körper seines halbthierischen Lehrers nicht effectvoller dargestellt sein könnte; so ebenfalls in den schwebenden Gruppen der Bacchanten und Bacchantinen. Wenn hier die männlichen Körper fast bronzefarben gehalten sind, so mag man darin eine Nachahmung der von südlicher Sonnengluth gebräunten Hautfarbe, welche man noch heute an neapolitanischen Fischern und Lazaronen sieht, erkennen; wenn aber nun die weiblichen Körper daneben von der durchsichtigsten Klarheit des Teints sind, ohne dass sie als wesentlich verhüllter, also geschützter gegen Luft und Sonne gegeben werden, so wird man nicht wohl umhinkönnen in dem gegensätzlichen Colorit des einen Geschlechts und des anderen eine bewusste Absicht des Malers, ein bestimmtes Streben nach Effect des Colorits zu erkennen. Und dies um so mehr, da ein solches Princip der Carnation in der ganzen alten Malerei gewaltet zu haben scheint, und in allerrohester Weise noch in den älteren gemalten Thongefässen auftritt, auf denen die Männer schwarz und die Weiber weiss gemalt sind. —

Wenn die Farbgebung in der Behandlung und Combinirung dieser Gegensätze, welche sich ähnlich im Verhältniss des Nackten zur Gewandung wiederfinden, als sehr durchdacht erscheint, so äussert sich in der Zusammenstellung der Farben in grösseren Compositionen ein höchst bedeutender Sinn für das Harmonische. Fast niemals werden wir Farben neben einander finden, welche das Auge unangenehm berühren, der Accord der Farbe, den die moderne Optik berechnet hat, tritt uns auf überraschende Weise aus den pompejanischen Gemälden entgegen. Deshalb sind, wie ebenfalls schon früher erwähnt, die Bilder, so farbig sie sein mögen, niemals bunt und grell, und nur die Tiefe und Sättigung besonders in den Schattenpartien können wir vermissen. Dies hangt mit einem anderen Umstand zusammen, den wir als charakteristisch hervorheben müssen. Die Beleuchtung in den pompejanischen Gemälden ist in der Regel so klar und gleichmässig, dass man ihr eine gewisse Kälte nicht absprechen kann. Ob dies nicht zum grossen Theile ein Resultat der Technik sei, wollen wir nicht entscheiden. Thatsache ist es wenigstens, dass die alte Malerei weder lebhafte Lichteffecte noch eine feine Abtönung des Lichtes entbehrte, in Pompeji aber ist eine virtuose oder effectvolle Behandlung der Beleuchtung wohl ohne Beispiel; denn auch das Bild, welches man als Beispiel des Gegentheils anzuführen pflegt, die von uns schon früher erwähnte Hochzeit des Zephyrus und der Flora, ist, obwohl es zartere Lichteffecte hat, als andere, doch von dem effectvollen Helldunkel moderner Bilder weit entfernt. Der Hauptgrund der klaren und gleichmässig hellen Beleuchtung ist wohl in der Bestimmung der Bilder zu Decorationen der an sich wenig erleuchteten Gemächer zu suchen, in denen dunkelgehaltene Bilder von sehr geringer Wirkung sein würden. Sähen wir die Bilder an ihrem ursprünglichen Ort und unter den Bedingungen, unter denen sie die Alten sahen, so würden wir die Beleuchtung in denselben und die Lebhaftigkeit ihrer Farbe wahrscheinlich noch anders würdigen, als wir es jetzt in der Regel thun.

Ueber das eigentliche materielle Machwerk werden wir hier nach dem früher bereits Bemerkten Nichts mehr zu sagen haben, und ebenso können wir über die eine der anderen Gattungen der Malerei, das Stilleben, mit Berufung auf die Anmerkungen, mit denen wir die Anführung der Gegenstände begleitet haben, hier stillschweigend hinweggehn. Nur über die Landschaften noch ein paar Worte. Den pompejanischen Landschaften ist von einem berühmten Kunsthistoriker der streng historische Character Poussin'scher Bilder zugesprochen worden, ein Urteil, das für die Masse der gewöhnlichen Gemälde, nicht aber für alle zutrifft. Denn ein grosser Theil ist unsäglich viel zu unbedeutend, um mit eines so charactervollen modernen Künstlers Schöpfungen verglichen werden zu können, dagegen kommen denn doch landschaftliche Leistungen vor, welche mehr eigentlich Landschaftliches, mehr Stimmung haben als irgend ein Bild Poussins. Freilich müssen wir gestehn, dass das, was wir hier im Sinne haben, nicht die eigentlichen Landschaften, sondern die landschaftlichen Hintergründe und Umgebungen in historischen oder mythologischen Bildern sind. Von ihrem intimen Zusammenhang mit der dargestellten Begebenheit und der Stimmung des Bildes in seinen Haupttheilen haben wir schon geredet; aber man betrachte sich doch dies Landschaftliche unter dem Gesichtspunkte des Zusammenhangs mit der dargestellten Handlung etwas genauer, und man wird über das Naturgefühl nicht wenig erstaunen, welches uns hier entgegentritt. Ich will kein besonderes Gewicht legen auf die starr überhangenden Felsen am öden Strande des Meeres, unter denen die verlassene Ariadne erwacht; ich will manches Andere aufzusuchen dem Leser überlassen, aber ich will auf ein paar recht schlagende Beispiele hinweisen. Da ist ein Bild (*Ant. di Ercol.* V. 135. Roux II. 40.), welches Narciss am Quell darstellt. Der Jüngling schmachtet noch nicht nach seinem Bilde, er hat sich in seinem selbstischen Trieb in die Einsamkeit zurückgezogen, die er nachlässig, träumerisch, an den Rand des Quells gelagert, geniesst. Und wie ist diese Einsamkeit in der Landschaft ausgedrückt! Vorn der im Felsenbecken gefangene Quell von einem Baume leicht beschattet, im Hintergrunde eine Fernsicht von Bergen begrenzt, durch eine weite Ebene von uns getrennt. Dort hinten mag das Leben sich bewegen, hier im Vordergrunde ist es so heimlich, so still, so träumerisch wie in der Seele des Jünglings, der diese Einsamkeit gesucht hat. Das Hylasbild habe ich schon erwähnt, mag dasselbe in den Nachbildungen (*Ant. di Ercol.* IV. 31. Roux II. 22) in der Ausführung modernisirt sein, in der Composition und Intention des bedeutenden Landschaftlichen ist es antik. Die Geschichte des von den Quellnymphen geraubten Hylas ist ungefähr die von Goethes Fischer; jene wunderbare Sehnsucht, die das schwärmerische Gemüth hinabzieht in die räthselhafte Tiefe des klaren kühlen Nass, liegt zum Grunde. Und wie ist das Landschaftliche dieses Bildes? Es ist ein schattig dichter Wald, eine Waldeinsamkeit, in der nur Echos Ruf ertönt; unter überhangenden Büschen funkelt das krystallene Quellbecken so recht, dass wir die Labung, die süsse Lässigkeit dieses Ortes empfinden. Hier ist's, wo die schönen, üppigen Dämonen der Waldesstille und der Fluthenkühle den Jüngling ergreifen und ihn umarmend hinabziehn, dass er nicht mehr gesehn wird. — Doch genug mit diesen beiden Beispielen, die unsere Ansicht klar und unsere Leser auf viele andere aufmerksam machen werden. — Leider ist das Landschaftliche in der Ausführung gewöhnlich weniger vorzüglich als das Figürliche, und das, wenn auch nicht absolute Fehlen des Helldunkels thut dem Eindruck, den die landschaftlichen Umgebungen historischer Bilder bei satterer Behandlung auf uns machen würden, starken Abbruch. Man muss sich in die mangelhaft ausgedrückten Absichten und Gedanken des Künstlers hineindenken, um zu beurteilen, in wiefern den Alten die Landschaftsmalerei aufgegangen war, in wiefern nicht. —

Sechster Abschnitt.

Die Mosaiken.

Figur 284. Mosaïkschwelle.

Als eine eigene Abtheilung der Malerei haben wir noch die vollkommensten Hervorbringungen einer in ihrem Ursprung freilich durchaus unmalerischen Technik, die Mosaïken zu betrachten, über deren primitive und geringe Gattungen bereits oben die nöthigen Andeutungen gegeben sind. Wie hoch hinauf die Erfindung und Anwendung des *opus Signinum* und der anderen untergeordneten Arten zur Herstellung ebenso dauerhafter wie reinlicher und schmucker Fussböden geht, können wir nicht nachweisen; es ist aber nicht uninteressant, dass wir die Stadien der Vervollkommnung, welche diese Technik durchlief, bis sie zu vielfarbigen und ausgedehnten Figurencompositionen verwendet wurde, in Pompeji so ziemlich alle nebeneinander nachweisen können, in demselben Pompeji, welches auch das höchste auf uns gekommene Meisterwerk dieser Gattung, die diesem Buche in farbiger Nachbildung beiliegende Alexanderschlacht und noch manche andere der Technik nach vielleicht noch vorzüglichere Mosaïken der staunenden Nachwelt bewahrte. Wir müssen leider darauf verzichten, unsern Lesern von den verschiedenen Entwickelungsstufen der musivischen Technik Proben vorzulegen, da sich dieselben ohne Farbe nicht füglich zur Anschauung bringen lassen, und da wir, um dies Buch nicht unnöthig zu vertheuern, mit den farbigen Blättern sparsam sein müssen. Wir können aber die sich näher Interessirenden ausser auf die Zeichnungen in den *Antichità di Ercolano*, welche in dem Werke *Pompéi et Herculanum* von Roux (deutsch Hamburg bei Meissner 1841) Band IV nachgebildet sind, auf die nicht schwer zugänglichen Zahn'schen Publicationen verweisen; die Blätter 96, 56, 79 und 99 der zweiten Folge enthalten ausreichende Proben. Wir sehn wie der Anfang damit gemacht wird, dass man in den rothgefärbten Stucco mit weissen Steinchen einfache Linien und mathematische Figuren einlegt (96), dass man sodann den ganzen Grund mit weissen Steinchen einlegt, in welche man mit dergleichen schwarzen zunächst gradlinige (96 unten), sodann auch Figuren in krummen Linien einfügt, oder wie man, das Verhältniss umkehrend, den schwarzen Grund mit weissen Figuren ziert (96 links); dass ferner die Muster, die unseren Leserinen fast wie Stick- oder Häkelmuster erscheinen werden, immer reicher und mannigfaltiger werden, ohne dass man andere Farben als weiss und schwarz verwendet (96), dass ganz allmählig andere Farben zugezogen werden, wie z. B. bei Zahn 56 in aller bescheidenster Weise ein helles Blaugrau, bis endlich nach Aufnahme der Vielfarbigkeit die allerreichsten Muster in 6, 7 und noch mehren Farben, von denen Zahn 79 und 99 noch keineswegs die vollendetsten bringt, in einer fast unzählbaren Menge kleiner Steine, ähnlich den zahllosen Stichen einer Stickerei, dargestellt werden. —

Die Anwendung des Mosaïk's zur Darstellung verschiedener Gegenstände, die Mosaïkmalerei, welche der eigentlichen Malerei möglichst nahe zu kommen strebt, tritt nachweislich zuerst in der Zeit des wachsenden Luxus unter den Nachfolgern Alexanders auf. Da die erste und wenn auch nicht ausschliesslich, so doch besonders zu billigende Anwendung die zu Fussböden ist, so begreift sich der etwas wunderliche Gegenstand des ältesten Mosaïks, von dem Erwähnung geschieht von Sosos von Pergamum. Es war nämlich nichts mehr und nichts weniger als der Kehricht eines Speisezimmers, den der Künstler in farbigen Thonwürfeln im Fussboden nachbildete, daneben freilich auch ein Gefäss mit trinkenden und sich sonnenden Tauben, welches in zwei Nachahmungen aus der Villa Hadrians und in Neapel auf uns gekommen und in vielen modernen Kunstwerken, Broschen und dergl. nachgebildet ist. Aber schon früh werden uns grosse Figurendarstellungen in Mosaïk genannt; so war in den Fussböden eines colossalen Prachtschiffes Hierons von Syracus, an denen 300 Arbeiter ein Jahr lang arbeiteten, der ganze Mythus von Troia in Mosaïken dargestellt. In der römischen Kaiserzeit kam die Mosaïkmalerei immer mehr

in Aufnahme und wurde in allen Provinzen geübt, so dass auch wir noch in entfernten Theilen des Weltreiches, in Frankreich, England, den Rhein- und Donauländern (Cöln, Weingarten, Trier, Salzburg) zum Theil nicht unbedeutende Mosaïkgemälde aufgefunden haben. Auch begnügte sich die Prachtliebe und der Luxus nicht mehr mit Mosaïkfussböden, sondern übertrug diese Technik auf Gemälde an Wänden und, was jedenfalls eine Geschmacklosigkeit ist, an Pfeilern, wie in Pompeji. —

Als Material dieser Malereien erscheinen Würfel oder genauer gesprochen Stifte von farbigem Thon, später von Glas und von kostbarem Stein, Marmor und selbst Edelstein. Diese Würfel oder Stifte werden, wie gesagt, in eine Unterlage von feinem und sehr hart werdendem Stucco ungefähr in der Art hart nebeneinander eingesetzt wie wir die Stiche in unseren Stickereien, den Stramingrund gänzlich bedeckend, aneinanderreihen. Wenngleich nun freilich die Mosaïkmalerei vor unserer Stickerei den einen grossen Vortheil hat, wirkliche Rundungen dadurch darzustellen, dass die Würfel durchschlagen, abgerundet, verschiedenartig gestaltet werden, so kann sie doch die unendliche Mühseligkeit der Technik so wenig jemals ganz verläugnen, wie es ihr möglich ist die feinen Uebergänge und Nüancirungen der Farbe, ihr Verschmelzen und Abtönen, diese Stärke und diesen höchsten Vorzug der Malerei zu erreichen oder zu ersetzen. Es giebt kein Mosaïk und kann keines geben, welches nicht einen mehr oder weniger entfernten Standpunkt des Betrachtenden erforderte, um in voller Schönheit zu wirken; wogegen freilich wiederum zugestanden werden muss, dass namentlich die Mosaïken aus farbigem Glas eine Sattheit und zugleich einen klaren Farbenglanz besitzen, den nur die Glasmalerei zu übertreffen vermag. Zur Farbenpracht gesellt sich, um das Mosaïk ganz besonders zur Decoration von Fussböden zu empfehlen, die Dauerhaftigkeit, indem natürlich die den Glas- oder Thonstiften einhaftende Farbe niemals verwischt und selbst durch häufiges Begehen der Fussböden nur äusserst langsam abgeschliffen werden kann. —

Von den pompejaner Mosaïken haben wir eine Reihe der bedeutenderen schon bei Besprechung der Häuser, in denen sie sich fanden, erwähnt, so dass hier eine nochmalige Aufzählung nur ermüden könnte. Wir ziehen es deshalb vor, anstatt eine kleine Reihe flüchtig zu besprechen, unsere ganze Aufmerksamkeit dem Hauptwerke, der Alexanderschlacht, zuzuwenden. Als das schönste Muster decorativen Mosaïks dürfen wir dasjenige von der Schwelle des Atriums im Hause des Fauns (vgl. S. 241) betrachten, welches wir an der Stirn dieses Abschnittes (Fig. 284) haben abbilden lassen.

Von allen die Krone ist aber die Alexanderschlacht, deren Entdeckung am 14. October 1831 in der *Casa del Fauno* (oben S. 243), es ist nicht zu viel gesagt, eine neue Periode in unserer Erkenntniss der antiken Malerei eröffnet hat. Schrieb doch Goethe am 10. März 1832 an Hrn. Prof. Zahn, der ihm eine farbige Zeichnung mitgetheilt hatte, unter Anderem: »Mit- und Nachwelt werden nicht hinreichen, solches Wunder der Kunst richtig zu commentiren, und wir genöthigt sein, nach aufklärender Betrachtung und Untersuchung, immer wieder zur einfachen, reinen Bewunderung zurückzukehren.« Und dass dieses Lob nicht im Geringsten zu hoch gestimmt sei, bezeugt die gleichmässig hohe Bewunderung aller Kenner, mögen sie Künstler oder Kunstgelehrte sein, die sich darüber haben vernehmen lassen. Ihrer ist eine grosse Zahl; Italiäner, Franzosen, Engländer, Schweden, Deutsche haben mit einander gewetteifert, dieses Gemälde zu erklären und zu würdigen, mancherlei Wunderliches und Verfehltes im Ganzen und im Einzelnen ist über dasselbe geschrieben worden, aber auch manches Vortreffliche, Tiefeindringende. Wir können die ganze Litteratur hier nicht citiren und müssen uns begnügen, drei Abhandlungen von Landsleuten zu nennen, welche die Palme errungen haben, ohne dass damit der Werth mancher fremdländischen Arbeit geläugnet werden soll: den Aufsatz von Gervinus in seinen kleinen histor. Schriften VII. S. 435—487, die Besprechung von Müller in den Göttinger gel. Anzeigen 1834 S. 1181—1196, und die kürzere, aber nicht minder vorzügliche Abhandlung Welcker's in seinen kleinen Schriften III. S. 460—475.

Von der grössten Wichtigkeit, ja unumgänglich nöthig zum Verständniss der Composition ist zunächst die Feststellung des Gegenstandes. Es genügt hier nicht, gegenüber ganz verfehlten Erklärungen, auf die wir nicht näher einzugehn brauchen, irgend eine der Perserschlachten Alexanders anzunehmen, sondern man muss auf's Bestimmteste daran festhalten, dass die Schlacht bei Issos gemeint und im Wendepunkt der Entscheidung dargestellt sei. In mehren Berichten über diese Schlacht wird das persönliche Zusammentreffen der Könige, des Alexander und Darius, sowie der Umstand hervorgehoben, dass, nachdem mehre persische Grosse, welche sich schützend vor dem Grosskönig auf seinem Kriegswagen aufgestellt hatten, vor den Augen desselben gefallen waren, Darius der persönlichen Gefangenschaft nur dadurch entging, dass er seinen Königswagen verliess, ein ihm bereitgehaltenes Pferd bestieg und auf diesem entrann. Diese, und nur diese Scene, mag sie eine historische Wahrheit oder eine sagenhaft ausgeschmückte Geschichte sein, enthält den Schlüssel unseres Bildes und besonders die Erklärung für das in so auffallender Weise neben dem Königswagen in den Mittelpunkt der Composition gestellte Pferd. Mit unwiderstehlicher Gewalt ist Alexander an der Spitze seiner Reiter herangedrungen, schon ist der Königswagen des Darius gewendet, einer der edelsten Perser, der hier für jene Mehrzahl derselben gewählt ist und in dem wir nach der Auszeichnung durch seine Tracht den Feldherrn und Bruder des Darius Oxathres erkennen dürfen, deckt den Rückzug. Da stürzt sein Rappe, von einer makedonischen Lanze getroffen, zusammen, und ehe der Reiter sein Ross ganz verlassen kann, braust Alexander heran; Nichts achtet er's, dass ihm der Helm vom Haupte gestürzt ist, Nichts, dass er nach den historischen Berichten selbst im Schenkel verwundet ist, mit dem Stoss seiner gewaltigen Lanze durchbohrt er den Perserfeldherrn. Entsetzen und panischer Schrecken fasst die Perser, die allen Widerstand aufgeben und, die Lanzen auf die Schulter geworfen, in wilder Flucht dahineilen. Mit der äussersten Anstrengung treibt der Wagenlenker des Königs sein in Unordnung gerathenes und bäumendes Viergespann; vergebens! nur eine Hoffnung den König zu retten bleibt, einer seiner edlen Begleiter ist vom Pferde gesprungen, das er dem Könige überlassen will. »Darius aber,« um mit den schönen Worten Welcker's fortzufahren, »wendet auf seinem Wagen sich um, sieht die Rettung mit dem Rücken an, vergisst sich und die Schlacht über dem Gefühl und der Pflicht eines Königs und eines Bruders gegen den sinkenden Feldherrn und Beschützer, und streckt den Arm nach seinem Getreuen aus. Dieser Arm begleitet eine Rede, und die Worte des Erhabenen, die das Getümmel verschlingen würde, sind im Bilde vernehmlich, und geben ihm eine Grösse, wodurch das Grausenhafte der Scene gemildert und die fürchterliche physische Gewalt des Augenblicks wie von einem Genius der Kunst gezügelt wird. Dem Sieger, der in ruhiger fester Haltung vordringt und nun nahe daran ist, die Drohung wahr zu machen, die er ausgesprochen haben soll, den Darius in der Schlacht selbst zu tödten, wird durch diese königliche Haltung und menschliche Grösse ein so gutes Gegengewicht gegeben, dass das Mitleid nicht weniger als die Furcht sich reinigt durch die Kunst, ja dass der Unterliegende eigentlich als der Sieger erscheint. Indem die Entscheidung der Schlacht in ihrem rechten Mittelpunkte klar vor uns liegt und die eingreifenden, malerisch so kräftigen Einzelheiten in einfacher, weise gewählter Mannigfaltigkeit sich vor unseren Blicken ausbreiten, reisst doch die magische Gewalt des grossen und schönen und so würdig und ansprechend ausgeführten Gedankens Sinn und Theilnahme überwiegend zu sich hin.« Auf Einzelheiten des Costüms, auf den Ausdruck und die Porträtähnlichkeit in den Köpfen, welche unsere kleine Nachbildung nicht wiedergeben kann, und keine der bisherigen Publicationen genügend wiedergiebt, können wir hier nicht eingehn, wir wollen nur unsere Leser auf einige meisterhafte Züge in der Composition aufmerksam machen. Welch ein feiner Takt ist darin bewiesen, dass die siegreich andringenden Macedonier nur ein Drittheil, die fliehenden Perser zwei Drittheile des Bildes einnehmen, wodurch zugleich die Hauptpersonen in die Mitte gerückt werden. Wenn der Reiterchoc, der die Schlacht entscheidet, in seiner vollen Wucht und Gewalt zur Anschauung kommen sollte, so durfte er nicht dadurch geschwächt werden, dass der Maler die Situationen der Andringenden persönlich verschieden motivirte, ein gleichmässig unwiderstehliches Heranbrausen der Schar ist hier das einzige Ausdrucksvolle; ein solches lässt aber grosse Mannigfaltigkeit nicht zu. Deshalb genügt hier der kleine Raum. In den Personen des geschlagenen Heeres aber müssen die verschiedensten Abstufungen des Eindrucks gemalt werden, wenn das Bild der Flucht wahr sein sollte: panischer Schrecken, Entsetzen, Zorn, Theilnahme für den sinkenden

Feldherrn, für den bedrohten König muss in den verschiedenen Individuen dargestellt werden und ist in ihnen dargestellt. Und dazu musste ein breiteres Feld in Anspruch genommen werden. Wie vortrefflich ist es gedacht, dass Alexander den Helm verloren hat, der neben ihm an der Erde liegt. Indem der Künstler so sich die Gelegenheit verschaffte das Porträt des grossen Eroberers ungestörter, namentlich sein mähnenartig emporgebäumtes Haar darzustellen, legt er durch diesen Zug in diese Figur den Ausdruck des Ungestümen, der kaum durch ein anderes Mittel so gut erreicht werden konnte. Wie effectvoll ist der Gegensatz des gestürzten Pferdes, welches die Katastrophe herbeiführt, und des zur Flucht des Königs bereitgehaltenen; wie tief durchdacht ist es, Darius, der sich selbst vergisst, zunächst von solchen Personen umgeben darzustellen, die voll Aufopferung auch nur an den bedrohten König, nicht an sich denken; jenem Wagenlenker, der auf seine Weise in seine Pflichterfüllung aufgeht, und noch ungleich mehr dem edlen Perser, der, indem er sein Ross dem König bietet, als ein sicheres Opfer wie fest und kräftig vor uns steht. Aber man wende den Blick wohin man will, man studire das Gemälde nach allen Seiten und in allen Details, ausstudiren wird man es nicht, und ganz gewiss immer wieder zu der reinen Bewunderung zurückkehren, welche Goethe für das Bild in Anspruch nahm.

Es leuchtet nun wohl ein, dass dieses Gemälde geeignet ist, uns von der antiken Historienmalerei den erhabensten Begriff zu geben, und dass, da es das einzige auf uns gekommene von hunderten ist, es nicht zu viel gesagt war, wenn ich oben behauptete, von diesem Bilde datire eine neue Periode in unserer Erkenntniss der alten Malerei. Sehr natürlich und gerechtfertigt erscheint der Wunsch, den Urheber dieser Composition zu kennen. Mit völliger Gewissheit können wir ihn nicht nennen, Alexanders Schlachten waren ein häufiger Vorwurf der Kunst; aber die grösste Wahrscheinlichkeit spricht nicht für einen Maler, sondern eine Malerin, Helena, Timons Tochter, aus Aegypten, von der uns eine »Schlacht bei Issos« bezeugt ist. Vespasian versetzte das Gemälde nach Rom, was für seinen Ruhm zeugt und es doppelt begreiflich macht, wie man in Pompeji dazu kam, dasselbe in Mosaïk zu copiren. Es ist wahr, unser Gefühl sträubt sich dagegen einer Frau dies gewaltige Bild, diese Stärke in der Thiermalerei, und besonders in der höchsten Hitze des Kampfes zuzutrauen; »aber,« sagt Welcker, »wie die Geschichte nicht wenige Frauen vom Geist der Deborah und Telesilla kennt, so weist sie auch seltene Malerinnen nach, die den Neid der ersten Maler ihrer Zeit erweckten.« Fragen dürfen wir endlich wohl auch, ob nicht die Borde des Gemäldes zwischen den Säulen der Exedra (s. S. 243), welche einen Fluss mit Hippopotamus, Krokodil, Ichneumon, Ibissen, kurz den Nil darstellt, und zum Gegenstande gar nicht passt, eine Erinnerung an die Heimath der Künstlerin, Aegypten, bilden soll. Dass die Wahl des Gegenstandes dieser Borde zufällig sei, kann ich nicht glauben. —

Viertes Capitel.

Die untergeordneten Kunstarten und das Kunsthandwerk.

Nachdem wir die drei eigentlichen bildenden Künste in ihren Hervorbringungen und Leistungen in Pompeji kennen gelernt haben, bleibt uns zum Schluss noch eine Betrachtung der untergeordneten Kunstarten und des Kunsthandwerks übrig, die wir, obgleich wir sie der Consequenz wegen in einem eigenen Capitel behandeln, sehr kurz fassen können, da wir Manches schon im antiquarischen Theil erwähnt haben und da des Hervorragenden und Bemerkenswerthen nicht gar Vieles vorhanden ist. Eine der wichtigsten der Plastik verwandten Kunstarten, die Stempelschneiderei zur Herstellung von Münzen ist in Pompeji gar nicht geübt worden; weder in der Zeit seiner Autonomie hat Pompeji Münzen geschlagen, wie andere Städte Campaniens, z. B. Capua, Nola, in welche die griechische Sitte früher und tiefer eingedrungen war, noch hatte unser Städtchen in römischer Zeit eine Prägestätte. Römische Münzen sind freilich in Pompeji in Menge gefunden worden, aber Niemand wird erwarten, dass wir die hier besprechen. Auch die Steinschneiderei ist kaum der Rede werth; dass die verhältnissmässig wenigen und unbedeutenden Gemmen, welche man in Pompeji gefunden hat, Arbeiten einheimischer Werkstätten seien, ist unerweislich und selbst kaum wahrscheinlich. Wenn wir daher auch das Dutzend geschnittener Steine hier nicht einzeln anführen, besprechen und abbilden, werden unsere Leser sie schwerlich vermissen. Eine Probe finden dieselben in der 286. Figur, es ist ein geschnittener Siegelring, welcher einen Frauenkopf darstellt und in der Pantheonstrasse gefunden wurde. Von diesem und den wenigen anderen aber Anlass zu einer Darstellung der alten Steinschneiderei und Gemmenkunst zu nehmen, würde das verkehrteste Verfahren sein, das sich denken lässt. Es bleiben uns demnach eigentlich nur zwei Arten der Technik, welche hier eine etwas eingänglichere Betrachtung erheischen, die Metallarbeit einschliesslich der Goldschmiedekunst und die Glasarbeit.

In Bezug auf die Metallarbeit kann es sich wesentlich nur um die Ornamentik handeln, deren uns zwei technische Hauptarten entgegentreten, die Toreutik und die Empästik. Erstere hat es mit der Herstellung plastischer Ornamente in Relief und in ganzen Figuren zu thun und hangt auf's Innigste mit der Plastik selbst zusammen, von der man sie nur des geringeren Umfangs und des weniger selbständigen Charakters ihrer Arbeiten wegen trennen kann. Wir begegnen dieser Art der Metallarbeit an fast allen Geräthen und Gefässen, welche sich über die Befriedigung des blossen Bedürfnisses erheben, und wir sind ihr an den Bisellien, Sesseln, Lampen, Candelabern, Dreifüssen, Eimern, Kratern, Heerden, Waffen begegnet. An diesen Geräthen und Gefässen schafft sie das Ornament entweder in ausgetriebenen oder in gegossenen Formen, und zwar wieder bald aus einem Stück mit dem Hauptwerk, bald durch Herstellung selbständiger Schmucktheile, welche aufgeniethet oder aufgelöthet werden. In den Formen schliesst sich diese Metallarbeit wesentlich allen denen der übrigen Ornamentik und Plastik an, beginnt mit einzelnen vegetabilen Formen, erhebt sich durch die s. g. Arabeske zum Figurenrelief und endet in der Darstellung der kleinen Rundbilder, welche wir z. B. als Deckelverzierungen mehrer Lampen, an Candelabern und sonst gefunden haben. Nicht selten verbindet sie mit der Herstellung der plastischen Form den Schmuck der Versilberung und Vergoldung, wie denn auch die Herstellung von Ornamenten bronzener Geräthe aus getriebenem Silber und Gold nicht eben selten ist. Selbständigkeit der Erfindung und Formgebung wird man bei diesem untergeordneten Kunstzweige in der Regel weder erwarten noch finden, obgleich allerdings einzelne grössere Prachtgefässe aus dem Alterthum auf uns gekommen sind, welche die Hand wirklicher Künstler verrathen. Ohne uns aber grade Neues und Unerhörtes zu bieten, liefert uns die plastische Metallarbeit in Reliefen und Statuetten eine Fülle interessanter, zum Theil namhaften Kunstwerken im Kleinen nachgebildeter Gegenstände aus den verschiedenen Kreisen der Objecte der alten Kunst. Denn weder mythologische Bildwerke fehlen in dieser Reihe, noch Genrebilder aus dem täglichen Leben, ja, bei dem Verlust so unendlich vieler der grossen Vorbilder muss uns mehr als eine dieser kleinen Nachbildungen zur Ausfüllung einer Lücke der kunstgeschichtlichen wie der gegenständlichen Monumentenreihe dienen.

In anderer, beschränkterer Weise, jedoch ebenfalls in weitem Umfange wirkt und schafft die zweite Art der Metallarbeit, die Empästik. Ihre Technik ist der unseres Niello und unserer Damascenerarbeit verwandt, indem sie in den Grund des zu schmückenden Geräthes Ornamente verschiedenen, meist edleren Metalls incrustirt oder einlegt. Wir sind diesem Kunstzweige besonders bei den grösseren Candelabern und bei den Prachtgeräthen begegnet und haben gefunden, dass er sich auf dem Gebiete der Ornamentik im engeren Sinne hält, vielfach verschlungene Linien, Laubwerk, Guirlanden, Arabesken mit eingestreuten Thiergestalten herstellt, ohne sich bis zur Figurenzeichnung oder zur Herstellung bedeutsamer Compositionen zu erheben. Innerhalb ihres Ornamentgebietes dagegen schafft die Empästik mit so vielem Geschmack, so unerschöpflicher Phantasie, einer so grossen Correctheit und Sauberkeit des Details, dass sie uns die grösste Bewunderung abnöthigt. Bei vielen Geräthen verbinden sich beide Arten der Ornamentirung, die plastische und die in eingelegter Arbeit, und zwar so, dass, während jene die schmuckvolle Herstellung der schärfer bestimmten Glieder, wie z. B. des Fusses, übernimmt, diese sich auf den grösseren Flächen des Geräthes, wie den Kraterbäuchen oder den Disken der Candelaber, verbreitet und dieselben gleichsam mit einem Geäder kostbarer Zierrathe durchzieht. Die Art, wie die beiden Arten der Metallornamentik sich in das Kernschema des zu decorirenden Geräthes theilen, zeugt von dem feinsten Geschmack, bewahrt auf der einen Seite vor Unkräftigkeit in der tektonischen Gliederung, auf der anderen vor Ueberladung und Schwerfälligkeit und sollte so sehr wie irgend Etwas Gegenstand der eingänglichsten Studien unserer Metallarbeiter und Goldschmiede sein. Der Mangel dieser feinen Anwendung der einen und der anderen Art der Ornamentik ist nicht am wenigsten Grund der Schwerfälligkeit der Geräthbildnerei unserer Zopfzeit und des Rococo.

Ehe wir uns von der Metallarbeit zu derjenigen in Glas, als dem letzten Gegenstande unserer Betrachtung, wenden, haben wir noch ein paar Worte über die Goldschmiedekunst und ihre Leistungen zu sagen. Unsere Leser werden sich erinnern, dass in Pompeji zahlreiche Goldschmiede arbeiteten und dass nicht unbeträchtliche Funde von Schmucksachen in Pompeji gemacht worden sind, obwohl augenscheinlich sehr Vieles grade von diesen Habseligkeiten der alten Bewohner bei der Flucht hat gerettet werden können und somit uns verloren gegangen ist. Leider ist von dem vielen Vorgefundenen nur sehr Weniges bisher veröffentlicht, und wenn auch in den Büchern, welche Fundberichte enthalten, ausserdem sehr Manches erwähnt wird, so geschieht dies in so kurzer und trockener Weise, dass wir diese vielen Notizen hier nur mit der Ueberzeugung zusammenstellen könnten, dass unser Register wohl von sehr wenigen unserer Leser nicht überschlagen werden würde. Wir ziehn es deshalb vor, unsere Betrachtung auf eine kleine Auswahl charakteristischer Arbeiten zu beschränken, von denen wir in der nebenstehenden 285. und in der folgenden 286. Figur Zeichnungen mitzutheilen im Stande sind. Die erstere Abbildung zeigt uns eines jener grossen 22 Unzen wiegenden Armbänder von gediegenem Golde, welche, wie früher erwähnt, in dem Hause des grossen Mosaiks gefunden worden sind. Dasselbe ist in Schlangenform gearbeitet, welche, wie kaum eine andere sich zu diesem Zwecke empfiehlt. Der Kopf der Schlange ist gegossen, die Augen sind von Rubin eingesetzt und die Zunge wird durch ein bewegliches Goldblättchen gebildet. Der spiralförmig geringelte Körper dagegen ist mit dem Hammer getrieben, um grössere Elasticität zu haben, während alles Detail, die Zähne im geöffneten Rachen, die Schuppen am Hals und Schweif auf's Sorgfältigste ciselirt sind. Derartige Bänder in Schlangenform wurden um das Handgelenk, um den Oberarm und um das Fussgelenk getragen; seiner Grösse nach wird unsere Schlange zum Schmuck des Oberarms gedient haben. Eine ähnliche finden wir in der

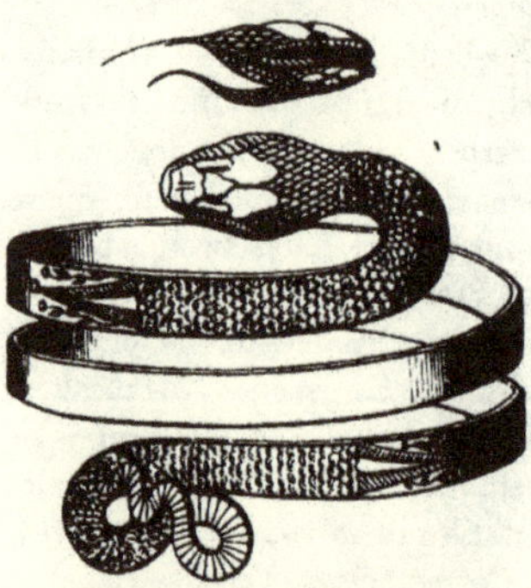

Figur 285. Grosses Armband.

folgenden kleinen Sammlung von Goldschmiedearbeiten wieder, welche jedoch nicht flach ausgetrieben, sondern halbrund gearbeitet und wahrscheinlich zum Schmuck des Handgelenks bestimmt gewesen ist. Für alle Arten von Ringen ist die Schlangenform eine so natürliche und naheliegende, dass es uns nicht wundern wird, in unserer kleinen Sammlung auch zwei in dieser Gestalt gearbeitete Fingerringe zu finden, den einen als das vollständige Thier, welches den Kopf emporhebt, als wollte es sich von dem Finger loswinden, den anderen weniger geschmackvoll aus zwei Schlangenköpfen zusammengesetzt. Ein dritter Fingerring, in den eine Hyacinthgemme zum Siegeln gefasst ist, zeigt uns eine vollkommen einfache Form des Siegelringes, welche auch bei uns gebräuchlich ist. Die Bedeutung des Frauenkopfes der Gemme ist schwerlich festzustellen; mythologischem Gebiete

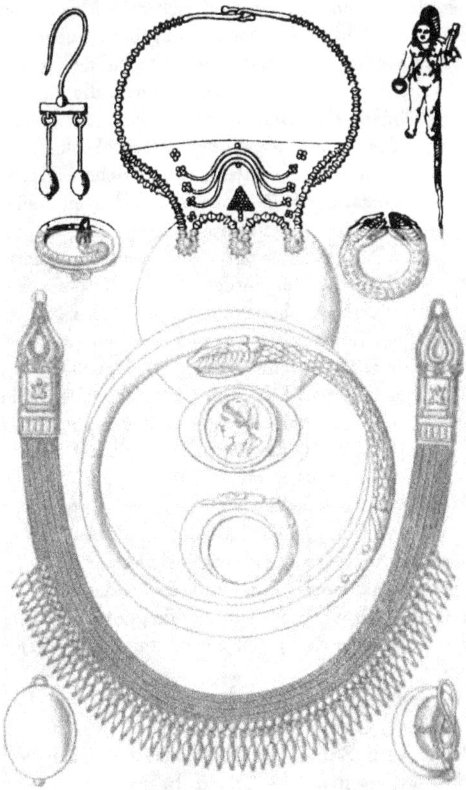

Figur 286. Verschiedene Schmucksachen von Gold.

scheint derselbe nicht anzugehören. Oben links und ganz unten in unserer 286. Figur finden unsere Leser zwei der am häufigsten in den pompejanischen Ausgrabungen vorgefundenen Arten von Ohrringen; die eine (oben) ist aus zwei Perlengehängen an einem dünnen Drahthäkchen von Gold gebildet; die andere Art, von der wir zwei Ansichten geben, zeigt uns die Form eines Ausschnittes aus einem Apfel oder einer Orange und scheint besonders beliebt gewesen zu sein, weil derartige Ohrringe bereits in beträchtlicher Menge gefunden sind. Fremdartiger als die bisher betrachteten Schmuckstücke erscheinen uns die beiden grössten unserer vorstehenden Figur, nämlich das Halsband, welches aus einem äusserst feinen Geflecht elastischen Golddrahtes besteht, welches durch ein mit zwei Fröschen auf der Platte verziertes Schloss zusammengehalten wurde, und an dem ein und siebenzig kleine Goldgehänge befestigt sind, welche den Hals strahlenförmig umgeben, woher diese sehr häufig an Statuen vorkommenden Halsbänder den Namen der *monilia radiata* (Strahlenhalsbänder) erhielten. Wenn uns dieses durch die äusserste Zartheit seiner Arbeit ausgezeichnete Halsband in seiner besonderen Form fremd erscheint, so haben wir für das darüber abgebildete Schmuckstück, welches ebenfalls um den Hals getragen wurde, unter unseren Schmucksachen keine Analogie. Es ist dies eine sogenannte *bulla;* an dem in scharfen Schraubengängen gewundenen elastischen Draht, welcher um den Hals ging und hinten mit ein paar Haken in einander griff, hangt vorn an einer verzierten dünnen Platte eine linsenförmige Kapsel, die eigentliche Bulla. Dieselbe diente zur Aufbewahrung der Amulette, durch welche man allerlei Krankheiten und Zauber und den bösen Blick abzuwenden glaubte, und wurden von Gold hauptsächlich von den Sprösslingen edler Geschlechter in der Jugend getragen und nach glücklicher Vollendung der Jugend beim Eintritt in das reifere Alter den schützenden Laren geweiht. — Von derjenigen Arbeit der pompejaner Goldschmiede, welche sich, Figuren bildend, der eigentlichen Plastik näherte, geben wir endlich unseren Lesern eine Probe in einer Heftnadel, mit der man das Obergewand zusammensteckte, ohne uns jedoch auf eine nähere Besprechung der seltsamen Gestalt eines, wie es scheint, dem bacchischen Kreise angehörenden, aber mit Fledermausflügeln versehenen Genius, welcher das Ornament bildet, einzulassen. Wir bemerken nur noch, dass unter den leider nicht veröffentlichten Bildchen von Gold sich vorzugsweise Kindergestalten finden, welche nach dem Maasstabe zu beurteilen sind, den wir an die niedere Metallarbeit überhaupt angelegt haben.

Den Schluss unserer pompejanischen Betrachtungen wollen wir mit einem Meisterwerk der Glasarbeit machen, einer Technik, in welcher die Alten Bewunderungswürdiges leisteten. Nach Plinius wurde das Glas dreifach bearbeitet, entweder geblasen oder gegossen oder cälirt, d. h. mit schneidenden Instrumenten angegriffen oder geschliffen. Die beiden letzteren Arten der Technik kommen auch vereinigt vor und zwar namentlich bei der Herstellung der Gefässe mit Relief, von denen die berühmte Portlandvase den ersten Rang behauptet, während unsere in dem nach ihr genannten Grabe (*tomba del vaso di vetro blu*) gefundene Amphora den Platz zunächst dieser einnehmen dürfte. Wie in der Regel bei diesen Gefässen besteht der Grund oder Kern aus einem farbigen und durchsichtigen Glasfluss, der in unserem Falle vom schönsten satten Dunkelblau ist, während das aufgeschmolzene und sodann zur Schärfung der Formen geschliffene oder cälirte Relief opak, undurchsichtig, in unserem Falle rein weiss ist. Die Composition dieses Reliefs ist eben so reich wie seine Ausführung zierlich und elegant ist. Ueber einem schmalen sockelartigen

Streifen, der weidende Thiere enthält, finden wir einander gegenüber zwei bacchische Masken, die eine männlich, die andere weiblich. Hinter denselben

Figur 287. Glasgefäss mit Relief.

erheben sich starke Reben, welche ihr mit anderem Laubwerk, Blumen und Früchten verschlungenes Rankengeflecht um den ganzen Bauch des Gefässes spinnen, indem sie zwei Figurencompositionen umrahmen. Diese beiden Figurencompositionen zeigen idealisirte und durch Genien dargestellte Scenen der Weinlese in etwas verschiedener Auffassung, beide Male jedoch unter heiterer Musikbegleitung. Einerseits (rechts in unserer Zeichnung) schwingt in der Mitte ein Knabe begeistert den Thyrsus, indem er zu dem Takte der Musik der von zwei sitzenden Genossen geblasenen Hirten- und Doppelflöte die frischgepflückten Trauben, die ein Vierter im Gewandbausch zuträgt, mit den Füssen austritt; andererseits nimmt die Mitte eine Darstellung des heiteren Weingenusses unter der Musik einer Lyra ein, während zu beiden Seiten ein Knabe, mit dem Pflücken der Trauben beschäftigt, auf einem hohen Postamente steht. Das heitere und bewegte Leben unserer Reliefe und die reizende Fülle der sie umrankenden Arabesken erinnert gewiss Jeden an Goethe's Vers:

Sarkophage und Urnen verzierte der Heide mit Leben;

das ganze Gefäss aber, welches auf einem eigenen losen Fuss aufrecht gehalten wurde, eines der vollkommensten seiner Art, bietet uns einen erfreulichen Schluss unserer artistischen Betrachtungen der Denkmäler Pompejis.

Nachweis des Planes.

1. Oeffentliche Gebäude und Monumente.

G. Gesperrte Eingänge zum Forum (1813–1822.) . . . . D. c, D. d.
H. Treppen zur oberen Gallerie des Forum (1813–1822.) . . . . D. c, F. d.
I. Schwibbogen auf dem Forum (1813–1814.) . . . . D. c.
K. Fussgestelle für Statuen auf dem Forum (1813–1822.) . . . . D. c.
L. Fussgestell auf dem Forum triangulare (1764.) . . . . C. f.
M. Schranke daselbst (1764–1796.) . . . . A. B. f.
N. Ummauerung für den Brandopferaltar daselbst (176. ?) . . . . A. f.
O. Drei kleinere Altäre daselbst (176. ?) . . . . A. f.
P. Halbkreisbank daselbst (176. ?) . . . . B. f.
Q. Wasserreservoir am grossen Theater (1764–1793.) . . . . B. f.

2. Privatgebäude.

1. Wirthshaus des Albinus (1769.) . . . . I. a.
2. Thermopolium (1770.) . . . . I. a. b.
3. Haus der Vestalinen (1769–1770.) . . . . I. b.
4. Haus des Chirurgen (1771.) . . . . I. b.
5. Seifenfabrik (177. ?) . . . . I. b.
6. Thermopolium (?) . . . . H. b.
7. Kleines Haus S. 197 (1811.) . . . . K. b.
8. Mehrstöckige Häuser, zerstört und wieder verschüttet (1775–1780.) . . . . H. I. a.
9. Dreistöckiges Haus S. 245 (1775–1780.) . . . . H. a. b.
10. Wirthshaus des Iulius Polybius (1808–1817.) . . . . G. b.
11. Apotheke (1809.) . . . . G. b.
12. Thermopolium der Fortunata (1810.) . . . . G. b.
13. Haus des Schmiedes (1809.) . . . . G. b.
14. Sogenannte Musikakademie (1809.) . . . . G. b.
15. Bäckerei S. 262 (1809.) . . . . H. b.
16. Haus des Sallustius (1805–1809.) . . . . H. b.
17. Haus der Amazonen (18.. ?) . . . . I. b.
18. Haus der Tänzerinen (1811.) . . . . I. b.
19. Haus des Narcissus (1811.) . . . . I. b.
20. Haus der Isis (1813.) . . . . I. b.
21. Haus des Pansa (1811–1814.) . . . . G. c.
22. Haus des Modestus (1808.) . . . . H. c.
23. Haus der Blumen (1809.) . . . . H. c.
24. Haus der Glasgefässe (1841–1842.) . . . . I. c.
25. Haus des Grossfürsten Michael von Russland (?) . . . . I. c.
26. Haus des Neptun (1844.) . . . . K. c.
27. Haus des tragischen Dichters (1824–1826) . . . . G. c.
28. Barbierstube S. 261 . . . . G. d.
29. Fullonica oder Tuchwalkerei (1826.) . . . . G. c.
30. Haus des grossen Mosaïkbrunnens (1826.) . . . . G. c.
31. Haus des kleinen Mosaïkbrunnens (1827.) . . . . H. c.
32. Haus des Hercules (?) . . . . H. c.
33. Laden des Weihrauch- oder Parfümeriehändlers S. 260 . . . . H. c.
34. Haus des verwundeten Adonis (1836.) . . . . H. c.
35. Haus der Silbergeschirre (1835.) . . . . I. c.

36. Haus des Apollon (1838.) . . . . . I. c.
37. Haus des Schiffes (1825—1826.) . . . . . G. d.
38. Haus des Ankers (1829—1830.) . . . . . G. d.
39. Haus des Pomponius (18.. ?) . . . . . H. d.
40. Haus der fünf Gerippe (18.. ?) . . . . . H. d.
41. Lupanar (1827.) . . . . . H. d.
42. Haus des Quästors (1828—1829.) . . . . . H. d.
43. Haus des Centauren (1829.) . . . . . I. d.
44. Haus des Meleager (1829—1830.) . . . . . I. d.
45. Haus der Isis und Io (1830.) . . . . . K. d.
46. Haus des Fauns oder des grossen Mosaiks (1830—1832.) . . . . . G. d. e.
47. Haus des Labyrinths (1834—1835.) . . . . . H. d. e.
48. Haus der Glasvasen (18.. ?) . . . . . G. e.
49. Haus mit dem eisernen Heerde (1832 ?) . . . . . G. e.
50. Grosses Lupanar (1845.) . . . . . G. e.
51. Haus des Kaisers von Russland (begonnen 1845.) . . . . . G. e.
52. Haus des Bronzestiers (1837.) . . . . . G. f.
53. Haus der zwei Lararien (18.. ?) . . . . . G. f.
54. Chemicalienfabrik S. 260 . . . . . G. g.
55. Haus des Lucretius (1847.) . . . . . F. g.
56. Haus des Erzherzogs von Toscana (begonnen 1851.) . . . . . E. g.
57. Laden des Oelhändlers S. 202 . . . . . E. g.
58. Haus der Grossfürsten von Russland (begonnen 1851.) . . . . . E. f.
59. Haus der Jagd (1833—1834.) . . . . . G. e.
60. Haus der Ariadne oder der bemalten Capitelle (1832—1833.) . . . . . G. e.
61. Haus des Grossherzogs von Toscana (1833.) . . . . . G. e.
62. Haus der Figurencapitelle (1832—1833.) . . . . . F. G. d.
63. Haus der Bronzen oder der schwarzen Wand (1832—1833.) . . . . . G. d.
64. Haus der Gypsformen (1832–1833.) . . . . . G. d.
65. Haus des Bacchus (18.. ?) . . . . . F. d.
66. Haus des Weinhändlers (18.. ?) . . . . . F. d.
67. Haus des Mercur (1845.) . . . . . F. e.
68. Haus der Gelehrten (1845.) . . . . . F. e.
69. Haus der Kaiserin von Russland (begonnen 1846.) . . . . . F. e.
70. Haus der Viergespanne (1844.) . . . . . F. e.
71. Haus des bestraften Amor (1844.) . . . . . F. e.
72. Mühle und Bäckerei (1844.) . . . . . F. e.
73. Seifenfabrik S. 259 . . . . . E. e.
74. Haus des Königs von Preussen (1823.) . . . . . E. d. e.
75. Haus der Fischerin (1822–1823.) . . . . . E. e.
76. Haus des Mars und der Venus (1820.) . . . . . E. d.
77. Häuser des Generals Championnet (1799.) . . . . . C. D. c.
78. Haus des Pan (1829.) . . . . . D. d.
79. Haus des Apollo und der Coronis (.. ?) . . . . . C. d.
80. Haus der Diana (1826.) . . . . . C. d.
81. Haus des Schwans (1816—1817.) . . . . . D. d.
82. Haus der Gratien mit Apotheke S. 260 (1816—1817.) . . . . . D. d.
83. Haus der Hero und des Leander (18.. ?) . . . . . D. e.
84. Haus des Ganymedes oder der vier Jahreszeiten (1840.) . . . . . D. e.
85. Haus der Königin von England (1838.) . . . . . D. e. f.

86. Haus der Tauben (18..?) . . . . *D. f.*
87. Haus des Arztes oder Chirurgen (18..?) . . . . *D. f.*
88. Haus des Kaisers Franz II. (1819.) . . . . *C. D. f.*
89. Haus der Königin Carolina (?). *C. d.*
90. Haus des Kaisers Joseph II. (1767—1769.) . . . . *B. e. f.*
91. Haus des Bildhauers (1795—1798.) . . . . *B. g.*
92. Mittelgrosses Haus S. 204 . . . . *B. g.*
93. Haus der Iphigenie (begonnen 1853, 1854.) . . . . *C. g.*
94. Thermen, Bäder (begonnen 1854, 1855.) . . . . *D. g.*

3. Sonstige bemerkenswerthe Punkte.

a. Erste Ausgrabungen 1748 . . . . *G. f.*
b. Fundort von Grabinschriften . . . . *C. b.*
c. Ausgrabungen in Gegenwart des Papstes Pius IX. 1852 . . . . *E. g.*
d. Gegenwärtige Ausgrabungen . . . . *C. D. g.*
e. Wiederverschüttete Häuser . . . . *B. d. e, G. H. I. a. b.*

Ausserhalb unseres Specialplanes liegt ausser unbedeutenden Läden und kleinen Häusern an der Strasse von Nola nur das Amphitheater, das Forum boarium und der wieder verschüttete Palast der Iulia Felix.

Druckfehler.

S. 61 Z. 14 von unten lies *ludus* für *lusus*
" 93 " 4 " " und in der Unterschrift des Holzschnittes Fig. 80 lies Stuccaturen für Malereien und Gemälde
" 149 " 2 " " lies denselben für dasselbe

Druck von Breitkopf und Härtel in Leipzig.

CPSIA information can be obtained
at www.ICGtesting.com
Printed in the USA
LVHW030116210323
742063LV00002B/407

9 783382 007867